國家古籍整理出版專項經費資助項目

閩海文獻叢書第二輯

陳慶元　主編

許友許珌詩文集

〔明〕許友　〔明〕許珌　著

鄭珊珊　編校

廣陵書社

圖書在版編目（CIP）數據

許友許玭詩文集 / (明) 許友, (明) 許玭著 ; 鄭珊珊編校. -- 揚州 : 廣陵書社, 2022.12
(閩海文獻叢書 / 陳慶元主編. 第二輯)
ISBN 978-7-5554-1847-4

Ⅰ. ①許… Ⅱ. ①許… ②許… ③鄭… Ⅲ. ①古典文學－作品綜合集－中國－明代 Ⅳ. ①I214.81

中國版本圖書館CIP數據核字(2022)第242845號

書　　名　許友許玭詩文集
著　　者　〔明〕許　友　〔明〕許　玭
編　　校　鄭珊珊
責任編輯　劉　棟
出 版 人　曾學文

出版發行　廣陵書社
揚州市四望亭路 2-4 號
郵編　225001
電話（0514）85228081（總編辦）
85228088（發行部）
http://www.yzglpub.com
E-mail:yzglss@163.com
印　　刷　無錫市海得印務有限公司
裝　　訂　無錫市西新印刷有限公司

開　　本　889 毫米 × 1194 毫米　1/32
印　　張　25.375
字　　數　508 千字
版　　次　2022 年 12 月第 1 版
印　　次　2022 年 12 月第 1 次印刷
書　　號　ISBN 978-7-5554-1847-4
定　　價　120.00 元

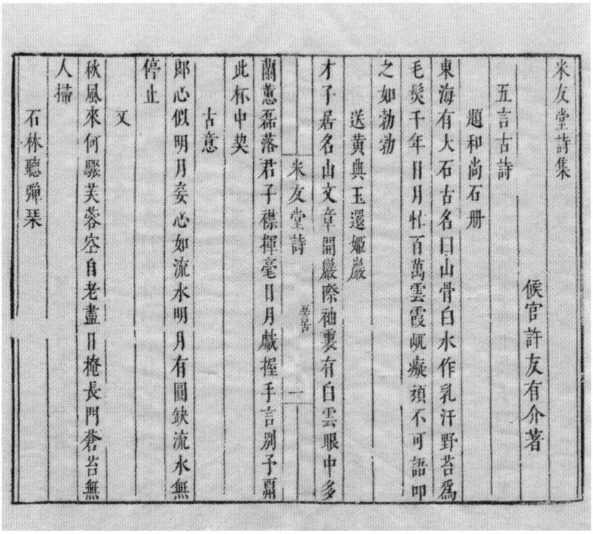

米友堂詩集
候官許友有介著
五言古詩
題和尚石册
東海有大石古名曰山骨白水作乳汗野苔爲
毛髮千年日月忙百萬雲霞屼癡頑不可語叩
之如勃勃
送黃典玉還孏巖
才子居名山文章闢巖際袖裏有白雲眼中多
蘭蕙磊落君子襟揮毫日月巇握手言別子羈
此杯中契
古意
郎心似明月妾心如流水明月有圓缺流水無
停止
又
秋風來何驟芙蓉空自老盡日捲長門綦苔無
人掃
石林聽彈琹

米友堂詩　卷一　一

清刻本《米友堂詩集》(内閣藏本)

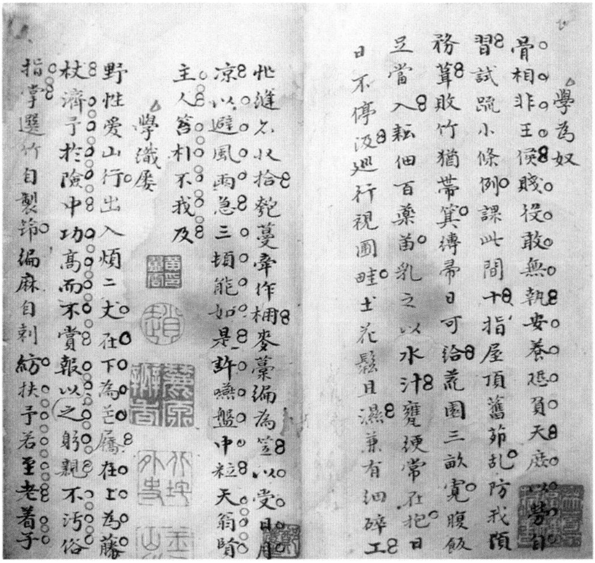

學爲奴
骨相非王侯賤役敢無執安養忍負天庭
習試疏小條例課此間十指屋頂舊節乱防我頭
務葺敢竹猶帶箕傳帚日可給荒園三畝寬腹飯
旦當入耘佃百藥苗乳之以水汁甕便常在把日
日不停汲迴行視圃畦土花鬆且濕兼有細碎工
北遊不收拾匏蔓牽作棚麥藁編爲室以受日月
涼以避風雨急三頓能如是許嚼盤中粒天翁晴
主人咨相不我及
學識屡
野性爱山行出入煩二丈在下爲芒屩在上爲藤
杖濟予於險中功高而不賞報以之躬親不污俗
指掌選竹自製節編麻自刺紡扶予若至老著子

《許甌香先生遺稿》(趙藏本)

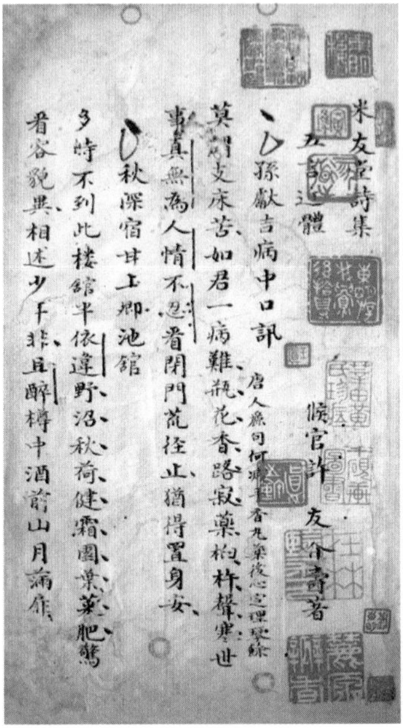
米友堂詩集

五言近體　　　候官許友介壽著

(孫)獻吉病中口訊

莫問支床苦、如君一病難、瓶花香路寂、藥杵聲寒、世事真無為人情不忍看閉門荒徑止、猶得置身安、

秋深宿甘上卿池館

多時不到此樓館半依違野沼、秋荷健霜園、葉菜肥鶯看容貌異、相述少年非、且醉樽中酒前山月滿(作)

《米友堂詩集》(傳稿本)

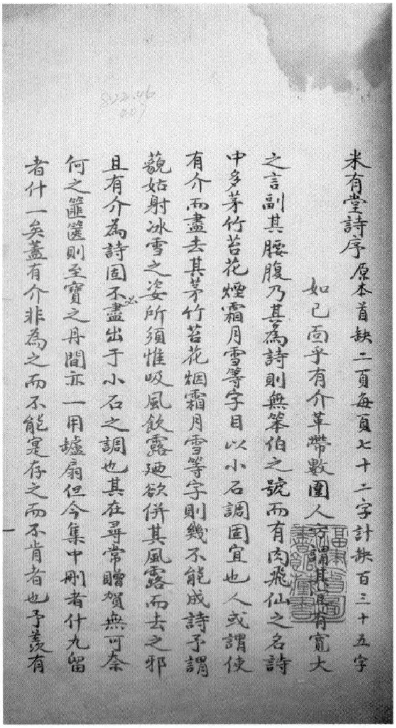
米有堂詩序　原本首缺二頁每頁七十二字計缺百三十五字

如已而予有介革帶數圍人(謂)其(腹)有寬大之言副其腰腹乃其為詩則無笨伯之號而有肉飛仙之名詩中多茅竹苔花煙霜月雪等字目以小石調固宜也人或謂使有介而盡去其茅竹苔花烟霜月雪等字則幾不能成詩予謂藐姑射冰雪之姿所須惟吸風飲露殆欲併其風露而去之邪且有介為詩固不盡出于小石之調也其在尋常贈賀無可柰何之籠篋則至寶之丹間亦一用蘧扇但今集中刪者什九留者什一矣蓋有介非為之而不能定存之而不肯者也予茲有

《米友堂詩集》(黄鈔本)

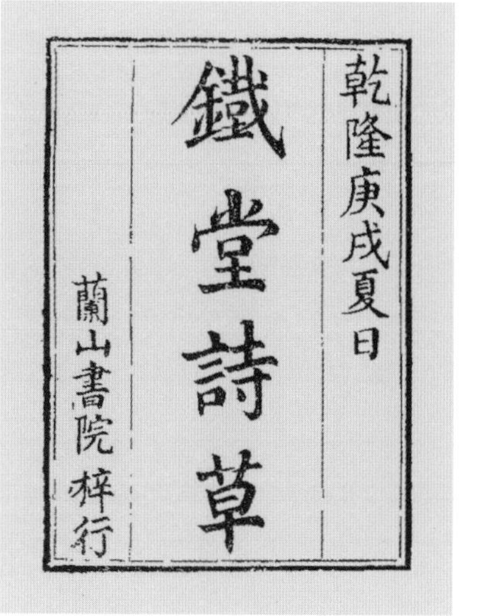

乾隆庚戌夏日
鐵堂詩草
蘭山書院梓行

《鐵堂詩草》(蘭山書院刻本)

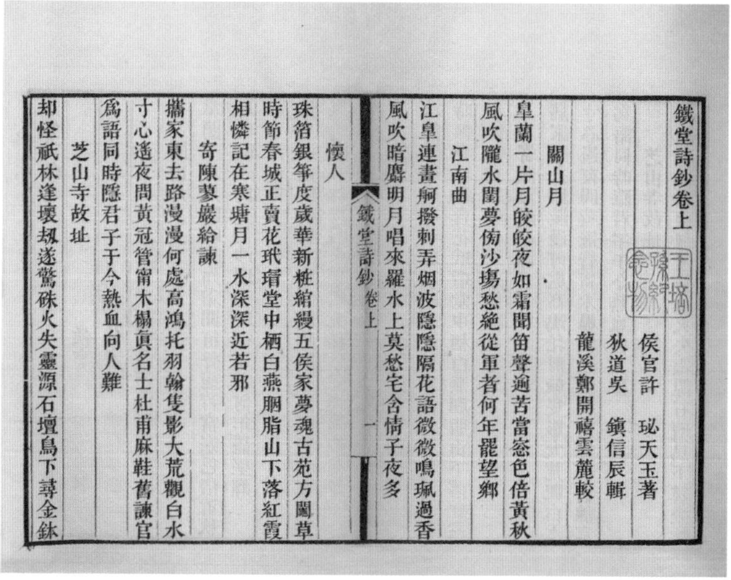

鐵堂詩鈔卷上
侯官許　珌天玉著
狄道吳　鎮信辰輯
龍溪鄭開禧雲麓較
關山月
皐蘭一片月皎皎夜如霜聞笛聲逾苦當窻色倍黃秋風吹隴水閨夢傍沙場愁絶從軍者何年罷望鄉
江南曲
江皐連畫舸撥刺弄烟波隱隱隔花語微微鳴珮過香風吹暗麝明月唱來羅水上莫愁宅含情子夜多
鐵堂詩鈔　卷上　一
懷人
珠箔銀箏度歲華新粧綰綴五侯家夢魂古苑方闌草時節春城正賁花玳瑁堂中栖白燕胭脂山下落紅霞相憐記在寒塘月一水深深近若邪
寄陳蓼巖給諫
攜家東去路漫漫何處高鴻托羽翰隻影大荒覯白水寸心遙夜問黃冠管甯木榻眞名士杜甫麻鞋舊諫官爲語同時隱君子于今熱血向人難
芝山寺故址
却怪祇林逢壞刼遂驚硃火失靈源石壇鳥下尋金鉢

《鐵堂詩鈔》(道光刻本)

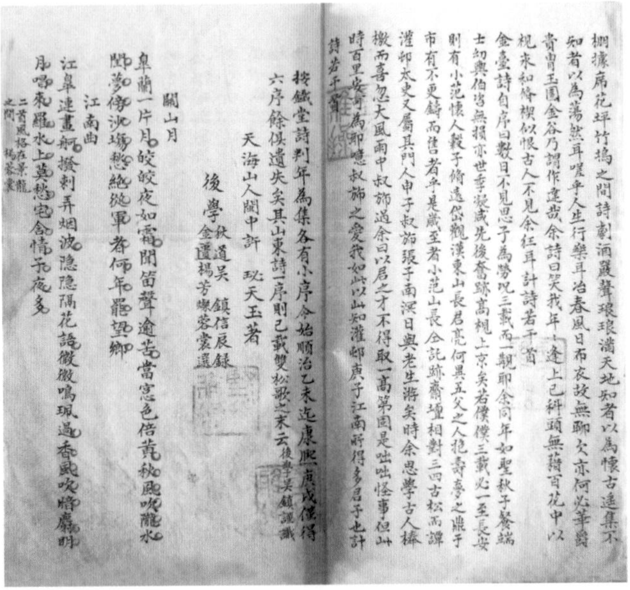

《許鐵堂詩稿》(道光鈔本)

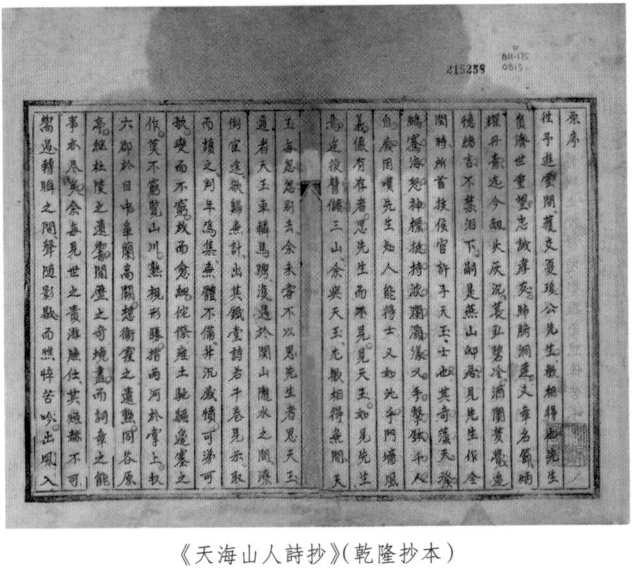

《天海山人詩抄》(乾隆抄本)

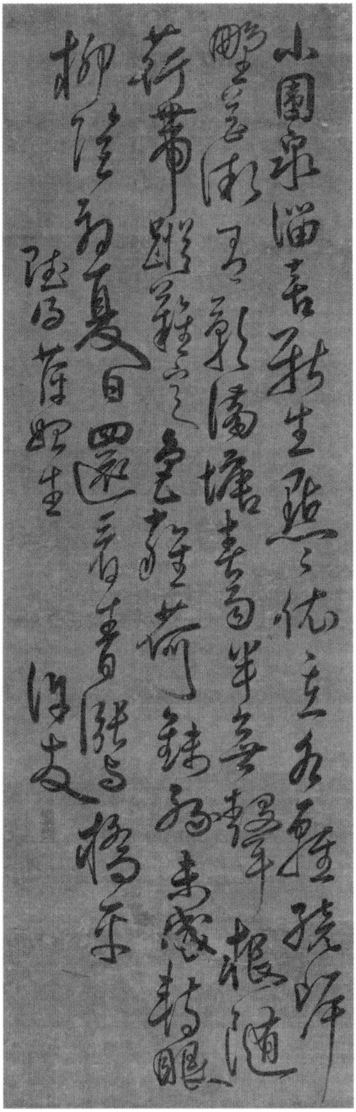
許友行草《賦得萍始生》詩

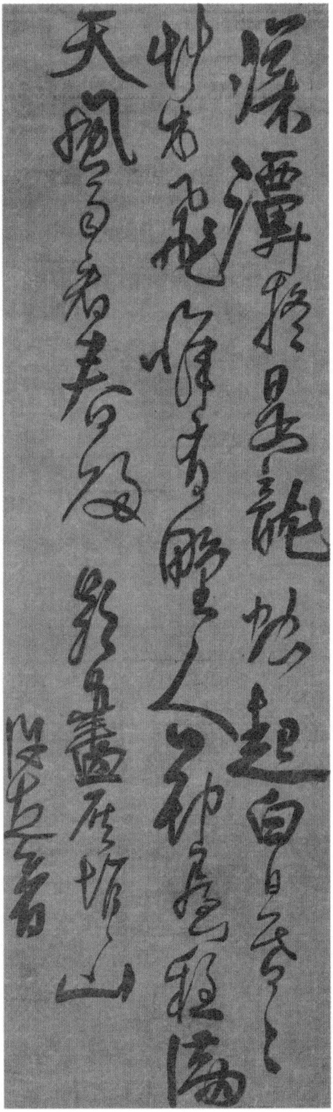
許友行草《灰堆山》詩

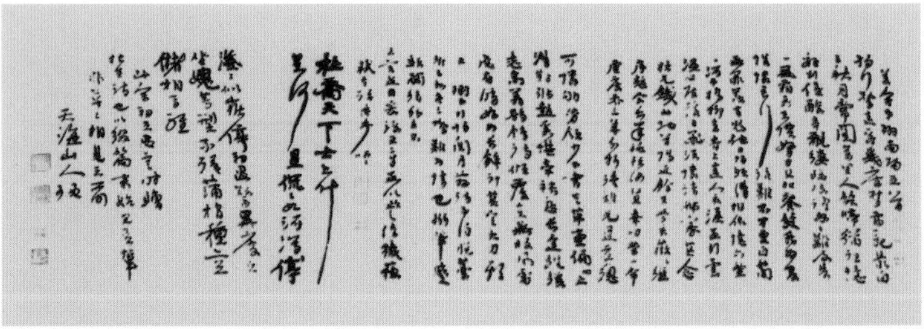

許珌書法

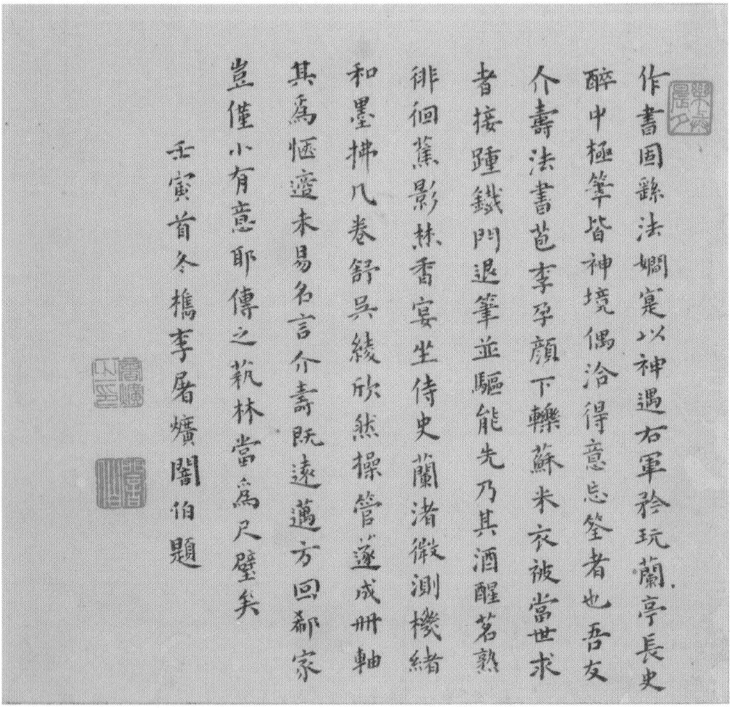

屠爌跋許友書法

目録

許友詩文集

卷二　七言古

卷三　五言律詩

卷五　五言絶

卷六　七言絶

卷三 序

卷四 傳

米友堂雜著

五言近體

許甌香先生遺稿（趙藏本）

米友堂詩集（紅鈔本）

五律

七言古

五言古詩

附録一：輯佚

許珌詩文集

鐵堂詩草卷上

補逸

鐵堂詩草卷下

摘句

補逸

全閩明詩傳

許友詩文集

整理凡例

一、許友現存著作版本不少，具體版本辨析詳見『前言』第五節《許友著述考》。本書所據各版本如次：

（一）《米友堂集》（後稱『内閣藏本』），清初刻本，現藏日本國立公文書館内閣文庫；

（二）《米友堂詩集》（後稱『傳稿本』），傳爲清初許友手寫稿本（實際不是），現藏福建師範大學圖書館，有多個複印本藏于國家圖書館、上海圖書館等；

（三）《許甌香先生遺稿》（有藏書家趙在林藏書章，後稱『趙藏本』），清初鈔本，現藏福建師範大學圖書館；

（四）《米友堂詩集》（四卷補遺一卷，後稱『黄鈔本』），民國黄翼雲鈔本，現藏福建省圖書館；

（五）《米友堂詩集》（後稱『紅鈔本』），民國鈔本，現藏福建省圖書館。

本次編校整理將作品内容較爲豐富的『内閣藏本』『傳稿本』『趙藏本』『紅鈔本』彙合而成，與其他版本進行對校整理，相同作品不重複收録。錢謙益《吾炙集》收録許友詩一百餘首，有五首與上述版本所收詩作不同，收録于書中。周亮工《尺牘新鈔》與黄晉良《和敬堂全集》收録的許友尺牘和序，依體裁録于《米友堂集》相應部分。海内外收藏界一些公開的許友書法作品中的詩作，也作爲對照，進行修訂或補録。

二、底本文字一般不作改動。凡底本有誤、據他本改正者，或他本有異文、文義可兩通且有參考價值者，均加校注。底本中明顯的錯訛字、俗體字、不常見的異體字等，則徑改不出校。有些文字在不同版本中僅字形不同，如『溪』與『谿』、『徑』與『逕』、『村』與『邨』、『愧』與『媿』等，除非地名、人名等特殊情况，一般統一爲常見字形。字形相近常有混用的『已』『己』『巳』、『戊』『戍』『戌』等，據文意酌定。地名中明顯的混用字如『楊州』『候官』，逕改爲『揚州』『侯官』，不另出校。

三、『傳稿本』『趙藏本』『紅鈔本』等底本有若干批語，或點評詩文，或對校有關版本，現加以抉擇，内容較爲豐富的録于詩後，簡短的隨校記録于脚注。

四、爲方便閲讀和研究，整理者保留『内閣藏本』原有的體裁分類，另加上卷數序號。

五、爲研究方便，整理者輯録《諸家小傳》，以便檢閲。

六、附録《許友年譜》爲整理者所撰。

明遺民許友：才兼三絶　名盛一時（代前言）

許友生活于晚明至清初，因擅詩書畫三絶的才華和遺民身份而名盛一時。至今，其詩文和書畫作品仍流布海内外，在文藝界有一定影響。許友的書法頗受日本書壇的推崇和重視，因此日本學者早在二十世紀八十年代就關注許友，如中田勇次郎、澤田雅弘、杉村邦彦[一]等曾有專文研究許友，對其遺民身份、文學藝術成就均有所肯定。臺灣大學張佳傑碩士學位論文《明末清初福建地區書風探究——以許友爲中心》（二〇〇二），首都師範大學許洪濤碩士學位論文《許友書法研究》（二〇一七），也對許友進行了較爲豐富的研究。相比之下，學界對許友文學成就的關注有所不足。筆者自二〇〇七年讀博起開始研究許友，深感許友的生平與作品頗爲複雜，他是明清易代時期極具代表性的文人，反映了時代劇烈轉變下文人心態的變化和文藝風氣的轉向，因而值得從文學、遺

［一］中田勇次郎「許友の人と書」，『心花室集四』，二玄社，一九八四年，第四七〇—四七一頁。澤田雅弘「許友の生殁年——周亮工頼古堂集により—」，『語文と文學』第二九號，第六—二九頁。杉村邦彦「許友の生涯と書法」，『澄懷』第一期，三重県四日市澄懷堂美術館二〇〇〇年九月。

民、藝術等不同角度對其進行研究。

一、世亂才難盡：許友生平概述

許友（約一六一五——一六六三，其生卒年未有定論，詳見後文考述），原名宷，曾名宰，字有介。後更名友，又更名爲眉，字介壽、介眉，號甌香，侯官（今福州）人。明崇禎間舉孝廉，入清不仕。著有《米友堂集》等。

許友多番易名改字，與其獨特人生經歷有關。其父許豸，字玉史、玉斧，明崇禎四年（一六三一）進士，官至浙江按察僉事，督浙江學政，爲官有政聲。許友出身官宦家庭，才穎早露，却招來有心人的嫉恨，『有忌者謂其所改名犯家諱，以不孝聞之學使者，蓋閩音豸、宰呼同，亦大可噱事也，遂更名曰友』。〔一〕

許友早年家境寬裕，生活奢靡。好友顧景星曾道：『崇禎時，閩以僻境晏安，風俗華侈。有介家給既足，孌童舞女，詩酒談讌，無虚日。任俠結納，輕視一切。……長不滿六尺，肥白如匏，談笑風發，酒酣操楮，筆墨飽騰。或爲詩詞，或畫枯木竹石，奕奕有致，比之襄陽、眉山。顧胸中常鬱促不平，若圈鹿縶鶴，怦怦怫怫，不樂生者，則不善世故也。然而風流自勝。』〔二〕他資性穎異，

〔一〕〔清〕周亮工：《印人傳》卷一，清康熙刻本。
〔二〕〔清〕顧景星：《白茅堂集》卷三四，清康熙刻本，第一四頁。

疏曠不羈，自命晉人。日娱山水，與僧僕爲友。精于草書，善畫枯木竹石，詩尤孤曠高迥，時有『三絶』之譽。

周亮工對許友非常欣賞，在《印人傳》中稱：『予嘗評君酒一、次書、次寫竹、次詩文。』[一]在今天來看，許友在書畫方面的成就與影響力確實比文學成就要高出一些。在許多書法史、繪畫史著作中，許友都佔有頗爲重要的一席。他曾師從倪元璐學習書法，初喜諸暨陳洪綬書風，後慕宋書法家米芾之書法及爲人，變而從米，並築米友堂祀之。轉益多師後鎔匯諸家之長，一以己意行之，終于開創獨特的個人風格，遂臻妙境。日本書法界尤其重視許友，日本一些重要書法選集如《明代書道名品選》《明清行草字典》等都收録了許友，日本京都國立博物館、泉屋博古美術館、澄懷堂美術館等都藏有許友多幅書畫作品。許友善畫竹，墨竹枝葉不多，氣勢勃鬱，有逸致；小竹仿管仲姬，嫩枝細葉，恣意横生。曾自鎸『許友畫竹』章，每畫竹即用之。林紓曾見過許友的山水畫和人物畫，並評價道：『山水樹石似石田，而人物則仍元人家法，粗中有細，良非庸手所能夢見。』[二]

然而，許友身處明清鼎革之際，遭受了深重的世變創痛，個人與家庭均逢巨變。明亡後，許友

[一]〔清〕周亮工：《印人傳》卷一。
[二]林紓：《春覺齋論畫遺稿》，民國二十四年版。

『抱茆入山，結屋雲樹間』[一]，絶意仕途，不問世事，以遺民自居。陳夢雷《許母黄孺人傳》稱：『國朝鼎建，有介先生自以故家子弟，遂自放于詩酒文章。又天性倜儻，不問家人産業。』[二]

順治五年（一六四八），時任福建按察使的周亮工與許友訂交，並賦詩稱『疏狂獨愛許甌香』[三]，可見賞愛之深。許友亦以師禮待之。在周亮工的照拂下，許友的生活應是獲得了幾年的平静與安泰。然而好景不長，順治十二年（一六五五），周亮工遭到政敵彈劾，十五年（一六五八）被逮入京，受誅連者千餘人，僅福建就有百餘人遭逮入京赴質，許友亦在其列。直至十七年（一六六〇）六月，許友才出獄返鄉。但經此冤屈，家道衰落，窮困窘迫，許友于《與周減齋先生書》中道盡辛酸：『抵家但餘滿面風塵。故鄉城郭，已非向之翼然縱絚者。今則疊疊淩齒，兼以颶風之後，坊觀廬舍，頽委殆盡。家人面如塵土，慟哭傷心，告訴債主淩辱、伍伯索餉，真如刀鋸刻刻受也。近來朋友親戚已絶往來，酒茗聚談，竟若瑶池王母之宴，安可得耶？寒家之屋，前後左右已分數姓。友所自居者，僅此屋十之一，主人反爲客矣。每常見炊烟相亂，雞犬聲聞，一屋竟成一村，嗟乎亦異

[一]〔明〕許友：《〈和敬堂全集〉序》，黄晉良《和敬堂全集》，《清代詩文集彙編》第五四册，上海古籍出版社，二〇一〇年，第二三五頁。

[二]〔清〕陳夢雷：《松鶴山房文集》卷一七，《續修四庫全書》第一四一六册，上海古籍出版社，二〇一一年，第二三一頁。

[三]〔清〕周亮工：《賴古堂集》卷一二《重陽後二日得蕭伯玉許介壽兩家日記喜其三數行一則易于作輟遂盡數葉》，上海古籍出版社，一九七九年，第五一一頁。

哉！』[一]遭此冤屈，許友心境益發憤世嫉俗，畫風也隨之一變，改畫枯木寒鴉，形態蒼凉，以泄胸中不平之氣。出獄三年後，許友抑鬱病終，享年四十餘。

明末清初許多文壇名家都對許友推崇備至，錢謙益《吾炙集》：『壇坫分茅異，詩篇束筍同。周溶東越絶，許友八閩風。世亂才難盡，吾衰論自公。水亭頻剪燭，撫卷意何窮。』[二]朱彝尊《静志居詩話》：『先生才兼三絶，名盛一時。愚山最愛其詩，録之入《吾炙集》，要其篇章字句，不屑蹈襲前人。正如俊鶻生駒，未可施以鞲靮。』[三]『愚山』應作『虞山』，即錢謙益。王士禛《漁洋詩話》：『「野航人遠雁聲低」，侯官許有介句。』查慎行《題許有介先生册子》詩云：『事出先賢傳，名從獨行敦。眼看耆舊盡，心慕典刑尊。逸品傳書畫，餘風付子孫。淋漓浮墨汁，中有不亡存。』盛譽如此，可見其名重。

許友不少書畫作品現仍分藏于海内外，海外以日本所藏居多。據筆者考索，海内外館藏的作品有：《草書軸二幅》《行草詩卷》《松石圖軸》《行草書信劄》，現藏福建省博物院；《老松圖》，現藏福建師範大學圖書館；《草書泥金扇面》，現藏臺北故宫博物院；《山水扇面》《墨竹雜詩卷》《草書十六樵歌册》《行書題灰堆山》《行書七言律詩》，現藏臺灣何創時基金會；《行書樵徑詩軸》《草

[一]（清）周亮工：《尺牘新鈔》卷一一，上海雜誌公司，一九三五年，第二八六—二八七頁。
[二]（清）錢謙益：《吾炙集》，清光緒三十三年（一九〇七）鉛印本，第二六頁。
[三]（清）朱彝尊：《静志居詩話》，人民文學出版社，一九九〇年，第六九〇頁。

書樵蹊》《行書七言絶句詩軸》《草書送僧七律扇面》，現藏香港近墨堂書法研究基金會；《草書五律扇面》，現藏日本京都博物館；《枯木竹石圖》，現藏日本泉屋博古館；《題畫詩立軸》《紅橋覓酒詩立軸》《書五言律詩立軸》《書七絶二首詩立軸》《自書詩帖册》，現藏日本澄懷堂美術館。還有《江山釣磯圖》《社集蜃舫草書詩軸》等多幅書畫爲海内外收藏家珍藏。

值得注意的是，許友的家族發展綿延了近三百年，爲中國歷史上罕見的文化現象。許氏家族自晚明許豸（許友之父）出仕時興起，一直興盛至清朝嘉慶年間的許作屏（許友玄孫，一七六一——一八一九，乾隆癸卯科進士，官至承德知縣，著有《青陽堂文集》《拜雲樓詩集》等）。其間湧現出許珌（許友堂兄）、許遇（許友之子）、許均（許友之孫）、許琛（許友玄孫女）等人才，皆能詩善書畫，有不俗的文藝成就。晚清學者梁章鉅推崇道：『福州以許姓爲文獻世家，本朝甌香、月溪、鐵堂、雪村諸詩人皆衍其門風，累世擅三絶之譽。閨房亦工詩畫，至于今未艾，風流文采，蔚于海濱。』[一]許氏家族能維持長久的家聲，許友是承上啟下的關鍵人物。他出衆的才華和高貴的秉性爲家族在社會上取得一定聲譽和地位，他本人也成爲子孫後代的典範。

[一]〔清〕梁章鉅：《東南嶠外詩話》卷一，清刊本，第五頁。

二、許友生卒年考

許友生卒年未見史書和舊方志記載，據《福州市志》第八册『人物傳』記載，許友生卒年爲一六一五—一六六三，未詳出處，不知何據。曾有日本學者考證許友生卒年，主要有兩種觀點：（一）日本學者中田勇次郎推測爲一六一八—一六六二年。[一]卒年的推測是基于許友在周亮工案後一六六一年回鄉，認爲其約于一六六二年去世。生年則是以《米友堂集》中涉及的干支、估計的年齡、詩文成熟度等綜合推測。這個推測比較粗略，主要依據日本内閣文庫本《米友堂集》，較少涉及其他相關資料。（二）日本學者澤田雅弘考證許友卒于一六六三年十月左右，上推生年約爲一六二〇年。[二]這是根據周亮工《賴古堂集》中與許友有關的詩文繫年，以及周亮工的生平經歷。臺灣大學張佳傑碩士學位論文《明末清初福建地區書風探究——以許友爲中心》采用了澤田雅弘的説法。這些學者所見的資料還比較有限，筆者參考更多資料進行了考證。

陳夢雷《許母黄孺人傳》載：『癸卯夏，有介先生寢疾，孺人躬侍湯藥者累月，百計問醫呼籲，

[一]〔日〕中田勇次郎「許友の人と書」，『心花室集四』，二玄社，一九八四年，第四七〇—四七一頁。

[二]〔日〕澤田雅弘「許友の生歿年——周亮工賴古堂集により—」，『語文と文學』第二九號，第六—二九頁。

竟不起。』[一]癸卯即康熙二年（一六六三），是年夏天許友染疾，累月後去世，則許友卒于一六六三年秋以後。

再看周亮工《書許有介自用印章後》曰：『君歸未數年即没，其没也，蓋只四十餘。』[二]這裏提到了許友受周亮工牽連入獄一事。周亮工（一六一二—一六七二）是清初重臣，順治十二年（一六五五）因政治鬥争遭到彈劾。順治十五年（一六五八），周亮工被逮入京，受誅連者千餘人，福建有百餘人遭逮入京赴質，許友亦在其列。從周亮工所言可知，許友被釋回鄉後數年去世，年僅四十餘。另有顧景星《許有介詩集序》云：『繫刑部一載，事解乃出。又三載，以病瀎卒。』[三]則許友是在出獄三年後去世。但顧景星的記録有問題，他這篇序和《哭許有介詩》都稱許友出獄是在丁酉年（一六五七）。而根據周亮工之子周在浚《周亮工年譜》，丁酉年周亮工尚在福建質審，許友也還在福建，他們于次年即戊戌年（一六五八）『六月出閩，十一月至京師，就刑部候訊』。[四]許友確切的出獄時間可從兩位友人的詩集中發現，一是孫學稼《廣陵與許介壽同買舟渡江》詩有『新秋到柳堤』

[一]〔清〕陳夢雷：《松鶴山房文集》卷一七，第二三一頁。
[二]〔清〕周亮工：《印人傳》卷一。
[三]〔清〕顧景星：《許有介詩集序》，《白茅堂集》卷三四，清康熙刻本，第一四頁。
[四]〔清〕周在浚：《周亮工年譜》，周亮工《賴古堂集·附録》，上海古籍出版社，一九七九年，第九一五頁。

句，還有作者小字自注：『介壽以他事罣誤，對簿西曹，三年始歸。』[一]二是龔鼎孳《送有介南還和聖秋》其二：『九河正洄回舟水，六月猶飛貫械霜。』[二]兩首詩均有繫年，是在順治十七年（庚子，一六六〇）。再看許友回鄉後寫給周亮工的信《與周減齋先生》云：『别之次日，登舟灣上，行李蕭落，獨處六十餘日，方抵虎林。』[三]則許友是在順治十七年六月乘舟離京，新秋七月到揚州，與孫學稼買舟渡江，八月抵達杭州。從許友沿途所經地方和信中提到『御河』來看，其回鄉取道了京杭大運河，而京杭大運河正是明清時期南北水運最重要的幹線。雖然顧景星所記年份有誤，但其與許友的交情甚密，其所稱『冬，有介既出獄，遇予金陵，抵掌笑談，意氣如昔，獨其詩益悲』應確有其事。以此推論，許友與孫學稼遊歷浙江後，又經南京返鄉。則許友從出獄到去世，確爲『三載』。

孫學稼《鷗波雜草》『甲辰』卷有一首《武林遇吴鐵髯》，詩中自注云：『時許介壽殁踰年矣。』這裏的『甲辰』即康熙三年，亦證明許友去逝于前一年。周亮工《賴古堂集》卷六《十月廿六日城陽寄冠五》其三詩：『高兆虎林返，許眉信已真。』原注：『雲客過嶺訪予，聞有介變，遽返。』則此詩寫的是許友逝世的消息。據其四詩原注：『予今春取道穆陵入青，隨巡東海，復逶迤由此返。』及周在浚《周亮工年譜》：『癸卯，五十二歲。春，赴青州任。』則《十月廿六日城陽寄冠五》詩作于

[一]〔清〕孫學稼：《鷗波雜草》第二册，稿本，『庚子』卷。
[二]〔清〕龔鼎孳：《定山堂詩集》卷二七，清刻本，第二八頁。
[三]〔清〕周亮工：《尺牘新鈔》卷一一，第二八六頁。

康熙二年（一六六三），許友卒于是年十月二十六日前。

以上可以確定，許友卒于一六六三年六月到十月之間。現試逆推其生年。上文説到周亮工稱許友享年『蓋只四十餘』，但顧景星的序中却稱許友『卒年三十餘』。這裏顧景星再次誤記年份，許友《題畫送徐存永之汴凉》道：『相看俱是四旬外。』則許友卒年肯定超過四十。而且，許友此詩的寫作背景是，許友和周亮工被逮入京後，當時徐延壽（存永）追隨進京，試圖營救友人，可惜没能成功，遂離京南下。根據徐延壽《尺木堂集》和周亮工《賴古堂集》的相關編年，此詩作于清順治十六年（一六五九）三月。則許友生年至少可以推到一六一九年以前。

筆者曾于網上檢索到一幅《山水立軸》，該畫于二〇〇六年爲中國嘉德國際拍賣有限公司展出，二〇一〇年爲北京瀚海拍賣有限公司以五點零四萬元拍賣成交。根據拍賣公司提供的圖片與文字介紹，畫上鈐印『許友』『許氏友眉』，鑒藏印『初梨鑒藏』『推陳出新』，款識『時癸酉新秋畫于七峰山房　許友』均清晰可見；畫爲設色紙本，尺寸爲一百三十一厘米乘五十五厘米。七峰山房乃江蘇丹陽嚴莊孫氏于明代弘治正德年間所修的私家園林，位于七峰山弘治灣内，宏大雅麗，聲名遠揚，曾吸引衆多文人名流來此覽勝題留。嘉靖年間，山莊毁于倭寇之火。然山莊遺跡與七峰山之秀美仍吸引了不少文人墨客。丹陽距蘇州約一百五十公里。癸酉年乃崇禎六年（一六三三），是年許豸権蘇州滸墅關，九月重修滸墅關石塘，則許友或隨父宦蘇州之時遊覽丹陽七峰山房並繪此圖。『初梨鑒藏』『推陳出新』乃李初梨之印鑒。李初梨（一九〇〇—一九九四），原名李祚利，四川江津人。一九一五年隨兄李亞農（著名歷史學家）赴日留學，歸國後加入進步文學組織『創造社』。一九二八年五月在上海加入中國共産黨，並參加中央文委，在上海文化界開展工作。中華人民共和國成立後，任中共中央對外聯絡部副部長、黨委書記。其生平雅好收藏文物。一九八三年四月，他將收藏的書法、繪畫、青銅器、陶瓷、紫砂、碑帖、硯臺等五百三十四件捐獻給重慶市博物館。從《山水立軸》畫面來看，技法較爲成熟，如采信《福州市志》記載，一六三三年許友十八歲，較爲可能。加上《福州市志》所記生卒年亦在本文推測區間内，故本文暫采信其所記生卒年。

綜上所述，日本學者中田勇次郎和澤田雅弘所考證的許友生卒年均因考證資料不全而未能準確，目前來看，《福州市志》所載的許友生卒年較爲可靠。但其確切生年，尚待更多資料佐證。

三、畫出青山是孝陵：許友的遺民情結

許友入清不仕，自放于詩酒文章，爲明遺民。所謂明遺民，是指生于明而拒仕于清，凡著仕籍或未著仕籍、曾應試或未及應試于明，無論僧道、閨閣，或以事功、或以學術、或以文藝、或以家世，其有一事足記而能直接或間接表現其政治原則與立場者。[一]清初明遺民研究一直是古代文學的

[一] 參見謝正光《明遺民傳記索引·敘例》，上海古籍出版社，一九九二年。

研究熱點，學界也普遍對明遺民予以正面評價，認爲明遺民的詩歌是『清初最富有時代精神的詩歌』，[一]『深寄以家國淪亡之痛而足能感鬼神、泣風雨的血淚歌吟，自然具有巨大的認識意義和審美價值』。[二]

明清之際的福建，由于南明隆武政權和鄭成功家族集團等抗清勢力長期在此盤踞紛争，對遺民的影響至爲深遠。許友的詩文書畫均反映了明清世變下士人複雜的心態，具有重要的研究價值。但學界對其遺民身份的認定不一致，除張其淦《明代千遺民詩詠三編》（卷九）和錢仲聯《清詩紀事·明遺民卷》之外，後人所編的許多明遺民選集大都失收許友，因而其遺民身份需要進一步確認。

許友的存世作品中，有使用明朝年號的，但全無清朝年號，入清後只用干支紀年，這是當時明遺民的一貫做法。郭白陽《竹間續話》記載：『相傳友以弟賓應清試，恥之。賓亦内疚。同居出入，不敢過友所居之拜雲樓。于樓下特鑿便門以出入。』[三]此事足證世人對許友遺民身份的認可。

國内現存的多部許友詩集都有不同程度的删削，應與清朝文字獄有關。被删削的詩文很可能抒發了對前朝的眷戀和對清廷的不滿。然而從現存的許友詩文中，還是能發現一些故國之思。最

[一]　袁行霈等：《中國文學史》第四册，高等教育出版社，一九九九年，第二四八頁。
[二]　嚴迪昌：《清詩史》（上册），浙江古籍出版社，二〇〇三年，第六一頁。
[三]　郭白陽：《竹間續話》卷一，海風出版社，二〇〇一年，第四—五頁。

具代表性的就是謝章鋌《賭棋山莊詞話》所記：『余家藏許有介墨蹟一幀，中草七言絶句云：「雨泣風號翠幾層，石頭懷古不堪登。無端縛就松針筆，畫出青山是孝陵。」款曰：「雨中游清涼山諸詩作畫之一也，五竺道兄正之。」按：五竺乃寧德崔嵸。嵸，名列「雲間十八子」。孝陵，明太祖園寢，故跳行書，蓋黍離之感深矣。所著有《米友堂集》。』[一]孝陵即明朝開國皇帝朱元璋陵寢，此二字跳行書寫，以示敬謹。雨泣風號，亡國之聲。石頭，指南京西隅清涼山，古名石頭山，爲南京『龍蟠虎踞』之説的龍尾所在，與孝陵所在的紫金山龍頭遥相呼應。五竺道兄即崔嵸，字殿生，號五竺，寧德人，十三歲能詩，自號西竺村童。博覽群書，著作甚富，名列復社之雲間社十八才子之列。

值得注意的是，明孝陵在明遺民的心目中是一個獨特的歷史文化符號。『明末清初，明孝陵曾經成爲明遺民寄託舊有政治認同和前朝記憶的符號，從而被賦予了與新王朝的統治秩序隱然對抗的意義』[二]。顧炎武曾七謁孝陵，賦詩並繪《孝陵圖》；屈大均曾三謁孝陵，作《孝陵恭謁記》；出生于清朝却有濃厚遺民情緒的孔尚任，也曾謁孝陵並作《拜明孝陵》詩曰：『蕭條異代微臣淚，無故秋風灑玉河。』顯然，孝陵在明遺民眼中，儼然成爲故國的化身，亦成爲他們飄零心靈之所寄。許友的詩與畫，正具有這種深長意味，蘊含了他對明朝的眷戀，感慨深沉。

[一]〔清〕謝章鋌：《謝章鋌集》，吉林文史出版社，二〇〇九年，第五八〇頁。

[二] 李恭忠：《康熙帝與明孝陵：關于族群征服和王朝更替的記憶重構》，《南京大學學報》（哲學·人文科學·社會科學版）二〇一四年第二期。

鼎革之際，不少明朝官員選擇以死殉職，表達他們對明朝的忠誠。其中有不少許友的師友，如倪元璐、祁彪佳、曹學佺等。在聽説他們的死訊後，許友一一爲之撰寫祭文，既表達他對師友沉痛的悼念之情和敬佩之意，也抒發自己無所適從的亂世之感。如爲倪元璐寫的《祭倪鴻寶師文》：『無事則攀鱗者無慮萬輩，至于有變，而攀髯者不過數公。嗚呼！君爲社稷死矣，而猶執獨吾君之詞以自解。師向所云「八化」者，若此輩，吾又不知將安所化耶？先是，吾師之友固幾遍天下，至是爲師之友者僅得二十許人，噫，亦寥甚矣。』[一]世變人心亦變，原本攀鱗沐皇恩、科第進仕的官員那麼多，明亡後殉君的不過倪元璐等幾位，令人歎惋的不僅僅是明朝的傾覆，更是世態炎凉、人心敗壞。

許友爲祁彪佳寫的《祭盟叔祁世培先生文》稱：『甲申都門之變，僅見之禍，二百七十年也，以一十七載憂勤之主當之，一時朝士髯攀莫逮，齦嚼欲穿，此其氣之所激，誓不與仇俱生，是宜多有也。迨今歲之事，一君立，一君復爾。人將謂天步未回，瞻烏于屋，將有所集。前之激者漸以平矣，故死于北者猶得十有九人，死于南者僅三人而已。何則？氣再鼓而衰焉耳。……余謂以視南北諸公，兩先生猶爲難之又難焉者。然在先生則不以爲難，而以爲樂。』[二]祁彪佳爲許友之父許豸的好友，天啟二年進士，崇禎時因黨争家居八年，崇禎末復官，位至南京巡按。清兵入關後，祁力主抗清，輔佐南明弘光帝，後又因黨争去職。弘光元年（一六四五）閏六月初六日，在杭州城破兩日後，祁

[一]（明）許友：《米友堂集》第四册，日本内閣文庫藏清刻本，『祭文』第二頁。
[二]（明）許友：《米友堂集》第四册，日本内閣文庫藏清刻本，『祭文』第五頁。

彪佳于家中水池自沉而死。明清之際，時事多艱，士人原本秉持的儒家忠君信條受到嚴峻的挑戰。崇禎帝剛剛自縊煤山時，殉國者衆。待到多個南明政權紛立，許多士人開始觀望時局，投機政治，先前的同仇敵愾開始消散。在清軍大舉進攻之下，南明各政權之間仍内鬥不已，矛盾重重，各派政治勢力互相攻訐，罔顧家國危局。在如此艱危的時局下，祁彪佳義不降清而自盡，其好友劉宗周也絶食而死，二人之慷慨，確爲衰世之表率，因此，許友贊『兩先生猶爲難之又難焉者』。文章最後，許友慨嘆：『今敢憑新鬼附書與地下亡父，爲道孤兒别來，地上地日就窄，從兹欲覓乾土恐漸不可得，地下地洵訏且樂，宰亦欲往而家矣。』貞烈之士均已慷慨赴死，世道日衰，故許友欲往『地下地』而家，其對現世之不滿顯而易見。

除了抒發情緒，許友有時發表的議論也頗爲高明。如《擄婦愁題辭》寫道：『天下事婦人爲之乎？天下事婦人壞之乎？爲之者非婦人，壞之者非婦人，而婦人被其辱，婦人罹其戚。嗚呼！不忍言之矣。』這篇題辭是爲林姓文人《擄婦愁》所寫，該文已佚，從許友文中推斷應是爲戰亂中遭劫掠的婦人所抒發的愁怨。許友進一步指出，婦人是最無辜的，很多時候，婦人的節操應令男子羞愧。文章結尾，許友寫道：『抑非爲婦人愁也，蓋爲男子愧也！天下事男子爲之也，天下事男子壞之也！』[二]這樣的議論已經超越了當時許多人的見識，也尖鋭地揭示了亂世中許多男子甚至知識分

[二]〔明〕許友：《米友堂集》第四册，日本内閣文庫藏清刻本，『題辭』第一—二頁。

子、名士都難以堅守節操，應愧對婦人，愧對天下。

許友還有一組《願學詩》，包含《學死》《學盲》《學聾》《學啞》《學爲奴》《學乞食》《學擔糞》《學織屨》和《學挽歌》等九首古體詩。組詩題下有短序，每首小詩題下亦有短序，可見許友作此組詩時心態之複雜。並且，這組詩被收在《米友堂雜著》中，或許是許友並不以作詩的心態而爲，乃是不拘形式地將詩與文雜糅在一起，宣洩自己繁雜紛亂的心緒，故題爲詩，却又收入『雜著』。組詩題下序云：

嗚呼！事變至今，每念昔人教走之語，愴然懷中，尚能爲閒行緩步于邯鄲故道耶？書劍無成矣，去而作萬人之敵，予愧未能也。無已，則求爲一了百訖之計，向天公乞假，庶逸我以死乎？予愧未能也。無已，則給以半死之身，盲之、聾之、啞之，雖曰不死，而猶幾于死者之所爲乎？予愧未能也。無已，則憑此現在未死之身，置我朝市，則奴可、乞可；置我村野，則掏糞可、織屨可。既不得死，尚自努力可乎？予皆愧未能也。無已，則惟有曼聲哀唱，作田氏門人，身雖未死，而豫辦死時齎糧，以消此欲哭不能、欲泣不可之歲月可也。然予終愧未能也。[一]

序裏盡情傾吐了許友面對朝代鼎革時的矛盾，他考慮了多種道路：投降、自盡、自殘、自貶爲賤民、

[一]〔明〕許友：《米友堂集》第五册，日本内閣文庫藏清刻本，『雜著』第一頁。

爲門客，却『愧未能也』。作爲『才兼三絶，名盛一時』的貴公子，在國破家落之後，更是感到一種窮途末路的悲哀。《學爲奴》詩前的序裏稱『甚至爲亂世乞身，亦能潛晦以自全』，表明他把『爲奴』當作一種韜光養晦的亂世處身之道。再如『悟道與養生，真訣在閉目』(《學盲》)，『何如兩不事，守吾一味寂』(《學啞》)，『近來里語更譊譊，掩耳疾走猶相逐』(《學聾》)，『下士常苦拘，强自名爲儒』(《學乞食》)等，都帶有强烈的諷世意味。在其《宜讀書序》一文中，許友談到他作《願學詩》時感慨道：『今世波驚濺，所歷之險，有百倍于舟過曲江者，使吾黨廢書而起，亦終不能作一事，何如且讀書乎？』他對世道失望至極，無奈之下，只能選擇避世以存己。

從遺逸文學的角度考察，方能進一步理解許友爲何耽于詩酒、耽于田園，以及對陶淵明和蘇軾頻頻追慕。陶淵明與蘇軾代表了中國古代文人所普遍追求的一種人生價值，他們已成爲文人的一個精神歸宿。事實上，陶淵明和蘇軾固然有天性淡泊的一面，但他們並非一開始就追求淡泊，也都是經歷了『有志不獲騁』的打擊，才對世道失望，以曠達慰藉自己。因此，在遭遇人生坎坷、失意彷徨之時，文人往往回歸或者説是追隨陶淵明與蘇軾之路，從飲酒中體悟人生真諦，從田園中找尋真我。許友也是如此，喜愛園居，一方面是出于本性，另一方面是因爲明清世變下文人的生存困境。明清鼎革對許友造成的糾結掙扎的心理衝突，于其詩文中歷歷可見。

許友並無專門的詩論，但其在《林郭子詩序》中談到：『但以詩之爲理，日變月新，非至通者莫與識變，非至脱者莫與趨新。』詩與詩人是互相照映的，詩人唯有保持通脱的性情，方能在詩理上追新求變。在這一點上，許友應是受到了晚明追新求異的風尚影響。從許友詩作來看，他也有一些劍走偏鋒的嘗試，反映了他標新立異的詩文追求。

周容在《復許有介書》中與許友暢談詩論，在受許友之托『以詩集命爲點定』後，贊許友道：『足下之詩，如清溪竹屋，斜月照霜，孤雁一聲，小橋獨立，豈不令人心閑塵遠？』而後他提出：『古人著述足以傳久不朽者，大約有三：一曰避。……一首之中，情與景變，事與意變，開與闔變，虛與實變，瀠洄恍惚莫測，雖近體絶句而有千萬言之勢者。……數見不鮮，可以悟所避。一曰鈍。鈍者，沉其氣，抑其力，而出之以遲回慘澹者也。鈍則必厚，鈍則必老，鈍則必重。……一曰離。……古人之爲詩也，原未嘗預設一題，而强我意以實之，興會所至，隨處見端，使讀者各以其情志相遇，而合于不覺。』周容認爲，詩之不朽在于三點，一是避，即避開陳言熟語，求新求變；二是鈍，即寫詩作文要氣勢宏大、沉著有力，不可輕豔浮靡；三是離，講究意在言外，耐人尋味。周容明顯推崇『漢魏初盛唐』的詩文風格，指責俗爛之詩時稱其『不親古人而親近人，取徑窄而入手易也』，『遂近宋詞，遂鄰元曲』。周容與許友交好，詩文往來甚頻，且二人都精通詩書畫，均爲明遺民，精神志趣有諸多相似之處。這篇詩論雖未見許友復信，但推測許友的觀點應與其不遠。

許友詩風總體而言清俊淺率，格調高遠。錢謙益在《吾炙集》中推崇道：『此人詩開口便妙，落筆便妙，有率易處，有粗淺處，有入俗處，病痛不少，然不妨其爲妙也。或曰：「詩具如許病痛，何以不妨其妙？」答曰：「他好處是胎骨中帶來，不好處是熏習中染來。若種種病痛果爾從胎骨中來，便是蕉芽敗種，終無用處矣。」』[一]誠然，許友詩有些用詞粗率，語意太盡，然瑕不掩瑜，這些缺陷正説明他純用胸臆語，詩風天然直率，不作矯飾，正如其爲人。《福州府志·文苑》評價許友『爲詩清新俊逸，如高秋遠籟』[二]，也是公論。

四、許友詞論略

詞自南宋以來，經歷近四百年的衰微後，在明末走向復興。尤其是以陳子龍、宋征輿、夏完淳等爲代表的雲間詞派扭轉了明代詞衰微的局面，爲之後的清詞中興奠定了基礎。明末清初，江南地區成爲詞創作的核心地區。曾長期遊歷江南的許友，也受到了這種風氣的影響。謝章鋌《賭棋山莊詞話》卷一『閩詞家』中概述福建詞發展史曰：『吾閩詞家，宋元極盛，要以柳屯田、劉後村爲眉目。明代作者雖少，然如張志道以寧、王道思慎中、林初文章，亦復流風未泯。又繼以佘澹心懷、許有介友、林西仲雲銘、丁雁水煒、韜汝焯，雁水與竹垞、電發友善，其名尤著。近葉小庚太守申薌亦擅此學，著《詞存》《詞譜》等書。』[三]可見，在謝章鋌眼中，許友在福建詞史上是佔有一定地位的。遺憾的是，現存世的許友詞僅有《米友堂集·詩餘》裏收録的十首，難以全面評價。

[一]〔清〕錢謙益：《吾炙集》，第四二頁。
[二]〔清〕徐景熹：《福州府志》卷六〇《人物·文苑》，海風出版社，二〇〇一年，第三五一頁。
[三]〔清〕謝章鋌：《賭棋山莊詞話》，《謝章鋌集》，第五二三頁。

先看《霜天曉角》：

拔身不起，活埋愁堆裏。白日長吁而已，招吾魂，誰剪紙。松門蒿里，片石何人紀？若還題我新銜，半癡黠，妄男子。　巫陽下視，手版傳天旨，帝命許郎無死。爇雙燭，修情史。那人長侍，酬汝懸槌指。下士叩頭玉堦，謝碧翁，夢醒矣。

此詞收在《詩餘》最後一篇，寫作背景不詳，似是作者面臨困境時，獨坐愁城，長吁不已，幾有尋死之心。忽然仿佛仙人降臨，傳天帝之命不得尋死，並賜其妙手書畫才藝。正叩頭謝恩，幡然夢醒。這般境遇疑似黄翼雲所鈔《許氏宗譜》裏的許友在明鼎革時曾絶食的事蹟。詞有自述的意味，用字有些佶屈聱牙，而且並不諧律。作者自稱爲『半癡黠、妄男子』，似述其孤獨迷茫之際，只能以文學書畫爲人生的倚靠。

再看《眼兒媚》：

精魂石上憶三生，寒夜與君盟。窗間小飲，簾外微霜，樓上殘更。　而今閒坐記前宵，龐兒較可憎。髀肩倚案，低頭弄筆，斜眼挑燈。

這是一首婉約的愛情詞，以女子口吻追憶愛情。上片寫情濃時的寒夜盟誓，下片追憶閑坐時的形象。這兩首詞風格各異，都入選了《全清詞》，[一]與許友詩風大相徑庭，呈現其另一種文學面貌。

從目前所見來看，許友詞大都是代擬閨怨的作品，以抒情爲主，細膩藴藉，風格悽楚婉約，温柔香豔，與明清之際盛行的早期『雲間派』類似。平心而論，《詩餘》所録十首詞，水準並不算高。當然，明清福建地區詞的整體創作水準算不上一流，從地域視角來看，許友的詞作還是有一定貢獻和影響力的。

顧景星《許有介詩集序》稱：『崇禎時，閩以僻境晏安，風俗華侈。有介家既給足，孌童舞女，詩酒談讌，無虚日。』[二]其《哭許有介》詩道：『曾醉君家米友堂，伎見十五勝名倡。半酣柘舞更新曲，待月梅花選夜妝。』可見許友家境富裕時，常有詩酒宴飲，席上還有歌伎舞女獻藝佐歡。細察許友這一類詞，專談風月，風調輕靡，或是在『詩酒談讌』時供歌伎舞女輕歌曼舞之用。另外，許友將詞稱爲『詩餘』，這可能表明許友對作詞並非十分看重，僅作爲作詩之餘的練筆或遊戲文字之作，並無費心鑽研技藝。從其存詞數量上，也可證明這一點。

另外，曹爾堪《南溪詞》中有一首《風入松·寄侯官許有介》：

[一]《全清詞·順康卷》，中華書局，二〇〇二年，第七三五頁。
[二]〔清〕顧景星：《白茅堂集》卷三四，第一四頁。

風波無恙且歸耕，閩嶠正秋清。徑邊松菊纏芳草，春常在、南國霜輕。荔子紅垂古驛，榕陰緑滿重城。　開尊烏石聽啼鶯，瀚海暮潮平。丹青已擅雞林價，鍾王法、當代知名。高興西園公子，安貧東郭先生。

曹爾堪（一六一七—一六七九），字子顧，號顧庵，浙江嘉興籍，華亭（今上海市松江區）人。順治九年（一六五二）進士，官至侍講學士。博聞强記，工詩詞，柳州詞派領袖，清初詞壇重要人物。善書畫，不輕授人，故罕流傳。有《南溪集》行世。曹爾堪在順治年間兩次受案件牽連，一度幾被流放。此種遭際與許友有相似之處，二人何時交往現已無法確證，但此詞開首『風波無恙且歸耕』，似是遭遇風波後的互相慰藉之語，有可能作于許友出獄之後。接着描寫許友别墅烏山濤園的優美景致，然後以『雞林價』的典故讚頌許友書畫作品價值高貴，聞名于世，最後稱揚其安貧樂道的精神。曹爾堪既然有詞寄許友，推想許友當時應也有詞作與之唱和，惜不存。

五、許友著述考

柯愈春《清人詩文集總目提要》載：『（許友）現存所著稿本二種：一爲《米友堂詩集》，不分卷次，福建師範大學圖書館藏。……另一種則爲《許有介詩稿》，僅一卷，北京市文物局藏。福建師範大學圖書館藏其集寫本二種：《許甌香遺詩》不分卷，清初鈔本；《米友堂詩集補遺》不分卷，鈔本。其集刻本，見于諸家著録者三種：一爲《米友堂詩集》不分卷，署許宰，清刻本，中國國家圖書館藏。二爲日本内閣文庫所藏，題《米友堂詩集》七卷、《文集》不分卷、《雜著》四卷，注稱「明刊本」，疑有誤，當刻于康熙年間。另一種《續修四庫提要》已著録，題《米友堂集》四卷，康熙間紫藤閣刻。陽新石榮暲曾藏一鈔本，名《箬藺室詩集》，僅詩六十六首，民國二十五年輯入《蓉城仙館叢書》，中國科學院圖書館藏。』[一]隨着時代變化，其中記載的收藏情况也有所變化，需重新考證。筆者曾往中國國家圖書館、南京圖書館、上海圖書館、福建省圖書館和福建師範大學圖書館查詢，並托友人從日本公文書館購得内閣文庫藏《米友堂集》原書掃描光碟。許友存世的文學作品，筆者大部分已寓目。除柯老所説的北京市文物局藏《許有介詩稿》現不知下落外，筆者還發現一個比較重要的問題：《箬藺室詩集》並非許友作品，而二〇一〇年上海古籍出版社出版的《清代詩文集彙編》將此集收録並署名爲許友，實爲誤收。

（一）《箬藺室詩集》非許友作品

據《箬藺室詩集》書末跋文，該集原爲鈔本，民國二十五年（一九三六）被收入『蓉城仙館叢書』之《明代秘笈三種》，刊印出版，現藏中國國家圖書館。該書刊印清晰，品相完好，書末石榮暲跋云：

右有介先生詩六十六首，係先生親筆手跡，計全帙二十九頁。惟原稿剥落較多，殊爲欠缺，

[一] 柯愈春：《清人詩文集總目提要》，北京古籍出版社，二〇〇二年，第一五七—一五八頁。

集中有《丁酉歲正月四日雪》詩及《辛酉立春日溪園試筆》詩，先生至有清康熙中以諸生終，則丁酉爲順治十四年，辛酉爲康熙二十年，以相隔二十餘年之作一時録出，應爲先生自選生平佳作，是以末頁署名並蓋有介書畫章以贈友人者。卷首有眉公二字白文印章，或先生以之贈陳眉公者歟？末附《放鶴篇》四首，則由《明詩綜》録出校訖，附記數語于此。丙子仲春陽新石榮暲記于故都西城之西邱草堂。

再，此本收藏家首爲陳眉公，次爲王文勤公。文勤公名慶雲，字雁汀，閩人，道光進士，歷任陝西巡撫、四川總督、兵部尚書，均有印章蓋于卷末。次則爲贈予之葉可庵君，亦閩人。三百年中知者僅此數人，至入予手則爲之裝潢，爲之校印，竭盡吾力。若至予後又不知歸于何人、流于何地。校録之餘，俯仰古今，有令人不勝唏噓太息者矣。榮暲又記。

石榮暲，字藎年，湖北陽新人。精通方輿之學，藏書頗富。辛亥革命時曾任山西高等審判廳民庭庭長，新中國成立後曾任中央文史館館員。著有《庫頁島志略》《太原辛亥革命回憶録》《合河政紀》等。他的跋文將原稿本之品相與來歷一一道來，看似十分可信。但細究之下，可發現頗多疑點。二〇一〇年，筆者在博士學位論文中提出：

首先，《辛酉立春日溪園試筆》的編年存疑，距許友生卒年最近的辛酉年是一六二一或一六八一，然一六二一年許友才周歲，一六八一年許友已作古，均不可能寫詩。其次，『卷首有眉公二字白文印章，或先生以之贈陳眉公者』，陳眉公乃陳繼儒（一五五八—一六三九），既然詩集中有作于一六五七年的《丁酉歲正月四日雪》詩，則陳繼儒絶無可能見過此本，許友亦不可能將詩集贈予。或眉公印章爲他人所有，或石榮暲辨認錯誤。再次，該本是否爲許友『親筆手跡』『自選生平佳作』？原鈔本下落不明，如今僅憑刻本難以確認，亦無從考證。[一]

當時筆者並未細究，只是就邏輯上提出一些疑問。二〇一〇年上海古籍出版社出版的《清代詩文集彙編》收録了《篙藺室詩集》，作者署爲許友。二〇一四年，經上海外國語大學陳福康教授提醒，筆者再次考查，發現集中詩作均爲元明之際詩人所作，非許友作品。如《辛酉立春日溪園試筆》實爲元明之際王逢所作，《丁酉歲正月四日雪》爲元明之際梁寅所作，年代早于許友兩百多年，斷然不是許友『自選生平佳作』。由是，原先筆者所疑的編年豁然得解。陳福康一一稽查集中詩作，除卷末《放鶴篇》《龍洞》《題淵明獨酌圖》《作畫》四首，石榮暲明言『由《明詩綜》録出』，非《篙藺室詩集》原稿所有之外，其餘三十組詩均爲元明詩人作品。[二]

那麽，這本書是如何誕生，並以許友之名行世呢？筆者認爲，首先可以排除許友僞造此書的嫌疑。一來，許友雖然有一名爲『篙藺室』的齋居，但從現存世的和史籍記載的許友作品來看，他的所

[一] 鄭珊珊：《明清侯官許氏家族文學研究》，福建師範大學，二〇一〇年博士學位論文，第三八頁。
[二] 陳福康：《辨〈篙藺室詩集〉是一部僞書》，《文學遺産》二〇一五年第四期。

有著作或以『米友堂』爲名，或以『許有介』『許甌香』等字號爲名，皆無以『篛蘜室』爲名的；二來，如果許友要假抄前人詩篇炮製一本自己署名的『僞書』，是不可能把與自己生平有明顯衝突的紀年詩作抄進去的，如前面所説的辛酉年。但筆者不太認同陳福康教授所言，乃石榮暲刻意僞造欺騙世人，畢竟在一九三六年刊印古籍無利可圖。

在原書已佚失的情況下，石榮暲所言許友『親筆手跡』『末頁署名並蓋有介書畫章』『卷首有眉公二字白文印章』等細節均無法坐實。而關于『眉公』章，筆者疑爲『介眉』二字之誤辨。則此書或爲許友抄寫古詩而被石氏誤認爲許友詩集？然《篛蘜室詩集》原稿本不見于世，關于此書疑點甚多，筆者目前無法回答，只能期待將來有更多的發現，來揭示這部疑雲籠罩的詩集。

（二）許友著述重點介紹

經過辨析，筆者所見許友著述有以下八種：《米友堂詩集》不分卷，福建師範大學圖書館藏；《米友堂詩集補遺》不分卷，福建師範大學圖書館藏；《許甌香先生遺稿》不分卷，福建師範大學圖書館藏；《米友堂詩》四卷補遺一卷，福建省圖書館藏；《米友堂詩集》不分卷，福建省圖書館藏；《米友堂詩》不分卷，福建省圖書館藏；《米友堂詩集》不分卷，上海圖書館藏；《米友堂集》詩二册、文集二册、雜著一册，[二]日本内閣文庫藏。此外，筆者瞭解到國家圖書館古籍館藏有《米友堂

[一]《清人詩文集總目》録爲：『《米友堂集》詩集七卷、文集不分卷、雜著四卷。』

詩集》清刻本二册，但聯繫國家圖書館古籍館後得知，該詩集被蟲蛀嚴重，無法提供閲覽或複製。筆者根據查閲的情况，現擇幾部主要作品進行重點介紹：（一）福建師範大學圖書館藏《米友堂詩集》不分卷，鈔本，前人視之爲許友稿本，爲與其他鈔本相區别，後稱『傳稿本』；（二）福建師範大學圖書館藏《許甌香先生遺稿》不分卷，清初鈔本，曾爲趙在林所收藏，後稱『趙藏本』；（三）福建師範大學圖書館藏《米友堂詩集補遺》不分卷，鈔本，後稱『補遺本』；（四）日本内閣文庫藏《米友堂集》詩二卷、文集二卷、雜著不分卷，清刻本，後稱『内閣藏本』；（五）福建省圖書館藏《米友堂詩集》四卷補遺一卷，黄翼雲鈔本，後稱『黄鈔本』；（六）福建省圖書館藏《米友堂詩集》不分卷，紅格鈔本，後稱『紅鈔本』；（七）國家圖書館藏《米友堂詩集》刻本；（八）上海圖書館藏《米友堂詩集》，影印本。

1.『傳稿本』

該本常被認爲是許友手寫稿本（實際上不是），署名『侯官許友介壽著』。書前有黄賓虹寫『真意雙硯齋』。賓虹爲東明先生題』幾個大字，並鈐有『東明樓』『賓虹』『真意雙硯齋』三枚印章。黄賓虹（一八六五—一九五五），原名懋質，名質，字樸存、樸人，亦作樸丞、朴琴，號賓虹，别署予向、虹叟、黄山山中人等。原籍安徽歙縣，出生于浙江金華。著名畫家，與齊白石並稱爲『南黄北齊』。劉東明，生平未詳，其藏書樓曰『東明樓』，藏書甚富，且多善本。後『東明樓』藏書多歸近人廖元善。《黄賓虹文集·書信編》中兩封《與秦更年》道：『附《米友堂詩》一册，係周櫟園所評原跡影印，即希詧存。』『兹檢閩友印行《米友堂詩》並印册共三本，即希詧存。』信中提及的《米友堂詩》即指該本，『閩友』即指劉東明。可知當時劉東明影印該本數本，黄賓虹與劉東明交好，得到其中幾本，並送三本給揚州著名書畫家、藏書家秦更年。

『傳稿本』前印有許友畫作三幅，第一幅爲現藏于福建博物院的《雙松壽石圖》，兩旁有『東明樓』『張善貴印』兩枚印章，又有字一行：『福建師院圖書館惠存。長樂張善貴敬贈。六三年一月十日。』説明了此畫的來源。第二幅亦爲松石圖，上書『許友眉先生真跡。東明道兄大雅屬。黄賓虹題』，『米友堂真跡。辛未初夏，東明先生攜以示余，爲志眼福。天都黄賓虹』。辛未年即一九三一年。此圖現藏于福建師範大學圖書館，並被名爲《老松圖》，收入《福建師範大學藏書畫作品集》，二〇一二年由上海書畫出版社出版。第三幅爲山水畫，近處亦有松石。畫中題詩：『虬龍垂髯出灣沙，緑酒玄經載古槎。從此年年溪上石，笑看擲米作丹砂。』此詩亦被補入集中『七言絶句』類，題作『題畫壽瑞翁』，後注有『歙黄賓虹得米友堂畫山水軸截句，附録于此』。

正文首頁有許多鈐印，如劉東明的『東明樓』『劉東明』，黄任的『莘田黄氏珍藏』『十硯齋圖書』，趙在林的『在林鑒古』『麓原瓣香』，還有『福建師範學院圖書館藏書印』『人書俱老』等。集中共收入五言近體一百三十五首，七言絶句一百五十一首，七言律詩五十二首，五言短古二十首。大多數詩有圈點，間雜一些評語。書後有陳衍七十五歲時即一九三〇年作的跋，稱書中評點據傳出自周亮工之手，據卷首印章可定之爲『初稿本未寫定者』。其後又有張壽海題字：『甌香館裏松三紙，真意齋頭硯兩方。都作東明樓上物，代刊遺集當酬償。辛未夏爲東明樓主人題米友堂集後，張壽海。』題字中間有小字注云：『真意，名遇，許友子，有端硯兩方，皆丙戌中秋刊，今皆歸之東明，亦奇緣也。』

末頁有『辛未初夏。天都黄賓虹拜觀』字樣及『王真』『劉明審定』印。

對于前人所説的該本爲許友手稿，有周亮工評點，筆者認爲應有誤，原因有三：一則該書書法水準略嫌平庸，不可能出自許友之手。且福建師範大學圖書館還藏有一册《許甌香先生遺稿》，收録的詩作與『傳稿本』多有不同，但筆跡一致，應爲同一人鈔的兩個版本。二則從書中批語的筆跡來看，大約出自不同時期兩個人之手。一種筆跡的批語較多，有『太盡，介老七截每犯此病』句，批點之人既然稱許友爲『介老』，則一定是許友的晚輩，絶不可能是年長于許友且被許友以『師』和『公』來稱呼的周亮工；還有『周評大雅』之類的批語，足證非周亮工所批，且這一筆跡與抄寫詩集之人應爲同一人。另一種筆跡全書只有數句，比較特别的是在五律《童子修蕉》的頁眉處批道：『誠吾蕉堂中佳聯。』該批語旁有後來的藏家劉東明另貼紙記道：『蕉堂爲周亮工先生在邵武時所耳。東明記。』可見劉東明主要根據這一條批語認爲周亮工評點該詩集，而這一説法爲時人與後人所采信。劉所説的周亮工在邵武時有蕉堂也屬實，但批語所謂的蕉堂並非周亮工之蕉堂，因爲周亮工入閩時，因道路受阻，在邵武滯留七個月後才抵達福州，之後才認識許友。因此，周亮工于邵武建蕉堂在認識許友之前，其蕉堂的『佳聯』不可能用許友詩。且批語的書風與周亮工不太一致。

因而這條批語認定『傳稿本』中的評語出自周亮工之手，是不成立的。三則全書只有藏書印，並無許友與周亮工之印。至于抄寫年代，筆者推認爲清初，極可能爲康熙之前。因爲書中有多處『玄』字，筆畫完整，不因康熙名字『玄燁』而避諱，則應是在康熙即位前所抄。當然，不排除古代因交通不變而消息不靈通，康熙即位初期，福建的民間尚未得知而未及避諱。

『傳稿本』是流傳最廣的版本，有民國二十年（一九三一）影印本數本，分别藏于中國國家圖書館、上海圖書館、福建省圖書館、復旦大學圖書館和福建師範大學圖書館等。二〇一〇年上海古籍出版社《清代詩文集彙編》收録的燕京大學圖書館藏《米友堂集》，應源自國家圖書館，亦爲劉東明影印本。

2.『趙藏本』

該本就是前面提到的與『傳稿本』筆跡相同的鈔本，書前有鄭麗生朱筆序云：

此本録存許甌香詩六十三篇，凡八十一首，爲趙在林舊藏。審其字跡，與劉東明景印之《米友堂集》抄手同出一人。劉本卷首鈐有『在林鑒古』『麓原瓣香』兩印，陳石遺跋訛爲林吉人。而此本兩印外，又有趙在林『天水後人』『王孫芳草』諸印，蓋陳氏不知在林亦字麓原也。黄桐坡别有鈔本一卷，所録與此大多相同，惟序列間有錯亂，首尾題跋不注出處，讀之皆錢牧齋語，意與此皆從《吾炙集》鈔出。此本中有割削，今依黄鈔編次合者補之，並略識其詳略異同云。

中華民國三十年歲次辛巳春分，東廊居士記于春檗齋。

序前空白頁又有朱筆寫道：『書中有《同謝爾玄讀書山中》一詩，「玄」字不避諱（黄鈔「玄」作「元」），其爲康熙之前鈔本，殆無可疑。春檗又記。』鈐印有『東廊居士』『鄭麗生』『麗生題跋』等。鄭麗生（一九一二—一九九八），號東廊居士、春檗齋、怡齋，福州人。民國時期，歷任《中央日報》《粹報》編輯、總編輯等職務。一九五〇—一九六六年間，爲福建省圖書館、福建師範學院圖書館謄抄古籍。一九八〇年，參加《漢語大詞典》編纂與審稿工作。一九八三年，任福州市地方志編纂委員會編審。熟悉地方掌故，精于考據，著述宏富，有《小説舊聞鈔補》《林則徐詩集筆記》《閩中文物題詠》《閩人自號録》《福州風土詩》《春檗齋文史叢稿》《林洋備乘》等。藏書頗富，不少福建古籍都有其鈐印和序跋。

據鄭麗生序，『趙藏本』原爲趙在林所藏，根據字跡，與『傳稿本』爲同一人所抄，應是同出一源，這也説明了他認爲『傳稿本』並非許友稿本。『趙藏本』收録詩歌内容與黄翼雲鈔本大致相同，只是序列有差異。鄭麗生據『黄鈔本』等對『趙藏本』進行了增補，用朱筆補注『從黄桐坡氏鈔本編次補』『黄鈔無第二首』『從黄鈔補』等字句，並鈐朱印『鄭麗生』『麗生手校』等。另外，『傳稿本』的陳衍跋中稱有林佶印，鄭麗生勘誤指出，『麓原瓣香』非林佶印，而是趙在林印。

内頁有黄翼雲的『黄翼雲印』，趙在林的『王孫芳草』『天水後人』『紅杏在林』『趙在林』，鄭麗生的『麗生手校』等印章。一些詩文附有朱筆評點。卷末有趙在林的『在林鑒古』『麓原瓣香』和鄭麗生的『麗生經眼』等印章。

3.『補遺本』

該本卷首僅有『福建師範學院圖書館藏書印』印章一枚，内頁有朱筆修正和黑筆小字評注。除此，選詩、評注及卷末之跋均與『趙藏本』一致，不過是用墨筆鈔寫。品相完好，應是現代人據『趙藏本』所鈔。

4.『内閣藏本』

這部集子是許友最重要的作品之一，是現存所收許友作品文體最多的一部，也是目前罕見的許友作品刻本。黄仁生在《日本現藏稀見元明文集考證與提要》中對這一刻本有詳細的介紹和簡單的辨析：『清初刻本，内閣文庫藏。五册（二十四點一乘十四點九），每半葉九行，行十八字，有欄，注文雙行，版框十九點二厘米乘十二點一厘米，左右雙邊，版心白口。封面題「米友堂集」，乃後人手書。卷内有「秘閣圖書之章」鈐印，屬江户幕府官庫紅葉山文庫舊藏本，明治年間輾轉歸入内閣文庫。』[二]筆者于二〇一五年購得日本公文書館内閣文庫藏《米友堂集》原書掃描光碟，從光碟中的影像來看，集子品相完好，字跡清晰，署名爲『侯官許友有介著』。現日本公文書館網站上可

[二]　黄仁生：《日本現藏稀見元明文集考證與提要》，嶽麓書社，二〇〇四年，第四四三頁。

免費查閲該集部分圖像。

前二册爲《詩集》，不分卷，卷首有署名『陳肇曾昌箕撰』的《米友堂詩序》，序中曰：『今集中删者什九，留者什一矣。蓋有介非爲之而不能，實存之而不肯者也。』説明該集由許友精心挑選而成。但序的書口印有『林序』二字，與署名『陳肇曾』衝突。而福建省圖書館藏『黄鈔本』中的序與此文基本一致，但末署『異卿林寵撰』。則内閣文庫藏本或有刊刻錯誤，或原擬由林寵作序，預先製作好書口後却更换了序作者；根據第五册前序的書口亦印有『林序』字樣，也可能是誤將第五册序預製的木版用來刻陳序。陳肇曾與林寵均爲許友好友。陳肇曾字昌箕，福建長樂人，天啟元年(一六二一)舉人，歷任延平、建寧、漳平教諭，官至禮部司務，有《濯纓堂集》。『林寵字異卿，閩縣人。工楷書，仿歐陽詢，而間以黄庭筆意行之，一時文士奉爲楷模。福州題榜多出其手，寸紙片字，人争重之』(乾隆《福州府志·藝術》)。《詩集》按體例分爲五言古詩三十首、七言古二十四首、五言律詩一百五十六首、七言律七十一首、五言絶五十六首、七言絶二百九十三首、詩餘十首等七類，書口下方均標注相應類别。

第三、四册爲《文集》，不分卷。卷首有《米友堂詩文序》，署『茗水社盟弟孫坡題』。内録序、傳、文、銘、箴、頌、説、記、題辭、辭、小引、贊、跋、啟事、啟、書、白事、書事、疏、志銘、約、祭文等類，均標注于書口下方。文體雖多，然長短不一。

第五册爲《雜著》，不分卷。卷首有序《題米友堂雜著》，末署『蕙山古樵林牧谷長書』，這幾頁書口印有『林序』。次爲章中黄序，題『貧賤快活』，署『眉山畊叟寄言』『啖薑寮野人』，書口印『章序』。正文所録雜著分四種，今釐爲四卷，每卷首均題『米友堂雜著』，署『侯官許友有介著』，中書口刻『米友堂雜著』及頁次，每卷頁次均重新編碼。卷一爲《貧賤快活》，前有小序，正文二十二條，列出貧賤人的種種快活境界，顯示其灑脱的人生觀。卷二爲《三頓吃》，前有小序，正文有『毋長夜飲』『毋嘗至娼妓家』『毋諂媚』『毋賭博弈棋』『毋多蓄妾』等二十條。卷三爲《願學詩》，前有小序，正文有『學死』『學盲』『學聾』『學啞』『學爲奴』『學乞食』『學擔糞』『學織屨』『學挽歌』等九條。卷四爲《青鬘怨》，前有小序，詩共七十三首，皆七言四句體，序末署『甲申臘殘坐箬繭中識』。

該本在日本公文書館被著録爲明刻本，黄仁生在《日本現藏稀見元明文集考證與提要》中指出，《文集》中《趙枝斯遺稿序》提到年份『丙戌九月』，丙戌已是順治三年，故該書必刻于清初無疑。筆者發現，《文集》中《霪雨祝晴文》與《郡南白骨塔銘》均提及年份丁亥，即清順治四年（一六四七），而以福州爲行在的南明隆武政權在此前一年已覆亡。且《祭曹雁澤先生文》中『清師下閩』句，『清』字前空一格，是古代表示對當朝敬意的普遍做法。以上足證該書刻于清初。鑒于許友與清初名臣周亮工于此後一年訂交，此集中毫無提及周亮工，筆者推測，此集刊刻應在順治四年仲夏之後，順治五年左右。

5.『黄鈔本』

該本在福建省圖書館中被著録爲『《米友堂詩集》四卷補遺一卷』，爲黄翼雲[一]手鈔，書高二十八厘米，寬十八點五厘米。卷首有林寵撰《米有[二]堂詩序》，序下黄注云：『原本首缺二頁，每頁七十二字，計缺百三十五字。』集前録有許友生平遺事七則，分别摘自周亮工《讀畫録》、錢謙益《吾炙集》、沈德潛《國朝詩别裁初刻》、《福州府志·文苑》、《許氏宗譜》、王士禛《漁洋詩話》、《静志居詩話》等。詩集署名『侯官許宰有介』，緊跟著小字注『近移名友』。卷末有黄翼雲及鄭麗生跋。黄翼雲跋云：『此集原本明刻，計四卷，余前從表侄許賡宸處借鈔，與前見之鈔本不同。此本間有削去題目與詩者，幾十之一，似爲國初禁令剗去。』末署日期『歲乙未二月』，表明鈔于光緒二十一年（一八九五）。該書未標明卷次，看不出如何分卷；全書按體裁分類，分别標爲『五言古詩』『七言古詩』『五言律詩』『七言律』『五言絶句』『七言絶』六類。書中常有『照抄本截去較爲簡當』『此篇刻本紙破不可抄』『原集此首削去』『此下削去六首尾無一字可抄』『此下一首並題刮去』『以下刮去五行，不知何詩』『補，明詩綜』等墨筆注語。對照『内閣藏本』，『黄鈔本』所收詩歌

[一] 黄翼雲，字桐坡，號陶瓶，現代教育家、藏書家。爲黄任（許友外孫）後人。生于一八七四年，一八八七年就讀于福州倉前山黄氏家塾。一九〇二年（一説爲一八九九年）與表弟林白水、堂弟黄展雲創辦福建省第一所新學——福州蒙學堂。一九〇六年公費東渡日本留學，考入早稻田大學師範系深造。一九二二年出任福建省教育廳長。一九三〇年曾任福建圖書館館長。

[二] 原文如此，『有』字誤，當作『友』。

及其分類、順序大致相同。此外，還鈔録了錢謙益《吾炙集》中『侯官許友有介《米友堂集》』的全部内容，其中有部分詩與前半所鈔『明刻』有重複，但存在異文。可見黄翼雲手鈔時，以所謂『明刻』爲底本，又參照了其『前見之鈔本』、錢謙益《吾炙集》和朱彝尊《明詩綜》等，力求搜集到盡可能多的許友詩作。但其參照的底本已有缺損，加上鈔寫難免粗疏，故『黄鈔本』中存在不少缺漏訛誤之處，但也有可資參考之處。

鄭麗生朱筆跋所署日期爲『歲在辛丑』，即一九六一年。跋末鈐有『鄭麗生』『麗生題跋』兩枚章。他在跋中指出，他藏有『趙藏本』（其跋中省稱爲『趙鈔』）與『傳稿本』影印本，而『黄鈔本』的詩與『趙藏本』所録大多相同，『趙藏本』中『有割削，存六十三篇。此卷則七十九篇』；『此卷編次與趙鈔先後頗殊，觀其序列，實不及趙鈔之當』。他參照其他版本用朱筆對『黄鈔本』進行了增補、批注。除了對《吾炙集》部分做了朱筆點校，又用朱筆補充了《放鶴篇》和《入福廬》兩詩于末頁，並鈐有『麗生手校』章。

6．『紅鈔本』

該本爲民國鈔本，高二十九點五厘米，寬十六點二厘米。以墨筆抄于紅格箋紙上，間或夾雜有朱筆或鉛筆評注與圈點，或更改文字，或寫有『集見』和『見遺一』等字，可見曾有人將其與他本進行參校。該本收五律六十一首，七古十七首，五古一百七十二首，其中若干詩爲他本所無。前後無題跋，除『福建省圖書館藏書』章外，僅有一『劉明審定』朱色方印，應曾藏于劉東明處。書中夾有兩頁白紙抄寫的詩數首，字跡不同，前後有缺失的内容，似是從别的鈔本中掉落而來的。

7．國家圖書館藏《米友堂詩集》

國家圖書館著録該本爲清初刻本，綫裝，共兩册。二〇二二年三月，筆者與國家圖書館古籍館聯繫，被告知此書蟲蛀嚴重，無法提供閲覽或複製服務。筆者只能委託古籍館的老師幫忙對照該刻本與『内閣藏本』的差異，但這位老師表示，該書蟲蛀嚴重以至不便翻閲，僅能根據卷首和卷末提供些許信息：書每半葉九行，行十八字，有欄，注文雙行，左右雙邊，版心白口，版式、字體與『内閣藏本』大體一致。兩册即兩卷，分别爲『五言律詩』和『七言絶句』，每卷卷首的詩與『内閣藏本』的『五言律』和『七言絶』一樣，但卷首署名爲『侯官許宰有介著』，並非『内閣藏本』的『侯官許友有介著』。卷末的詩分别爲《妙巷楊初稜招飲》和《友人以燒餅製法教我》，而這兩首詩都在『内閣藏本』相應的卷的中部，也在『黄鈔本』相應的卷的最後一首和倒數第二首。根據現有信息推測，這一刻本應爲許友更名前所刻。『内閣藏本』中可明確寫作時間爲『丁亥夏五』的《苕水姚孺人墓志銘》中，作者自稱爲『閩人許友』，可見此時已更名。而當時福州仍爲南明隆武政權所控制（是年爲南明隆武二年、清順治三年，是年九月，福州被清軍佔領），則許友使用『許宰』之名時仍屬明朝。故筆者推測，該本應爲明刻本，很可能就是黄翼雲所鈔的『明刻』，但確切考證只能等待國圖古籍館將該刻本修復後才能進行。

8．上海圖書館藏《米友堂詩集》

上海圖書館共藏有兩本《米友堂詩集》，都是根據福建師範大學圖書館的『傳稿本』影印的。與『傳稿本』對比，首頁上除了『東明真賞後拾得』外，没有其他劉東明的印章，但多了幾枚朱文方印：『劉』『碩果亭』『墨巢居士』『上海圖書館藏』『天行』等。其中，『碩果亭』和『墨巢居士』是李宣龔的號。李宣龔（一八七六—一九五三），福建閩縣人，字拔可，號觀槿，又號墨巢。清光緒甲午舉人，官至江蘇候補知府。民國後供職上海商務印書館多年。工詩，喜收藏。民國三十年（一九四一）任合衆圖書館董事，所藏經史子集各類圖籍千餘册及師友簡劄、書畫、卷軸等一併捐入該館。一九五三年，合衆圖書館的全部文獻連同館舍都捐贈給上海市人民政府，併入上海圖書館。據此推測，此本原屬李宣龔，一九四一年被李捐入合衆圖書館，一九五三年隨合衆圖書館所有文獻一同歸入上海圖書館。

除以上所述各版外，許友《莊蝶序》一文中稱：『猶憶早歲予刻《醫夢草》一小帙。』乾隆《福州府志·藝文》（卷七二）載：『許宰《醫夢草》一卷。』林家溱《福州坊巷志》載：『許友《醫夢草》。』[二]然今《醫夢草》未見存世。郭柏蒼《烏石山志·人物》（卷七）稱：『《許有介集》刊本初署許宰名字，諸書所稱著有《米友堂集》，蒼未之見。』郭白陽《竹間續話》卷二載：『許友字有介，侯官人，有《許有介集》。』而顧景星《白茅堂集》收録《許有介詩集序》。這些所謂的《許有介集》《許

[二] 林家溱：《福州坊巷志》卷四，福建美術出版社，二〇一三年，第一四九頁。

有介詩集》也不知存佚情況，未知是否和柯愈春所説的北京市文物局藏《許有介詩稿》一致。暫録之，待考。

六、餘論

經過三百餘年時間的淘洗，許友的名聲在整個中國文學史上已不彰顯。但他活躍在明清之際的詩壇上，有着頗爲顯著的成就與盛名，至今猶有流風遺澤。因此，我們應正視其在文學史上的地位和影響，讓歷史給他一個公允的評價。

要客觀地審視許友的詩文成就，就要將其作品放進遺民文學中考察。許友的不問世事，一方面是因爲『不是偏枯寂，吾真在艸廬』（《悔出》），另一方面是因爲『紛紛世路總悲凉，古巷荒邨滋味長』（《停舟溪上看吴氏莊荷花》）。其自放于詩酒是由于『醉鄉無榮辱』（《樵擔》），『紅塵裏面事太多，醉翁之意當在酒』（《除夜送友人新醪》），是出于避世的心態。他『世亂才難盡』，但國破家衰，殘山剩水，無處托身，以至發出『兹山有地堪容我，許子他年定作僧』（《夢中有感》）的逃禪之語。經過一段時間的彷徨苦悶後，他終于從貧賤中覓到快活，在紛繁俗世中保全自我的人格。許友的遺民文學創作，展現了他傷時憂世的一面，也表現了他的志節和情操。

文學是明清之際士人消解身份認同危機的最終選擇。遺民作爲一種政治上的選擇，很難做到與新政權絶對不合作。出于現實生活的考量，遺民往往需要同清朝當權者交往。而從家族角度出發，也必須有人向清政府妥協。明清世變摧毀了士人們原來的精神與生活，士人們在政治與道德領域難以安身立命，最終以文學來消解政治與道德的分歧。所以，周亮工入閩後，對許友非常推崇，因而許友與之相交甚深。值得注意的是，當時許多明遺民都與周亮工交往甚密。周亮工並非一位簡單的降清之臣，而是有着複雜的面貌。他博學多聞，好士憐才，在清初文化圈中影響很大，襄助衆多文人刊刻詩文集，安葬了林古度、陳鴻、趙珣等知名遺民文士（這三人均爲許友好友），深得士林感佩，也包括許多明遺民。而其在政治、軍事上的才能，也受到士人的肯定。若考慮到晚明政治的腐敗早已打碎了許多賢臣良士的政治理想，加上周亮工在明末和南明都受到政治排擠而不得志，對于其出仕清朝也不能僅從政治道德上進行責備，而應予以相當的理解。每當易代之際，士人都面臨仕與隱、朝與野的掙扎，『遺民』與『貳臣』往往是基于傳統儒家政治倫理思想的簡單界定。而這種身份差別中蘊含的政治認同、文化認同以及士人心理，是不容忽視的。另外，周亮工與許豸是好友，故許友以師禮待之。從某種程度上説，文學和藝術方面的共同志趣，消解了二人在政治上的異見，讓許友在失途的彷徨和迷茫之後，再度尋回精神家園，也使得許氏家族在世變之後，繼續得到生息和發展。從這些角度來看，許友是許氏家族繁榮三百年的關鍵人物，也是中國文化史上才華出衆的重要人物。

米友堂詩集（内閣藏本）

米友堂詩序

王禹玉詩好用貴重字，人目爲至寶丹；秦少游詩好用輕雅字，人目爲小石調。予謂至寶丹即今吴派也，小石調即今楚派也。雖花樣不同而各有杼柚，不必互相訕訶。盖文章如面也。人之面肥者自肥，瘦者自瘦，安能使之孿生如一母之子？沈昭略與王約相遇，張目視之，曰：『汝是王約邪？何迺肥而癡？』約曰：『汝非昭略邪？何迺瘦而狂？』饒舌哉，人面安能盡[一]如己面乎？有介革帶數圍，人方謂其宜有寬大之言副其腰腹，迺其爲詩，則無笨伯之號，而有肉飛仙之名。詩中多茅竹苔花、烟霜月雪等字，目以小石調固宜也。人或謂使有介而盡禁[二]其茅竹苔花、烟霜月雪等字，則幾不能成詩。予謂藐姑射冰雪之姿，所須唯吸風飲露，迺欲屏其風露而去之邪？且有介爲詩，固不必盡出于小石之調也，其在尋常贈賀無可奈何之篋篋，則至寶之丹間亦一用鑪扇。但今集中

[一]『黄鈔本』序從『如己面』開始，並稱：『原本首缺二頁，每頁七十二字，計缺百三十五字。』

[二] 禁，『黄鈔本』作『去』。

删者什九，留者什一矣。蓋有介非爲之而不能，實存之而不肯者也。予羨有介人能如昌黎之肥，詩能如東野之瘦。是昭略、王約合爲一人，而賈du之頭半啼半笑也。鍾竟陵作李宗文像贊，謂世之未見予者，妄意其爲偉丈夫，覩其人則瘠。予欲移此以贈有介，知贋者不可測，每每如此然。有介又長于書者也，張太史書評謂獻[一]之爲古肥，張旭爲今瘦，書之肥瘦不同，亦如人面也。有介又何以處此？

陳肇曾昌箕撰[二]。

[一]『黄鈔本』此處多一『吉』字，應爲衍字。

[二]『陳肇曾昌箕撰』，『黄鈔本』作『異卿林寵撰』。按，『内閣藏本』序的中縫處印有『林序』二字。

卷一　五言古詩

題和尚石册

東海有大石，古名曰山骨。白水作乳汗[一]，野苔爲毛髮。千年日月忙，百萬雲霞屼。癡頑不可語，叩之如勃勃。

送黄典[二]玉還姬巖

才子居名山，文章開巖際。袖裹有白雲，眼中多蘭蕙。磊落君子襟，揮毫日月戲。握手言别予，酬此杯中契。

古意[三]

園中花爛開，花裡春欲去。日日恨蜂來，移花栽郎處。

[一] 汗，『黄鈔本』作『汁』。
[二] 典，『黄鈔本』作『琠』，誤。黄琠，字典玉，爲許友岳父黄文焕次子。
[三] 『内閣藏本』僅録第二和第四首，現第一和第三首據『紅鈔本』補。

郎心似明月，妾心如流水。明月有圓缺，流水無停止。畏見春愁寂，種花成滿屋。粉蝶不知羞，公然抱花宿。秋風來何驟，芙蓉空自老。盡日掩長門，蒼苔無人掃。

石林聽彈琴

十月前十日，與客過石林。徑外苔眉綠，洞中雲物深。長松宿巖畔，野寺落嶒岑。山童能煮茗，有客鼓[一]瑶琴。景入幽人履[二]，絃生太古音。衆山應如響，一鳥不敢吟。瑟風吹草木，明月澹衣襟。風雨忽言寂[三]，我心懷古今。

劃蒼

石貌覆烟蘿，林光山影和。手捫寒翠微，身[四]濕閒雲卧。怪狀列奔駟，森森不可蹈。有時風

[一]　鼓，『紅鈔本』作『彈』。
[二]　履，『紅鈔本』作『屨』。
[三]　寂，『紅鈔本』作『止』。
[四]　身，『紅鈔本』作『力』。

雨來，青山[一]爲劃破。

第一奇問松

愛此巖中松，遥問高林渡。仰首松下觀，與松話親故。鬱屈舞蛟龍，澹靄眠烟霧。古寺夕陽鐘，雲封聲不露。有時百頃濤，和我高人句。霜節固蒼蒼，恒爲衆木妬。閲世眼既青，不爲人所慕。老僧倚月看，野鶴來相護。孑[二]爾萬物違，問年不知數。

龍洞[三]

怪巖幾千古，藤蘿挂其膝。有洞可行人，僅容六與七。謏謏皆[四]秋風，炎炎無[五]夏日。雲從

[一] 山，『紅鈔本』作『天』。
[二] 孑，『黄鈔本』『紅鈔本』作『了』。
[三] 此詩『黄鈔本』有兩個版本，一個版本在書的前半部分正本中，從所謂『明刻』中抄出；另一個版本在後半部分，從錢謙益《吾炙集》中抄出，卷首有鄭麗生朱批：『此卷從清初舊鈔本校。』詩行間有其朱批校改的文字。
[四] 皆，『黄鈔本』朱批作『聆』，『趙藏本』作『聆』。
[五] 無，『黄鈔本』朱批作『消』，『趙藏本』作『消』。

洞口入[一]，水從洞口出。

天門古樹

奇石作奇形，古柯抱[二]古骨。柯以雲爲衣，石以苔爲髮。遊客策杖來，眉目爲之豁。徘徊不能去，谷口生微月。

白巖

聞爾[三]幽奇絶，扶笻試一行。早露香初濕，秋雲薄未生。草木皆太古，巖壁無陰晴。門外數畦穀，山僧自種畊。

過巖廊

烟深宜載酒，路暗識花粧。日色凝秋露，竹光浮水香。鳥夢驚新客，蜂寮墜老房。屏聲巖畔立，雲氣濕衣裳。

[一]　入，『黄鈔本』朱批作『歸』，『趙藏本』作『歸』。
[二]　抱，『黄鈔本』作『作』。
[三]　爾，『紅鈔本』作『泉』，旁朱批一『爾』字。

寄陳廬子

我居石林園，君在華林寺。寒風肅古木，各動蒹葭意。愧我學馬蹄，性暗如淵墜。漁父失釣竿，帖括疏文字。亦肯刺繡紅，市門者吾刺。委頓如草木，自甘簣與簣。君作古先生，日月繫不費。地遠耳目新，風塵亦已異。朽骨不可芰，願君發高致。獨想徒去來，踏[一]霜山葉醉。静夜秋入心，細言影相畏。丈夫得所恃，氣骨勿因僞。浄堦立高情，風雨寒不寐。墨汁半空新，雖跛猶未累。玄意凝怪石，請與君相質。

入山

楓林紅欲[二]半，載酒向山居。秋意不可得，勸君結茅廬。晚鐘帶寒翠，嫩雪來香蔬。陶然行樂已，入室問琴書。

畫水墨梅花

山川雨霜雪，百卉成枯凄。文士弄筆墨，點水釀清溪。疏花寒欲老，墜髻半夜啼。細蕊裹嫩香，

[一] 踏，『黄鈔本』作『蹈』。
[二] 欲，『黄鈔本』作『入』。

衆心不敢齊。有時化爲夢，抱月眠庵西。

晝泊船買酒

夜溪宿明月，孤舟在烟水。村酒向籬門，瓦匏走三里。帶雪認青帘，瀑聲一半死。買得餉妻孥，撥火寒風起。

陳文生游玉華歸有所會心改移舊書舍予入門而樂其得丘壑之意題于其壁

道人結瓦廬，志迺避風雨。雖云動土木，不甚覺鋸斧。半夜未成眠，中宵起行數。殷勤揖屋司，吾寧犒酒脯。不喜勞無功，最善濬能古。吾友陳文生，數椽窄如簍[一]。近以丘壑胸，闢闊亭前武。山水[二]得其微，位置皆不腐。忽然百曲奇，入門拱深塢。意趣與予同，亦以遲延苦。吁嗟乎！安得世之土木人，今日架閣明日成，使吾置案讀書于堂廡！

[一] 簍，『黄鈔本』作『簍』。

[二] 水，『黄鈔本』作『林』。

憶石林看月

己卯五月十四夜，披葛衫，登天門看月。漏已二鼓[一]，鄰僧鐘磬初絶，萬籟寂然，臺江一派漁火，若滅若明。坐石半晌，不知身在林間，惟見月影生白，千林若旦，鳥啁啁欲鳴。須臾，薰風自南，松濤沸響，疑風雨颯瀝。此夜耳目清緣，已奢享矣！既而童子致茶至，曰：露侵，可下山。予裴徊久之，迺就寢。

深夜坐巖谷，花林不閉關。孤雲本無意，與月聊往還。萬壑此時寂，松影落衣斑。惟此有異想，何人知却閑？不作耳目供，致身羲皇間。問我思何著，禪心江外山。

憶浦東書院

浦東一村，籬落不數家，浦潊環焉。水通臺江，潮來則浦滿，窗外水響若幽谷琴音。亭亭水松無數，秃髯古幹，勢如虬龍。入夏，每斑荆樹下飲村酒，放脚板橋西，黄昏牛背横笛，五更桔槔聲囉哩曲入衾枕間，覺殘夢尤酣。噫！灌花讀書之餘，此等清福，豈非村居尋常茶飯？

違市僅五里，已是讀書莊。灌園肥藥蕨，下坂顧[二]牛羊。浦口潮初上，争來通曲塘。水聲有

[一] 二鼓，『黄鈔本』作『三下』。
[二] 顧，『紅鈔本』作『來』。

静理，山色皆文章。抱卷古松下，隴畆稻花香。一嘯足知己，前村殘夕陽。

憶濤園爲友人作秋山讀書圖

佳山林[一]于野外尚少，况城市乎！每咏古人奔走未到，我在城如在村。及陶靖節心遠地偏之句，覺言澹而意永。予濤園皆怪石長松，入門幽冷。秋日載筆墨，登遠亭，天際楓林淡紅淺緑，令人不忍去。于是染丹樹千林、茆堂竹扉[二]，作山人讀書其中，收天地之奇于毫端，殆快事也。圖就，懸堂前，秋色滿紙，江山若在鏡中。因憶蘇子瞻寄賈處士作古木怪石，每遇飢時，開看還能飽人。不識予此圖亦可以易米三石、酒二斗，終君世否？

尋秋到山半，山意欲黄昏。染筆寫秋色，醉樹遍郊原。種竹喜青蔭，開山聽泉喧。中有讀書者，永日閉柴門。雲影亂溪碧，艸蟲解細言。寂莫無人跡，蟬聲前後村。

[一] 林，『黄鈔本』作『水』。
[二] 茆堂竹扉，『黄鈔本』作『茆屋林扉』。

憶秋夜同郭老彈琴[一]

有閒人如吾兩人者，知[二]自承天寺尋張懷民後，又此一日也。予以夜秋[三]倚庭樹看銀漢，適郭老至，亦與予意同，欣然命童子置酒抱琴，登桐臺撫一曲。時山眉月面澹然虛明，令人精神幽[四]冷。滿園月影與秋色不相降，深覺世間人鼾睡與狂飲高呼爲不韻。古人學琴齋糧，海中忽忽移情，此[五]非夜深殊難言妙理。吾知伯牙猶未死也，應指而長言者似君，遺形而不言者似僕。斯言我得矣！

去年秋[六]夜半，置酒高登臨。螢火照金井，潭光映素心。風寒生凉樹，葉脱[七]若[八]微吟。

[一]『黄鈔本』題作『憶秋夜同郭老聽琴』。『趙藏本』『紅鈔本』無序，均題爲『憶秋夜聽客彈琴』。
[二]知，『黄鈔本』無此字。
[三]夜秋，『黄鈔本』作『秋夜』。
[四]幽，『内閣藏本』作『曉』，據『黄鈔本』改。
[五]此，『黄鈔本』無此字。
[六]秋，『趙藏本』作『此』。
[七]葉脱，『黄鈔本』、『紅鈔本』、《吾炙集》作『脱葉』。
[八]若，『紅鈔本』、『趙藏本』、《吾炙集》作『如』。

眠烏[一]不成夢，偷作兩三[二]音。秋色入衣履，白月穿疏林。相對有古意，話言托素琴。[三]

憶西湖浮菴

湖濱藏壑不下十[四]數艇，其最小者後，亭子盖以黄茆，署曰『浮菴』，予構也。湖中四時皆佳，至于烟晨月夕，雨驟風狂，含毫擁被，開蓬垂竿，對客獨坐，靡所不宜。予時時散步西郊，則維舟碧陰，蔬飯將熟，酣眠半醒，輕棹出波心，聽其所止，讀古人書幾篇。或聞鼓吹，遠來冠盖呼叱者，亟蕩而避之，笑迂翁焚異香，爲人覺得智出予下也。

我有刳木船，宿于蘆花邊。野客隔岸呼，渡之共悠然。釣魚得生趣，買月不須錢。舉酌竹篷底，大斗浮十千。酩酊一長嘯，驚破雙湖烟。古寺曉鐘起，松陰波上眠。

[一] 烏，『趙藏本』作『食』。
[二] 兩三，『紅鈔本』、『趙藏本』、《吾炙集》作『三兩』。
[三] 『趙藏本』、《吾炙集》此句作『深幽歸枯琴』。『紅鈔本』此句作『深幽歸古琴』。
[四] 十，『黄鈔本』作『千』，應有誤。

憶荔枝

臺江之南有荔樹數里許，予以避暑，買舟尋故人江上。[一]沿江纍纍珊瑚千頃，俯照江水，若海日初生，水底紅緑蕩漾，何異天台錦溪也？徐[二]捨舟宿故人宅，曉起聞異香，予喜而問，故人曰：『此荔子沐朝露乘風而來，頃則稍稀矣，此吾農家供朝暮也。』予始知色味之妙不若香。斯城市人少能知者，野人知而不能言。予剥不過十餘而止，然朶頤之意，視善噉者不啻過之耳。

荔枝如美女，朝暮試新粧。欲露白玉肌，還掩珊瑚裳。樹此于叢碧，凡木皆馨香。摘貯[三]黄金盤，豔冶不忍嘗。古有佳人死，托呼十八娘。此日園林好，違君天一方。

憶神光寺鐘聲

石林腹烏山，而神光肩石林，故朝暮梵音每與書聲酬唱。己卯歲，予居山半年。每晨夜便

[一] 此句『黄鈔本』作『臺江之南有荔枝樹數里，許子以避暑，買舟尋故人江上』。疑有誤，該組詩序中無自稱『許子』者。
[二] 徐，『黄鈔本』作『余』。
[三] 貯，『黄鈔本』作『取』。

聞鄰[一]鐘，四山皆應。至于雨月之際，又是一種恬静世界。大抵月輕而逸，雨澀而幻，當捐去耳目，始得真受用。心托鐘聲，與之俱遠，不識何處着落而後儼然致身上方。

高殿隱山岑，環園草木深。古佛坐法界，一燈明千林。白雲宿簷底，松濤納梵音。遠邇流孤況，沈沈而森森。聽之耳目變，恬然天地心。烟雨迷朝色，鐘聲寒復陰。

壽林子遠社母

懸壁母𥠖藤，虬蛟蟠其腹。孥牽萬斯年，蒼皮繡鐵服。瀑垂學練光，洶湧崩雪屋。遠望輕且明，倒[二]飛白蝙蝠。下蔭百尺苗，紅碧自族。[三]比肩立參差，恭侍神竦肅。春花有榮謝，古柯無伸縮。方與日月光，永永相追逐。

題菊泉圖[四]

麻姑觴王母，紫艷葡萄酒。酌以雲氣罍，佐之白玉斗。毋日餐沆瀣，不屑事紅友。冷冽菊潭泉，

[一] 鄰，『黄鈔本』作『林』。
[二] 『内閣藏本』此字後跨頁，接『今日粥讀公昨日詩』八字，不通，應有缺頁，據『黄鈔本』改。
[三] 『黄鈔本』原句如此，應有缺字。
[四] 『内閣藏本』無此詩，據『黄鈔本』補。

盥漱得老壽。何物供挹取，池桃核可剖。醉有竹孫扶，老在天地後。

别孫大蘇還茗水

吁噫嚱！予與孫子相憶之説驗于兹。蓋滄海横流矣，區區孫子安之，胡爲乎匆匆草草來告予之行期？予聞而疑，謂是予欺。孫子曰，固也。予始肅然而悲，蕭然以嘻。于是兩人相視，慘見四眉。人生如萍會梗合，是天風所吹。況子有園廬，叢菊自垂；子有丘壠，宿草欲披。是當歸省，自恤其私。但自今始，孰叩予籬，孰讀予詩，孰同予飲桑落之酒而唱竹枝之辭？孫子曰：噫！予與子一處榕城之趾，一處茗水之湄，其誰牽綴？始無半絲。其聚也，凝而如脂。其合也，附而如皮。然聚必有散，合必有離，振古如斯，何待今日？始知今惟當霜塞墐户，著書自嬉，揮杯勸影，勿交里中妄兒，凡有述作，請各貯以藤花雙篋，慎毋葬以松火一枝。蓋拂稿相思，常在于夢醒之後，酒闌之時，予既有前言矣。吁噫嚱！予與孫子相憶之説驗于兹。

寄章中黄

予昔樂賤貧，快活條數則。自揣骨頭微，富貴非我職。薄粥雪一盂，菜根青可食。三頓飽清閒，百拜天工力。誓將以此樂，遍告于舊識。何期陸海濤，瀾翻不可測。鹿命懸于厨，鴻飛篡于弋。未能適莽蒼，顧反寘叢棘。紆繞不得伸，誰爲吾聽直。幾呼道路窮，一哭天地塞。至累諸窮交，吞聲同惻惻。今士賤于娼，予欲亟落籍。投牒乞放閒，何事戀雞肋。近製一衲頭，茶褐雜醬色。紵線細碎縫，鐵青[一]緣領襋。被之向欆團，五體投古德。會須縛亂茆，結庵梅花側。叫佛六時中，餘力弄紙墨。吾身雖已[二]辱，吾志亦已得。書此報故人，無爲予憫默。

客勸予放鶴答其所以[三]

予與鶴一隻，親厚無間然。日爲苦饑虛[四]，人鶴兩可憐。老僧昨饒舌[五]，投我詩一篇。勸我縱遣之，俾其反林泉[六]。予聞情憫默[七]，招鶴立于前。拱手與之别：君今得遠遷。煩以許生貧，

[一] 鐵青，『紅鈔本』作『青絲』。
[二] 雖已，『紅鈔本』作『未爲』。
[三] 『黄鈔本』『趙藏本』題爲『放鶴篇』，『趙藏本』又于題下批曰：『先生名節于此見之。』
[四] 『黄鈔本』『趙藏本』該句爲『近日恒苦饑』。
[五] 『黄鈔本』『趙藏本』該句爲『老僧意悃悃』。
[六] 林泉，『黄鈔本』『趙藏本』作『瀛壖』。
[七] 默，『黄鈔本』『趙藏本』作『然』。

往于[一]海外傳。長路多繒[二]弋，君好[三]慎弓絃。鶴白主人曰，[四]世無如君賢。予久服馴養，多年伴粥饘[五]。聞雞君懶舞，着鞭讓人先。獨我霜夜鳴，君起聳寒肩。長吟與予和，月落猶未眠。前歲有估客，自矜多腰纏[六]。購予以重價，不惜費十千。意欲加籠致，將以媚貴權。多謝主人翁，幸脱俗子羶。閉門拒之去，義不名一錢。予猶薄命妾，寧忍負所天。敢着舊舞衣，爲人作春妍。齋廚近蕭索，素性樂避烟。我是休糧人，謫居來青田。骨本不受肥，甘無肉食緣。我欲請[七]天帝，放君丘壑邊。長願隨君行，飲水終殘年。[八]

[一] 往于，『趙藏本』作『試往』。
[二] 繒，『趙藏本』作『矰』。
[三] 好，『黄鈔本』『趙藏本』作『當』。
[四] 『黄鈔本』『趙藏本』該句爲『鶴亦白主人』。
[五] 粥饘，『黄鈔本』『趙藏本』作『林泉』。
[六] 多腰纏，『黄鈔本』作『多纏腰』，『趙藏本』作『腰多纏』。
[七] 請，『紅鈔本』作『青』。
[八] 從『意欲加籠致』到詩末，『黄鈔本』『趙藏本』比較簡單，爲『意欲媚權貴，籠致東廂偏。主人拒之去，義不受一錢。齋廚近蕭索，休糧信所便。不願入華亭，不樂還青田。長依小池曲，飲啄終殘年』。

擬元

結本鄙野士，性惟狎林泉。早居瀼溪濱，樂以讓名傳。牧豎多識面，日與相周旋。文字背時利，不能作春妍。歌童舞女日，我獨泛哀絃。浪士復漫叟，自呼頗有年。射策偶登第，亦復冠進賢。一麾守道州，地故[一]春陵焉。州昔四萬户，經亂非復前。僅餘一二存，盡爲溝瘠捐。到官詢所苦，悲淚爲泫然。假有倉中粟，慠發吾寧專。冬烘諸監司，符牒猶紛連。督詞故嚴重，不肯稍憫憐。糠覈尚莫飽，迺欲追其錢。笞撻亦易事，瘦骨能拒鞭。徒使孑遺者，入地悔不先。諸使臨吾上，如頭托于肩。横壓以弗堪，寧自知其偏。誰往呼之覺，頭上尚有天。亦知應符命，拱手得美遷。顧吾昔著書，常惡曲與圓。貶削[二]雖莫辭，此念誓欲堅。視此持節手，殊于刺船便。漫叟與浪士，漫浪終無邊。嚇我以腐鼠，視之等浮烟。

擬杜

杜陵老狂客，多病逢艱危。感時多所歎，容易傷肝脾。昔嘗經峴首，下馬讀其碑。石舊已如墨，淚新尚如絲。古之善宦人，至今令人思。民窮仰吏慈，所貴摩拊之。我友成都尹，風化遍西夔。田

[一] 地故，『黄鈔本』作『他放』。
[二] 削，『黄鈔本』作『謫』。

父泥我飲，説尹口不離。詩美嚴中丞，非爲[一]阿所私。生在二京後，樂見循良遺。今于後生間，復睹[二]漢官儀。道州元使君，獨能[三]豁我眉。仁義言藹如，見讀春陵詩。賊亦自有道，不犯其邊陲。歲計猶有效，循吏尚可爲。是惟强正骨，不屑取世資。秉心如斷岸，貶削詎能移。忍苦徵斂者，主意傷膚肌。甘于絶人命，自謂能適時。膾肝益晝餔，嗜之方如飴。安得十數結，參錯而把麾。庶吐萬物氣，至治立可追。予衰寡氣力，倚杖瞻棠梨。溯風懷良牧，鋪紙呼小兒。簡示諸吾輩，曷以元爲師。增彼篋中集，非吾意所期。

苦饑詩 有引[四]

今歲之饑，如人扼吭，咽不得下。余守先舊鼎遺粒，凉薄奴子邨行，趾不能越十里。旦起，趣奴入市負米，問米直，猶玉價珠聲有加無已者。予盡室量腹約口，糜可鑑也。客至，思相與啖菜飯不可復得，鹽豉粥花而已。蓋主人之道荒矣。書奚寢興無力，憫默倚門，垂頭懊喪。有塌翅病鶴。意予家固有四鶴，數年以來，亡其三矣。僅存一隻，近亦以饑虚日廵案食，獵盤中

[一] 爲，『紅鈔本』作『我』。
[二] 睹，『紅鈔本』作『規』。
[三] 能，『紅鈔本』作『行』。
[四] 『紅鈔本』此詩無引語。

潘殘，側睨坐隅，大有惘惘可憐之色。予自傷儉薄，既使仙客每食無魚，廼至廩粟亦不能常繼。夜與窗友林子喬共坐燈火，相視悄然，因作悲鳴以貿子喬，兩人意緒蕭瑟，固不減二白鶴橋下話寒時也。

悲哉兹秋冬，運應逢百六。大[一]地發殺機，龍蛇方走陸。五里即戒塗，行人步彳亍。我田山一隅，黄雲滿塍覆。無術咒之飛，入我廂中宿。米價日超遷，有如看除目。對之損道心，三歎眉雙蹙。晨興奴負囊，入市相徵逐。但得粟貯瓻，殊勝珠滿櫝。數粒給[二]朝炊，一人減一掬。專奉水爲君，離離歌獨漉。卓午鍋生香，喜氣散諸僕。踴躍挾匕來，野水浮群鶩。俄聞釜戛聲，好事景光促。悄悄入房眠，夜長眠不熟。腸空中自鳴，雷殷南山曲。故人時一過，飯難供[三]脱粟。同[四]兹白一盂，照彼鬚眉緑。元禮箸空横，廚間脯無鹿。獨憐氈氉君，虚拘爲我畜。雖不乘爾軒，亦須饋爾穀。長頸患難同，同予坐天微。主人窮若斯，尚復可戀不？童子色凄凉，時以好言燠。勿嗟盤中餐，縱薄猶是粥。當念窮巷人，比君還不足。舍北寡[五]婦啼，舍南孤兒哭。纍纍舊識人，行乞道相

[一] 大，『紅鈔本』作『天』。
[二] 給，『紅鈔本』作『維』。
[三] 供，『紅鈔本』作『共』。
[四] 同，『紅鈔本』作『聞』。
[五] 寡，『紅鈔本』作『窮』。

屬。爾我日如斯，百拜天公福。但憂繼[一]自今，蒼茫未可卜。危坐擁愁多，展書還懶讀。焰短慘不紅，一寸燒殘燭。霜壓城頭更，與淚齊斷續。

[一] 繼，『紅鈔本』作『斷』。

卷二　七言古

早出南郭[一]

戊寅孟冬二十六，許子偶爾之南麓。一峰兩峰白復青，四樹五樹紅且緑。木古[二]欹斜自爲橋，茆黄散淡皆成屋。還憶前村月色殘，雞聲犬吠猶驚宿。

戲爲鄭郎納妾歌

侍兒二八嬌無力，才得新郎喜還泣。自言儂面楚江月，紈扇輕遮蛾眉雪。[三]菡萏初香豆蔻肥，芙蓉新映緑蟬翼。自憐柳葉瘦腰肢，猶恐今宵絃索澀。[四]銀釭銷歇寶釵光，輕挽羅襦不敢入。須臾夜冷指尖寒，偷解明璫倚床立。

[一]『黄鈔本』『紅鈔本』題作『早出南郊』。

[二] 木古，『黄鈔本』作『古木』。

[三] 此兩句『黄鈔本』『紅鈔本』均作『自言儂面未見人，紈扇輕遮楚江月』。

[四]『黄鈔本』『紅鈔本』無此四句。『黄鈔本』有批注：『照抄本截去較爲簡當。』

題雲谷圖

李子[一]胸中有丘壑，眼底雲烟生漠漠。落筆入紙紙有聲，夜半秋風掃寒籜。萬樹蕭疏瘦可憐，留雲宿在怪巖巔。興來放目[二]豁遥青，緑流翠滴飛冥玄。骨古石堅性如木，屏跡深山一寒谷。載酒溪畔修閒緣，欲借此地結茆屋。屋前松老作龍吟，倚杖無言知素心。碧爽映我鬚眉緑，山水看來成古今。中有柴門流水日盤礴，盡日讀書破帷幄。讀書一日勝兩日，李子問予此意子奚若？默然良久，予亦叉手起曰諾。

答較書胡蓮[三]

天台女子名胡蓮，新清爽逸月中仙。一筆落紙百尺天，須臾墨氣雲翩翩。奇談噴雲[四]驚秋烟，泠泠玉響鑿春泉。忽然寂滅學逃禪，忽然大斗浮十千。輕風澹月蘆花舷，海水冥没夜不眠，[五]素

[一] 李子，『黄鈔本』作『孝子』，有誤。此詩題李雲谷畫，李雲谷即李根。
[二] 目，『内閣藏本』作『日』，據『黄鈔本』改。
[三] 『黄鈔本』題爲『答校書胡蓮』，無詩，注曰：『此篇刻本紙破不可抄。』
[四] 雲，『紅鈔本』作『雪』。
[五] 海水冥没夜不眠，『紅鈔本』無。

心懷古彈高絃。

壽陳介公會伯

陳公紫閣壽如山，李子爲之寫丘壑。十日一山五日水，可謂構筆欲盤礴。名山大水有意生，還著虬龍數逾百。森森天半風雨來，緑海寒濤轉奇壑。群賢畢集奏天章，菊露流觴一雙鶴。巖巒秀色不知年，歲歲梅花映骨堅。長光日月繫崚石，養得蒼蒼萬點碧。聞道懸弧便種松，迨兹崛怪翠爲宅。參參尾尾不可當，如此去天不盈尺。從今琴瑟祝君子，記取一陽十九日。

鄰舟女

春草匝溪溪水去，結伴琴言深夜踞。鄰舟有女名舜華，蕙帳蘭幃云獨處。遊子江頭倚櫂歌，不敢開窗當後竚。青山帶水拂眉寒，桃花解愠鶯聲死。冷燭烟光剪剪波，一片芙蓉隔窗語。手指鴛鴦目送人，楊枝〔一〕故墜蕭蕭絮。感君輾轉意自閒，千載古心屬女子。君不見，五湖人老霜露〔二〕稀，此心猶然歌白紵。含情致酒揖春前，願與沙鷗盟江渚。

〔一〕　枝，『黄鈔本』作『花』。
〔二〕　露，『黄鈔本』作『雪』。

壽王有巢

王郎有才如仙鶴，下視九天小丘壑。濱沙夜雨漲百尋，汲古綆修[一]無可索。鶯聲度[二]雨雪流香，一字裁成亂花落。高堂文酒呼百年，壽客春盤進茶藿。爲君衫屨不學人，世間滋味不妨薄。

段千兵摘阮歌

秋堦紅葉蟲舌響，許子置酒書堂上。濕光螢火夜欲殘，雞聲籬竹動微昉。凄寂四望欣慨生，故燒銀燭列高朗。白浮大叫段千兵，出幕爲吾先鼓掌。千兵聞道慷慨集，撫手新清[三]無俗想。抱來錦帶初出囊，四絃不足二[四]絃長。一杯兩杯眼花光，斯時段子之技癢。指尖未落忽有聲，疏雨芭蕉墮[五]輕泱。須臾十指撥不停，海水溟没蛟龍攘。萬山雨雪天地昏，老鶴長松立滄[六]莽。千兵

[一] 綆修，『黄鈔本』作『修綆』。
[二] 度，『黄鈔本』作『渡』。
[三] 新清，『紅鈔本』作『清新』。
[四] 二，『黄鈔本』作『一』。
[五] 墮，『紅鈔本』作『墜』。
[六] 滄，『黄鈔本』『紅鈔本』作『蒼』。

意此猶未奇，大絃放鬆[一]小絃搶。大絃崛彊鐵絲穿，小絃花[二]片繫春網。鬼神欲泣許子驚，若非致身在俯仰。搖我性情風月中，神骨爲君忽冰爽。千兵自言此技世不傳，我將不作此聲于土壤。

伴石行題鄢德都

秋龍鄢子古高士，神峭骨重雙箕緑。澮心于世閒閒然，追逐雲天恨不足。頻年健足踏風烟，生計石田與茆屋。五岳圖成凡幾張，九州被裁凡幾幅。歸來傾出破錦囊，鬼語秋墳艱我讀。日者雲卧氈猶寒，又將弄水錦帆曲。臨别示予[三]伴石圖，蒼癯老鶴出深谷。古稱相士相馬同，繇來畫骨勝畫肉。衆史[四]林立誰爾爲？榻[五]得幽人如瘦竹。寒山一片何處來，與君浩然媚幽獨。苔花滴嫩春波青，文章鐵梗繡冰服。磨稜萬古日月疲，繞膝藤蘿劍心縮。囑君[六]晝夜抱顧若子孫，笑指元章探囊攧袖長僕僕。

[一] 放鬆，『黄鈔本』作『錯雜』，『紅鈔本』旁注『錯雜』。
[二] 花，『黄鈔本』作『夜』。
[三] 予，『紅鈔本』作『我』。
[四] 史，『黄鈔本』作『更』。
[五] 榻，『黄鈔本』『紅鈔本』作『搨』。
[六] 囑君，『紅鈔本』作『君當』。

題箬繭讀書圖

許子縛茆于家莊，竹枝白板開重門。永日散髮讀書堂，不知爲市爲窮村。種花百本立砌傍，掘地放泉松樹根。一日百遍花下忙，昨[一]日開紅今日存。細看滿衣濕輕光，擊掌倚檻笑無言。初秋蟲葉落琴床，新春竹子復生孫。烟波百尺集夏塘，藕花雪浪聞茶樽。楓枝漸老冬欲霜，雲林瘦樹穿月痕。瓦甌浮蒲[二]筆不荒，一鍤自鋤還自藏。忽有奚奴會心樂，不忘口説長安貴人無爾尊。

贈眉雪[三]

字眉雪者，予友文生之友也。眉雪粗[四]知韻事，妙慧如蘭子，安雅可念。文生不輕與之揖俗人，但予過而酒茗之間，眉雪悠然不避，故予知獨深，尤喜文生愛而不惑也。

暑色入秋不肯撤，許子病骨長苦熱。作書擬寄峨眉翁，乞[五]取一片千年雪。睡餘行藥過比鄰，

[一] 昨，『黄鈔本』作『昔』。
[二] 蒲，『内閣藏本』作『滿』，據『黄鈔本』改。
[三] 『紅鈔本』題作『贈雪雪爲陳竹』，原無引語，後批語補引語。
[四] 粗，『黄鈔本』作『初』。
[五] 乞，『紅鈔本』作『先』。

陳子一榻爲誰設。緑紗窗裏着璧人，四座寒光[一]侵研鐵。十五不足態有餘，剪草弄花衫袖襭。紫石嵌作額上稜，紅潮散爲頰間纈。秋檠讀曲子夜聲，大小盤中珠跳舌。煩泉衆壑細鑿流，獨挹菊露澄潭冽。曉烟對坐欲空青[二]，層波覆眼月眉截。蜀道繇來傳最難，羨君踏險[三]劚巉穴。冷香沁齒殊可餐，却攜茗[四]碗就君啜。吁嗟主人知未知？無爲移床遠客學孤孑。

秋夜與子喬對燈火

偶愛幽居心目清，踞傲笑罵懷高情。此中静[五]理還朝暮，巖巒肅肅秋潭明。疏逕僧歸蟲語濕，月白半山江水平。曉鐘吸露出深谷，澹對許子讀書聲。

嘲林子喬病酒歌

莉花擇蕊香作羹，山下美酒沽來清。持齋學僧不禁酒，是以草草亦拳兵。許子滿飲將一觥，林

[一]　光，『紅鈔本』作『花』。
[二]　青，『黄鈔本』作『清』。
[三]　踏險，『紅鈔本』作『險路』。
[四]　茗，『紅鈔本』作『碧』。
[五]　静，『紅鈔本』作『情』。

子小量瞠然驚。勉强舉酒作威武，未成半勺心怦怦。撫几欲眠氣息微，眼光湧起秋一泓。頭顱冷煖變化奇，寒泉雹火徒縱横。兩肱伸鐵力苦稀，大弦小弦皆不平。襟前片地古戰場，參差眉髮動轟軒。須臾茗椀汲[一]不停，傍喉細聽若有聲。沉思比擬何所依，恍如弱魄瘧魔争。反云文飲不可醉，爾曹放舉無令名。劉伶一鍤倘不誣，吾畏陶家謀墓塋。

構草堂成矣與客飲而歌之

手掘土花將百斛，栽藤灌卉伴幽獨。堦前一壑插蓮根，初夏浮錢深夏族。中廳四柱架一樑，周圍門格稀如目。儼坐一紙小山圖，雲[二]林之樹石田屋。主人籜冠布作袍，又[三]似松雪畫人物。日鋤紫梗蓴菜肥，柔條托上窗前竹。客來叩板呼主人，偷向籬邊窺雅俗。茶爐活火煨荳湯，半甕佳醅杭稻粥。學道養身喜清素，與其無酒寧無肉。窮年笑罵不出門，寒食重九廼登逐。自顧吾廬何以能過人，妙在居安而能樸。

［一］ 汲，『黄鈔本』作『吸』。
［二］ 雲，『紅鈔本』作『密』。
［三］ 又，『黄鈔本』『紅鈔本』作『文』。

重九後五日友人以菊花易字栽于籬下

我笑世人忙種菊，擲却歲月弄根荄。不惟重九寧寥寂，大半猶遲十月開。我有荒園才一畝，種樹蓄石雜蒼苔。亂蔬抽芽葉覆砌，一隙之外無餘培。每于白露之前後，菜根漸死成草萊。灌鋤聊學水田圃，作書换得他人栽。異莖依稀將百種，樂哉頃刻千菩蕾。短枝小葉花爲錢，一日生香能幾回。大籜老根間如拳，醉霜俯首若懸鎚。竹樓風雨釀細寒，灑濕籬邊雲錦堆。廼不傷神而能逸，此間秋色還佳哉。何以巧拙竟如此？所謂才也養不才。

九日石林集畫扇頭山水[一]

九日諸子集吾[二]林，俯瞰吞江遠不極。曹生出箑[三]謂我來，爾其爲予掇[四]烟色。許子笑曰能爾爲，徐取衫袖[五]勤拂拭。移來竹木信手成，不借人間風雨植。須臾怪秃[六]紙上生，便覺蒼蒼

[一]『趙藏本』、《吾炙集》題作『九日集石林曹生出紙索畫』。
[二]吾，『趙藏本』、《吾炙集》作『石』。
[三]箑，『趙藏本』、《吾炙集》作『紙』。
[四]掇，《吾炙集》作『綴』。
[五]袖，『趙藏本』、《吾炙集》作『衿』。
[六]秃，《吾炙集》作『氣』。

寒意迫。放筆疾[一]呼陳抑夫，速點地坡便跳陟。陳子舐筆斜斜披，平[二]漠瞥見烟如織。李根旁觀口欲涎，技癢臂攘[三]聲唧唧。云欲留此縛茆地，待彼結廬于石側。此中何可虛無人？掀髯高士面[四]欹仄。雲容是日百變來，倏忽之間已莫測。分命吴葉二道兄，山之遠近咸爾職。二子受命勇不辭，前峰遂辨深淺墨[五]。圖成瀝酒慰指君[六]，勞爾功成在俄刻。兹遊歲月誠難忘，我[七]輩姓名當有識。慨然群謂老林翁，大手如公曷可息。其幸爲我扇頭題[八]，亦當紀遊石上勒。

閔白於師[九]

壯士熱血洒無地，欲往悲歌失燕市。呼奴抱甕向中山，一壺聊用沈憂弭。願學病驥戀櫪眠，凡

[一] 疾，『趙藏本』作『直』。
[二] 平，『黄鈔本』作『漠』。
[三] 攘，『趙藏本』、《吾炙集》作『高』。
[四] 面，『黄鈔本』作『高』。
[五] 墨，『趙藏本』作『色』。
[六] 指君，《吾炙集》作『諸君』，『趙藏本』作『君指』。
[七] 我，《吾炙集》作『吾』。
[八] 扇頭題，『趙藏本』、《吾炙集》作『志長歌』。
[九] 『紅鈔本』題作『上閔白于先生』。

夫執鞭鞭不起。有時仰鬣一長鳴，豈不感激爲知己。先生雙瞳曳練光，相人比古孫陽氏。有儒一生懶而狂，賤名何繇達公耳？公謂俗裾撇吾門，邇來户限三易矣。此生蹤跡殊孑凉，不屑輿皂參一趾。把牘謂予[一]可教焉[二]，欲進膝前畫以指。吁嗟乎！文章一道效何如？今將棄之等敝屣。先生[三]借筏少渡人，經國大業寧止此。況今半壁需金城，安用步障張羅綺？士藉羔雉[四]作呈身，譬諸訟獄入金矢。非不自謂直且堅，究盡虚枉寘諸理。使公[五]慮此文字囚，將復平反誰者是？撫事愁時一慨談，公謂此生復狂已。

讀石霞哭國詩[六]

拍拍海水刺天飛，壯士拔劍砍[七]地欷。酸風射眸云何睎，銅人鉛淚猶霏霏。當世大官緩帶圍，

[一] 予，『黄鈔本』作『子』。
[二] 焉，『黄鈔本』作『然』。
[三] 生，『黄鈔本』作『往』。
[四] 雉，『紅鈔本』作『雁』。
[五] 公，『紅鈔本』作『君』。
[六] 『黄鈔本』『紅鈔本』題爲『讀石霞詩』。
[七] 砍，『黄鈔本』『紅鈔本』作『斫』。

饕饕益膏腹如豨。肯以秦越視瘠肥，長安棋弈雙[一]皆晞。舉目中原涕誰揮？長歌當哭如公稀。辛雖草莽無乾衣，前身許伯是耶非？酒酣以往願公[二]依，相樂相泣同所歸。只今丸蕞已神畿，有嚴顔咫皆天威。海上君子厲韎韋，書馳大破捷猶[三]淝。風塵回首無息機，劇也論戰今其幾。

題畫與野人 一句二韻體

秀水石喜題懶倪，細蘭竹管閨趙妻。望孤村千[四]畦一犁，怪樹根豹臍雪蠐。墜虬[五]枝委[六]黄積蹊，種霜花水梨木[七]犀。兩梗叉蒺藜鐵蠶，遠楓林黄萋赤霓。曲巖阿路迷濕泥，築山莊夕雞晚棲。木聲乾日西影低，夢初還猿啼隔溪。背酒瓢小奚過隄，寫單條滑稽一齊。

[一] 雙，『黄鈔本』作『以』。
[二] 公，『黄鈔本』作『君』。
[三] 猶，『紅鈔本』作『酒』。
[四] 千，『黄鈔本』作『半』。
[五] 虬，『黄鈔本』作『亂』。
[六] 委，『黄鈔本』作『萎』。
[七] 木，『黄鈔本』作『禾』，疑誤。

題菊石

吾園草花竟百卉，日日商商[一]不停蕊。雨餘月影步窄蹊，香氣染鬢没一屣。高枝踞傲尊若姑，細小柔條坐妹姊。粧成鬬巧試朝昏，襠袴披風掀紅紫。摇摇啼笑諸女郎，惡梗凡莖不敢婢。微霜壓[二]柳秋及冬，籬邊之菊方扶筇。傍芽瑣碎不足惜，删入茗友供夜舂。養來挺榦三兩拳，堆高古雪鶴翎鬆。閒争鵓子爲比鄰，飽臍卧雨爲懸鐘。醉拈水骨結伴侣，爾學冬嶺之孤松。

秋谷崔子以水丞侍予讀書處答之

佳士宥坐耽奇古，摩挲劚于十五女。有時雖愛而必捐，或肯慨然推以予。高情攜取無間然，寄諸[三]友生等外府。嗟兹圓潤小甆甖，何年猶是陶家土？幸不取之爲酒杯，溷入人間餔糟醑。尚餘冷腹漱寒溪，魂招應與獨清[四]伍。墻東書客研北身，長伴蕉窗數風雨。墨花繡面碎香多，閲盡文中龍與虎。我欲載上米家船，茶竈筆床爲静侣。吁嗟乎！人既玩物物玩人，彼視我人同逆旅。其

[一] 商商，「内閣藏本」作「商商」，據「黄鈔本」改。
[二] 壓，「黄鈔本」作「罕」。
[三] 諸，「黄鈔本」作「語」。
[四] 獨清，《吾炙集》作「清波」，「趙藏本」作「濁清」。

在鼎[一]鼎百年間，我亦聊作居停主。予不負丞丞負余，此語還將問[二]崔子。

畫竹答山客戲作 一句二韻體

閉草齋愁堅欲煎，願老民一廛耕烟。撇冷枝臨泉箬千，響篺聲驚旋鳥眠。影許長碧巔月穿，聽松風海天浪絃。立清幽癯然一禪，載晚青[三]古淵夜船，通暗橋隙田細川。夕歸來魚筌[四]酒錢，集友生放顛拇拳。試井花畫全一箋，授初稜清緣百年。已矣乎斯賢不傳，卜菟裘山邊谷前。

送同師謁聖人[五]

延州古稱雙鐵之所居，行人皆指曰龍渚。于今去之幾千年，復有真龍蟠其所。蟠其所，鬡三改。鬡三改，蓋有待。雲合怒而飛，拔穴歸大海。一時競起攀素鱗，軒舞鼙鼓無敢怠。無敢怠，豈敢後。

[一] 鼎，『趙藏本』作『鼐』。
[二] 問，『黄鈔本』作『向』。
[三] 青，『黄鈔本』作『香』。
[四] 筌，『黄鈔本』作『箋』。
[五] 『黄鈔本』題後批注：『别閔白于先生。』『紅鈔本』題作『别閔白于先生』。

六龍于邁[一]，百蛇奔走。將軍坐大樹，天子臨細柳。細柳天半青[二]，風凉堪息馬。虎賁皆執經，論道于其下。龍欲聽講雲幄張，悉召庶士之吉者。先生應詔襆被來，滿天梅雨江船開。半壁近龍龍氣潤，聄聄[三]隱隱常聞雷。從兹輕帆漾日[四]邊，薰風拂拂生帝絃。醉卧未須纈袍覆，白玉窗中抱卷眠。[五]

作青緑山水壽林五子遠

有客有客，空林卧秋。桂吹古香，小山之幽。暮聞箬聲槭槭，朝聽雀語啾啾。月白踞床吹篴，老鶴呼我峰頭。時見攢木蒼傲，挾霜以驕。相與紅酣而枕籍，遠望連蜷如霞樓。于是興來汲水掃藤紙，零落珊瑚百尺無人收。圖成持[六]出壽我友，素壁突起方壺丘。祝曰：此中致有佳況，殊可容子優遊。盍試襆被謀一卧，遊又何必僕僕然。褰裳振衣于三之島，于十之洲。君慎無負此爽碧，當與吾漾酒波以扁舟，偕群仙而拍浮。

[一] 邁，『紅鈔本』作『道』。
[二] 青，『紅鈔本』作『清』。
[三] 聄聄，『紅鈔本』作『眩眩』。
[四] 日，『黄鈔本』作『月』，應誤。
[五] 『黄鈔本』無末二句。
[六] 持，『黄鈔本』作『特』。

卷三　五言律詩

夜宿江村

醉卧天秋静，山空露墜輕。藤蘿侵月影，梧竹亂江聲。鶴破千山[一]夢，猿啼兩岸情[二]。蕭然雲際寺，疏磬曉星生[三]。

泊船

潮落江聲静，舟孤[四]野興長。數灣千壑月，萬里一篷霜。梅放欹梢白，楓凋遶岸黄。夜深聞犬吠，知近水[五]雲鄉。

[一] 山，『紅鈔本』作『林』。
[二] 情，『紅鈔本』作『晴』。
[三] 生，『紅鈔本』作『明』。
[四] 舟孤，『紅鈔本』作『孤舟』。
[五] 水，『黄鈔本』作『白』。

秋夜坐懷

淡月照空亭，清風生微樹。半榻讀書聲，八窗納涼雨。興至性自恬，情真懷幾抒。不見東家兒，令人多所思。

秋江渡月

買得菊香舟，輕過野渡頭。蓼花深夜笛，楓樹半江樓。有影無非水，何聲不爲秋？五更清夢足，撥草動蘆洲。

江頭

古岸碧天霞，孤舟刺水涯。山容空夜[一]意，秋色老江花。高興何曾已，清光未肯賒。江南千萬户，明月在誰家。

[一] 夜，『黄鈔本』作『客』。

江行

相約出城郭，沙汀古樹斜。清風吹木葉，白露淡蒹葭。櫓響千灣水，江開九月花。孤舟維古[一]道[二]，訪[三]老問[四]桑蔴。

重九雨中天寧寺

古刹載萸觴，登高以興長。黄花開暮雨，紅葉飽秋霜。酒煮松枝暖，苔沾屐齒香。解衣頻眺望，江海一蒼蒼。

九月集石林[五]

萸節過三日，登臨喜與君。閣虚常[六]得月，林瘦懶棲雲。萬壑心無盡，千峰意不群。隔山秋

[一] 古，『黄鈔本』作『遠』。
[二] 古道，『紅鈔本』作『野岸』。
[三] 訪，『紅鈔本』作『故』。
[四] 問，『紅鈔本』作『話』。
[五] 『紅鈔本』、《烏石山志》卷九『志餘』題爲『九月集石林同陳振狂』。
[六] 常，『紅鈔本』、《烏石山志》卷九『志餘』作『全』。

寺晚，鐘磬落斜曛。

建州別同行者還家

爲念長行客，時來伴[一]我遊。子[二]歸春尚好，我去夜多[三]愁。千里無多路，三人共一舟。凄然其奈[四]別，此意逐江流。

客中過林天素繡佛齋

偶入君籬竹，詩腸[五]客[六]倍深。別離今夜夢，相見異鄉心。春色多于畫，交情半是[七]琴。客中逢作客，吟到不堪吟。[八]

[一] 伴，『紅鈔本』作『辭』。
[二] 子，『趙藏本』作『君』。
[三] 多，『趙藏本』、『紅鈔本』、《吾炙集》作『皆』。
[四] 其奈，『紅鈔本』『趙藏本』作『今日』。
[五] 腸，『黃鈔本』作『觴』。
[六] 客，『紅鈔本』作『已』。
[七] 是，『紅鈔本』作『在』。
[八] 末兩句，『紅鈔本』作『客中寒食近，此意不堪吟』。

舟中苦雨

離家十五日，日日雨中遊。萬壑濤成雪，千山春似秋。芒鞋荒徑草，簑笠暮江舟。短棹惟沽酒，經旬不展頭。

紀夢

别子鳥聲時，花明寄遠思。好懷多月夜[一]，淺夢作佳期。後囑皆前語，新看是舊詩。阮郎知有路，不唱柳枝辭。

溪行早起

數點白雲東，前村[二]尚渺濛。曉山寒夢裏，春色雨聲中。楊柳荒江[三]緑，桃花古岸紅。遠看無别渡，簑笠一漁翁。

[一] 月夜，『黄鈔本』作『夜月』。
[二] 前村，『黄鈔本』作『村前』。
[三] 江，『黄鈔本』作『村』。

與道人月下

入夜天無際，清孤寄碧桐。徘徊惟我共，談笑有君同。鶴夢三更月，梅開半夜風。微霜生竹影，猶話北窗中。

有懷

日暮問[一]孤舟，深溪水急流。山青雲斷白，雨灑草知愁。宿鳥空林夢，春花古渡頭。捲簾頻悵望，何處讀書樓？

春日讀書山中

野人無所愛，永日看青山。水色穿樵徑，書聲遶竹間。荒江孤月冷，春嶺百花閒。醉卧鳥聲上，孤[二]雲入草關。

[一] 問，『紅鈔本』作『向』。
[二] 孤，『紅鈔本』作『浮』，避同，更佳。

月夜渡錢塘

不堪常作客，對酒亦無聊。遊子三春艇，錢塘半夜潮。月明江静泛，風淡櫓輕摇。自笑波濤裏，支離度此宵。

作家書

眉似[一]烟波柳，朝朝不展舒。月[二]高林影盡[三]，鐘歇鳥聲初。客久難爲夢，愁多畏作書。爾行無别囑，爲我報雙魚。[四]

病客

客已無佳况，那堪客病時。一爐煨藥火，滿紙遣愁詩。短草侵階砌，新鶯掛柳枝。强過春事半，何日是歸期？

[一] 似，『黄鈔本』『趙藏本』作『作』。
[二] 月，『黄鈔本』作『日』。
[三] 盡，『黄鈔本』作『静』。
[四] 末兩句，『紅鈔本』作『兩行無别囑，一爲報雙魚』。

拜岳墳[一]

振古到如兹，同懷少保悲。冤魂三字獄，靈氣一家祠。馬首霑新淚，龜趺禮舊碑。鐵頭權[二]宰相，長跪看江籬。

維夏署中送介平還吴門時予亦將之禾苕[三]

入夏忽言别，中秋憶見君。交情淳太古，談笑半論文。帶雨孤帆急，登舟客[四]路分。相思日已[五]遠，清夢虎丘雲。

客雨

一雨經旬日，愁腸不可傾。話言猶覺懶，僮僕肯相親。異地復爲客，他鄉屢送人。何年江上棹，

[一]『紅鈔本』題作『拜岳少保墓』。
[二]權，『紅鈔本』作『摧』。
[三]禾苕，『黄鈔本』作『蘇臺』。
[四]客，『黄鈔本』『紅鈔本』作『官』，平仄不諧調，應有誤。
[五]已，『紅鈔本』『黄鈔本』作『以』。

風月渡延津？

采藥籃

行行隨杖屨，曲磴復幽谿。于世果能濟，此身不憚攜。性情千品異，氣味一筐齊。所貴以時取，無令用者迷。

杭州遇黄基玉雨窗夜話

客久逢人喜，别深思轉勤。捫心常獨笑，論世不堪聞。竹葉疏螢亂，更聲細雨分。蕭蕭蕉緑上，記夢昨同君。[一]

龍潭瀑布

數里[二]入雲中，鶯聲啼亂紅。眼前千丈立，足底萬源通。白日聽風雨，青天落螮蝀。四時秋不改，澗草緑于叢。

[一]『黄鈔本』詩末小字注：『原集此首削去。』

[二] 數里，『紅鈔本』作『看瀑』。

村居[一]

安置小茅屋，納涼傍水虚。窄徑五株柳，空床一卷書。種花適幽興，饑歲樂閒居。晚來新月泛，蘆汀宿古漁。

有園三畝半，百果争新芳。桐陰覆疏竹，細泉通暗塘。鶴來分一席，客至浮千觴。高懷已平曠，清清澹草堂。

不寐[二]生新事，孤村閒步時。露濕野聲遠，月幽林影微。獨行已枯静，况兼心緒違。澹曠誰能識，高深君自知。[三]

居村存古道[四]，村深還杜門。雖云堅畏客，静久復開樽。翠滿半庭竹，雨寒蔬[五]一園。布衾藤枕夢，月上正黄昏。

[一]『紅鈔本』録第一和第三首，題作『郊居』。
[二]寐，『紅鈔本』作『寂』。
[三]『黄鈔本』無此首。
[四]『紅鈔本』單録此首，題作『浦西書院』，首句作『古道在居村』。
[五]蔬，『黄鈔本』作『花』。

偶作柳菊扇頭

我喜陶元亮，編籬以爲居。地幽人性古，霜老柳條疏。釀酒呼奇服，開泉引小廬。種菊滿南畝，行歌帶月鋤。

山月獨坐

嚴霜抑草木，廼知天地春。千壑寂有意，一燈寒照身。遠近蒹葭白，微茫漁火新。素心問妻子，願爲盛世民。

集友人假山洞口

海石手泉壑，雲眠[一]似黛螺。苔閒蹤跡少，心古讀書多。酒定[二]邀花醉，詩成乞鳥歌。洞門趺坐久，古貌覆烟蘿。

[一] 眠，『黄鈔本』作『傳』。
[二] 定，『黄鈔本』作『足』。

月下過石林問梅

怪石成林壑，茆堂[一]尺幅寬。聽松濤葉響，弄竹籜聲乾。露濕鳥衣冷，月侵[二]人語寒。江[三]南梅放日，端是菊花殘。

催梅

蕊瘦宜深夜，輕香生遠風。人從松影語，花入水聲中。守静得山意，忽言歸遠峰。畏寒杯酒已，霜露隱疏鐘。

初六夜梅月詩

意欲看梅去，忽然山水親。疏杯微酒力，軟草織花茵。月冷寒依樹，霜深鶴近人。此時暗泉細，無言静者身。

[一] 堂，『黄鈔本』作『屋』。
[二] 侵，《烏石山志》卷五『第宅園亭』作『浸』。
[三] 江，《烏石山志》卷五『第宅園亭』作『園』。

讀書天寧寺謝僧蔬供

畏客來山寺，山僧不掩扉。蒲團松柄[一]瘦，茗椀荳花肥。樂以晨光好，兼之物象微。江潮帶寒雨，夜半海門歸。

江上閒吟

江中初七夜，秋月一痕生。山面忽然白，水聲知已明。孤燈[二]疏岸店，雙杵落村棚。曠達吾懷善，依稀太古情。

月下看菊留齋友茶蔬

小園終日好，一卉亦幽光。童子顧忘懶，主人猶喜忙。采蔬秋月白，醉蟹菊花黃。吾友偶然至，終宵坐露床。

[一] 柄，『黄鈔本』作『柏』。

[二] 燈，『黄鈔本』作『舟』。

千年師則可，何以楓彌老，秋霜不肯閒。怪泉生異壑，奇字動名山。清曠菌蘭上，聰明冰雪間。千年師則可，奚已一躋還。

遊山贈韋玉

何以楓彌老，秋霜不肯閒。怪泉生異壑，奇字動名山。清曠菌蘭上，聰明冰雪間。千年師則可，奚已一躋還。

山路

山行三四里，始見一籬村。雞犬宿墻屋，兒童争樹根。溪流喧水碓，蔓艸上柴門。謾説鄉居者，于斯古道存。

卜宅

聞道村中好，沿江步夕陽。橼匏經露老，橘柚弄霜黄。斗米喧成市，三家静共鄉。前灣松柏地，可以卜書房。[一]

臨秋悲不已，深夜淚猶潸。世亂廼知隱，身微始覺閒。漁燈動蘆荻，楓葉響溪山。遥識風波裏，何堪時往還。

[一]『紅鈔本』僅録第一首，末句作『宜築讀書堂』。

作客

嚴冬還作客，羸馬僨紅塵。縣小存王政，山深有古人。孤城風雨夜，細路雪霜身。慷慨歌行李，銀刀苔繡新。

村行

白日荒山下，驚人鳥獸喧。牧兒歌隴畝，山鬼嘯黄昏。地窄米塲小，村深酒店尊。縣公徵税急，稼穡不堪論。

贈大京少年[一]

澹如溪上菊，剪水碧瞳清。冷洌雲心好，精光雪意輕。挾書歸晚巷，載果過春城。若個相逢者，看君不問名。

[一]『紅鈔本』題作『贈少年』。

客有向余乞食者園蔬以慰之

三月春水肥，使我山脚刖。亂草繡魚磯，繁花媚波骨。千頃雲濤光，百舌鳥聲滑。有客遠道來，供之筍耶蕨。

靈山問訊吴瘦齋

看友偶然興[一]，隨身草屨閒。微霜初染樹，古寺半藏山。葉落夕陽動，茅深鳥語删。荳羹鹽菜裹，久坐不云還。

山中尋友

閩地奇天下，諸山半在城。園林藏古字，寺院有佳名。好興攜書笈，無聊載酒觥。苔花籬落下，一月幾回行。

[一] 興，『内閣藏本』作『典』，據『黄鈔本』改。

寄畫人品石二社友 二子嘉禾人，家君所得士也。[一]

拙宦無三畝，嘉禾有數莊。過車思腹痛，帶絰各[二]心喪。意與古人俱，文憑遠道將。從兹中夜涕，爲子又雙行。

古説悲歌士，風徒燕趙存。何期今董子，猶道舊韓門？策對[三]天人陛，書繙夜雨軒。惟當同努力，相遇在中原。

跡過人皆掃，誰能記雪痕？文來三歎讀，道覺百年尊。薙草開荒徑，烹葵坐小軒。遲君攜屐至，風雨夜深言。

未過車三步，能持一瓣香。衹緣門有雪，贏得字多霜。舉世漫相識，如君那可忘。昔人求友意，不獨在文章。

[一] 題中的『畫人』，『黄鈔本』作『畫人』。小字注序略有不同：『二子，家君所得士也，嘉禾人。』『紅鈔本』僅録第二、三首，且第二首後四句缺失，頁眉批語作：『《寄重見董畫人顧品石》，原作四律。』

[二] 各，『黄鈔本』作『如』。

[三] 對，『黄鈔本』作『問』。

殘月之下喜初稜見過[一]

感子文心好，投[二]予風露身。短衣渾袖濕，亂髮半眉鬤。花外燈如水，簾邊月似人。撥香問名酒，聊復起三巡。

布被寒如鐵，因君得漸温。小庵肝膽夢，殘夜雪霜恩。真率每能媚，多情不在言。燈前横劍影，吾欲醉[三]平原。

曹山俱移居洪江

偶欲落村居，高人興自如。但違二十里，原可八行書。文字頻分教，形骸未甚疏。郊行相訪爾，飯我釣江魚。

捉虱

不意琵琶客，公然布作城。數朝經教誨，一夜忽縱横。漏永狼烟黑，憂多小醜争。天明施拇陣，

[一]《吾炙集》僅録第一首，題作『殘月之後喜初稜見過』。
[二] 投，『紅鈔本』旁有批語：『一作「披」。』『趙藏本』作『披』。
[三] 醉，『内閣藏本』『黄鈔本』作『碎』，據『紅鈔本』改。

十道發奇兵。

招客訊梅得東庚二韻

臘意山堂飽，相招問訊同。怪巖侵蘚[一]碧，古字繡苔紅。寺[二]院松濤裏，人家夕照中。須臾江水白，片月上孤篷。

自入梅花候，諸山日日[三]行。杯[四]中詩句好，眼底海濤生。半壑[五]殘霞定，千林晚雪明。黄昏浮動影，香氣出高城。

席中贈二倡婦[六]

鶯喉憐小妓[七]，賣弄向人多。曲半每聞白，脣輕忽似歌。舞衣紋帶水，刺眼髮流波。月冷梅

[一] 蘚，『紅鈔本』作『草』。
[二] 寺，『紅鈔本』作『僧』。
[三] 日，『黄鈔本』作『月』。
[四] 杯，『黄鈔本』作『林』。
[五] 壑，『黄鈔本』作『壁』。
[六] 『紅鈔本』題作『席中贈二妓』。
[七] 妓，『紅鈔本』作『技』。

魂細，香塵落蘇蘿。

尚有白門者，雄譚酒政豪。詞嫌[一]三疊小，調較四平高。花下圖書静，霜深杯斝勞。月痕天欲半，寒氣上巾[二]袍。

友人宅上看蠟梅

衆香徒爾我，得此亦能奇。姓字未云異，形骸別有思。夢殘虛半額，粧晚上雙眉。移得金陵種，吾鄉人不知。

誰家年少女，剪出茜羅[三]枝。瓶水香披幄，盆蘭[四]色染帷。半含蜂穴小，盡放菊花遲。春事彈丸裹，蠟開春信時。

[一] 嫌，『紅鈔本』作『兼』。
[二] 巾，『黄鈔本』作『宫』。
[三] 羅，『黄鈔本』作『蘿』。
[四] 蘭，『内閣藏本』作『欄』，據『黄鈔本』改。

與陳子韓約予病戒酒兼欲攜友黄基玉獵飲

明旦許君飲，今朝先上書。兩旬經酒病，數日半茹蔬。獨酌不成趣，相過豈但予。吾[一]將攜友至，左席却宜虚。

春堂病懷[二]

春雨宜于病，病煩知雨恩。柴扉删俗叩，竹徑養苔痕。童寂聽爐語，身輕逐枕魂。墻陰來瘦日，又渡[三]一黄昏。

鳥矜無恙樂，争竹故相喧。門静僮心懶，燈深佛面温。粥花鹽菜少，茶蕊熟香繁。獨坐百書長，禽魚謂我尊。

輓林禹聲

適我深懷抱，聞君訃叩門。荒江悲客夢，古驛斷詩魂。師友半生淚，弟兄十載恩。掩書桐樹下，

[一] 吾，『黄鈔本』作『启』。
[二] 『紅鈔本』僅録第一首。
[三] 渡，『紅鈔本』作『度』。

獨立看黄昏。

憶昔官奴署，與君常夜評。半齋雙几席，三子一書燈。論古别開眼，譚奇深著情。不知今日爾，先了一楸枰。

世態已如此，何期短與修。功名争落葉，事業泛虚舟。將相恥何恥，干戈憂共憂。莫言君大夢，還可擬長遊。

此予别天生第四章也[一]

天地干戈裏，君情秋水邊。悲風催驛路，古廟面江船。客思烟波動，鄉心燈火牵。同袍各努力，慷慨奈斯篇[二]。

席上起爲磐生社長壽

小集微霜夜，花除雨瀌流。狂歌悲短髮，痛飲獨搔頭。與可千尋竹，元龍百尺樓。塞翁槎上老，舌在更何求。

[一]『趙藏本』、《吾炙集》題作『别天生』，詩最後三字作『正當年』。『紅鈔本』此詩最後三字亦作『正當年』，並批語：『集作「奈斯編」。』

[二]篇，『黄鈔本』作『編』。

賀蔡幼雲博士

里門徵逐久，君不異吾曹。官拜猶然士，奴呼忽爾高。綬雖垂五兩，頰尚少三毛。橋外諸生立，羞看青敝袍。

二月廿八禊飲雙溪分得三江

相約東門出，清溪抱一雙。良朋春共屐，死友夜聯窗。溪傍有三友[一]墓。佩解臨流浴，觴洄避石撞。祓除先五日，早使不祥降。

贈醫士茅君[二]

願力如君少，三茅傳[三]裏尋。上池分七勺，大[四]宅已蒸淫。消渴文人疾，深慈古佛心。花籬酬酒債，爲壽百黃金。

[一] 三友，『黃鈔本』作『二友』。
[二] 『紅鈔本』題作『贈茅醫士』。
[三] 傳，『黃鈔本』作『低』。
[四] 大，『黃鈔本』作『火』。

夢行荒山

荒山凉夢回，遠鐘渡還歇。群虎嘯溪風，獨猿拜寒月。松矜秦漢顔，草浸隋唐骨。齒齒白石縫，餘流漱苔髮。

送大蘇[一]

荔香看未飽，却去避紅塵。君似逃禪客，吾猶中酒人。衣輕黄葛細，洲晚白沙新。小泊船頭立，凉風起緑蘋。

送王逐古歸甬東

飄零湖海客，未死雪霜身。一旦言歸易，雙親繞夢頻。存來舌本澀，刖後足痕新。舊友應相過，驚看衣上塵。

[一]『趙藏本』、『紅鈔本』、《吾炙集》題作『送大蘇還苕溪』。

贈曾叔闇篆石[一]

掌心流尺水，紅縷白絲分。共語寒山石，自攜冰雪文。鑽非從[二]故紙，奧欲鑿先墳。下士誰封拜，累累總仗君[三]。

伏日集社友[四]以蔬果避[五]暑山齋拈初字

我來謀結夏，亂石覆茅居。葛眼漉涼細，蟬聲織午疏。野田黄不已，雲水白能餘。依夕[六]尋歸路，松燈照佛初。

書奚香初玉瑟孿生也聲貌無别適生日林子喬作詩戲之予亦和之

七月初三夜，阿郎出世辰。紅霜嚴正始，白露淡方新。兄弟分三刻，頭眉共一人。讀書騎竹馬，

[一]『紅鈔本』題作『贈李雲谷篆石』。
[二]從，『紅鈔本』作『徒』。
[三]總仗君，『紅鈔本』作『挽使君』。
[四]社友，『紅鈔本』作『諸子』。
[五]避，『内閣藏本』作『遊』，據『黄鈔本』『紅鈔本』改。
[六]夕，『黄鈔本』作『依』。

何必畫雙身。

妙巷楊初稜招飲

伊人居自好，巷亦有佳名。折柬招吾飲，抛書爲子行。年新初二日，話[一]久過三更。更訂明朝約，攜柑往聽鶯。

陪王孫輝之南禪寺茶話

湖海干戈窄，禪林佛地寬。菜香黄葉淡，藕嫩白絲寒。正論髪將立，[二]妄[三]言鼻免[四]酸。草花鐘磬下，聊且著身[五]安。

[一] 話，『黄鈔本』作『語』。
[二] 『紅鈔本』此句作『多病身將廢』。
[三] 妄，『紅鈔本』作『無』。
[四] 免，『紅鈔本』作『已』。
[五] 身，『紅鈔本』作『心』。

與諸子避亂入山矣重九日復尋登高處予病不能從

峰色開門落，履聲能漸高。笠笻留竹榻，胸眼入山濤。柿葉夕陽滿，溪春荒艸勞。健行與病足，總向菊花醪。

山居何論節，重九乃言登。可見春秋候，無非風月情。菊鬆黄鶴翅，萸飽紫鸎晴。今日之遊者，徒多此二名。

曾叔闇披剃矣予喜而送之[一]

布帽烏三寸，頭顱换[二]一人。累輕知慧長，擔重覺肩辛。矮屋黄茆澹，寬[三]田紫芋新。風濤門外吼，夜火照寒身。

出世人天力，何如[四]痛哭行？鬚眉歸父母，道業在師兄。聽水驚濤險，看山識路平。前途風浪拔，珍重草鞋輕。

［一］『紅鈔本』僅録前二首。
［二］换，『紅鈔本』作『撫』。
［三］寬，『紅鈔本』作『荒』。
［四］何如，『紅鈔本』作『如何』。

畏事未開眼，逢山便不盲。騎驢知夙世，呼馬笑它生。足冷寒傷腹，悲多苦重情。從今誓願斷，茶話伴經聲。

奉謝龔華茂先生

賤子居今日，先生有古風。解驂平仲德，飛矢魯連功。摶顙呼知己，吞聲哭道窮。買絲公可繡，茗供竹堂中。予難中，先生有可解地，不留餘力。嗟乎！先生予未識面也。先生古人哉！

寄懷孫大蘇

步屧敲門者，近胡蹤跡疏。羈孤身入幕，惆悵獨登車。山鹿廚懸命，枯魚泣寄書。許生今類此，孫子意何如？

別陸麗京歸西湖兼訊其梯霞仲氏

有士多秋氣，閒惟著論娱。君親三斗[一]淚，貧病數莖鬚。亂定湖無恙，人歸世已殊。折薪能負荷，一爲問阿奴。

[一] 斗，『紅鈔本』作『年』。

上巳日寄壽龔華茂廣文

高人初度日，文酒集[一]蘭亭。門士多龍虎，先生半醉醒。草流春水曲，氊卧曉山青。向晚齋堂静，松聲起畫屏。

浪雲弟子杲日遺予蕉石一幅詩以謝之

僧巧如紅女，心絲繡墨君。詩同天半雪，師是浪中雲。水理從茶入，山資與鶴分。遺予蕉石幅，風雨夜床聞。

杜言上人見訪不遇留訂以詩依韻答之

良晤何能已，衹争一日慳。我雖難閉户，公尚未還山。共渡成三笑，相過得半閒。茶香邀杖笠，童子上柴關。[二]

[一] 集，『紅鈔本』作『寄』。
[二] 末句，『紅鈔本』作『松逕草曾删』。

寄黄基玉

燈下封書寄，童癡睡觸屏。舊遊中夜感，良友半生零。别後常疑夢，年來不願醒。對床風雨約，何日閉齋聽？

再寄

阿弟金陵去，方爲省覲人。看雲懷粤嶺，臨水憶吴津。眷爾雙飛雁，勞予兩地鱗。縱令能縮地，也要待分身。

和茂公醉後韻

酒價賤[一]如吏，君堂謀義罇。拈花鼻觀定，讀史耳根喧。夢亂偶然泣，思深忽自言。黄昏疏雨後，燈火出松門。

古佛龍菌坐，依稀似酒罇。畫山溪語静，寫竹墨聲喧。井隔汲同水，床連夢異言。縱吾何去住，萬壑一柴門。

[一] 賤，『内閣藏本』作『漸』，據『紅鈔本』改。

至日祀先

世亂輕過節，蔬香禮數遲。慰言弟妹喜，哭拜[一]祖先悲。耳淺難成話，憂深畏作詩。放眉孤鶴侶，草草弄花卮。

題漁家傲

漁家無遠近，乃共一沙汀。蘆竹裁橫笛，茆柴壓短瓶。勸酬鄉飲禮，問答楚騷經。蟹飽鱸肥後，秋來幾箇[二]醒。

此夢遊谷泉寺詩也醒而忘起結四語尋之不得復于枕上足之谷泉二字亦夢中有庵門開竹木間一池敗荷數聲殘鳥月在山中人行月上須臾微霜下而老僧定許子醒矣

隻屐支藤上，山庵月滿門。荷殘僧衲破，雲碎石衣痕。抱福爲兄弟，栽花作子孫。茆簷霜白後，鐘磬欲無言。

[一] 哭拜，『紅鈔本』作『拜哭』。
[二] 箇，『紅鈔本』作『日』。

送鄭子羽歸長樂

同社集蔬酒，送君登去船。菜花黄蝶[一]粉，柳眼伯勞天。屋破兵荒後，墻頹水患前。少陵天寶世，事事總堪憐。

每與君同榻，聞君歸夢行。君深兒女累，予重友生情。無焰孤燈雨，寒風午夜星。此時一相憶，恩怨亂縱横。

生身父母外，不受一人恩。敬子承斯句，慚予負此言。亂深天地遠，愁動鬼神昏。何日扁舟静，同來聚一村。

别病鶴入署中矣

本自維楊氏[二]，來爲閩海人。十年師友伴，一日各天民。念子猶多病，歎[三]予亦已貧。從今天地外，分手兩閒身。

[一] 蝶，「内閣藏本」作「葉」，據「紅鈔本」改。又，「紅鈔本」僅録第一首。
[二] 氏，「紅鈔本」作「産」。
[三] 歎，「紅鈔本」作「嗟」，「内閣藏本」作「歡」，當誤，據文意改。

威儀尊古士，珍重野雲間。骨力枯[一]僧瘦，精神秋水閒。每從池畔立，因憶竹邊還。何日玄裳滿，同登海上山。

種花成古徑，十載共閒行。對酒能銜帙，耘園好並耕。病來吾已恨，别後更多情。夜半君無唳，人心正易驚。

何故開雙眼，群中作意争。正因神骨重，所以羽毛輕。相法[二]氣難下，醫瘡恨不平。花茵明月上，莫作故園聲。

松下無孤影，猶然有夕陽。愁隨天共遠，閒覺日偏長。頂老楓林亂，毛纖雪意凉。衹今何所見，苔逕但蒼蒼。

最是牽人處，出門尚一聲。往予嘗獨[三]坐，聞汝在深更。此日添離恨，從今悔送行。與君同謫世，原是爲[四]多情。

[一] 枯，『紅鈔本』作『寒』。
[二] 法，『紅鈔本』作『澹』。
[三] 獨，『紅鈔本』作『燭』。
[四] 爲，『紅鈔本』批語作『畏』。

病起再用茂公韻

石鼎彌明句，彭亨煖古樽。鶴行荒逕冷，蟻鬬病床喧。炊熟兒能喜，烟寒婦忍言。窗前青竹響，溪水似當門。

有所思[一]

可饑不可醒，斗米易三樽。燈暗鼠相語，雲寒雨斷喧。鼻酸觀爾笑，酒盡聽吾言。一箇低茆屋，千峰不閉門。

竹義夜坐聞鄭静夫欲爲僧矣悲喜交集

夜齋閒典古，砂汁繡犧樽。合眼悲狂集，攤書笑罵喧。孤城千鬼哭，高座一人言。感子爲僧約，尋山欲閉門。

[一]『紅鈔本』標題後有小字『用前韻』。

嗟乎子喬竟死矣予亦知其必死也死之日欣悲交生口之欲言忽而成詩嗟乎詩也乎哉[一]

何故與君友，復能一地遊。生途分先後，去路亦遲留。予意白于雪，君詩寒似秋。精廬餘歲月，學道孰堪謀。

以病尋常別，安知便遠行。悲歡如是觀，怖畏自然輕。一死能無死，此生何必生。九原先卜地，願共作編氓。

何以吾無死，而令吾去諸。讀書淫過我，談笑老于予。燈火集寒坐，竹庵同索居。從今分手去，夢寐未相疏。

作客與君共，歸鄉君早予。睡深窗屺暗，醉厚[二]雨風[三]初。林子北山墓，許生南畝廬。焚香梧竹裏，如寄數行書。

半束黄茆縛，北村原上身。人間雙眼苦，地下一僧新。子喬死之日，以僧服行。業盡慧能長，文奇鬼亦貧。幸餘高卧處，松柏未樵薪。

[一]『紅鈔本』只録第四、五、六、八首。

[二] 厚，『紅鈔本』作『後』。

[三] 雨風，『紅鈔本』作『風雨』。

日落松楸紫，知君何處行。艸荒尋蛺夢，骨亂聽書聲。古塚狐狸泣，殘碑螻蟻營。掀髯山徑窄，百事亦平平。

齋廚烟古瘦，一日作三炊。飯熟書聲輟，客來人語遲。摘蔬朝露早，訪友夕陽時。何事不相共，能堪吾獨悲。

天公原長者，此老大文章。何以慳吾黨，倅[一]登才鬼場。子高三尺拙，父老一身忙。掛此雙眉上，知君不久長。

歲晏歲儉憶客年寓田舍用茂公韻[二]

老農欣歲晚，相屬有匏樽。溪屋炊烟直，山廚筧水喧。塾師童淺揖[三]，社禱叟多言。寒熱松肪火，香温滿篳門。

匏落吾無當，何如五石樽？苦寒抱犬卧，耽寂厭風[四]喧。不分酒中趣，誰聽琴所[五]言。雖云

[一] 倅，『紅鈔本』作『猝』。
[二] 《吾炙集》題作『歲晏寓田舍次前韻』，『趙藏本』題作『歲晏寓田舍用前韻』，『紅鈔本』題作『歲晏憶客中寓田舍用茂公韻』。
[三] 淺揖，『内閣藏本』作『揖淺』，據《吾炙集》、『趙藏本』、『紅鈔本』改。
[四] 風，『紅鈔本』作『瓢』。
[五] 所，『紅鈔本』作『外』。

籬竹舍，白版[一]大夫門。

夏日過仁皇寺看花[二]

山寺春猶在，千花族[三]一樽。茗香潭水浄，徑細野蜂喧。信善烏能近，瞻花[四]佛欲言。願稱爲揖客，曳裾[五]此公門。

七夕開社岸船

百寂成枯夜，千聲族一秋。有山排我闥，非水泊吾舟。月下天痕古，燈摇竹語幽。橋頭約無睡，索醉看牽牛。

[一] 版，『紅鈔本』作『板』。
[二] 『紅鈔本』題作『夏日過仁王寺看寺』。
[三] 族，『紅鈔本』作『簇』。
[四] 花，『紅鈔本』作『依』。
[五] 曳裾，『紅鈔本』作『嘯傲』。

秋日集維摩室

卜築人間樂，幽深得地偏。買山多近寺，種石每依泉。無事爲清福，閒行當穩眠。小奚樵落木，茗火雜秋烟。

一箇維摩室，平分居士莊。醉聽紅葉下，静看白雲忙。夢破經聲遠，詩裁花骨香。從今添好興，蟹美菊將黄。

飲陳伯良齋堂有感

豈意兹堂上，猶能集小觴？日斜雞犬静，秋急芋瓜香。兩扇柴門暗[一]，一街人影凉。尋常來往路，荒草不堪黄。

有感

問歲才期壯，關心似已翁。時能容世薄，未足念途窮。書法私慚退，詩心難及中。幸餘元亮酒，濫醉少年同。

[一] 暗，《吾炙集》作「掩」。

拜墓

拜掃春秋恨，踉蹌[一]西復東。山川雙眼底，雞黍一肩中。古道[二]斜陽白，荒碑文[三]字紅。郇郇松柏異，處處[四]紙灰同。

園居[五]

園亦不深，齋亦不廣，喜有頽垣，使月能野而已。

自羡半堂月，能分四面郇。野花籬古井，蔓艸砌頽垣。蝶夢甜花粉，蟲心苦竹根。讀書長坐好，疏雨或[六]黄昏。

[一] 踉蹌，『趙藏本』作『蹌踉』。
[二] 古道，『趙藏本』、『紅鈔本』、《吾炙集》作『廢路』。
[三] 文，『趙藏本』、『紅鈔本』、《吾炙集》作『古』。
[四] 處處，『趙藏本』『紅鈔本』作『惟有』。
[五] 『趙藏本』題作『園居二首有引』，並有朱批：『劉本補有此首，題仍作園居二首，然所録亦僅此一首也。』
[六] 或，『紅鈔本』旁批『欲』字。

題畫[一]

散屐出春莊，關[二]心事事忙。渡船依水直，山寺製茶香。野菓成僧醬，溪魚齎鶴糧。夜窗詮勝紀，分火佛[三]燈光。

况復深秋候，能令白髪生。沙場醫病馬，土屋卧窮兵。日落大旗紫，天低細艸平。丈夫不到此，千古負勛名。

春園遣興

敢言非佞佛，僧衲破儒巾。恃拙全吾懶，無貪養[四]我貧。攤書聊引夢，釀酒不關春。但得長如此，稱爲天上[五]民。

[一]『紅鈔本』僅録第一首，題作『春日郊行』。
[二]關，『紅鈔本』作『開』。
[三]佛，『紅鈔本』作『拂』。
[四]養，『紅鈔本』作『卷』。
[五]天上，『紅鈔本』作『上世』。

乍晴志喜

厭雨已經月，天邊來乍晴。萬[一]山行夜夢，百鳥較春聲。廢寺亂花發，荒江古渡平。近來詩酒債，慚愧未能清。

今朝風日好，出郭踏青[二]行。桑婦申蠶禁，邨兒學種耕。乞茶僧竈冷，歇足野陂平。事事宜書記，春天無限[三]情。

哭有秩弟

吾族衰微甚，安能爾再行？早年勤學道，近歲略知兵。國破家難問，親存子未生。黄昏松影裏，風雨葬田横。

聞爾如歸地，荒山白骨中。一棺春艸緑，百里杜鵑紅。旅店雞聲苦，閨人夜夢窮。汗青千古事，何以報天公？

燈影看憂集，獨行難一聲。鬼神猶有血，天地豈無情。劍骨争中上，文心屬下平。支離吾已甚，

[一] 萬，『紅鈔本』作『茅』。
[二] 青，『紅鈔本』作『春』。
[三] 限，『紅鈔本』作『恨』。

淚共晚潮生。

悲不因君死，君生我已然。昇平知有日，慷慨正當年。野色皆燐火，春聲盡杜鵑。夜臺麟閣士，同酹[一]一杯泉。

陶淵明倚杖聽田水聲[二]

獨立聽微響，先生移我情[三]。滴泠過耳遠，寒翠染衣輕。日暮影逾薄，雨餘聲轉清。四邊山色裏，容我一人行。

竹杖過眉笠，閒攜浦外莊。天高雲影静，水瘦稻花香。雞犬依烟火，松杉亂夕陽。歸來抱清省，添得夢魂[四]凉。

[一] 酹，『紅鈔本』作『酬』。
[二] 臺北故宫博物院藏許友《草書詩扇》之一録此組詩第一首，内容一致，僅標題前多一『題』字。
[三] 先生移我情，『紅鈔本』作『吾師移古情』。
[四] 魂，『紅鈔本』作『親』。

齋居喜病[一]

細雨過春半，輕[二]晴眼目新。階前山伯仲，竹下石君臣。小飲邀同輩，看花問[三]比鄰。桃源閉户耳，雞犬可相親。

愛病養吾念，空堂無所爲。茶烟童子小，竹影紙窗低。魂魄輕争葉，精神薄讓絲。敢言悟生死，月上水開時。

細草如孤岸，春船繫碧桐。曉晴山夢裏，殘月柳絲中。佛古人心寂，階荒鬼語工。通宵煨藥餌，瓦竈火猶紅。

鬚眉先上病，次第一身憂。雨濕孤燈暈[四]，窗寒淺夢浮。藥罏松竹火，茗椀蕙蘭秋。酒氣才能下，輕清[五]江上鷗。

[一] 病，『趙藏本』、『紅鈔本』、《吾炙集》作『雨』字，『趙藏本』、《吾炙集》僅録第三首，『紅鈔本』録第一、三、四首。
[二] 輕，『紅鈔本』作『經』。
[三] 問，『紅鈔本』作『向』。
[四] 暈，『紅鈔本』作『重』。
[五] 輕清，『紅鈔本』作『清如』。

病中無所事脩理亂書作生涯耳

我書春絮亂，墮葉落花同。破碎分三家，顛連合二東。殺蟫居上考，活字賞奇功。病叟精神短，猶當數卷雄。

題畫[一]

野色供朝暮，人家雞犬繁。漁燈新月港，社鼓夕陽邨。碓水聲過屋，桑條緑出門。閒來枯樹下，隨衆坐黄昏。

矮屋與溪鄰，溪光集眼頻。趁春樵筍髻，候雨卜山巾[二]。瘦僕當寒竹，[三]邨僧作古人。尋常來往倦，橋外酒家新。

徐無量見過岸船有贈賦答

小園無尺水，故構半間船。野竹與人立，短墻容犬眠。雲行天有面，花瘦佛垂肩。偶得持齋約，

[一]『趙藏本』題作『暮春村居』。『趙藏本』與《吾炙集》僅録第二首。
[二] 巾，『趙藏本』作『青』。旁朱批『巾』字。
[三]『趙藏本』該句作『瘦竹當寒士』。

爲堅山水緣。

與黄赤公居士飲後見殘月從山中來禮佛有感

酒歇三更後，縱横山氣寒。月來天地醒，佛定水雲寬。蝨脚禪襠破，蟲身花果殘。開眉看[一]懺悔，形影互相安。

送守白開士之羅浮

竹杖入羅浮，寒光半嶺幽。看雲閒自喜，飲水外無求。佛古黄花瘦，僧清鐵骨秋。歸來牛背上，横笛唱西州。

感殘菊

嚴霜横加抑，獨立汝應難。萎悴猶相倚，艱危亦自安。天寒修竹暮，江冷落楓乾。同此蕭騷意，生吾一慨歎。

[一] 開眉看，『紅鈔本』作『低眉皈』。

賞殘菊

妙香偏在晚，吾道與相宜。既受風霜飽，何妨枝葉衰。漫言將落盡，只當乍開時。況有新來喜[一]，寒梅欲上枝。

和鄭静夫秋熱二首

築屋已防暑，殷勤開北窗。不期今歲夏，秋半未能降。晝水思歸海，書天欲汲[二]江。門前楓樹下，侍草小童雙。

花亂圍書屋，四門闢八窗。隔林桐葉定，停[三]午竹陰降。暑色[四]雖依樹，秋聲已渡江。借將今夕雨，屐齒弄寒雙。

[一] 新來喜，『紅鈔本』作『小山在』。
[二] 汲，『紅鈔本』作『吸』。
[三] 停，『紅鈔本』作『亭』。
[四] 色，『紅鈔本』作『氣』。

讀陳稱先落葉詩示陳居士[一]

草木尊時節，能降天地心。霜高蟲舌脆，秋遠葉悲深。去就看終始，循環仍古今。黃昏閉窗紙，變調理枯琴。

分得相思嶺送陳克張廣文之任福清

相思名是嶺，衰柳欲無言。忠孝諸生長，才華百史尊。文今開馬帳，慧已立韓門。課士詩囊滿，猶期寄一論。

[一]『紅鈔本』題作『落葉』。

卷四　七言律

秋夜登平臺步月

楓林萬樹碧天飛，艸舍荒涼盡掩扉。山半蛩聲吟夜月，城頭螢火落秋衣。蘼蕪石壁文章古，寂寞僧堂[一]鐘磬稀。登眺放懷吾勝事，江山高興豈堪歸。

夜泊梅溪

夾岸疏林去路長，柴門流水幾家霜。松生曲[二]澗兼天冷，梅落深溪帶月香。古道有詩題過客，遠江無友伴漁郎。支離此夜風波裏，且對殘燈數舉觴。

石林看月

結閣雲中下小岑，巖根[三]老樹自陰陰。烟生滿徑天依石，影落平池月上林。眠鳥不言山愈冷，

[一] 堂，『黄鈔本』作『房』。
[二] 曲，『黄鈔本』作『絶』。
[三] 根，『黄鈔本』作『泉』。

梅花未放客初尋。堂前藻荇空庭水，惟有閒人此夜心。

十一月見浦外梅花

荒村有我野人心，問得梅花隔浦尋[一]。松聚一[二]山聲似水，竹生幾[三]塢菉[四]爲陰。霜來半夜人争渡，月上三更[五]僧入林。虚白暗香寒古道，科頭驢背獨狂吟[六]。

雪詩和坡公韻

碧紗窗外舞纖纖，一夜西風刮石巖。瓦竈火鮮頻唤酒，柴門樹古已堆鹽。月生微白窺頹屋，霜凍寒冰掛短簷。曉起遠登樓百尺，千峰萬壑玉嶙尖。

昏昏日暮集群鴉，閒閉蓬門讀五車。積滿村中疑皓月，飛來衣上似梅花。山陰夜半[七]人歸櫂，

[一] 尋，『黄鈔本』作『新』。
[二] 一，《吾炙集》作『小』。
[三] 幾，《吾炙集》作『深』。
[四] 菉，『黄鈔本』作『緑』。
[五] 三更，《吾炙集》作『千峰』。
[六] 《吾炙集》該句作『一肩高聳獨行吟』。
[七] 夜半，『黄鈔本』作『半夜』。

洛邑冬深客卧家。雙眼放青天地老，狂吟驢背手長叉。

戊寅江上阻雪再用前韻

一江如練白眉纖，凍入明窗几席嚴。錯落座中梁苑賦，輕盈天半謝家鹽。深山滑路幽樵徑，古樹寒溪隱畫簷[一]。永日飽看無一事，圍爐劇醉蟹臍尖。

清光何處可藏鴉，萬里溟濛似轉車。眼底有天皆若[二]水，窗前無樹不生花。鐘聲冷落深僧院，帘影飄摇問酒家。向晚一江蓑笠客，小舟籬火下漁叉。

山居即事

雲林新白月[三]來初，古樹繁陰喜索居。十畝松花僧釀粉，一塘秋水鶴窺魚。客來座滿詩聯句，門静堂前[四]子讀書。買得山童知稼穡，半供行酒半鋤蔬。

[一] 簷，『黄鈔本』作『簾』。
[二] 若，『黄鈔本』作『似』。
[三] 月，『黄鈔本』作『日』。
[四] 前，『黄鈔本』作『空』。

元夕社集

春明夜静草知寒，四座雄文寶劍看。花若向人羞舊語，鳥如求友賣新歡。高棋老手過枰穩，濁酒狂徒解腹寬。醉後墨潮圖賀叟，雪溪十里釣魚竿。

入福廬和吴瘦齋[一]

鳥磴扃蘿古道斜，入林横谷曉烟遮。瀑來磵老驚飛鶴，踏破苔新碎落花。海外風帆吞古刹，雲中雞犬傍人家。閒閒生計難[二]消受[三]，萬壑寒濤半嶺霞。

三天門

菟裘願築此山中，耳目烟嵐興不窮。百鳥春啼争作異，一門松意半相同。雨餘苔磵泉心古，鐘滿疏林月色[四]空。屐齒草香荒逕濕，山花不爲世人紅。

[一]《吾炙集》、『趙藏本』題作『入福廬』，『黄鈔本』作『福廬和瘦齋』。
[二] 難，『黄鈔本』作『艱』。
[三] 受，『趙藏本』作『處』。
[四] 色，『黄鈔本』作『夜』。

花朝直社石林

二月春晴花滿園，乞君爲我壽花言。亭開四野來新緑，譜就空林帶遠村。松籟夜深山覺古，鐘聲天半月忘尊。酒闌過得鄰僧[一]話，竹葉窗前日一痕。

上巳前一日西城[二]樓社集病不赴

新染[三]湖山春樹鮮，蘭亭重集古人前。圖書滿倚琴樽外，畫艇孤横島嶼邊。野意縱容芳草地，暖風準備鬭茶天。笑予病骨茆齋静，獨聽山鶯卧石泉。

暮春村居

杜宇聲聲春正長，荷錢半浦一園桑。破書散澮連雲水，苦竹清閒[四]入草堂。偶過野翁譚舊事，

[一] 僧，「黄鈔本」作「家」。
[二] 城，「黄鈔本」作「域」。
[三] 染，「黄鈔本」作「築」。
[四] 閒，《吾炙集》作「寒」。

閒看村婦布新秧。須臾來得蕭疏雨，輕灑荔[一]花撲鼻[二]香。

送友讀書姬巖

避人惟有結茅廬，况在千巖白石居。明月性情泉意冷，野雲蹤跡世人疏。洞門松老堪言隱，山寺春深好讀書。奇字錦囊冰雪鋭，願將流水寄于予。

暮春送友之樵川讀書

送子言遊亦送春，野航隨漲入溪新。文章自古難評價，山水從來不負人。匣裏劍聲千載業，杯前月影百年身。蕭蕭滿白蓬蒿下，每遇青蓮莫道貧。

黄典玉邀同陳稱先讀書山中予與盧子賦别陳子兼憶黄子

爲因送友作新詩，兼憶泉林久索離。萬壑松濤生户牖，一天風雨落鬚眉。春歸還負尋山約，夢淺頻驚别子時。秋徑掃開桐葉老，琴言池上慰相思。

[一] 荔，《吾炙集》作『桐』。
[二] 鼻，《吾炙集》作『袖』。

答張嗣留同社

面目于兹亦可憐，半生孤憤落雲烟。山林自我評今古，文字從他作後先。白雪爲腸知此日，黄金鑄像哭當年。與君滿飲雙箕緑，擊劍狂[一]呼走四筵。

題海濤怪石圖壽張嗣留乃翁

劃全天骨立仇池，百尺龍湫泛菊巵。海水剪秋波漾月，蓼花拂岸鶴言詩。高堂琴瑟稱觴夜，令子文章得意時。開卷石林松樹畔，通家猶喜寄佳期。[二]

壽印天和尚

和尚山居六十年，脩眉如髮賤神仙。緑霞剪破縫經衲，楓葉荷來煮石泉。萬里霜鐘侵曉月，千林雲板動秋天。干戈四塞柴門閉，但覺王侯不值錢。

[一] 狂，『黄鈔本』作『長』。
[二] 『黄鈔本』此詩後注：『此下削去六首尾，無一字可抄。』

避客

傲骨從來畏所尊，殘書如絮伴柴門。半生著作爲愚懶，末世形骸以拙存。寫菊喜尋陶令醉，問耕每到許公村。碧山雞足何年事，古佛松楸不與言。

題牖山樓

草樓片瓦俯岑峥，天下文章至此生。一檻青山寒夜夢，半秋紅葉落書聲。竹香如水茶烟細，松色爲山墨意清。何必扁舟深避世，素交原有古人情。

初冬山中築屋

曲逕吞江結小亭，四虚[一]松意落荒坰。半床亂榻藏懷素，一幅單條畫小青。豆醖偶然招社友，蔬羹率爾在園丁。山中過歲皆佳話，又有梅花欲作屏。

[一] 虚，『黄鈔本』作『墟』。

山俱移宅索和

曲巷深山釀嫩寒，攜來書篋入林巒。三間茆宅門前窄，萬里[一]江濤眼底寬。字結張顛烟意瘦，畫臨倪懶筆痕乾。有時東友春蔬社，布襪青鞋竹籜冠。

輓王有巢

經年閔默意無歡，大布苔袍帶孔寬。荒寺鐘回鴛夢斷，有巢有《荒寺夢》劇。繆齋墨冷蠹痕乾。繆齋，有巢齋名也。半癡猶自兼三絶，六巧安能敵一寒？行卷君多郊島句，異時貧士傳中看。

詩債

許[二]多詩債困追呼，帳簿思清[三]奈積逋。已分來思無鼓吹，却逢敗興有催租。鳶[四]肩瘦聳

[一]　里，『黄鈔本』作『曲』。
[二]　許，《吾炙集》作『幾』。
[三]　帳簿思清，《吾炙集》作『緑水青山』。
[四]　鳶，『内閣藏本』『黄鈔本』作『寒』，據《吾炙集》改。

天方雪，騾[一]背遲歸日半晡。夜夜沙蟲吟舌苦，擁衾愁坐笑妻孥。

攤書

堇户攤書逕草蕭[二]，秋齋斗酒伴無聊。研光太史香藤紙，斑剥中丞古瓦窑。日課刻殘三畝竹，夜聲亂入滿[三]窗蕉。正思自蔽無泥水，溪雨門前漲板橋。

老饕

老饕但以食爲天，約腹那同抱葉蟬。徐肺沈脾皆甚穩，周妻何肉兩難捐。柴車倒載須攜鍤，竹杖閒遊定掛錢。莫笑傾身圖醉飽，成仙端不羡臞仙。

與趙十五修白骨塔

豐肉妍皮自有初，烟飛霧散竟無餘。千人不預[四]曾孫宴，一閧同登載鬼車。差免老狐將子戴，

[一] 騾，《吾炙集》作『驢』。
[二] 蕭，《吾炙集》作『遥』。
[三] 滿，《吾炙集》作『一』。
[四] 預，『黄鈔本』作『與』。

那堪黄蟻與君居。暮歸寂[一]照香幢下，轉眼安知不是余。

朱郎月生書童也頗知歌曲爲武人某陰奪去既而知挈之戎行久不聞其耗矣

緜視層波渺渺如，撩人慧事頗知書。低頭笑笑拈衣帶，叉手徐徐問起居。憶到别時良不易，肯來夢處信非疏。干戈飄泊憐君弱，天末凉風悵望初。[二]

送友人浪遊

柳花香路送春時，秣罷罷騾[三]野店炊。僮背一囊裁古錦，君叉雙手讀殘碑。有懷瀝酒東南賀，更欲爲雲上下隨。五嶽圖形煩却寄，供吾山館雨中披。

村行即事

薄薄天風吹鬢絲，飯餘行散特相宜。潛夫捫虱閒終日，稚子捕蜓静片時。小摘山花充畫稿，戲

[一] 寂，《吾炙集》作「夕」。
[二] 初，「黄鈔本」作「餘」，詩後注：「此下一首並題刮去。」
[三] 罷騾，《吾炙集》作「疲驢」，「黄鈔本」作「龍媒」。

參牧暨作棋[一]師。狂歌直得村翁笑，此是誰家好事兒。

送鄭一作客

苔繡銀刀佩古囊，雞聲勒馬着衣裳。揮杯滿目皆朋友，亂世逢場即故鄉。半[二]岸孤舟千里夢，一[三]天殘月萬家霜。悲予獨自看花後，春柳深深[四]冷草堂。

吊皖城都護蘇羽若父子殉難詩[五]

嗚呼！鼓聲雖死，未落旄頭。劍氣長存，難馴龍性。生異空桑，世謂公[六]侯有種；戰同綿竹，孰云國士無雙。操弧以射天狼，鬼能爲厲；補衮而扶日轂，子蓋克家。在長公獅擲窮巖，

[一] 棋，『内閣藏本』作『棊』，據『黄鈔本』改。『黄鈔本』此詩後注：『此下一首並題刮去。』
[二] 半，《吾炙集》、『趙藏本』作『斷』。
[三] 一，《吾炙集》、『趙藏本』作『曉』。
[四] 深深，『趙藏本』作『瀟瀟』，旁批『深深』。
[五] 『黄鈔本』詩題後加『並序』二字，詩僅録第二首，歸入『七言古詩』類。『趙藏本』『殉難』作『靖難』。僅録第二首。
[六] 公，『黄鈔本』作『君』。

既靡慚乎墮武；而次君[一]驄乘舊里，復素著于彈文。兼以十六人之並殉焉，斯又數百年而少見者。廿四郡乃無義士，方此蔑如；十萬人誰是男兒，視之奚似？伊可風也，詩以壯之。

陣南日黑壓重雲，嚼齒難吞羯鼠群。氣作長城支半壁，魂歸故國拜新君。英雄魄毅猶能視，忠孝家藏未許分。執簡尚餘南史在，大書雙節有新文。

吾戴頭來衆所聞，力窮斷去又何云？同仇此日兒同命，共隱當年母[二]共焚。領取全家人入地，統來小隊鬼猶軍。風霜漢節身還健，典屬于今尚屈君。

同大蘇江洲看橘用壁間韻

冬入疏寒好卜觴，擕來蔬果及村堂。稻秧稿軟開茵煖，茗浪聲輕離樹香。半榻草花過雨静，四籬橘柚弄霜忙。歸來竹杖柴橋上，月到江潮[三]擊碎光。

[一] 君，『黄鈔本』作『公』。
[二] 母，『黄鈔本』作『世』。
[三] 潮，『黄鈔本』作『湖』。

贈陳君疇[一]

清剪庭園習醉吟，板輿御母弄花陰。龜紋月窟天横尺，蠅字星盤水定針。婚葬未完忙世足，吉凶同患仰君心。只今巷僻闐車騎，宰相山中不厭深。

天高地下理難尋，掌故推君練古今。太史世家司曆象，大夫周禮主墳林。乾坤鑿度先秦秘，山海圖經郭氏深。從此予隨風日暇，扣籬茶坐數攜琴。

壽人母

七十年來善飯身，板輿長御太夫人。車遊珠蕊同王母，子抱文章作帝臣。佛相莊嚴華鬘髻，道家綰束紫綸巾。冰盤何物充香供，紅藕花開瓣瓣新。

母似峨眉天半雪，積來千載不能消。閒牽藤架垂匏荳，更上繅車紡葛蕉。隱几教人知古物，布棋與婦話中宵。麻姑載酒時相過，滿頰餘霞散作潮。

[一]『黄鈔本』詩題後多『地師』二字，詩僅録前十八字，後注：『以下缺一頁。』

輓陳伯讓社伯

入林采藥倦忘歸，路隔松雲一逕微。亂世浮生無可戀，通家小子有餘欷。馬從老後辭長道，蟬向風前蜕故衣。社集爲翁圖道貌，竹竿花影立漁磯。

將遊山示童子束裝

欲訪雲中山水奇，山中行李着相宜。杖裁藜髮過于項，笠蹙杉毛罩過眉。兩足草繩穿不借，半腰藤索繫軍持。詩成草汁松枝字，走向僧廚换午炊。

遊山歸夜打坐禮佛而有是作[一]

幽高足力千人上，峻聳巖肩十丈低。天地怪腸[二]生指掌，文章鐵骨立鬚眉。擔輕稚子過溪易，犬吠孤僧接杖遲。蔬果供餘香茗椀，一燈鐘響[三]萬山時。

[一] 『黄鈔本』、『趙藏本』、《吾炙集》詩題無末『而有是作』四字。
[二] 腸，『趙藏本』作『物』。
[三] 響，『黄鈔本』、《吾炙集》作『磬』。

小隱社集用韻

筆落王蒙百尺峰，山人箬屋穩相容。歌添一曲鶯偷語，酒渴三更月在松。細草寫春香不已，澹雲織水影空溶。荷鋤有子還吾懶，且向林間洗古筇。

紙帳

尋常斗帳兩堪眠，避暑驚寒不分天。斜剪剡藤香小小，儼然湘水練戔戔。雪深半嶺三更月，夢落千峰百道泉。針綫澹縫人事少，雅宜相對佛燈前。竹榻匡藤春嫩邊，幽居布被貼身便。梅花笛弄[一]心如水，柳絮詩成[二]思入禪。天女散來雲母粉，鮫人飄亂薛濤箋。有時侍得雙鬟影，帶醉芙蓉插雪妍。

東胡茂生直社

白社曾呼爾弟兄，爲何[三]春老滯歸程。欲尋舊話惟窺柳，喜看新詩但聽鶯。蕉雨半溪琴語冷，

[一] 笛弄，『黄鈔本』作『弄笛』。
[二] 詩成，『黄鈔本』作『成詩』。
[三] 爲何，『黄鈔本』作『何爲』。

竹烟三逕鶴心清。石林課業芳菲近，乞過山園[一]作主盟。

陶擬陶弱冠時與予夜飲席上贈之

滿天爽碧入疏眉，姓字如君已自奇。萬點寒霜花月夜，一雙童子竹枝辭。長兄蘇晉逃禪定，小弟張顛露頂時。漫道琴言[二]新聽指，由來邂逅正相思。[三]

醉泊赤壁瀨下

尋烟訪泊竹灣莊，蘆荻花交弄影凉。石甃細雲巖面皺，濤經微月水聲光。對床有客吹長笛，遠舫何人爇異香。汀晚沙痕新滿白，醉餘高步學踉蹌。

伏日省試予以懶熱相牽不敢赴

度形只合衣垂蘿，不分低頭入選曹。乞我野夫成野性，讓它名士立名高。拍浮酒海聊當死，白戰詩場敢負豪。劍氣偶然還問膽，時澆倚杖看江濤。

[一] 園，『黄鈔本』作『圍』，應誤。
[二] 言，『黄鈔本』作『月』。
[三] 『黄鈔本』詩後注：『以下缺頁。』

渴狂病熱思昏昏，草屨雙攜水外村。近體何人工應制，聖躬無日不臨軒。花鬚香引蜂千衆，塔影光摇佛萬尊。我爲貪眠伸足懶，于今却省刖來痕。

患難之後寄閔白於司理

昔陪茶話日從容，問訊如今託去鴻。散吏不嫌遷海外，狂生只合卧山中。閉門讀易逢無妄，斷獄持平憶有功。多難但餘身未死，論文猶可一尊同。

上巳日桑溪開社[一] 溪爲閩越王流觴處。

郡治東偏溪尚存，蘭亭陳跡逐年温。雙柑斗酒三春社，牛[二]巷雞聲十里村。僧在竹房臨積翠，客窺松影畏黄昏。擔夫争道歸來晚，近日[三]山城早閉門。

山居

細竹穿籬傍石隈，野人鄰舍借書回。一壺名酒數更煖，半畝閒花百樣開。訪友瘦騾江岸去，提

[一] 『黄鈔本』、『趙藏本』、《吾炙集》題作『上巳集雙溪』。
[二] 牛，『黄鈔本』作『半』。
[三] 近日，『趙藏本』作『祇恐』。

籃魚婦浦村來。偶然好興尋詩話，踏破墻頭淺淺苔。

行散至城南尼觀[一]留齋供

春晴行樂[二]出山[三]堂，試學淵明乞食方。簡淡女冠庵寂冷，慈悲佛面菜青黄。花深遠見經行緩，簾薄輕聞梵語香。午供浄[四]修留野服，山泉汲作笋尖湯[五]。

過南禪寺看琳瑛美人禮懺

身閒隨喜過村庵，幢下微聞響佩簪。竺國先生偏袒右，女家弟子學和南。一聲引磬鍋頭飯，百甓絲盤佛手柑。苔繡石根松樹畔，試穿戒衲也相參。

[一] 觀，『趙藏本』作『庵』。
[二] 樂，『内閣藏本』作『藥』，據『黄鈔本』『趙藏本』改。
[三] 山，『黄鈔本』、『趙藏本』、《吾炙集》作『空』。
[四] 浄，『黄鈔本』作『静』。
[五] 汲作笋尖湯，『黄鈔本』、『趙藏本』、《吾炙集》作『新汲茗雲凉』。

春日齋居

懶骨生來似病蠶，蒲團鋪向古松南。低眉捫虱鳥相狎，放膽妄言客不堪。詩渴竹罏茶椀七，坐疲人柳日眠三。頗過蔬粥無它事，風雨經年打艸庵。

送葉臞仙之官樵川

梅雨經旬漲短蕪，船窗香氣入葭蘆。薄寒半臂諸姬錦，淺黛雙眉十樣圖。經學原來推馬帳，文人況復在鴦湖。山花擁髻樵川女，閒傍桑陰看大夫。

春日送馮吏部

吏持除目叩扉傳，甕脚驚回一覺眠。書篋卜[一]童單馬後，酒家獨樹數雞[二]邊。春城御柳韓君[三]句，錦水桃花薛氏箋。滿路烟光堪入詠，先生叉手聳雙肩。

[一] 卜，『黄鈔本』、『趙藏本』、《吾炙集》作『小』。
[二] 雞，『趙藏本』作『鴉』。
[三] 君，『趙藏本』作『郎』。

臨別子羽復書便面

畝園兩歲别音疏，健作鄉思返故廬。屢問來人口中路，時翻日者案頭書。忽然笑至欣歸聚，又覺愁生畏索居。總是多情存亂世，由來悲喜每相如。

秋日社集謝爾將亂山樓用竹逸上磐谷韻

竹竹流青剪葉忙，夕陽深處鳥聲光。尊慈古佛鬚眉瘦，簡淡邨僧蔬茗香。四面晚山供眼白，一天秋氣近花黄。若能長閉柴門下，不遜松南第一房。

蟬聲上下趁秋忙，窗紙争青集眼光。倚醉艸茵苔面冷，弄寒枕簟竹痕香。樓高抱月醫人遠，松老欺霜病葉黄。半片蒲團分佛榻，小眠松火學僧房。

秋日出華嚴寺看蓮分得十五咸

乞食城中無一寺，看花郊外借千巖。森森古瓦深慈佛，點點秋潮落照帆。老樹藤穿棕箬笠，晚秧針補芰荷衫。謾言歲月成詩史，半卷它年續鐵函。

一路看山到武夷

辦得籃輿興便濃，搜奇日日不堪慵。身從白下三千里，眼落青山十萬重。汲就軍持溪曲水，脱來不借幔亭峰。巖僧茗供温行李，苔色孤雲尚滿筇。

寄題樵川詩話樓

片瓦幽深城上頭，先生千古續風流。眉開天地人如水，句入溪山月在樓。蝴蝶野花春暮藹，鷓鴣荒艸夕陽愁。還將百斛藏名酒，醉起滄浪一唱酬。

神光寺看碧桃花[一]

城頭二月緑苔侵，爲訊桃花野寺尋。半樹香分疏竹影，數枝白近古松陰。蝶心蕩漾春高下，鳩語浮沉雨淺深。蔬筍依[二]然無酒禁，醉歸清夢戀空林。

春來何事闗心急，大半花枝與酒罇。桂棹昨遊湫水曲，藍輿今向給孤園。静看粉蝶爲夫婦，閒聽山蜂誨子孫。又得浮生兩清福，敢留詩話記黄昏。

[一] 『黄鈔本』、『趙藏本』、《吾炙集》僅録第一首。
[二] 依，『黄鈔本』、『趙藏本』、《吾炙集》作『偶』。

齋居書懷

攤書痛哭古人私，事事遥看似有期。賓戲無端思選友，病求奚故漸知醫。才憐學淺甘身賤，棋受攻難願着低。我已無心戀城市，桑蘇深舍是何時？

喜得山中人來爲種園之友[一]

近來工課在漁樵[二]，不愧山人雜學疏。半畝借爲鋤菜地，一春常作乞花書。經營高下君應好，較量陰晴我已餘[三]。最愛重陽秋色後，滿園霜葉繡吾廬。

與黄赤公居士坐月五更乃就寢[四]

萬物潛聲不敢言，許生黄子共高論。天開四面秋爲水，月净[五]一堂花倚門。此夕悲涼依杜甫，

[一] 『黄鈔本』、『趙藏本』、《吾炙集》題作『喜得山中人來』。
[二] 漁樵，《吾炙集》、『黄鈔本』作『樵漁』。
[三] 已餘，《吾炙集》作『不如』。
[四] 『黄鈔本』、『趙藏本』、《吾炙集》題作『與黄赤公坐月』。
[五] 净，『趙藏本』、《吾炙集》作『静』。

何人慚愧説劉琨。更闌露墜和衣夢[一]，魂魄清寒夢不温。[二]

[一] 夢，「趙藏本」作「臥」，《吾炙集》作「睡」。

[二] 不温，「内閣藏本」末缺此二字，據「黄鈔本」、「趙藏本」、《吾炙集》補。

卷五　五言絶

董蘇招飲西園

石橋箕踞久，看子飄摇[一]袖。潦倒樽罍間，西風吹楊柳。

鶴鳴

千載老枯松，盤桓古幹蹤。一聲天地外，嘹徹萬重峰。

鶴立

睥睨山川奇，悠然何所之。自憐筋骨瘦，延佇已多時。

江上聞笛

月上千峰冷，風生萬樹清。江空山静處，笛度白蘋聲。

[一] 摇，『黄鈔本』作『零』。

落花曲[一]

春院放梨花，梨花落流水。寂寂五更寒，明月白窗紙。

鄰女

梧桐一葉落，四壁西風入。愁却不勝衣，風來吹破席。
單衣不耐寒，寒透清馨骨。出手[二]縫舊裳，雪來争比潔。

柘浦留別胡五靖

年年[三]君作客，我每客中逢[四]。總是風波裏，常多遊子蹤。

題畫

古木繡苔衣，白泉沁山骨。寂寂草玄亭，知己邀明月。

[一]『黄鈔本』題作『落花』。
[二]手，『黄鈔本』作『入』。
[三]年年，『黄鈔本』作『辛苦』。
[四]逢，『黄鈔本』作『途』。

沿秋看落葉

樹爲秋意紅，路以行稀隘。含情霽色中，白雲與山在。

偶行

石壁繡蒼苔，烟光禿影吐。遠眺隔村楓，儼若桃源路。

山夜

葉落山意響，竹疏江語幽。步入白雲去，澹遠如清秋。

野步

亭當谿曲處，谿風添石泉。愛月倚東閣，讀書聲滿天。

聞泉

鳥聲與空翠，一谿日一换。白雲何處來，秋山餘一半。

抱卷隱茆茨，一在山之腑。晝夜碎潺湲，穿林到窗户。

看雲

樹影覆清陰，泉聲喧以謏。愛此白雲行，依依亂山色。

問路于樵夫[一]

飽日看青山，乃知天地古。遥聞雞犬聲，江山非無主。
雲光映烟色，適我胸目新。窮谷有異想，深山多古人。
及秋憶芳草，數里雲漠漠。曳杖著衣冠，山林中禮樂。

畫竹

晨起坐蕭竹，寒光集耳目。相許爲古人，手書一卷足。
烟雨一林滿，相對情不辱。持之以贈君，嘲君筍煮肉。

[一]『黄鈔本』題後注：『原集第一首削去，不審緣何觸犯必削之。』詩僅録後二首。

山遊阻雨

帶雨迺能幻，空晴徒爾然。所奇迷日[一]遠，巖骨半藏天。

題畫四首

梧葉澹若水，覆君之茅亭。午枕春夢初，遠聞溪語青。
怪石若虎蹲，老松作龍吼。不是風雨功，日月之色飽。
落葉滿夕陽，雙屐尋秋步。抱醉過前村，江潮生朝暮。
藤蘿母龍脊，冰篆裂春稜。譬之古樊噲，聽法頭陀僧。

畫竹

細草如蘭蕙，清香似竹心。昨夜發尖筍，碧緑高于林。

[一] 日，『黄鈔本』作『目』。

題畫

好好一前山，溪流没其半。獨坐釣魚磯，波行春草亂。
渴筆作危石，澹墨寫疏竹。法學管仲姬，意生趙文淑。

畫古木

群木負幽深，託根于奇古。若使衆坡[一]川，凡枝[二]之所聚。
不受天地恩，甘心分葛藟。非曰風雨偏，骨力當如此。

畫紅白桃花

手詔召太真，朝天矜素面。旁有茜衫鬟，捧之出深殿。

[一] 坡，『黄鈔本』作『波』。
[二] 凡枝，『黄鈔本』作『几杖』。

畫天孫錦

百變者文[一]心，俗士難與語。帝咨爾天孫，出手弄機杼。

畫仙桑

殷紅未染時，半幅素紙耳。空色如是觀，請質之仙子。[二]

畫叢密細竹

蓬虆避時艱，高士走深竹。截取寫離騷，秋深痛飲讀。

畫山水

飛白石織[三]雪，積墨樹棲烟。卓午佃空谷，花奴煎月泉。
香草如針舌，瀠沙短短青。漁翁捕魚罷，醉卧聽溪亭。

[一] 文，『黄鈔本』作『天』。
[二] 『黄鈔本』詩後注：『下缺一首。』
[三] 織，『黄鈔本』作『積』，應誤，與下一句有重複用字。

題美人

結伴向前山，手攜閨懷稿。日夕何所思，商量鬭秋草。

題畫

露狎竹眉纖，霜嚴葉心碎。問我潑墨時，五斗蕭蕭[一]醉。煮茶做飯後，心思無所住。不願骨頭閒，寫一石兩樹。

畫菊石

得林[二]即釀酒，酒成三十日。况遇高懷客，贈花兼贈石。

畫梨花

墨水寫梨花，想在溪烟後。寂寂破紙窗，細月穿枝透。

[一] 蕭蕭，『黄鈔本』作『蕃蕃』。
[二] 秫，『内閣藏本』作『朮』，據『黄鈔本』改。

畫梅

空山有老人，鬚眉白似雪。自言千載中，古心化爲鐵。

畫霜葉

木末載嚴霜，山居苦日短。蟲跡學篆書，積我窗簾[一]滿。

畫竹

白雲與緑竹，素心喜相照。有時雲出山，亦爲竹所[二]笑。

畫秋海棠

讀書七八月，漸覺芳草歇。何意古潭前，匝匝生光悦。

畫芭蕉

墻角破半邊，水緑芭蕉補。有時風雨來，露出遠山古。

[一] 簾，『黄鈔本』作『前』。
[二] 所，『黄鈔本』作『相』。

題畫與陳子亮

夜半黄葉聲，滿村風露歇。獨有懷秋人，抱書立明月。

題畫

隔岸接小橋，兩溪夾一塢。大筆撥雲泉，書家之懷素。
八月海門闊，濤聲高拍天。怪土闢胸眼，聽水蘆花舷。
艸閣三層高，搭入千林亂。白雲作雨歸，又遮山一半。
村南老秃翁，縛茆亂溪上。夜來風雨過，約友看春漲。
疏樹隔江灣，卜居歐陽子。午夜讀書聲，出窗雜蟲語。
蘆花冷釣竿，芙蓉語溪水。小舸蕩高秋，驚夢群鷗起。
雪薄書聲遠，霜高冰骨堅。道人乞清福，載酒動江烟。
紅葉補茆簷，梅花破書屋。名士讀離騷，更寒酒初熟。
隔水聞書聲，渡溪問誰者。不過漁樵人，結茆紅葉下。

卷六　七言絶

宿越山[一]菴

古刹柴門晝不關，晚來無數白雲還。老僧清磬堪留客，暫宿疏林一夜山。

題扇面

小橋流水幾溪灣，野店花開照客顔。莫道柳陰長繫思，白雲馬首萬重山。

曉鐘

天外星稀曙[二]漸分，江頭漁火尚紛紛。披衣秉燭空山冷，古寺鐘聲半落雲。

[一] 山，『黄鈔本』作『王』。
[二] 曙，『黄鈔本』作『暑』。

龍江夜泛

茅店江前種野花，嘯歌送棹入天涯。夜深一片江心月，照盡城南十[一]萬家。

贈美人

溪邊竹塢幾人家，盡日登樓望若耶。三月江南春正好，不堪商女抱琵琶。

和道人郊行

野雲片片向[二]青山，流水柴橋日月閒[三]。晚色一江秋似水，幾村衰柳有無間。

喜山中梅花

爲愛臨空結閬臺，山中日日草花開。主人亦有林逋癖，不是孤山也種梅。

[一] 十，『黄鈔本』作『千』。
[二] 向，『内閣藏本』作『白』，據『黄鈔本』改。
[三] 閒，『内閣藏本』作『間』，據『黄鈔本』改。

居山日日與山閒，縱有疏籬懶設關。客到[一]竹樓頻喚酒，梅梢月上影成山[二]。

攄虹橋

石橋如蝀[三]枕危丘，身集雲光天上遊。落花數片水流去，暮蟬一聲山欲秋。

山居

落葉蕭蕭正掩門，山僧野客坐松根。水流花謝無人到，烟外柴橋又一村。
古洞荒涼半是苔，黃花錯落滿籬開。白雲欵欵飛無數，常伴山僧嶺上來。

彈琴看瀑布

百丈流泉伴寂寥，水花如雪木蕭蕭。幽人一曲高山罷，送酒奚奴正過橋。

[一] 客到，『黃鈔本』作『有客』。
[二] 山，『黃鈔本』作『三』。
[三] 蝀，『黃鈔本』作『蝀』。

山中午睡

茆亭結在萬山前，緑竹脩桐適暑天。一枕夢酣啼鳥换[一]，百花潭底汲新泉。

讀書夜盡聞鐘聲從白月來窺窗牖奇響冷光令我心膽俱寂[二]

石樓隱向白雲封，知在岧嶢第幾重。殘夜讀書人未卧，萬山明月一聲鐘。

寄友

相逢旅店話旁皇，猶寄家書近故[三]鄉。此日勝君無別况，梅花林下蠣房香。

村園泛漲

茅庵草草結蔬園[四]，畏客多栽竹作門。却爲山中一夜雨，野航載酒過西村。

[一] 换，『趙藏本』、《吾炙集》作『亂』。
[二] 『趙藏本』、《吾炙集》題作『讀書夜静聞鐘聲從白月來』。
[三] 故，『黄鈔本』作『古』。
[四] 蔬園，『黄鈔本』作『園蔬』。

畫松秧

野人茅屋傍江皋，閒弄苔磯釣緑波。又種短松三畝半，晚風乍發也成濤。

除夜送友人新醪

雪殘年去不可守，手製新醪餉吾友。紅塵裏面事太多，醉翁之意當在酒。

偶作

俠氣從來自不群，離歌一束總堪焚。竹堂不必平原像，今日心[一]絲只繡君。

題畫

一片寒山遠水邊，西風吹雪壓雲泉。幽人忽作尋梅興，驢背尋詩帶醉眠。

[一] 心，『黄鈔本』作『新』。

江舟宿雨

興作春遊獨上船，半江漁火一簑烟。亂雲宿雨千峰下，始識南宫不是顛。

贈老歌妓

高髻雲鬟浪蕩仙，梅花一弄寄清緣。長安市上琵琶曲，唱到于今又十年。

畫石

苔光如髮戰秋烟，風雨往來沈石田。萬竹林中燈火夜，半窗人語白雲天。

無題

花信知春問友生，閒齋遥望不勝情。無端燭影疏簾下，鸚鵡能呼小小[一]名。
東風飄蕩瘦腰枝，問笑含[二]愁無不宜。曾記攜琴來竹下，羅敷十四未垂絲。
今日琴絲豈可捫，但餘新竹一枝存。燈光滿面妨人語，細認青鬟不敢言。

[一] 小小，『黄鈔本』作『小二』。
[二] 含，『黄鈔本』作『閒』，不通。

不入華堂作侍兒，李郎何處覓相思。綠波刺眼人如玉，猶是當年一樣癡。
頂禮慈雲哭可憐，十年淫冶路暝暝。近來消得鴛鴦譜，百囀流鶯學唱經。
小閣新粧燕子輕，垂楊故故繫人情。玉琴頻拂無心弄，不是含羞取令名。

睡起見月

花氣薰衣春未闌，杜鵑聲裏竹聲寒。黄昏夢足月初上，兩壁縱横千萬竿。

與雪和尚

空山風雨吼龍舌，長者園梅化爲血。茫茫月曉鐘一聲，草鞵踏破千峰雪。

題畫

近年移屋入烟霞，生計欣然但種茶。楓葉一山如醉客，世人呼爲紅桃花。
爐峰老鶴稱多壽，松作古人怪石友。怡神遠思筆墨中，山水之文章不朽。
龍潭畫舸載雲閒，此際烟光不可測。潮平天滿秋一痕，隔雨鐘聲似琴瑟。

題畫壽王有巢

編籬苦竹亦爲家，著書燒筍飯胡麻。聞道吹笙王子晉，食桃三百色如花。

贈董蘇

一院芙蕖點素秋，鴛鴦雙戲白蘆洲。燕街十百嬌歌者，誰有如君不下樓？

畫雪

萬樹空濛白眼中，滿天風雪老詩翁。驢頭得句清如水，一路沈吟笑朔風。

觀劇

問天卜地乞閒遊，世事猶如一局楸。自分草茅寒骨相，偶然醉後欲封侯。
一夜燈光傀儡忙，文章粉面逐登場。百年事業須臾盡，大醉歸來笑夢鄉。
度[一]月披星不問勞，清秋氣魄五更濤。丈夫自古輕兒女，愛妾從今帶寶刀。

[一] 度，『黄鈔本』作『戴』。

俠氣蕭蕭松柏林，一杯千古子期琴。章臺不是輕分手，自有君平一片心。[一]

聞警

旌旗四漠不堪聞，天子焦勞賴有君。漫道男兒空帶甲，不知妾婦亦從軍。
偶有深思痛骨寒，草茆臣子淚如丹。功名不肯供癡夢，萬衆人中醒眼看。
何日中原不苦兵，夢魂亦爲羽書驚。長安烽火烟初息，聞道南京又閉城。

送人會試

磨劍嘶風泣淚人，十年辛苦劍花新。此行若不擔封拜，寧化江南女子身。

山中示陳子鄭子

四方竹杖掛烏巾，騎馬經過花草茵。萬石高深堪共語，如君豈但夢中人。
濟勝從來説許詢，齊眉箬笠自隨身。藤梢負酒探奇去，踏遍歸來濫醉人。
作書不及到寒温，草草言詩以[二]寄君。苦得山中忙不了，怪巖古木與寒雲。

[一]『黄鈔本』詩後注：『以下刮去五行，不知何詩。』
[二] 以，『黄鈔本』作『似』。

巖僧茶話

殘芋煨鹽苦筍羹，竹籬風味澹人情。老僧不必多供菜，山月長松已過清。

美人惠蘭圖[一]

石研宣州墨色光，奚奴載酒入書堂。高人眼底春如水，數蕊蕭蕭十指香。

姬巖再訪沙彌

兩扣山門不遇僧，五年丘壑與心盟。當時共拜生公座，難道相呼[二]不弟兄。

贈開山者

百頃雲光欲上時，青松苔徑緑鬢眉。開山不是謝靈運，千古林巒獨自奇。

[一]『黄鈔本』題爲『美人惠畫蘭』。
[二] 呼，『黄鈔本』作『逢』。

上吞江亭

水田如練篏冰文，嶺上松針刺晚曛。酒汁[一]墨光啼鳥後，振衣稜石臥寒[二]雲。
細澗泉花撲紙檽，薄眠人上汲[三]江亭。清明寒雨添三日，才露秧針一寸青。

泛蘆港

問香隨草動深春，酒滿歌聲倚緑蘋。雙[四]槳白波歸去晚，隔船遥見賣花人。

九月一日招友人登高

重陽聞道及蓬蒿，早買鱸魚半帶糟。對面小山隔一水，板橋三曲刺秋舠。

[一] 汁，『黄鈔本』作『汗』。
[二] 寒，『黄鈔本』作『閒』。
[三] 汲，『黄鈔本』、《烏石山志》卷九『志餘』作『吸』。
[四] 雙，『黄鈔本』作『斐』。

畫松爲某壽

松聲百里釀溪光，載酒尋花訊菊香。醉得野人三萬六，年年鵝絹寫稱觴。

泊船竹溪塘

小船泊在竹溪塘，錦鯉銀刀切膾香。短水瓦甌更静後，荻花聲裏月如霜。

贈溪邊野人

木槿圍墻學野廬，花叢藥圃自開鋤。有時放棹出横浦，日落潮歸争買魚。

廿五夜

小窗書帙亂縱横，茗椀孤燈覺有情。坐[一]得紛紛梧竹影，滿城明月在雞聲。

[一] 坐，『黄鈔本』作『生』。

題畫

忽然米友園中景，移入右民便面中。清福正應難遣受，故將分半友朋同。

柬友

小艇才從龍港回，又將藤篋古城隈。窮冬何事忙如此，只爲梅花到處開。

夢中有感

自笑依然浪跡行，無端清[一]夢落花聲。茲山有地堪容我，許子他年定作僧。

騾背

嶺上歸來天欲明，滿身零亂細香清。半村雪月光如水，十里郎當醉夢輕。

[一] 清，『黄鈔本』作『情』。

醉後以詩代曲

一曲無腔信兩唇，醉來高興却藏真。若教按得清歌調，便是俳[一]優乞巧人。

夜悶

書火幢幢百思忙，問形答影對窗[二]光。四更殘月歸天上，獨有孤愁宿小床。

私座偶言

晚踏荒堤恨不平，出門但覺礙人情。明知此別無多日，臨去忘言似遠行。
酒後詩狂偶欲歌，近來悲喜總如何？一番相聚一番別，聚較別時不肯多。
春雨牽絲入畫樓，黄昏君去竹聲幽。每因小集翻成散，正在偷歡已種愁。
殘更淬劍色[三]如絲，百丈相思集[四]兩眉。不是窮愁著書者，焉知醇酒婦人時。

[一] 俳，『内閣藏本』作『排』，據『黄鈔本』改。
[二] 窗，『趙藏本』作『燈』。
[三] 色，『黄鈔本』作『每』。
[四] 集，『黄鈔本』作『染』。

侍草遊花傍小舦，齋門長閉静聞鶯。人間磨蝎經千萬，我輩從來但死情。

題畫

溪風吹花香不歇，花鬚落蒂溪水白。楓林數樹歌秋聲，我將縛茆爲隱客。

瞥眉[一]驚見筆墨碧，天生氣岸高千尺。磨洗龍鱗積古蹊，攜向雲中煮白石。

畫牡丹

遊子出門知夜長，竹囊蘆被肅行裝。小船載月寒千里，夾岸秋花織[二]古香。

值得春宮巧剪裁，新枝嫩蕊主張開。笙歌宴罷香鸞凰[三]，眉月初脩花上來。

春遊湖上作疊字體

書畫船移山寺前，醉看林葉聽新泉。僧谿青[四]緑單條筆，筆筆筆中啼杜鵑。

[一] 眉，『黄鈔本』作『目』。

[二] 織，『黄鈔本』作『積』。

[三] 香鸞凰，『黄鈔本』作『杳鸞鳳』。

[四] 青，『黄鈔本』作『新』。

秀野平川極目長，菜畦麥圃緑臨莊。隔林細識烟如水，水水水邊花亂香。
門扇蕭蕭苦竹斜，水雲埋老野人家。小舟纜繫櫻桃樹，樹樹樹頭人賣花。
一日青青三欲眠，春工出手剪爲烟。開眉草木疏疏染，染染染成紅紫天。

正月

正月人家新酒香，三旬日日去顛狂。今朝阻雨齋堂静，侍女知醫[一]橄欖湯。
半園蔬葉抵芭蕉，夜雨窗堦釀寂寥。被薄生寒春夢細，忽驚行樂過溪橋。
新買村奴事事頑，頭豐眉闊[二]目如環。終朝飯飽無它好，種得匏藤學遠山。
青藤紫李實如椒，歲歲秋深貯竹瓢。值到清明在前後，課伊撥土養花苗。
移書遠寺乞閒花，一雨才過百樣芽。荳子落場匏又長，尚留隙地種黄瓜。

病中陳伯良餉[三]十年老醞

寒軀織病細如烟，正抱孤魂乞晝眠。斗酒餉予争藥火，醉心原在十年前。

[一] 醫，『黄鈔本』作『煎』。
[二] 闊，『黄鈔本』作『潤』。
[三] 餉，『黄鈔本』作『送』。

招死魄[一]和尚教香初玉瑟二子唱經

佛面深慈閱世忙，夢回淫冶懺顛狂。小奚經板花間過，一卷楞嚴字字香。

題畫

汀花覆水石頭香，山静無人春晝長。獨掩柴門鳥聲裏，野夫何事不顛狂。
屋築山泥杉木椽，半如酒甕半如船。野人坐卧松光裏，濤學溪聲高滿天。
小庵結在板橋西，不見庵門只有溪。知是主人畏俗客，行藏每束白雲齊。
學啖薑蔬暫似僧，手鋤肩荷也新能。近來更有難言喜，竹肯生孫已及曾。

畫竹筍

剪水裁烟侍草檐，夜深細語動窗簾。園丁耘灌多方術，新筍春歸箇箇尖。

[一] 魄，『黄鈔本』作『魂』。

畫蘭竹

置身蘭蕩竹爲舟，天氣清和禊事修。爲愛酒狂名姓重，特留片石紀同遊。

畫漁舟

卓午穿林日影忙，一竿隨手入滄浪。巖眉竹索牽舟小，萬點藤花繡水香。
一溪清磬落雲層，林氣村烟野色凝。何處笛聲吹晚泊[一]，滿山新月曬魚罾。

題杏花白雀

萬捻胭脂疊髻鬟，滿身霜月立花籠。香枝蜂蝶閒情動，故作春聲剪剪紅。

董聖褒却扇詩

兩尺冰綃一幅裁，花籠荳蔻正[二]菩蕾。爲因香惹人争看，都道芙蓉三月開。
烏絲半寸綰蒙茸，一派青青似遠峰。昨夜却承郎道好，從今墜馬學吴儂。

[一] 晚泊，『黄鈔本』作『泊晚』。
[二] 正，『黄鈔本』作『玉』。

窗前小雀喚春殘，繡被香温夢未闌。近日天工[一]偏解事，肯將溪漲贈輕寒。

畫與大蘇

溪泉汲雨月邊還，亂寫松楸意似閒。卜製小庵何處好？梅花和尚墓頭山。

畫竹

四月園中竹竹[二]新，枝高尊重石稱臣。主翁策杖寧寒瘦，笑看金盤食肉人。

今歲一春皆聽雨，及兹夏半亦無晴。閉門且作雲烟主，聊當山林日日行。

以詩畫寄懷沈參軍

酒坐琴言每與群，忽然去作出山雲。官廳草木閒能侍，再寫溪林遠寄君。

[一] 工，『黄鈔本』作『公』。
[二] 竹竹，『黄鈔本』作『个个』。

題畫

喜作青山日日奇，萬峰浪[一]裏縛茆茨。侍兒灌墨窗簾下，笑道依稀黄大癡。

爲章中黄畫扇

公孫大娘舞劍器，張顛得法爲草字。予今遊戲筆墨間，流水行雲亦斯意。

畫古木竹石

太古寒潭一塊鐵，皮毛蝕水千萬裂。何年鬼斧起山中，對此枯株蛟龍頫。

十[二]眉

明月窗前白似霜，無聊强半倚空床。平生不解癡兒女，今日爲君淚數行。
秋風寒碎瘦花枝，萬種飄零不自持。學士意中金縷曲，司空堂下捧杯匜。

[一] 浪，『黄鈔本』作『限』。
[二] 十，『黄鈔本』作『千』。

只爲相思去路長，巫山何處夢新粧。芙蓉睡後三更月，撩亂紗帷[一]影亦香。

秋入寒江露滿葭，無端種得斷腸花。從來此地思豪客，今日誰爲古押衙？

泣盡杜鵑午夜風，心枯花落血猶紅。潯陽不遇白司馬，空抱琵琶江月中。

秋老霜歸草木晴，蕭齋葉上砌蛩鳴。近來不是看花瘦，只爲寒梅透骨清。

相呼一字巧如鶯，羞澀新花月下行。莫道柳條無意緑，非烟原在趙書生。

酒醒爲何復不平，又來月下踏花行。無端柳院深深鎖，不見黄鸝只有聲。

凄凄風雨又黄昏，零落花枝一半存。最惜香魂飄欲盡，猶驚堂下有崑崙。

悲秋日日似蠶眠，病起芙蓉秋水邊。情興老人天亦老，半山霜雪又殘年。

相逢每到却難言，獨有胸前手自捫。識爾意中原爲我，就中爲我不堪論。

畫圖三易愛[二]風流，羅袂生香瘦骨幽。等却西陵芳草滿，墓門松影萬山秋。

楊郎曲[三]

相思字字未堪當，只爲多情不敢當。昨夜月明蘭蕙語，羅衾猶作少年香。

[一] 帷，『内閣藏本』作『惟』，據『黄鈔本』改。
[二] 愛，『黄鈔本』作『變』。
[三] 『黄鈔本』無其中第四首。

繡花香枕高三寸，潑墨烏雲覆兩眉。午夜短燈看醉醒，正如杏蕊繫青絲。

大小明珠子夜歌，舌尖蘭蕙碎香多。牡丹亭畔歡尋夢，蹙線羅裙漾綺[一]波。

青布裁衣別様看，紅羅衫袖露燈寒。逢場不道奴歸去，猶自攤箋索畫蘭。

唇薄春冰細澗流，琵琶鐵線月中舟。有時變調[二]高檀板，萬[三]柳雛鶯小巧羞。

閒聽細話[四]自歡娱，帶笑猜拳大半輸。教借傍人偏不肯，一杯酒力未全無。

輕步登場水有痕，嬌癡竟奪女郎魂。一時詩畫傾名士，磨骨金箋貴白門。

冷被疏香近五更，細言深淺指燈明。霜光半尺蒹葭夢，感激天公也有情。

頰上芙蕖[五]橄欖心，桃花瓣瓣漲春潯。半蕉湧起秋泓定，浪得虛名酒壑深。

枯坐匡床慰自存，敢期果轍問柴門。滿街露月蘭身贈，安得逢人不説恩。

[一] 綺，『黄鈔本』作『綈』。
[二] 調，『黄鈔本』作『换』。
[三] 萬，『黄鈔本』作『下』。
[四] 話，『黄鈔本』作『語』。
[五] 蕖，『黄鈔本』作『蓉』。

蘭竹箋

楊郎撇竹喜清新，問我誰家粉本真。若使墨枝開口笑，定須袍笏管夫人。

子瞻筆飽葉尖肥，與可縱横信所之。月上紙窗零亂影，還輸疏落趙家姬。

宣和畫苑至今傳，暇日披尋手一篇。與你共期開雅派，置身當在宋元前。

濤紙裁成蘭葉牌，筆尖懸腕學安排。朝朝弄製諸公譜，較善金陵十竹齋。

生來蘭蕙是前身，搦管臨摹自寫真。月下攤箋時作畫，蕭蕭清友已三人。

版扉梅下日將斜，遠見平頭兩手叉。探袖冷香浮紙背，笑知畫稿是蘭花。

卧雨眠烟亂落斜，蕭蕭春箭半交叉。自今箬繭荒蕪地，忽作懸崖數畝花。

生藤半幅畫濱涯，渴筆披皴澹點荄。不是君家摹寫似，今朝意興偶然佳。

昨日示我雪中竹[一]，猶勝今朝烟畔蘭。烟氣却宜多釀水，雪聲重積墨潮寒。

有時過我齋頭畫，未及數花先自嫌。文人自有佳門士，何必君家故故謙。

冰稜細蹙五丁痕，鬼斧偷來頂禮尊。苦雨新莖疏瘦處，借將飛去護蘭根。

元亮閒情願作琴，殷勤長在膝間吟。如今我欲身爲筆，驅使憑君手應心。

[一] 竹，『黄鈔本』作『巧』。

白空前坡好詠詩，當家落款乃相宜。識題歲月蠅頭楷，切玉陰文楊子眉。
欲辨前朝字畫師，水朱圖印玉縑絲。半庵坐卧經三日，射覆名人[一]輒中之。
名畫須人好護藏，予將重構墨君堂。鵝谿絹掃[二]三千幅，檀匣盛來古錦裝[三]。
我曾開社石林邊，脩竹蘭亭事儼然。今日爲君添一席，敢將姓字續群賢。
于今天壤有楊生，自悔從前浪得名。爲語持縑門外者，近來一派在彭城。

農臣箋[四]

千種草花香匝江，暖風和日睡魔降。輕眠正熟誰驚醒，一隻山蜂觸紙窗。
自喜從來學荷鋤，山南一畝勾開除。栽培藥果皆生長，不似人間浪讀書。
田頭一箇低茆屋，園後千株鐵榦松。夜半閒身板橋上，輕風隔浦度殘鐘。
部文索賦頒黄紙，誤認天恩税赦書。莫道鄉閭多一喜，腰纏已費十文餘。
三月清明人焙茶，天泉新煮雪濤花。更餘飯後閒年月，結伴前村采芑芽。

[一] 名人，『黄鈔本』作『人名』。
[二] 掃，『黄鈔本』作『寫』。
[三] 裝，『黄鈔本』作『囊』。
[四] 『趙藏本』僅録首二字爲『無事』『紅日』『嫩緑』的三首，『黄鈔本』無首二字爲『部文』的第四首。

小港潮來穿晚塘，兒童拾籜學舟忙。人間多少平和樂，何必風波作戲場。
無事[一]消他日子長，竹笻迂步過東墻。菜花開盛桃花老，撲袖輕黃蛺蝶香。
才去開泉透小塘，又編籬竹障書房。旗亭官長多車馬，不似山中半日忙。
黄昏薄酌稀粳粥，香篆過時酒一觥。燈火[二]四更窗紙冷，桔槔浦外伴書聲。
官府旌[三]亭亂似烟，周行德政不期年。春初才見進城去，今日又來祖道邊。
紅日冬烘上樹枝，野人梳洗出門遲。花閒水静村[四]如夢，三姓雞聲鬧午時。
橋頭曲巷打禾場，知是先民講禮鄉。稚子挾書能揖客，塾師祠廟作齋堂。
晴日山蜂鬧午衙，餘無它事及農家。忽然籬下驚黄犬，知有閒人來看[五]花。
自寫村居雲水田，廳懸半幅薛濤箋。柴門盡日看山色，騎馬人過碌碡邊。
遇友相過值釀成，醉來邀客踏歌行。一村過去一村好，十里郎當桃柳晴。
漫笑園翁費力開，天公抱福及根荄。昨宵一夜疏疏雨，芥菜抽來一尺薹。

[一] 事，『黄鈔本』作『計』。
[二] 火，『黄鈔本』作『影』。
[三] 旌，『黄鈔本』作『旗』。
[四] 村，《吾炙集》作『春』。
[五] 看，『黄鈔本』作『采』。

三尺兒童刺髮蒼，學牽黄犢過前崗。千林下坂白雲裏，閒卧長歌弄夕陽。

春媚惱人清興長，簷頭斜日曬書囊。小兒放午學堂反，稻草燒烟割蜜房。

數甕埋頭有舊醅，蒲團木榻小磁杯。草蔬東友當春社，滿樹櫻桃今日開。

嫩緑[一]桑尖破眼明，風流公[二]子踏青行。請君且向茆堂宿，布穀歌聲不入城。

數枝寂寞墓門梅，慰爾飄零酒一杯。欲唤中山人起飲，恐將我醉欲眠推。

竹下天然片石方[三]，劃成棋局一枰筐[四]。村童兩兩貪敲子，不覺牛奔過遠岡。

薄暝絲絲雨脚青，斜風洒濕遍荒坰。開門遠見披簑笠，幻出毿毿老鶴形。

塍頭石版滑苔光，施自前朝某某娘。遺跡深人懷古意，葛巾叉手立斜陽。

茆尖小結傍荔枝，入夜鳴梆警盜兒。推枕月高香不去，滿天風露五更時。

三月千花香滿園，細蜂釀蜜綴鬚繁。拖來兩翅兒孫餉，頂負高頭奉至尊。

亂鼓搥飛錢紙灰，一行人醉塚間回。攜來食榼歸輕甚，插得山邊一束梅。

遠望鄰翁度隴隈，長恭問訊自何來。醉中聽得模糊答，似道前村做社回。

[一] 嫩緑，黄鈔本作『緑葉』。

[二] 公，『黄鈔本』作『君』。

[三] 方，『黄鈔本』作『長』。

[四] 筐，『黄鈔本』作『方』。

開荒新插障籬稀，水𫶀江潮雪浪飛。犂罷土花鬆灌日，小舟載得藥苗肥。
蕪穢前林雜樹多，夜來風吼沸如波。清晨試一開門看，點點籬邊虎跡過。
欄内犢兒出腹新，三朝湯餅禮猶人。搓成粉粔如牛乳，也自分張遍四鄰。
半灣新月映前扉，入市人方趕渡歸。斜逕掠過青竹響，流螢幾箇亂沾衣。
春日橋東策杖藜，拾將佳料入詩題。老鴉帶影行牛背，小犬連聲吠馬蹄。
雨餘茅屋爨烟低，漠漠平疇入望迷。亭午村姑攜饁至，瓦盆盛酒濁于泥。
出土文章古色班，老農云掘自荒山。試將磨洗前朝認，年號依稀大曆間。
屋南縷縷焙茶烟，石臼香生穀雨前。曳屐敲門分一勺，小奴負甕釣山泉。

居村鄭静夫秀才過尋

竹木陰森繡石苔，柴扉偶欲看山開。奚奴報熟魴魚飯，正值詩人溪上來。

與笑笑和尚較閒

近日工夫學寫經，新茶筍飯訊花行。公然一日閒[一]如此，猶過池頭弄鶴聲。

[一] 閒，「内閣藏本」作「間」，據「黃鈔本」改。

摹陸包山牡丹扇面與楊眉

脂膩粉鬆三疊臺，太真濫醉夢中來。天心惱亂春工巧，總爲楊眉半面開。

巖居便宜十四則

茶便宜

劃然天骨刮霜嚴，蘭蕙爲心橄欖尖。不是山僧多灌雨，春風剪出箬眉纖。

水便宜

老衲龍鍾洞口呼，半天飛瀑落僧廚。寒光一夜穿林末，五月峨眉雪水枯。

秋海棠便宜

秋紅萬點繡山堂，古佛鬚眉匝蕊香。可笑長安花市上，百錢換得海棠秧。

數里山場盡種茶，但留松隙待雲霞。及秋漸覺無芳草，開盡斯花始菊花。

方竹便宜

青汁迷花滴潤泉，詩成眼白葉爲船。山中何樹能圭角，但覺先生不肯圓。

鳥聲便宜

花路[一]高深浄欲禪，隨堂曉起弄新烟。無端密樹來佳句，報道陶潛醉菊天。

山鬼便宜

籜屐攀藤天地窮，薜蘿衣帶采薇翁。古心自顧翻經坐，笑指群生甲子中。

園蔬便宜

十畝山籬百樣蔬，老人課罷便開鋤。煨鹽方筍烹湯蕨，不换田文一尺鱸。

病便宜

山意疏秋霜葉新，好奇衣上裹雲頻。蓬頭讀史當高卧，猶勝人間不病人。

雲便宜

魄寒何意白高林，還借松風雪海深。夜半疏鐘動危石，隨秋渡月亂天[二]心。

粥便宜

山童稼穡力勤微，灌得春秧秋稻肥。一寸粒香催午供[三]，山泉煮粥[四]不妨稀。

[一] 路，『黄鈔本』作『落』。
[二] 天，『黄鈔本』作『秋』。
[三] 供，『黄鈔本』作『睡』。
[四] 粥，『黄鈔本』作『飯』。

睡便宜

入甃皮毛夏亦冬，白雲如絮裹秋容。吟詩大嘯餘無事，一枕酣眠日半松。

山和尚便宜

僧立鐘聲上一天，白雲如海種青蓮。自從玄度邀明月，不識人間有歲年。

沙彌便宜

秋水曹溪刺眼青，西天佛祖亦浮萍。晨昏何事宜開口，十歲沙彌學唱經。

夜梵便宜

孤斷疏林佛一尊，頭陀擊鼓動天門。山翁聽罷空王偈，兩足跏趺不敢言。

寒定千巖夢寐中，禪房孤[一]坐一燈同。山僧課誦無腔板，大半隨堂是苦工。

歲暮以病抵忙

不病焉知不病好，不病焉知不病平。正使蕭蕭門館静，茶烟米雜藥爐聲。

白粳米粥千春雪，烏帕臨清百練絲。睡後一甌香小小，始知不病世人癡。

漫道殘年無好事，鬢眉乍病亦清新。雖然不食經三日，也勝從征帶甲人。

[一] 孤，『黄鈔本』作『枯』。

奕亮開士攜素具見訪香茗之間出卷索詩畫予半爲溪樹半爲石竹記詩五章酬其筍果也[一]

且喜予[二]山與寺鄰，木魚聲亂落花茵。可知當日溪邊者，已是今朝石上人。

不見吾師二十旬，寒茹蔬果冷茶尊。從今竹影經聲裏[三]，一箇蒲團老樹根。

籬畔桐花灑雨長，菴前藕箬緑方塘。師來乞字糜烟罷，半臂旃檀十日香。

箬繭柴門宿曉烟，小奚[四]淘研潑花泉。心閒筆筆[五]牛毛皴，還勝披麻老[六]石田。

[一] 題此詩之畫現存于日本京都，原畫無題，題有六首詩和一篇短序，落款署『濤園鋤主人許宰』。前五首詩基本與此組詩相同，僅個别字有出入，最後一首即前録之《與笑笑和尚較閒》。序云：『風雨晨夕，獨飯不醉，枯卧墨牀，聽屋上黄茅聲與池荷酣戰，愧不共奕公領此清静也。懷想之間，作詩四章，畫二種以寄蓀意焉。』

[二] 予，『黄鈔本』和畫上作『余』。

[三] 裏，畫上作『外』。

[四] 奚，『黄鈔本』作『溪』。

[五] 筆筆，『黄鈔本』作『一筆』。

[六] 老，畫上作『沈』。

瘦葉清根古石隈，夫[一]人墨露劈天開。千林[二]積緑驚風雨，一夜當窗破蘚[三]苔。

山中春雨夜寒

灣上江添緑一篙，泉行澗道亦能濤。書殘榻静燈初老，寒夢山妻寄布袍。
拾落松枝學結窠，半邊補瓦納垂蘿。輕烟一夜成春雨，明日藤花溪上多。

清明前後山齋早起

桑姑竹篋掛柔[四]莖，布穀聲聲唤早耕。遠望野炊村户小，一犁寒[五]雨上春城。

寫字

臨書半帖米元章，總爲茶奴煨火忙。幸有工程留數字，紙屏半記種花方。

[一] 夫，『黄鈔本』作『大』。
[二] 林，『黄鈔本』作『秋』。
[三] 蘚，畫上作『玉』。
[四] 柔，『趙藏本』作『桑』。
[五] 寒，『趙藏本』作『春』，旁墨注『寒』。

友人以燒餅製法教我

雙篩麥粉峰尖雪，千杵豆仁霜葉黄。五兩砂餳三水椀[一]，斜裁冰裂傲爐香。

山居

慰安奚子慈于母，簡淡齋糧薄過僧。長得山中此棲冷，倦能高卧健能行。

哭陳抑夫時其幼子亦亡

老鶴方看刷羽衣，又聞子和一雙飛。空江楓落詩魂冷，小嶼梅開晝會稀。

送閔鴻符省親

屢爲窮交唤奈何，感君年少獨情多。丈夫痛哭嫌無懶，酒後悲來砍地歌。

蘇公黄子近何如，二地應同怨索居。聞道昨來專爲我，著將孤憤已成書。孫大蘇、章中黄有枉獄之書，爲予作也。

[一] 水椀，『黄鈔本』作『椀水』。

題畫

横浦秋來足蟹螺，持將换酒市門過。船頭小雨歸家晚，燈下山妻補破袍。

題玫瑰與杭州施明則

閒來無事看天工，費盡心思二月中。架上蜘蛛新結網，花鬚花粉釀春風。

題晚山和尚畫蘆江夕陽

潮平山古静如眠，蘆葉青黄拂水天。蕩漾短沙秋色冷，書聲斜日出江邊。
青鞋迂步抵高眠，澹醉輕凉江上天。何處秋風弄蘆笛，唱歌船子夕陽邊。

陳山人題予畫竹和之

半畝秋殘竹葉乾，偶來閒步出林看。須臾酒眼迷離後，一句新詩刻一竿。

社集荳園賦得芙蓉不及美人粧

涉江采采及秋晨，數蕊持來比面新。曉露未乾猶帶泣，絶同漢代尹夫人。

曉風江上鬬腰肢，誰似温柔正畫眉。一入羅虬新詠裏，故應難得比紅兒。

十日再集閩山看李雲谷畫菊

西風吹醒醉陶潛，秋色開門一夜添。今歲殘英無可采，憑君爲寫鶴翎尖。

畫紅葉半幅示香初侍者

隨雲渡溪問村叟，今歲種禾得幾畝。驢肩遠見前山紅，秋霜一夜如春酒。

題梅花書屋

孤邨烟外青帘静，獨木橋頭白日斜。茆屋道人何處去，亂山深路看梅花。

題畫

喜得冬殘無一事，探梅披雪聽驢閒。歸來窗紙燈光静，又寫江南數筆山。

集友人園中看紅桃

細剪紅桃動曙霞，年年春半集君家。石橋對面雙松樹，醉卧松根食落花。

留水月師小飲

儉歲安能解腹寬，偶然君至適春寒。一提薄酒百錢買，今日醉鄉蜀道難。

題畫

茆柴沽向遠村前，一日分爲兩度眠。潮落偶然初睡醒，半江秋草夕陽船。

雨集雲門寺題畫與晚山和尚

偶然隨喜叩柴關，分供蔬廚竟日閒。臨去課功酬佛祖，滿窗風雨畫秋山。

題畫

瘦竹輕絲八月遊，蕭疏楓葉亂山幽。夕陽谷口漁歌起，一曲溪聲一曲秋。

城居當暑爲世承畫風雨千山圖以自慰

悔不居山百事休，無分寒暑讀書遊。幸吾破屋籬門下，風雨黄昏當早秋。

題畫

沙邊數樹不成行，七月枝頭淺淡黄。無事閒行拾詩興，新晴江店酒帘香。
道人獨立看黄昏，古樹霜花繡遠村。一日此中兩清福，滿溪秋水聽琴言。

見黄蟻穴落成

山云深矣山原淺，天可言爲不是天。漫笑累累黄蟻穴，城闉廬墓幸依然。

題畫

隔塢分居我與君，身今隱矣不言文。攜籃水畔同遊戲，亂摘春花染白雲。

齋頭紀事

拂石恭安當古人，删留修竹擇交新。更餘工課爲行藥，野寺閒花開漲春。

散步藥畦

春老林園落亂紅，孤筇閒步短墻東。蜂臣隊隊拖花急，聞道君王自考工。

題晚秋行旅

一肩行李晚秋時，細雨斜風乍濕泥。不問東西南北路，但看村店酒帘低。

病中兩開口笑

閒燒竹葉品新茶，肺病聊將白石加。侍女滿簪山茉莉，却嘲吾鬢小于花。

閒坐記事

無事柴門閉一雙，閒行閒坐各相降。園頭竹影殘陽薄，又看蜘蛛補北窗。

中秋招客適雨口號呈客

池上芙蓉欲半開，野夫白酒乍沽回。莫嫌八月今朝雨，雨爲中秋看月來。

中秋禁夜荒園獨坐

半夜輕風生薄寒，布袍添受貼身安。月翁幸肯無私白，百萬人家閉户看。
正爲年來百事更，甘將絲雨送秋行。無端一夜天如水，明月今宵亦世情。

題畫

一箇茆亭七尺長，四邊泉眼滌山光。野人清福知多光，載得許多松影香。

借人山居同謝爾玄[一]

履滿秋烟作野行，山空聞得落花聲。白雲破處楓林亂，夕照平來江水生。
門巷高寒耳目疏，相將問[二]字當開鋤。借他紅葉青山屋，讀我人間半日書。

[一]『黄鈔本』、『趙藏本』、《吾炙集》題作『同謝爾玄讀書山中』，詩僅録第二首。福建博物院藏許友《行草詩卷》録此二首，題作『同謝爾玄讀書山中』。

[二] 問，『黄鈔本』、《吾炙集》作『文』。

山中雨坐

炊烟淩亂野人家，布穀聲中好種麻。農事正煩齋事寂，半山殘雨落松花。

題畫[一]

澹着吾廬烟樹中，小橋春草漲西東。爲因連日瀟瀟雨，落盡桃花溪上紅。

偶然落筆便堪尋，較此如常耳目深。怪石固眠新竹裏，艸庵帶雨在疏林。

采藥尋花信所之，蜂繁蝶亂路將迷[二]。人家何處雞聲遠，知得山中是午時。

出城數里半郵亭，馬足輕鬆傍淺汀。行李一肩春未晚，碧桃花上柳條青。

送望翁之泉臺

痛别慈幃怨可憐，三年蔬食血如泉。蔴輭布被修行李，殘雨殘風哭杜鵑。

[一] 福建博物院藏許友《行草詩卷》録有第一和三首，題作『山行』。

[二] 路將迷，福建博物院藏許友《行草詩卷》作『步因遲』。

奉贈望翁社伯 社伯與先子皆在伯敬先生之門。

先生古貌亦髻期，壇坫公然兩建棋。聞道竟陵曾避席，閩中龍虎尚堪誰。

慰望翁社伯兼寄先嚴

一別雙親竟十年，天翁難望渺如烟。先人若問予何似，爲道人間更可憐。

高人何苦戀餘生，潦草齊成了一枰。屈指先人同社子，夜臺今復好申盟。

有懷望翁社伯兼憶每爲予道先子少年事

莫道文章德業尊，敢從父執問行藏。先人詩酒餘閒事，每借先生細碎言。

望筍

浪艸蕪花不費栽，野人幽暇獨徘徊。但爲舊竹祈新筍，一日林中看幾回。

無題

朱欄深柳繞廊迴，紅蠟燒殘錦帳[一]開。巷口燕飛花夢醒，誰家歌舞未歸來？

畫秋山野渡

蘆葦花中一棹停，四邊霜葉響秋汀。月明昨夜[二]通宵飲，午夢今朝補未醒。

春齋即事

獨立春階到日斜，柴門僻陋過山家。才移竹葉連新筍，初種梧桐三兩花。

閒居喜奕亮開士見過

身入園中艸木群，閒閒獨去趁刪耘。偶然僧至公窗月，一片蒲團花影分。

[一] 錦帳，福建博物院藏許友《行草詩卷》作『曙色』。
[二] 昨夜，福建博物院藏許友《行草詩卷》作『不厭』。

晝郊行

乳鳩啼午初醒夢[一]，蛺蝶雙飛正弄晴。此地不因人世好，滿郫花柳自清明。

宿鼓山寺

此身慚愧負青天，乞得須臾問訊緣。方丈老人行藥起，拈花爲[二]笑佛燈前。
山門壁立自天開，萬樹松花[三]下石臺。世路已寒沙鳥寂，插秧聲上白雲來。
澗水流殘石髮香，苔衣千古蝕山光。遊[四]人睡起思無着[五]，山[六]鳥銜花背夕陽。
一到山中只學眠，三餐茶飯迅如烟。惟貪新[七]起黄昏後，半寺經聲已滿天[八]。

[一] 初醒夢，『趙藏本』作『夢初醒』。
[二] 爲，『傳稿本』、『趙藏本』作『猶』。
[三] 花，『傳稿本』、『趙藏本』作『風』。
[四] 遊，『傳稿本』作『行』。
[五] 着，『黄鈔本』、《吾炙集》作『那』。又，『黄鈔本』、《吾炙集》僅録此首。
[六] 山，『傳稿本』作『野』。
[七] 新，『傳稿本』、『趙藏本』作『卧』。
[八] 『傳稿本』中此句作『半寺鐘聲月在天』。經聲，『趙藏本』作『鐘聲』。

寄和胡蓮女山人時已嫁矣

伊人今似隔江花，烟雨微茫滿目賒。我待秋深蘆荻夜，推篷月下聽琵琶。

秋日課童子掘書齋前後數[一]畦種菜苗十[二]種

尚餘尺地亦天恩，瓦礫除平便得園。但乞冬來青菜長，伴吾薄粥度朝昏。
昨來新雨土花鬆，童子身輕力未慵。教爾習勞今日始，好隨吾去作山農。
畫成方界篆香形，幾畝縱横比緯經。稀插虀苗微灌水，小心培養數莖青。
蟄蟲秋後漸歸房，泥蚓鋤來半帶傷。慚愧吾曹方合掌，鶴窺堂下欲支糧。
便較從前耳目新，書銜欲署灌園人。于今却有關心處，倚杖時來看數巡。
轉經出食日無休，近效僧規已欲周。從此中堂編執事，更須一箇是園頭。
新乞鄰翁舊菜栽，課奴下[三]種昨宵才。閒身預想添詩話，黄葉[四]他時幾箇來。

[一] 數，『趙藏本』作『亂』。
[二] 十，『趙藏本』作『數』。
[三] 奴下，福建博物院藏許友《行草詩卷》作『童小』。
[四] 葉，『黄鈔本』作『蝶』。

在家常欲擬山莊，疏野居心意自長。卓午日烘新灌水，風來亦覺糞渣香。
勤插名蔬似插禾，工夫一日不閒過。明年三月新茶社，敢與村僧試較多。
不入金盤肉味中，孤高正與野人同。冬深一夜嚴霜打，半葉青黄半葉紅。
雞豕從今禁入園，手編三尺小柴門。爲開筍子多傷竹，但剪新薹不礙根。
水[一]接青筒曲幾層，晚香細發覆高塍。春初雨過疏籬静，矮葉輕黄似病僧。

題畫

茆柴沽向遠村前，一日分爲兩度眠。潮落偶然初睡醒[二]，半江秋草夕陽舡[三]。

壽陳昌箕社長

籬外秋山碧爽連，平添湖海氣蒼然。竹罏酒熟離騷罷，名士由來不讓仙。

[一] 水，『黄鈔本』、『趙藏本』、《吾炙集》作『小』。
[二] 醒，『趙藏本』作『醉』。
[三] 此首不見于『内閣藏本』，據黄鈔本録入。『趙鈔本』將此首録于《秋日課童子掘書齋前後亂畦種菜苗數種》最末，據詩意應不是一組。

道山僧寮紀事[一]

采[二]水樵青傍佛棲，願生幽福與人齊。山中侍者來城市，笑道民[三]間米價低。

道山寺中喜雨

布穀無端日夜啼，桔槔聲裏汗如泥。咿咿孟浪聞天耳，夜雨須臾漲浦西。

天將厭亂慰人哀，先卜悲慈佛眼開。布被山中燈火冷，桔槔聲易雨聲來。

鄭静夫以詩索畫爲稿有聰明安道居今日肯有金針不度予之句戲答之

摩詰胸中山水新，如君端已是前身。而今索我雲林影，慚愧江頭賣水人。

[一] 香港近墨堂書法研究基金會藏許友《行書七言絶句詩軸》録此詩，詩題一致，全詩僅末句第一字不同，作『人』字。福建博物院藏許友《行草詩卷》録有此詩，僅兩字不同，首句第一字作『汲』，第二句第二字作『將』。

[二] 采，『傳稿本』與『趙藏本』作『捧』。

[三] 民，『傳稿本』作『人』。

題畫示陳子盤

三餐粥飯亦隨堂，抵却人間褦襶忙。睡起更餘深竹裏，水山尋我墨痕香。

懷沈逸之參軍 逸之和予種菜帖。

交情貧賤菜根同，老圃閒吟屬和工。自笑輕粃前導耳，如公端可續豳風。
書劍君曾西入秦，天涯回首倦遊人。剪燈話我函關道，紫氣依稀尚滿身。

夢尋空隱和尚于亂溪之間[一]

溪亂無名[二]石路横，尋師惟傍水痕行。楓林穿盡庵門近，草木無言鳥有聲。

畫亂溪楓樹供空隱和上

欲將溪上結茆廬，一半吾師一半予。日落潮歸秋色遠，柴門開遍看林疏。

[一]　福建博物院藏許友《行草詩卷》録有此詩，題作『夢尋空公于亂溪之間』。
[二]　無名，『黄鈔本』、『趙藏本』、《吾炙集》、福建博物院藏許友《行草詩卷》作『荒蕪』。

開眼看山忽爲風雨所失無可奈何沽酒大醉博一熟卧爾

峻嶒石骨與天同，萬物孤高拜碧空。不分人間有風雨，一塵曾受睡鄉中。

題畫示農夫

小午千林鬱未開，芒鞵跋涉不知回。籬居父老何時去？但見當年風雨來。

邨行有所見

一望人家烟火寒，殘陽衰柳不相安。漫言廢宅荆蓁滿，税及荒山草木難。

題陶淵明獨酌圖

黄花初放酒新香，門巷蕭然意味長。不管人間有風雨，先生高卧過重陽。

憶天玉尚在姑蘇

一笑勞予兩地心，憶君酒後聽吾琴。土窗竹火分題後，明月楓橋客夢深。
自是腸車世路新，君當湖海是誰身。風霜吴市簫聲咽，不識于今更有人。

卷七　詩餘

眼兒媚[一]

精魂石上憶三生，寒夜與君盟。窗間小飲，簾外微霜，[二]樓上殘更。　而今閒坐記前宵[三]，龐兒較可憎。䩞肩倚案，低頭弄筆，斜眼挑燈。

賣花聲

好夢不須裁，委曲徘徊。忽聞雀語喚窗開，繡香叉手竹邊來。一幅衛家兒至也，看殺寒梅。　樂事共銜杯，不飲無回。無端整頓欲生哀，半醒半醉倚儂偎，啞謎難猜。

憶秦娥

愁難歇，天公播弄黃昏月。黃昏月，窗影參横，竹風恍惚。　數聲啼笑不自覺，立餘一片峻

[一]《全清詞》標題小字注『本意』。
[二]『窗間小飲，簾外微霜』，《全清詞》作『簾前明月，窗間小飲』。
[三]前宵，《全清詞》作『芳情』。

嶒骨。峻嶒骨，癡魂作輟，醉夢唐突。

點絳唇

殘夢鐘驚，悄燈苦照凄凉我，椎床起坐，約略三更可。　暗念伊人，此際重門鎖。睡也麼，冷衾虚左，那得平分破。

風中柳

長堤窄徑，踏春烟倚南窗，弄我雲箋。畫蘭燈前，撇竹花邊。品題成，活佛神仙。慈悲方寸，眉尖目角娟娟。載相思，渡日無船。蝶意遥懸，蜂心欲穿。人去也，卧不成眠。

如夢令

歡場笑語堪賀，愁陣酒兵莫破。月白紙窗寒，萬種悽惶難過。坎軻，坎軻。這簿帳天來大。香被半邊枯槁，銀缸一齋潦草，暗泣佛龕前，聞道天心亦老。自討，自討，好姻緣没頭腦。

清平樂

城南小塢，萬片梅魂古，伊誰堪作衆香主。我欲倩君領取。　無端惱亂花神，柔枝故故依人，在地願承薌澤，聞歌爭墜爲茵。

桃源憶故人

雞聲擊夢魂驚碎，細小收來難配。幸餘一玦蘭花佩，機關原可愛。　水薄紗簾霜霪霘，景況四更以内。瓣香杯茗作對，指有青天在。

釵頭鳳

情網墜，祇自累，相思無計能迴避。友癡絶，相饒舌，投箋勸我，腸練鐵。試贖清凉，療吾内熱，撇，撇，撇。　意如醉，心都碎，閉門索領忳忳睡。天老劣，妄造設，無端添入黄昏節。依樣舊愁，重新打疊，結，結，結。

霜天曉角[一]

拔身不起，活埋愁堆裏。白日長吁而已，招吾魂，誰剪紙。松門蒿里，片石何人紀？若還題我新銜，半癡黠，妄男子。　巫陽下視，手版傳天旨，帝命許郎無死。虀雙燭，修情史。那人長侍，酬汝懸槌指。下士叩頭玉堦，謝碧翁，夢醒矣。

[一]《全清詞》標題小字注『自題』。

米友堂文集[一]

米友堂詩文序

文士處四大中，如恒河沙之一點塵耳。幸而郡邑知有是人，通國知有是人，率土知有是人。是人曰：『吾必千古人。』亦曰：『是人可以千古。』舉凡一代千萬家著書，説搜其集，曷啻殷若五車？殆至國步孔艱，焚滅于兵火者十失八九矣。即此僅存之十一，異世人未必盡舉而傳。是故歷皇始來代傳者幾何書？書傳者幾何人？士一回念及此，能不燒洛陽之紙而埋中山之穎乎？然天畀之以才，父師董之以文，千載又誘之以名，自童迄髦，寧老死于三寸管城中，若悍獸入穽，四顧囚縛，氣躍躍勿獲跳出者，則舍述作一事，其亦何途之從？況代必有傳人，人必有傳書。吾輩負滿腔靈孕，居轆轤世界，恒多不平，發爲嘯歌，寄諸翰章，遇不一同，故詞不一調。怒而爲夏，激而爲秋冬，其藹而爲春者，如麟如鳳，或僅見之。每以吾所必傳者得之于己，其不可必者聽之于世。且安知吾非十一

[一]《米友堂文集》僅見于『内閣藏本』。

中人，乃憒憒然人欲燒洛陽而埋中山哉？

今榕城有米友許子，知有是人者亦若恒河沙，出其詩文以示予。余讀之而嫣然喜，喜其可以傳，復蹙然悲，悲其恐不免于兵火而無以傳。許子曰：『無庸。文，我文也。詩，我詩也。我作之，子序之，我二人事也。其傳與否，子無庸。』于是孫子樂而爲之序。倘予之集傳，讀予集者知予序米友，雖不見米友詩文，而如見米友。倘米友之集傳，讀米友集者，知予曾爲米友序，雖不見孫子全文，而如見孫子。則我兩人相須，豈止今日酬唱間。其並傳者幸也，其獨傳者亦幸也，其焚滅于兵火而不得傳者亦千古事也。然而寸心得失，其誰任之？

茗水社盟弟孫坡題。

箬繭志

見落葉而爲舟，見垂蛛而修網，古人製器，類有所觸而成也。余一日偶與雲谷子從濤園搜唐宋纂刻于道山之坳，得繭桶焉。身逾寸，形懸壺，外集黄箬，比次如簑。余顧雲谷曰：『馬蟻可師，兹蟲示我片幅山莊圖也。』歸，遂于屋角隙地除如平掌，匝山泥四隅無缺，鑿門，豐上瘠下，若高郵酒甕狀。課童子入山，縛茆覆其尖。每疏雨掠簷阿，枯眠抱膝，耳中槭槭蕭蕭，若萬山風雪，壑壑生秋聲，供古佛一龕，六時澹光寂照，繭外植梧桐，脩竹數種，石一片，皆摹米顛行書，從友人换得者。有時踞石面，撫摩其間，寒翠滴人鬚眉。因憶陶靖節『大懽只稚子』之句，在人有之。覺閉户著書、龍鱗滿屋者，猶屬好老僊態也。繭成，客有過者，詫謂：『此是懶瓚一幀生絹，主人翁從何處得？』余笑謂：『我輩自有大導師，彼方儼儼然獨處于道山者，出其真粉本示余，余因爲搨出，非關聽法于雲林子者。』繭凡深一丈三寸，廣一丈奇。

卷二　賦

縶螳螂賦 以龍攣虎跛壯士囚縛爲韻。

童子自山歸，捕得螳螂一，朱絲脅之，夷其左股，憐而爲之賦。

爰有趯物，是謂氣蟲。亦名天馬，在地猶龍。介性類雉，竟亦離罿。蓋惟入山之不深，遂致披草而偶逢。彼其與人無患，挾弓爾彈，枉相捕捉，横被拘攣。縱温侯之呼急，詎曹公之肯寬。既跼足以縮伏，祇低眉而永歎。時則蟬曰：幸哉。今莫余侮，汝好勝以遇敵，空有力其如虎，素迪果毅，猶困童豎。豈秣駒而受維，非獲麟而折股，于是臂尚能怒，足則已跛。筮卦得夫明夷，見傷適在于左。譬病翅之獨鶴，常垂頭而若懊，欲强步而屢僘，暫崛立而健倒已焉哉。勢既羈孤，力難與抗。徽纏任彼，小奚當車。敢云大壯，悵矣獨悲，頹然自放。絡兩馬而載歸，同漢家之飛將。乃有桑畝閒人，蘆中窮士，聊學蟋蟀之吟，時注蟲魚之史，感人生之履危，理往往其有似，彼繒繳之四張，每誤墜乎君子。念兹草木爲年，蟪蛄與遊，誰復過問，寧期見收。今竟對簿，俛而聽吏。上書叱以爲囚，牽率遂至于此，係援豈其或求。亂曰：浮世凶門多自鑿兮，抱玉千人足妄托兮。智不如葵宜見斮兮，蟲又何知加束縛兮。縱之使歸反叢薄兮，摧剛爲柔守一壑兮。爾其繼自今兮，慎勿亢而躍兮。

卷三　序

蘅皐説鈴序

文士而能老，老士而能閒，此天所以久其筆墨之緣，使之識深學廣，而大富于著述者也。明興以來，其負學識而稱著作之家者，背項相望，而推纂彙之多者，獨楊用修稱最，計其品目，廼至百有餘種。噫嘻盛矣！然用修雖蚤登上第，而旋墮謫籍，其半生蹇落，略與寒士無異。彼其纂彙獨多，蓋繇老而且閒之力焉。社長陳磐翁識深學廣，哀然衆中爲大尊宿。其槃槃之才，便便之腹，諸凡載繆祛惑者，皆得厭欲給求以去，所雜著如槎上之舌，篝燈之談，人已奉爲枕寶帳秘矣。近又手兹一編示予，則繼今以往，先生纂彙之富，何必有讓用修，顧予受讀而竊歎焉。夫人之識非老不深也，人之學非暇不廣也。嚮使先生而蚤行作吏，有城獄之寄，則凡判牘署紙，皆得以減其著作全力，筆荒墨渴，時或有之矣。維夫遲暮弗遇，飽飫風霜，散髮林卧之久，舉夫物變人情，莫不洞若觀火，故能識深如是。於戲！此文士而能老之效也。嚮使先生而遲暮弗遇，猶自嘆賤嗟窮，以田瘠宅庳粗其心計，將使古有疑冢，誰與辨之？今有滯獄，誰與拆之？惟其簡斥外累，蕭然無營，一意與賓朋山水互相笑弄，斯能硯匣隨身，以日從事于油素，故其學廣如是。於戲！此又老士而能閒之效也。

芳草樓詩序

琴之賦曰：『非至精者不能與之析理，非淵静者不能與之閑止。』琴心即詩心也。聽狂生漁陽三撾，何如聽高士青溪五弄，爲能移吾情而禁吾邪者。大雅不作，太音正希，里中有詩士如陳子君贊，予顧未之識也。雲谷李子爲出其詩見示，予得讀焉。見其士如楚士，聲則秋聲。情贈與答間，泠若琴言也。陳子蓋以至精之胸，發淵静之響，故其指頭之妙，可以移情禁邪者，于是乎出。予雖未得與其人交，廼得先與其詩交，交從此始。昔人謂見施之美，不待詢及姓名，固爲佳喻，然猶近俗。今予于陳子直如秋日谿行，渡板橋流水，聞鼓冰絲于半間草屋，聲出萬竹林外，正不必叩籬門稱揖客，已自使人有倚杖日斜，不能舍去意，則予于陳子其相感悦，蓋有在于性情之際者矣。近聞陳子偕其道友洗鉢雪溪，似此楚士秋聲，固宜爲雪溪人物也。

送沈昭文赴莆州參軍序

仕何必燕京陪都，官何必尚書宰相，交何必吴儂楚客？人從其地，地隨其人，適其所適而已矣。余性素僻戾，嘗坐間結願思浪遊黔滇之地，與夫邊磧棧閣之間，舉夫世所目爲文物寡陋而沙塵壯苦磴道欹危者，偏欲策余足而飽其味。余雖少無宦情，然嘗怪我朝官制，不立書畫學博士，愛其銜名職司爲不俗。又嘗發想作一山城典史，既無拜跪之苦，衙齋傍山，壽藤翁柏交映，雞栖犬宿雜于堂。

山泉繞屋，溪雲入廳，日探奇秀巖壑。遊畢，即致政而歸，歸以白版大書典史字懸于宅上，亦覺滿屋生新，向後爲人作書畫題敘，皆署此銜，以代別號，原自不惡。又思古之所云貶所，在今世都爲善地，使其尚如當年之潮之儋，仕宦視爲畏途。予即當欣然遍辭大朝人士，渡嶺過海，往求大顛和尚、春夢婆輩，而與之談，許宰之結願如此。

霅水昭文沈先生當兩都淪陷，至自越詣行在，麻鞋謁天子，特拜莆州參軍。夫以昭文長才廣度，使爲尚書宰相，誰曰非宜。一幕佐恩公耳。莆中人士近多好琴習畫，頗有吴會風流。昭文于簿領之暇，往與之遊，從其地，隨其人。昭文安往不適？昭文嘗語余曰：『人爲貧士，欲求妙筆名香，自不多得。但得日用巨細筆，使硯面常發寒光，焚黄熟香，使罏腹常抱清煖，亦可竟過一生。』此昭文貧士法，亦即昭文貧仕法。昔人借境移情，善占便宜地步。范忠宣每日閉門餐餺飥，不知身之在遠，吾欲取爲南而居北者法。蘇子瞻日啖荔枝三百顆，不妨長作嶺南人，吾欲取爲北而居南者法。今昭文雖非北人，然生處無荔枝，官處則又楓亭，名勝天下也。予祖其行，請移子瞻法爲贈。但欲昭文勿效子瞻，曰無繇持餉，獨享爲媿也。車驅之，車驅之。

七憶詩序

詩發乎情者也。情何從生乎？生于憶者也。大抵憶之所至，如雲之漏月，舟之赴水，種之出土，當其際者不知也。况見明月而低頭，能禁其不驀然而生乎？夫憶之于詩也，近之矣，是故無不及者也。及笑笑即有聲，及談談即有響，及詠詠即有韻，及水淙淙然，及山巒城郭隆隆然，及草木魚鳥欣欣悠悠然：此數者，無詩之詩，不待筆墨點綴，已殷殷欲流。此余隨侍家大人，有《七憶》之作也。然予作而旋悔之，東坡極言不思之樂，至云不飲酒而醉，不閉目而睡。又謂臨皋亭下八十步便是大江，其半是峨眉雪水，吾飲食沐浴皆是，何必歸鄉哉！予誦其言而有省焉。永陽黄子基玉手是詩，曰讀今人詩，若當暑赴俗筵，魚腥肉惡，爾能致我清風明月之下，拾松子，燒惠泉，嚼橄欖梅花醬者。

内叔翁邵周壽序

余嘗聞坐數千古酒人，指首屈魯中叟，欲以齊贅壻配其食。蓋魯叟之酒，評曰無量，真箇中散聖也。齊贅則自云一斗亦醉，一石亦醉。此與無量者何殊。外此則天下雖大，幾無酒人矣。以今余所及見，猶有外叔翁邵周先生。先生隱身永陽萬山中，日抱數甕而卧，其于酒之外無他，友人罕有見其面者。棄遺萬慮，狀若嬰孺，其于醉之外無他事，人罕有見其醒者。其爲量予不能定，想在斗石之間。今且拍浮酒池者六十年矣。其侄子基玉糾其酒伴陳子抑夫、李子雲谷，畫水仙梅石拜酒爲壽，屬余致詞。余惟醒人之于械也深，醉人之爲機也淺。使大少司命唱籌而量人壽，其將誰與？夫壽，酬也。將酬之常醉者乎？抑酬之常醒者乎？壽，又受也。將使醒人受之乎？抑使醉人受之乎？宰惟知以酒德卜先生，曰：『酒無量者，壽亦無量。』

贈鄭子羽徐振烈合序

琴廢于床而琴意具足，劍臥于室而劍性自存。使天下皆得爲無事之坐，以長聽琴言，無不平之鳴，以屢驚劍夢，斯幸甚樂甚也。然而難之矣。鄭二子羽、徐五振烈，皆余同社子也。二子驩相得，常私笑竹柏異心。然二子實有不彊爲同者。子羽文而弱，鶴影脩癯，時與松風笑談于水石之上，而振烈則倜然武虎氣騰，上欲偕龍身吟唱于風雨之晨。從來稱琴曰雅，説劍曰雄，以余觀子羽，蓋雅然者也，與之清歌三終，絲心甚静，桐理甚閒，鄭子其猶琴乎？振烈蓋雄焉者也，醉以濁酒五斗，倚天而號，砍地而哀，徐子其猶劍乎？二子皆索余言以贈，余爲倣古建封剖桐分竹例，書此一通，囑兩家護藏之，倘題于徐之屋，則欸首當後鄭而先徐，如張于鄭之壁，則識題又次徐而前鄭，亦猶地從主人之義也。離合位置間，立使二子爲蛩蛩距虚，更食迭望于白版扉上，并使後之觀者笑余許子好省而弄巧如此也。徐五攜劍去，鄭二抱琴歸。

送陳文生移宅鄉村序

許子偶過陳生齋中，欲索酒罵世，見其床前鋤銛數種，竹箕箬笠，事事皆新構者。許子驚而問曰：『子將先我去耶？』陳生曰：『斯時不作田舍翁，更將安之？吾挈妻孥布襪青鞋，塍頭樹下，踉蹌過日子矣。』米友哭之慟，瞠目而視曰：『子奪吾志。吾蓋有所累而不能脱然也。』問其地，離城三十里有江，水面數丈許，復走莎上二里餘，皆籬落，則溪矣。溪口漁船一隻，竹索牽鼻渡，此有數間破屋，木椽土壁，茶飯龍春山，兩扇柴門半掩，霜樹欹卧，茆簷雞犬聲古于他村者，陳生隱居處也。嗟乎，陳生能勇于隱也。然陳生亦不得不勇于隱也。陳生五年前與許子讀書飲酒，狂叫而笑罵人，笑罵人而復爲人笑罵。至聞古人買山歸田，唾之忘情漢僞世邀名，負心于天地父母者也，焉能欺我輩耶？嗟乎！今日尚忍言哉！裂眦吞血，捐親戚，别廬墓，霜繡之鐵寄于寒潭，不得不買此五畝地，鋤芋種瓜，日高竹葉，猶作囈語，逢人不敢道姓名。今日陳生，明日許子也者。雖然，木枕頭上夢魂浮蕩如遊絲，一肝一腸，終已寸寸斷之矣。

孫大蘇詩文序

詩文而不與半天下之人開卷謾駡，擲于地張眉裂眼，恨不死于其手者，非詩文也。詩文而不與半天下之人一拈手剪燈，徹窗叫讀之聲滿天，稱快心知己，焚香而膜拜者，非詩文也。然謾駡之人恒欲多，而快心之人恒欲少。何也？謾駡者多，則快心者愈少，快心者愈少，則詩文愈佳矣。予少也，大約狡獪居多，每效吴兒清韻，至伎倆之事亦無所不爲，每一爲之，未嘗敗壞不可觀，幸輒成而輒止矣。譬聞人有好書，則風雨滿顛，涉江渡夜，欲攖而得之，得之必窮日獵涉而後已。今日興作詩，則寫字畫畫不能移我情；興字畫，則詩文又不能移我情。有時匝月爲文間，欲措五言絶句勿得。有時買着屐放情，遊水看花，索杯傳酒，經數旬不歸書堂，深柳自鎖疏烟，墨筆荒渴，欲焦夢寐之中，不識主人翁何處着脚。有時得一好題佳句，酒茗朋友之間逃避而爲之，就則無暇脱藁，令其狂讀，莫能竟章者又置之，經年不足。此皆性之所之，而不可自知，不可意擬者也。如此著詩作文，其不與半天下之人謾駡也幾希。是吾友孫子大蘇一一與余同，詩文同則謾駡而快心者亦同；謾駡而快心者亦同，則受半天下多謾駡而少快心者又同矣。

鄭静夫秋砌言序

春女怨，秋士悲。人情乎時之爲之也。吾友静夫鄭子，五岳起于胸中，爽氣連其虬髯，與予連被言詩，抵今歷十餘年所矣。静夫結廬于古城深巷間，讀書徑草，沽酒籬花，古貌古心，不學時人衫屨。家故少孤食貧，時時積其牕間柹葉向人易錢，養母稍暇，則蒲團宴坐，與古佛結鄰，間出半偈示予。雖松柄拈禿者，較其辯才猶遜，邑子多有目笑其所爲者，獨予與静夫最故，知其爲有托而逃者也。静夫以予知之，彙其詩紙索予言，予作而歎曰：夫士以才爲命，女以色爲命者也。女失依則怨，士失職則悲。彼短衣夜漫，天寒袖薄，修竹之倚，白石之歌，所悲同，所怨同。況遇如静夫猶爲孤易傷，而貧易感者乎？嗚乎！今之號稱當世貴遊者，一丘百貉，類皆囚氣鎖詞，容頭過身而已。顧得囊金匱帛，笑與秩終，誰爲司命者，獨使吾静夫三十無名，空山卧秋，徒與砌間蟲舌相響答也。過在宰相，吾欲問之。静夫曰：『無庸。窮愁如吾，固宜著書。君試看吾砌上雙趺，隱然屋後，龍鱗亦將老矣。遲我數年，方欲焚研瘞筆，與母兄輩團坐共説無生。況今之時何時，進士爲官，不如復田。

予又何慕之有？許子知我者，胡爲予悲？許子休矣。』于是許子聞其言而益悲之，爲之呼酒痛飲，相與曼聲而歌《九辨》之章。

送陳天生偕鄭孝先重遊桂林序

陳子天生、鄭子孝先、陳子盧子、許子有介四人，相與呼天地父母而友善。比來許子倦遊矣，陳子天生則以省覲往客粵西去，春挈盧子以偕許子所與相樂相泣者，惟孝先鄭子今秋間歸，復往語笑，未了，又挈孝先以偕，今留與余相樂相泣者爲盧子陳子。計吾四人者，或職其居而夢思于床，或職其行而慕吟于道，或與夫居者居，行者行，互易而分其苦。嗚乎！吾四人者，初謂相知同一已耳，而分合聚散間乃有四心，若此誰爲舟車，載人離别，吾將鞭軒轅而貫共鼓罪，以制器爲世厲階。于是，遂與盧子釃酒江干，同聲爲歌以送遠。曰：『君拔劍而驅車兮，正江風之早寒。誠壯士之慷慨兮，鄙兒女之懷安。指蒼蒼之八桂兮，越嶺嶠之漫漫。以余居情之猶酸兮，知君去意之未甘。是蓋人生異于麋鹿兮，信長聚之良難。』

子喬子詩文序

子喬子嘗索贊于余。余拈晉人語目之，曰：『體中癡黠半，意在有無間。』子喬子褒拜謂余曰：『吾方師乎蒙莊，欲中處于材與不材者也。得子佳評，若榻余影。但吾體之所以癡黠，意之所以有無，于意云何？請爲細論。』余爲作而言曰：『吾烏乎知之？蓋于子爲人知之，且于子之爲文知之。余觀今里中兒，莫不鷙擊趨時，馬躍恐後，乃帝何竺之，往往亦使得氣以去，子獨斂退就于新儒，常以一卷冰雪之文避俗，自攜坐觀，侏儒苦飽，猶謂信天翁未曾餓死，以故一寒獨冷，安之若命。雖則，婦愁長貧，夷然聽之。咄咄，子喬志非不如古人也，才非不如今人也，而失路無門，悲嘯不作。作人如此，題以「體半癡黠」，是耶非耶？乃若子之爲文，余又可得而言矣。亦既鞫明究𦣞，叉手巡簷，拳栝此道幾二十年，而花樣不習，嫁衣自甘，以其身爲六日之蜍，十日之菊，受嗤拙目者屢矣。曾無幾微見于言面。至于詩，則閒情發唱，常如山雲無心，逐風渡溪，家乏雙清子代掌詩牋。凡諸有作，脱稿後，輒隨手鳥散烟没。彼唐山人之瓢聲歷歷在，子似猶嫌其喧耳也。作文如此，題以「意在有無」，是耶非耶？』子喬子于是欣然受署去。

霅溪孫大蘇十七憶詩序

籠鸚檻猿，空窺不出，使之自言，所夢必昔昔然隴雲片片，峽水泠泠也。嗟乎！人何以堪耶？榕城許子誰？昔武林署齋，所以有《七憶》之作。初亦謂蘆中微吟，未敢擬歌河上，但私念爪雖匪長，差能搔人癢處，海内不乏知己，當有倚而和之者，何幸得菰城孫子追履我，發如許子數而加其十焉。君才倍丕，余涕隕邢矣。夫聞風思鱠，見月放鷳，此自客子佳話，第不可與藺卧老蠶言之。兹余兩人各出一編相示，譬則佛言食蜜，中邊皆甜也；魚之飲水，冷暖自知也。好溪山，好朋友，是吾人寒火病藥，誠不可少闕。然不如經數時，隔面坐燈下，指胸語影，常如訪暗泉，尋落葉，形神惘惘默默，其爲回味尤長，故有時閉之堵壁，而經年不遊一山，不交一友，因而憶吾地有某山，吾地有某友，意既生于所無。有時出而行國，而日遊數山，日交數友，亦因而憶此山似吾地某山，此友似吾地某友，意又生于所有。有無相續，若巧作玉環，誰能引金椎斵斷？即今余與君幸甚至哉，得以并接簷陰，相樂相泣矣。假而風前語笑，吹落天涯，則靈臺春線，渡水猶牽，異日彼此詩題，應各添一段。但不知酒闌時夢醒後，拂稿誰先？此屬後事，且不論也。請留一偈爲笑：兄在閩憶越，弟于越憶閩。山川能互易，同作無懷民。

林郭子詩序

天下事而不與通脱之士謀之，天下事安可爲也。爲天下士而不具通脱之性，烏在其爲天下士也。予年懶卧，不喜見人，以人多拘迂，鮮通脱者。應門童子亦解主翁意，而多不爲通焉。北里林郭子，予向固耳其名而未及相見，但不識郭子何以知人間有許子者。先是曾袖其哭國詩投予，童子遺之，予未及讀之。昨童子報予，有客至廳事，不通姓名，留一赫蹏去。予取視之，則書林郭子袖詩百首，索序七訪不遇，大笑以去。予始知郭子前後蓋七叩予門矣，急起攝屐追之，則又無及。然因是竊歎郭子識量之高，以七往返之勞，而僅得其一笑，此其通脱固宜知人間有許子者。夫禮非爲我輩設，使郭子而必屑屑焉一介而通，三揖而進，拘也，迂也。非我輩士尚罵勿與通，必如郭子之始進如此。向後予過郭子，郭子可以不冠冠迎；郭子過予，予可以不履履送。蓋相取在性情之中，而相略在形骸之外。彼拘迂者那知其故，因宜不知有郭子併不知有許子者。昔禰正平一刺莫投，庾子山片石與語，其孤情絶照，度越恒凡，今郭子于人少可，獨肯于予勤勤爲一刺之投，是殆以予爲片石，或以予解點頭，而欲與之言詩者廼予。郭子詩固未及讀也，但以詩之爲理，日變月新，非至通者莫與識變，非至脱者莫與趨新，則予于郭子固不待讀其詩者也。且予期郭子寧僅以詩，可許其爲天下士矣！可屬以天下事矣！

董伯音八游序

予嘗語人，古今第一詩人，莫過莊子。彼其涉筆所至，貌風風笑，繪水水怒，使之屈首聲病，定當芥納三唐矣。然其得力，實在逍遥一遊。遊誠善物，即子輿氏仞立巖巖，夙胎山骨，嘗以山海眼説詩，陋殺咸丘高叟一派。乃聞人好遊樂，與之談，浩落酣適，有屨動腓隨之意，而司馬子長亦繇壯遊天下，故名山顯位，以待其來。子長遂得收九疑禹穴之奇，勒成史記。跡斯以觀，游何負于人哉？吾友蘭上董伯音，詩才迅健，如俊鶻香象，横踔恒凡，且復居心不廉，藝成絶衆，其手間之談，膝間之語，譜之皆成佳話，政使潛聽山中、移情海外者，雖技號耑家，對之想應擺指。予方怪伯音非有四目兩口，何以具大神智，色色過人若是？及觀《八遊草》，方悟伯音蓋有其得力者焉。伯音之于遊，真所謂壯而好焉，而于焉逍遥者也。所以每奏一篇，山言水答，泠泠如落子拂絃，人世間清音那得不首屈此耶？輒令人欲脂車秣馬，棄百事往而與之遊。遊誠善物，遊不貧人，予于吾伯音益信也。然余聞古人云：『使莊孟相見，定有可觀。』予每憶此言，輒作數日癡夢。今伯音立談古人如坐于席，尚能以吟餘閒情，爲予擬莊孟問答乎？蓋此中無礙辨才，不得不以屬之具大神智者。咄咄！伯音其必有以解吾癡夢否也。伯音但歸矣，歸而史記成，幸並相示。

南蘭董聖褒詩序

三閭無端饒舌，絮絮《天問》，天果可問乎？柳州又復無端饒舌，絮絮《天對》，天果可以臆對乎？予嘗謂『漁父』一詞，即屈子之自爲天對也。雖則，呵壁而書，與夫鼓枻而去，熱冷似不相謀，而其暗中箭鋒相撞，妙不容舌，厥後有晉元亮得之，其集中形贈影答之詞，一種無聊棲託，胸有連環而自結自解之，一與屈子無殊。嗚呼！孰使二子如此？皆時爲之也。吾友南蘭董聖褒詩歌，沉摯澹遠，相其意製，直欲合陶、屈爲一人。問者閩遊倦還，有回首息機之意，因裒其雜詠，顔以《問樵》。嗚乎！孰使董子如此？亦時爲之也。獨是『問樵』一語，在右丞詩兩詠及之，今董子所取，將如陶公歎田園之將蕪，而以前路詢之征夫，聊爲隔水而問夫樵夫乎？抑如屈子決龜筴而莫知，而于澤畔逢夫漁夫，遂舉世事而問之樵客乎？二者，予尚未能知之也。于其別而申以問，宰也請從夫昌黎所云。

緩帶草小言

今爲何時乎，狂風吹乎古月矣。是有志之士投袂而起，屨及于皇劍，及于寢車，及于市時也。苟或捽兀窮廬，酣飲賦詩，而且志如委衣，不出房户，則將安所用之？故吾于里中社子求其眼大心雄，士甚勇甚者，獨得黄子朗伯。朗伯與予抵掌論古，精悍之色，嘗在眉間，其一家中自爲師友，文章雄霸如鄴城曹氏父子。客歲伯也輟壎之吹，出而爲王執殳，朗伯摻河梁之袪，致囑行行，近取《緩帶》，目其詩編，意有惻于愁雲蔽日，是朗伯一心憂國愛兄，兩念竝摯者也。予獨喜翰伯既行間緩帶投壺之下，不廢雅歌，而朗伯復緩帶蘆中飛筆之雄，比于武事行者裹躍以趨，居者結束以俟天下事，當無足難者。問圍寬幾許，其毋學沈郎乎？吾今而知杜甫瘦生，非關詩苦，蓋爲流離困頓，一飯亦未嘗忘君耳。爲語朗伯，其慎加餐可也。

浙西徐道招詩序

浙西徐道昭先生之乘傳至閩也，閭巷聚觀漢節，咸謂復覩司隸威儀。時予適在永陽萬山中，未及負弩矢郭迎，歸輒從家仲氏問徐先生行李何似，仲氏曰：『先生之來也，一童隨馬，有纍然負于背者而趨，伯也其亟修謁乎？』予遂疾走郵亭中，既先稽首，謝魯人之皐，旋再拜問輶軒乞奇字。先生則慨然呼童出是編示予，且言：『某藉橋大人宵雅之肄，今幸歌《皇華》而來，徼緣取道，因得以馬騁懷，策叩扉。矧越之距閩，風烟相接，非復如邛坂九折，須叱馭乘險以遺體，貽慈母憂，故予得遊目騁懷，閒弄墨筆。今所爲詩具在也。子手序而可序諸。』予受讀而笑曰：『先生篤于孝，既喜不以遺體貽太夫人憂矣，何爲復以嘔肝牽太夫人慮者？墨帳方收，而奚囊又滿。吾恐遊子吟于道，慈母將思于巷。先生何以解之？惜也予不能起先大夫于九京，以爲君快讀擊節。譬則山客種桃，歸去弗及，載酒賞此雲錦爛開，未免有情。安忘悵悵然坐槎貫月以來，攬轡采風而去，固征夫事也。持餉尊親，何可囊無一物。先生其以斯編爲使，歸之獻可也。』先生曰：『唯唯。』

李雲谷詩序

元次山作《退谷銘》，指曰：『干進之客，不能游之。』作《抔湖銘》，指曰：『爲人厭者，勿泛抔湖。』許子自審材業不如次山，詞賦不如次山，孤僻則自謂過之。居閒聞户外屨聲，輒爲攢眉，走匿深竹中，顧獨喜招尋雲谷李子。客秋，相與師藺製菴，時時科頭相對，竟忘主客。日者，雲谷手一編曰《箬藺》。或指余是好攢眉匿竹者，胡爲箬底片地野老與人争席耶？余笑謂老僧萬松之屋，爲雲分取半間，原自了無礙相。況人如雲谷，詩如雲谷，固余祠禱而求，可游退谷，可泛抔湖，次山而在，尚當作詩招之者。余方將擷天池烟芽，邀桑苧翁挾經執扇，暨顛南宫、迂雲林爲吾量水拭器，然後偕雲谷攜取冰甌雪椀于清泉白石間，把其詩卷，徐啜細論，雲谷尚欲呼集劉伶、李白輩，揚帆擊汰而來。余則曰：『是又將索酒浸我者，我又攢眉匿竹避之矣。』

曹石霞哭國詩序

石霞先生《哭國》詩成，前後凡如干首，或有讀而嘲者，曰：『嘻，先生誤矣！方今炎燼且噓，燃灰未死，有志之士，莫不將吊更賀。而先生遽爾涕灑亭新，淚清河濁，嗷然而哭。先生誤矣。先生淚急。』米友許宰聞而解之曰：君等休矣！先生不誤。君獨不見賈生乎？賈生當漢家鼎盛，猶然一痛哭二流涕于少年天子之前。至今讀其諸策，血痕猶殷也。君又不聞老杜乎？天寶之亂，豈異于兹，而哀乎王孫，悲乎陳陶，亦復切切嗚嗚，感均頑艷。今曹先生文如長沙，詩如少陵，而以一官拓落，竭來吾閩，江南卑濕，固不減漢時長沙也。先生又須以微禄少償酒債，故爾低頭參幕如少陵逍遥率府間，則夫一飦未嘗忘君，五餌思以係頸，有所慷喟于中，借悲歌焉，攄之無足怪者。君等休矣。先生不誤。且今天下誠得炎吹灰起，如君等所云，使曹先生有宣室之召，則收京之詠、洗兵之篇，先生必將繼此有作矣。文人頭面恒半笑啼，又寧可測耶？今其詩具在，諸君倘懷孤憤，亦欲長嗚，尚共屬和可乎？先咷後笑，敢告同人。

莊蝶序

人世有半部外集奇文字，人多未及收拾，聽其如烟雲散去，其爲可惜特甚。何謂半部外集奇文字？夢是也。湯臨川生平得意在《牡丹亭》，其中《尋夢》一齣，不知當年從何入想。夫既夢矣，又從而尋之，此等題目便足供人閉目槎牙，思量十日，廼其九曲文心至託之善懷女子。臨川蓋以舉世多癡人，類皆未識夢中趣者，是不如彼女子一往猶有深情，此文人吐舌唾世意也。健華董先生，當世之醒人也。其來備兵吾土，如陶弘景入官，其松風之夢固在。其所著作，以《莊蝶》命篇，誠深得夢中之趣者。千古來第一善説夢者，莫過列氏禦寇『野人鹿訟』一段，幻杳之致，半入江風。然溯厥鼻祖，當推漆園老吏。予嘗謂莊之化蝶，不知蝶之爲周，周之爲蝶，與列之御風，不知我之乘風，風之乘我。兩事大堪拈合。今讀先生是篇者，一以爲《南華》，一以爲《沖虚》，是莊之蝶，列之鹿，與先生董之蛟，三者固未始有分也。半部外集奇文字，從枕上得之。若先生者，真善收拾。猶憶早歲予刻《醫夢艸》一小帙，客子喜其題目新異，請問醫夢之方。予曰：『夢不難醫，誠能延樵童牧豎，爲先生擣白石清泉爲飲片，又能忌朝市之油腥，戒利名之生冷，夢不難醫也。』客啞然笑，以予爲真善醫夢者，並以聞于先生，爲復酬來信耳。

題羅雲漢閩江小詠

維揚羅雲漢先生，綜務則録及竹頭，裁詩則得其花骨。吾疑其胸有并州快刀，故能剪此江水入其囊底。是編發嘯舒逸，寧減王世將樓船獨倚時？獨怪江干萬手紛紛，檜爲楫于公取材，松爲舟于公取材，而先生猶能詩情發于晚霞，逸興飛于天末，是蓋好以整，好以暇，用世之道，略見于斯也。高達夫節度川西，當鼓角喧闐，而爲詩清微澹遠，同兹整暇。彼謂古今人不相及，我未許其知言也。

但江間浩倡，安可以城市眼耳對之？請俟徂暑後，載此于書畫舫中，泊宅于荻汀蓼岸，以待月上風起時，昦抗而吟，吾知當有百靈不散，而湘娥悲于簾外，如杜陵所云者，隱虬鄰而在積薪之歎，其能免乎？

政餘漫艸序言

漢詔求賢，郡有方聞之士，必身勸爲之駕，二千石事也。士將脂名車，策名驥，以馳驅帝鄉，非得良御師授以馳驅之範，驂轡安從組舞也者？牧伯馮先生之刺吾郡也，朱輪夾鹿以來，呴姁多士，如老慈母，亦既穆如之詠，拂多士以清風；厭厭之飲，醉多士于湛露矣。復以清燕之暇，徵多士奏藝，先生爲憑軾而觀，等其上駟中駟焉。多士方請師文爲楷法，先生出是編授之。驤步端閒，鸞聲雍好，能使泮林之間聳觀而恭聽者，橋而圜焉，墻而堵焉。是先生已爲多士勸駕，且並以駕法相授者，素絲之潔，紉以金針，政之餘也，通乎教矣。昔人授秋駕于夢中，猶屬恍惚，孰若承王良之面命，經造父爲指畫者乎？弟子友雖筋肉駑緩，請執鞭從矣。

菜帖序

天風吹籜，風不飄籜也，籜則恩風焉。友近作《種菜》詩十八章，不過如樵豎卓午弛擔半山亭子唱囉哩山歌，少憩辛苦耳。籜敗聲焦，是何足和？而逸之先生猶然盪之以天風也，友焉得不歸恩也歟！逸翁大半奥學，槃槃譚譚，老謀如趙充國，雅量如周公瑾，而深情至性，又不減香眉、二山。忘年交予，嘔肝執手，采蟲聲之善音，贊里人之偶得。又復虚懷如是，予繼今將糠導不已，以觀清流明鏡，不憚披風，當終無䰀籜哉！抑翁于秦和《碧桃》詩，于閩和《種菜》詩，碧桃如靚粧美人，青菜如野服道士，桃花盡，菜花開，由艷歸淡，殆亦欲盡理還時也。逸翁豈獨與予言詩，兼欲與予論道者。附詩二首，不盡志感，亦以寄懷。

宜讀書序

客有至自越者，問以湖上諸名士無恙乎，近狀奚若也。客曰：『文白范子賣漿矣，世臣徐子補履矣，梯霞陸子荷薪矣，予則爲瀝酒東南。』相賀曰：『是宜如是，是真名士。』士當無聊時，滌器非辱也，挫鍼非賤也，腰鐮非困也。但一副敝果解與霜葉枯之青袍，真無可戀耳。且使諸名士而不賣漿、補履、荷薪，其爲辱、賤且困，尚有什百千萬于此者，故予謂諸名士之所爲也宜。雖然，外此無宜乎？雲間眉道人有『多讀兩句書，少説一句話』之語，以其語平義廣，嘗欲書于白版扉上，因笑曩人謂此口止宜飲酒，意雖良是，語尚稍偏，口果但宜飲酒耶？及睹元康趙子以『宜讀書』顔其齋居，予始竊歎元康詞意之厚，有遠邁曩人者。蘇端明舟過曲江，灘石欹側，撑者百指，篙聲石聲犖然，人皆土色，而公作字不少休。公自謂更變亦多矣，置筆而起，終不能作一事，孰與且作字乎？予嘗奉之以爲居身涉世之法。今世波驚濺，所歷之險，有百倍于舟過曲江者，使吾黨廢書而起，亦終不能作一事，何如且讀書乎？此宜讀書也，否則，讀書以窮理，適用何日？不然，趙子顧向不謂宜，而今謂宜者，蓋倦遊息駕，還問其墻頭短檠，千策百慮，固無如與古人坐話之樂者。太白收千鈞之弩，摧撞息機，而佳山讀書，頭白不歸，元康法之。是蓋成連之琴，雍門之瑟，漸離之筑，正平之鼓，皆將于書乎取之，安知先生司馬青衫非藉此消其涕淚，而以當夫左醇右婦也者。則以視湖上諸名士，當有笑笑相視者，以趙子而讀書，豈僅學作博士，而閉帷低首如三日新婦耶？若予則邇來面目具在，予所雜譔《願學詩》中，自分宜死、宜盲、宜聾、宜啞者，宜爲奴、爲丐、爲擔糞、爲織屨者，爲唱挽歌者，予之所宜，宜此而已。趙子歸矣，歸而道越，湖上諸名士如詢許子近狀，爲持此報之。

苕水孫大蘇大母壽序

予與孫子皆侍于大母者也。余之大母百前四歲，孫子大母今年六十云。余大母以六月生，孫大母則生于八月，兩家皆無大父與偕白頭，且俱失壯子也。顧孫子猶有慈可戀，余小子則并慈容杳矣。憶余每歲六月初吉，率兩弟六袖拜堦下，輒自念吾三人第孫曹而已，則酸戚上眉間，仰而視余大母，其眉間酸戚亦與余同，彼此閔默，各有意而未敢陽也。蓋是日，予實哀樂半焉。噫嚱！爲長心易悲，早孤意常傷，昔人沉痛之辭，不堪三諷矣，孫子能與我分痛者。孫子御其大母來閩，依一姑也。上壽于其姑。君之官舍家，故有諸姑母妹在也。余讀其自爲壽言，以大母念及故園諸姑輩。孫子雖奉二宜壽以上于大母，大母猶愀然作色，孫子終退而顧影泫然也。今即使孫子御其大母歸越，并官舍之姑亦偕行焉。孫子上壽于家園，斯時也諸姑輩咸在矣，大母能無愀然作色乎？孫子能無泫然顧影乎？吾有以知其不能也。何也？孫子亦第孫曹已矣。人生既處缺陷場中，家鮮具慶之樂，斯愀然泫然之恨，何日能忘？余謂此日哀樂之半，孫子自今日以始百年如是也。何問閩越邪？伍子胥曰：『吾之怨與白喜同。』今許子怨亦與孫子同者也。請爲之賦《河上》。于是孫子九頓首以謝許子，且告許子曰：『子固余所云與孫同列者一儔也。是宜執爵言。』

退叟集序

人遇退叟于道，有與疑年者使之。年叟曰：『吾蓋十八而頗有餘矣。』噫嘻！十八而頗有餘，則胡然叟也。漢武登于泰山，卜年曆之數，探策得十八，倒而讀之，叟亦倒而讀之乎？胡然叟也恒言不稱老叟，獨未學禮乎？胡然叟也。叟曰：『吾退矣！吾退矣！心既叟矣，身胡不叟焉。且吾所爲凡以媿夫人之年有而不言者，漏盡鐘鳴，夜行而不止者，日暮途遠，倒行而逆施者，況今夫己氏趨時而鶩，擊馬而躍，汲汲惟恐後來，至我獨粥粥然，温温然，竇吾之退人將謂何，一男子頹唐若是，我倘不以叟自封，人亦以叟謚我，與爲人謚，毋寧自封。』童子友曰：『叟言是也。請以予意爲叟助發焉。今世之栩栩求進者，鬒而鑷白也，鬢而刷玄也。群小兒拍手譟之曰：「翁來前，翁來前。」彼猶曰：「我童也，我童也。」噫嘻！是信童朝市一餅耳，群小兒鬨而争之；科名一錫耳，群小兒涎而攫之，故凡世之栩栩求進者，皆翁也，皆童也。以其猶有童心也。今叟顔故玉雪耳，而能蚤爲白骨之觀，已自見其齒落焉，面皺焉。設有舉餅餳餉之，定麾去，曰：「此兒輩物。吾老人恃粥已，安事此？」噫嘻！世人諱老，爲其近于死也。至達人，則曰：「當如我已死，死尚可居，老何必諱乎？」但使我常有退心，則郭邑可，村林可，辱我賤我可，殺我割我可，爲符到即行之人，有俙巾待期耳。人能辦此副齋糧，則冷然無競，何日非齒落面皺也者。何論十八，何論八十。』于是叟以余孺子可教，出一編書授予。噫嘻！叟既退矣，而獨睠睠于予小子，叟抑何多情乎？夫人之老者，雖不念朝市，不念科名，而不能不念稚幼，念稚幼則思以餅弄之，以餳紿之。此退叟屬文于予之意也夫，此退叟屬序于余之意也夫。

林樹之賣文序

人無端夢中得錦得筆，遂成文士，文士名起而人皆苦逸，文士苦勞矣。一日間，代歌代哭，易面向人，當其几榻堆委，時攢眉彈指，悔浮名之爲累，恨不有索錦取筆以去者。是名爲文士，實則文奴，文奴安可爲也？道山林樹之苦之，爾迺條疏品目，高聲唱賣，曰：『吾既苦勞，不能苦饑。吾執若役，若給吾直，猶之日中，有無交易。與爲文奴，孰與文傭。奴也，不如其傭也。』樹之爲此，是便宜法，廼余有一法，尤便宜于樹之。蓋樹之賣之，當有買者，余則願爲牙郎，坐于五達之衢，取樹之所條疏，遍告于人曰：『道山有林樹之者，其文可買也。倘有陽翟大賈梱金輦帛而來，余爲高下其手，舞衡其間，使樹之橫得奇贏，余亦倍有例入，樹之文價日高，余之酒貲日足，是樹之不苦饑，余即不苦醒。然以余視樹之，樹之終苦勞，余則終苦逸也。與爲文傭，孰與文儈。傭也，不如其儈也。余從此當歲時操豚蹄斗酒，以祝樹之利市，且旦日起必往而坐于五達之衢矣。』

趙枝斯遺稿序

丙戌九月，趙君枝斯卒，社人許友捃拾其遺詩，僅得如干篇，將醵金梓之。先爲之序曰：嗚呼！人而能有善行無名心，自非佛地中人，蓋幾幾其難之。今如枝斯，可謂有善行無名心者。枝斯長于畫事，名走四方耳。先是名璧，字十五，四方人來賓于閩，輒先問趙十五山人無恙，則操縑素以往者。枝斯夙命以佛爲皈，居恒好脩善果，城中放生道場普度疏請，皆以枝斯倡首，諸凡老齋公、山和尚，莫不知有趙十五居士者。枝斯爲人作畫，嘗借僧寮爲解衣吮墨之地，一歲中家居無幾日也。又嘗發願畫雞鴨，將以易生者而放之門外。蒼頭抱雞鴨來者，屨相踵焉。計積年以來，披毛乞命于指下者，不知其凡幾也。枝斯半生忙于畫事，忙于佛事，足跡少入詩社，人亦罕見其詩，以爲枝斯未必長于詩也。予每從友人扇幅上讀其數篇，殊覺清絶，私愛念之，亟欲得其全稿，移書屢索。枝斯答曰：『床頭數卷，皆詛風罵雨之聲，早知如此見愛，則悔一枝松火化爲灰塵。』予固疑其靳而不予示也。兹者枝斯死，予執孝子手，泣問遺艸幾何，則云：『先君年來詩概從火矣。』予始歎枝斯語，蓋非妄者。陳子君錫、鄭子永昌，枝斯之善友也。發其敝簏，得戊午、己未、庚申三草紙，已黄如枯葉矣，是其所偶遺而未及焚焉者。予復移書索之，計枝斯爲詩編年成卷，此僅其十之一耳，然其壯年所作妙詣，遂已若此，彼其晚歲精進，更何可言，今惜不得而傳之矣。王摩詰亦佛地中人，其爲詩自稱宿世詞客，前身畫師，猶悔以餘習未捨，偶被世人之知。蓋自懺夫浮名之爲累也。枝斯之意，亦以吾既不能自悔，尚以畫事爲世所知，使名走于四方之耳，徒欲少資其潤筆金，爲放生普度諸善果費耳。坐此不能焚硯，懺之無及，又何可既漁畫師之號，又獵詞客之稱，犯佛國貪戒乎？以故堅忍力發松火一枝，庶幾藉此自贖，其用心良苦也。枝斯有老友一二人，爲經紀後事，解其橐裝，尚不能滿五十金，篋中無長物，僅餘舊涇紙一束，佛像畫稿數條。噫！經年弄筆所得，皆安歸乎？亦隨手爲放生普度諸善果盡矣。是知枝斯所濟，又不獨在于浮名者。陶貞白遲于上昇，徒以三朝浮名爲累。今枝斯獨能以有善行無名心，作一擔荷去，可以路指西首，合掌回向矣。

和敬堂全集序[一]

余與處菴之交，居同里閈，學共鄉社，垂三十年于今，未嘗少異。少而同堂，今將老焉。至于歌詩狂飲、涕泣欷歔，遇之而輒深，感之而輒應。故其作詩文，每從稿字零亂時即讀而商確之。間至余以爲否而作者爭之，作者以爲否，余可之。久而益嚴厚而益相信也。甲乙之後，余抱茆入山，結屋雲樹間，處菴則以水部承乏四方。既而貧無家歸，又奔走兩粵，爲少陵西川之役，束縛以酬知己。

[一]『内閣藏本』無此文，據《和敬堂全集》補。

嶺外無事，日抄書數千百言。及魏晉三唐詩，或定其品骨，辨其辭章，或闡其所以立言之旨，或考其世家宗脈，或翻駁情體。嗟夫！處菴亦可謂苦心于詩矣。顧其學日益進，其文日益肆，其所適意之事、快心之境，則人不得而問之。飽于行山川，饑于蓄妻子，而不可以旦夕先一卷之末，獨《詩》云乎哉？近稿一帙，音調氣色，皆融深沈摯，密理爲歸，即近體亦有樂府之旨，深乎微哉！今之談詩者遠矣。處菴于兹春欲學李永和而不可得，又有漫行，擬作向平十載浪遊，一識天下名山川真面目，歸作史記之意。余樂其道而悲其遇，回思少壯時所與共學，造詣之深淺有不同若此，處菴方且凝心定慮以與造物者遊，吾安知其過此之後，傑然自表于山川雲物之外者，非吾友也耶？至于甲光向日之句，世自有束帶驚見而恐後者，余又何以序其詩爲？

丁酉人日，同學弟許友書。

卷四　傳

興化三傳

霜夜擁爐燒蠣，聞墻外騶呼猶甚厲，坐友誤謂盲乞兒哀叫索米聲，審聽始悟，閧屋大笑，因相與雜談乞事。憶吾鄉有乞隱如興化三者，不可不爲作傳。興化三者，吾閩之興化人，其姓氏不詳，或有知其行三者，遂目之『興化三』云。聞其爲莆之故家子，同閬兄有作宦者，三嘗操制舉業，偶有所狂憤，棄去，脱身行乞會城中。貌豐下而匏肥，一破帽戀頭，左挾杖，右挈筐，酒眼迷離，踉蹌欹步，大類閻立本所畫醉學士像。曾有群措大修文事，午飦至，將就食，三適往乞，群叱之，三笑曰：『諸郎君今日作時文乎？』措大曰：『若知時文是何物？』則謾應曰：『喏，吾亦能是。』措大且愕且笑，給以片紙，三倚几狂書，文成，怪僻險澀，如彌明石鼎句，諸措大相與咋舌，避伏床底。三公然獵盤中餐去，尋亦悔之，問有知其事者，詢之，則閉目摇手，絶不復答。三之兄將之官，物色得三狀，曰：『是吾弟也夫。』陰使人誘致之。至則爲易潔冠新服，强納之筍輿中，欲舁與俱。路半，三紿舁者曰：『我欲溺。』遂棄衣冠道左，走去不知所之。三嘗一日薄暝，見地上纍纍者，遺鏹也。俯而掇之，欲俟亡金郎而還之，會暮雪無行跡，乃露宿人簷下，質明，有冒雪倉皇來覓者，舉而歸之，其人欲開鏹謝三，三止之曰：『此公卿大夫輩之僕妾輿馬也，擾煩夢寐之物也。吾丐人，安事此？』問其姓名，不之告。後亡金郎向人言狀，人有識之者，曰：『此必興化三也。』里有賃舂婦昵而就之，與之約曰：『爾當就我宿，吾得米易酒，可長供汝醉眠。』三彊與居，未旬時，謂婦曰：『始吾未得汝，吾于荒祠古寺隨地可家，爾爲吾絆，吾請辭汝。』于是復挾其杖，挈其筐，槃散市上。市上兒童識其面，群譟之曰：『興化三來，興化三來。』三亦自名曰：『吾興化三也。』後白髮皤髩，竟死于破廟中。

米友氏曰：吾郡士聞有知三者，莫不嘖嘖嘉其能爲儒而肯爲乞。此何足道？夫人，與爲腐儒，寧爲高乞。三雖爛死泥中，不宜聲出也。乃不能忍于諸措大之侮，爲一播弄伎倆，此或三少年時狡獪耳。使非知悔而匿，烏在其爲三？近有友人云曾遇三于荒山側，見其手持敝紙壹束，若將掩瘞狀。嗚呼！三可謂善自晦矣。使其以文著，曷若不著之爲高？余獨喜其避兄後車載，謂可與辭榮；雪俟亡金郎，謂可與逃富；割私賃舂婦，爲可與忘情。三具三異，值得一傳耳。

某人傳

某人者，逸其人之所以也。故某之但知其宅城西，業則鋤菜而已矣。有飲趣，得錢即沽，常風雨大作，不具傘屐，打顛而往，歸與群夥人盂啜盆飲，醉而卧，食力之外，無他作。嘗與某姓者善，斯福唐人也。福人歸，皮笥貯銀五百兩，公然寄之某人，則毅然受其寄，寄者不懼其無所藏，受者亦不驚其塞破屋。于是福之人既歸矣，數年不繼來，人多傳其死者。一日，某人偕夥伴數買醉旗亭，適有福唐二三子續至，中一人爲某姓者族子，酒次縱談，偶及從父事：『吾叔某稍聞其曾以五百金寄省中人，彼時未及言其姓字，竟莫知誰氏也。今吾叔死且無子，何者奇福，坐得橫利？』時二席中人驚相顧者半，放聲云可惜者半。某人者從隔座唐突遥呼之，曰：『若福唐某人，若之猶父乎？若能貰斗酒醉我，我能告若金處。』群皆目笑之，曰：『醉而狂耳。』曰：『吾言不妄者，可速呼酒來。』某姓子心異之，試呼酒與飲，疑其或能從旁知所寄之人，未可知也。飲闌，曰：『爾群皆步吾。』至，荷鍤脱衫，及所鋤園隅力掘之數尺許，金笥在焉。皮半敗爛，扃鑰繡蝕，猶隱隱見封識字痕。擲其鋤而指之，曰：『此非爾叔寄余金耶？今以還君持去。』夥伴對顧欲悲泣，自相怨詈，曰：『吾輩久傭于此，寧知此地有窖金耶？』族子請以百謝，某人笑曰：『一與五，誰多而誰少乎？不受五而受一，孰智而孰愚乎？何汙我甚。頃者酒戲之耳，若今飲之，則酬我矣。吾必唾之。』火伴多附耳與語，喉間結評曰：『騃矣，騃矣。』猶手語而目教之，某人終掉頭不顧。噫！慷慨還之矣！曷思投其妻子，投其親昆弟乎？然此又有金銀之氣在胸中眼前矣。彼不以金銀爲有用，始之寄也，則輒受之。及聞其身既死有猶子在，則輒還之矣。機關名利，原未秉付于天地父母者也。某人之軼事如此，余嘗舉以語座友，友人莫不嘖嘖曰：『難矣哉！難矣哉！』余謂無難也。彼自非世人耳，必天人佛子也。天人佛子爲此，似亦無難。

論曰：余少時覽先正遺事，見有殯不相識之人，置其餘金棺底，將以俟其孤至而還之，心已灑然異之。及其聞某人事，則又有異者。彼或有孤可俟也。若某人也，明明知其死而無子，安有于不可知之族人？即使取之以自潤，于義亦未大損。然而某人不屑也。某人以爲終非所有，不得其子，亦還其姪。此與季子初心之劍何異？彼直以族子爲墓樹耳。倘欲謀其配食，當爲招運鋤不顧，視金如礫之管寧，然寧儒者也，讀書人也。

陳抑夫外傳

抑夫陳子，吾書畫社集中人也。社中子詩文書畫有兼能者，有獨善者，有一二焉。已者皆出人頭地，其品格端莊、顛狂，亦各具一派，如抑夫陳子，則米顛袖中一塊石矣。榾柮而玲瓏綺巧，韻致疏嚴丰峻如戟苔蘚之色，眉髮間纍纍鼻骨突屼，石腹一岳也。兩瞳光電儼若絶巘，數步前闢二潭秋水耳。髯數莖安唇上下，如古澗松楸懸巖，蘭蕙香冷之神可念。但抑夫作詩多構思，恐五字未成，松蘭撚落，當有壯士于兩顴中作烽堠也。性情清静安雅，若構草堂一間，周圍門格虚檻，傍水種竹百餘竿，圜以蔬菜林，侍籬内芭蕉五六樹，洗均緑浄。許子坐蒲團上論説無生，立陳子點頭于緑浄之間。難道南宫不命袍笏稱丈乎？雖然，第可月辰日夕也，風雨驟來則恐飛去矣。

卷五　文

招瘧鬼文

瘧亦病耳，何以獨謂之鬼，不可解也。其説固世俗人習譚之，學士家亦間言之。何也？蓋瘧實多不可解者：他疾則否，瘧獨寒熱併焉，不可解也。他疾則否，瘧獨往復頻焉，不可解也。解曰：脾之寒耳。脾何爲一寒至此，且寒矣何以復能熱，又何以必一二日而至也？詢彼醫家，類皆不能深言之，不可解也。天下事之不可解者，人斯疑之，疑之斯意之，意之若曰是中有鬼云爾。要之，瘧亦病耳，安知其獨能爲鬼也？雖然，神有三彭，病有二豎，古且志之矣，余又安見瘧之獨不能爲鬼也？惟是瘧之爲鬼也，乍冷乍炎，困人殊甚，謂之虐鬼也。可倏來倏反，嬲人不休，謂之謔鬼也可。然困雖傷多，而人卒鮮死，嬲人既久，人漸狎而玩之，則雖謂之善戲謔，不爲虐之鬼，又無不可。謔耶？虐耶？亦不可解者也。顧獨與余邂逅相遇，戀戀未去，鬼之于余，亦可謂信厚者矣。故唐孫樵逐之，明許宰招之。招之辭曰：鬼兮鬼兮，勸汝一杯酒。爾既炎涼以附人兮，何獨于余而久守。謔胡爲其太甚，虐又愧吾之難受。獨感君之間日而必一來兮，一似與余無間而親厚。然則吾將延君以上座，而結君爲素友兮。鬼兮鬼兮，勸汝一杯酒。

楊郎遠青壽言

乙西之秋既深，于是楊子遠青十九年矣。米友先生規欲拜酒爲祝獻，疑者曰：『是其過此以往尚有八十一迴，乃今爲之，似乎太早。』先生曰：『不然。獨不聞之佛説添年即爲減年乎？吾與大地之人同受天減，有其適平者焉，有其過半者焉，有其幾訖者焉。若果添年是減年，則凡賀客皆吊客。今吾楊子，彼亦在減中也，第其減方伊始耳，以觀夫適平者、過半者、幾訖者，相去差爲有間，是可將吊更賀。』因遂書之。時助予滌研則有陳郎玉瑟，注水則有朱郎月生，而和墨者爲香初陳郎，伸紙者爲鶴仙王郎。

霪雨祝晴文

時霪雨，許友以香一瓣、水一盂，齋戒而泣，告于皇天：日雨者，天公所以保養苗蔬，奈何酷于刀梃，使民怨而無肯望其生耶？萬曆三十七年己酉，洪水漲，城市無乾土。至丁亥盈春且及夏半，無日不雨，即晴數晷，亦其强容耳。水從延平、建寧來，轉瞬而江河其宅，時滿數尺，居下者淹屋頂，高者亦及腰乳之間，三日迺稍退。既而復入，雨意總無憚煩，四聞崩墻頹瓦與乞死叫憐之聲，雜來心腑。此時之民無有肯願其生者，婦女小兒挽梁而居，男子攀板縛舟乃行，海人斷絶，市夫無販鬻之場，米鹽價貴矣。錢多力大者易少許，錢少力微者眼一飽而已。買米若糴金，早候其門，稍引從旁屋探囊，竊易以去。巷鄰有婦不安，其飢餓勢知難生，夜二鼓，經于庭。夫覺，呼聲甚愴，嬰兒抱哭母首。嗟乎！此時之民無有肯願其生者。鄉人從江村間浮水來城，云：流尸山積，臥濤藉波，碎裂于樹杪魚梁，不可勝數，或帶屋而飄，日不下十餘計。嗟乎！民，天之民也，當死則死之，當生則生之。天有雷霆可擊也，天有土地可崩也，天有鬼神可殛毒也，而奈何憂搔人足，禍叩人門，而使窮民以分寸死耶？而至以其所養人者害人耶？

卷六　銘

厠銘

納污解逼，爾有功而德。

薰籠銘

編竹爲屋，雲就其宿。茅頂泄烟，蓬蓬蔟蔟。是爲香林，異寒谷幽人之廬，宜斯卜霜被雪袍乃安燠。

等銘

盤之中，維子之宫，二十八宿羅心胸。

予五年山中行得藤杖者三截洗得法色質絶佳最後于市上得其一想此一龍來尋三老友也每刻一銘

看松子立，藉草子眠。渡溪撥泉，爾居吾前。永相保兮千百年。

對面如玉，前身是竹。勞不言功，堅貞能曲。每伴我于白雲青烟中宿。不叩世人足，叩爲爾辱。不作堂前竹，撲狼虎肉。卬須卬須，以當車輻。爾伴余苦吟之身，于爾乎結鄰。斜陽三叉之路，將倚子而數過人。葛陂之化狡獪也，爾慎勿效其顰。

郡南白骨塔銘

嗚呼！此郡城内外諸君子之白骨也。先是，諸君子枕于荒山，風欺雨虐者有年，南禪寺碧池長老見而憫然，遂與衆居士謀爲立塔，火其殘胔，謹拾而納諸坎，俾東西南北之人同藏無間焉。坎深若干丈，塔高若干尺，時則崇禎壬午之年。後五年爲歲丁亥，長老展艸省視，見雨嚙其趾，復爲憫然。廼與衆居士謀召工重脩，視前加謹，自是諸君子之宅永安。長老歡喜，顧謂居士許友曰：『曷爲銘以誌？』銘曰：火食不盡，留此焦餘。皓然純白，還源太初。同茲安宅，寧歎索居。且爲兄弟，莫辨賢愚。爾曷不觀，天地爲罏。則是世之人，孰有罏外者，而又何必疆界之爲拘拘。

卷七　箴

奚箴

米友先生閉籬齋坐。奚子二雙侍，閒慧而愿，先生撫之如桐君竹孫，然日摩青拭碧，不厭者也。無以束之，且憨且嬉，易僮約作奚箴。

誡陳瑟玉瑟曰：箬底禪龕，汝作庵主。秉心清静，是大弟子。六時燈香，數聲磬鼓。食施鳥下，慎無捕取。梵夾曝收，以及圖史。殺蟫活字，爾操生死。汝乞福慧，佛則多與。

誡王笙鶴仙曰：苕帚輕便，以屬爾職。獵氛几屏，拂氈端席。響籜遊絲，惟汝捲拾。以供爨茶，功省力逸。側耳鑪邊，伺其喧寂。雪濤上浮，砂甆巾拭。詩心苦乾，爲我旋汲。

誡朱夕月生曰：我學放生，方池一區。誰司群命，咨爾澤虞。鶴饑來窺，當爲我驅。毋私造餌，偷釣我魚。效今大吏，守藏竊貲。池水瀏清，牽漱花鬚。小摘獻佛，餅腹勿虛。

誡陳蕊香初曰：單條斗方，牀間絮積。汝好護藏，俾就藤笈。客乞書畫，汝和墨汁。刺尾勿捐，以指徐襞。無曰小末，福當知惜。晡後上燈，持被入直。拜爾司寤，肅清夢驛。

于是四童子同辭曰：『郎君奥博，世所歡服。吾儕小人，不辭執燭。提耳命予，訓詞温燠。疏示條例，謹粘璧屋。日省觀焉，以自斂束。苟蕩而嬉，肉甘飲竹。敬受箴矣，主人萬福。』

卷八　頌

長至夜招友人圍坐作粉團頌

夜疑擣衣，聲來萬户。積雪疊沙，方筐員筥。得秫不釀，乃勤吾杵。陶令見焉，欲攢眉嫵。合十搏之，霜寒摻手。參錯玉盤，大小珠走。茄落爲萁，折斯以揉。纍纍是藏，腹無待剖。欒坐爐頭，姑爲婦祝。挾之用筯，楕柮灰覆。免身雄雌，借此穆卜。撥火聚觀，喧笑閧屋。白眼當門，黏貼如糝。獰魄入室，欲瞰不敢。奚奴操竿，墮之而啖。童子何知，較大鬼膽。

卷九　説

米友堂説

許子作箬藺訖，廣尚不及十笏，僅可容趺者，雙客來，苦無以肅之。乃謀作堂，堂成，置酒與客落其下。酒半，客有起而言者曰：『吾觀許子爲人好任誕，時或談諧送謔，嘗令齊贅撟舌，且多不巾襪，罷迎送。每爲褦襶之，客眙愕以去。作人如此，既類顛者，性復酷畏人，往往移牀遠客。自鋤一園，才如斗大，日課奴子縛帚以給灑事，草裀緑浄，不肯容人半唾辱之，又類潔者。顛也，潔也，爲古民奇疾，數諸昔人，惟張旭氏得其一，繼而倪迂氏得其一。許子顧獨居心不廉，兼斯二疾而有之。許子好憶前身是誰，或是南宫面目乎？不然，何與元章如孿生而莫辨也。昔坡公謫居海外，攜陶、柳集自隨，號爲「南遷二友」。今兹堂未名，樹之眉宜曰「米友」，亦猶坡公之意也。』許子曰：『諾。微子命之，是固吾志，但顛、潔如吾，元章必兀傲目不可世，使公自爲取友，則大兒當屬張旭，小兒當屬倪迂。余也不敏，强分一席，或在季孟之間。但以予自揣，終不敢抗而友米也。意者庶幾米或友予乎？』于是，遂書客之語以目吾堂，堂中供公風雨單條一幅、漁雨圖一幅、墨蹟八幅、石榻二十套，公之子友仁者濤箋作夏雲山一幅，并《襄陽志林》一卷云。

卷十　記

壁上竹月影記

米友一日黄昏雨歇，立于街，望鄉下人背水竹二根，嫩箬短節，帶雨色，削顛，有君子患難之意。米友易之以酒三觔，種于房前，房前地四方，不一丈，土沃。其明年二月，得新筍十四个，鬬高争上，長短有禮，伯叔之分儼然。從此吾房前之天碎矣，米友耳目泠泠，及架上書畫卷册何日不在寒濤緑海中，即此便是清福，閉門可得空山絶巘，原不待幾兩着屐。忽一夜，米友村醉歸來，颼颼煮茶其下，澹烟故故，學山雲片片浮來。葉上新月半灣，弄影粉墻東，濃淡分近遠，若墨汁淋漓，飽腹尖脚，群相語語笑笑。惜新月不肯多留須臾，抱影以去。然明夜此時，復能來矣，未云長相思也。

書林子遠雲林堂壁上

松江陳眉公曰：『園亭當多種樹，少蓋屋。』此公即善構書齋老手也。壘巖砌洞，屈花抑木，爲童子時搬弄瓦碎，作宫殿寶塔，小技耳。友人林子遠築堂，堂前立苦竹百餘竿，竹内一亭，時從竹葉裏出書聲。近書聲處，半塘跨橋，林骨抱月入水。予每倦便來，有茶罏自燒泉眼，不問主人，則無世人訪友不遇之苦。予爲書『雲林堂』，堂名自倪迂來，平平一塊閒地，經文士安置，覺天下文章莫大乎是。

十月十六夜坐月記

吾菴前竹木蕭然，受月之地周匝可百餘尺，月亦每喜余地。獨佳夜讀書至四更，開户閒行，四望凄寂。頃之，雞聲在霜籬下，寒白殘菊如雪。余氈巾布袍，留連不敢去，乃知此時方謂『我月』。復步入堂前，回顧讀書處，黄葉如覆髮，一燈萬卷，于楓林乾落之間，覺夢寐爲苦，譬若海外友長素無言，幽清似水，渡嶺航而來，安可使之澹然自立，不茗果而盡主人之道耶？

石林記

許子四時讀書處，有城南之園一區，在古城深巷間，距廬僅里許。暇與客子修遊事，則步自城隅，循道山而上，石徑紆斜，喜無輪蹄可避，得散髮步屧以往園前。籬落遺民數家，茆居井汲。朝暮有雞犬聲入門，脩篁夾廡，舊主人榜以『石林』，堂曰『奇逸』，庵曰『匏居』，入門休足處也。登山則披叢曲入，轉月廊，墜葉聲乾，滿堦清聽，樹杪棲鶻，磔磔驚飛，若向主人避席。有亭翼然，顔曰『梵聞』，蓋以吾亭之鄰神光寺也，日落山静，時爲松風下榻，則殘鐘來殷，床夢餘霜，被長于此中發深省。亭左爲『松嶺』，先大夫手鑱二大字。嶺皆長松對峙，竦肅如大臣庭議，攣跛如壯士囚縛，坐卧其下，聽雲海寒濤聲，若身立天上。故余易此爲『濤園』，而因自號者。沿嶺而步，鉤巾枳履，大石岌嶪間，遠見花閣空中，則爲『閬閣』，倚石罅架木，下瞰深陰覆簷，草樹蒙密。伏日遊暑此中，若在秋冬之間。閣耳爲『清泠臺』，蒼壁峭立，横石爲梁，榕髯垂拂，零亂鬚眉，使人曉冷。臺畔多昔遊遺墨，睠此尚有古魂，拂苔拜讀，往往呼酒澆之。度半山橋，有巖傑豎，類神斧鬼斤劚成，爲林中最高處，鑿『霹靂巖』三字，深寸許，勁古如銕，程師孟篆字也。循巖磴而下，有軒曰『鳥跡』，憩此覺『造書頡往，觀跡羲來』。人蹤罕絶，静對鳥路山烟，問置身何代，不知有漢矣。軒前蘚路窄甚，蓋因大石縫斲階，故仄側僅堪容屐。下階二十步許，乃餘地搆香茅爲複閣。閣當臺巔，高臨無地，顧瞻白雲片片，猶在下方，字以『瞻雲』。規欲祠先子于上，爲兹山主焉。閣而右爲天門，兩石屹向中劃，少罅劣可通，步行者仄身躡度，稍肥則苦矣。徑此大石平曠，可列坐望遠，清秋好月，此最相宜者。谿天門繞山足，復有古松數十株，倚之結棚，若鳥棲苕末。余放脚棚陰，依夕風生，蒼叟欲語，山空子落時，或誦韋蘇州散步涼天之句。降自松棚不數武，遠見睥睨外，浦溆護田，槿籬柘烟，遥遥如薺環。外以江，檣影沙痕，歷歷可指。有石巋立，俯窺大江，勢欲吞納，余刻紀焉。先子愛其勝，留四十字其上，入夜踞坐石背，覺漁火蘆歌，惘默眺聽。余待寒玉貼天，酒酣以往，雖至露深，猶爲徘徊未下。過『吞江』，凡數折而得索笑亭，亭畔無雜樹，獨種梅數百本，冬老雪晴，固無日不餞迎開落，茗艼于暗香瘦影間者。亭之簷隙鑿翠爲井，形類半月，暗泉注焉，虢虢循除飛濺蘿壁以下，入于甃池。吾園多石，恒苦無泉，至此則泠泠清響，與隔嶺松風倚和，兼以繆枝交加，嵌石閒侍。興來獨往，憺兮忘歸，始信子野聞歌，安敢不唤奈何也。噫！今則吸雲之石見矣。『吞江』之傍，片巖如笏，兹巖向埋宿莽中，是余磨洗捧出者。巖下近開松徑，種古紅梅四五株，傍巖累石爲磴以度。磴凡五曲，懸綆倣蜀棧道狀，挾巖作驕突。其腹背以拒人足，涉者須乞援于頂畔垂根，始可無恐。自笑一區小園亦具畏道如是，彼走踏世波者一生憂患，安得遽免也？下視荒畦數畝，野翁不惜，近以畀余。余方將鋤瓜種豆，誓于是問老焉。因憶客春修禊園中，戲謂社中諸子曰：『山鬼窈窕，不似海神顩頷，畏人圖形。幸各拈一洞壑，爲兹山寫出真面目。』諸子解衣舐墨，日暮圖成。石眉泉眼，皆踽踽欲動。客或謂余曰：『觀者歎息而主人無言，其可乎？今兹山真圖既成，題贊亦不可少。且子曩客越時，低頭故鄉，曾作《七憶》詩，石林其一也。』余曰：『昔劉伯壽結室嵩山下，每登嵩頂，則于峻極中院援筆紀歲月，計其畢生，凡得七十一回。今幸余園距宅不遠，晨來晡返，濟勝易于爲，具視彼伯壽既差一籌，但着屐幾量，思之惘然，又何可歲月無紀？自今以始，余請借神光佛場爲峻極中院，尚其可乎？』

卷十一　題辭

擄婦愁題辭

天下事婦人爲之乎？天下事婦人壞之乎？爲之者非婦人，壞之者非婦人，而婦人被其辱，婦人罹其戚。嗚呼！不忍言之矣。天下之不忍言者，毋寧置之不言。顧或言之而心傷，不言而心痛，則毋寧言之，或使聞者少媿焉。今使什伯男子而與什伯婦人同陷穹廬，則男子媿矣。且使什伯男子與什伯婦人同時淪落，猶有一二婦人持冰人地義不受污，則男子媿矣。廼余則以爲婦人而稍知氣概、識去就者，其避羶若熱，定知蚤自引裁，一瞑去矣，何至于愁？若夫沁沁晛晛，甘逐胡馬之塵者，始或稍羞之，繼且漸忘之，終則甚樂之矣。林子顧切切然代爲之愁者何？抑非爲婦人愁也，蓋爲男子媿也。天下事男子爲之也，天下事男子壞之也！

乞食草題辭

乞食公曰：以余觀于今之飲食之人，略有數端焉。其在米索長安、桂炊京國者，于鳥則號竊脂，于馬是曰立仗。彼原養供竈下，安知餗覆鼎中，豨之腹衹以益膏，貍之德徒能執飽？若者是謂偷食。亦有霞飱露吸，畏俗避烟，非不自謂白衣尚書、山中宰相，究則徑捷于南、文移自北。老饕涎長，渴羌吻噪，而猶矯言樵蘇不爨，顑頷何傷。若者是謂呰食。彼夫潤非身處熱，只因人而乃摩腹以游，刺齒而坐。賦遜仲宣，漫依荆郡；詩慚子美，浪托西川。譬之燕處幕堂，哺而自樂；魚游湖沼，沫以相忘。若者是爲寄食。乃至項固難强，指尤易繞；蟬腹蚓腸，爲日既久；貓兒狗子，得力亦甘。此屬舐厥丹餘，不異雲中雞犬；蔭于瓦影，自同亭下龜魚。鯖縱合乎五侯，人終目爲殘客。若者是爲伴食。如予者飢驅則去，興盡而還，身誉一飽，少輒有餘，憶歷諸家，跡未便掃。或乞于朋友，而白羊鵝炙，從彼冒求；或乞于屠沽，而大肉明脂，恣吾健啖；或乞于漁子，而鱖肥鱸美，蓬底甌斟；或乞于野翁，而擘蟹燒猪，墻頭謬過；或乞于山庵村寺，而折葵松下，聊爾學齋；或乞于内人婢妾，而斷酒神前，隗然復醉。以視乎數公者，何如也？

楊郎曲題辭

許子曰：仲宣自傷多情，伯輿欲爲情死，吾蓋欲拍二王之肩，而與之言者也。向年，余曾譜就十眉，爲費烟黛幾許。迄今酒醒人遠矣。亦嘗挑燈佛前，誓不再生癡夢，然無奈柔腸如轆轤，得牽復上日者。薜苫楊郎肯過予于殘月之下，相與步水中荇藻，覺人衣香。吾一園蘭身感贈，輒思買絲繡之，但念人間絲無足買者，于是氣熱杯闌，聊以誤曲索顧，出示社子，辱繼以聲。一時胡馬越燕，同爾向望風日。天下之有心人固未有不識相思字者，異時倘與諸君貰醉旗亭，擁爐引手，畫壁非得最後雙鬟，未許歌吾此調。且欲發一迂願，許子他年若爲情死，此曲當納吾文塚中。倘得化爲青梟之竹，爲好事者伐取爲箭，使吾相思字字吹入四天下有情之耳，庶千百年後有倚洞簫而和我者。一切色界内，癡男騃女共聞斯言。

題密道人紀水紀鼓

僦廡客環堵飄摇，身同窮鳥；渴睡翁匡床輾側，目比鰥魚。子美困于耒陽，蓋緣阻漲；仲宣依乎荆郡，遂賦登樓。彼壯士之卑棲，類千年而一揆。有密道人朅來吾土，初居河曲，波影竟漾半扉；繼寓譙邊，鼓聲直來孤枕。水欺無力，床床避濕，既同茅屋秋風；漏豈有心，滴滴生愁，復類空堦夜雨。似此蕭條，偏逢客子；宜爲箋奏，一問天公。于是坐歎行愁，擁衾不寐。爰迺攄幽發粹，載筆而從，遂使市上操舟，三十九年來僅見也。僅見者，得道人而據事編奇。樓頭催箭，三百六旬内習聞矣。習聞者，遇道人而循聲寫恨。友欲約夫近之浮家泛宅者，各書一通，庶見相憐有其同病；更欲告夫世之博夜大昏者，好開雙耳，不負先覺眷此群聾。于以見道人之浩淼眼胸，能納海水于一杯，而視齊州九點；其壯凉志節，又能奏金石于四座，而奮漁陽三撾也。

一笠吟題辭

遂古之初，禪名未立。吾家堯時由公，人但知其隱客，未知其爲禪翁也。老由掛樹一瓢，惡其風聲歷歷，掊碎之，走去洗耳，此其聲塵斷絶已早，具鐵篲一柄，供後世釋氏子邮勿之用。今蘇公矜其一笠，作千百餘言。夫瓢與笠相去幾何，顧掛由公之樹而歷歷有聲，由公惡之。掛蘇公之口而歷歷可聽，友也愛之。此如學禪家，一則閉目瞑定，不立義解；一則抗喉宣秘，大暢宗門，語默原不相妨也。溽暑中展看其廣長之妙，直以荳雨灌頂，蕉風喝聾，予能不偏袒三匝乎？爲我寄存蘇公曰：友村居之情轉深矣。

題南堂永慕册子

遭故人遺孤于道，泣而執其手，問以先公之遺草尚存乎？則應曰：『唯唯，予小子不敢忘。』問以先公之故書無恙乎？則應曰：『唯唯，予小子不敢忘。』如是則爲佳子弟可知也。夫遺艸者，先人之心聲也，死者生平嘔肝于此。故書者，先人之手澤也，死者生平屈首于此。此之不惜而徒屈指計其先人之美莊幾何所，木奴若干頭，癡兒也，不了家事。故友林君禹聲，才士也，齎志殁。予嘗哭以四詩一文。今其遺孤宣子、文子，素琴已鼓矣，悼喪其親，孽鳴猶痛。諸與禹聲游者，向有代哭之章。二子則爲裒而集之，加裝潢焉，誌永慕也。推此而論，則夫柳州世好，刻先友于碑陰；司馬家風，續史公之論著。在二子固優爲之者，其于先人之遺艸不問可知，先人之故書不問可知。嗚呼！桐實生桐，桂實生桂，生子當如此矣！書以歸之，俾其藏之。

哀痘殤辭 有引

歲辛巳之春，鬼伯毿鬟操符牒，大勾嬰鬼。比屋燔檜燒棗，烟縷縷起如曉炊。每旦起，立門前，則見兩仵伯舁小櫬，或一老奴，或一小婢，踉蹌號而從者絡衢織巷。其家中父若母彈指搏膺，踊田田呼搶之聲，十室且九矣！時予亡兒慰尚未出腹也。迨至八閲月，亦預牒中。蓋毒逾年未息云。兒痘初見時，即得逆徵，法入必死。予猶癡而冀生。醫云：最忌穢觸。予夜起視，兒雖溺，必潔手以入。俗諱言痘，矜矜慎慎，稱之曰珠。相傳有神慈而嫗者曰：珠姝寔司群兒命。予素不佞巫，亦爲匍匐往，叩頭祠下，至則禱，人側塞籲訴噓呵聲，淚相雜至。有摶顙于墀，額血朱殷者。予五日凡三往，乞兒無死，兒竟不生也，痛哉哀哉！計予兒出于世才八月耳，其爲跳弄可喜悦之狀尚未備。予當年已痛之殊甚，至今聞鄰婦哭其殤子，猶若有持小斧椎予胸腹者。毋怪人家鬻子之閔，或六七年，或四三年，一旦拋割，能不腸肉中傷耶？予聞老人傳説，前痘殤時，有村人五更起治田，昧晦中見一人紅帕首，貌甚獰，揭一長竿驅梟雛，約以千數，梟雛槃散田塍上，其一偶墜塍下，村人拾歸，放之豚圈中，復闔户寢。比明啟圈，將烹以食，則一死嬰眉面痘斑焦黑，血尚糢糊也。嗚呼！此其生時，父母兄姊保抱持攜，珍惜何若，今迺爲鬼伯驅之如梟雛。尚不知其驅之何往，往而何爲耳。哀哉痛哉！憶予失慰兒，即欲作一文哭之，維時氣寒，筆不能下。今歲痘殤不減辛巳年，予故瘡之痛，聞弦輒隕，補《哀嬰兒》一篇，蓋爲群父母哀，而因以哀吾私者。詞曰：

恨莫恨兮，骨肉入土！土未入時，汝粥汝乳。日者言汝大命，鎖項銀環，充耳金斧。名汝曰姊，視汝如女。衣製百家，沿門乞縷；羹煮百家，沿門乞黍。祈汝長壽，畏汝疾苦。嗚呼！今若此兮，夫復何語？恨莫恨兮，骨肉入土！

痛莫痛兮，骨肉入土！土未入時，防寒防暑。衣之僧衣，引磬魚鼓。裂餅作飯，小竈學煮。蚶殼盛之，私爲賓主。夜眠好啼，嚇汝以鼠。偶患頭熱，不食以吐。握粟入市，符册簡取。更深當門，羹湯少許。數試輒驗，病脱然愈。母閒家坐，街有行瞽。召之講命，自取愁苦。云汝年來，疾有血蠱。亟須禳治，糊關以楮。嗚呼！今若此兮，夫復何語？痛莫痛兮，骨肉入土！

傷莫傷兮，骨肉入土！土未入時，節事具舉。元旦婢攜，遍謁姑姆。小冠小衣，摇曳楚楚。俄而燈市，獅子跳舞。蒼頭負汝，立于廊廡。細碎儀文，尤在端午。願汝能言，飲汝蒲醑。塗汝雄黄，眼處鼻處。鳩索斑斕，五絲所組。慈母手紉，繫汝臂膂。復切蒲錢，記汝年數。龍舟鬬怒，觀者如堵。汝髻兩叉，簪以艾虎。小蓋遮頭，于彼江滸。亭午歸來，餉汝角黍。嗚呼！今若此兮，夫復何語？傷莫傷兮，骨肉入土！

慘莫慘兮，骨肉入土！土未入時，知循師矩。先節旬日，爲師促脯。齋堂散晚，揖其里父。挾書在胸，頭但微俯。歸傍母裾，視母眉膴。口雖不言，意在粔籹。燈下笑言，某家某豎。某來每遲，罰跪至午。某書不熟，被箠至五。先生愛兒，兒首手撫。賞兒以分，在兒字簿。嗚呼！今若此兮，夫復何語？慘莫慘兮，骨肉入土！

毒莫毒兮，骨肉入土！土未入時，且摩且煦。今捨我死，以死待汝。汝之指尖，纏以紅縷。神有驅差，長跪手舉。兒不堪役，兒指已腐。桃茢在傍，兒其執取。塗逢惡犬，操此以拒。兒袖紙錢，齎入地府。出之買路，或不兒阻。孤兒煢煢，獨行踽踽。强兒欺弱，恐多見侮。父母不在，誰爲兒主。沿塗細問，往依汝祖。母設小靈，時陳菓脯。晨昏哭兒，冀兒魂聚。兒有遺衣，予不忍睹。偶然繙及，霣泣如雨。寧從摧燒，人乞弗與。恐復見之，割我心腑。嗚呼！今若此兮，夫復何語？毒莫毒兮，骨肉入土！

爲祖母李氏乞壽露香

寶相深慈，接引宏通于象教；下情悲戀，籲祈願竭其烏私。撫寸草而慙小人，乞五絲以續大母。繞足導師，冀千手之拔度；捧心獻佛，投五體以皈依。竊念弟子許友，瞻依俱絶，未兩歲而悼我二人，祖母李氏，兒、媳連亡，以三孫而易其一子。家門殄瘁，人鬼歔欷，念此碎心，疢如疾首。在廉吏莫克永年，或欲嗇身而奉母，且老嫠素脩善果，早知唱佛而齋僧。合玉十尖，常向棕團禮像；拈珠一串，每從貝夾繙經。屬者病魔作祟[一]，疾豎横侵，竟坐火坑四大，有同焦灼；渴思甘露一枝，誰

[一] 祟，『内閣藏本』作『崇』，據文意改。

灑清凉？兹敬緣脩净土，品誦普門，飯老僧折葵以供，禮大士擊木而呼。念祖母李身經鬻子之閔，廼未見壯子之還。念弟子友體既爲父之遺，自當代亡父以請。禱祠原所以盡愛，何妨遍謁于神祇？窮苦未嘗不呼天，曷若投誠于菩薩？伏乞鑒此潔忱，摩其翹首，閔兹精貌，代彼低眉，化作女人身，圓通示現。念彼觀音力疾厄消除，更展祖母四歲之期，俾成滿百，是爲弟子三生之幸，喜遍大千，敬布露香以聞，敢憑風梵而達。

題張展伯諸劇

予生平所最心癢而未能者，惟詞曲一道。謂夫詞曲一道，與文事相通者也。彼其嘘已死之人而肖其聲音笑貌，既與文家銘贊紀傳同一鍵樞，而其諧音叶律，又復胎自詩歌騷賦。其首尾起伏、眼目照應，則又類于大序小跋，且冷話佳謔，可入志林。拍板門槌，時參禪悦一劇，而文事之工備者，惟詞曲獨焉。今人有得意詩文垂諸後世，不過博人歎服一番，快讀數過而止。詞曲者，比竹合絲，能使千百年後孌童倩女咀宫嚼徵，字敲而句推之。醉月坐花，渴以之醒，愁以之醳者也。王昌齡諸君『寒雨連江』諸絶句，使今人讀之，不過二十八字，一氣而可通誦耳，乃譜入樂府，則旗亭風雨時，遂爲雙鬟妙伎拊節而歌，信乎一字字更長漏永，一聲聲衣寬帶鬆，銷魂哉，詞曲之癢人特甚也！張展伯工于文事，兼長度曲。其文事之妙，人皆言之，而予無言，以爲言之無加。獨展伯詞曲，樂得而言，蓋展伯誠有觸予癢而不能禁者。予家向有猿簫十子侍予而唱竹枝，惜經亂後，已各散遺矣。使其未散，予當以展伯諸劇，屬諸童度之予歌，隱囊聽之，不知予之心癢又且何如也？

牡丹續譜題辭

許子産閩地，顧瞻洛陽香國如在天上。嘗按圖徵譜，披覩所謂黄紫，似聞漢人説飛燕瘦，唐人説玉環肥，亦從而肥瘦之而已。私念何時得挾彈入洛，買酒縱觀，樂誠忘死。今幸覩于沈逸之先生品次花事，踏破舊蹊，精明辨數，如指頭螺文。以牡丹莫盛于關中，不知有洛，何論蜀楚？蓋逸翁參軍關中，函殽百二，翁嘗拂紫髯、浮紫氣于斯，論著定屬花史，况以翁之才，又長吉所云『天遺裁詩花作骨』者。故斯題構隨物賦形，黛掃花眉，彤紀花德，辱索余和。余聽千年鸞鶴，雲間有笙管遺音，不敢以鷄鴉啁哳輒相溷突。且妬崔生于頭上，愧劉郎以殘甲也。但過今以往，許子殆將隱矣。山茆無事，侍閒惟有艸木。當取閩土荔枝，君謨諸公之所未及譜者，鈔撮捃拾，勒成一書。蓋閩地荔事，色日之間，正堪與牡丹配食，且以較之川中滇粤，吾閩獨專一席，復與關中牡丹俯視諸山等。許子于早凉風露下，日啖三百，間亦隨形賦之，少償口債。雖較逸翁工拙泥雲，東西之施，固不妨上下邨閒居也。乃許子于牡丹花福，猶以未得縱觀爲恨。然逸翁神驥老健，紫髯未白，紫氣尚旺，壯遊殊未倦，何時逸翁佩三寸不律，許子躡一雙不借，攜手西入秦？

卷十二　小引

章四中黄解春聲小引

人有瞠然善忘者，夜闌睡起，舉頭見天半一痕，簾外花陰零散，誤以廿六七之月謂是初三四之月。夫廿六七之與初三四相去遠矣，月痕不異，所微辨者，初譙、殘漏而已。吾友中黄四兄，月人也。計其新上方在初三四間，嘗書過予，欲予爲其文序，謂：『爾多情，必當出爾手。』噫！此或中黄夜闌睡起時，與中黄于情方生而趣于死者也，許子于情既死而反于生者也。千古以來，凡屬傷心之人，其情至處雖不能以舌出，然心坎内例有舊痕，要以各如其痕而止。今許子減之又減，以幾于盡，已在廿六七時也。中黄正上弦而就盈，日復一日，吾試劃舊痕，當依約而至。余于中黄欲暫避其鋒鋭，俟其痕滿以後，徐出吾半玦，與中黄合而爲環，同埋于長松白石之下。後或有人掘得者，搗而爲散，可以療其情熱。然今尚未能也，楊柳岸、曉風殘月，須人酒醒後自領之。

蘭竹箋引

小友楊子從余遊後，問字于余。余名之曰『眉』，字『初稜』，别字『遠青』。即喜而鐫石矣。顧其性樂文事，過繭中則搬弄紙筆，燈殘月落不休。旦日起視，屏几間墨痕浮漲。余念其穎慧，遂作

《蘭竹册》，諸公家法皆備焉，設色者間亦有之。袖以歸，寢食展對，每臨一幅，遣平頭持過，索余報書。余輒走筆答以絶句。是遠青以畫代詩，余則以詩代柬也。因積篋笥，紙墨遂多，自笑藺底片地，每當風月烟雨間，儼若泊孤舟，載夢魂于湘江古岸，清曠何如哉！齋友林子喬手余作曰：『此大類茶訊，曷目爲「蘭竹箋」，爲往還中一段佳話？』

種菜詩引

友住于世，考課懶頽，無出友上者。日閉齋籬，只養一拙耳。室處寂兀，以古佛爲先生，以童子爲道伴，朝晡香幢之下，合十投五，向先生謝一日教，謝三頓福緣。童子亦知善，而伴予膜拜焉。顧一月，半多齋期，須菜甲爲命也。舍旁隙地向爲瓦礫所廬，告于先生，乞爲湯沐之邑。撥棄懶頽，抱甕先趨，童子亦踴躍歡喜，荷鍤從矣。工餘叉手，興到成詩，得七絶十八章。是予將長歌而獻于先生，且欲使童子操梵音唱之者也。出求友聲，屬而和者，則羅雲漢使君；讀而跋者，則陳叔度社長。晨夕尚多素心，吾道之福也。斯皆先生恩，謹率童子膜拜謝之。

心和上人化米引

佛有面，施主有心腸，和尚有口。和尚口在平常無事時，三頓亦只嚼幾箸菜根，不似我輩醉飽作孽。今日際此田地，我輩在家人合受果報。和尚云：『何佛面日爲憫然，施主心腸自當慈惻，且和尚今雖鍋頭淡泊，尚猶減口，出食遺粒生臺，是和尚能爲鳥雀作施主，而施主不能以鳥雀待和尚，自非木心石腸，視佛面如路人，定不至此。況以一囊米投和尚釜中，非同蒸砂，轉眼飯熟，圓證功德，福非唐捐也。救和尚口，發施主心腸，願看佛面。』

卷十二　贊

食三品贊

甲申殘臘，余與窗友開講社約，供饌食品，惟園芋、蠣房、玉帶魚數見，亦鮮。欲與吾輩存此味，因思目三物爲歲寒三友，以配梅竹諸君。讚曰：

園芋

榕城莆郡，芋原楓亭。地各有驛，驛例有丞。吾欲冬還而夏往，戕乞爲帝之雁臣。帝如許我，我請負獻，效彼野人。

蠣房

菩薩現身，七十有二。投諸物物，物物無異。以觀蠔君，是豈異是？諸與君遊，悉數難備。君與之熟，俱有至味。我躭禪悦，涎長至地。誓頂禮此肉身世尊，長供養于海山殼寺。

玉帶魚

世願其外，腰之以抱。我媚其内，腹之以果。彼達而尊，此饕而老。質之客座，誰否誰可？住世何求？酒醉飯飽。君且伴吾十八種之食，吾寧羡彼廿四回之考。

題雲谷像贊

唐人座頭兩箇李益，傳以爲笑，我聞自昔。君今夾鹿安之應，往隸于仙籍，但恐兩箇李根，一時難于辨識。子夏長冠爲別，耻人稱其偏疾。君曷稍自表異，庶便于續香案之牘者爲汝編入？雲谷子曰：『子勿爲是拘拘，使我而有仙名，不如與我杯酒者一。』

社友李雲谷爲其尊父摹影

翁兒交予，翁未及見。每從翁友，輒詢翁面。雖知其髯，全神未遍。恨不同時，豈獨漢殿。兹拜道腴，既慰且羡。肖子肖之，傳翁于硯。衫屐從容，杖笠清便。是能以清事教其子弟者，後世藝苑，父子自當同傳。

孫大蘇贊

天下之稱絶幻者三：戲也，夢也，畫也。孫子善度曲，常跳身插入戲場。今余觀此，孫子又現一夢中身、畫中影。若孫子者可稱幻師，余亦幻王也，故爲之贊。

題林子喬影

林子指此幀謂予曰：『吾棲影此間，是爲瓦石不到之地。』予曰：『瓦石原不必避。人之假身猶幻泡也，以瓦石投幻泡，成毁幾何？子今坐于紙上，假有兩人于此，其一叉手揖子，其一戟手詈子，子能于紙上作嗔喜相否？會得此意，恩仇滿眼，不妨作紙上觀。』

醉學士贊

酣拳槌地，狂脚踢天。大圜大方之間，容此二人放顛。酒之功可舞，酒之德可頌。天生四友比四鄰，纂修麴史惟汝共。具袍笏往朝天，願醉鄉受一廛。帝曰：『都哉！給爾秫田。』手茲玉斗，酒膽如之。沛公大度，猶不勝拔劍，撞碎固其宜。酒以養老，杖以扶老。潦倒三萬六千場，不羨中書廿四考。糟肉堪久，是以眉壽。扶人无咎，邛須我友。舉頭看酒星是我前身者，低頭看酒杯是我後身也。羯羌蜂聚，鉼有罄時。想君脱巾，將更漉之。

酒友燈贊

社友廿餘人，以中之善飲者四，最不善飲者四。李子雲谷爲予圖出，雖非傳神，亦鬚眉畢具矣。

林子喬：攙一攏席，亟索小觥，如飢鷹搦兔。三爵之後，襟前遂作戰場，喉内竟同孔壁。困于酒圍，屢呼旗槍援解。若使茗椀能言，應泣訴疲于奔命。

李阿靈：或作戒定僧，或作撒潑婦，興之所至，持蟹螯如持戟，聲震四幄。興去則爲受縛李廣，雖佯死，還有躍馬殺胡兒之志。至于呼盧拳拇，非其所長。

楊遠青：酒壑可卧，指尖對花開笑，儼若脂玉爲董姬搶破一痕。蔬果之間，但烹秋露白作葡萄紫。因憶緑霞仙觀中牡丹萬本，玩者攜百甕千罍，其花益甚，稍點污其上，次日精神大減。

陳抑夫：手足俱縛，可浸杯杓。坐中有挑戰者，亦掀髯拚命，一決死生。及敗，則不免有觸讋説太后之危矣。

曹山俱：初筵如不禁酒和尚，人前復畏明目張膽，吞吐之間，大有疑礙。曲殘人散，劒氣四座迭飛過。此絮叨叱刺之狀，當以袁中郎觴政論罪。

黄基玉：平時側弁，傲傲恒似醉態。比登筵，則若吴牛望月而喘。嘗離坐舉杯酹地，祝曰：『天地父母，使酒如錫，吾何吝千鍾百斗！』

林異卿：起伏有勢，操縱得時。于壁上看人酣戰，有敗者，亦肯拖梨花鎗单騎恢復。及爾杯我斺時，拍掌高歌。雖不見好，亦不見醜。予每贊之曰：『勝固欣然，敗亦足喜。』

許有介：執杯開口，動席縱横。須臾擷袖撾鼓跳躍，學中山劣鬼。杯斝飛巡，若平沙淺水，澹月微風，第見赴谷，不聞有聲。客有令之掃藤者，一行百曲，解酲五斗之餘，自讀不能竟章。

卷十四　跋

羅漢跋

我人臨水無可祓除，所堪上章首過者，惟平時好結綺語及大放酒顛二者。予與李子雲谷同者也，病則祓除宜同。故年來風塵回首，予既發願寫經，雲谷亦尅臂畫佛。辦此資糧，無非爲竹杖芒鞵，回向時一段公案。是十八幀者，但有靈氣，都無墨痕，不待燈下，壁間已自踽踽欲動，是知雲谷非以筆爲之也。展而瞻禮，輒思稽首作贊，然舌根苦鈍，且有東坡老人爲崔顥上頭無容加糞，今惟俟山中雪滿時，搴而作供，用見寫經佛弟子莊嚴夙心，大阿羅漢尚許我哉？

玉川詩跋

遼天造謊，無有過玉川先生者。目中無人，至欲結隣于黿，又抱一玉碑作友，從已姓名，返照幻出『馬異』，誕爲《贈馬異》，詭作《馬異答詩》，成，不知閉門自笑幾日。無端妖蟆病饞，借之題目，使得吐舌唾世，亂撾天鼓，幾令碧翁耳聾，并二十八箇星辰官奔命疲死，月姊遇此獰漢，當自彈指悔蝕。戲孫弄子，現家公身説法，叨叨絮絮，如聞其聲。留連別舘，竹呼爲弟，石稱爲兄，硬坐喑者能言，石應點頭，竹合破笑，即小小蝦蟆亦跳鬧于艸池之中。滿肚皮如此，自封癖王，可使南面矣！

手抄田園雜興跋

東坡先生在官無事，常書『平疇交遠風，良苗亦懷新』數十紙給侍者，二語靖節《懷古田舍》詩也。予每讀石湖翁此詩，若與桑蔴老友坐話終日，喜作輒録之付侍者蕊收掌，且囑：『它年吾得醉歌田舍，爾誦此吾側。吾則抵足高眠于北窗下聽之也。爾好受持。』

卷十五　啟

猿簫十子致語

百年開口無多，放意且須拍手。四座賞心有幾？隨時莫惜纏頭。蓋人生行樂宜及丁年，而我輩踏歌雅推子夜。彼夫思入匪夷，閒中强人説鬼；觀收清浄，醉後對客逃禪。其棲托雖自幽深，乃生活猶屬冷淡，何如逢場演作天魔，隱几縱觀人籟。七十有二代人物，浄丑不過如斯；三萬六千場光陰，悲歡想當猶是。況今痛哭途窮，江河寔英雄之血；埋憂地少，萱草終兒女之花。惟是鄉號温柔，儘許倦遊税駕；歌名宛轉，長供倚和敲簪。余生平性癖，一往情深，蓬徑柴門，嬾爲客掃；抱茆入竹，貪看兒嬉。長恨崑音海調，于今散絶廣陵。生憎弋唱浮腔，比者曲興下里。近卧一床，聽乎轂弄；因名十子，是曰猿簫。雖對舞乏青樓之妓，或疑獨立少乎佳人；而雙環有白玉之童，私謂大歡止于稚子。非敢云錦城終日，半入江風；遮莫有檀板一聲，驚飛山鳥。吾蓋聊以自娱也，或能差强人意乎？不識亦云佳，漫説當年西子；有誤而即顧，尚期吾世周郎。

丱帖

岸拂千絲之柳，長絓遠山；風吹四布之雲，孤懸斜月。初試新粧，搔頭是玉；又開生面，觸目皆瑯。敬約群公此日，爰爲柳子丱期。旋掠兩髦之髩，併歸一束之緺。髮既有旟，卷而若蠆；髫之不屑，鬢蓋如雲。欲詢宜稱于旁人，豈獨鏡中自許；爲致逍遥之嘉客，敢云樽裏不空。願同欷醉以觀，尚共酣呼而賦。

擬楊郎乞放閒啟事

伏聞龍之神也，難于見尾；魚之小者，易以居前。故虺靁懷彼碩人，傷心黄裏；鷁風退爲房老，屈首緑珠。蓋天道環周，本春秋其代序，而人生往復，亦苦樂之迭爲。竊念眉果滿桃餘，雖驚往夢；裙題袖斷，尚憶餘香。顛頷莫言此日，風流敢説當年。亦甞斷去機絲，高臺夜織，兼之汲來水澤，眢井朝窺。曾使頑艶均悲，泣者豈惟嫠婦；因而雅俗共賞，觀者不獨矮人。乃遇有心，寶而無價；過相珍重，玉且不如。詎擬紈裁作扇，瑟瑟便已臨秋；寧知冰倚爲山，漉漉終須見晛。恭惟米友先生，人推疎雋，天縱多情。白也清新，飄然詩思；牧之薄倖，贏得時名。醉倚瑟旁，狂來猶思捉月；閒騎鶴背，興至更欲尋梅。加以藥初紅而正香，自覺山雖青而漸遠。近披楊子壽言，既悉君之微意；再讀孫公偶識，逾增我以長吁。蜍今六日矣，尚復何需；鶯忘五月耶，那堪再囀。漏殘劇散，昔已蚤悟于場頭；薪積後來，今又奚尤乎居上？請自今碎平原之劍，借割柔腸；裁青裊之箭，休翻麗曲。歡隨輪敝，願乞懸車；人北衣新，甘從執釜。哭著簪于中野，古事徒然；采蘼蕪而下山，異時或爾。幸以舊來之意，憐取眼前；祇恐不閲之躬，遑恤我後。

索書啟事

閒弄墨筆，本是戲場；勉作應酬，遂同苦海。故興來之爲書自聖，而真蹟惟不促。始留彼舟中，指若懸槌，醉後髮能濡墨，斯皆一時之有會，雖即百紙以無妨。否則填門以來，寧免投地而駡。友長慚驢技，少習鴉塗。本不能工，何意痂嗜者衆，因而爲累，幾成腕脱之勞。迺至汗滴成泥，攢眉暑月；手僵似石，呵指霜天。竊思身非顯者，已絶意于身後之名；久自目作散人，又何苦受目前之累。況今之半面未通、多方附致者，大半惡箋數張，未免粗箑兩握。原其初意，豈有盛心？那解護裝，祇作破壁遮風之具；寧知珍重，徒供長街障目之需。甚者乞鄰醯分别氏，獻佛花借它家。處處輦來，包收同攬納之户；纍纍袖往，分張若利市之符。曷思塚内秃翁，魂三招而莫返；石間烟叟，形一去而不還。兼以烽火之警既已連年，吴越之墟竟如隔世，佳墨名筆所出，昔時販旅方乏重來；傾笥倒篋而求，近日奚童報無舊蓄。笑主人勤動終日，辛苦爲誰？硯面欲焦，莫分半滴；杖頭所掛，不得一錢。笑客子徒聞好事，不見破慳。逸少經成，鵝群可贈；長公帖就，羊肉當來。友用采彼童言，勒爲朋約，願分諸公筦庫之餘，少佐小子甕瓢之費。蓋天下無倒賠之貨，似此雅事，寧不願爲？而朋友尚先施之風，若有高情，定當敬領。評直而細論貲，便類長干估客；市名而高索價，又同少室山人。僕無敢有貪也，亦聊存其意耳，豐約惟命，恐求益有賣菜之嫌；笑駡難辭，如見尤容負荆以請。

卷十六　書

與曹山倶社弟劄子

昨拏漁船至鳳岡，問故人宅籬落。野翁道：『有洪塘數子來村中尋柳樹，得一株，渡水以去。』我意必山倶曹子也。日見李雲谷扇頭詩，果矣。間亦築山泥、覆茆草爲菴，我知此柳必種菴後。山倶作畫，每學懶瓚渴筆，樹小披蔴，石頭十得八九，否則，非其胸中指上生涯。我意欲再尋石田筋斗樹一，矮而善曲者能古；鴨掌杏一，脩而稺者乃秀。侍盛夏踏碎簷陰，新秋黄落如籜，亂我窗簾。主人時卧竹床上，如日立郭河陽、盛子昭爲外門漢。至酒醒月上時，請問主人欲何言？

與趙十五劄子

梅蘂正肥，釀香未飽，得此數日不情之雨，花刑亦太酷矣！豈梅花亦有亂世之慘耶？吾輩近來無可爲樂，襆被劈薪，願坐山堂卒歲。遇此景況，益令人痛哭。腹作響漲，想是酒杯索命。若償之以賤軀，當千百我不足。無已，乞石舟茶爲秦師，伏惟印斜三道，齎與奚奴。茶從來以山名，以水名，今則竟有以姓字名者，可知世間之沉落佳士亦多矣。然不有此一番沉落，亦非千古真正佳士。

與諸暨陳章侯劄子

庚辰歲，宰侍先子于文場，得讀陳子應制文于人海之中，知其非凡士也，願見之官中不能。既先子出示册卷扇幅，皆先子苦心求之者，宰展覽，驚爲異人。古心如鐵，秀目如波，復有左右手如蘭枝蕙葉，乃有此奇光冷響也。詩文字畫之佳若此，殆菩薩相矣，故作佛像皆神精結爲筆墨。陳子作人有品，散懶自放，宰愛而念之。若得寄我小大絹紙可幾幅，宰不學世人報施盟心至九原，先尋佳地，亦有朋友如東方朔、淳于髡、李太白、李長吉、陶淵明輩，亦有良泉妙石、老樹壽藤、茆屋柴橋，宰學提水拭硯，灌溉雜香草木以奉陳子歸。嗟乎，中世士大夫以官爲家者也，罷則無所于歸。今陳子不歸，此則將安歸？

答陳廬子

不情之譽，非君子所忍聞，而今世乃以爲重，彼往此來，總無根究，亦世道人心之壞也。我意欲絶酬應，埋名姓，良士野人，挈手間契合即爲師友，不習世人面譽必背毁，十分作知己，必有十分真疎違，可畏也。足下不可不念至此。

復竹山人結夏書

讀山人避暑約，我心實獲。予畏熱倍于他人，春歸夏來，便作燋爛想。及三伏内，或日一飯，或日絶粒水。每常以己手按胸背間，則毛孔頓開，竟時迺閉。几不能坐，隨坐隨火，雖石床竹簟，總無所見。其清凉衣冠，碎裂不問，見他人着袍束带，則令我頭痛，必速之解而後可。髮畏梳而臭不肯止，身益降而氣不能平，想皆躁動妄思，神浮于外而精枯于内者也。若使輪蹄城市，油垢賤夫，得以面目儕偶，形骸固已瘁疲，志氣亦復敗散。山溪之謀，實知性命。養此喜才好善之心也，不但弋吟遊戲而已。垂藤蔽天，飛泉枕嶺，草鞋掛笻，飯丸裹葉，問水尋山，凉陰便歇，不知有秋，豈曰無夏？請從今日始，與山人無閒言。

答章四中黄

月日友白：循省良書，廢人骨起，諫我也似子，道我也似父。僕已屈雪，子爲致謝聲矣。中所云云，僕之蚌處皆爲姑爪爬着，誠爲對病之藥，但病已據膏上肓下，醫緩徒能知之？醫緩無如之何也。僕自揣住世無它長，只一懶長；自揣住世無它罪，只一懶罪。嵇中散千古來第一開山懶祖，七尺頽然，纍纍負七不堪以處。予謂中散諸事都已不堪，只堪一死耳。乃其獄中幽憤，尚有『昔慚柳下，近愧孫登』之語，至使坡公憐之，曰：向使中散得散髮巖阿，當如脱兔之投林。予嘗心笑中散之懶未能登峰造岸也，百事俱懶而猶不懶于慚，不懶于愧，其何能懶？好頭頸有人斫落，懶于復拾，《廣陵散》既懶于傳矣，而又悔其不傳，是何其又不懶于悔也！太學三千，表乞爲師，使文王從而赦之，中散得不死，强一懶人爲三千人師，其不堪定不止于七。吾恐中散當有求死不得者，中散又何慚何愧何悔乎？且中散善養生，使中散而不從兵解，如蒙莊所云『豹養其内而虎食其外』，又將誰慚誰愧誰悔耶？懶人貴善自寬，予深惜中散之不善自寬也。來教無非欲僕自寬，深感爲僕發藥，不知僕早已勘有古方矣。憶前事初作時，僕胸猶稍作惡，有『我生元有命，奴輩利吾財』之句。齋友子喬扼予筆曰：『子既懶于慚、懶于愧、懶于悔矣，而猶不能懶于憤耶？』僕戢其良箴，遂擲筆向壁曰：『與古之懶人對坐，古之懶人爲誰？是僕箬繭中一尊老友。彼曾鍊于水火，混于泥塗，見慣夫百千萬億之不堪，而一味寂定。今其面孔枯如腊、黑如漆者是也。前寄足下扇頭二十韻，已具之矣。兹承教及，使懶人又不能懶于開口。』友白。

答孫大蘇

開郵筒，得孫子五言詩二章、七言古三篇、枉獄書二通，何許子之累人筆墨也。昔人得一知己便可不恨。是一知己尚幾幾乎其難之也。今許子一人辱于泥中，獨能得孫子、章子相歌相泣。有此奇遭，合受奇禍，許子甘心矣。山鹿厨懸命，枯魚泣寄書，孽鳥飛鳴，引弓欲隕。兹再夜燭讀孫子《悲鳥篇》，不覺雪涕，無從與檽外雨蕉俱滴。輒自悔道力不堅，又爲孫子惹出急淚。旋讀《月蝕之歌》，則如史公讀賈生《鵩賦》，又爲爽然自失者久之。嗚呼！月尚且蝕也，况玆窮鳥，復何足云乎？狂鼓亂撾，訶駡佛祖，不知于叔夜之龍性何如？然許子奴態詳于中黄書中矣，幸就觀之。

饋疥書 有序

許子與茂公不戒以孚者也，不介而合者也。閩與越，山川界之；僧與俗，世法界之。許子獨能與茂公不戒孚、不介合，是宜患與同也，癢相關也。古之人謗可分，痛可分，許子與茂公不今人處也。若區區之疥，爾疆我界，自封而自肥，愧獨享耳。昔之吞雲夢八九者，尚無芥蒂于胸，茂公僅二三酒花，拈之微笑可矣，又何介介焉？茂公欲返予璧，予請沈之于河，仍與公誓曰：『所不與茂公同之者，有如此水。』

友聞廉不求，貪不與，儒之行也；以捨來，以慈受，釋之教也。人以不貪爲廉，則吾之不與即爲貪。人以能捨而來，吾倘不受即非慈。日友之饋和尚以疥也，意以和尚廉者，或心欲之而不言，友遂不敢貪也。意以和尚慈者能受，友故樂爲捨也。今和尚自謂能廉，一介不取，因不取吾疥。日謂和尚有箑，吾既疥之，和尚有册，吾既疥之，若是則和尚受疥既多矣。前則既受，後乃不取，吾于和尚貪廉之間，亦未有所必也。矧和尚之慈，鷹可餐，虎可飼，一副皮囊寧是我有，則請和尚以一疥爲鷹，以一疥爲虎，餐之飼之，未始不可。和尚哓哓以仁義責友，不反而自問其慈，友不能爲和尚解矣。且和尚謂疥歸而怨，怨而大肆其毒于友，斯言過矣。疥之于友，受摩搔日久，與友親厚無間者也。

偶出爲客而見逐焉，耻于爲不知己者詬厲，反而歸其賢主人。是將德之感之之不暇，而又何怨何毒之與？有劍返于津，吾未見劍而怨津也；珠還于浦，吾未見珠而毒浦也。济又何怨何毒之有哉？若和尚以友字有介，济應友有，則和尚不既名度乎，度則何所不容區區一济，曷不度外視之而猶以哓哓爲也？和尚其何以喝我？無以喝我，則借和尚四大爲吾济聚族之廬，吾济往而家矣。

與周減齋先生[一]

章侯花草册，忽覓又不得，令人背熱。數當遲見一日耶？容細搜以請。

又

榮木畫，容再留作五日而後别。共二十四幅，當併日卧坐此中，亦須一月快遊。遊畢，友躬賫于趙也。

又

無翼之言，市虎之播，真堪摇天倒海。嗟乎！吾師尚有心于友耶？友骨寒心死之人矣。適家

[一] 此篇數則均録自周亮工《賴古堂尺牘新鈔》卷一一，清康熙間周氏賴古堂刊本。

破身辱，百意俱灰，善且懶爲，但恨無深竹矮茆，藏此骸骨，尚敢取罪戾當世。若不肯鐫平原，心結少伯，不敢向吾師前作此驕子弟喃喃之語，師諒之。

又

吾師秋月澹面，春風扇人，不覺潦倒屏榻間，抱醉而歸，人生樂屈一指矣！承惠教二詩，適從村外晚歸，吹燈快讀，眼光欲響，敬服敬服！

又

陳叔度、趙十五同鄉人，復同社，死不能爲之葬，真當愧絶。頃拜捧瑶函，嘉言懿事，光浮紙背。友同鄉同社人，當以五福鍊作珠環，百靈和爲蘭蕙，紀仁人君子之用心也。二翁有子而無知，于泉臺風月之晨，有拱手而含笑耳。[一]

又

齋頭秋蕙，竟發一箭，自賀必有佳話。既而吾師詩文至矣，文字山水之間，真不負人也。王宰

[一] 此則頁眉處批云：『有介落筆極肖陳仲醇。』

以半月方得水石，友自今日始閉門，可數十晝夜，作雲烟歸袖主人矣。先生真移我情耶！

又

一卷已卧遊半月，每至佳地，則脱車停橈，夢寐于斯。友亦不廉矣。

又

夜來夢寐，在溪雲山月之間，總爲詩畫塞破屋子耳。病窗無事，寺茗作供。日開半卷，或能釀出一二句好詩，報答吾師，未可知也。佳筆見贈，拜抱于懷。村婦無文采，插滿髻山花，雖不見好，亦不見醜。敬謝敬謝！

又

别榮老畫去，如一故人遠行矣，是多一相見也。紙佳極，當集諸子，閉門爲師，作山水花卉，十日内可報命也。野籬寒菊，必欲得佳詠，幸破悶爲之，候教之心，奚啻望江瑶柱。

又

觔鶩肉緩矣，當借此安車良馬，故昨向師乞筆。自知若小兒見餅餌而喜，涎垂至地，便作啼索狀，竟忘于禮，體之宜不宜矣。巨細是友要藥，作小楷者，則如醜婦明鏡，雖不敢相近，然亦不得不時有一照也。

又

前進別不敢言別，知先生必返白門，山水之間，必來追隨杖屨，故不向此中多一酸楚也。別之次日，登舟灣上，行李蕭落，獨處六十餘日，方抵虎林。御河水涸，八閘肅閉，所歷山川，一石一樹，一郵一鎮，沽一壺黃酒，市一筐蟹魚，無不回想侍左右隔燈夜話時，使人腸結鼻酸，但自起而自歇耳。抵家但餘滿面風塵，故鄉城郭，已非向之翼然縱絙者。今則疊疊淩齒，兼以颶風之後，坊觀廬舍，頹委殆盡。家人面如塵土，慟哭傷心，告訴債主淩辱、伍伯索餉，真如刀鋸刻刻受也。近來朋友親戚已絶往來，酒茗聚談，竟若瑶池王母之宴，安可得耶？寒家之屋，前後左右已分數姓。友所自居者，僅此屋十之一，主人反爲客矣。每常見炊烟相亂，雞犬聲聞，一屋竟成一村，嗟乎亦異哉！雲客無一見客地，客至巷邊門外，立茶數語而別，蓋自屋典他人，歲月未至，不能取居。他人屋歲月已來，不得留也，遂成蜂巢蟻穴，一孔而自容。友舍雲客往來外，復無至友。海鮮薪米頗賤，實無買者而賤也。一日西舌瑶柱，市上如山，鮮香明脆，三十大錢可滿筐篋。謀于家人，適家中不見朱提顔色已十三日。既而典衣易之，飽餐五六次，稚子群來争啖，曰：『此何名？何以數年不得見也？』則友外出時，稚子皆不知有此物。家人不敢以此引其饞，亦無暇及此也。先生聞之，其信然與否？尊體千宜自重，定力如先生，自不待囑。憂患著述，今古亦有不同。並願先生且焚研瘞筆，暫爲枯木，以保雪霜，自有春來旋榮雨露。友臨啟，可勝瞻注。

卷十七　白事

爲梅君乞壽白事

梅君生于冬候，老于春初，其爲壽不過六七十日耳。以六七十日抵人之六七十年，凫頸已甚，續之不能，又寧忍截之，令其中道殤夭耶？余荒園開徑，一任客子逍遥。其在屐二踵來時，梅君以瘦影笑迎，催詩伴酒，亦薄有主人之道。如或不戒奚童横加剪拜，梅君應且泣且訴也，但不聞其聲矣。今必待聞其聲而始恕之耶？假而有聲，又恐一二以花刑爲鼓吹者，縱哀涕疾呼，猶然不動，奈何？况夫驢背馱歸，此亦騷林偶爾清事，若使人人爲之，即如晉人之折角巾、穿鼻履，顰效可醜，雖雅亦俗。故茶以微啜爲清，酒以薄醺爲妙，花亦以勿折爲佳。譬則踏月步雪，往謁萬山中，老衲正以不出關相迎，不過溪相送，愈見其香嚴疎冷之性。倘必載過闤市，招入曲房，則與狎客何異？友用敢布腹心，諗夫來者，庶幾慎其指爪，延彼壽年，苟得十人受約，則吾梅君免于十死而得十生矣。祝百君子爲百人受約，則梅君免于百死而得百生矣。如是，則友願呼奴聚花爲茵，合十而膜拜之。西方無量，長作衆香國人也。匪佞匪佞。

卷十八　書事

書吴門徐生事

姑蘇故歌舞地，鄉先生某，練色知聲，家尤饒。伶伎有小史曰阿丢，年可十五六，是某先生糜千金購得之者，宅院中推爲上首。其喉之新、容之冶，人無論頑艷，遇之莫不目迷而心死也。

里中徐生于稠人間瞥見之，歸而閉齋語影曰：『人世有此俊物，廼爲勢家所籠，自非出奇冒險致之，徒乾死相思窟中耳，何益？』遂于宅上大爲地洞，凡房寮堂𢊍之屬皆具。蘇城故有所謂北寺者，寺爲大叢林，天下之檑家多在焉。徐生間行其中，密結三十許人，皆四方之大俠也。邀之至地洞中，椎牛釃酒饗之，酒半，出千金爲三十裹置其前，屬之曰：『吾有所不能致者，某人君等倘能爲我致之，第取金去耳。』三十人則皆應曰：『諾！吾能爲先生致之。』是夜，某先生方招郡守飲于家園，張燈奏伎，吹唱正洽。三十人者各挾白刃大譟以入，闃堂滅燭。某先生與郡守謂是剽劫大盜，抱耳走匿壁衣。諸僕從輿皂亦皆獸散鴟蹲，無敢吐聲息者。三十人公然取地上氍毹，裹阿丢負去。比定起視，則席間器玩一無所失，獨失阿丢矣。主客相與赧悵而别。三十人者竟以阿丢至地洞，悄悄持金去。徐生則解其裹而抱之曰：『無驚，吾爲徐某也。爾之母兄姊弟亦俱在此。』蓋生爲阿丢而先移之者。于是，阿丢母兄輩咸前抱持之，曰：『徐郎有心人也，當謹事之。』阿丢曰：『唯唯。』

旦日，徐生之市，市間人士口語籍籍，談夜失阿丟事，無不或歎或笑，生亦插身其間助歎助笑焉。事秘，人竟莫知也。阿丟遂與徐生居地洞，且十年。

一日，阿丟曰：『吾久閉于此，城中衢巷幾不復認。明日放春，士女殷盈，萬人如海，寧能倅辨吾舊阿丟耶，君曷與予俱？』生亦重違其意，絜之與俱焉。適某先生之蒼頭遇而識之曰：『此非吾家阿丟耶，胡廼與徐某者俱？』即歸報焉。某先生怒曰：『鼠子敢爾！吾十年所嚼齒而頓足者，廼今得之。』隨以生名遍訐于有司，將捕逮之。生曰：『嘻！若負其强有力欲得吾兩人甘心，吾兩人義不受辱也。有破産而已，何害？』傾其貲，多方營救，嗣後，訟凡連年不解。其捕逮益急，生營救益力。越數年，某先生且死，獄得漸寬，而徐生之財已殫矣。計其所耗，至四萬緡。其母妻以家落慚憤，相與長齋事佛。徐生慨然曰：『吾今則亦可以學佛矣。』亦與阿丟相約蔬布以終其身，刻苦爲聲詩，詩得竟陵派，今爲吴門佳山人云。

卷十九　疏

乞書畫疏

友入山深矣，埋没髪膚，安頓骸骨，非隱也。古人知幾而隱，性情安適；山水而隱，或功高名成，落落可以去矣而隱，或甘爲廢棄，學仙學道，自求自樂夫而隱。今也波濤亂石中，蛟龍夜激，繩朽柁折，人啼鬼哭矣。有片箬可支，一竿堪渡，乘斯電火，且竭衰殘而已，非隱也。友今向山深砍杉截竹十餘樹，織茆縛草，土壁甕門，朝昏坐卧一壑矣。堂置破書數卷，外此則無朋友也。無朋友則聲氣未免枯淡，半生筆墨之遊何堪斷止。廼約剪溪藤數方，乞社中子書畫一二幅。擅長者多與焉，彙成一幀，與吾布被鉢盂作一擔頭挑去矣，俾山間松静，風雨門籬時，省此一屣往還，爲無窮清福計也。使野人即終其身，髪膚可埋，骸骨可安，負荷佩戴，死而後已。涼風朗月，共聽斯言。

募造白骨塔疏

夢宅空來，五更鐘外；皮囊臭去，百念灰餘。一丝不續，手竟撒于懸崖；萬唤難回，魂莫招于號屋。骨同月白，蟻類泥黄。此際眼滿蓬蒿，寧辨一丘之貉；當日華如桃李，曾誇九尾之狐。麥飯誰澆，壠上棠梨寂寂；松門未入，面間荒草青青。樂縱傲乎南面之王，髗終累乎西方之伯。友日經叢塚，慨發風前，晚坐蕭齋，淚同雨下，念四大第爲假合，算來何物堅牢？即百年稱曰大齊，畢竟倩人收拾。手欲捫天，直挺挺捏拳亦去；狸思拜月，笑嘻嘻戴髑而行。死者雖已長卧而不知，過之寧能熟視而無覩？誰是金剛不壞，自合相救相憐；怎忍玉碎無埋，聽其以風以雨。所願各懷悲憫，共破慳貪，俾得石縫泥縫，即是心田手田。嗚呼！子孫閒者，爲客何方？男女雜然，同藏無間。欲人之不見也，有我黨今日之合尖；没世而無稱焉，是君等當年之鑄錯。已矣，勿復道矣。欽哉，惟其恤哉。敢集衆居士毛以爲裘，緊起諸死人骨而復肉。謹疏。

卷二十　誌銘

苕水姚孺人墓誌銘

米友氏曰：日者浙閩有其兩恨事而成兩奇事云，蓋丁亥夏五有先後而投予以腹悲之詞者二也，一爲浙中孝則馮子，馮子者，吾之師兄也；一爲里中爾玄謝子，謝子者，吾之社弟也。乃予讀兩家言而歎焉。嗚呼異哉，兩家何其多同也！馮子用上下平作悼亡七絶三十章，謝子同之。謝子有詩餘五調，馮子以哀餘四章同之。謝子以《哀蟬曲》命篇，馮子初章有『歸來但作哀蟬曲』之語同之。且其小序文皆同以潘岳託始者也。兩家同自負其婦之才色，自謂或以世誼聯姻，或以中表指腹則同，其恨遺容未肖，難于畫圖省識春風，則又同。其素心偕隱，馮有『林密爲家』之句，謝有『謀結數茅』之句，則又同。以至閨人韻事，則馮家新婦善度簫，常于風前快作數弄也；而謝有『曲罷不留郎一顧，夜臺應少月明宵』之句，同矣。埋玉佳話，馮家新婦性愛梅，今其墓處尚祔幾枝也；而謝有『霜質冰姿誰得并，許君殉葬數枝梅』之句，同矣。其有不同者三，則馮子之婦猶得相莊十二年，而謝才九月。馮子之婦尚享年念有七，謝曾不得二十。馮子之婦舉丈夫子一，而謝則遺嬰缺然耳。然馮之婦姚、謝之婦陳，陳之與姚，其氏族又同者也。嗚呼異哉，兩家何多同也！閩人許友恨其事，奇其事，重違馮請，謹爲姚銘。銘曰：

生于苕，顔若其榮；葬于梅，骨如其清。嗚呼！中斷者簫聲，誰復卿卿。

卷二十一　約

感時二約

自贈答難删，而椷筒苦劇。昔人尚一刺而漫袖，今世幾三百以充囊。聯張累幅，僅記姓名。報往跋來，總拘格套。絮積床間，醉客乘狂花試草；亂堆几上，癡奴同敗葉燒茶。遂使雒陽之楮貴不因文，剡水之藤夭而可吊，諒皆衆人所厭，莫肯先我而言。今欲徑約吾曹聊從其省，惟是慶吊禮儀間，或柬須全摺，如在尋常酧酢相期，牋只單條，誠爲兩便之圖，定有同聲而應。仿都門以行，僕蓋非創也；勅記室勿報，吾亦無瞢焉。謹約。

嘗以罷馬敝車，市間蹩躠，何如小奚蹇衛，醉裏郎當。况吾輩既不能簡出深居，花關卧雨，又何須筍輿油壁，塵陌衝風。乃至酒座方歡，僕夫催儂速駕；茶言未洽，倌人怨我長談。且今長衢擊轂，半是達官，雜以賤子肩輿，殊爲僭分。請約家各畜驢代步，庶幾人盡按轡當車。秣以束芻，非猶養鶴，嫌雙口之累；策而問柳，時可携琴，将一童以隨。詩思嘗在背間，差不惡耳；回頭足看世上，尚共爲之。再約。

卷二十二　祭文

祭倪鴻寶師文

友之先子嘗爲師于浙，其于浙東西之賢大夫，先子類皆得而友之，就中獨與師稱善。每出謁師，退必立友于庭曰：『兩浙固多賢大夫，然吾度無出鴻寶先生右者。』先生之友幾遍天下，顧惟與吾最故爾。其手録所作詩文，亟往修贄門下。迨先子没于武林官邸，師自會稽挐舟而來，把酒沃奠，哀辭慘至。自後宰扶喪南歸，師無論在京在邑，輒從過賓口中覓友兄弟近狀。友于塊枕中時陳先子書篋，理浙中諸賢大夫贈言，亦獨吾師筆墨居多。其或傷痛時事，意有所指。至有囑先子勿出示人者，先子皆别彙爲一函，手裝而筆識之。故友思先子而不見，往往念吾師則如見先子焉。兹歲都門之變傳及閩中，匆遽間猶未詢知殉節諸公姓氏。友時從衆中言曰：『吾師浙中倪鴻寶先生必死。』衆走揖友問故，友曰：『昔先生祠居，曾作《八化》詩以遺先子，所云囑先子勿出示人者，即此詩也。其中痛心疾首，攄憤爲言，若豫知有今日之變者。師則既言之矣，死固其職也。』後果如宰所云。嗚乎！孰使師能知之，能言之，而終莫能爲之？此間自有其故。友也窮茆下士，曷敢抗首而議？獨是疇非食禄，顧當無事則攀鱗者，無慮萬輩至于有變，而攀髯者不過數公。嗚呼！君爲社稷死矣，而猶執獨吾君之詞以自解。師向所云『八化』者，若此輩，吾又不知将安所化耶？先是，吾師之友固幾遍天下，至是爲師之友者僅得二十許人。噫！亦寥甚矣，惜也！先子先逝，不及操筆爲師銘傳，以師大節遍告于浙東西之都人士，但師今既没，其遺墨將復益重。予獨幸收藏爲多，自今當取師所賜者聯爲大軸，納之先子篋中。謹瀝酒再拜，與先子交相賀曰：『先子得友，小子得師矣！』

祭盟叔祁世培先生文

嗚呼！昔人論交有生友、死友之目，迨今而求一生友尚亦難之，況如所謂死友者乎？友獨竊謂先生之于先子實有不愧斯稱者。蓋友先君子，嚴氣寡諧人也。自游宦海以來，黨社之興波翻水，立顛皆欲牽先子之臂而奉敦盤以從。先子卒未嘗褰裳一涉其流，顧獨與先生深相友善，立誓盟。幸宦跡半在先生之土，每當行部至先生邑中，公事稍閒，輒過先生家園，執手款語，啞啞笑不能休，輿儓皂隸鷺望于柳邊竹外。時或出家常飯共食，雖不飲酒，亦至日晡不歸，往往燈火亂而使君始還。還而燭下散帙，友從帷間竊窺見先子喜滿，知從祁先生所回也。古云：不見而心若失，既見而失心疾。曾何異是？交誼如此，不當在生友之列？

迨先子武林殁，先生聞凶，哭于私宅。既而手攜文章來，不及拜而慟。友兄弟投五體，嘔血謝先生，先生始定。後入内廳欲撫棺，及視幼弟，以先子像最肖，又眩于靈座者。移時，使僮奴輿皂等皆無乾衣，竟不知涕之何從也。每口欲言，而聲咽若病骨不支以去，斯時先生之心何如其痛苦也。故事，鄉先生奠，其當道官例得四字句三百字，叙履歷幾行，讚弟子數語已矣。先生則文繇情生，聲與淚雜，歷溯盟好顛戹，懇懇至千餘言。友張之寒堂素壁，諸來覽讀，皆知先子有死友爲祁世培先生者。交誼如此，不當在生友之列？

越數年，先生從弟來令延津，先生則舉愚兄弟囑之曰：『鄰部諸生某某，吾盟友許某子。彼子猶吾子，爾善爲我視。』故令君至閩，視友兄弟有加等焉。嗚呼！今世之爲壇稱盟者十百爲群，轉眼相識不可得。其身之不有，又何有于身後？彼《冬月》《葛衣》，遭父友于道者，當年豈盡無人與盟乎？友何以獨能得此于先生也。交誼如此，不當在生友之列？

是惟先子生平擇而後交，故能得友。蓋先生亦嚴氣寡諧人也，其在鄉廬，獨與念臺劉先生友善。兩先生晶心石骨，蚤見重于鄉評。當未死前，里人預擬兩先生矣，今竟同死，如繻契之合。夫甲申都門之變，僅見之禍，二百七十年也，以一十七載憂勤之主當之，一時朝士髯攀莫逮，齕嚼欲穿，此其氣之所激，誓不與仇俱生，是宜多有也。迨今歲之事，一君立，一君復爾。人将謂天步未回，瞻烏于屋，将有所集。前之激者漸以平矣，故死于北者猶得十有九人，死于南者僅三人而已，何則？氣再鼓而衰焉耳。迺若先生與劉先生則卧于里中，兵固未臨城下也，目猶未覩攻圍之狀，身尚未受頓抑之辱，且復妻孥環而援也，廬墓在其望也，園榭魚鳥殊可戀也，徒以衆議獻籍，竟守不臣周、不帝秦之義，一爲西山之餓，一爲東海之蹈，此雖均之一死乎？余謂以視南北諸公，兩先生猶爲難之又難焉者。然在先生則不以爲難，而以爲樂。先生以爲：『吾于夜臺中先有死友許君延領相望，今有死友劉君携手同行，且復有南之三北之十九與吾結鄰而卜居，死殊不孤，死復何慼？』嗟夫！時事如今日，即使死而孤焉，亦當决計獨往矣。宗史可以無祝，醇酒可以無飲，婦人可以無近，即得良朋好友滿前，笑談舉以似人，咸當健羡。友今敢憑新鬼附書與地下亡父，爲道孤兒别来，地上地日就窄，從兹欲覓乾土恐漸不可得，地下地洵訏且樂，宰亦欲往而家矣。

祭林禹聲文

嗚乎！昔君之于予，蓋交其父而復交其子者也。憶在辛未，先子捷于南宫，識君都下，一見驚爲老友，旋挈君之官。凡視榷許墅，巡海四明，衡文两浙，吴山越水，無不與君偕之。予兄弟遂得從先子而獲交君焉，一門父子兄弟，受君之教益良多。君每當官舍秋風，輒憶仲氏夜雨對牀之約，嘗爲予言：有弟覺之，秀羸力學，相與怡怡爲文章之樂。予兄弟又得從君而獲交君弟覺之焉。迨庚辰，先子没于武林，君杖馬策叩扉淚下。華屋山丘之詠，隨摛椽筆爲先子行略，嘘枯吹生，使煢孤跽讀，不禁投杖而拜，搏顙而謝。故予兄弟往往思先子而不見，見君則如見先子焉。自先子没後，里中名貴雅重君才，皆争羅致。君携遊屐，嘗久出而間歸，未得數接，顔色如嚮時。所幸君弟覺之讀書吾廬，朝夕聚首論文，吾二人受覺之教益良多，亦猶君之于予。故予兄弟往往思君而不見，見君弟則如見君焉。方擬待君歸来，兩家兄弟各出其所論著，剪燈快讀，相與夜雨對牀，怡怡爲文章之樂。忍料君生平忠義，猶有今日風波乎？傷哉！典型云亡，虎賁莫遇，凡在親知，無不喟嘆。雖然，北海虎賁之引，蓋爲中郎無子而然也。今君長公宣子、次公匪群，對牀夜雨，怡怡爲文章之樂，亦猶君之于覺之。予兄弟思君而不見，既見君弟而如見君，又見君子而如見君焉。嗚乎！今予之于君，亦交其父而復交其子者也。

祭林樵青夫子

嗚呼！天下固有道嚴而家困，教行而遇窮如吾師者乎？師，莆人，三十年授餐會城，望并州爲故鄉。計莆人識師面，尚未若吾會城人者。今師竟容死二三子手也。先師所欣，吾師何恨？但友兄弟不無恨恨也。友兄弟早從師游，凡傍帳依氊，十閱年歲。師爲叩竭兩端，威收二物，一日所誦，五日所課，攻頑擊惰，彈謬繩疵，未嘗略從寬假。且絛約所束，無問丱弁。是道之嚴，莫有嚴于吾(師)[一]者。嗣是凡爲人父，欲玉子于成者，皆争延師以往。師爲懸鐘待響，叩者麕集，亦既户前滿屨，門内三盈。是教之行，莫有行于吾師者。廼師雖日授人以業，家固無業也。問負郭幾何畝，吐舌以視。蓋尼父一鼎，于是粥饘，歲晏持歸數脡，師母已焦釜以俟，是家之困，莫有困于吾師者。且師又命坐磨蝎，試輒不利于有司，落拓諸生，袍似半枯霜葉。子雲玄學，惟弟子侯芭輩知之，漢廷公卿未知敬重，維師亦然也。是遇之窮，又莫有窮于吾師者。

計師一生苦童之頑，憂家之困，悲遇之窮，未嘗一日能開其眉。今目閉矣，眉或可開矣。然師

[一] 師，『内閣藏本』無此字，據文意補。

家雖困極，而能狷潔忍貧，其自脩脯而外，向人不肯一開其口。今目閉矣，口終可無開矣。雖然，季子初心之劍，豈緣徐君開口而然？吾儕小人初從師游，未能尊聞行知，服習不倦，是爲子弟之惰。繼則欲飛肉重，鹿鹿至今。師日許予國士，而予依然衆人，斯爲子弟之恥。倘自兹以往，復置師後事如充耳之褎，則爲子弟之罪。吾儕小人，惰之與恥既難祓除，罪則何當任受？請共晶誓，以今伊始，陸氏之庄勿荒，翟公之門無散，蓋師有子，美秀而文，師猶未死也。二三子有忍死其師者，面共唾之。嗚呼！友兄弟所以事師者，止此矣。群居經者，同聞斯言，師魂在上，其從與聽之。

祭曹雁澤先生文

嗚呼！昔聞有宋蓋有三大臣焉。文正王公居宰府者二十年，人莫窺其喜愠之跡，天下謂之『大雅』。樞密馬公立朝慷慨，有犯無隱，天下謂之『大直』。萊國寇公左右天子，履危定變，天下謂之『大忠』。以余小子所聞，若此儗人于倫，罔有能兼之者，迺今觀于社長曹先生之臣節也，一皆備之焉。

先生早成進士，歷握冰銜，迨爲西川觀察，遂賦遂初，林卧聽宦海之濤者幾三十年。維時先生力固方剛也，而蕭然無悶，視當途遷轉若蚊虻過前。著書石倉園，接度晚生，慈呴猶母。其自一二緇寮乞疏外，窮年剬緝，筆床硯匣，未嘗一日去手離身。四天下人士抱其先祖遺編，與其隨身贄軸，雜然投謁者，屨錯户外。先生能爲噓已朽之骨，而生動其眉鬚，培未翥之翼，而假借以毛羽。是蓋深于誘引，勤于著述。論者以比歐陽文忠，先生蓋無媿色焉。是非『大雅』而何？

邇者宗實録未經纂脩，廷議以先生一代大手，屬公總裁。先生自念瀕海老臣，身受累朝恩禮，弗獲抱弓而泣，猶幸載筆以從，使不能忭直骨于枯冢，虀謟鬼于窮泉，則爲梗避紓繞，史非信而書可燒。以故義例謹嚴，門館蕭肅，彼夫覓千斛之米者，在先生既以爲穢也；䰟雙枝之燭者，在先生亦以爲靡也。是非『大直』而何？

迨至清師下閩，先生民望，理在所舍，昔中郎爲東京大雅之才，猶以漢史未成，哀丐緩死。而先生不屑也。先生痛念烈宗崩殂，髯攀莫逮。今幸得從先皇帝埽除山陵，臣之節也，臣應含笑入地，所以投繯從容。死生亦大，在先生絶無瞻顧以視，有其言而無其心，有其心而無其決者。先生加之，寧僅一等？是非『大忠』而何？

嗚呼！先生若此，不愧有明大臣矣。予小子今日瀝酒堂階，竊附于以賀不以吊之義。旅進搴帷，莫不仰而觀、俯而愧也。先生肯翩然被髮而下之乎？

祭陳抑夫社兄

曩歲，予輩與君共糾素心諸友，是蓋集公葉于石林，相與揖曹公爲祭酒。維時吮墨而解衣，不負寒食與重九，遂使詫爲盛事，滿城歎異，咸謂吾儕能以墨戲聚首。無幾，忽凋其二，維彼有巢，瀲之竟先充夫報羅信使，于是吾儕乍失其儔，環顧爲愀。然于社事尚不輟脩，謂是死亡其適爾，寧肯遽墜乎風流？胡期斯旦，气類零散。鼙鼓動地，山奔谷竄；烈烈曹公，投軀殉難。廼復枝斯，與君又同拴舟登岸，累我同人坐愁行歎。屈指素心，摇落幾半。即今數諸現在，亦自行藏異態。雖欲夢尋舊遊，已覺樂事難再。或親藥鐺，病骨支床；或從油幕，屈首戎行；或散處異郡它邑，而各在天之一方。兹所會哭，同上君堂。尚或衰絰斬然，執乎親丧；或尾羽譙然，壓于雪霜。惟是寥寥相視，三耦莫備，繫馬閒庭，以酒酹地，一彈指間，死生二致。思君笑語猶温，何當文酒重論。今也猶晨星之望，昔也猶暮雲之屯。蓋已長逝者如此矣，兹之寥寥者又安能久存？于是相與目斜，嘆息而散去；歸各兀坐，憫默而閉門。

米友堂雜著

題米友堂雜著

予嘗謂千古文人，不過一持厨之好婦也耳。今夫婦之好者，時有過賓在門，先須以茶事作供，一經此婦爐扇，啜之人各魂清。繼則齋堂客飯，主人與客對奕，俄而鱸羹鹿脯雜然並陳，出此婦手製，色色又皆精好。迨至酒渴燭殘，小楪在几，諸凡菓筍蛤蟹之屬，是此婦夙所旨蓄，可以解老饕之吻燥者，又復畢具。如此而好婦之能事始畢。若夫文士者，初猶諸技未獻也，而所答來贈往，必先藉詩箋爲媒，故詩箋者亦文人之茶事也，交無論深疏，類得一啜以去。繼此則序記銘傳之屬，是稱大文。大文爲山珍海錯，客子所屬饜于其中焉者，比之鱸羹鹿脯，高會雅集時不可或無。外此則小品雜著，倦悶之間，抽一帙可以捧腹，拈數則可以解頤。又如眼花耳熱之後，出菓筍侑茶，出蛤蟹佐酒，其誰不持箸相勸者？如此而文人之能事始畢。今許子亦一好婦也，摻手之妙，撩衣下厨，其烹鍊工好，有向來食經之所未譜者。予既得其米友堂之詩文而盡讀之矣，又得并讀其所雜著如干種焉，十日飽而七日香。予于許子殊有口福也，書以諗之知味之人。蕙山古樵林牧谷長書。

貧賤快活·眉山畊叟寄言 啖薑寮野人（章中黄）

人插入富貴場中，此身即不爲我有。如癡蠅食蜜，六足兩翼爲蜜所縛，若死後猶有餘甜。嘗謂富貴人多是生前中酒，宿酲未醒。若得清茗百甌，置彼于冷泉冰谷間，方知醒時極樂。第恐酒魔難斷，得迷復迷。余居貧賤場已十九年矣，有憐我貧賤苦，余竊欣然喜；有唾而賤之者，余更鼓掌大笑，而賤余者亦不解笑中故，故鮮不以余爲癡且愚，不知冷眼看熱中苦樂自知，如鏡中妍醜，纖細不爽。余顧貧賤人也，日者得一富貴夢，破書數千卷，斷桐一張，竹杖一枝，斗酒一瓢。忽而珠璣萬斛，珪璧千箱，窮山海奇納之笥中，戎裘敝葛，忽而三英豹武，半牀泥絮，忽而角枕錦衾，以及園游壯丽，非復柴門竹扉間，一池荷葉，半畝松花，往來車馬如市，非復科頭赤足，不冠冠、不履履之顛友六七人，至童僕輿從與抱甕躬耒，向十畝勤灌畊者，不同四簋八簠，與瓢水菜羹又不同。余入其中，尚在疑信半忽，自顧其形影，呀然而醒，因喟歎曰：『富貴之去来如雲水，貧賤之去來亦如雲水，豈富貴不能苦余，欲苦予于卧睡餘邪？』余恐貧賤之樂尚不能久，抑何有乎許子快活？夫許子貧賤快活在舌，章子貧賤快活在夢。許子之舌傳章子之夢，亦傳吾兩人均夢也。

貧賤快活

人生兩脚，墮地便覓快活，直至兩手捏拳，究竟無一快活者。蓋世上人有四種，有富貴兼者，有富而不貴、貴而不富者，有乾浄一味貧賤者。前三種討快活似易却難，後一種討快活似難却易。譬郭汾陽富貴亦極矣，然其滿肚皮憂讒畏譏，託此爲救頭之計。乃郎稍一放言，幾于無穴可入，推此念頭，豈非終日苦海？外此則富而不貴者，既有門户之虞、干涗之累；貴而不富者，復有應酬之勞、責備之苦，總不如貧賤之人，風期樂託。如吾條記所列，豈必貧賤好于富貴？第爲等得富貴俱來，世人有幾，必待富貴而後快活？光陰無多，不已則奉生來之骨，速去自討便宜。况貧賤原有快活，或一年之間有數月，一日之間有數事，隨處俱有，逐時皆是。究竟七十年仍得百四十之半，何嘗不是襟期固有也？南面之王尚避三舍，北門之士當置一通。

朋友有園池松竹之地，離予居復不遠。每每步去，主人在，留我便膳。它出，則聽我獨自行樂，獨自吟嘯。園丁蒼頭識我是主人翁知友，不待照顧。

問鄉人乞得閒花野菜，栽種于園。籬忽抽葉生芽，終亦能開花結實。斯之可喜，若見子孫生長成人，不入敗累等。

窮鄉僻壤但有雞犬聲，隔村有小市，市上小店精爲麵餅酒蔬，平價交易，店主人識時宜，責逋不急。友至，飯未熟，遣童子持籃賒典，香潤飽人，即行厨之一便也。

讀書每有字句不可解者，輒作數日梗塞，漸漸已之，一日忽從某人書堂架上掀覽雜部，注釋了然，出處朗爽，何異烟瘴滿空，經月不見天水，須臾收拾殆盡，萬里如洗。老和尚坐破蒲團，一聲棒喝，想亦如斯。

留客請客，不論客量可否，但能甕滿杯浮，不斷續彭亨而燰。

有人惠佳餚名酒，獨酌不趣，作字招友俱在，連絡而至，有未及意記者，亦偶來獵席。

小小生病，亦是詩料畫意，然烹茶煮蔬，一兩日即愈。如久雨而乍晴也，使一片白日，未見生動之趣。

讀書靜卧，新茶之候，明月之間，忽韻妓或禪僧，索茶而來，踏月而去。

生平結願一書，買之力不可。有求文章者，餉金足以易此，置于架上，行坐其下，餘尚可畢月酒錢，日與友人顛狂笑罵。

風輕月澹時，獨步墟落，過竹塢，有池一區，水平如掌，波瀫溶漾。横木橋其上，適内迫于此，解之，故意久蹲不起，一兩聲蛙從青草間出，作詩腸鼓吹。古人著作于『三上』，其一在厠，想從此間得耶？

小兒歪髻雙叉，玉雪可念。齋堂散晚挾書歸，揖呼爺媽，聲啞啞。給與少許梨栗，給之占對，對成，半雜通塞，亦見童子天機。飯後上燈，習所授書，從床上聽，殊清圓朗亮，教以小詩數首，復略能上口。貧家父母心，得此大可安善。

砌屋雖不大，不可不留隙地種竹。栽三四根，一二年後，子孫長養，其黃老者删去。飽受月聲雨色，何異萬壑千山？

齋中無它事，日作詩文幾首，皆三家村板橋茆屋風致，無應酬苦惱之字。自讀亦覺情趣可得者。

適平日講論契合師友，齋飯對酌，深夜一燈，狂呼散髮，數日而去。

久陰初霽，望前村溪山如醒，汀花亂香，禽鳥雜呼。二三友各出齋飯，葷[一]素不等，令童子竹杖擔去。無主無客，亦飽亦醉，盡日而歸，且訂異日之遊。

經旬閉齋塞廬，雨聲雜風，凄楚之色，縱横帷幄。獨立百思，忽聞扣柴門，開户得童子迺某友者，讀其札云：偶有蔬肉一二椀，白酒七八瓢，索我閒話。不待着衣冠，斯樂何如？若一束卜某日，則不但掃興敗情，且添愁憎惡。

買得山中人子弟，年十五六，力如虎。我屋傍有園小小，令之種灌。彼揮鋤播種，件件得時，灌水花耘凡草，井井有法。朝斯夕斯，日供菜箬數束，生脆清香；草花數本，無日不開。是膽瓶與主人俱受福矣。

春新秋殘，村屋山齋絲雨驟至，幽寒上人手足。老妻滌潔衫襪送至。夜來加授一層，讀書無窮安穩。

小屋欹斜，廳事猶能井井；低門窄狹，陋巷亦自閒閒。故不必深山，閉户即是。只日給一日，原無甚産業當差，免悍役徵租，酷吏責税，已覺爽然有致。

秀水奇山，擬遊即果，青箬裹飯，竹椀探泉，葉笠草鞵，穿雲而去。隨佳地歌咏，每得美言，天時

[一] 葷，『内閣藏本』作『暈』，據文意改。

皆霽朗。無擔遲之苦，復有不能從之客，以供笑嘲。糧盡有乞食處，興罷乃歸。

巨細筆，黄熟香，涇牋白扇，齋頭不竭書畫。友來面索之，或題新作，或畫眼前山水書屋，時在目中手裏，如晤故人。

率意看書，倦則亂堆几案。稚子仍持卧架上，序一二三四。它日取看，又復如是。懶而不荒，亂而有理，樂真可稱南面百城矣。

三頓吃

神農氏，大導師也，百穀百草經其手口，使後世無病者食飯，有病者食藥，以續命至今。予則竊謂人之無病者，即飯是藥；人之有病者，即藥是飯。蓋自養自救，其道不殊，故以暇日舉。予嘗所餐服者，列其品劑，書之屏几，以自養救，兼欲使人之無病者就予食飯去，有病者就予食藥去。各奉此以爲十萬二千頓之用，諒無不可者，如是又何妨？吾不憚煩之許子向人作神農言。

毋强不善飲者醉

量之大小有差，總有未及處、正好處、太過處則均。譬善飲者百杯而正好，出此則太過矣。不善飲者十杯而正好，出此則太過矣。百杯者自取快樂，至百杯而止。聽十杯者亦如其量而自爲之。必强之與我同，倘有一石者，亦强我與彼同，我何以處之乎？不飲者聽之多留一二友伴席，未始不可，苛責過甚則卧者病者至矣。寂寞徒自苦也，淳于髡當買絲繡之。

毋長夜飲

厭厭申旦，既失前夜之全，閉齋補眠，復去次日之半。此即弗論，但我方埋頭酣飲，爨婢雜夢寐供役，壺童忍寒凍伺酒，心能安乎？亭午而集，纁黄爲期，薄暝登筵，二漏而罷，足矣足矣！

毋怨尤

先輩嘗勸人養喜神。怨尤者，焚和之薪也。方寸幾許地，能容人積薪自焚。遭遇之乖，接待之簡，諸如此類，隨人俱有，太上忘之，其次忍之，若絮絮喃喃，是老婆娘、憨婦女態，戴鬚負眉者不當有此。

毋面折人過

面折人過有二種，一恨不得人有媿心之事，即爲己快心之談，此薄之甚者。一作人峭直，不能爲人匿瑕，然原有教訓之意，第非善道耳。不知人有不好事做出，或有慚赧，亦肯遮攔，我背後示之，彼亦自知感激，庶能悔悟，尚有可期。倘人衆之中説破，彼人豈不抱恨至于死？究竟有不顧名義而率性做去者。

毋識當道官面

破榭歪亭，花村竹野，讀書散步，多少快樂。何故結願挾衣帶冠，求見當道？縱名公才子，一行作吏，自有不同。綾文刺六葉，窗課業一册，名士鉢也。生平尚味，恩已稱沐，裙裾初撇，生即加門，此面皮亦厚之甚矣。且荆條枷杻之間，已先有一二酸措大面、俗門皂面供吾賞識，如之奈何？喜爲斯事者，定當另有阿鼻。

毋嘗至娼妓家

娼妓之所居，大凡異類者皆集焉。飲酒之餘，佳辰良夜，偶友結伴，同一間至，亦是韻事。若恣意往來，非大老官、紈袴兒，則幫閒狎客矣。語言巾履，尤在市井之下。

毋難不救

古人許多救難事，皆行于忽有所見而惻然者。凡遇人有難，能救他一分是一分，救他十分是十分，分量所至，不遺餘力。

毋主意佞佛祈福

放生禮佛，友僧坐禪，本是文人韻事。便有一種持定天堂地獄，不知真癡乎，假憨乎？依期放生，隨僧頂禮，僧有何可禮生焉？得按期而放，若藉此而祈福請祥，則滿腹貪求，一心僥倖，早已孽重如山矣！

毋諂媚

諂媚者，歡笑顔面，細語温言，惟恐不樂其人之意。不知世間惟戴紗帽人，愈逢迎愈做腔調，蓋受人奉迎者多矣，不是異工絶巧手段賣弄不來。幸則分權借煖，妻子榮施，子孫受庇。不幸則富者連自己田宅典賣，陪辦施設；貧者終爲門下斥逐，其狼狽至如此。何苦以全副精神、一生行徑，但求此數張大字拜帖，幾頓酒肉便飯，金字牌下曳裾買笑耶？

毋賭博弈棋

賭則天地間六凶之一也。市井奴隸之所知，教弟子而不與之爲者也。弈亦賭之别名，文于賭。弈之所以相宜者，抑鬱無聊，兩人鎮日舟居，或山齋對雨，則需此消遣長日。今一師坐鎮，群人鬬金，至傍觀出一言者，瞠目罵詈，斯非古之所爲弈也。即朋友雅集，不必設枰開局，好溪山、好亭榭、好風日，不談詩論酒，埋頭争着，勝則欣然，敗則欲死，亦不佳之。甚至于杜陵杜夫子笞費日之譏曰：精其理者，足以大禆聖教。去此遠矣。

毋行苛令

飲酒樂事，行令則如波浪激趣。奈何底面設官，左右分糾，一令未終，四筵飛罰不歇，則滿座之精神全注酒官。酒官之耳目暈眩，滿座甚至苛罰不堪，争拳罵酒，若一個酷烈有司官審究重獄，何趣之有？迫人嘔吐而已。

毋濫觴

今日飲，明日飲，不得醉之樂，復無醒之趣，廢時失事，釀病勞神，可畏哉！茗酊而止，散步涼天則佳矣！

毋劇勞童僕

小人原無才，稍稍質朴供得呼唤則已矣。彼所賴我者，飽食煖衣，此外無他求，便算得末世一個好蒼頭。但須御之有法，固不可使之逸，亦不可使之勞。若劇勞，則一事而數行，未歇而復起，無風寒暑雨之分，無歲時伏臘之别。間有不如意事，又從而箠楚之，詈罵之，令彼心灰意懶、瓦解冰消矣。或爲盜賊害我，或餙詭詐欺我，釀禍非淺鮮也。陶靖節云：彼亦人子也，幸善視之。深有味于斯言。

毋流買鬟婢

女而爲婢，真窮民之無告者也。男子不值錢，出處都易，去留亦快。女子則誰家肯爲婚配，且伺女主猶百樣艱難，稍不嬉惰即當留配良奴。若家既有僕媳，及笄之時亦當婚配而去，雖聘禮不償所直，何妨少得數金，成彼一生？夫婦買而賣，賣復買，則不知流落多少人手也。止知厚利，甚至買爲娼妓者皆有。戒之哉！戒之哉！

毋呼前輩名字

前輩，前吾輩與父兄同輩者也。子弟呼父兄字名邪？不呼父兄名字。則與吾父兄同輩者，列之敬長上，正自知禮也。

毋談人閨門

與朋友會集，欲拈話頭，信手皆是，何必苦死攙及別人家帳薄裏？談之既久，未免造捏，未免支亂，有道者不爲。稍失口則舌當受錐。

毋長齋

凡事偶爾爲之有趣。適無雞豬魚蒜，間入村舍山庵，或一兩餐，原無不可。使作意爲之，限年限月，說佛號、講功德，癡矣！食菜酷于食肉。

毋羅列宴客

末世人福少德薄，步步宜惜。至于宴客，最善虛縻，尤當減省。使堆疊滿前，是以口腹待人，以厨傳自處，敗雅道矣，傷物力矣！吾寧從其簡者，非鄙嗇也，爲可繼也，爲安全也。

毋與朋友狎戲

元次山戲亦有規，悔戲于童子，况朋友乎？古人千百機鋒，髡舌朔口，取一時之尖爽可笑而已。狎則傷，傷則殘，殘則無忍，無忍則絶交，何苦何苦！

毋多蓄妾

大凡婢妾輩極能瑣屑詛罵，極能奪寵争强，一室之内，吴越秦楚，刺刺不休。及生男養女之後，聲氣愈差，性情益别，異日占産業、分門第，則諸母固已傷殘，而兄弟終相悖戾，身後聲名復何可聞？

願學詩[一]

嗚呼！事變至今，每念昔人教走之語，愴然懷中，尚能爲閒行緩步于邯鄲故道耶？書劍無成矣，去而作萬人之敵，予媿未能也。無已，則求爲一了百訖之計，向天公乞假，庶逸我以死乎？予媿未能也。無已，則給以半死之身，盲之、聾之、啞之，雖曰不死，而猶幾于死者之所爲乎？予媿未能也。無已，則憑此現在未死之身，置我朝市則奴可、乞可，置我村野則掏糞可、織屨可。既不得死，尚自努力可乎？予皆媿未能也。無已，則惟有曼聲哀唱，作田氏門人，身雖未死而豫辦死時齎糧，以消此欲哭不能、欲泣不可之歲月可也。然予終媿未能也。

學死

死即人之大寐，寐即人之小死。假寐即人之試死，而又魂我還者。人世笑啼總是一口悲喜，恒歸兩眉。生而樂者亦一死矣，况我生不樂者乎？向子平讀《易》至『損益』卦，喟然有所會心，爲子婚娶畢，敕家事斷去云：『當如我已死。』遂作長遊，終其身不知所之。

置我空山中，破茅一間止。兩扇苦竹籬，風吹半欹倚。隔溪啼古猿，虎饑舌自舐。老狐戴粉髏，

[一]《吾炙集》録此組詩中《學死》《學爲奴》《學織履》三首，無序，題作『讀周茂山雜學詩有感和之』。

叉手習拜起。月暗窺我門，嘻笑露其齒。腥寒漸迫人，吹燈彈窗紙。此際身兀然，由我心先死。學死先死心，未死死同理。

學盲

目即吾人之損友也。凡我一身皆喜逸，而此君獨好勞，心情受其愚弄，百勾百攝，頓起頓生。犍爲任永、馮[一]信，公孫述徵命，二人詐盲而潛，動止恰如無所見。及述伏誅，拭目告人曰：『世適清，吾目適明。』

悟道與養生，真訣在閉目。眼爲導淫具，垂絲釣百慾。苟能掩雙扃，紛紛莫投足。達人悟此理，在衆猶處獨。泯然不計輸與贏，吾自着吾純黑局。

學聾

耳門兩扇，有開無塞，是非之郵，懊惱之孽。身有幾許大，容此一官耶？柳玄達每出返家，人詢所聞，曰：『無，縱聞亦不解。』[二]

素厭朝市談，抱頭入深竹。呼取桑苧翁，夜村就之宿。抵足話羲農，夢聽松謖謖。近來里語更

[一] 馮，原作『逢』，據《華陽國志》改。
[二] 此典應出自柳玄達之子柳遠。見《北史》卷四五『列傳第三十三·柳玄達』。

譊譊，掩耳疾走猶相逐。欲避醉睡二鄉中，[二]兼恐酒醒眠不熟。何如永斷此聞根，省得欲笑又欲哭？

學啞

吃飯、飲酒，上下唇無恙。讀書、罵人不如舌根禿、齒根斷。仲長子光捐室廬、絶妻子，守令求見，先生以瘖疾辭，不交一語。有請道者，劍尾畫『莊老』二字于地示之。鐘鼓不能默，只自招撞擊。人生獨何爲？亦復離斯戚。區區蘇先生，猶自懷惕惕。言吐則衝人，茹之又自逆。較量茹吐間，常若臨大敵。何如兩不事，守吾一味寂。但恐當衆喧，時或漏聲息。須邀瘖子光，結廬同面壁。奉此無言師，共溯寥天一。

學爲奴

無涵養、少學術，其欲爲奴也難矣。骨頭極不識好惡，放逸一步，益覺生病作疾。以憂苦我，我當計較之，勿使一日便宜。甚至爲亂世乞身，亦能潛晦以自全。季布嘗髡高祖，高祖得天下，購之急。布髡鉗自賣爲朱家奴，朱告于高祖，赦而用之。

[二]『紅鈔本』此句作『欲避醉鄉與睡鄉』。

骨相非王侯，賤役敢無執。安養恐負天，庶以勞自習。試疏小條例，課此閒指十。屋頂舊茅亂，防秋須務葺。敗竹猶帶箕，縛帚日可給。荒園三畝寬，腹飯足當入。耘佃百藥苗，乳之以水汁。甕綆常在抱，日日不停汲。巡行視圃畦，土花鬆且濕。兼有細碎工，忙縫亦收拾。匏蔓牽作棚，麥稾編爲笠。以受日月凉，以避風雨急。三頓能如是，許嚥盤中粒。天翁賢主人，笞朴不我及。

學乞食

食可以乞得者，何所爲而不急爲之也。隨餐可給，終世不餓，豐歉總滿一盂，數聲招來醉飽。襄陽羅它仁好學、嗜酒，每行乞于醟署罏肆，不以爲羞。桓温責之曰：『何以不就身求迺如此？』羅傲然曰：『就公乞食，今乃可得，明日已復無。』真名士風流佯狂玩世者也。

佛子[一]善隨緣，托鉢資法施。浪跡雜人天，大地供遊戲。下士常苦拘，强自名爲儒。空腸但貯饑，途窮不敢呼。我耽酒肉樂，無便從人索。或麾予使退，予輒應曰諾。所恨淵明兒，先予作好詩。翛然黄鶴樓，何時槌碎之？

[一] 佛子，『紅鈔本』作『仙人』。

學擔糞

世間惟擔糞是不朽事業，是絶大伎倆。有力不勞，一味死煞遊戲，何異犬豕？吾將溺衣冠，學擔糞。歲月之餘，長歌大嘯，作窮村古民。林和靖云：『吾生平第不會擔糞與彈碁。』孤山結廬，得非樂窮農、躬耒耜者乎？重其事，願學而未能耳。

天地生兩肩，閒閒竟何用？牽車服鋤犁，牛馬能負重。馬德與牛功，執筆皆可頌。人力逐牛馬，念之得無痛？最下若疲驢，溲渤長齎送。我欲倣所爲，四體習勤動。寄言潔先生，莫笑非清供。當思海畔人，逐臭尚猶衆。

學織屨

跣則囚形，屨乃農制。朱履赤舄，非予骨相，弗敢願也。經草緯麻，不待截趾以適；宫中自取，且無踊貴之憂。朱桃椎浮沈人間，披裘帶索，織芒屩置路傍，見者知朱處士屩，負米置屩處易之以去。兩人終不相見，是則便已適人，皆古隱者之心也。

野性愛山行，出入煩二丈。在下爲芒屩，在上爲藤杖。濟予于險中，功高而不賞。報之以躬親，不污俗指掌。選竹自製筇，編麻自刺紡。扶予若至老，着子當幾量[一]。會從蘇雲卿，問之乞遺樣。

[一] 量，《吾炙集》、『趙藏本』作『兩』。

學挽歌

挽歌，哀死人也。人死矣，何足哀？凡人生時可哀之事常多，死之日則當將吊更賀。故吾唱于未死之先，自哀而自笑也。若待人挽予于既死之後，是勞它人口舌，仍塞我鼻耳。袁山松出遊，喜令左右唱挽歌，時人謂袁乃道上行殯者。

人既[一]死矣寧有聞？薤歌蒿曲徒紛紛。亂茅束縛亦須去，挽郎十百空爲群。我試閒堂酒坐側，夜深燭短月微黑。殷勤唱作渭城聲，誰人不帶別離色。嗚呼！寒食重九時，滿城絲雨風間之[二]。閉門身似坐墟墓，長歌當哭知未知？

[一]『紅鈔本』前六句均爲五言，每句比『内閣藏本』少兩個字，作『死矣寧有聞？薤曲徒紛紛。束縛亦須去，十百定爲群。閒堂酒坐側，夜深月微黑』。

[二]『紅鈔本』此句作『滿城寒雨吹絲絲』。

青鬟怨

吾友魏里夏雪子嘗作《青樓怨》詩，自謂宫闈二怨，古多文客操鉛，而青樓之怨未有及者，特爲一一譜出，欲得如小小、盼盼其人低眉而讀。嗚呼！天下釵裙流落傷心，豈獨青樓？夫不有投身媚主，擁髻凄凉，即鄭家慧解稱詩，尚且辱于泥内；石宅智能辨客，猶然守在厠間。況下此而傖父狂奴，其爲鎖燕囚鶯，何可勝道？予冬心寥落，枯坐匡床，聊以半面笑啼，代諸女鬟歌嘯。因憶昌符婢僕行卷，一時誦傳，徒以觸口刺譏，皆中其病。夫零香碎玉不解慰存，但取尖舌利牙，深文巧詆。李公如在，吾將短其盛德。故余詩内，諸凡米鹽細碎事近鄙猥者，一皆略而不述。非有所遺，意在爲諸鬟愛醜焉爾。閩越附訊，時有詩筒，余欲手録一通寄吾雪子，使之剪燈並讀，試看兩家青衫之淚，誰爲較多也？甲申臘殘，坐箬繭中識。

其一

大地雛鴉共一籠，倩誰脩表訴天公？零香飄墜偏塵溷，浪主人間廿四風。

其二

官人屢約抱裯衾，禁忌旁人負到今。今夜偶然無管束，又逢鳥道有霞侵。

其三

購方浪説費千金，不見桃花結片陰。何事于奴祇草草，半腰裙帶已沈沈。

其四

阿娘爲愛髮如鴉，遣往東街賣髢家。惹得狂奴忘論價，故將閒話漫交加。

其五

如何孟浪赴歡娱？只博于今育子劬。娩得雄來人抱去，却教奴去哺它雛。

其六

是誰輕薄少年徒，創説人間清婢無。巷遇便將環珥擲，怪來白日見金夫。

其七

郎君夜飲未歸來，濾水燒茶火幾煨。正欲垂帷偷睡睡，敲門忽報醉中回。

其八

爲看鼇山傍姐娘，倏來衫袖逐釵行。無端貪踏三橋月，弄得燈殘兩足忙。

其九

自笑從來好事無，命偏推我不宜夫。昨宵花燭青鬟者，記得前年已許奴。

其十

偶然隨嫁入鴛幃，燈夢花情事事非。寄語雙鬟諸妹妹，從今好莫伴于歸。

其十一

美士檀娘錦帳前，新聲碎語細如烟。雖然未得分明聽，總惹恓惶不肯眠。

其十二

園院春陰杏子天，訂將偷去弄鞦韆。突來老媪多生事，喚入簾櫳捧繡纏。

其十三

一搦尖鞋一剪腰，自憐也道美難描。少年輕薄争嘲戲，奪去胸前一尺綃。

其十四

半月香梳掠鬢旁，步來絲縷亂衣裳。鄰翁醜婦何因妬，道是花妖院裏粧。

其十五

女娘意氣亦相依，結拜原期兩不違。無故閒言傷姊妹，致今蹤跡往來稀。

其十六

阿孃睡穩冷銀缸，約赴歡期月上窗。輕步乍移人影静，不期花外吠尨雙。

其十七

有客于思半白蒼，徑來宅上看偏房。私心恨不嫌奴去，饞眼何勞上下忙。

其十八

好笑而公老不脩，强爲解事學風流。吞來秘藥全無效，猶自歪纏未肯休。

其十九

靠晚書堂掌上燈，苦遭善泥腐先生。都忘主母催儂急，酸話蟬聯不放行。

其二十

中酒呼儂快作羹，銀刀雪白切魚生。主翁病渴嘗無味，錯怪奴奴製欠精。

其廿一

奴自前行後擁趨，成群牙鴇逐青蚨。天街得得低頭去，似背龍眠鬼母圖。

其廿二

初來舉止自生疏，家法知如舊主無。落得群丫矜老鍊，壁邊耳語笑奴奴。

其廿三

深深墻弄暗無風，郎卜歡場向此中。突出見人心自怯，負虛無那面通紅。

其廿四

壁車時過老尼庵，曲巷城限路未諳。趕趁輿夫雙鬟亂，沿途墮却小珠簪。

其廿五

因伊勾引動芳春，日換相思刻刻新。長夜綺窗簾外宿，最驚夢裏喚同人。

其廿六

娘限工夫織水羅，郎偏何意借奴梭。無心遞與輕輕看，便道妖鬟賣弄多。

其廿七

小郎十五性乖聰，挑弄也來學迺翁。已囑口頭休薄倖，如何齋内又聞風？

其廿八

入門暫喚新來者，猶待官人乞與名。自笑年年名屢換，小蠻樊素又流鶯。

其廿九

春宵貪卧正驚遲，忽聽閨中喚畫眉。十譜遠山描未慣，淡嫌清瘦闊嫌肥。

其三十

請客何爲不擇人？埋頭絮飲吐污茵。酣徒那管連宵倦，月落猶聞喚酒頻。

其三十一

女客閒招會果茶，微聞談及小奴家。雙腮湧起桃花笑，近日丰神似破瓜。

其三十二

纍前司籥老蒼頭，禿鬢粗眉又結喉。阿母竟將奴許與，合房還說即今秋。

其三十三

使公風雅效陶家，詩渴思煎雪水茶。半夜紙窗聞淅瀝，起來承取冷敲牙。

其三十四

無雙原是那郎妻，孟浪旁人祇自迷。昨日堂前觀演劇，采蘋末段使人啼。

其三十五

素足新纏學小蠻，忍堪楚痛步來艱。簾前正點奴名字，令傍花輿聽往還。

其三十六

憶曾承得主家恩，淺碧裙新月一痕。今日後來應上處，退爲房老更何言。

其三十七

賣珠還去月微陰，膽怯常虞暴客侵。濫醉攲巾狂妄漢，攔街唱揖故深深。

其三十八

郎君才似馬相如，内史命爲女展書。賦藁詩箋都管領，時驚篋有蝕文魚。

其三十九

東門春日女如雲，爆竹迎牛楮鏹焚。若箇笑乘人側塞，暗中勾破茜羅裙。

其四十

命薄還期嫁好夫，無端流落到西吴。伴將客子江舟夜，抱得琵琶唱鷓鴣。

其四十一

兒身分作檻中麑，更有何心傍母啼。昨日偶然來探望，惹人厭賤不堪提。

其四十二

偷閒暫去看儂娘，自是兒家子職常。道遇小鬟歸弄舌，胡猜别事費關防。

其四十三

爹們準備贖蛾眉，消息傳來有幾時。想爲虚花金又盡，不然何事竟愆期。

其四十四

情郎香帕暗中投，半幅雙行墨跡留。字法向來慚未熟，欲從人問却還羞。

其四十五

家中小妹整香奩，擬繡雙鴛送與添。癡長自憐猶滯貨，開箱取線又慵拈。

其四十六

花間客至問壺觴，竹外奴司瀹茗湯。底事更闌争説鬼，坑人月黑怯歸房。

其四十七

風雪漫天尚忍寒，出門偏愛着衣單。滿身銀粟從它起，只畏癡肥不好看。

其四十八

半臂新裁襯薄衫，摺來袖口露摻摻。天風抵死吹浮漲，夾路人言似放帆。

其四十九

小雨春來潤一街，街中泥爛半埋鞵。女童入學徒頑戲，枉累朝朝背到齋。

其五十

擬逐春風過短垣，意中人肯作崑崙。阿誰漏與東君道，管束加嚴不敢奔。

其五十一

春色煎人思有加，烘烘兩頰潑朝霞。病中漫説難湯水，猶令窑瓶汲井花。

其五十二

昨失定風金小貓，主人心性又咆哮。同袍細覓誰憐我，脱珥潛過拜六爻。

其五十三

郎腰化作女家砧，十指懸椎搗夜深。隻臂爲伊酸墮甚，最勞人處是天陰。

其五十四

早起揉花飯鷓鴣，驚飛爪缺汝窑罏。多蒙翁老無言説，自覺粧村敗興奴。

其五十五

紫蟹微生半帶糟，擘來紅膩漲匡膏。霜深指冷裝盤飣，只向筵間饜老饕。

其五十六

郎裁衫子是吴綾，壓疊空箱第幾層。倉卒堂前需索急，道奴近日手親承。

其五十七

貪凉睡去户忘扃，倦壓纏眠未得醒。夢覺自驚絃索緩，不知誰解護花鈴。

其五十八

長街踏去怕歸遲，履係無情故故離。逐步低頭忙綰結，想應笑殺路傍見。[一]

其六十

四月陰陰梅雨微，薰籠香氣煖周圍。無因鑪内多添炭，烘破儂郎半幅衣。

其六十一

低斜竹徑僅容身，命蹇偏偏遇惡賓。笑笑挨肩伸鬼手，强來捉臂冷侵人。

其六十二

雀唤窗開卵色天，下床隨步入廚前。自慚不及園中柳，贏得春深日幾眠。

[一]『内閣藏本』原書『其五十八』詩後空三欄，無『其五十九』。

其六十三

娘行勤儉學當家，夜半猶教弄紡車。絣緊未傳龜手藥，指尖欲墮袖難叉。

其六十四

琵琶唱命老盲婆，經訣諧成一曲歌。暗把流年憑點算，紅鸞欲動計星磨。

其六十五

後園樹底小青梅，摘下含酸啖數枚。誰道少年牙齒毒，笑奴花信已蓓蕾。

其六十六

艸艸鞋成線脚斜，雖無精巧亦云嘉。不知若箇丫鬟妬，偷折雙鴛半面花。

其六十七

儂來執役已多年，今旦勞勞稍息肩。理合慨然還質劑，盤餮猶自細論錢。

其六十八

春晴拂艸過林亭，滿架紅花笑鬢青。折取一枝關底事，喃喃叨絮老園丁。

其六十九

婦姑詬誶亦尋常，洩忿何須小婢當。暗忖株連將及我，果然移禍向枯桑。

其七十

藏歲無非索厚貲，可憐儂負及春時。正因善價須年少，念二還教髮覆眉。

其七十一

胸前兩聳不因伊，聞道纍纍自有期。但恨春初才荳蔻，忽然墳起使人疑。

其七十二

小娃弄巧學修容，染爪揉花故取濃。纖指傷來緣底事，鳳仙昨夜月中春。

其七十三

頂禮修持大士齋，仗將佛力報親懷。閒人不解區區意，猜道佳期乞早諧。

米友堂詩集（傳稿本）

五言近體

孫獻吉病中口訊

莫謂支床苦，如君一病難。瓶花香路寂，藥柏杵聲寒。[一]世事真無爲，人情不忍看。閉門荒徑止，猶得置身安。

秋深宿甘上卿池館

多時不到此，樓館半依違。野沼秋荷健，霜園葉菜肥。驚看容貌異，相述少年非。且醉樽中酒，前山月滿扉。

[一] 旁批：唐人麗句，何減『手香丸藥後，心定理琴餘』。

板橋道中

何處鷓鴣聲，千峰路不平。筍輿隨嶺曲，竹杖傍雲行。野日荒村寺，江潮打縣城。遠看燈火動，知近酒家明。

送懶道人雲游

何處覓丹砂，遥看未有涯。水雲原是幻，□□□□□[一]。破衲堆肩重，棕團挂杖斜。前頭消息好，頻寄一箋霞。

又

出郭西禪路，閒閒來往頻。鬢眉孤客夢，風雨萬山人。[二]晚磬歸馴鶴，晴階晒藥塵。不堪今日別，珍重認前身。

[一]『傳稿本』中此句處被整齊裁去。
[二] 旁批：好句。

陶瓶看紫菜花

每至二三月，畦邊能亂開。不勞風雨好，亦有蝶蜂來。[一]野色分桃李，微香散草萊。山僧昨有信，爲問覓新栽。

初晴小步河岸

小步西河岸，人家古樹前。山光低在柳，[二]水氣薄于烟。隨意投荒寺，□□□□天。歸來昏鳥寂，木榻一燈懸。

山行聞女僧誦經隨喜禮佛

尼寺藏山静，沿山信古筇。經聲花影出，香霧畫簾重。[三]敲字依僧繹，拈絲繡佛容。遥瞻皈禮後，殘照在孤松。

[一] 旁批：覓□蘭，避風諱雨，種種多事，世間享□福人，皆菜花也。
[二] 旁批：看來若不經意，不知幾推敲始得。
[三] 旁批：唐人送妓女、宫人爲女道士詩，無此娬媚。

春日園居雜興

三春多半雨，今日乍能晴。攜酒就明月，移花送友生。樹根通井古，山色對池清。窗外蕭蕭路，無心獨自行。

又

亂竹穿鳥徑，頹茆我獨堪。詩成招友看，酒病覓僧談。[一]風□偶成浪，園林亦有嵐。但期多暇日，游賞不妨貪。

苦雨

積雨將成月，柴門半是苔。江魚隨漲上，山筍及秋開。木末雲歸重，花間蜂凍回。唯拈松柏葉，燒火活寒灰。

[一] 旁批：習氣。

自題茆舍

籬外數雞犬，居然處士家。作書多乞酒，不渴亦烹茶[一]。喚僕商移樹，同僧去灌花。[二]殘書堆數卷，看到夕陽斜。

又

擇此東南地，千竿存一亭。刳泉開濾白，舊茗試回青[三]。佛面長依聚，琴言只自聽。閒來書數遍，屏几有箴銘。

訊陳仲桓病叟

正畏塵紛惡，寒居寧寂寥。藤花綴酒釀，柏子雜香燒。插竹驚山鳥，圍茅築土寮。[四]期君精力健，先過問芭蕉。

[一] 旁批：又習氣矣。

[二] 旁批：二句雖不合掌，却有合掌之態。不拘上下，換一句便妙。

[三] 旁批：介壽數用『回青』字，似説磁碗，然畢竟是歇後語。

[四] 旁批：『茅』『寮』紐。

雨中出東郊

寒食出郊東，人家細雨中。社莊□曲禮，農圃見豳風。[一]港水緑平岸，桃花紅似虹。[二]插秧停午後，處處唱聲同。

獨坐

勿謂小園陋，村花開滿塍。眼看山歷歷，手植樹層層。减食分遊雀[三]，拈香供定僧[四]。更深息殘燭，明月上枯藤。

過百花庵贈一鶴道者

朝來梳洗懶，緩步繞長廊。蜂翅連花墜，鶯聲擲柳忙。脩琴招道叟，寄鶴入山莊。可見塵寰里，唯君别一鄉。

［一］旁批：即『禮失求之野』意，此時用之，多少悽惋。
［二］旁批：『紅』『虹』犯之與紐，雖老生常談，亦當避之。
［三］旁批：慈。
［四］旁批：静。

暮春齋居

藥欄開近水，泥濕燕巢高。拂畫懸青嶂，翻書掃白毛。[一]竹籠薰笋脯，紗網蓋櫻桃。[二]有客烹新茗，聲聲來夜濤。

山僧寄茶

嫩葉如蘭蕙，開函先已知。香堪分笋蕨，青可照鬚眉。剪摘全依譜，風霜盡得時。山僧親手寄，珍重在春期。

同黄愚長陳劭眴星彦家緝如登清凉山

夕陽歸古寺，萬象尚餘光。獨步翠微上，遠觀天水長。竹根寒草秀，松影落花香。醉話興亡局，西風聲倍凉。[三]

[一] 旁批：『白毛』字新得，不妨。

[二] 旁批：網蓋櫻桃，自無人用。

[三] 眉批：此等句在介壽及未必喜，予以爲此介壽真境也。凡予所知者皆介壽借境耳。世人但賞介壽借境詩，真不知介壽者。

與黄愚長宿清凉寺

静始得山意，千聲歸一聲。依稀今夜話，仿佛昔年情。迢遞誌寒暑，蹉跎訊友生。語侵微露下，山月過墻明。

烏龍潭訪丁菡生[一]

地卜一隅遠，相過客自留。柴門新蘚静，茆宅古人幽。密竹潜移夏，殘荷勤補[二]秋。尚餘諼半[三]畝，未見可忘憂。

又

獨步偶來訪，白雲入古廳。波中醒酒石，柳外醉翁亭。夕照千林冥，秋峰四面青。忘言相對久，落雁滿疏汀。

[一] 何創時書法藝術基金會藏許友《墨竹雜詩卷》題作『入烏龍潭訪丁菡生』。『傳稿本』原詩有多字脱落，據此詩卷補。
[二] 旁批：擬易『亂』字。
[三] 半，何創時書法藝術基金會藏許友《墨竹雜詩卷》作『數』。

菡生藏書甚富余欲寄居茆屋[一]

世亂無乾土[二]，爲尋汀畔鷗。龍藏潭水悦，蠹盡古書幽。[三]老眼售三家，空身寄一丘。看君研北語，歲月不輕求。

又

茫茫數里水，此地最宜舟。人似蘆中士，山如水面鷗。藏書今古合，栽樹晦明秋。來歲應移屋，割君潭上丘。

雨後同碧公出山門拾石子

亦具米顛癖，知余有老僧。盆中秋水剪，袖裹瘦雲凝。木末偶獨到，雨花時共登。他年閒拾得，再寄一溪藤。

[一] 何創時書法藝術基金會藏許友《墨竹雜詩卷》題作『菡生藏書甚富訂余寄居茅屋』。

[二] 『傳稿本』此句有割削，據何創時書法藝術基金會藏許友《墨竹雜詩卷》補。

[三] 旁批：丁子刻日月圖于座右。又眉批：潭上詩正夥，出隱無過于菡生，此二語可爲亭中佳聯。

病後窺鏡

拭鏡朝來見，絲絲數髪新。規模期後輩，著述負前人。畏客問年歲，[一]喜人談鬼神。幸存花月興，多病亦相親。□味欺青李，幽芳并緑蘋。冰盤茆屋下，真可避紅塵。

作家書

共道冬能返，于今又過春。多方安僕念，餙説慰家人。酒力薄難恃，客憂繹覺新。須知風雪裏，自是夙生因。

又

亦似漁郎至，紛紛問歲華。多言詢海國，數字及桑蔴。酒盡喜無夢，春深倍憶家。□□□□□，□□□□□。

[一] 旁批：皆坐太盡之累。

喜叔舉移居近白雲

……□經依夜月，作字近秋燈。白下諸峰勝，閑來日日登。

舟中答笠老人來韻

一水晨昏集，數舟共此河。詩文頻教誨，風雪亦相過。岸酒醉猶淺，剪燈談更多。秋冬懷若此，唯有聽漁歌。

又

秋水數曲折，小舟或後先。荒村黄酒熟，深葦白魚鮮。沙上棗梨賈，日邊來往船。北方風景異，停棹欲留連。

舟中[一]

及到扁舟去，方知作客閒。一身忘歲月，盡日是溪山。詩詠白雲裏，酒醒秋水還。人家蘆葦上，

[一]《清詩紀事》引李家瑞《停雲閣詩話》録此詩，題爲《作客》，且第五、八句有二字不同：「詠」作「就」，「共」作「晚」。

共泊夕陽灣。

贈潄石上人和百安老人韻

一謝山雲出，知君竟遠行。笑看人事異，不但爲鍾情。天地心中古，山川眼底平。[一]維舟溪語寂，茶話欲頻更。

又

已識法無法，廣長舌不饒。誨□常慧長，見爾失人驕。[二]白社雖能在，支公安可招？漫天十丈雪，清磬數聲消。

過釋心持泡庵

生天靈運後，慧業在文人。屋補青山舊，名埋白髮新。禪心江上月[三]，幻夢眼中塵。一任浮

[一] 旁批：每好以此作對，手滑之故。
[二] 旁批：見道目則添人驕矣。
[三] 旁批：前人説過。

生巧，逢君敢不真。[一]

又

不似□蹊徑，居然老大家。半庵唯古佛，四面是梅花。净業人難見，潛來已不差。更云來歲暇，共我種秋茶。[二]

心持過訪小堂

紫藤花下屋，人影寂于村。藥果依經卷，茶罏壓酒尊。佛原皆弟子，僧欲別宗門。[三]何似吾無隱，相看不事言。

臘月二十夜小飲 得蒿字。

小集□□蒿，茶聲分夜濤。黄柑香嫩雪，紫蟹醉微糟。四壁霜能入，三更月漸高。平原猶可訂，莫謂唱酬勞。

[一] 旁批：是對持公實話，持公云，異于中僧者只是一真。
[二] 旁批：習氣。
[三] 旁批：時臨曹洞紛紛聚訟，故介壽爲此言。

贈黄俞郃秀才

久耳吾黄子，遥瞻神氣豪。讀書經業長，論史眼胸高。海水剪秋碧，江雲增夜濤。[一]行看三策好，車馬出蓬蒿。

又

喜汝移居好，薰風生竹門。友朋連雨月，菽水近晨昏。酒氣郫深夜，書聲接短垣。桐花三數樹，何必異中軒。

又

築土偶名屋，空齋常閉門。微吟行静晝，薄醉過黄昏。累日念鄉井，經旬懶出垣。階前有明月，終不似中軒。

[一] 旁批：唯俞郃不愧此語。

涂子是病起携紅白牡丹一瓶見過草堂

感君病後至，馬首載香塵。草屋初歸夏，窑瓶尚有春。宫霞堆面突，玉雪叠樓新。步幛應如是，相過莫恨頻。

又

春去客猶在，此心能不哀？人從病後至，[一]花在手中開。歲月還天地，山川夢酒杯。蹉跎將壽補，三萬六千回。

葦屋夜雨

雨力欺茆屋，千聲歸一房。寒深花欲落，焰滯臘無光。僮僕争藤簟，圖書共竹床。始知明月下，動静不尋常。

[一] 旁批：此非介兄真境也，讀者宜知，莫爲介兄瞞過。

□……[一]

白下多居士，如君直上頭。眉開千載壘，心築百城□。日月筒間動，風霜字上浮。神仙原易事，恥向此中求。

九日龔芝麓總憲招登雨花臺晚集三十二芙蓉齋限重陽登高四字[二]

高臺當九日，秋色起重重。餘濕仍生草，初烟半裹松。文章還舊識，車笠已先逢。刻燭應歸賦，新聲試扣鐘。

[一] 原缺題。

[二] 許友《五言律詩草書立軸》録詩二首，題爲《九日龔芝麓招登雨花臺之二》，署名『閩中許友』，其一爲：『俯仰成今昔，乾坤事亦重。微風吹野壘，勁骨見孤松。藥草偶然拾，神仙不易逢。眼前諸寺古，最畏景陽鐘。』其二云：『若較登臨險，此身猶未高。友朋求瀋露，性命托香醪。石上觀滄海，天邊念羽毛。萸巵能度厄，沉醉立林皋。』龔鼎孳《定山堂詩集》卷一二有《重陽招諸子登雨花臺晚集小齋限韻四首》，參照來看，這三組詩詩題相似，體裁、用韻一致，應爲同時之作。

又

孤峰一以望，千雁落斜陽。遠水有新靄，秋聲無異鄉。[一]衣中雲冉冉，江上樹蒼蒼。細認清樽裏，萸香半雜霜。

又

阿誰能作賦，閒與大夫登。詩酒留吾輩，乾坤剩古陵。簾邊人伴菊，柳外影摇燈。勝事饒同集，星欄忽獨憑。

又

何必勤登涉，龍門亦自高。藏峰光秘篋，采菊釀新醪。月出開林影，雲歸帶雨毛。對君心似水，中坐若江皋。

[一] 旁批：玲瓏透秀，吾無間然。

贈沙彌

我見沙彌律，猶居耆宿前。威儀過五百，細行亦三千。梵字花間過，生臺竹外傳。遥看精進地，明月在清泉。

友人席上贈少年[一]

一入芙蓉徑，見君能遠神。楠檀爲小像，菡萏是前身。惠酒清于月，[二]秋花紅過春。歸時香尚在，珍重拂衣塵。

秋夜雨花臺步月

月出千林聚，微茫一逕通。鐘聲秋露濕，江路夜烟同。鳥夢寒歸寺，吴歌清落楓。蕭然心氣肅，懷古已無窮。

[一] 何創時書法藝術基金會藏許友《墨竹雜詩卷》題作『聽東浦席上贈安陵吴少年』，詩僅録前兩句。

[二] 旁批：不如竟用『明月』二字記。『流水今日，明月前身』二語，不知出于何古人。若上句易『明月』，則此『月』字或改『水』字，用『水』字貼『惠』。又眉批云：『此何人耶，當得此詩？』

雨後木末亭

雨餘山氣爽，草木净紛紜。兩眼歸青嶂，全身在白雲。[一]俯看林鳥出，醉認水天分。百歲多今日，與君矜落曛。

借宿古冲虚宫

□□□□□，□□□□□。[二]買藥尋樵叟，鈔方訊道人。正因愁甲子，漸學守庚申。夜静常持咒，深山動鬼神。

看花

却因時有雨，春去尚留寒。竹笋穿條密，蘋根漾水寬。[三]每懷茶色潤，不令酒盃乾。更恐花開盡，無人亦自看。

[一] 原批：可想此君胸次。

[二] 底本此聯被割削去。

[三] 旁批：下句尤勝。

寄孫君實

日月如流水，三春一瞬餘。謀生寧自拙，處世不妨疏。老至宜開道，時危難讀書。唯期與吾子，半畝荷雙鉏。

示掃葉沙彌 掃葉知書畫。

掃葉歸何事，霜乾秋已非。空階鋪欲重，隔樹落還遲。作意粘圖畫，偶然堪寄詩。雪深煨夜火，圍坐更相宜。

童子修蕉

存此疏疏葉，小園方是秋。枯黄難盡去，稚緑正當留。弄影月痕古，聞聲雨氣幽。[一]明年春水候，青翠過人頭。

[一] 眉批：誠吾蕉堂中佳聯。貼紙附言：蕉堂爲周亮工先生在邵武時所耳。東明記。

答楚中顧赤方

殘冬荒寺別，今復已三年。世事蹉跎去，人情霜雪邊。每懷先輩好，因重後生賢。[一]獨立遥相憶，惟堪夢寐傳。

深秋道山訪心持禪師

與客謀行藥，步來楓葉丹。墻頭過白酒，寺裏隱青巒。隔宿因明月，同床欲減寒。[二]是非不到處，鐘磬夢中安。

風雨同謝爾玄宿大業堂

不道先成客，相遲在白門。聽君别後語，是我意中存。[三]無事□[四]枝蔓，何人不感恩？乾坤原自厚，君子偶爲寬。

[一]『先輩』『後生』有劃線，旁注：皆僕所謂雙字也，十字四現，字且不可，况習用之字乎？
[二]旁批：晚唐人妙境。
[三]旁批：大業堂遂屬他人，爲之然動。
[四]此字蟲蝕不可辨。

鄭仲招同葉榮木陳發夫游黃庭觀瀑

知君能好事，引衆出荒原。野水争山路，閒花照寺門。瀑聲隨石换，峰勢割天痕。高曠應無盡，人間自夕昏。

又

躡屐青蒼上，遥看海外村。衆聲歸一瀑，亂石疊雲根。老樹危巢廢，先賢古字存。醉餘高卧處，身□□□□。

登古塔

古塔最高頂，偶登身自輕。僧歸烟影動，城度夕陽平。眼底水田净，衣中雲霧生。曠然見今昔，懷想有深情。

溪上隨喜尼菴

隔竹[一]緣溪上，皈依此念悲。花深梵語細，步怯磬聲遲。繡佛時添線，持瓶屢换枝。容余居士老，問疾亦[二]相宜。

積雨新霽姚書城明府過訪山齋和其來韻[三]

晝倦攤書起，花間青[四]綬過。新泉增碧潤，宿霧潤青蘿。酒歇人無着，詩成不欲歌。問余茆屋裏，烟水近如何？

又

新霽花間立，紛紛蜂蝶過。虚堂傾荔葉，墜石繫藤蘿。人已兼三雅，時因[五]續九歌。杯中有

[一]『傳稿本』此字脱落，據何創時書法藝術基金會藏許友《墨竹雜詩卷》補。
[二]亦，何創時書法藝術基金會藏許友《墨竹雜詩卷》作『每』。
[三]何創時書法藝術基金會藏許友《墨竹雜詩卷》題作『積雨新霽姚明府過訪山齋』。
[四]青，何創時書法藝術基金會藏許友《墨竹雜詩卷》作『墨』。
[五]因，何創時書法藝術基金會藏許友《墨竹雜詩卷》作『應』。

美酒，不問夜如何。

山齋即事再用前韻

海氣陰晴合，琴樽擁日過。虫書藏古葉，鳥夢出烟蘿。不盡掀髯嘯，聊爲散髮歌。天心知已醉，頻問亦如何。

柬陳克器陳發夫

長夜殊難旦，花痕記月過。龍菌蹲古石，蝌蚪[一]篆風蘿。宿鳥無心夢，階虫不定歌。前賢數斗酒，沉醉意如何？

銅陵道中

休涼生岸上，楓樹繫江船。村社神無語，山城吏有權。[二]數家雞犬聚，滿目柘桑連。淳樸長如此，原堪分一廛。

[一] 蝌蚪，『傳稿本』作『蝌蚪』，據何創時書法藝術基金會藏許友《墨竹雜詩卷》改。
[二] 旁批：李重妙語予，亦有住村，無小吏與此同。

吴城鎮謁張令公祠

水際聳高原，瞻依古廟門。匡廬靈氣接，吴楚澤聲存。蘋藻長馨薦，優伶不斷喧。往來人側塞，若箇不承恩。

憶家

離家經歲月，轉憶一迴腸。稚子驕梨栗，客身驚雪霜。夢中鄉路近，醉後旅魂荒。何似尋歸棹，柴門花樹香。

南浦驛阻風

浪跡侵炎暑，爲尋白下廬。停橈南浦上，正值北風初。榜子占雲脚，同人論日書。客懷因自遣，聊當負舟居。

報恩寺看番僧

乍來皈古塔，海霧尚蹁蹁。赤髪千針豎，碧瞳雙剪圓。側身依貝葉，趺坐受金錢。細細聽蠻語，依稀宣佛緣。

贈王鶴泉術士

道士有奇術，往來皆鬼神。令人啼笑異，使我見聞新。秋盡飛瓜枣，燈前出婦人。乾坤原是幻，何必欲論真。

客中口占

信存稚子喜，言愧老妻真。已識迂疏性，難爲俯仰人。溪山新事業，衣履舊風塵。破屋梅花在，栽蔬且過春。

豫章再別黄愚長内兄

今日依然別，江舟悔共行。危時心易感，握手語難明。古岸已無柳，夜猿漸有聲。低迴岐路畔，霜艸若爲情。

再別愚長舟分兩河行

忽爾成離索，依然皆遠行。一江分月色，兩地見灘聲。朔雪君宜慎，客魂我漸輕。莫愁多此別，天地亦鍾情。

再别愚長之章貢

計余到茆屋，黄子客星懸。風雅矜吾輩，公卿見大天。梅花異地發，歲事故鄉連。不少蘇司業，人人送酒錢。

章江岸上小憩[一]

又易一江路，水聲聽漸呶。蘆花分鷺立，沙艸亂鷗交。茆屋垂餘果，霜棚尚有匏。村安人跡少，樹樹見禽巢。

夜泊温家浚懷中軒諸子

何事長飄泊，天涯與水涯。客中常見月，夢裏但還家。[二]江笛過寒水，山光歸落霞。諸君兄弟好，先我看梅花。

[一] 此詩亦見于日本京都國立博物館所藏許友草書扇面，首句的『江』作『溪』字。扇面先書詩句，再寫詩題，末落款『公衍辭兄。友眉』。

[二] 旁批：『常』字、『但』字不貼。

憶故園

古巷少人過，柴門閉晏如。是非鄰不到，花竹自清虚。觸口偶成誦，夢中常看書。園頭有蔬笋，何事□樵漁。

江舟即事兼懷孔皜庵督學

□□如落葉，日日水云□。蓄酒因難寐，鈔方爲救人。晝問無敘卧，江煖有散春。何似梅花下，相過□□□。

悔出

不是偏枯寂，吾真在艸廬。病頑輕藥性，神薄授方書。[一]嗜欲志全減，優游意有餘。遥看雲水外，双鶴立江墟。

[一] 旁批：更勝『婢能識藥草，犬不吠醫人』。

潯陽夜泊

晚泊潯陽口，此心未有涯。客舟分岸渚，鷗鷺共蘆花。斗酒興猶在，古心人已遐。如何今夜月，不見舊琵琶。

舟中示榜人

酒氣終難恃，苦懷若頌寬。榜人閒過客，老僕静忘言。夜夢既無□，旅愁如有根。畏看烟水上，窺我數峰尊[一]。

舟中懷故鄉同志

舟中無一事，静極亦難過。倚檻看魚栅，開窗畫蔦蘿。論程惟覓遠，計日似無多。憶昔梅花候，此時同浩歌。

[一] 旁批：『尊』字每不穩。

長至前晨夕南風有感

□□爲浪出，□道客途苛。舟子遥相語，賈人閒唱歌。霜期無定序，風信竟多訛。薄酒偶然醉，夜深終奈何。

金谿道中懷陳開仲徐存永

獨悔偶爲客，此身難自繇。廬峰潛入暑，白下忽經秋。貧病亦同志，讒譏每共憂。多君師友好，長侍故園遊。

長至夜舟中絶糧與陳星彦

市米荒村遠，客腸啇忍饑。舟寒眠不熱，江静月歸遲。夜永惟今夕，晝長明日期。此懷因自笑，相約互題詩。

溪乾舟滯早泊志感

夕野依野岸，遠岫集雲時。稚子争樵渡，釣翁垂竹枝。心徒異地急，舟較上灘遲。最苦連宵霧，溪聲日漸低。

溪霧曉起有懷心持禪兄

數樹清霜染，岸頭恒有聲。被侵江霧濕，窗破夜風鳴。不寐畏窺月，分方細認星。始知君自得，山水定無生。

陳効昫訂余同居白下走筆問訊

榮辱不相親，蕭然一野人。鞋輕山筍籜，頭暖木棉巾。愛醉常增病，貪閒未减貧。幸君能似我，真可作居鄰。

寄懷黄以齋

再晤難如此，方慚昔别輕。爲貧常廢禮，因别却多情。[一]道險書難定，夜寒夢屢更。披衣開户起，随月上階行。

[一] 旁批：與老杜『久客惜人情』同妙，有無穹低徊在言外。情必至因别而多，難乎其爲情矣。

喜心持移居安蔬

性真當獨住，杖屨此中求。閉户花成圃，開簾山滿樓。已知堪避夏，遥想必宜秋。我亦能相過，頻分半榻幽。［一］

秋日林茂之過集寓樓時余將歸閩用其來韻賦别仝曾子民陳劾呐陳星彦黄俞邰林巽學家緝如

小樓秋色裏，孤静四窗虚。濁酒消閒晝，名言慰索居。身猶連白下，夢不離匡廬。興盡應歸去，吴江一棹初。

又

□□倚樓望，千峰歸夕陽。曠觀皆異地，小集盡同鄉。酒釀竹間緑，蜂分花上黄。旅懷聊且醉，莫令此心傷。

［一］　旁批：曰避夏則必宜秋矣，不必重説。且夏、秋二字對得太顯，欲改『夏』字爲『客』字或『世』字，可否？

招陸違之陳昌箕陳開仲徐存永涂子視謝爾玄家天玉小齋看梅適櫪公至[一]

承君真率甚，雞黍過柴門。木葉落將盡，梅花開正繁。人期存古義，道重在忘言。更喜前山月，黄昏到酒尊。

又

先生真好士，獵飲竟能先。村酒亦成醉，園蔬不費錢。[二]虚堂明夜雪，寮樹宿深烟。莫畏□□集，看花又一年。

别王長子還家

小艇静無塵，鶯花三月春。但經離亂日，同是雪霜身。一劍冰稜老，半囊秋水貧。到家殘夢裏[三]，反似異鄉人。

[一] 眉箋：櫟園，人稱櫪下先生。東明記。
[二] 旁批：忽忽數年，讀此覺良會猶在目前。
[三] 旁批：遂爲長子之讖。

過廢橋

蕩漾衆山晴，溪分澗水争。碑殘官路斷，瓦落野陂横。縣令鐫文字，鄉人列姓名。沙頭群待渡，懷想昔年情。［一］

寄家書

自惜何多事，出門便寄書。田荒徭役重，性懶計謀疏。舊卷常開帙，新篁好護鋤。更憐稚子小，日月負居諸。

白下喜晤林茂之用其來韻 茂之隱乳山。

精悍眉間在，秋深白下逢。菊花增節候，萍水習遊蹤。聲格居前輩，衣裳見古容。爲言今日別，重作乳山農。

［一］《清詩紀事》引李家瑞《停雲閣詩話》録此詩，少許文字有出入，全詩作：『蕩漾衆山晴，溪分渭水争。石頽樵路曲，瓦落野波平。縣令鐫文字，居民別姓名。沙頭人待渡，懷想昔年情。』『傳稿本』該詩最後一字缺，據補。

又

晉安諸子集，前輩獨留君。風雅固猶在，圖書尚未分。六朝皆有杜，三代總前文。此日宜深隱，埋名是白雲。

黄愚長粤東攜家歸金陵予適自閩南至晤之志喜

乾坤終長厚，離亂見深恩。粤嶺全家在，閩南一客存。干戈郵道路，霜雪結心魂。何日還吾輩，千峰共閉門。

又

已分艱相聚，何期再晤新。具驚意外得，終擬夢中人。[一]笑哭十年幻，文章千古真[二]。相看雖老大，猶不雜風塵。

[一] 旁批：人以此等句爲中晚，只是未見盛唐人耳。又眉批：必傳之句。

[二] 旁批：不似介壽語。

彭澤縣

陶公千載令，避俗不嫌喧。樵徑通城市，漁船到縣門。[一]山川終日好，文物至今存。我亦扁舟上，自傾彭澤樽。

望湖亭風雨有懷諸同社

遠上□秋客，千帆暮雨中。乾坤雙眼净，湖海一源通。有念皆無着，何聲不向風。歸來沙渚上，獨坐聽孤鴻。

［一］旁批：作令此中亦不俗，何須苦苦辭去。

米友堂詩續抄

二十樵 有引[一]

皮陸倡和《十樵詩》，意其尚有未竟樵事者，又廣之。

樵家

滿目浪山川，前[二]山草木碧。門壁半應同，雞犬似[三]相識。上下姻婭郵，東西甥舅宅。采摘夥伴呼，風雨齋晨夕。

[一]『傳稿本』無總標題、無引語，據『紅鈔本』補。『紅鈔本』詩序略有不同，且僅録十九首，有紅批『樵語』表示缺漏。『紅鈔本』後九首前有小標題『廣十樵』，但僅録九首：《樵青》《樵夥》《樵婦》《樵煙》《樵月》《樵爨》《樵雨》《樵黄》《樵雪》。何創時書法藝術基金會藏許友《草書十六樵歌册》録十六首，末署：『今侍王大力，隨余荷鍤，雖未知讀書，而于力作耘灌之餘，每見余筆墨酣適時，輒倚屏注觀，欲興取而得之。吾敬其尚有此物在胸中趣，偶侍左右，書以與之。大力珍藏。甌香老人識。』

[二]前，『紅鈔本』作『兹』。

[三]似，『紅鈔本』作『皆』。

樵徑[一]

夾道皆青樹，葉乾霜跡古。日中人影圓，路細草茵輔。森森[二]老木横，曲曲巖根補。何以有遺枝，昨夜驚[三]風雨。

樵蹊乃深山大壑樵木[四]叢生之地，與塢同[五]

蚤入白雲限[六]，常結同行者。遠[七]望枝縱横，群指林高下。耳絶雞犬聲，目見猿猱社。諸山皆四時，此地獨無夏。

樵斧

佩帶不敢違，爾職在善伐。手高群木寒，聲發衆山突。厚薄一拳冰，尖輕三寸雪。拂拭生眼光，我家之袍笏。

[一] 香港近墨堂書法研究基金會藏許友《行書樵徑詩軸》録有此詩，僅首句末字不同，作「林」字，「紅鈔本」首句末字亦作「林」。

[二] 森森，「紅鈔本」作「幽幽」。

[三] 驚，「紅鈔本」作「經」。

[四] 樵木，「紅鈔本」作「木襟」。

[五] 何創時書法藝術基金會藏許友《草書十六樵歌册》標題後批語作「雜木叢生地」。

[六] 限，「紅鈔本」作「偎」。

[七] 遠，「紅鈔本」作「迷」。

樵叟

皤然一老翁，手持三尺鉞。柯已腐半邊，鉞亦曾一缺。草木細辨名，麋猿同出没。眼底無時人，養此烟霞[一]骨。

樵子

飽食插人群，笑哭無時候。履險老父驚[二]，餌蜨鄰兒鬭。花紅兩手操，菓澀雙眉皺。小束背一肩，歸途或前後。

樵擔

約束夕陽中，枝繁腰少[三]曲。榆桂認枯叉，松柏[四]異凡木。香氣亂一肩，寒色依兩足。擔[五]酒入前村，醉鄉無榮辱。

樵歌

觸物偶有聲，意到不自必。土字亦高低，方語能徐疾。輕聞紅葉中，倏向白雲出。断續[六]數

[一] 霞，『紅鈔本』作『霜』。
[二] 驚，『紅鈔本』作『争』。
[三] 少，『紅鈔本』、何創時書法藝術基金會藏許友《草書十六樵歌册》作『小』。
[四] 松柏，『紅鈔本』作『柏松』。
[五] 擔，『紅鈔本』作『换』。
[六] 斷續，『紅鈔本』、何創時書法藝術基金會藏許友《草書十六樵歌册》作『續斷』。

峰青，妙在非音律。

樵火爲野燒也

叙節在孟冬，百卉欺群木。草際青火然，峰頭紫烟矗。能争日月光，乃代天地肅。眼看春雨來，空山燒痕緑。

樵風爲樵渡得風而歸疾[一]

白日下前山，小舟在溪上。月意掛半帆，人聲閙兩槳。短草驗苔[二]痕，寒花媚波漾。老少各歡呼，耳邊生百響。

樵青

積雨竟春天，前溪難步涉。氣候不欲遲[三]，諸山發松鬣。急遽斫青光，種種枝帶葉。應知緑逼人，柰[四]補三春業。

[一]『傳稿本』無引語，據『紅鈔本』補。何創時書法藝術基金會藏許友《草書十六樵歌册》引語爲『即樵渡』。

[二]苔，『紅鈔本』、何創時書法藝術基金會藏許友《草書十六樵歌册》作『灘』。

[三]欲遲，『紅鈔本』作『敢同』，何創時書法藝術基金會藏許友《草書十六樵歌册》作『敢遲』。

[四]柰，何創時書法藝術基金會藏許友《草書十六樵歌册》作『少』。

樵黄

人間禾黍初，巖谷烟霞[一]始。半日秋入郊，一夜紅千里。俯仰耳目迷，二月桃花似。課業在斯時，迸力溪山裏。

樵夥

自幼不入城，形影常依聚。作息戲謔齊，寢食問答附。千枝均數人，千[二]力歸一樹[三]。間不同出入，山中亦相[四]遇。

樵婦

理飯出前村，正值天將旦。雞豚鄉老看，兒女鄰姑伴。計力約兩肩，亦得丁男半。日夕笑同歸，一髻山花亂。

樵語

卓午天色深，相商聚磐石。曲卧枕一肱，倚樹背露脊。嘻笑雜鳥聲，載[五]量指松柏。老父課

[一] 霞，『紅鈔本』、何創時書法藝術基金會藏許友《草書十六樵歌册》作『霜』。
[二] 千，『紅鈔本』、何創時書法藝術基金會藏許友《草書十六樵歌册》作『衆』。
[三] 此句『紅鈔本』作『衆力一歸樹』。
[四] 相，『紅鈔本』作『不』。
[五] 載，何創時書法藝術基金會藏許友《草書十六樵歌册》作『較』。

晚程，云前山已夕。

樵爨

斗米集衆人，午炊工[一]一火。瓦灶就巖灣，野蔬雜時菓。六時手足勞，半日精神妥。隔塢微有[二]烟，遥知亦如我。

樵月

萬壑歸冥[三]陰，足音方出岫。過樹鵲鷟棲，穿林虎聞嘯。光深人語寒，影亂枯枝瘦。不是雞聲前，常在夕陽後。

樵雪

四望絶人聲，爐殘肩背曲。起視墻外山，山山無寸緑。橋危著足恭，路滑過身肅。疏柯脆易攀，束束皆寒玉。

[一] 工，『紅鈔本』作『公』。
[二] 微有，『紅鈔本』、何創時書法藝術基金會藏許友《草書十六樵歌册》作『有微』。
[三] 冥，『紅鈔本』作『暝』。

樵雨

瘴霧漲空山，但覺天已晚。蓑寒濕[一]愈肥，薪减力猶[二]蹇。雲意[三]蝕人聲，水光落深坂。尋常上下坡，今日獨危遠。

樵烟

清晨開竹籬，山腰四望水。籬屋忽不同，山意半相似。輕裁層嶂青，細識波痕紫。欲問我同袍，但聽聲從起。

園居二首 有引[四]

園亦不深，齋亦不廣，喜有頹垣，使月能野而已。

自喜半堂月，能分四面邨。野花籬古井，蔓草砌頹垣。蝶夢酣花粉，虫聲苦竹根。讀書長坐好，疏雨欲黄昏。

[一] 濕，『傳稿本』作『酒』，應誤。
[二] 猶，『紅鈔本』作『就』。
[三] 意，『紅鈔本』作『氣』。
[四] 『傳稿本』僅録一首，且爲另箋紙，後人鈔録，貼于『七言絶句』《訊菊》詩前，並鈐印『賓虹』『東明樓』『鎦明』。據體裁調置于此處。

七言絶句

題畫寄二十五桂草廬吴了青

聞君書屋桂香浮，消受清閒過一秋。我畫青山寄君去，每當風雨似同游。

秋早观禾浦東邨舍

田頭閒看踏車行，萬苦千辛只爲晴。若得今宵宿邨舍，一村明月一村聲。

題畫與子遊叔

攜魚買醉板橋東，潮入蘆花打水風。畫寂江村秋色老，釣船歸繫夕陽中。

向陳子躬乞瓜

營營世界苦如斯，况復炎蒸六月時。羡爾山中好風景，古榕陰下自吟詩。

又

□□影形且潛存，去得鄉居爾便尊。聞道君家結茆處，山前山後種瓜園。

訊菊

野老荒園浦水隈，前宵相訪正蓓蕾。重陽一過秋將盡，籬下于今開未開？

選菊

枝疏幹老本須衣，露飽風柔葉自稀。欲向香中剪丰致，黄多宜瘦白宜肥。

栽菊

宜興瓦缶自高低，載土輕深限不齊。細認縱横分向背，臨粧小飲便相攜。

較菊

半年精力费摩挲，釀雨栽風不浪過。敢與鄰翁計肥瘦，小園雖瘦傲霜多。

早菊

白露過時日氣柔，竹齋輕透古香幽。非關土渥能耘灌，分種原來是報秋。

晚菊

青山遠照竹籬斜，數本相依自一家。不與人間鬭秋色，抱[一]霜一半伴[二]梅花。

浦東即事

莫道郰孤却有鄰，小春晴日不生塵。何時得把[三]漁郎櫂，來伴桃源洞裏人。

小園菊開獨早口占示同志

無時雨旱種培難，香艸名花更不安。豈意小園秋色早，滿城風雨一人看。

[一] 旁批：擬易『含』字。
[二] 旁批：擬易『待』字。
[三] 旁批：或是『挽』字。

又

秋□新來香已奢，獨行看到夕陽斜。紛紛粉蝶墻頭過[一]，鄰叟方知菊有花。

題畫

□□□□一小舠，江天欲暮木蕭蕭。潮歸曲港月初上，独自行吟過野橋。

折菊數枝供君寔開士

折得閒枝供遠公，兩邊秋意一根同。有時茶話過方丈，問色尋香古佛中。

畫竹

憶昔墻頭過濁醪，斜陽嶺外听松濤。而今小徑荒蕪甚，唯見蕭蕭野竹高。

[一] 旁批：不似秋花，句亦熟。

喜雪

鋤來榾柮紫芽肥，藥竈煨香只自知。昨夜滿天春雪好，小園今日不開籬。

題畫別林君晋

爲因臘盡暫言回，不了寒梅到處開。幸有浦東游未遍，桃花時候待君來。

采菊盈把寄唐襌一醫叟

分名別品屬天公，剪插工夫迴不同。漫道膽瓶香氣足，餘香堪補藥籠中。

題畫

霜雪凝秋着葉乾，數家雞犬一邨寬。[一]幽人卜築長宜此，水静山深草木安。

[一] 旁批：一篇《桃源記》一語盡之，然一語只一『寬』字盡之。

雪中憶西泠即事

崩枝壓竹響層層，眼闊高樓興自登。記得扁舟湖上去，寺門深路獨尋僧。

口占答乞花者

曉起園頭雨脚斜，帶經親自植桑麻。聽來剥啄聲何處，鄰舍兒童來乞花。

題畫送姚培公中秘還朝

江頭雪壓柳初癯，官艇亭亭擁傳符。墀道雲開瞻紫禁，流民今日待君圖。

庵前删竹答心持

怪石崚嶒近古柯，小菴如繭覆藤蘿。何因野竹删過半，爲愛連宵霜月多。

訪持公不遇

飄飄柏葉下殘暉，一路寒溪入翠微。爲訪吾師何地去，人間乞食未曾歸。

煨芋

村僧手種紫芽肥，餉客前來欲乞詩。噉盡莫言滋味薄，山中滋味少人知[一]。

古木 雪峰有古木菴。

空林落葉見枯叉，鐵骨如蛟聚散鴉。因憶雪峰山寺裏，滿天秋雨洒藤花。

題畫

千樹秋聲不暫停，抱茆葺屋傍溪汀。山荒雲密無人到，惟有闲行獨自經。

招客看花

春雨絲絲入草堂，野人攜酒爲春忙。期君蔬筍須相過，今日花開到海棠。

[一] 旁批：習氣。

暮雲

止静幽窗晝不開，鳥歸漸有白雲回。遥看頻失山林樹，不使人間有客來。

秋蟲

只爲□寒秋夜驚，空階唧唧繞人情。何時夜浄天如洗，聽汝花間月下聲。

亂竹

一望寒濤數畝通，龍髯鳳尾緑爲叢。蕭蕭夜半聲爲水，猶夢前灘客跡中。[一]

夜話

如絲鬢髮念揺揺，多病人間百事消。話到亂離人已老，[二]十年風雨似今宵。

[一] 旁批：周評大雅。
[二] 旁批：無限感慨。

苔逕

雨中窄路寂如村，山客原來兩足尊。除却泉聲與明月，不教黄葉破苔痕。

題畫

萬壑千巖曉霧中，森森松栝鬱隆隆。持將好事稱多壽，□史人間第一功。

擬登龍泉觀百丈祖師戲龍處僧適慧芳相引

此地溪山别有源，師來引我到山門。爲言潭上雲無跡，知是龍泉百丈孫。

龍泉寺雨中

攜筇共覓海雲寬，初夏林深夜亦寒。不畏陰晴滯遊屐，好山原是雨中看。

遊山歸遇雨任宿林氏玄石亭 亭前有百餘松樹。

山寺歸來酒未醒，又攀石玄上孤亭。何如盡日留君處，愛此針松雨後青。

慧芳開士送余出山至大石頂遲徊乃別

雲亂山巔古樹齊，茫茫芳草鷓鴣啼。感公石上遲徊走，猶勝當年過虎溪。

阻雨松齋陳緱羽筍輿先歸慧芳開士又在龍泉不至

共向山中采藥回，曲郵花遥盡餘杯。那堪竟日瀟瀟雨，陳子先歸公不來。

德州鎮畫菊壽王若士明府

西山爽氣自天來，萬里桃源作酒杯。爲祝先生今日壽，江南江北菊花開。

天津河上遇天玉

倉卒聞從京國至，隔河天晚欲開船。數行家信書難盡，一半平安賴汝傳。[一]

[一] 旁批：『煩君傳語報平安』，須知是盛唐詩。

滄州夜泊

極目沙飛廢壘黄，草根狐兔出荒崗。昏昏曉月蕭蕭雨，多似[一]當年舊戰場。

寄内

歲月如塵逐浪過，年年爲客老烟波。遥聞海國猶多事，數畝荒田近[二]若何？

雲司結蘆屋 屋傍雙古樹下。

柏樹庭前古幹交，閒雲來往護余巢。但能盡日攤書坐，只當深山結一茅。
葦屋門前古樹雙，數枝相壓不相降。漫言此地皆風雨，亦有斜陽上紙窗。
曝背墻隅人影交，窗開南北各成巢。儼如匡阜雲峰上，一箇山僧一箇茆[三]。
醉裏身餘塔影雙，蓬門半掩北風降。就中茅屋余偏好，新月殘陽共一窗。

[一] 旁批：擬易『是』字。
[二] 旁批：擬易『竟』字。
[三] 旁批：固妙，然近謔矣。

乞火

遠望炊烟晚氣凝，貧廚積雨水凌凌。非同□冷因人熱，曾道憐蛾不點燈。

穩卧

雙眼難開秋日長，花烟圖史共匡床。雖然半日難消受，猶勝人間作業忙。[一]

寫經

天花散亂滿襟裾，貝葉聲中學字初。明帝以前無梵裌，不知寂滅是何書。[二]

題結茅圖

泠泠數竹近寒柯，午夢方醒思若何。目是早春風氣好，山窗今日鳥聲多。

[一] 旁批：忙必作業，爲忙人下一棒。

[二] 旁批：似宋人，且語亦太盡，此唐人以不涉議論、不暇指陳爲第一義也。

題畫爲王竹筠先生

古幹垂藤卧墨龍，亂溪流水響淙淙。江南不盡春山好，且爲先生寫一峰。

童子掃雪煮茶

低低竹屋傍閒亭，客裏惟存半醉醒。剩得吳興春岕在，瓦爐烹雪試回青。

又

萬山千樹無聲寂，天半飄零幾箇鵶。似積殘冬如許雪，故留春老鬭新茶。

又

萬頃濤聲沸草堂，瓦瓶輕注與君嘗。武夷茗性千峰好，不是長安雪亦香。

又

淩淩春雪打窗明，客夢歸來認月生。若在故山叢竹裏，漫天十日不教晴。

題畫

陋巷茆籬但獨居，已將蹤跡溷樵漁。何因畫此蕭蕭竹，只爲先生好著書。[一]

釀寒霜露已成秋，紅葉臨溪水自流。只有此中堪坐卧，策笻歸去更回頭。

雪中題畫寄諸同人

何事今朝獨閉門，空山畫就倚清樽。隔君茅屋無多路，雪積門前似數村。

又

三月三日雨雪霏，禁城春色尚全非。東風吹捲飄無力，恰似閩南花片飛。

長安三月猶未見花因憶小園叢枝亂蕊種種芳菲矣口占十四首[二]

分畦隔町徑參差，輕雨微雲澹日斜。杏蕊正紅西府好[三]，草堂何日不看花。

[一] 旁批：太盡。介老七截每犯此病，只欲别樣，不禁手滑。
[二] 眉批：十詩都有次第。
[三] 旁批：府，有用『甫』字者。

又

碧桃繫蕊發高枝，燕掠梨雲亂落遲。酒靜夜深月歸去，滇茶如火照垂絲。

又

春明浪説在燕臺，倚檻無言聽酒杯。細數小園花譜序，今應開到海棠來。

又

一到春深百樣香，長枝短葉遶空廊。莫嫌小圃花稀少，粉蝶山蜂數月糧。[一]

又

花種紛紛出繡囊，水邊畫檻柳絲長。侍兒自道能培樹[二]，玫瑰薔薇一樣香。

[一] 旁批：蝶糧鶴糧並美，然蝶糧自未經人道。

[二] 旁批：妙在是侍兒語。

又

鶯粟穿泥輔鳥蘿，層層嫩葉織如波。舊秋曾種佳人手，[一]花瓣今朝香倍多。

又

天然脂粉綴低高，翠袖寒香試剪刀。欲向瑶瓶浸春水，紫藤花外是櫻桃。

又

紫燕臨風罥緑紗，洛陽如錦疊階斜。有時醉卧香茵上，只道渾身是落花。

又

天孫數畝葉輕柔，千種芳菲一樣幽。但愧小畦無芍藥，報君惟有玉釵頭。

[一] 旁批：用事在言外，使人不覺。

又

天到閩南氣不寒，群花多向早春開[一]。年年插過清明柳，便到山寮借牡丹。

又

去年移得辛夷樹，今歲花開殆[二]過墻。日午風來翻紫葉，依稀亦作玉蘭香。

又

緑陰陰裏繡毬團，恰似長安夜雪殘。更有小枝名倒鬟，小鬟簪髻要人看。[三]

又

乍晴乍雨弄春暉，獨立階前香染衣。尚有短籬疏落地，布田花密菜花稀。

[一] 開，私人藏許友《草書詩册》作「看」，从韻脚看應是。
[二] 旁批：擬易「竟」字。
[三] 旁批：轉折得有情。大脚婢插滿頭倒鬟、全枝蘭蕙，大有致。倒鬟，北方未之見，予欲名之曰「小八仙繡毬」，實即聚八仙也。

又

柴门徑窄壓枝低，半架荼蘼小院西。月繞朱欄千影寂，杜鵑花上杜鵑啼。[一]

大姑山

遥遥今古一湖間，晝夜波濤不肯閒。落日半帆方醉醒，隔船人指大姑山。

小姑山

如玉嶙峰聳此湖，青蒼竹木黛鬟孤。奔疲日月天應老，何事猶聞喚小姑。

停舟溪上看吴氏莊荷花

停舟溪上獨徘徊，□憶伊人在水隈。葉覆亂花香正好，似將開待野夫來。

[一] 尾批：微嫌似紫薇花對紫薇郎，然此有多少淒惋便覺霄壤。

又

紛紛世路總悲涼，古巷荒郇滋味長。盡日此中何所見，蓮花開傍稻花香。

題友人穉琴書屋 齋前有雙小桐。

閑花異艸雜蒼苔，盡日芳菲手自開。尚有濃蔭榴樹下，隔鄰藤葉過墻來。[一]

又

雙桐移種古墻東，風雨聲來已不同。豫洗稚枝先拭碧，他年流水月明中。

書邗上范玉茵較書便面

曲巷閒遊白鼻騧，夕陽輕下柳枝斜。雖非晚院看歌舞，猶是秦淮第一家。

[一] 眉批：如畫。

又

流蘇數尺掠帷新，明月高樓静絶塵。自道昔年文史慧，小書精[一]學衛夫人。

又

竹畫枝枝管仲姬，水青墨秀草離離。有時醉後增蘭蕙，兩種芳心集一陂。

又

看君杯酒定雙眸，我賦閒情不自繇。尚有烏龍潭上語，相攜大約在中秋。

題畫

潮落潮生古岸青，白雲寂寂到孤亭。何如卓午無烟火，□□□□□□□。

[一] 旁批：『精』字改『曾』字何如？『曾』字略似自道語，不如竟用『楷』字。小□略生□韻，又拗。

又

碧山丹樹竹門開，獨木橋危在水隈。最愛此中築精舍，人间車馬不能來。

又

□□□□□□□，半畝芭蕉一艸廬[一]。盡日課功無別事，睡餘苦茗讀閒書。

又

學道山居景物微，秋花烘日蜨蜂飛。長階獨自掃黄葉，小僕前村去未歸。

題畫壽瑞翁[二]

虬龍垂髯出灣沙，緑酒玄經載古槎。從此年年溪上石，笑看擲米作丹砂。

（歙黄賓虹得米友堂畫山水軸截句，附録于此。）

[一] 旁批：非不佳，但是君熟徑。如此類者，皆忍心乙出，期毋再近手跡。

[二] 『傳鈔本』此處原有整頁割削，後藏者粘貼一詩于此處，並鈐『賓虹』『劉東明』『王真』等章。

九月七日畫孤峰亭子

亂磴深谿曲幾層，千尋紅葉掛枯藤。重陽已近無風雨，先畫孤峰今日登。

黄愚長索畫柳菊南山

秋雨秋烟過眼新，村深雞犬亦無塵。籬開黄菊門多柳，頗似當年飲酒人。

又

一杖歸來雲水間，草堂釀緑對南山。敢言地僻無人事，盡日看花亦不閒。

爲黄俞邰畫楓林圖

前溪有寺在烟霞，野客尋僧日欲斜。我道是秋人不信[一]，秋深安得有桃花？

[一] 旁批：非不佳，但苦太明，亦太無餘地。

題畫

數片青山繞竹窗，霜寒氣肅客心降。過橋疏葉紅如許，誰道秋聲未渡江。

又

汀溪數曲雁爲家，一片長江落日斜。今夜釣魚沽酒去，小船應泊在蘆花。

又

小橋流水響潺湲，人與青山一樣閒[一]。每到斜陽微醉後，尋僧雲裏不曾還。

別仲寔錢郎之楚

大江江水遠蒙蒙，燈火前宵話不同。新月半窗人在望，相思第一夜舟中。

[一] 旁批：此等句皆似唐伯虎，介壽七絶無凡境，而亦無神境者，坐此等句累之耳。

又

古柳含春去棹寒，夜烟如織水漫漫。但應汝在巫峰下，我夢瀟湘也不難。

又

石上三生事可疑，漫言我只爲情癡。别君兹日難如此，豫想從今漸有詩。

又

杯酒聊成此日歡，兩相離别意尤難。孤舟千里人相念，十月霜風吹汝寒。

又

紛紛别緒不分明，夢裏長懷白玉清。好待明年二三月，碧桃花下敘離情[一]。

[一] 旁批：有景。

題江渚蘆花

飄然群雁趁風迴，借得漁翁酒一杯。多少蘆花江渚上，蘆中不見有人來。

王帥先隱居武夷小桃源亂後移宅白下向余索畫題贈二首

蕭疏紅葉醉郊原，過去橋西更有村。似割武夷峰一角，細看似可小桃源。

又〔一〕

三十六峰隱現間，峰峰蹤跡絶人寰。當年耽寂厭孤響，今日逃名返出山。

憶錢郎索畫

玉雪錢郎着繡袍，時來偷坐若醇醪。向余索畫深山□，笑傲閒人意氣高。

〔一〕下批：讀二詩□思帥先打油詩，使人失笑。

湖口縣憶錢郎送別上清河

無端數語爲情苛，總有離愁可奈何。計到大江人已遠，夢魂猶到上清河。

采石磯

江上高吟李白詩，遊人落日拜荒祠。謫仙未必歸天上，空却人間采石磯。

客寓山齋喜葉榮木爲余作畫[一]

一渡江來便得閒，山雲林鳥夕陽間。尚餘清興無沾着，猶道西窗看畫山。

鄭仲會招看玫瑰

閒心未畫鏡廊回，玫瑰花前酒數杯。醉後與君無一事，好山青入昏窗來。

[一] 下批：如何耐得此公。又眉批：率。

又

扶雛翠鳥過東墻，碧影湘簾春晝長。睡足古槎人語寂，滿庭微雨橘花香。

黄庭瀑上云向日曾有夾澗松蔭

落葉飛花滿碧蘿，身懸足底白雲多。當年萬樹松濤在，不識溪聲更若何。

又

一寺峰巔結鳥巢，稜稜石骨自嵯峨。人間客至難成夢，只道山中風雨多。

山鄰勝畫甚多主人與余結夏

海水于今漸不飛，名山何日來相宜。誇余勝畫鄰園孰，休暑還期噉荔枝。

雨餘與榮木倚古樹聽田水

古樹虬鱗蹙蘚新，數痕樵徑草根分。山泉直自峰巔落，流水聲中帶白雲。

黄庭觀瀑贈潤上人

歷磴穿藤屐齒鬆，平鋪練帶壓青松。白雲深處惟公在，直占千峰第一峰。

又

一隻蒲團傍月泉，身輕過眼有雲烟。問公昔日遊參地，曾向天童住數年。

題畫送徐存永之汴凉

客裏那堪送客頻，今朝畏畫柳條新。相看俱是四旬外，猶作飄零天末人。

臨行再送存永

小僕隨攜破錦囊，午雞村店柳花香。河邊日落人懷古[一]，野樹晴雲見大梁。

[一] 旁批：真似王江寧矣，君七絶當以此等爲神。

長安寓舍題畫别紀伯紫遊閩

躑躅花殘春雨遲，杜鵑聲裡聽春移。如何我反[一]不歸去，□□□□□□□。

又

羈人偏覺喜蹉跎，夜夢如霜奈若何。幸有今朝消息好，憂中歲月漸無多。

雲司雜詠

滿天風雪忽然晴，古柳垂條緑眼生。喜得新移蘆屋好，隔墻頻和送春聲。

又

今年孟浪過清明，麥飯榆錢酒一觥。閒記故園春夢節，小鬟妝罷剪花聲。[二]

[一] 旁批：太盡。

[二] 眉批：何獨憶小鬟？

又

一着癡狂百念生，投閒何事不能平。近來多畫襄陽法，滿紙春山風雨聲。

又

江田數畝仍縱橫，今歲何人課種耕？茫種以前春漲雨，此時多少插秧聲。

又

空庭夜寂望長庚，繞樹閒行敢獨[一]惸。客久到今猶不返，江南疑有鷓鴣聲。

又

學道殊難百念更，抛來殘卷且閒行。那堪苦雨悲風夜，聽得羈人夢裏聲。

[一] 旁批：不穩。

又

枳棘何妨雜杜蘅，微風細浪束浮萍。遥傳獄吏親臨廟[一]，四面丁丁古鐵聲。

又

豈得漫漫尚未明，見君玉貌不憂怦。此時霽日天街上，不待人撾禁鼓聲。

又

賜環曳履出春明，四海咸知公姓名。白髮孤臣非隋行，宫中早識過車聲。

雨中寐櫪公兩詩至奚子再唤而醒即步其來韻

半雨半晴天意疑，但留一夢是春期。不知甜黑乾坤大，誤却先生兩送詩。

[一] 旁批：讀之毛髮爲聳。

買櫻桃芍藥

鬻人[一]歲月喜蹉跎，酒卷花書眼應過。不爲春歸春仍[二]好，櫻桃芍藥一時多。

借瓶用羽人韻

旖旅梢頭綴葉青，但看能醉不能醒。櫻桃芍藥紛紛賣，到處逢人借膽瓶。

花市

辮綰青絲翠羽盤，堆圓繡領鳳頭鑽。紫韁絡轡花街過，下馬呼人選牡丹。

清明

柳枝弱拂檻窗平，剪摘新春壓髻輕。不盡遊人殘照返，一肩雞黍載清明。

[一] 旁批：重前。

[二] 旁批：擬易『尚』字。

又

愁人遠望禁烟平，丘隴東郊眼應生。麥飯榆錢何地是，但疑今日不清明。

又

□□無日不凄清，節敘輕加感倍生。□□□□□□□，殘香杯酒是清明。

又

白雲影下恨惸惸，翁仲苔侵風雨聲。何事可憐茆屋裏，看人今日过清明。

七言律詩

天峰寺瞻仰大佛頭[一]

補雲剪水作僧袍，獨步秋風髮自搔。落魄家身皈古刹，慈悲佛面湧波濤。人扃竹院經聲隱，聲繞空廊旛影高。懷想六朝松柏裏，猶多廢寺在蓬蒿。

別秦淮二十有餘年重遊有感[二]

籜葉輕舟傍古畦，酒闌沉醉夕陽低。遊人細認新花岸，夜雨偏侵舊柳堤。[三]乍有燈光樓上下，依然絲管水東西。夜深苦記橋頭路，花雨葵風細草泥。

別張恫臣

愁□何堪別友生，殘杯揮斷氣難平。眼能吞海終無着，技在雕龍亦不情。紅葉板橋霜月跡，白

[一] 此詩與後一首《別秦淮二十有餘年重遊有感》于集中附于『七言絶句』卷末，應爲後人補鈔，暫按體裁改換此處。
[二] 下批：末語雖無妨，不如略易以成全璧。
[三] 旁批：是重游。

雲墟市午雞聲。[一]應知醉後多詩思，夜雨深燈各獨行。

又

酒醒堂上淚沾巾，何事重爲遠别身。阮籍窮途還自哭，劉蕡貧賤不依人。知君劍氣心難化，愧我霜華鬢漸新。從此閉門無一事，栽花種藥且過春。

秋冬之際寄江村鄭永昌陳仲桓

一掬興亡在酒杯，霜風吹我獨登臺。詩書注就驚三嘆，詞賦聲殘繼八哀。入眼故人如鳥散，攢眉世事逐塵來。羨君茆屋江村好，閒共沙鷗傍水隈。

醉醒有感

寒暑頻更水上鷗，乾坤無地可埋憂。酒醒花下三更雨，夢轉窗前四面秋。竹柏香凝心有影，魚龍腥戰蜃無樓。何時得遂滄江志，極目烟波一釣舟。

[一] 旁批：情景融適之极。

冬夜喜陳叔舉季均過訪

古巷蕭蕭似小邨，承君過高興黄昏。天寒倦鳥投林寂，水静群魚倚藻存。冬韭壓霜燒燭剪，濁醪倒甕對燈温。團圞一席懷今古，安得相依長閉門。[一]

寄懷林君晉讀書浮邨田舍

藤葉垂垣三兩家，深鄉雞犬静無譁。行看橋外邨邨竹，閒數溪邊樹樹鴉。戲聽牧童歌隴畝，偶逢田叟問桑麻。覓來稻蟹霜筐老，自起炊烟日未斜。

天玉伯氏下第後浪遊中州寄此慰懷

兩鬢飄摇似轉蓬，蒼天何苦困英雄。[二]蹇驢篤𠦑過寒𠦑，破篋離披映古楓。壯志未甘銷夜永，文章寧肯哭途窮。衣輕日薄悲風起，尚走邯鄲古道中。

[一] 眉批：田園妙境，由此寫出。
[二] 眉批：只是惱極，不竟率直。

九日憶雨花臺舊遊僧舍

九日何山最可登，雨花臺上石層層。松雲深處宜多寺，詩酒叢中半是僧。繞甃古泉歸碧澗，傍欄高竹托青藤。醉餘十里郎當路，新月隨人白似燈。

冬日招客入道山仁王寺

絜□□壺入梵宫，長天萬里□□□。花間霜老瓜匏熟，□裡香來橘柚紅[一]。城角晚楓歸獨鳥，寺門落日照高松。須臾客散籬扉掩，回首鐘聲暮靄中。

村行遇田叟留飲

茆屋參差隔小堤，遠來一望夕陽齊。荆扉至客雞聲亂，樫樹年高枝葉低。白髮幾人稱弟姪，青山雙浦辨東西。濁醪數甕皆家釀，感激情真醉似泥。

[一] 眉批：雅適。

又

爲尋隙地習桑麻，喜遇年翁禮數加。席上殷勤陳芋栗，醉中顛倒説通家。半園盡種楂梨樹，一歲重開菜麥花。□得偷閒真富貴，□妨時過夕陽斜。

禊日集溪邊漁舍

此日蘭亭野意存，招遊懷古在川原。山藏風雨春無跡，萍宿鷗鳧溪有緣。藉草犢歸籬外屋，踏青人立水邊村。與君痛飲何妨晚，迂步前途□月痕。

郁光伯以光禄還朝賦贈

傳來孔李舊通家，先子曾經手種花。馬帳已看收衆玉，[一]龍門多見築新沙。鹽梅和就宜裁詔，穀雨過時正賜茶。今折柳條潭水上，暮雲春樹在天涯。

[一] 旁批：二語正佳，□似□人上尊公詩，再商之。

湛公自桃溪至訊我近況口占代柬

霜氣侵階紅葉乾，秋聲無定聽將殘。窗多野竹雲長在，屋近青山夢亦寒。燈下看書知老至，尊前答字識閒難。□□□□□□□，□□□□□□□。

圍解客集小齋索醉得雲字

極目邨原夕照曛，旌旗高捲碧秋雲。正因烽火交情厚，不令英雄苦樂分。棋局戲開淝水陣，酒聲酣戰霸陵軍。黄昏疎雨蕭蕭静，一捻殘香瓣瓣焚。

射烏樓紀事爲元亮先生

一角城南戰壘黄，萬山皆下碧空長。烽烟未歇烏棲動，刁斗無聲鬼火荒。健卒甲光深夜月，孤臣頭白五更霜。[一]應知坐嘯功成後，露布揮來翰墨香。

[一] 眉批：唐音。

又

瑟瑟西風射晚秋，天吴木客[一]播中流。雅歌自昔稱名士，制勝原來拜上侯。去就每關天意遠，安危全繫老臣憂。[二]山川崒嵂旌旗繞，猶似當年詩話樓。

重遊金山[三]

一葉如鷗逐水迴，烟波重涉不勝哀。六朝望氣□荒□，列代英雄對酒杯。野渡[四]僧還鐘未遠，海門潮響月初來。微茫兩岸看燈火，知是瓜揚夜市開。

遇澈容于白下索詩題卷賦贈 時與余俱從鄱陽來。

今年我亦爲行脚，到處相逢雲水間。何事未遊大姥洞，已聞先上小姑山。袈裟着地渾無恙，藤

[一] 旁批：『木客』與『天吴』不類。木客，山中魅也。唐人詩：木客解吟詩。

[二] 眉批：唐音。

[三] 原題作『夢登金山舊游處』，又塗改易爲今題。下批：此首必傳。頸聯未妥，當改正。

[四] 眉批：必傳。江上未可以『野渡』名，擬易『江口』，再商之。

蔓諸天揔可删。珍重此中消息好，歸來正值墅夫閒。[一]

秋日歷遊六朝諸寺

磴道穿篠亂木交，半間土屋縛黄茅。僧郙古路脩殘碣，牧豎荒山拾廢巢。廳静野風吹竹葉，夜涼明月上松梢。森森客夢巖花□，且醉前霄□石匏。[二]

又

吊古閒尋草木荒，斷碑日月記齊梁。蒼烟畫壁龍蛇氣，蝕檻危樑杞梓香。佛面繡塵飛扁蝠，生臺溜雨落蜣螂[三]。遊人拜感悲歡集，難問滄桑及法王。

又

蕭蕭書篋一肩迴，眈寂尋荒念酒杯。城外看花知[四]客至，山中秋雨少人來。數株古柏過寒澗，

[一] 眉批：圓轉，有情有景。此等是介壽手校。
[二] 旁批：結似趁韻。
[三] 旁批：蜣螂，滚地物，或不宜用『落』字。
[四] 旁批：擬易『隨』字。

幾片殘雲静[一]補苔。極目餘情青冥裏，亂鵶飛上最高臺。

又

學得老僧長寂滅，柴門清晝閉烟蘿。香添午夢浮窗紙，葉落輕風點薄沙。古寺廢鐘青緑滿，前朝殘瓦碧黄多。静觀長日移情事，還聽山蜂上樹□。

又

茫茫何事落人間，得過僧堂竟日閒。夾道楓榆圍古寺，半天風雨隱秋山。茶鐺影裏孤燈定，梧葉聲中獨鳥還。學掃階前紅蘚净，更臨古寺當躋攀。

又

幽棲僧舍户常扃，破研時摩古字銘。卮酒廢臨鹿脯帖，瓣香莊誦鐵函經。雨中衆樹無邊緑，雲外識[二]峰不斷青。半日偶能晴氣爽，瘦笻多共上孤亭。

[一] 静，旁批改『閒』字。
[二] 識，旁批改『諸』字。

蕪湖夜泊[一]

一望微茫遠接天，飄零孤客在雲烟。燈明水驛千家市，岸繫江湖百樣[二]船。索米火兵輪夜柝，監關水吏税魚錢。更闌獨向洲前立，猶聽笙歌滿四邊。

壽昌寺訪笠庵和尚不遇

公是何年住此間，我于今始得偷閒。入門緑草分幽徑，到寺白雲歸滿山。[三]水汲不聞三峽凍，花開方笑石頭頑。猶期他日能相過，乞指蒲團一破顔[四]。

秋日杏花邨草堂

梧桐雙覆小柴門，紅蓼秋葵共一樽。論世痛澆今日酒，拈香深吊古人魂。天餘半壁詩書福，歲

[一] 此詩亦見于福建博物院藏許友《草書軸二幅》之一，僅第六句的『魚』作『漁』，落款作『蕪湖夜泊。許友書于紫藤花庵』。
[二] 眉批：『百樣』嫌其新，擬易『萬里』，又嫌其舊。商之。
[三] 旁批：壽昌寺徑頗幽，二語寫盡。
[四] 旁批：結句弱。

老荒園草木恩。[一]自是先朝清澤遠，草堂猶在杏花村。

歸閩留別金陵諸同社用黄俞邰見别來韻

層層烟水去遥遥，雁落霜空見柳條。楓樹已寒江右驛，客心猶望浙東潮。幾杯濁酒埋狂士，[二]是處青山隱廢樵。笑我秋冬猶過此，破書殘研一魚舠。

又

山川極目盡風塵，十載干戈剩此身。天上雪霜歸兩鬢，人間精氣動雙輪。浮雲蔽日知應醉，紅葉凝秋欲當春。總在中原無論别，蒹葭影裏有伊人。

久客秣陵將發豫章示曾繹侯

落拓書生衣上塵，癲狂三斗漉巾新。廡中應識賃春婦[三]，車下難爲賣餅人。[四]兵燹紛更天

[一] 眉批：白門人不可不知，世以此爲□門人□不以爲厄。
[二] 旁批：習氣。
[三] 旁批：擬易『客』字。
[四] 旁批：『賃春』時□□□米而知如異人，然畢竟『婦』字不雅，『客』字又未大妥，幸商之。

意幻，夢魂聚散客情真。何如直上扁舟去？風雨蕭散度小春。

春日攜酒茗集道山訪胡彥遠得民字

一見荒園草木新，自憐白下乍歸人。清樽燈影山中夜，細雨梅花野寺春。僧老鬚眉皈古木，客閒文字出風塵。香幢更訂同參訪，破衲芒鞋作佛民。

寄題程仲玉觀察南郭草堂

爭聞春草徑芊芊，兼種幽蘭供鶴田。一水静涵窗檻外，數峰青到草堂前。風霜繡字傳先業，圖史聲香見後賢。不羡輞川晴雨幻，先生胸眼有雲烟。

山東道中重九憶舊年此日在秣陵

倏然秋色漸清涼，路過黄河見大荒。滿地雪霜歸草木，極天關塞認滄桑。樹頭紅棗低茅瓦[一]，籬下黄花照草堂。自笑勞勞何所適，年年九日在他鄉。

[一] 眉批：不必因『堂』字不用『屋』字，畢竟『屋』字穩。

九日山東道中有懷雲客永昌心持諸同人

山東道上逢重九，令我森然驚客心。斷岸纜舟移泊冷，小童乞火晚炊陰。過江[一]孤鶻棲頹廟，衝雨殘鴉繞暮林。遠念與君門巷好，紫萸黄菊草堂深。[二]

謁金龍大王廟

風聲吹野易黄昏，榜子舟過八閘喧。水嚙堤痕官路斷，人畊磧外女墻存。[三]荒碑摹字稽年遠，老樹巢烏古廟尊。不問江南與江北，當年此地盡中原。[四]

過板閘

十年風雪夢黄河，落落乾坤此夕過。天遠百重關塞古，地寬千載帝王多[五]。白楊蕭瑟烟迷岸，

［一］旁批：閘河中詩，恐用不得『江』字。
［二］旁批：『紫萸黄菊草堂深』『細雨梅花野寺春』，皆介壽妙境，然可一不可再。
［三］旁批：女墻是城頭字，金龍廟無古□，宜商之。
［四］旁批：率正。此等意，宜極深遠、極含蓄，未有一口説盡之理。
［五］旁批：起豐沛者不只漢高，且三字亦不雅。

殘夜空明月在波。不向山中種松桂，此生慚愧仍蹉跎[一]。

蘭陵道中

破研流烟上古槎，茫然歲月去無涯。岸邊野寺尋秋葉，曲港船頭賣菊花。數頃荻蘆飄白雪，千聲鴻雁帶殘霞。誰人醉得蘭陵酒，夜静霜深[二]不憶家。

分水廟

荒荒落落撲飛塵，每讀□□識古人。村縣廢城官道寂，驛亭無吏草□□。晚烏柏樹棲黄葉，隔岸霜風撼白蘋。擊鼓前頭喧榜子，紅墻緑瓦拜□□。

天津衛雨中

天津津畔北風狂，河海雙流涯[三]一方。夾岸葦房魚蟹集，數枝楊柳版沙[四]黄。洲前細雨寒

[一] 旁批：不率矣。
[二] 旁批：翻太白句。
[三] 旁批：『涯』疑作『滙』。
[四] 旁批：二字不穩。

今夕，夜半潮聲似故鄉。回首山樓千萬里，幾人能不髩爲霜。

長安守歲和林戒庵韻

茀齋香净寫南華，不信人間節序加。晝寂空亭看[一]柏子，夜寒清夢傍[二]梅花。數行霜雁争歸樹，半紙鄉書料到家。爲囑小園鉏灌好，春深我欲課桑麻。

又

夜寂觀天斗柄移，春光先與旅人知。笑看茍鶴驅愁賦，閒和淵明乞食詩。擇地縛茀心已穩，漫天深雪夢相宜。屠蘇酒戰登壇上，不識誰稱最白眉。

長安元旦

乾坤愛護腐儒身，景物暉光百樣陳。玉殿旌旗窺曉日，御河桃李動新春。花暖□□□□□，□□□□鳥□□。薄暮杯傳微醉後，鬚眉猶見一番新。[三]

[一] 旁批：擬改『參』字。
[二] 旁批：擬改『贊』字。
[三] 旁批：前四語整麗，後四語又是一件。眉批：前後調異。

又

波流瓊液柏華杯，淑氣依人酒百回。客院笙歌寒臘去，禁城絃管暮烟催。千秋事業尊王制，一代文章愧史才。長見清時無滯獄，賜環丹鳳自天來。

贈别吴友聖之任中牟

翩翩裘馬出京畿，驛路春風漾柳枝。[一]曲水園清名士操，梅花香似[二]宰官詩。堂前晝暇看馴雉，廨舍花明倒接離。簾静政餘稽古，[三]令人時榻蔡邕碑。[四]

别胡二元潤還金陵

如君道貌已堪傳，十載交情到處全。白下雨中城外寺，青溪花裏水邊船。一沙蘆雁依霜渚，數筆椶櫚古樹烟。今日此中容易别，相看江上又秋前。

[一] 眉批：雖唐人首句間有隨意出韻者，然不可爲訓。
[二] 旁批：不涉中牟。
[三] 此句有漏字。
[四] 旁批：中牟無蔡邕碑。

童子買得紫芍藥歸無瓶可供以瓦碗作小插

葦屋春歸已不知，街頭買得紫將離。西施未入吴宫殿，趙燕方逢射鳥兒。[一]半捻輕脂難自立，數痕新粉待人持。遥憐褣袖佳人剪，冰碗砂壺亦自宜。

又

碎疊輕柔紫錦囊，真堪持贈當花王。無依若是洛中下，[二]泣露猶疑雨後粧。把手竟同菡萏色，襲衣亦有牡丹香。可憐甘對茅齋客，醉裏閒思白玉床。

美人行冰上和吴薗次

寒凝瑶岸照空明，膽怯遲徊步步輕。繡帶飄風無艷影，香鞋曳玉有金聲。挽鬆高髻烟鬟墜，畏看傍人珠暈生。女伴先歸嬌力少，自疑身是月中行。

[一] 旁批：對『宫殿』不穩，亦是殺風景事。
[二] 旁批：未詳。

與涂子是夜雨讀書池上

慚愧猶存有此身，尋常蔬茗與君親。蕉堂夜雨添新水，竹屋孤燈論古人。被冷匡床支破衲，更深霜頂托氊巾。能從晨夕長相對，甘向蓬門獨賤貧。

讀介壽詩，想見此君胸次。無一時不快活，中間一二累字累句，皆快活太過處。疏疏落落，不假緣飾，落筆便覺神境俱來，介壽……[一]

[一]『傳稿本』此後缺頁，不知後文爲何。這部分文字筆跡與大多數批語筆跡相同，在文後應有署名，可惜已無法得知。

跋

錢牧齋《吾炙集》選一時同人詩，人皆不過一二首，獨于侯官許有介先生，選至百有七首，自是有介詩名大著。顧《米友堂詩》，各著録家皆云四卷，而未見刊本，傳鈔者多闕有間。余友如皋冒鶴亭稱藏有九許詩，皆未刊，將與借讀。而都城鼎革，彼此星散。後冒氏藏書運回其鄉，數萬卷一旦被火，九許詩想亦灰燼矣。此本爲連江劉君東明所藏，不分卷數，五言近體百餘首爲一類，七言絶句百餘首爲一類，七言律詩五十餘首爲一類，五言短古、專詠樵事者二十首別爲一類，殆亦未全之本。未知冒氏所藏，視此何如也。卷中皆有圈點，間加勒帛。評語則揚多抑少，相傳爲周櫟園先生手筆。卷首有林吉人、黄莘田諸先生印章，其爲初稿本未寫定者無疑也。東明欲以付刊，屬跋其後，書此還之。七十五叟陳衍。

許甌香先生遺稿（趙藏本）

此本録存許甌香詩六十三篇，凡八十一首，爲趙在林舊藏。審其字跡，與劉東明景印之《米友堂集》抄手同出一人。劉本卷首鈐有『在林鑒古』『麓原瓣香』兩印。陳石遺跋謌爲林吉人。而此本兩印外，又有趙在林『天水後人』『王孫芳草』諸印，蓋陳氏不知在林亦字麓原也。[一]黄桐坡别有鈔本一卷，所録與此大多相同，惟序列間有錯亂，首尾題跋不注出處，讀之皆錢牧齋語。意與此皆從《吾炙集》鈔出。此本中有割削，今依黄鈔編次合者補之，竝略識其詳略異同云。中華民國三十年歲次辛巳春分，東廊居士記于春檗齋。

書中有《同謝爾玄讀書山中》一詩，『玄』字不避諱（黄鈔『玄』作『元』），其爲康熙以前鈔本，殆無可疑。春檗又記。

[一]『麓原』爲趙在林之字。林佶（字吉人）號爲『鹿原』。陳衍、鄭麗生皆混淆二人字號。按，趙在林，福建侯官人，清嘉慶、道光年間學者、藏書家。

書湖西謝評事宅

先生之官輕如紙，先生之名長不死。欹斜一屋傍蘆花，兩扇柴門面湖裏。樵歌漁曲來曉昏，雨月風烟無間止。四時有客至湖中，便道竹邊評事里。余今欣慨念先生，畫此茫茫一湖水。

從雪溪來磐谷

抱此幽閒福，沿山問[一]路行。連朝居佛寺，到處有泉聲。麥穗垂肩重，松針壓髩清。願將卜茅屋，工課並農耕。

送黄朗伯重游粤東[二]

鬚眉精悍在，得復戀三春。足底舊時路，眼中故國人。安全湖海氣，珍重雪霜身。幸莫漫[三]投刺，交情有故新。

[一] 問，原作「間」，據《吾炙集》改。
[二] 粤東，「紅鈔本」作「廣東」。「趙藏本」僅録第二首，第一首據「紅鈔本」補。
[三] 漫，「紅鈔本」批「一作『浪』」。

豈不惜離別[一]，知君未可留。蕉花雲外店，椰葉雨中舟。游子不成夢，家山何處樓？臨行杯酒道，春草易爲秋。

仁王寺即事

不作人間夢，尋僧過講堂。編籬斜補逕，破衲冷堆床。秋盡一犁雨，燈殘半寺霜。此身禪定去，鼻觀一聞[二]香。

猶是山腰立，居然得遠情。兩邊潮[三]入寺，一半雨過城。客静僧忘倦，林疏紅亦輕。夜來清夢淺，回首[四]有濤聲。

送友之燕

才見秋歸盡，山川釀雪天。一驢裝古錦，片紙畫輕烟。棗樹鴉昏曉，梅[五]花驛斷連。明春能

[一] 别，『紅鈔本』、《吾炙集》作『索』，『紅鈔本』旁批『一作「别」』。
[二] 聞，『紅鈔本』、《吾炙集》、《烏石山志》卷三作『痕』。
[三] 潮，『紅鈔本』作『湖』，旁批『一作「潮」』。
[四] 回首，《吾炙集》、《烏石山志》卷九『志餘』作『四面』，『紅鈔本』亦作『四面』，旁邊批注『回首』。
[五] 梅，《吾炙集》作『桃』，但與節候不符。

即返，亦已别經年。

花朝前二日攜具西湖尋林用始居士幻因上人 從黄鈔補。

訪子值春光，茶蔬載[一]小航。鳧穿蘋藻緑，蝶抱菜花黄。廢塚依頹岸，荒碑出短墻。深人懷想處，相對立斜陽。

我亦身如幻，閒來日日游。滄桑人跡異，籬落梵音幽。作客頻歸寺，尋僧屢渡舟。今年陰雨少，春水淺如秋。

何地可閒行？春深日日晴。山川應有恨，花柳更多情。野色匀過水，村聲不入城。歸時人已醉，新月上船輕。

园居即事[二]

草屋頹支[三]樹，瓶花照一床。午雲鬆練白，秋日淡施[四]黄。瓜棗冰盤熟，菱芡水檻香。但憂

[一] 載，原作『或』，據『紅鈔本』、《吾炙集》改。
[二] 《吾炙集》作『園居即事五首』，即前五首。『趙藏本』僅録第一、二、三、五首，鄭麗生紅筆補第四首。現據『紅鈔本』補全。
[三] 支，『紅鈔本』作『枝』。
[四] 施，『紅鈔本』作『拖』。

天正早，何以學休糧？

朝起開簾望，竹烟入古廳。柳樊[一]低瓦緑，山補矮墻青。蓄藥先知病，藏茶不爲醒。晚秋農事急，日上稻花亭。

小園花藥半，耘灌自相親。結社邀僧士，開樽選酒人。斷琴文字老，破硯墨痕貧。晚立柴門外，溶溶月色新。

雨旱無常次，陰陽每失時。星文方割據，天意亦支離。述史人難信，傳言事可疑。小菴香茗静，破衲久紛披。

夜苦[二]天難曉，匡床無所依。詩書慚顯晦，僕隷擁尊威。米價四方異，人情半面非。行歌谿水上，此髮不堪晞。

半夜醒何以？空階獨自行。死蟲忙蟻足，殘火照蛩聲。道念亦忘起，柔情安不平。四方星漸没，白醉忽然生。[三]

入門何所見，荒徑一村蕉。山色低于岸，荷香高過橋。妄言删綺語，鋤草護花苗。猶憶攜尊酒，湖西上小橈。

[一] 樊，『趙藏本』旁注『横』字。
[二] 苦，『紅鈔本』作『坐』，旁注『一作「苦」』。
[三] 自此首開始以下均從『紅鈔本』補。

日求無一事，諸巧悉歸愚。松冷濤聲瘦，廚寒佛貌癯。竹根圍蟻壘，花粉綴蜂鬚。莫謂尋常事，真堪念髮膚。

坐來山月好，偶得與君看。蕉露滑光厚，竹風微薄寒。話深諸事及，情至一言難。敢道此身穩，君親猶未安。

有客荒村至，爲言心不平。路旁新鬼哭，塚上舊魂驚。鐵箭鞭枯朽，銅章耀弟兄。雨窗燈火重，問此不勝情。

禮法亂離易，此身安足論？層層今日事，歷歷古人言。兵革變天地，雲烟愧圃園。只由神力薄，公負至人恩。

江行有餉余酒者

送酒荻花邊[一]，今宵醉晚烟。隔燈分夜話，曲枕學孤[二]眠。暑氣全依[三]雨，潮痕半入天。蘆中人不盡，結社在漁船。

[一] 邊，『趙藏本』作『逕』，據《吾炙集》、『黄鈔本』改。『黄鈔本』中鄭麗生在『邊』字旁朱批『逕』字，並批：『「逕」誤。』

[二] 孤，『紅鈔本』作『枯』。

[三] 依，『紅鈔本』作『歸』，旁注：『一作「依」。』

晚泊瀛田

片棹以遲勝，風輕波復微。野烟依樹合，沙鳥貼江飛。人語孤鄉近，郊燈岸店稀。記程今夜始，一宿在漁磯。

十一月見浦外梅花

荒邨有我野人心，問得梅花隔浦尋。松聚小山聲似水，竹生深塢菉爲陰。霜來半夜人争渡[一]，月上千峰僧入林。虚白暗香寒古道，一肩高聳獨行吟。

登金雞寺

路入山深耳目迷，全憑春草認東西。花飛高隴芳菲動，秧插平疇嫩緑齊。千疊雲峰江水闊[二]，萬家燈火夕陽低。遊人醉感興亡事，敢向空[三]門一借題。

[一] 渡，『趙藏本』作『酒』，據『黄鈔本』、《吾炙集》改。
[二] 闊，《吾炙集》、『黄鈔本』作『外』。
[三] 空，『趙藏本』作『登』，據『黄鈔本』、《吾炙集》改。

賦得萍始生

小園泉溜喜新生，點點依依在水輕。繞岸野花微有影，滿塘春雨半無聲。根隨荇帶蹤難定，色雜荷錢緑未成。轉眼柳陰初夏日，還看青漲與橋平。

暮春泛舟東河

一派春城映竹根，風行波面織[一]雲痕。幾家雞犬皆臨水，但過柴橋是別村。布穀聲殘春暮天，數灣深浦泛輕烟。漁家竹裏聞簫鼓，閒抱兒孫看畫船。

客有贈余黄白菊花

小園從此有秋光，黄白花開一樣香。買秫更當春[二]釀酒，不然何以過重陽。

[一] 織，「趙藏本」作「識」，據「黄鈔本」、《吾炙集》改。

[二] 春，「黄鈔本」、《吾炙集》作「多」。

春日園居[一]

野逕荒苔寂寂春，半齋閒得讀書人。捲簾疏雨微寒在，柳線輕柔緑未勻。
緑陰影裏竹門開，百舌聲柔夢乍回。水静山安無事事，膽瓶花滿蝶蜂來。
兩樹松濤釀細風，數竿青竹石橋東。午眠方足新茶苦，啄木聲移嫩葉中。
但得幽居草木安，小園數步較能寬。芭蕉葉下閒來往，一卷殘書斷續看。
連朝疏雨入柴扉，今日晴光落翠微。扶杖偶然花下立，閒看蝴蝶抱花飛。
今年春至倍陰寒，菜子匏秧下町難。借得曆頭頻簡擇，野人栽種要平安。[二]
屋簷藤葉似烟蘿，一壑平泉亦種荷。預備小園逃[三]暑地，北窗移竹養風多。
梅青如豆晝初長，簡蠹翻書集[四]竹床。童子下簾指翁語，落花泥濕燕巢香。
布穀聲聲喚插禾，正憂天氣未清和。村人昨夜來城市，亦道田園春雨多。

[一]《吾炙集》題作『春日園居十首』，録前十首。
[二] 此詩亦録于臺北故宫藏草書扇面，詩後落款署『子先詞長正。許友』。
[三] 逃，《烏石山志》卷五『第宅園亭』作『遊』。
[四] 集，《烏石山志》卷五『第宅園亭』作『籍』。

群花下土在清明，種菊分苗着水輕。還見荔陰頹瓦裏，乳鳩傍母習春聲。[一]

世事難堪不欲憂，晨昏書記野夫遊。侍兒笑指桃花裏，蝶翅才乾力尚柔。

畫佛書經似老僧，閉門清課顧予能。習勞弟子長閒事，種得瓜茄插野藤。[二]

園居題壁[三]

竹葉青寒覆檻低，半瓢名酒讀書時。老妻近晚穿針罷，戲念予詩教小兒。

好鳥枝頭恰恰啼，每來茅舍[四]伴幽棲。推窗睡足春光老，一半殘陽掛樹西。

世亂由來百事乖，似吾薄福更堪懷。平居自考能爲善，一月曾持一日齋。[五]

補竹移花近草堂，工餘開卷坐匡床。笑看蜂蝶紛紛動，小妾花中曬藥香。

[一] 此詩亦録于日本澄懷堂美術館藏許友《題畫詩立軸》，第二句「種菊」作「菊種」，第三句作「還見萬蔭鄰岸裏」，落款署「題畫，似蔚杜兄。許友」。「種菊」，《吾炙集》作「菊種」。

[二] 别本無末二首，據《烏石山志》卷五「第宅園亭」補。

[三] 《烏石山志》卷五「第宅園亭」將第一二首歸入《春日園居》組詩中。

[四] 來茅舍，《烏石山志》卷五「第宅園亭」作「成茅屋」。

[五] 「趙藏本」此首被割削。鄭麗生朱筆抄補，並朱批「從黄鈔補」，鈐「麗生手校」紅章。

題畫

老我閒人短棹雙，鬢絲蕭灑北風降。夕陽滿樹潮歸静，分得沙鷗一半江。

題蕪溪古柳

沙文如髮蝕秋烟，細草輕黄[一]十月天。記得青青春水候，别人曾繫釣魚船。

夜雨

障泥自蔽竹籬扉，秋草秋花著雨肥。欲畫蘆中人與我，釣竿多掛一蓑衣。

遊雲居静室

海天共色夕陽遮，策杖人來磴道斜。敢與山僧珍重别，預期霜後看梅花。

寄山樓朱子葆

晚燈如水滅還明，寒雨寒風滿竹聲。此夜寄書封識後，山樓開卷見君情。

[一] 黄，《吾炙集》作『寒』。

米友堂詩集(紅鈔本)

五律

新霽同黃朗伯謝爾玄乞食雲門寺

雨久花氣薄，新晴日影微。小步出蓬徑，翠靄重苔衣。俯仰與朋輩，歎息三春輝。遊心不可遏，去住如有機。行行集□野，款款無相違。古佛矜樸拙，鬚眉生慈威。擷蔬入園圃，摇漾□□□。竟日坐窗紙，高論難破圍。

臘月下浣雨風連夕黃處庵謝爾玄見過杯酒論文黃生且病詩先就依韻繼之

風滯成雨雪，天路無幾微。閉户守一寂，冷氣沖巾衣。開籬得二子，與我蓬蓽輝。各出所著作，理静渾忘機。君論周四新，我愧如有違。慷慨接杯酒，及使寒無威。黃子病且困，掘强玄言飛。更殘息明燭，始肯暫輟圍。

七言古

除夕前一日周櫟園先生招集署中

西風涷雨不成雪，半雨半雪西風虐。先生置酒上齋堂，剪燭移花列高爵。抱來卷册數十帙，大水長林動磅礴。尚有老翁能畫海，海氣忍向鬚眉落。先生有社爲祭墨，家藏萬墨爲墨國。千奇萬狀無不藏，白粉玄霜照顔色。公侯蒲穀皆有形，間有無名思不得。累累兩袖次第者，傳過衆手玉生寒。驪驪陸陸客無語，僮僕竊視能欣歡。焚香灑酒揖高下，今日祭名書曰蜡。青光紫氣逼巾裾，品論低昂勸杯斝。野人痛飲過百杯，耳熱星稀將盡夜。于是祭畢墨亦藏，眼中但覺猶生光。妬心自始不肯息，松風入檻聲如織。

秋日集湖上

曉起茅堂秋可即，傍簷壓瓦秋日白。開簾有客正相過，叫嘯殷勤動顔色。稚兒藤杖掛茶蔬，況復濁醪堪乞食。衣裳藍褸三四人，草草提攜至湖北。湖頭風景千萬殊，變幻舒移難指摘。殘碑破冢老啼烏，古柳蟬聲上下織。四立田圃半穨荒，一條仄徑牛羊識。拍隄秋水漲方新，蘆花荷帶飄無力。團欒野坐聚花茵，客樂酒酣無間塞。譚言戲謔盡老蒼，詩文啼笑皆奇特。迷離雙眼睨太虚，千峰破浪青相逼。寂然酒定眼自寬，半晷泯默各有得。由兹放眼入烟霞，反覺襟胸無止極。須臾歌詠歸約束，歸路城頭日就昃。遠觀籬壁數家村，村村竹裡炊烟直。

秋日登凌霄臺有感

三山城裡千萬家，三山城上群峰矗。群峰嫵媚不足奇，兹山幽厚鬟眉樸。我來到此魂魄安，曾割此山築茅屋。忽遭兵火蹂躪餘，斬藤伐樹青蒼秃。頹殘垣瓦三四家，間或更聞山下哭。僅完崇相先生祠，門外松聲常謖謖。我今放眼一狂歌，且信青青過眉竹。遥看紅稻[一]半江跡，葉裡輕移布帆獨。潮生漲滿水横村[二]，港曲浦灣見伸縮。客多攀躋能好奇，偏尋險處爲麋鹿。牽蘿縛帚掃石苔，搜剔巖肩文字讀。殘篇斷句以意爲，數字擬成畫不足。吁嗟前輩重風流，讀罷猶令我心肅。寒鳶零露野烟中，回首夕陽下山速。開眉長嘯天地空，夢同飛鳥相追逐。

中秋壽弟有嘉

吾弟生日秋正中，小池新水芙蓉紅。頗黎飛光夜月動，琥珀鬱香流星通。玉盤聚寶綴青女，竹火紫炁馴黄童。絲繁管急唱金縷，龍蟠鳳錯鏤冰銅。高談雄辯驚廣座，華屏綺字凌高鴻。雲輕露

[一] 稻，《烏石山志》卷九「志餘」作「柏」。
[二] 村，《烏石山志》卷九「志餘」作「行」。

響蕉竹醉，蠟盡花迴樓臺翀。晶晶兔魄開古鏡，毿毿鶴髮寒蒼松。雙人高髻綰蟬翼，百疊霓裳縫宫容。和烟矗矗焚鵲腦，瓊泉冉冉流蓮峰。雞喉雀嘴啄曉屋，螭瓶獸箭生晨鐘。戲謔典籍白潦倒，譚言嘯傲髯猶工。紅擎紫幕溢巷北，銀鞍畫戟横衢東。殷勤拱揖載馬上，兒童笑道群仙翁。

懷人

春草青青遍庭户，春花裊裊不可數。蝶翅翩躚翻夢魂，鶯聲如織東西塢。抱書偃蹇立荒亭，遠山破亂雲烟補。千般計較不可知，矩槳出幕燈花苦。半醒半醉無一言，竹窗細雨蕭蕭暮。

中秋集薇署觀葉榮木畫陶詩百幅

秋深陋巷人苦獨，先生持柬到茅屋。掀髯掩卷紅葉中，箬笠過眉搊野服。入門賓從已滿堂，獸蠟螭瓶列輝煥。窑觥玉斝浮竹青，琥珀頗黎鬱春馥。黄柑緑柚疊冰盤，指嫩刺香修一匊。菱茨雪藕無不陳，還見梨棗隨秋熟。全閣客至能浩歌，錦囊繡帶留絲竹。繁絃碎摘若有神，手老音圓字追逐。花返燭裡斷續連，舌細喉長氣伸縮。團圍坐客欣慨交，約束精魂眼胸肅。牲牢鳧雁更綺筵，兕頭犀角傳群僕。幽華屏几麗重茵，照耀金銀翠光矗。須臾星火遍虚堂，點點花燈倏時熸。環廊矮檻覆青紗，高下芭蕉攢破緑。風輕露厚葉有聲，半天簌簌争懸瀑。忽爲酒静起閒行，聞道小庵已新築。中藏葉子筆墨精，畫就柴桑一百幅。鵝溪素絹裁掌方，水穩山安依古木。村村雞犬變化奇，流觀山海不堪讀。無端愛惜恨轉生，感慨令人心不足。先生命酌意愈豪，誇我葡萄釀千斛。拳兵拇陣各取奇，割據旌旗戰聲速。公然大醉動別情，拱揖殷勤古風樸。歸來滿路踏霜花，草樹蒼蒼月亦宿。

五言古詩

暮春開社米友堂即事

深巷鳴車轍，柴扉苔色蒼。春齋集衆客，咳唾生文章。俯仰寄日月，嘯傲行商宫。兔英侵練帛，燕嘴滑雕梁。卉草出旖旎，珠玉開輝光。縱飲酒人傳，狂歌詞客場。寢食貴簡素，羅列悲膏粱。傳羹蹲虎兕，照蠟懸杯觴。酒氣亂花影，茶聲分竹香。晚烟歸弱柳，遠岫凌空堂。荷葉疊錢小，藤纓垂髫長。石根支古櫟，泉眼溜幽塘。夕冷鳥聲止，風寒蝶翅忙。坐卧各有得，語默無盡藏。大塊自努力，覿面恒相當。

雨中適方與蒙陳世承二居士見過醉後禮佛有感而作

野夫閉户眠，忽爲叩門起。熟聽竹聲中，放蕩二秋士。未坐先有聲，笑言同彼此。童子知客欣，入園采蔬芷。芋豆及薑瓜，約略三四筐。舒眉無不言，歎慨交生死。嗟嗟百年中，斯當屈一指。黄昏風雨生，洗出霜林紫。滴歷上芭蕉，蕩漾客心止。此時有所思，頹然但相視。作計且閒行，晚燈出窗紙。整頓定寒身，皈依古佛氏。茗椀與蒲團，竹床横布被。何以夢魂凉，一佛如秋水。

别徐存永

同社與君好，安能今遠行。結交知爾廣，驚恐較吾輕。字險師顔近，詩成友眼明。三吴諸子在，爲政許生名。

寄杭州吴赤函

别後余多病，憐君亦不歡。支持吾道苦，安頓此身難。語澀憂彌重，啼昏夢未殘。何年雲谷小，藤屩竹皮冠。

每讀君來字，多子獨立時。悲歡餘一我，貧病樂[一]君詩。一念過三歎，千淚上兩眉。是非鮑子外，去住阿誰知？

送黄琠玉復之白下迎親

尊命温鄉里，輕車偶一過。君能潛制淚，我已故悲歌。伯叔凋殘半，田廬荒亂多。歸家當急計，歲月易蹉跎。

[一] 樂，『紅鈔本』朱批改作『集』。

念子年猶少，頻年作客遊。況當時世亂，又有弟兄憂。古驛槐花酒，孤舟野岸鷗。時時好相憶，莫便作并州。

三峽亭有懷曹能始先生

卜築尋常事，先生手眼明。危橋凌澗落，曲坂旁山行。客話醫殘局，琴言入古情。至今三峽水，猶有舊書聲。

送人

已約同爲客，先人墓未成。剪茅姑學死，移花且藏生。婚嫁鄄吾志[一]，艱難時爾明。此遊吾自羨，是處眼胸輕。

遊玉泉古刹 二首　在連江縣城西門外，隋大中建。

杖屨出城去，諸峰日未寒。聽泉尋路遠，倚樹看秋殘。佛古悲歡盡，山空嘯傲寬。半庵蔬茗供，但念此身安。

[一] 志，『紅鈔本』朱批改作『老』。

興廢從何代？遊心屬可憐。人間禾黍盡，佛地亦桑田。龍像埋荒草，生臺□積烟。黄昏階下立，相與看飛鳶。

過胡秀才溪上書舍

兹遊興未已，過君溪上山。鳥馴知客肅，石大蝕苔頑。花逕接蔬圃，柴橋補水灣。夜深群□□，看月近人間。

儒洋胡秀才種菊有功詩以紀之

種菊皆依譜，先生有古情。插籬分上下，引水養輕清。慎重蟲書葉，支吾蟻蝕莖。愧予花數畝，一半不知名。

東岱城中

山城依海半，□外野人同。拱揖觀前輩，雞豚見古風。文章師是友，生業海爲農。隱遯成全志，他年卜此中。

東岱飲陳雨倩秀才宅

秋色黄昏後，維舟海上城。到門潮始汐，飲酒月方生。鄉里皆知客，園蔬已有情。感君多太古，明發不堪行。

江上别雪笠開士還白下

世亂别師友，深山亦有情。野橋梅漸放，天上月初晴。暮樹千林合，空船一葉輕。他年遊白下，重結遠公盟。

幼弟死方伯周櫟園先生惠詩見慰因步來韻

幼弟何期死，深慚哀長兄。尋常經一病，孟浪竟無生。舌銛劚新土，春花匝小塋。幸鄰亡父塚，認醜莫頻驚。

地下欣依父，人間輕别兄。百年均一死，今日可無生。老柏狐狸塚，寒柯螻蟻塋。道人悲喜懼，時命復誰驚？

壬辰春初過華林寺

寺北如村落，真堪招此身。佛矜多一歲，天復老三春。苦竹疏過樹，寒松矮近人。數經新日月，不負在斯晨。[一]

山寺青尤早，桃花已盛開。雖因避客至，亦爲看花來。粉蝶鬚眉動，雛鶯言語猜。野夫無一事，盡日坐莓苔。

晚來風日好，行散入華林。花滿春高下，山藏寺古今。客閒雲作夢，僧淡水爲心。論到無生處，空階月影侵。

鄭廣文歸自長安便道之官寧陽詩以送之兼寄崔四

陋巷承車馬，寒暄遞別離。人文還可論，山水自相宜。世亂身難置，家貧官易卑。署齋清暇甚，猶是讀書時。

忽別經三歲，歸來一友存。眼高燕趙氣，字勒雪霜痕。到縣還疲馬，擔書□故園。山中有崔子，可以共晨昏。

[一] 此首原單録于『紅鈔本』後部，現併于此。

十五夜無月

陋巷清寒士，迂疏閉一門。無謀應有罪，相棄亦何言。酒醒星辰動，天陰日月存。近來新事滿，艱苦在黄昏。

不寐自慰

多亂此身憂，支離乞過秋。屢聞州縣陷，時乏稻粱謀。種藥聊增餌，投閒且敵愁。悠悠天地外，何日泛虚舟？

對客

相逢華鬢客，盡是少年人。可惜風霜虐，非存天地仁。雀寒歸樹穩，酒定護心真。今日柴門下，長求山水身。

王實子重招西湖夜泛

憶曾秋夜半，亦共此湖眠。水遠烟迷寺，人寒月在船。歌聲燈火出，酒氣荻蘆邊。爲念干戈裡，相客又一年。

戲贈劉良哉秀才

貧上君宣傳，乾坤一定身。三春無剩食，八口有餘人。嘯傲寧全妄，迂疏在一真。明朝何所事，但醉卧花茵。

鄉里皆稱善，君爲馬少游。行藏應有意，談笑自無求。手盡千年酒，胸無隔宿謀。偶然相對爾，我亦已忘憂。

懷陳竹義

吚窗生肅氣，萬物變枯情。雨止雲無著，霜寒夜有聲。深堂衆客醉，密竹一燈明。痛哭懷知己，何時達友生？

暮春招飲史蒼航司理

枉過先生駕，柴門陋巷清。詩書全古道，蔬茗見深情。樹密青相壓，庭虛静屢生。閒譚諸事及，殘照竹根明。

屋角週遮樹，爲分上下園。閒多疑住寺，静極忽如村。筍味過茶灶，棋聲出竹門。罷看前輩事，小飲集黄昏。是日歷觀隆、萬諸老翰墨。

史蒼航司理言別小齋賦贈

感別豈私情，公言在一清。撫綏存父老，禮法念諸生。饑饉知慈惠，危疑見老誠。口碑文字古，千載使君名。

小雨洪塘路，勞勞重別情。晚鷗知夢穩，春水驗船輕。漁火沙頭動，楊花驛外清。此時偶相憶，遠念一縱横。

寄謝李生洲刺史贈扁舟兼憶白下舊居

石頭城下路，一事是寒家。聽講歸靈谷，攜雲到雨花。蹉跎新面目，記憶舊年華。爲寄扁舟客，相思在水涯。

史蒼航司理招飲西園待月

虛堂前後水，蕩漾在孤舟。雅集皆朋好，相期盡道流。均匀千樹月，安頓一樓秋。爲備沽名酒，從公[一]竟夜遊。

[一] 公，《烏石山志》卷九「志餘」作「君」。

喜鐵髯山人來自山中

一別經三載，開門偶見君。殷勤詳舊事，急遽願新聞。文字稽燈下，茶蔬過夜分。袈裟與杖屨，猶帶故山雲。

題玉洞春深圖

登舟行數里，已觀水源分。滿逕皆紅葉，渾身是白雲。岩蜂懸蜜重，野鳥啄花醺。焉得移茅屋，安居麋鹿群。

暑中聞晚公言青芝洞諸勝

未入青芝洞，公言已可遊。數峰青近寺，萬竹響成秋。禾黍人間異，猿猱事業幽。兹身不學道，慚愧負林邱。

贈唐禪一移居余里[一]

以子復移宅，因知隱未能。行藏猶是客，閒[二]静過于僧。秋社同沽酒，春街共看燈。時來閒

[一]《吾炙集》題作『贈唐禪一移居予里二首』，『紅鈔本』僅録其第二首。第一首據《吾炙集》補。

[二] 閒，《吾炙集》注：『馮（承素）一作「簡」。』

坐卧，半榻倚枯藤。

喜得居同里，毋令相見疏。燕分廳事静，花拂檻窗虚。井灶宜修藥，晨昏好惜[一]書。墻頭須竹影，期種一竿餘。

邵是龍移居于舊里之前後[二]

世亂易移屋，况君行李輕。東西無一可，去就總非情。寄足聊當死，埋頭且學生。秋蟲寒永夜，幸有讀書聲。

聞子新籬竹，依然舊里門。窮鄉仁者在，陋巷古風存。次第汲寒井，殷勤開野園。春秋輪社禱，父老感興亡。

村行所見

秋晚出郊原，遥看兵火村。□月人面異，桑柘鬼魂昏。計户奉升斗，延門派子孫。行人有心膽，獨立忍無言。

[一] 惜，《吾炙集》作『借』。

[二] 《吾炙集》中此詩僅録第一首。

閒居有懷

無賴過晨夕，吾心何所歸。眼經天意淺，秋重酒權微。自足終難是，放言但覺非。西頭見孤鳥，故作向南飛。

神閒過一日，新事竟無厭。菜虱瓜藤長，禾蟲麥浪兼。催租人語毒，索價婦言甜。幸有黄昏月，前窗上酒帘。

笑傲驚年少，倏然漸至今。三餐知米價，半夜看天心。古巷荆蓁滿，長街瓦礫深。野夫蕭疾[一]起，拭眼但孤吟。

方具蒙陳此承冒雨過小園問菊

如我小庵静，多君蔬果宜。晚烟在亂竹，秋雨足新池。雁字霜痕濕，蛩聲露葉知。懶人園圃瘦，教種菊花遲。

李雲谷移居

宇宙何常宅，人生未有家。倉皇安性命，苟且就桑麻。巖壑福猶淺，圖書願已奢。門前春水漲，

[一] 疾，原字有朱筆塗乙，難以辨認。

稚子下魚叉。

一載三移屋，今方知子貧。短檠橫冷笑，小榻僅寒身。容謔鄰人笑，獨行吾影真。漫言城市裡，山水寄君新。

上周櫟園先生

友也兼疏懶，先生容我真。放言忘弟子，狂飲逼同人。每負文章倩，常逋山水新。從今離左右，漸漸學埋身。

文旆初臨日，叨招折柬先。鬚眉生氣色，性命託安全。大教勒金石，新詩惠竹箋。願身爲大雪，到處立門前。

九日西湖夜泛

扁舟鷗鷺侶，村市一湖分。古寺堆黃葉，孤城擁白雲。月寒秋是主，霜肅酒爲軍。何必登高約，諸山在水濆。

曹子康留宿臂山樓有懷能始先生

野色君齋靜，相過分半間。樓開深樹裡，客立亂花間。故第斯人在，新詩綺語刪。燭寒文飲罷，殘月四更山。

曹園菊花盛開賦贈 一作『石倉園菊花盛開賦贈曹子康』。

閩天年尺雪，花發未須殘。築圃通泉遠，編籬遶屋寬。霞輕勻葉滿，霜重壓香團。冷亂窗前後，獨能千日看。

子康喜余見過復用來韻

人烟依水薄，暝色在柴扉。江市魚蝦集，鄉村桔柚肥。乞花爲佛供，有客着僧衣。燈火素心共，相看自莫違。

咏老竹

百艸争芳遥，此君意自遲。瘦根羞沃土，老節賤柔枝。雨照山窗静，風摇鳥夢私。我身詩酒外，多半不相宜。

送人

未到先懷想，兹歸只當遊。情多增語澀，眼熱引心愁。春漲高于岸，官船輕似鷗。停杯江草緑，處處柳花柔。

題竹田之星溪堂

每羨君能樸，山川別有緣。一泓星在水，百畝竹爲田。禾黍深秋後，雞豚夕照邊。柴門兩三扇，日日有雲烟。

題星溪堂圖

槲葉作齋鄰，西風動緑蘋。村圍山色古，溪漲水痕新。籬落知前輩，衣冠見老臣。能令懷想處，不獨在斯人。[一]

贈陳世承移居洋尾園

古路避城郭，隨令生隱心。四時花樹亂，三面水雲侵。雞犬圖事静，人烟門巷深。偶然詩酒好，風雨亦相尋。

羡爾幽居福，頹餘屋數間。籬根圍緑水，窗眼障青山。吟苦人方瘦，病未增一間。夕陽猶在樹，

[一] 此詩亦見于日本澄懷堂美術館藏《許友書五言律詩立軸》，末句不同，作『不厭在山人』。詩後落款『題星溪堂圖之一。許友』。

童子閉柴關。

花朝步西湖

今日春中正，天傾露色光。亂枝輕意氣，衆卉重商量。客静詩文好，花深蜂蝶香。湖西一片水，况復似錢唐。

春日過道山禪院望余園有感

乞食城南寺，山門在夕暉。閒花供佛面，粉蝶繞僧衣。巖壑能無改，鄰[一]園似已非。但多余暇日，願託此身微。

十年遊此地，以我在鄰家。藤薜牽墻弱，階苔傍砌[二]斜。僧清間索畫，童静習烹茶。一自經兵燹，無從認落花。

[一] 鄰，《烏石山志》卷九『志餘』作『林』。

[二] 砌，『紅鈔本』脱落，據《烏石山志》卷九『志餘』補。

仲春神光寺看殘月

春心驚過半，林木盡芳菲。眼底[一]新茶薄，窗頭舊竹肥。鳥遲花上夢，山似月中歸。足媿[二]浮生裡，何因事事非。

過道山院因憶前讀書此山

去年初夏熱，休暑與公同。藥灶雲烟裏，書聲鐘磬中。晚凉池岸水，曉夢柳條風。念此佳晨夕，相期已不窮。

輓林巽卿

今日真成隱，方知道力尊。殘書寒夜雨，破研老春園。世已收文墨，人皆慰子孫。奈予懷想重，何以過黄昏？

夜台多好友，較勝在人間。禮法無心静，形骸竟日閒。授天天上去，化鶴月中還。乞得酒泉郡，無勞再買山。

[一] 眼底，《烏石山志》卷九「志餘」作「泉眼」。

[二] 媿，「紅鈔本」作「媳」，據《烏石山志》卷九「志餘」改。

豈意竟長別，于今悔見疏。春陰明月路，花盡小濤居。語默精魂在，鬚眉想像餘。草庵屏几上，幸有數行書。

得舍弟家報

念汝未爲客，况當行路難。亂離官道易，飢饉酒帘寒。古跡頹垣没，荒碑夕照看。近來吾有夢，夜夜到長安。

北來人有信，知汝在河南。儉歲經過半，危途只剩三。但依文字重，莫謂布衣慚。珍重名成日，爲當早買驂。

送周櫟園總憲北上

萬里今宵別，人人盡此看。黄花侵驛路，紫氣動江干。天地文章士，朝廷法紀官。及門如弟子，唯有夢長安。

夾路楓聲老，停舟酒一巵。念深爲語澀，感重獨心知。曉月侵殘□，秋霜染畫旗。七年承教誨，焉敢別吾師。

題畫別申霖臣歸姑蘇

不忍君輕去，離情在畫圖。扁舟疏柳繫，破驛荔支扶。一水盈盈遠，千峰淡淡孤。相思明月夜，計子到姑蘇。

別嵇仲峰還白下

秋盡閩山好，離人自黯然。旗亭鄰野寺，官艇雜漁船。朋友成詩畫，溪山慰酒泉。白門尋舊事，筆墨寄余先。

別櫟園先生夜集江干席上限再續前韻[一]

□靜猶疑別，新詩次弟看。江聲寒劍戟，秋氣濕闌干。天重燈前□，人思去後官。扁舟依畫艇，鷗夢亦相安。

[一] 此詩末有朱筆作『其二　人事偶然異』，應另有一首，今佚。

附録一：輯佚

吾炙集

侯官許友有介《米友堂集》

丁酉陽月，余在南京爲牛腰詩卷所困，得許生詩，霍然目開，每逢佳處，爬搔不已。因序徐存永詩，牽連及之，遂題其詩曰：『壇坫分茅異，詩篇束筍同。周溶東越絶，許友八閩風。世亂才難盡，吾衰論自公。水亭頻剪燭，撫卷意何窮。』周溶者，字茂山，明州人，嘗爲余言許友者也。既而閩之君子，或過余言，又題曰：『數篇重咀嚼，不愧老夫知。本自傾蘇渙老杜云，老夫傾倒于蘇至矣。何嫌説項斯。解嘲應有作，欲殺豈無詞。周處臺前月，長懸卞令祠。』余時寓清溪水閣，介周臺、卞祠之間，故落句云爾。

畫菊壽菊存堂孫七

畫此爲君壽，幽齋起一觴。瘦根纏石勁，老葉飽霜香。墨色僧衣淡，馮（承素）本作『淺』。花茵佛面黄。年年秋九月，遥集菊存堂。

送羅星子歸秣陵

竹葉微霜夜，與君心定盟。文章規古道，談笑足高情。萍合歡依水，春歸忍別鶯。寒家兄弟輩，亦住石頭城。

閒居志喜

齋居閒若水，百念已能降。曬藥青鬟獨，穿花蛺蝶雙。蜻蜓分浦岸，蜾蠃附山窗。更有人間樂，親朋酒一缸。

閒居有懷

自笑曾何意，而爲亂世人。不思猶是我，但念竟無身。敢道乾坤拙，曾叨草莽臣。干戈雙眼在，何以慰秋旻？

别申霖臣還吴門

不忍無端説别離，況看雙棹雨中移。知君急遽歸鄉井，欲把楊梅較荔枝。

此人詩開口便妙，落筆便妙，有率易處，有粗淺處，有入俗處，病痛不少，然不妨其爲妙也。或曰：『詩具如許病痛，何以不妨其妙？』答曰：『他好處是胎骨中帶來，不好處是熏習中染來。若種種病痛果爾從胎骨中來，便是蕉芽敗種，終無用處矣。』顧與治深以予言爲然。

是書編次，先後諸本微有不同，而許有介詩亦有不編入者。蓋爲牧翁未成之書也。余此本從錢遵王家借鈔，而許詩則又得之亡友侯秉衡者。適見曹彬侯處有馮定遠手録本，而點閲則出自牧翁，甚爲可玩，余因借歸臨之，凡一日而畢。時館太原含芳齋。

戊辰七月廿四日柳南識。

澄懷堂美術館藏品

紅橋覓酒

二十四橋野水邊，平山堂蹟渺如烟。竹籬繞岸藏書屋，柳檻垂波卷鶴田。

燕子歌殘明月地，荷花香滿夕陽船。先生醉客情無倦，猶泊紅橋覓酒泉。

送生長子歸白下

盡日溪山半曇曇，野僧知是未歸門。巖花生得山齋滿，倦客烟波老眼昏。

宿杜門之作

層巒聳翠與雲齊，瀑布從空兩道溪。還鳥飛來又飛去，不堪今夜聽猿啼。

送客

女螺江畔小梅新，脈脈秋魂點點春。遠水凝眸何意緑，寒山如黛不禁顰。
花飛誰是傷心客，月落余爲中酒人。三萬六千容易擲，半疑幻夢半疑真。

夜坐即事

對影自憐予，寒燈若夜虛。聽移三徑雨，静疊半床書。酒醒無殘夢，天荒耐索居。干戈遮年歲，身世竟何如？
大塊偶生予，應令歲月虛。逢場無一枝，養拙有藏書。性癖禽魚樂，情忘木石居。上林那解賦，四壁愧相如。

清明坐雨

何地踏歌行，幽居動遠情。山川猶戰伐，風雨自清明。濕葉粘花片，低枝聚鳥聲。持杯對芳草，莫使火愁生。

清詩紀事·明遺民卷

送友移家湖上[一]

只爲身難置，無何輕出門。豈忘墳墓在，賴有子孫存。古隴招秋稻，山城多夜猿。年年春水候，□□過苔園。

福建博物院藏品

題畫與高雲客並詢心持

茫茫天地夜還明，獨坐應無一念生。雲去雲來何所事，花開花落自多情。殘山舊雪人聲寂，矮

[一] 此詩見于《清詩紀事》所引李家瑞《停雲閣詩話》中。

竹疎簾午夢清。除却溪僧攜酒至，板橋不許一人行。

何創時書法藝術基金會藏品

題畫灰堆山

深潭擬是龍蛇起，白日昏昏草木飛。惟有野人茆屋穩，滿天風雨看春歸。

近墨堂書法研究基金會藏品

送僧之作 似毓貞詞長正之。

半肩行李出丹霞，路近無勞便憶家。松月靜窺藏貝葉，山雲寒護舊袈裟。一餐真率茶蔬飯，千頃青黄菜麥花。何事趙州老行脚，故人辛苦在天涯。

烏石山志

游道山中口占

老樹蕭森楓葉乾，滿天霜氣正輕寒。拚將兩隻芒鞋去，海上諸峰次第看。渡澗度林足力勤，搜奇似欲與天分。半肩行李詩囊裏，又過他山宿白雲。

附録二：諸家小傳

書許有介自用印章後

許宲，一名宰，字有介，侯官諸生，玉史學憲諱豸者之長子。有忌者謂其所改名犯家諱，以不孝聞之學使者。蓋閩音豸、宰呼同，亦大可噱事也。遂更名曰友，字有介，已又更名曰眉，字介壽，亦字介眉。

君性疏曠，以晉人自命。作字初喜諸暨陳洪綬，後變而從米，顔其堂曰『米友』。黄仲霖又不喜君，登其堂曰：『小子遂敢友米耶？』君復更其室曰『箬繭』。君名字數變，書亦數變。晚乃鎔匯諸家，一以己意行之，遂臻極境。予入閩，即首訪君，頗爲文酒之會。然與君數有離合。君大腹，無一莖鬚，望之類乳媪，面横而肥，不似文人。字畫詩文恒多逸致，見其手筆者，擬其貌若美好婦人，亦異事也。

君既負盛名，閩士多造之，恒不報謁，亦不省來者爲誰，以故人多憾之，即與君暱者，亦退多後言。君但自效于酒，一切弗問也。君爲予累，逮入都門，後無恙歸。別予去，復多所離合，久之遂無間言矣。君歸未數年即没，其没也，蓋只四十餘。予嘗評君酒一，次書，次寫竹，次詩文。虞山先生論詩最嚴，而特愛君詩，尤愛其七言截句，手録之多至數十首，因裒集近人詩爲《吾炙集》。又有句云『許友八閩風』，其賞識如此。

予亦欲刻閩中四亡友詩，陳克張、陳開仲、徐存永與君也。君學識或讓三君，而天資敏妙，三君不逮矣。患難疊經，此事遂不果成，至今尚令浚兒慎藏之。右所列圖章，皆君所恒用者。嗟夫！君不及見矣，見其恒用之章，輒如見君。繙閲諸章，如見君鼓大腹，以巨觥合面上，時不禁潸然而涕下也。

——周亮工《印人傳》卷一

許有介

許友有介，又名友眉，字介壽，閩之福州人。玉豸先生子也。有介畫如其詩，蒼楚有致，無一毫烟火氣，字畫詩酒種種第一，有介殁後，指不能再屈矣。好畫小竹，仿管仲姬，柔枝嫩葉，姿態横生。自鐫『許友畫竹』章，每作竹，即用之。因予累至京師，渡河而北，不復畫竹，忽放筆爲枯木寒鴉，蒼凉之態，不可把視，蓋無聊之氣，一寄于此耳。嘗畫《群鴉寒話圖》，予爲作歌云：『許生崛强好畫竹，整整斜斜風肅肅。向北忽不見此君，一心惟愛寫枯木。南司夜夜北風多，呼酒不來可奈何！硯凍杯乾不肯睡，秃筆閒從冷炕呵。呵筆摇摇拂敗紙，童童偃蹇無樹理。燈下微窺龍虎姿，離離欲死不成死。雨鞭風撻老蛟饑，左攫已絶右挐離。心憐欲益好顔色，粉墨兩看無所施。淺者屈霜深屈雪，白摧龍骨黑老鐵。到底不能看作薪，此公雖苦有高節。半夜俄聞鳥亂啼，啞啞軋軋明月低。菀樹何曾集泠翼，不知飛向誰家棲。許生見鴉長太息，萬巢突兀生胸臆。鴉爾來前鴉爾前，吾將巢子以奇墨。我樹雖枯得大年，南枝不脆北枝堅。關河雪冷謀且息，暢飛暢舞好更遷。夜深鴉與群鴉語，上下四旁同一處。嘈嘈切切無留言，我歌爾和慎莫拒。朝從昭陽殿裏來，千門萬户一時開。虁乎鼓之軒乎舞，親見鄒衍吹律回。鳩樂閒房鵲笑大，來遺我酒群相賀。吾徒豈不憶寒號？枯枝得坐且同坐。楊柳藏身憶白門，欲飛不飛憶黄昏。此心流水孤村外，此地難言好久存。葦屋風飄不成畫，放筆與鴉爲酸話。不知幅間與樹間，更殘月黑群鴉拜。許生畫竹竹盡情，許生畫鴉鴉有聲。但是一點兩點墨，何至遂與群鴉争？許生慎莫悲寒呴，會始墨光有奇吐。曦曦天上鳳凰鳴，日寫梧桐千萬樹。』

——周亮工《讀畫録》卷三

許友傳

許友初名宰，字有介，福建侯官人。諸生。善畫工書，詩尤孤曠高迴。錢謙益嘗録其詩入《吾炙集》，王士禛、朱彝尊並稱之。少師倪元璐，晚慕米芾爲人，構米友堂祀之。著有《米友堂詩集》。子遇。遇，字不棄，歲貢生，知河南陳留縣事，調江蘇長洲，仕有惠政。公餘禮士唱酬，吟詠不輟，卒于官。少授詩于王士禛，七絶尤擅長，亦工畫松竹梅石，有《紫藤花庵詩鈔》。遇子鼎、均，俱能詩。鼎字伯調，雍正元年舉人，官浙江遂昌知縣，有《少少集》《刺桐城紀遊》。均字叔調，康熙五十七年進士，改翰林院庶吉士，散館，授吏部主事。性嚴正，勇于任事，擢禮部郎中。有《玉琴書屋詩鈔》。閩中以詩世其家者，咸曰許氏也。

——《清史列傳》卷七〇『文苑傳一』

許友

字有介，號甌香，侯官人。爲詩空所依傍，出口如高秋遠籟。尤工書畫，酷慕米襄陽，構米友堂瓣香祀之。有《米友堂集》傳于世。子遇，字不棄。詩翰有父風，工爲松梅竹石，名流争寶重之。爲陳留、長洲二邑令。著有《紫藤花庵詩鈔》。

許友

許友初名宰，字有介，號甌香。父豸，有傳。前明庠生，康熙中以諸生終。詩孤曠高迴，秀水朱彝尊稱其篇章字句不屑蹈襲前人，如俊鶻生駒，不可施以韁靮。工草書，兼善畫竹。酷慕宋米芾，構米友堂祀之。子遇，别有傳。從兄珌，字天玉，明崇禎己卯舉人。詩氣格力追盛唐，而遺言命意亦宗騷逸。與新城王士正善，士正作《慈仁寺雙松歌》贈之，稱爲『閩海奇人』。後官安定知縣。

——道光《福建通志》卷二三九『國朝文苑』

許友

第二十四代，祖諱友，初名宰，字有介，號甌香。明崇禎邑廩生，貤封奉政大夫。著有《米友堂詩文集》。入省志『文苑傳』。生子一，諱遇。

——《三山許氏族譜》（鈔本）『三山許氏本支便覽』

哭許友 有序

徐存永延壽、陳開仲濬、許有介友，閩中三才子也，爲周侍郎亮工所知。侍郎以飛誣被逮，辭及開仲、存永、有介。存永得免，開仲死僧舍，有介同侍郎下請室。侍郎得雪，有介亦釋。丁酉晤予白下，時侍郎左遷青州憲使，云往就也。前月得存永訃，爲文哭之。今聞有介復溘然，追念舊歡，凄然欲絶，酒邊僅得二律。絃斷柱移，當援他琴以續之矣。

曾醉君家米友堂，伎兒十五勝名倡。半酣柘舞更新曲，待月梅花選夜粧。紅燭乍驚鸚鵡夢，翠裙微曳鷓鴣香。自言此樂終難朽，回首三山竟杳茫。

櫟下司空枉見收，君罹詔獄亦經秋。寒灰溺後猶存火，廣柳人還尚拜侯。且喜餘生逢白下，近無信使問青州。陳琳徐幹皆良友，痛絶同時已首丘。

——顧景星《白茅堂集》卷一〇

許有介詩集序

許友，字有介，侯官人。父豸，字獬若，崇禎辛未進士，浙江提學副使。有介爲名士，有別墅在烏石山，擅園亭巖壑之勝。崇禎時，閩以僻境晏安，風俗華侈。有介家既給足，孌童舞女，詩酒談讌無虛日，任俠結納，輕視一切。順治初，周櫟園亮工官方伯，物色得之，奉爲上客。櫟園徵入部院，有飲章誣告往事督閩者，劾下刑部。獄詞及有介，繫刑部一載，事解乃出。又三載，以病遽卒。始予過閩，求閩之才上于撫軍，則舉有介與徐延壽存永、陳濬開仲，謂之『侯官三才子』。而有介之父爲家宗伯主閩試時所得士也，以故有介退以弟子列，執禮恭甚。長不六尺，肥白如瓠，譚笑風發。酒酣，操楮筆墨飽騰，或爲詩詞，或畫枯木竹石，奕奕有致，比之襄陽、眉山。顧胸中嘗鬱促不平，若圈鹿縶鶴，怦怦怫怫不樂生者，則不善涉世故也。然而風流自勝，在獄時嘗作《群鴉話寒圖》，櫟園爲長歌，或言于世祖，取覽稱善。卒年三十餘，有《米友堂詩》八卷。

閩之稱詩，自唐歐陽詹始。此下姑不具論，論其近者。洪武初有十才子，席元太平故習，辭情嘽緩，始則古田張以寧志道，繼則福清林鴻子羽最著，倡爲盛唐體，閩人宗之。永樂朝，楊文敏公榮以臺閣見長，王褒中美、王恭皆山、王偁孟揚號『三王』，而高廷禮彦恢最著。彦恢選唐詩正聲品彙，自爲《嘯臺》等集，規仿三唐，以合調爲工，閩又宗之。景天時，柯潛孟時喜敷疏，成化林俊待用學疏硬，而彦恢之派漸以澌解。弘治則布衣方太古元素、傅汝舟木虛，黄門許先子諱啟衷，惟鄭善夫繼之最著。是時北地蹈襲少陵，繼之顰笑，潛移木虛，詭放自喜，林、高以來，法度一變。嘉靖中，王慎中道思引武進唐順之，上下其論，取材初盛，與慈溪陳束、章丘李開先、順慶任瀚、富順熊過、平凉趙時春、丹徒吕高號『八才子』而繼之。之倩程侍郎應亮亦舍其家學，駘情穠郁。隆萬時，布衣鄭琰輩馳名中原，其流亞也。搢紳則鄧原岳汝高、謝肇淛在杭，山林則徐𤊹興公、林章初文、康彦登龍又嗣響柔曼，葉文忠向高、林宗伯堯俞又率筆冗長去聲，皆有集行世。此閩詩之又變也。

迨公安竟陵迭出，更奏塵路淺言，秋墳鬼唱，林茂之輩亦東食而西宿，惟曹能始堅守高曾，不少偭偝，才高手敏，遂欲包舉前賢，務爲恢闊。暮年頽唐酬接，漸無可觀，時目能始爲曹派，興公爲徐派。予嘗評能始如故宫廢院，敞麗曾弦，金粉燕泥，剥落埃漶；興公如細□小水，村舍略彴，清佳自具，難語高深；織履陳昂如□□□一二窑器，不識商彝周鼎，此閩詩之三變也。

蓋□□雖變而有不變者，存以其地僻遠，不與吴楚争長。然而閩詩不患無梨墨，而患平易儇弱，獨有介横絶不可牢籠，以硊礧結轖之抱，爲佶屈聱齖之辭，掉頭攘臂，跅馳其間，亦云傑矣。遭亂破家，流離縲絏，其怦怫固宜。今集中有《學啞》《學瞶》《學聻》《學擔糞》《學死》，讀者悲之，復好譏如蚊蛆丫鬟是也。或比諸汝舟，若元美所謂作風語者，豈其然乎？丁酉冬，有介既出獄，遇予金陵，抵掌笑談，抵，音紙，側擊也，譌作抵。意氣如昔，獨其詩益悲。明年，裒所作緘寄乞敘，予未及爲，先去聲以書勖俗作勗。毋自苦。有介善之而未能也，而卒鬱鬱以夭。悲夫！予不忍以存亡負有介，取而序之，兼論閩風之先後如此。

——顧景星《白茅堂集》卷三四

許甌香自書詩册卷 紙本

侯官許友初名宰，字有介，又名眉，字友眉，又字友石，晚自號甌香居士。前明提學道豸子。所居紫藤花菴爲名流觴詠之所。又慕米海岳，構米友堂祀之。有《米友堂詩集》。少年師事倪鴻寶先生，詩字畫皆得其指授。甲申後，屢徵不出，以諸生終，隱于家。朱竹垞稱其詩如俊鶻生駒，不可施以羈靮。姜西溟稱其字如群鴻戲海，孤鶴摩空。其爲時所推重如此。

此一卷兩册，皆自書所作，雄健處酷似王孟津。近人極重孟津字，而鮮言甌香者，豈但論爵乎？明季字派多類此，即黄石齋先生筆意亦相似。但黄有奇放處，亦有謹嚴處。此則一味奇放，黄所流傳精行楷尚多，而甌香遺蹟無一楷書者，爲稍異耳。

——梁章鉅《退菴金石書畫跋》卷九

許友

許友，原名宰，字有介，號甌香。廪生。爲詩清新俊逸，如高秋遠籟。朱彝尊稱其篇章字句不蹈襲前人，正如俊鶻生駒，未可施以鞲靮。工草書，善畫竹，酷慕米襄陽，構米友堂瓣香祀之。

——鄭祖庚《侯官縣鄉土志》卷三

許豸

許豸，字玉史，侯官人。崇禎辛未進士，授户部，榷關滸墅，以羨鏹築塘，民德之。後擢寧紹道，殲海寇陳奇老等。改督本省學政，時有權璫鎮浙，豸抗不爲禮，士有儒服郊迎者，立撻之。所著有《倉儲》《彙覈》《膚籌》諸集。子友，有詩名。慕米芾詩畫，名其齋曰『米友堂』，四壁書陶詩以見志。

——康熙《福建通志》卷四五『人物』

許豸傳

許豸，字玉史，《明詩綜》作『字玉斧』。侯官人。崇禎辛未進士，歷户部郎，榷許墅關，筑塘衛水，民德之。後擢寧紹道，殲海寇陳奇老等。轉浙江按察僉事，以參議改督本省學政，時有權璫鎮浙，士有迎璫者，豸立撻之。著有《春及堂詩》及《倉儲》《彙覈》《膚籌》諸集。烏石山南石林爲豸别業，豸子宰、賓，孫遇，曾孫鼎、均，玄孫良臣、藎臣，讀書其中。宰，邑諸生，後改名友，字甌香，師事會稽倪元璐，善書畫。秀水朱彝尊稱其詩不蹈襲前人，如俊鶻生駒，未可施以韝靮。著有《許有介集》。

按：《許有介集》刊本初署許宰名字，諸書所稱著有《米友堂集》，蒼未之見。林正青《瓣香堂詩話》云：『甌香以貴公子負重名，虞山錢牧齋最賞之，收入《吾炙集》，然予未見是集也。乾隆丙寅秋，在廣陵梅花書屋纂修《鹽法志》，得與吴門何子未同事。篋中有抄本，因借觀。虞山贈詩云：「世亂才難盡，吾衰論自公。」又云：「數篇重咀嚼，不愧老夫知。」其獎借者至矣。子未又云：「此集未曾刻，殊可貴重，内收録共二十六人，人各數首，獨有介采百餘篇焉。」」賓，歲貢生，官訓導。友子遇，字不棄，一字真意，順治間歲貢生，受詩于王士正，尤工絶句。知陳留縣，調長洲。許墅石塘爲遇祖豸所筑，遇醵金修至和塘，開馬踏荒地，夾馬築欄馬岡，以濟行旅。年七十，以勞卒于官，著有《紫藤花庵詩鈔》。皆七言絶句。遇子鼎、均，皆能詩。鼎字伯調，又字梅崖，雍正癸卯舉人，上虞、遂昌知縣。有《梅崖集》《少少集》《剌桐城紀游》。又與長樂陳學良遇外甥，著有《剌桐城紀游詩》。合著《石林倡和》。鼎長子良臣，字思夔，雍正癸卯與鼎同鄉舉，知增城，民爲立去思碑，陞崖州知州。次子藎臣，字思進，康熙庚子舉人，上虞知縣。均字叔調，一字雪村，康熙戊戌進士，以庶吉士改吏部考功司，冰心鐵面，人不敢干以私。前官余甸亦慷慨任事，人有『閩中二考功』之稱。擢禮部郎中，以薦出清查江南虧空錢糧，均分查揚州，不苛不縱，方以上績奏，俄卒于署。揚州守陳公宏謀爲殯焉，復捐俸歸其喪。子王臣，字陶瓶，以孝友稱，乾隆五十七年，以七世同居，奏賜『海國醇風』額，旌其閭。王臣子作屏，字畫山，乾隆癸丑進士，曲阜、廣寧知縣。均在官嚴正，有重望，與人交，久要不忘，著有《雪村集》。《國朝全閩詩録》《東越文苑後傳》皆稱其著有《玉琴書屋詩鈔》。

——郭柏蒼《烏石山志》卷七『人物』

許母黃孺人傳

許有介先生之元配黃孺人，永陽太史坤五公女也。太史學問深博，爲當世宗，治家肅而有紀。孺人幼嫻《孝經》大義。母張恭人疾篤，刲股以療，殆而復瘳。其天性淳孝，自爲女時，家人已驚異之矣。太史與學憲許玉斧公同舉于鄉，先後成進士，文章聲望，並價一時，歡相得也。玉斧公分憲浙東，坤五公邑于山陽，乃爲有介先生締姻焉。于歸後，以學憲公命奉太姑李淑人、姑劉淑人歸里，孺人各事之以謹。處妯娌尤能和曲盡道，得其歡心。學憲公及淑人之先後逝也，時太淑人年九十餘矣，孺人侍盥饌必親，問省必敬，病必嘗醫藥，歿則盡哀盡禮，不異淑人之所以事太淑人者焉。淑人女三，其二尚未字也。孺人撫之，教女紅、書史，及笄而奩飾之屬皆躬自檢理，務極精良。蓋諸姑之于嫂，猶母也。孺人既爲姑盡婦道，復能爲姑盡母道，而皆不煩有介先生一言，以故族黨姻戚諸大小親疏莫不稱孺人賢。

國朝鼎建，有介先生自以故家子弟，遂自放于詩酒文章，又天性倜儻，不問家人産業。孺人欲成其志也，凡租課桑田，以及賓祭贈遺、周恤親屬，無一不躬任勞者。而先生所交與，皆海内知名士，座屨常滿。當其酣歌索句，累日達旦以爲常。孺人主中饋，忘寢食，無幾微見于顔色，有不充，即解簪珥爲具，不令先生知也，蓋庶幾古雞鳴贈佩之意焉。

孺人舉丈夫子不育時，年尚未三十也。而孺人自幼讀書，慕樛木逮下風，即決計擇名淑爲先生嗣續計。然非先生意也，孺人力贊之，連舉丈夫子二，即不棄、不入兄弟也。長君不棄，幼嬰痘疾，幾殆。孺人抱持二十四晝夜，困頓不倦，目幾失明，而長君竟無恙。微獨孺人忘其非己出，即家之長幼，莫不以爲孺人之愛篤于所生也。癸卯夏，有介先生寢疾，孺人躬侍湯藥者累月，百計問醫呼籲，竟不起，時長君年十有四，仲君甫八齡耳。孺人撫靈牀慟曰：『以是藐諸孤，未亡人不得即相從于地下，未亡人之痛也。然以是藐諸孤，未亡人遽相從于地下，而不克令其成立，是又亡者之戚也。』用是督二君雖愛而嚴，常曰：『而父行其志，吾不願强也。然光大門閭，亦賢子孫事也，爾曹其勉之。』以故不棄兄弟篤言行，慎交遊，所過從皆其父執與世之先生長者。歲辛亥，不棄省其叔父侍御公于京師，遂入國學讀書。不入亦補弟子員，文聲籍籍。鄉之士大夫羡不棄兄弟，皆推本孺人之教不衰。孺人曰：『今而後，可以見夫子于地下矣。』蓋自先生歿後，族之子姓罕有覿面者。每歲時伏臘，未嘗不撫櫬而慟，絶而復甦也。

無何而變起甲寅，逆徒相煽，狼顧虎視，縉紳子弟無日不在憂患中，攘臂濡首者比比也。孺人曰：『爾叔父受國厚恩，爾曹雖未一命，亦儲材地也。且若輩其可立待乎！』啜菽飲水，屢瀕困辱而不悔也。王師南下，衆方以兵革爲虞，孺人曰：『見天有期矣，夫何憂？』已而閩省晏如，卒如所度，南北道通，侍御公得家音歡然，益歎孺人之先識也。丁巳冬，孺人遘疾，進藥餌，則却之曰：『未亡人一日之生，一日之戚也。今諸孤長矣，幸可告無罪于九原，庸求生乎？』不棄兄弟彷徨迫切，徧呼籲于天地神祇，減年請代。諸媳皆晨昏侍奉無間。孺人憫家人之孝思勤勞也，乃强進藥。疾革，呼不棄兄弟，謂之曰：『爾父承祖之志，爾曹光祖之業，一也。篤而友于，和而妯娌，無隳前人家聲，勉之而已。且今日余歿，得題其旌曰「清故某孺人」，于願足矣，較之告隕于三載顛連困苦僭亂之秋，不猶愈乎？』乃瞑，享年六十。訃聞于親族里鄰，無一不歎息流涕，念其仁孝恭睦之德，而傷悼無已云。

論曰：以余所聞古之名媛多矣，未有如孺人之遺大投艱而能勝任愉快者也。即盡道于家，惠及子姓者，亦不數數見矣。至于相夫以成其志，教子以堅其守，明于大義如孺人者，尤未之前聞。余與侍御公官京師，爲忘年交，聞閫德最詳。及歸，與不棄兄弟同際艱危，晨夕與共，有子姪誼，故爲約其大者如此。至孺人之勤儉整肅，歷危困而茹荼飲蘖，未嘗刻安，處難處之地而能曲折周至，使諸內外族戚無間言，數十年如一日者，尤非余之所能盡傳也。存其略以爲彤管之光，采風者或有取焉。

喬大師曰：『傳孺人而生前事業、德性宛然猶存，至于穿插叫應，純從大關節處着眼，此文體之最貴者。』

——陳夢雷《松鶴山房文集》卷一七

許友眉 逸品

許有介友眉，詩畫蒼楚有致，無一毫煙火氣。余見絹本小幅墨竹三竿，布葉濃淡，氣勢鬱勃，極離奇蒼渾之致，蓋無聊之氣一寄于此耳。小竹仿管仲姬，姿態横生，頗能神似。（眉批：以畫寄意，非到神化之境不能臻此。）

有介，閩之福州人，玉豸先生子也。孝廉，不仕。字畫詩酒，種種第一。所畫枯木寒鴉，蒼涼之態不可把視；工書。其爲詩篇，不襲前人窠臼，時稱三絶。書畫悉喜臨摹米襄陽，搆米友堂瓣香祀之。

——秦祖永《桐陰論畫》二編上卷

《篤叙堂詩集》五卷 福建巡撫采進本

侯官許氏之家集也。凡作者七人，集八種。前明一人，曰《春及堂遺稿》，許豸撰。國朝六人，曰《米友堂集》，許友撰；曰《紫藤花庵詩鈔》，許遇撰；曰《少少集》，許鼎撰；曰《雪邨集》《玉琴書屋詩集》，許均撰；曰《客游草》，許藎臣撰；曰《影香窗存稿》，許良臣撰。豸字玉史，崇禎辛未進士，官至浙江提學副使。友字介有，號甌香，豸子也。喜書畫，慕米芾之爲人，構米友堂祀之。新城王士禛嘗稱其詩。遇字不棄，號月溪，友子也。康熙間官陳留、長洲二縣知縣。鼎號梅崖，均號雪邨，皆遇子。藎臣號秋泉，良臣號石泉，皆鼎子。其家有篤叙堂，爲華亭董其昌所題額，因以名集。

——《欽定四庫全書總目》卷一九四·集部·總集類存目四

許友

許友(有)介先生爲余鄉人，居光禄坊。而黄十研先生紫藤花庵，即在其左鄰。余至許宅，遇所自題堂顔尚存，而紫藤花庵銀杏一株，亭亭如蓋，其下爲豕圈，汙瀦不可狀。許君後人悉所有盡售於粤人劉雲浦，余轉從雲浦家見先生墨蹟。山水樹石似石田，而人物則仍元人家法，粗中有細，良非庸手所能夢見。

——林紓《春覺齋論畫》

許友

許友，初名宰，字有介，一字甌香。侯官人。父豸，前明進士，官浙江提學副使，以風節著聞。有介少曾師事倪鴻寶，故詩書畫皆似之。入國朝，以諸生終。酷慕米海岳，構米友堂祀之。字多狂草，而真意涌出，視張二水、王孟津有過之無不及也。秋竹齋雜录

——梁章鉅《吉安室書録》

許友

許友，初名宰，字有介，一字友眉，又字介壽，號甌香。豸子。前明廩生。師事會稽倪元璐，康

熙中以諸生終。詩孤曠高迥，秀水朱彝尊稱其篇章字句，不屑蹈襲前人，如俊鶻生駒，不可施以韝靮。黃岡顧景星稱其以硊礨結轖之抱，爲佶屈聱齖之辭，掉頭攘臂，跅弛其閒。遭亂破家，流離縲絏，其怦怫固宜。今集中有《學啞》《學瞶》《學瞽》《學擔糞》《學死》，讀者悲之。友工草書，兼善畫竹。酷慕宋米芾，構米友堂祀之。所居有宋程師孟光祿吟臺，友與諸詩人結社其處。子遇。

——民國《閩侯縣志》卷七二『文苑』下

許友

字有介，一名眉，字介壽，一字甌香，福建侯官人。明諸生。有《米友堂集》。

錢謙益《吾炙集》：『丁酉陽月，余在南京爲牛腰詩卷所困，得許生詩，霍然目開，每逢佳處，爬搔不已。因序徐存永詩，牵連及之，遂題其詩曰：「壇坫分茅異，詩篇束筍同。周溶東越絶，許友八閩風。世亂才難盡，吾衰論自公。水亭頻翦燭，撫卷意何窮。」周溶者，字茂山，明州人，嘗爲余言許友者也。既而閩之君子，或過余言，又題曰：「數篇重咀嚼，不愧老夫知。本自傾蘇涣，老杜云：老夫傾倒于蘇至矣。何嫌説項斯。解嘲應有作，欲殺豈無詞。周處臺前月，長懸卞令祠。」余時寓清溪水閣，介周臺卞祠之間，故落句云爾。』

又：『此人詩開口便妙，落筆便妙。有率易處，有粗淺處，有入俗處，病痛不少，然不妨其爲妙也。或曰，詩具如許病痛，何以不妨其妙。答曰，他好處是胎骨中帶來，不好處是熏習中染來。若種種病痛，果爾從胎骨中來，便是焦芽敗種，終無用處矣。顧與治深以予言爲然。』

周亮工《讀畫録》：『有介畫如其詩，蒼楚有致，無一毫煙火氣。好畫小竹，倣管仲姬，柔枝嫩葉，恣態横生。自鐫「許友畫竹」章，每作竹即用之。因予累至京師，渡河而北，不復畫竹，忽放筆爲枯木寒鴉，蒼凉之態，不可把視。』

朱彝尊《明詩綜詩話》：『先生才兼三絶，名盛一時，虞山宗伯最愛其詩，録之入《吾炙集》。要其篇章字句，不屑蹈襲前人，正如俊鶻生駒，未可施以韝靮。』

沈德潛《國朝詩别裁集》：『錢蒙叟《吾炙集》稱有介詩無句不妙，無字不妙。及讀其所收，俱近淺率。』

王士禛《漁洋詩話》：『「楚人門巷瀟湘色」，竟陵胡君信句。「野航人遠雁聲低」，侯官許有介句。』

陳田《明詩紀事》引《十五國風高言集》：『田鬍淵曰：有介諸作，有振衣千仞之概，有沿流九曲之情。淡如菊，清如竹。』

徐祚永《閩遊詩話》：『「野航人遠雁聲低」，侯官許有介句，《漁洋詩話》載之。按有介名友，一字甌香，工草書，兼善畫竹，著《米友堂集》。佳句云：「古寺堆黄葉，孤城擁白雲。」「斷岸孤舟千里夢，曉天殘月萬家霜。」其畫竹倣管仲姬，柔枝嫩葉，姿態横生。自鐫「許友畫竹」印，每作竹即用之。子遇，字月溪，官長洲令，亦喜吟咏，善畫松梅竹石。』

李家瑞《停雲閣詩話》：『余家藏許甌香先生友墨蹟一帙，字多殘闕不完。其尚存者，如《作客》云：「及到扁舟去，方知作客閒。一身忘歲月，盡日是溪山。詩就白雲裏，酒醒春水還。人家蘆葦上，晚泊夕陽灣。」《過廢橋》云：「蕩漾衆山晴，溪分渭水爭。石頹樵路曲，瓦落野波平。縣令鐫文字，居民别姓名。沙頭人待渡，懷想昔年情。」《送友移家湖上》云：「只爲身難置，無何輕出門。豈忘墳墓在，賴有子孫存。古隴招秋稻，山城多夜猿。年年春水候，□□過苔園。」按友爲提學豸子，宅在光禄坊中，有紫藤花庵。詳郡志。』

林昌彝《海天琴思録》：『甌香以諸生善書畫，詩尤孤曠高超。朱竹垞稱其篇章字句不屑蹈襲前人，如俊鶻生駒，未可施以鞲靮。』

又《海天琴思續録》：『悲歌湖澥獨堪哀，餐菊題詩託酒杯。飛瀑青溪青溪寺成往夢，殘縑零落付蒼苔。侯官許甌香友。甌香能詩，精書畫，有「三絶」之稱。其《黄庭飛瀑青溪寺》畫卷，最爲人間所寶。詩亦娟秀。』

徐世昌《晚晴簃詩匯·詩話》：『有介詩澹秀蒼堅。漁洋稱有介「野航人遠雁聲低」與胡石莊「楚人門巷瀟湘色」並爲名句。竹垞又謂篇章字句不屑蹈襲前人，正如俊鶻生駒，未可施以鞲靮。其爲諸家推許如是。兼善書畫，喜摹米襄陽，因構米友堂奉瓣香焉。』

陳衍《石遺室詩話》：『許甌香友侯官人。錢牧齋有《吾炙集》，一時名流，皆止選一二首，惟甌香選至十九首。』

按：今本《吾炙集》選許友詩多至一百零七首，陳衍此記有誤。

——錢仲聯《清詩紀事·明遺民卷》

許友年譜

凡例

一、本年譜記述許友及其關係密切之親友的主要行實。

二、本年譜中年份均采用西元、年號、干支紀年，日月皆爲農曆。

三、本年譜所引許友詩文未注出處者皆出自日本内閣文庫藏清刊本《米友堂集》，所引周亮工詩文未注出處者皆出自《賴古堂集》（清康熙間周氏賴古堂刊本）。爲免繁瑣，所引文獻第一次出現時注明出處，後相同文獻不再一一注明。

許友，原名宷，曾名宰，後更名友，字有介，又更名眉，字介壽、介眉，號甌香、濤園，侯官（今福州）人。

《清史列傳·文苑傳》：『許友，初名宰，字有介，福建侯官人，諸生。』[一]周亮工《書許有介自用印章後》：『許宷，一名宰，字有介。侯官諸生。玉史學憲諱豸者之長子。有忌者謂其所改名觸家諱，以不孝聞之學使者。蓋閩音豸、宰呼同，亦大可噱事也。遂更名曰友，字有介，又更名曰眉，字介壽，亦字介眉。』[二]許友《石林記》：『故余易此爲「濤園」，而因自號者。』

父豸（？—一六四〇），字玉史、玉斧，號平遠。明崇禎四年（一六三一）進士，官至浙江承宣布政使司左參政督浙江學政。著有《倉儲》《彙覈》《膚籌》《春及堂詩》等。

乾隆《福州府志·列傳》：『許豸，字玉史，侯官人。崇禎辛未進士。歷户部郎，榷許墅關，以羨鏹築塘，民德之。後擢寧紹道，增築郡城，殲海寇陳奇老等。改督本省學政，時有權璫鎮浙，豸抗不爲禮，士有迎璫者，立撻之。所著有《倉儲》《彙覈》《膚籌》諸集。子友、賓。』[三]許友《祭林禹聲文》：『憶在辛未，先子捷于南宫。』周之夔《棄草集》卷五《許玉史年兄初度》：『大筆從來推小許，

[一]〔清〕王鍾翰點校：《清史列傳》第九册，卷七〇，中華書局，一九八七年，第三六頁。
[二]〔清〕周亮工：《周櫟園印人傳》卷一，翠琅玕館叢書史部第三八册，第六頁。
[三]〔清〕徐景熹：《福州府志》卷五〇，海風出版社，二〇〇一年，第二二八頁。

長生況復值中秋。』則許豸應生于中秋時節。顧景星《許有介詩集序》：『父豸，字獬若。』[一]李漁曾爲許豸作《〈春及堂詩〉跋》。

父豸師從鍾惺，與譚元春交好，並對李漁有知遇之恩。

許豸《先師鍾退庵文集序》：『楚鍾退庵先生督閩學時，余受知最深，漫有水乳之投。』[二]據《鍾惺年譜》，鍾惺于天啟元年（一六二一）冬遷任福建提學僉事，四年（一六二四）丁父憂歸家去職。則二人約結識于一六二二或一六二三年。鍾惺與同里譚元春爲『竟陵派』領袖，世稱『鍾譚』。許豸《先師鍾退庵文集序》：『久之，友人譚友夏、徐元歎寄余以先生遺稿及《晉書史懷》，予刻之吳關。』李漁《〈春及堂詩〉跋》：『侯官夫子爲先朝名宦，向主兩浙文衡。予出赴童子試，人有專經，且間有止作書藝而不及經題者，予獨以五經見拔。吾夫子奬譽過情，取試卷災梨，另爲一帙，每按一部，輒以示人曰：「吾于婺州得一五經童子，詎非僅事！」予之得播虛名，由昔徂今，爲王公大人所拂拭者，人謂自嘲風嘯月之曲藝始，不知實自采芹入泮之初，受知于登高一人之說項始。』[三]

[一]〔清〕顧景星：《白茅堂集》，福建省圖書館藏清康熙刻本。
[二]〔明〕鍾惺：《隱秀軒集》，上海古籍出版社，一九九二年，第六〇六頁。
[三]〔清〕李漁：《李漁全集·笠翁一家言文集》，浙江古籍出版社，一九九八年，第二一〇—二一一頁。

祖母李氏，母劉氏。

陳夢雷《許母黄孺人傳》：『于歸後，以學憲公命奉太姑李淑人、姑劉淑人歸里。』[一]該句指許友之妻黄氏。許友有《爲祖母李氏乞壽露香》文。

岳父黄文焕（一五九八—一六六七）。

許遇《家山雜憶》：『外王父坤五黄公，故國詞臣，窮經遺老，風流文采，照映當時，僑居白下近歲，方得歸葬故鄉。遇終身未瞻顔色，三復遺編，身世之感，痛也何如！』《永泰縣志》卷三五《人物》：『黄文焕（一五九八—一六六七），字維章，號坤五，白雲鄉人。』乾隆《福州府志》卷五六《人物八·列傳·永福》：『爲文淹博無涯涘。知海陽、番禺、山陽三縣，皆有聲。崇禎召試，擢編修。時黄道周以論楊嗣昌、陳新甲，得罪逮問，詞連文焕，遂同下獄。獄中箋注《楚詞聽直》八卷，《陶詩析義》二卷。既釋獄，乞身歸里……後寓居金陵，著有《毛詩箋》《易釋》《書繹》《老莊注》《陶杜詩注》《秦漢文評》《漢詩審索》《詩經考》。』

妻黄氏（一六一八—一六七七），以孝著。妾不詳。

[一]〔清〕陳夢雷：《松鶴山房文集》卷一七，《續修四庫全書》第一四一六册，上海古籍出版社，二〇一一年，第二三一頁。

民國《閩侯縣志》卷九七『列女四下·孝義』:『黄氏,許友妻。封股療母,疾旋效。』陳夢雷《許母黄孺人傳》:『許有介先生之元配黄孺人,永陽太史坤五公女也。……孺人舉丈夫子不育,時年尚未三十也,而孺人自幼讀書,慕樛木逮下風,即決計擇名淑爲先生嗣續計,然非先生意也。孺人力贊之,連舉丈夫子二,即不棄、不入兄弟也。……丁巳冬,孺人遘疾……享年六十。』可知許友曾納妾,詳情未知。

族兄珌(一六一四—一六七一),崇禎十二年(一六三九)舉人,官安定知縣。

陳衍《閩侯縣志·文苑》:『豸群子弟以才名一時,曰友,曰珌,其最著也。』陝西省定西市許公祠碑文:『先生姓許名珌,字天玉,號鐵堂,福建福州府侯官縣人。生于明萬曆四十二年癸丑歲十一月十七日戌時。』碑文干支紀年有誤,萬曆四十二年爲甲寅。乾隆《福州府志·文苑》:『許珌,字天玉,侯官人。明崇禎己卯舉于鄉。與新城王尚書士正善。士正作《慈仁寺雙松歌》贈之,稱爲閩海奇人。田鬍淵曰:「天玉詩才敏贍,廿年來屢與倡和,每拈一韻,歎其絶神。」其爲名流推挹如此。珌嘗與計偕過揚州。士禛時爲郡司李,解内子金條脱,資其旅橐,故其《悼亡詩》有云:「千里窮交脱贈心,蕪城春雨夜沉沉。一官長物吾何有?却損閨中纏臂金。」紀斯事也。後官安定知縣。

著有《鐵堂集》。』《全閩詩俊》卷六：『許珌，字天玉，號星亭。侯官舉人，有《梁園集》。』[一]

按：新城王尚書士正即王士禛（一六三四—一七一一），字子真，一字貽上，號阮亭，又號漁洋山人，新城（今屬山東淄博市桓台縣）人。官至刑部尚書。自幼能詩，錢謙益逝後，成爲清初詩壇盟主，主張『神韻説』。

弟賓（？—一六七八），字于王、有嘉。歷任清流訓導、山東肥城知縣、浙江巡鹽御史。

康熙《肥城縣志》上卷『知縣』：『許賓，福建侯官縣人。由歲貢順治十八年任。行取御史。』康熙《浙江通志》卷二二『職官·巡鹽御史』：『許賓，福建侯官人。由恩貢康熙十二年任。』乾隆《汀州府志》卷二〇『名宦』：『許賓，字于王，福州人，浙江督學豸子，清流訓導。講學明倫，尤汲引善類，孜孜如不及；被容接者，如坐春風。以卓異歷御史。』郭白陽《竹間續話》：『賓，入清順治辛卯舉孝廉，官至御史。』[二]乾隆《福州府志·列傳》：『賓，歲貢，訓導。國朝擢肥城令，有捕盜安民功，行取補監察御史，按兩浙鹽政，以清節著聞。』許友有《中秋壽弟有嘉》詩兩首。

按：据孫學稼《鷗波雜草》第六册《重九後一日途次聞許于王訃》，賓卒于一六七八年。

賓子錦雯，名不詳。

[一]〔清〕黄日紀：《全閩詩俊》卷六，清鈔本，第六頁。
[二]郭白陽：《竹間續話》卷一，海風出版社，二〇〇一年，第四頁。

幼弟字有秩，名不詳，清順治年間逝世。

據周亮工《有介弱弟中殤賦此慰之》與許友《哭有秩弟》推知。許友《苕水孫大蘇大母壽序》：『憶余每歲六月初吉，率兩弟六袖拜階下。』亦可知許友有兩弟。

有妹三人，未詳。

陳夢雷《許母黄孺人傳》：『淑人女三。』淑人指許友之母劉淑人。

子慰、遇（一六五〇—一七一九）、邁（一六五六—一六八一）。

許友《哀痘殤辭 有引》：『歲辛巳（一六四一）之春，鬼伯鬖鬖操符牒，大勾嬰鬼。……時予亡兒慰尚未出腹也。迨至八閲月，亦預牒中。……計予兒出于世才八月耳。』則許友有一子名慰，一六四一年出生，八個月即因痘（天花）夭折。

陳夢雷《許母黄孺人傳》：『連舉丈夫子二，即不棄、不入兄弟也。……癸卯（一六六三）夏，有介先生寢疾，……時長君年十有四，仲君甫八齡耳。……歲辛亥（一六七一），不棄省其叔父侍御公于京師，遂入國學讀書。不入亦補弟子員，文聲籍籍。』據此，不棄、不入均爲庶出；不棄名遇，生于一六五〇年。不入名邁，生于一六五六年。《長洲縣志》卷八『職官』：『許遇，福建福州侯官人，監生。康熙五十三年九月任，五十八年八月，卒于官。』據高兆《許不入輓詩序 辛酉春》，邁四歲能屬對，少年多才，温良謙恭，積勞成疾，卒于一六八一年。郭白陽《竹間續話》卷一：『友子遇，字不棄，號真意，又號月溪。受詩于漁洋，得其宗派。善畫松石，兼工梅竹，有《紫藤花庵詩鈔》一卷。』《清史列傳·文苑傳》：『遇字不棄，歲貢生，知河南陳留縣事，調江蘇長洲，仕有惠政。公餘禮士唱酬，吟詠不輟，卒于官。少授詩于王士禛，七絶尤擅長。亦工畫松竹梅石，有《紫藤花庵詩鈔》。』[二]乾隆《福州府志·文苑》：『遇字不棄。少倜儻，喜交遊，户外之屨常滿。受詩于新城王士正，得其宗派，兼工松、梅、竹、石。士正嘗題其畫竹云：「許侯磊落負奇氣，平生節目堅蒼筤。石林手種竹萬箇，興來自寫千篔簹。」謁選，授陳留縣，有惠政。以薦調知長洲。新滄浪亭，公餘，禮士大夫倡酬其中，風流文采，照映一時。卒于官。著有《紫藤花庵詩集》。』王士正即王士禛。

孫鼎、均、鼒等。曾孫良臣、雍、藎臣、王臣等。玄孫作霖、作屏等。玄孫女琛等。

郭白陽《竹間續話》：『遇生六子，長名鼎，字伯調，雍正間舉人，有《梅崖集》《少少集》《刺桐紀遊》，工書畫。鼎子良臣，有《石泉詩鈔》《影香窗存稿》。遇第四子均，字叔調，號雪村，康熙戊戌翰林，有《玉琴書屋詩鈔》。均生三子：長雍，次藎臣，有《客遊草》，三王臣，字思恭，號陶瓶，亦工詩畫。乾隆五十年以七世同居，賜「海國醇風」。著有《陶瓶集》《多佳樓詩鈔》。子二，長作霖，

[二]　王鍾翰點校：《清史列傳》第九册，第七三三一頁。

有《桐花書屋詩鈔》。次作屏，號畫山，乾隆癸卯經魁，有《青陽堂文集》《拜雲樓詩集》。』乾隆《福州府志・文苑》：『（遇）子鼎，字伯調，雍正癸卯舉人，知上虞、遂昌二縣。爲政不苟。著有《梅岩集》。』乾隆《福州府志・列傳》：『許均字叔調，侯官人。康熙戊戌進士，選庶吉士。改吏部主事，在考功，冰心鐵面，人不敢干以私。前官余甸亦慷慨任事，人有「閩中二考功」之謡。尋擢禮部郎中，以薦出清查江南虧空錢糧，均分查揚州，不苛不縱。方以上績奏，俄卒于署。揚州守陳公宏謀爲殯焉，復捐俸歸其喪。均在官嚴正有重望，與人交，久要不忘。許氏三世皆以詩、書、畫名。均克承家學，著有《雪村集》。』郭柏蒼《烏石山志・志餘》：『月溪……其二子曰鼎，曰鼒。』梁章鉅《閩川閨秀詩話》：『素心名琛，字德瓔，甌香先生友曾孫女，月溪先生遇孫女，澳門郡丞良臣之女也。早寡，以節終。有《疏影樓稿》，已梓行。』[一]按：此條中輩份記載有誤，良臣爲鼎子，鼎爲遇子，故琛爲遇曾孫女，友玄孫女。

自父豸以下至其六世孫共七人八部詩集結集爲《篤敘堂詩集》。

《四庫全書總目提要》卷一九四《集部四十七・總集類存目四》：『《篤敘堂詩集》・五卷（福建巡撫采進本），侯官許氏之家集也。凡作者七人，集八種。前明一人，曰《春及堂遺稿》，許豸撰。

[一]〔清〕梁章鉅《閩川閨秀詩話》卷一，《續修四庫全書》第一七〇五册，第一四頁。

國朝六人，曰《米友堂集》，許友撰；曰《紫藤花庵詩鈔》，許遇撰；曰《少少集》，許鼎撰；曰《雪邨集》《玉琴書屋詩集》，許均撰；曰《客遊草》，許藎臣撰；曰《影香窗存稿》，許良臣撰。……其家有篤敘堂，爲華亭董其昌所題額，因以名集。』

按：筆者目力所及，許氏家集《篤敘堂詩集》僅見于二〇〇七年秋北京保利國際拍賣有限公司拍賣會，當時以五萬六千元拍賣成功，但不知花落誰家。此爲筆者僅知的孤本。

外孫黃任，曾從許遇學詩。

《侯官縣鄉土志·耆舊録内編二·學業》：『黃任字於莘，號莘田。籍永福，居本境。以舉人宰四會，判決如流，民無冤者。鹿澳塘賊蠢動，即往平之。大水潰堤，捐俸修之。作《築基歌》以勸工，與《賑粥行》《勸農詩》，皆真摯語，不亞唐人《春陵》《秦中》諸什，終以詠塵觸上官怒，劾歸，唯攜硯十枚，詩數束而已。因自署「十硯老人」，卜築光禄坊許氏紫藤庵，曰「香草齋」。詩清新有逸韻，絶句尤綺靡。善言情，有《秋江集》六卷。重宴鹿鳴，乃卒。』《福州市志》第八册：『黃任（一六八三—一七六八），字於莘、莘田，自號十硯翁。永福縣（今永泰縣）人，長期居福州。』林昌彝《海天琴思續録》：『十硯翁詩私淑侯官許不棄先生，《秋江詩集》中，七言絶句全學不棄。』

家侯官光禄坊。有明代著名書畫家董其昌題『篤敘堂』匾額。

乾隆《福州府志》卷二一《第宅園亭一》：『許提學豸宅：在光禄坊。』郭白陽《竹間續話》卷一：『許氏家有「篤敘堂」額匾，爲華亭董其昌所題，今尚在。』[二]

有石林别業，在烏山南麓。爲父豸所購，後友擴建之，并易名爲『濤園』。

顧景星《許有介詩集序》：『有介爲名士，有别墅在烏石山，擅園亭巖壑之勝。』乾隆《福州府志·第宅園亭一》：『石林，在烏石山之南，許豸别業。有吞江、松嶺、霹靂巖諸勝。』朱書《石林倡和詩序》：『石林者，不棄大父督學平遠先生讀書處也。在烏石山南，有巖洞梅竹松蕉之勝。』[二]許友《石林記》：『許子四時讀書處，有城南之園一區，在古城深巷間，距廬僅里許。……舊主人榜以「石林」，……有亭翼然，……亭左爲「松嶺」，先大夫手鑴二大字。嶺皆長松對峙，……坐卧其下，聽雲海寒濤聲，若身立天上。故余易此爲「濤園」，而因自號者。』潘耒《濤園記》：『福州城中凡三山，烏石山最大，環山而爲寺觀園亭者數十，許氏濤園最勝。……善爲園者，莫許氏若也。……其家去園僅里許。……學憲公（許豸）少嘗讀書于是，樂其地之幽勝，既貴，割俸買之，規以爲園，殁于官，未暇居也。伯子甌香先生復拓而廣之，增置亭臺，疏泉剔石，而園之勝始具。先生

[一] 郭白陽：《竹間續話》卷一，海風出版社，二〇〇一年，第五頁。
[二] 〔清〕許鼎、陳學良：《石林倡和詩》卷首，福建省圖書館藏康熙四十年（一七〇一）刻本。

嘗自爲文記之，又標諸名勝，大書刻于石壁。當明末，園之勝甲一郡。』[一]

早年家境寬裕，生活奢靡。

顧景星《許有介詩集序》：『崇禎時，閩以僻境晏安，風俗華侈。有介家既給足，孌童舞女，詩酒談讌，無虛日。任俠結納，輕視一切。』[二]

明朝諸生，入清不仕，以布衣終。

《福建通志·文苑傳》：『友，前明廩生，康熙中以諸生終。』《清史列傳》卷七〇《文苑傳》：『許友，初名宰，字有介，福建侯官人，諸生。』應爲明諸生。陳夢雷《許母黄孺人傳》：『國朝鼎建，有介先生自以故家子弟，遂自放于詩酒文章。又天性倜儻，不問家人産業。』

面横而肥，身形矮胖，膚白無鬚，好詩酒賓客，任誕不羈，頗有魏晉風度。

周亮工《書許有介自用印章後》：『君大腹，無一莖鬚，望之類乳媪，面横而肥，不似文人。……君既負盛名，閩士多造之，恒不報謁，亦不省來者爲誰，以故人多憾之。即與君暱者，亦退多後言。

[一]〔清〕潘耒：《濤園記》，《遂初堂集》卷一一，康熙刻本，第一八頁。

[二]〔清〕顧景星：《白茅堂集》卷三四，第一四頁。

君但自效于酒，一切弗問也。』顧景星《許有介詩集序》：『長不六尺，肥白如瓠。』

工草書，善畫枯木竹石，時有三絶之譽。

《侯官縣鄉土志·耆舊録内編二·學業》：『工草書，善畫竹。』朱彝尊《静志居詩話》：『先生才兼三絶，名盛一時。』其書法在日本頗具影響力，其追隨者甚至形成一個流派。日本《書道全集》《明清書道圖説》等均有收録。

慕米芾，構米友堂祀之，並以之名集。堂内供藏米芾及其子米友仁真迹多幅。

《侯官縣鄉土志·耆舊録内編二·學業》：『酷慕米襄陽，構米友堂，瓣香祀之。』《清史列傳·文苑傳》：『晚慕米芾爲人，構米友堂祀之。著有《米友堂詩集》。』許友《米友堂説》：『許子好憶前身是誰，或是南宫面目乎？不然，何與元章如孿生而莫辨也？昔坡公謫居海外，攜陶柳集自隨，號爲南遷二友。今兹堂未名，樹之眉宜曰「米友」，亦猶坡公之意也。……堂中供公風雨單條一幅、漁雨圖一幅、墨蹟八幅，石榻二十套，公之子友仁者濤箋作夏雲山一幅，並《襄陽志林》一卷云。』

曾師從倪元璐。

《清史列傳·文苑傳》：『少師倪元璐。』郭柏蒼《烏石山志·人物》：『宰，邑諸生，後改名友，字甌香，師事會稽倪元璐，善書畫。』友有《祭倪鴻寶師文》。

按：倪元璐（一五九三—一六四四），字玉汝，號鴻寶。浙江上虞人。天啓二年（一六二二）進士。官至户部尚書兼翰林院學士。崇禎十七年（一六四四），李自成陷京師，元璐自縊死。弘光時，追贈少保、吏部尚書，謚文正。清朝賜謚文貞。善書法，秦祖永《桐陰論畫》：『元璐書法靈秀神妙，行草尤極超逸。』有《倪文貞集》。（《明季北略》卷四、《明史·列傳第一五三》）

詩風孤曠高迥，清新俊逸。

《清史列傳·文苑傳》：『許友，初名宰，字有介，福建侯官人。諸生。善畫工書，詩尤孤曠高迥。』乾隆《福州府志·文苑》：『爲詩清新俊逸，如高秋遠籟。』[一]

詩名頗高，爲朱彝尊、錢謙益、王士禛等名士所稱許。

朱彝尊《静志居詩話》：『先生才兼三絶，名盛一時。愚山最愛其詩，録之入《吾炙集》，要其篇章字句，不屑蹈襲前人。正如俊鶻生駒，未可施以韉靮。』[二]『愚山』應是『虞山』，即錢謙益。錢

[一]〔清〕徐景熹：《福州府志》卷六〇，海風出版社，二〇〇一年，第三五一頁。
[二]〔清〕朱彝尊：《静志居詩話》，人民文學出版社，一九九〇年，第六九〇頁。

謙益《吾炙集》：『壇坫分茅異，詩篇束筍同。周溶東越絶，許友八閩風。世亂才難盡，吾衰論自公。水亭頻剪燭，撫卷意何窮。』[一]王士禛《漁洋詩話》：『「野航人遠雁聲低」，侯官許有介句。』

有詞名，今存世詞十首。

謝章鋌《賭棋山莊詞話》：『吾閩詞家，宋元極盛，……明代作者雖少，……亦復流風未泯。又繼以余澹心懷、許有介友……』[二]日本内閣文庫藏《米友堂集·詩餘》録詞十首。曹爾堪《南溪詞》有一首《風入松·寄侯官許有介》，許友或有和詞。

按：曹爾堪（一六一七—一六七九），字子顧，號顧庵，浙江嘉興籍，華亭（今上海市松江區）人。順治九年（一六五二）進士，官至侍講學士。博聞强記，工詩詞，柳洲詞派領袖，清初詞壇重要人物。善書畫，不輕授人，故罕流傳。有《南溪集》。

作品集頗豐。現存有《米友堂集》《米友堂詩集》《米友堂詩集補遺》《許甌香先生遺稿》《米友堂詩》等。

柯愈春《清人詩文集總目提要》：『現存所著稿本二種：一爲《米友堂詩集》，不分卷次，福建

[一]（清）錢謙益：《吾炙集》，上海圖書館藏清光緒三十三年（一九〇七）鉛印本，第二六頁。
[二]（清）謝章鋌：《賭棋山莊詞話》卷一，《謝章鋌集》，吉林文史出版社，二〇〇九年，第五一三頁。

師範大學圖書館藏。……另一種則爲《許有介詩稿》，僅一卷，北京市文物局藏。福建師範大學圖書館藏其集寫本二種：《許甌香遺詩》不分卷，清初鈔本；《米友堂詩集補遺》不分卷，鈔本。其集刻本，見于諸家著録者三種：一爲《米友堂詩集》不分卷，署許宰，清刻本，中國國家圖書館藏。二爲日本内閣文庫所藏，題《米友堂詩集》七卷、《文集》不分卷、《雜著》四卷，注稱「明刊本」，疑有誤，當刻于康熙年間。另一種《續修四庫提要》已著録，題《米友堂集》四卷，康熙間紫藤閣刻。陽新石榮暲曾藏一鈔本，名《箬藺室詩集》，僅詩六十六首，民國二十五年輯入《蓉城仙館叢書》，中國科學院圖書館藏。』[一]其中的收藏情況隨着時代變化也有所變化，而一些版本記載存在錯誤，詳見本書前言第五節《許友著述考》。

按：《箬藺室詩集》現藏中國國家圖書館，並爲二〇一〇年上海古籍出版社出版的《清代詩文集彙編》收録，作者署爲『許友』。然經筆者考查，集中詩均爲元明之際詩人所作，非許友作品。另，所謂北京市文物局藏《許有介詩稿》一卷，《續修四庫提要》著録、康熙間紫藤閣刻《米友堂集》四卷，今未見。

許友《莊蝶序》一文中稱：『猶憶早歲予刻《醫夢草》一小帙。』乾隆《福州府志·藝文》：『許宰《醫夢草》一卷。』林家溱《福州坊巷志》：『許友《醫夢草》。』[二]然今《醫夢草》未見于世。

[一] 柯愈春：《清人詩文集總目提要》，北京古籍出版社，二〇〇二年，第一五七—一五八頁。
[二] 林家溱：《福州坊巷志》卷四，福建美術出版社，二〇一三年，第一四九頁。

郭柏蒼《烏石山志·人物》(卷七):『《許有介集》刊本初署許宰名字,諸書所稱著有《米友堂集》,蒼未之見。』郭白陽《竹間續話》卷二:『許友字有介,侯官人,有《許有介集》。』顧景星作有《許有介詩集序》。這裏所説的《許有介集》《許有介詩集》也不知存軼情况,是否和柯愈春所説的北京市文物局藏《許有介詩稿》一致,有待進一步考察。

明萬曆四十三年乙卯(一六一五)

春,出生。

《福州市志》第八册《人物傳》:『許友(一六一五—一六六三),名宰,字介有、友眉,又字介壽,號甌香。侯官縣(今福州市區)人。』未詳原始出處。許友確切生年未見諸其他記載。清順治十六年(一六五九)春,周亮工作《壽有介》,則許友生于春季。同年,許友《題畫送徐存永之汴涼》:『相看俱是四旬外。』以此上推,許友生于一六一九年以前。周亮工《書許有介自用印章後》曰:『君歸未數年即殁,其殁也,蓋只四十餘。』[二]周亮工《賴古堂集》卷六《十月廿六日城陽寄冠五》其三:『高兆虎林返,許眉信已真。』原注:『雲客過嶺訪予,聞有介變,遽返。』此詩寫的是得知許友逝世的消息,據周亮工行跡,此詩作于一六六三年,則許友卒于是年十月二十六

[二]〔清〕周亮工:《周櫟園印人傳》卷一,《翠琅玕館叢書·史部》第三八册,第六頁。

日前。以卒年『四十餘』估算，當生于一六一四年以後。綜上，許友生年當在一六一五—一六一九之間，暫采信《福州市志》之記載。考證詳見本書前言。

明天啟八年戊辰（一六二八）

與黄晉良相識。

順治丁酉年（一六五七）爲黄晉良詩所作序云：『余與處庵之交，居同里閈，學共鄉社，垂三十年，于今未嘗少異。』[一]『垂三十年』即將近三十年，暫以二十九年逆推，繫于是年。

按：黄晉良（一六一五—一六八九），字朗伯，號東叟，别號處庵，一作處安。福建閩縣人。明諸生，南明唐王授中書舍人，擢工部主事，入清後曾短時爲官。工書畫，有《唐詩剩義》《和敬堂全集》。

明崇禎六年癸酉（一六三三）

是年，父豸榷蘇州滸墅關，九月重修滸墅關石塘，有政聲。

滸墅關位于蘇州城西北。道光《滸墅關志·名宦》：『許豸，字玉史，福建侯官人。崇禎辛未進

[一]〔清〕黄晉良：《和敬堂全集》，第二三五頁。

士，癸酉主滸墅關税務，榷政尚寬，豈弟素著，祀名宦。』[一]乾隆《福州府志》卷五〇『人物・列傳・侯官』：『許豸，字玉史，侯官人。崇禎辛未進士。歷户部郎，榷許墅關，以羨鏹築塘，民德之。』陳仁錫《榷關許公重修石塘記》：『平遠許公督吴關，賢而熟于計也。……時維九月，訪友出關，公大興塘事。』[二]

秋，作山水立軸于七峰山房。

畫爲設色紙本，一百三十一乘五十五厘米。有鈐印『許友、許氏友眉』，鑒藏印『初梨鑒藏、推陳出新』，款識『時癸酉新秋畫于七峰山房。許友』。

按：七峰山房乃江蘇丹陽嚴莊孫氏于明代弘治正德年間所修的私家園林，位于七峰山弘治灣内，宏大雅麗，聲名遠揚，曾引衆多文人名流來此覽勝題留。嘉靖年間，山莊毁于倭寇之火。然山莊遺跡與七峰山之秀美仍吸引了不少文人墨客。丹陽距蘇州約一百五十公里，如畫爲真跡，則許友或隨父宦蘇州之時遊覽丹陽七峰山房並繪此圖。

『初梨鑒藏、推陳出新』乃李初梨之印鑒。李初梨（一九〇〇—一九九四），原名李祚利，四川江津人。一九一五年隨兄李亞農（著名歷史學家）赴日留學，歸國後加入進步文學組織『創造社』。一九二八年五月在上海加入中國共産黨，並參加中央文委，在上海文化界開展

[一] 《滸墅關志》卷六《名宦》，道光七年（一八二七）刻本，第四頁。

[二] 〔清〕陳仁錫：《無夢園遺集》卷四，《續修四庫全書》第一三八三册，第四七六頁。

工作。解放後，任中共中央對外聯絡部副部長、黨委書記。生平喜好收藏文物。一九八三年四月，將收藏的書法、繪畫、青銅器、陶瓷、紫砂、碑帖、硯臺等五百三十四件捐獻給重慶市博物館。

明崇禎七年甲戌（一六三四）

父豸任浙江寧紹道。

乾隆《福州府志·列傳》卷五〇：『後擢寧紹道，增築郡城，殲海寇陳奇老等。改督本省學政，時有權璫鎮浙，豸抗不爲禮，士有迎璫者，立撻之。』

明崇禎八年乙亥（一六三五）

前往甬東探視父親。

曹學佺《許有介之甬東省覲》（《西峰六二草》）。

明崇禎九年丙子（一六三六）

父豸于明州任上，冬仲至前五日作《先師鍾退菴文集序》。

序見鍾惺《隱秀軒集·附録》。

明崇禎十一年戊寅(一六三八)

十月二十六日早,出南郊散步,作《早出南郊》詩。

許友《早出南郊》:『戊寅孟冬二十六,許子偶爾之南麓。』

是年冬,作《雪詩和坡公》《戊寅江上阻雪再用前韻》。兩詩皆和蘇軾《雪後北臺書壁》。

明崇禎十二年己卯(一六三九)

五月十四日,夜登烏山,于石林天門看月。後作《憶石林看月》詩。

許友《憶石林看月》序:『己卯五月十四夜,披葛衫,登天門看月。』詩與序爲隨父宦居浙江時所作。

是年,于烏山石林别墅山居半年。

許友《憶神光寺鐘聲》序:『己卯歲,予居山半年。』神光寺在烏山上,今不存。

明崇禎十三年庚辰(一六四〇)

結識陳洪綬。

許友《與諸暨陳章侯劄子》:『庚辰歲,宰侍先子于文場,得讀陳子應制文于人海之中。』

按:陳洪綬(一五九九—一六五二),明末清初書畫家、詩人。字章侯,幼名蓮子,一名胥岸，號老蓮，別號小浄名，晚號老遲、悔遲，又號悔僧、雲門僧。浙江諸暨人。崇禎年間召入内廷供奉。明亡，入雲門寺爲僧，後還俗，以賣畫爲生。工詩善書，有《寶綸堂集》。

十二月，父豸殁于武林（今杭州）官邸。倪元璐、祁彪佳等來弔唁。

許友《祭倪鴻寶師文》：『追先子没于武林官邸，師自會稽拏舟而來，把酒沃奠。』許友《祭盟叔祁世培先生文》：『追先子武林殁，先生聞凶哭于私宅，既而手攜文章來，不及拜而慟。』許友《祭林禹聲文》：『追庚辰先子没于武林。』祁彪佳《祁忠敏公日記·感慕録（庚辰）》：『（十二月）二十四日，……午後，聞許平遠公祖之訃，痛悼不已。登舟至平水作廣孝寺募疏，至南門邀方無隅同行。二十五日，於鑄浦登陸，入山謁墓，倍覺感痛。與無隅參三宜師午齋即別，登舟已暮矣。』

按：祁世培即祁彪佳（一六〇三[一]—一六四五），許豸好友，明代政治家、戲曲理論家、藏書家。字虎子，一字幼文，又字弘吉，號世培，別號遠山堂主人。山陰（今屬浙江紹興）人。生長于藏書之家，萬曆四十六年（一六一八）舉鄉試，天啟二年（一六二二）進士。歷任福建興化府推官、右僉都御史、河南道御史等。清兵入關時，力主抗清，任蘇松總督。清兵攻佔杭州後，自沉殉國，謚忠敏，清朝追謚忠惠。（《明史·列傳》卷二七五、《祁彪佳集·行

[一] 祁彪佳生于萬曆三十年十一月二十一日，時爲公元一六〇三年一月三日。

實》卷一〇）

明崇禎十四年辛巳（一六四一）

春，子慰出生，八個月後染痘而亡。作《哀痘殤辭》。

明崇禎十五年壬午（一六四二）

元日，攜酒與衆友人于紡授堂觀梅唱和。

曾異撰《開正二日李古夫王有巢陳昌箕林守一守衡陳孔臧許有介劉黄修集紡授堂觀梅時小圃成次昌箕韻》其一：『過臘花如碩果存，開遲留作衆芳尊。更新熟面人添歲，暴富貧家菜有園。對酒偶然歌魏武，買絲不分繡平原。一罇年事迎兼送，未許春風便上門。是年七日立春。』其二：『但憶年年世事更，何殊觴政暫輸贏。時危未覺三公貴，園小猶勝一錙輕。攜酒卻如賓作主，時有介餉酒。燕毛似合我爲兄。開正獨榻懸初下，那得相過不盡情。』（《紡授堂二集》卷六）

曾異撰（一五九一——一六四四），字弗人。福建晋江人，家于侯官。崇禎年間舉人。個性耿介，終身不求仕進。善爲長詩與古文，著有《紡授堂集》。（《明史》卷二八八）

春，曾異撰作《追挽許玉史學憲》。

詩見《紡授堂二集》卷六。

明崇禎十六年癸未(一六四三)

正月十五日，與徐延壽等集米友堂，擊鼓醉後放歌。

徐延壽《元夕集米友堂聽有介擊鼓醉後放歌七古》。

徐延壽(一六一四—一六六二)，原名陵，字存永，一字無量，徐𤊹子，福建閩縣人。天啟末庠生，入清不仕。有《尺木堂集》。(《清人別集總目》一八七八頁)

二月花朝節，與曹學佺、陳衎等于石林社集賦詩。

曹學佺《花朝社集許有介石林》：『倚仗芳春物外尋，城隅渾似入山深。百花放盡空生日，亂石衝開即故林。詩酒雖然娛蔗境，水田猶未露秧針。座中若有欒巴術，噀墨偏宜戲作霖。』(《古稀集詩》上)

按：此詩學佺手書贈許友。卞永譽《式古堂書畫彙考》卷二八録《能始花朝社集詩》，其落款：『癸未花朝社集有介詞丈濤園請正，學佺。』(文淵閣《四庫全書》本)

卞永譽(一六四五—一七一二)，字令之，號仙客，清朝漢軍鑲紅旗人。康熙二十五年(一六八六)任福建巡撫。工書畫，善鑒賞。陳衎《花朝許有介直書畫會石林時久旱同曹能始先生即席賦》：『三十年前此地遊，新添亭榭占高丘。天無纖翳田皆坼，月滿清輝山更幽。

策杖林中輕靄散，銜杯花下暗香收。空餘墨汁金壺瀉，難挽寒泉入座流。』（《大江草堂二集》卷六）

陳衎（一五八五—?），字磐生，閩縣人。篤學好古，能詩善畫，藏書甚富。有《大江集》《大江草堂二集》《玄冰集》等。

春末，與友人社集送春唱和。

陳衎有《黄基玉直書畫會送春》，題下自注：『是日許有介擊鼓作樂，陳抑夫、李幼靈各畫桃源圖，甚佳。』詩云：『春光不與老人知，歸去仍如始至時。却喜年年添好友，更逢處處有新詩。花催羯鼓頻開落，樹擁朱樓亦敝虧。争畫桃源求避世，問津何日是幽期。』（《大江草堂二集》卷六）

按：陳衎又作有《許友介擊鼓行》（《大江草堂二集》卷三）。黄堪，字基玉，號山愚，又號愚長。許友妻兄。明末諸生。工詩畫，性任俠，倜儻不羈。順治間以軍功任廣東肇羅僉事，僅一年即乞歸，寓居南京。徐景熹《福州府志》稱其『性愛佳山水，以吟詠自豪，爲詩縱横有法度，與許友齊名』（卷六〇《人物·文苑》）。有《姬山集》《岱遊草》《江淮草》《西江日譜》《楚澤孤懷》《岱心集》等。

是年，于家中紫藤庵作《古木寒鴉圖》，絹本。

該畫長一百三十厘米，寬七十厘米。右上角行書題：『危亭凝晚照，古木亂寒鴉。癸未清秋小窗獨坐，几上霜華未乾。偶臨元人筆法，作此古木寒鴉，以代一日坐懷也。許友作于紫藤庵。』據悉，該畫現歸私人收藏，真僞存疑，暫録之。

明崇禎十七年/清順治元年甲申（一六四四）

三月十九日，李自成攻陷北京，崇禎帝于景山自縊。倪元璐自縊死。後許友作《祭倪鴻寶師文》。

五月二十七日，吴三桂投降，清軍入關。

十二月，作《青鬢怨》七十三首。

許友《青鬢怨·序》：『甲申臘殘，坐箬藟中識。』

年底，與窗友集社，作《食三品贊》。

許友《食三品贊·序》：『甲申殘臘，余與窗友開講社，約供饌。食品惟園芋、蠣房、玉帶魚。』

與同鄉詩友結平遠臺詩社。

郭柏蒼《竹間十日話》：『林偉字草臣，康熙間侯官諸生，與孫學稼、許珌、許友、高兆等，稱「平遠社七子」。』陳壽祺《鼇峰里宅記》：『惕園（陳庚焕）高祖叔舉（陳驤）偕兄偶庵（陳騄）奉親避囂于山西白雲寺，孫君實（孫學稼）、許天玉（許珌）、甌香（許友）、高雲客（高兆）時從遊詠，號「平遠臺詩社」。』陳庚焕《里門懷古》：『國初有前後平遠臺詩社。前則高雲客、許甌香諸公，先高祖叔舉府君兄弟與焉。毛西河（毛奇齡）、朱竹垞（朱彝尊）入閩，嘗與讌集。』

按：毛奇齡和朱彝尊入閩與上述人員讌集之事，恐爲陳庚焕誤記。毛奇齡入閩在康熙十九年（一六八〇）前後，此時許友、許珌早已去世，孫學稼亦遠離閩中，而朱彝尊入閩更晚，在康熙三十七年（一六九八），二人不可能參與平遠臺詩社活動。[一]

孫學稼，字君實，自號聖湖漁者，福建侯官人。以明遺民自居，著有《鷗波雜草》《蘭雪軒集》等。居光禄坊玉尺山房，與許友家宅比鄰，兩家爲通家之好。孫學稼與許氏之許珌、許賓、許錦雯、許遇均有交往。

《閩縣鄉土志·耆舊録二·學業》：『陳庚焕字道由，籍長樂。高祖驤，奉親避地，居九仙山下。焕以歲貢官教諭，累辭孝廉方正與實學諸薦舉。篤志程、朱之學，身體力行。從之游者，皆講明弗懈。里巷間風俗一變焉。所著宏富，名其詩文稿曰《惕園集》，以《童子摭談》《二十二史人物表》兩種爲最益于世。』

平遠臺詩社結社時間未見詳細記載，據陳庚焕所言『國初』，再據許友《食三品贊》序『甲申殘臘，余與窗友開講社』，暫繫于是年。

明亡後不求仕進，以布衣終。

陳夢雷《許母黄孺人傳》：『國朝鼎建，有介先生自以故家子弟，遂自放于詩酒文章。又天

[一] 參見吴可文《明清福州文學地圖——以三坊七巷爲中心》，福建師範大學博士學位論文，二〇一〇年，第一三六頁。

性倜儻，不問家人産業。』

南明隆武元年/清順治二年乙酉（一六四五）

五月，清兵攻克南京，南明弘光政權滅亡。

閏六月六日，祁彪佳自沉殉國。許友作《祭盟叔祁世培先生文》。

秋，作《楊郎遠青壽言》。

許友《楊郎遠青壽言》：『乙酉之秋，既深于是楊子遠青十九年矣。』

冬，作《墨蘭圖》。

該畫落款：『唯君子能與光同群。乙酉冬日。八閩許友寫。』

作《送沈昭文赴莆州參軍序》。

該序無紀年，但文中曰：『霅水昭文沈先生當兩都淪陷，至自越，詣行在，麻鞋謁天子，特拜莆州參軍。』

按：沈昭文，生平不詳。莆州，今福建莆田。兩都淪陷，指北京、南京淪陷，南京淪陷于是年五月。『天子』當指南明隆武帝朱聿鍵，于是年閏六月在福州即皇帝位。次年八月，隆武政權覆滅。綜上，該序作于隆武朝時，暫繫于是年。

南明隆武二年/清順治三年丙戌(一六四六)

清明,作《行草三體詩卷》。

該卷乃許友爲好友林子喬所作,詩卷分三段,分别用三種字體書寫。卷末落款:『丙戌清明雨中宅坐録農臣箋二十條,以三種字體書之並請正。與友子喬子也。』卷後有日本書法家西川寧(一九〇二—一九八九)的跋語。現藏臺北何創時書法藝術基金會。

九月十八日,福州爲清兵佔領,曹學佺自縊殉國。友作《祭曹雁澤先生文》。

徐延壽《大宗伯曹能始先生挽章一百八十韻》序:『歲丙戌九月十八日辰時,福京城陷,大宗伯能始曹先生殉節于西峰里第。次歲丁亥正月廿八日始移柩湖濱。』見《尺木堂集·五言排律》。

九月,友人趙珣卒,友爲之搜集遺詩,編訂成册,並作《趙枝斯遺稿序》。

許友《趙枝斯遺稿序》:『丙戌九月,趙君枝斯卒,社人許友捃拾其遺詩。』

按:趙枝斯,原名璧,後改名珣,又字十五。福建莆田人。嗜古好奇,不仕。善詩,詩風清幽激楚。書法亦娟媚可觀。好畫鳧雁,山水近元代畫家倪瓚。平生嚴取與,寡交遊。曹學佺謂其超然高潔,有東晉名士風。

清順治四年丁亥(一六四七)

夏三伏期間，作《茗水姚孺人墓誌銘》。

作八幅畫册，末題『丁亥春日爲健翁宗師作』。道光六年（一八二六），林則徐爲此畫册作《題許甌香處士畫册爲香士上舍賦》詩。

林則徐《題許甌香處士畫册爲香士上舍賦》詩前序云：『處士名友，福州人，明之遺逸也。《佩文齋書畫譜》有傳。此册凡八幅，末題「丁亥春日爲健翁宗師作」，未署年號。子遇，孫均，字雪村，皆以書畫著。』

作《霪雨祝晴文》。

作《郡南白骨塔銘》。

刊刻《米友堂集》。

集中詩文可見編年最晚在是年。集中仍尊南明，先帝定格，然鑒于南明隆武政權在此前一年覆亡，許友與清初名臣周亮工于此後一年訂交，則此集刊刻應在順治四年仲夏之後順治五年左右。陳肇曾/林寵《米友堂詩序》曰：『今集中删者什九，留者什一矣。蓋有介非爲之而不能，實存之而不肯者也。』可見該集經許友精心編選。

清順治五年戊子（一六四八）

與時任福建按察使周亮工訂交，常于米友堂内談詩論畫，交情甚篤。

周亮工《賴古堂集》卷九《與有介》：『戊子之夏相與友……』

按：周亮工（一六一二—一六七二），字元亮，號櫟園，又號減齋。明崇禎十三年（一六四〇）進士，授監察御史。仕清後，順治四年（一六四七）任福建按察使，六年擢福建右布政，十年轉福建左布政使，後陞都察院左副都御史、户部右侍郎、吏部左侍郎等職。十二年被劾，輾轉審判持續六年。十五年，許友等百餘名在閩友人亦受牽連被逮入京。後定罪立斬籍没，旋減改徙甯古塔，未行遇赦獲釋。康熙元年（一六六二）起復爲山東青州海防道，後調江南江安儲糧道、安徽布政使、江寧糧署等。八年，再次被劾，逮問論絞，次年遇赦得釋。十一年六月二十三日卒于南京。擅古文，嗜書畫、篆刻，好士憐才。有《賴古堂全集》等。與許豸、許珌皆交好，與許友尤篤。周亮工《尺牘新鈔》録許友《與周減齋先生》十一篇，許友尊周亮工爲『師』『先生』。

清順治六年己丑（一六四九）

初冬，周亮工離閩赴京，友作詩贈别，周亮工和《别許有介即用其韻》二首。

清順治七年庚寅（一六五〇）

了遇出生。

許遇《家山雜憶》自注：『憶丙申春，雪大作，遇時七齡。』丙申乃順治十三年（一六五六），上推許遇生年當在一六五〇年。再據陳夢雷《許母黄孺人傳》：『癸卯……時長君年十有四。』癸卯乃康熙二年（一六六三），上推生年亦在一六五〇年。

清順治八年辛卯（一六五一）

弟賓中舉，後任清流訓導。

郭白陽《竹間續話》：『次賓，入清順治辛卯舉孝廉，官至御史。』《汀州府志·名宦》卷二〇：『許賓，字于王，福州人，浙江督學豸子，清流訓導。講學明倫，尤汲引善類，孜孜如不及；被容接者，如坐春風。以卓異歷御史。』

清順治九年壬辰（一六五二）

春初，游華林寺，作《壬辰春初過華林寺》。

清順治十年癸巳（一六五三）

春，林寵卒。友作詩《輓林異卿》。

詩有『破研老春園』『春陰明月路』句。

林寵，字昪卿，號墨農。閩縣人。明天啓年間生員，入清不仕。工楷書。

清順治十一年甲午（一六五四）

十月，周亮工離閩赴京任都察院左副都御史，友作《上周櫟園先生》《送周櫟園總憲北上》等贈別。

是年，顧景星遊閩，作《許箬繭侍史鄭珮蘭索詩》三首。

詩見《白茅堂集》卷九『甲午』。

清順治十二年乙未（一六五五）

春，顧景星離閩，作《別許有介友》。

詩見《白茅堂集》卷九『乙未』。

七月，周亮工于京師吏部左侍郎任上遭福建總督佟代彈劾，指其于福建任内貪且酷。

十一月，周亮工被革職，奉旨回閩對質審理。

周在浚《周亮工年譜》：『乙未，四十四歲，正月，赴京師督察院任，即疏言閩事，又陳用兵機宜六事。世祖皇帝嘉納之，後俱蒙采擇行。六月，擢户部總督錢法右侍郎。未幾，推吏部左侍郎。七月，福建總督佟代疏參公在閩事，奉旨回奏。十一月革職赴閩質審。』

六月廿九日，書信寄達顧景星。秋，顧復信。

顧景星《復許有介》，見《白茅堂集》卷四二『尺牘』。

順治十三年丙申（一六五六）

子邁出生。

陳夢雷《許母黄孺人傳》：『連舉丈夫子二，即不棄、不入兄弟也。……癸卯……仲君甫八齡。』癸卯乃康熙二年（一六六三），上推生年即一六五六年。邁，字不入。

春，大雪之夜，教子遇杜甫《遣興》詩，遇解詩頗稱意。

許遇《家山雜憶》組詩中一首：『周遭土室晝冥冥，南北窗開緑滿庭。記得課時殘雪夜，燈光燭影舊陶瓶。』原注曰：『陶瓶爲先人昔日宴息之所，夜懸墨紗竹枝，燈光摇四壁。憶丙申春，雪大作，遇時七齡，侍先人側。因教杜少陵「驥子男兒」之什，命遇解述，頗稱意忘倦。曾幾何時，徒懷罔極，傷哉！』[一]

清明前二日，作《自書七絶八首草書卷》

卷末落款曰：『許友，丙申清明前二日書于紫藤花庵。』據中田勇次郎《許友的書與畫》，此卷收藏于日本炭山南木氏。

[一]〔清〕鄭傑：《國朝全閩詩録》卷四，清刻本，第三頁。

三人，賊怖，解圍去。閩人爲建報恩祠，刻石射烏樓紀其事。』《閩縣鄉土志·兵事録一·本宜永貴從士民之請，以亮工守西南門，賊乘大雨薄城，勢張甚。亮工手放大炮，擊殺渠帥罣誤赴閩省聽質。海賊甘、藍、郝三姓，率千艘從閩安鎮入内地，焚掠南臺，圍會城。巡撫福州。詳見江日升《臺灣外紀》卷九。《福州府志·名宦》（卷四六）：『（順治）十三年，以直抵閩安，入取福州，遂命甘輝爲元帥，萬禮副之，配大熕船四十隻、快哨二十隻北上進攻的軍事計劃被迫中止。但此時清兵大部均被派駐漳州，鄭成功決定趁福州空虛，乘南風員，兵丁一千七百餘名叛變，把海澄縣（屬漳州府）獻給清廷，鄭損失重大，原有北上吴越按：此次海盜攻榕乃鄭成功之計。是年六月，鄭成功部下黄梧、蘇明帶領部下官八十餘友堂詩集》（傳稿本）。

即藉公彈壓其地。公甫登陴，以二炮殲二渠魁，遂多捍格功。因賦詩記四首。』許友詩見《米禦，時櫟園司農對讞至三山，紳士以公久諳閩事，僉請協守城堵。惟西南射烏樓最爲險要，許珌《射烏樓記事》自序：『丙申七月十七日，海寇突逼城下，城幾潰。諸大吏分派紳士守

烏樓紀事爲元亮先生》詩詠此事。

永貴獻計，抄後路夜襲敵軍。敵軍退屯閩安，福州之圍遂解。許珌作《射烏樓記事》、許友作《射永貴急從獄中請出周亮工，命防守城防要衝射烏樓。周亮工親發巨炮，抵擋敵軍進攻；又向宜七月十七日，海盜奇襲圍攻福州，兵臨城下，軍情告急。時周亮工因被劾押在福州獄中。巡撫宜

境兵事》：『鄭成功，芝龍子也。大兵下福州，芝龍將降，成功諫不聽，乃獨與其叔鴻逵等收散卒，出屯南澳，頻窺福州，已又據廈門而有之。順治十一年，芝龍以書諭令歸降，不從。十三年六月，遂圍福州。時大軍悉赴漳州，省城空虛，閩撫宜永貴方病瘻，力疾登陴，出原任布政周亮工于獄。亮工審察形勢，謂南角一面賊防稍疏，可以伏兵破之。永貴然其策，開水部門出擊之，成功退保閩安鎮羅星塔。』

甘輝（？—一六五九），福建海澄人。萬禮（一六一二—一六五九），福建平和人。二人均爲鄭軍的『五虎將』之一。明朝滅亡後，甘輝投身鄭成功部隊，隨鄭軍轉戰東南沿海，作戰勇猛果敢，亦多謀略，戰功彪炳，被鄭成功任命爲中提督，永曆帝敕封其爲崇明伯。甘輝爲鄭成功軍中頗爲重要的大將，幾乎參與了鄭軍所有戰役。一六五九年，鄭成功第三次北伐南京失利，甘輝和萬禮均被俘，因不願投降清廷而遭處決。《福州府志》所説『甘、藍、郝三姓』，甘即甘輝；藍即藍衍，亦爲鄭軍重要將領，與甘、萬一同死于第三次北伐南京；郝不詳。

歲暮，月夜，周亮工同陸違之、陳肇曾、徐延壽、陳濬、涂子是、謝爾玄、許珌過許友陶瓶看梅賦詩。周亮工《月夜同陸違之、陳昌箕、徐存永、陳開仲、涂子是、謝爾玄、許天玉過有介陶瓶看梅》。徐延壽《臘月望同周元亮先生集許有介陶瓶看梅五律二首》。許友《招陸違之陳昌箕陳開仲徐存永涂子視謝爾玄家天玉小齋看梅適櫟公至》，詩見『傳稿本』。

按：陳肇曾，字昌箕，福建長樂人，天啟元年（一六二一）舉人，歷任延平、建寧、漳平教諭，官至禮部司務，有《濯纓堂集》。陳濬，字開仲，閩縣人，有才名，父陳衎，字磐生，自其父以上，五世皆有集。（乾隆《福州府志·文苑》）涂之堯，字子是，福建閩縣人。順治十一年（一六五四）舉人，官陝西石泉知縣。（《福建清代科舉人名録》第二八七頁）謝天樞，字爾玄，號星源。侯官舉人，官柳州府推官。有《嶺外詩集》。（《全閩詩俊》卷六）

清順治十四年丁酉（一六五七）

正月三日，作《自書詩册》。

該册詩前跋云：『丁酉孟春三日，喜同社見枉草堂用黄朗伯坐安蔬韻。』該册殘破不全，現歸福州私人收藏家。據日本中田勇次郎《許友の人と書》，該詩册曾藏于日本村上三島氏，名爲《許友詩書册真跡》。

正月七日，爲黄晉良詩集作序。

序見黄晉良《和敬堂全集》。文末署：『丁酉人日同學弟許友書。』[一]

十月，錢謙益在南京得許友詩，甚喜，並爲其題詩。

錢謙益《吾炙集·侯官許友有介》：『丁酉陽月，余在南京爲牛腰詩卷所困，得許生詩，霍然

[一]〔清〕黄晉良：《和敬堂全集》，《清代詩文集彙編》第二〇三册，上海古籍出版社二〇一〇年版，第二三六頁。

目開，每逢佳處，爬搔不已。因序徐存永詩，牽連及之，遂題其詩曰：「壇坫分茅異，詩篇束筍同。周溶東越絶，許友八閩風。世亂才難盡，吾衰論自公。水亭頻剪燭，撫卷意何窮。」周溶者，字茂山，明州人，嘗爲余言許友者也。』[一]

秋，出外漫遊，經南京返閩，爲周亮工捎帶家書，周亮工喜而賦詩。返閩前，龔鼎孳作詩《送有介還閩兼懷櫟公》。

周亮工《有介漫遊遂至江南今日忽返得家書感賦》詩、《芝麓自粵返白門送有介詩有加餐爲報周公瑾老眼秋隨雁一行之句依原韻奉寄》。龔鼎孳（一六一五—一六七三），字孝升，號芝麓。安徽合肥人。與吴偉業、錢謙益並稱爲『江左三大家』。崇禎七年（一六三四）進士，明亡降清，官至禮部尚書。有《定山堂集》。集中有《和許有介破被詩》《送有介南還和聖秋》《送有介還閩兼懷櫟公》等，可見其與許友多有唱酬。

清順治十五年戊戌（一六五八）

是年春夏，周亮工在閩質審，與許友時相過從，作詩《雨中聞有介攜具過彦遠道山亭子彦遠初至有介亦甫自秣陵返》《偶過陶瓶逢胡彦遠小飲得酸字》《與有介》等。

[一]〔清〕錢謙益：《吾炙集》，上海圖書館藏清光緒三十三年（一九〇七）鉛印本，第二六頁。

胡彦遠，即胡介，初名士登，號旅堂。浙江錢塘人。明諸生，入清不仕。更名介，與其妻翁氏隱于河渚。工于詩，有《旅堂詩集》《河渚詞》等。

六月，周亮工被逮入京，下刑部覆訊。是時受牽連被逮赴質者百餘人，許友亦在其中。好友徐延壽未受波連，却隨行奔走。

周在浚《周亮工年譜》：『戊戌，四十七歲，……詔逮下刑部覆訊，六月出閩。』黎士弘《卓初荔壽序》：『記乙未、丙申間，故司農周櫟園先生，以任方伯時事爲言者所中，詔旨見逮。閩中父老子弟，從檻車赴質者約百十人，至身被三木，卒無一人一辭牽引誣服，一時義聲震于東南。』顧景星《哭許友有序》：『徐存永延壽、陳開仲濬、許有介友，閩中三才子也，爲周侍郎亮工所知。侍郎以飛誣被逮，辭及開仲、存永、有介，存永得免，開仲死僧舍，有介同侍郎下請室。』按：陳濬逝于杭州昭慶寺。周亮工《哭陳開仲》詩題註云：『開仲没于湖上昭慶蘭若。』

赴京途中，周亮工頗多詩作，每示許友，二人相互贈答。

周亮工《陳桐雨詩引》：『牽比而來者多詩人，七千道路，緣情觸景，不能無所作。……予舟中間亦有詩，以有介好予詩，成輒示之。』又，周亮工有《渡口答有介即用原韻》，則許友途中亦有詩作。

十一月，與周亮工等被押抵京，就刑部候訊。

周在浚《周亮工年譜》:『戊戌,四十七歲, ……十一月至京師就刑部候訊。』

入京不久,周亮工讀陳桐雨詩,命許友爲之刊行。

周亮工《陳桐雨詩引》:『陳子桐雨,絶口不稱詩。……今日宛轉見其詩,適而多致,恒引人思。予讀之,而後歎予之噪競,同人之可以泳而得者,猶之夫予也。因命有介强付之梓。』

不久,許友自刻《急就帖》,周亮工作《題許有介急就帖》。

周亮工《題許有介急就帖》:『米友堂帖,世共珍之。余在三山所見聞,多是主人手勒,固甚佳,而不能多傳。米友比入都未幾,而陳子桐雨藏本成,未幾而此帖復成。余聞米友在葦屋中,非黑甜而軟飽耳,固未嘗有小暇自作捉刀人。……此帖疑是米友在閩中撫□棗木自開之,攜入此中以愚人者。』

冬,作《寒鴉夜話圖》,周亮工爲之題長詩。宋祖謙和詩,并以八分書書之,附諸人唱和詩于後,歸之霍維翰。

周亮工《哭許有介》自注:『君在白雲司作《寒鴉夜話圖》,予爲補長歌。』白雲司指刑部。

周亮工《題宋去損八分書群鴉寒話圖》:『許有介畫《群鴉寒話圖》,予爲作長歌。去損取而和之,復摹漢隸,登之佳繭,更附諸公唱和諸絶于後。既發予愧,乃復以歸之霍君維翰。』

周亮工有詩《群鴉寒話圖歌》《賴古堂集》卷三。按:《寒鴉夜話圖》即《群鴉寒話圖》。宋祖謙(?—一六五九),字爾鳴,號去損,福建莆田人。順治時諸生。工楷、隸、八分,精書理。

與周亮工交好。當時亦受周亮工牽連被逮入京，次年秋客死于京。

除夕，作《長安守歲和林戒庵韻》七律二首。

詩見『傳稿本』。

清順治十六年己亥（一六五九）

元旦，于北京作《長安元旦》七律二首，詩見『傳稿本』。

春，刑部獄中諸人紛紛結廬，許友作《雲司結蘆屋》。詩見『傳稿本』。

春，生日，周亮工作《壽介壽》。

花朝，作《行草詩卷》。

卷末署：『己亥花朝，與子衡社弟共在長安葦屋中，羈况無聊，每親筆墨，灑茗之餘，輒書繭楮，遂有此卷，並記患難歲時也。友眉。』此卷現藏福建博物院。

三月三日，作畫並詩《雪中題畫寄諸人》七絶二首寄獄中諸人。詩見『傳稿本』。

許友《雪中題畫寄諸人》其二：『三月三日雨雪霏，禁城春色尚全非。』

三月，作七絶組詩《長安三月猶未見花因憶小園叢枝亂蕊種種芳菲矣口占十四首》。詩見『傳稿本』。

三月，徐延壽將往開封，許友作畫賦詩文贈別。周亮工同時作《〈尺木堂集〉序》。

許友詩《題畫送徐存永之汴京》《臨行再送存永》，文《題〈尺木堂集〉》。詩見『傳稿本』。文見徐延壽《尺木堂集》，中有句云：『余向曾與無量及克張、昌基、開仲合一集，互相參訂。舊稿删去十之七，寧刻毋濫。梓將成，而克張、開仲作古人矣。』則許友與徐延壽、陳昌箕、陳濬曾互相參訂詩集，擬刊刻而陳昌箕、陳濬去世。陳翰，字克張。長樂人。崇禎八年（一六三五）歲貢，有《陘山集》。周亮工《〈尺木堂集〉序》：『曾幾何時，開仲墓草且宿，有介愊憶葦蘆，書空咄咄。……君與有介當先行開仲之集，後及己詩。』

三月，買數枝芍藥，缺花具，周亮工爲之賦詩。許友《買櫻桃芍藥》《借瓶用羽人韻》《童子買得紫芍藥歸無瓶可供以瓦碗作小插》當作于同時。

周亮工《甌香買得芍藥數枝葦屋中苦無花具强余爲詩》。

三月，紀映鍾往遊閩，許友作畫題詩贈别。周亮工亦題詩于許友畫贈别。

《長安寓舍題畫别紀伯紫游閩》，詩見『傳稿本』。周亮工《題有介畫再送伯紫》。紀映鍾（一六〇九—一六八一），字伯紫，又作伯子、蘗子，號戇叟，自稱鍾山遺老，江南上元（今江蘇江寧）人。崇禎諸生，曾主金陵復社。明亡後，棄諸生，躬耕養母。閹党遺孽馬士英、阮大鋮擅權南京弘光小朝廷，紀映鍾發動復社同志進行回擊。後入天台山爲僧。晚客于龔鼎孳處十年。龔死後南歸，移家儀真，卒于斯。有《戇叟詩鈔》四卷。

三月，雨中，周亮工作《東甌香》贈許友，時值許友醉卧，被奚子唤醒後作七絶《雨中寐櫟公兩詩至奚子再喚而醒步其來韻》以答，周亮工再作《甌香醉卧醒始見前詩以一絶來答之》。

許友詩見『傳稿本』。

按：許友説的『兩詩』當指周亮工《題有介畫再送伯紫》和《柬甌香》。

清明，作《清明》七絶四首，抒發心中憤懣不平之氣。詩見『傳稿本』。

《雲司雜詠》《花市》亦當作于是年春，二詩見『傳稿本』。

重陽，作詩送菊予周亮工，周亮工作《重九和甌香韻》《重九有介送菊有介春日數折芍藥贈我》詩以答。

四月七日前不久，作《松石圖》爲戒翁之妻褚夫人祝壽，友人周亮工、陳鼎、梁兆甲、史胤、李喬樹等題跋于圖上。

圖現藏於福建博物院，爲絹本墨筆圖軸，題款：『己亥燈□畫祝於長安□中，許友壽。』按：戒翁，不知何人，或爲許友與周亮工詩中常提及的『林戒庵』。據諸人題跋，戒翁『生長古白門』『秣陵世族有賢聲』，曾任惠州太守、粵東太守，或亦受周亮工牽連入京，此時擬返閩。因臨近其妻褚夫人四月七日生日，特索許友畫松石攜歸，爲妻子祝壽。陳鼎跋：『戒翁與余輩俱客長安，以佛誕前一夕爲其夫人設帨辰，乃索許子介壽，剪吴松(淞)半江，寫青龍千尺，持歸以壽，殊佳致也。』周亮工跋：『春風吹回八閩使，紛紛寄書達鄉里。□家太守褚夫人，能以遁義諷夫子。……孟夏七日設帨辰，預從長安祝繁祉。』

重陽後二日，周亮工得蕭士瑋與許友日記，喜而作《重陽後二日得蕭伯玉許介壽兩家日記喜其三數行一則易于作輟遂盡數葉》七絶二首。

蕭士瑋，字伯玉，號三莪，江西泰和人。有《春浮園集》。

清順治十七年庚子（一六六〇）

六月，出獄南還。龔鼎孳作《送有介南還和聖秋》詩四首。

龔鼎孳《送有介南還和聖秋》其二：『九河正涸回舟水，六月猶飛貫械霜。』

七月，與孫學稼于揚州泛舟遊覽名勝，又同買舟渡江。

孫學稼《與許介壽竹西泛舟歷覽諸勝同賦》詩有『江淮秋在釣魚船』句；《廣陵與許介壽同買舟渡江》詩有『新秋到柳堤』句，詩内有小字自注：『介壽以他事罣誤，對簿西曹，三年始歸。』詩見《甌波雜草》。

在蘇州，與孫學稼諸人應王宣甫招集疑山園。

孫學稼《王宣甫招同申霖臣甘右民許介壽集疑山園》（《甌波雜草》）。詩『度曲小樓存』句後有注云：『園是袁令昭故業，有西樓，作傳奇地也。』即疑山園在袁于令《西樓記》傳奇創作地蘇州。且該詩前一首《金閶遇甘右民將之官崇義》，亦在蘇州。

在浙江嘉興，與孫學稼諸人應朱茂時招飲鶴洲草堂。

孫學稼《朱葵石招飲鶴洲草堂同黄復仲許介壽及令弟子褒》。朱茂時，字葵石，浙江秀水（今嘉興）人。朱大啟之子，朱彝尊之堂伯父。曾任國子典簿，歷官順天府通判、都水主事、貴陽知府等。黄子錫（一六一二—一六七二），字復仲，號廉農，又號麗農山人，别號金陀老圃，浙江秀水（今嘉興）人，隱居苕溪。清畫家。有《麗農山人遺稿》。

在浙江崇德（今嘉興境内），與孫學稼集曹廣樓頭。

孫學稼《與許介壽同集曹遠思先生樓頭》。曹廣，字遠思。先世安徽歙縣人，大父始遷崇德（今桐鄉市崇福鎮）。崇禎十二年（一六三九）己卯舉人，十三年（一六四〇）庚辰聯捷成進士，授汀州府推官，旋改漳州，調福州，擢刑曹不赴。歸時年未三十，卒年六十七。

中秋前，同孫學稼移寓杭州昭慶寺。

孫學稼《中秋前同許介壽移寓昭慶寺》。

八月十四日，與孫學稼、丁耀亢、徐延壽、胡介、范驤等于杭州登舟載酒，流連風景，吟詩唱和。

孫學稼《與徐無量許介壽飲湖上酒樓》《六一泉上正氣樓》。丁耀亢《中秋前一日過昭慶寺訪閩中許有介遇徐存永胡彦遠方期覓酒壚釣舫思約范文白出門而文白遇于市遂登舟載酒過六一泉看桂花月出始歸因思此會如高李吹臺故事分韻作詩》（《丁耀亢全集·江干集》）。丁耀亢（一五九九—一六六九），字西生，號野鶴、紫陽道人、木雞道人。山東諸城人。曾爲容城教諭，擢福建惠安知縣。著有《野鶴詩鈔》《陸舫詩抄》《天史》《續金瓶梅》等。范驤（一六〇八—一六七五），字文白，號默庵，海寧人。好學，工書法，終身不仕。著有《默庵集》《十三經評注》《古韻通補》等。

八月十五中秋夜，與孫學稼泛舟西湖。

孫學稼《中秋夜與許介壽泛舟湖中》。

八月十七夜，同孫學稼湖堤步月。

孫學稼《十七夜同許介壽湖堤步月》。

秋，與孫學稼同集趙梓木静室。

孫學稼《與許介壽同集趙梓木静室》。

秋，與孫學稼訪度親庵。

孫學稼《同許介壽適度親庵》。度親庵在浙江紹興，崇禎十三年七月爲祁彪佳兄弟捐資所建，供奉先人亡靈。

秋夜，爲孫學稼作小幅山水及草書。

孫學稼《燈下看許介壽爲予作小幅山水及草書》，有『秋窗時剪燭』句。

冬，在南京，遇顧景星，談笑甚歡。

顧景星《許有介詩集序》：『丁酉冬，有介既出獄，遇予金陵，抵掌笑談，意氣如昔，獨其詩益悲。』（《白茅堂集》卷三四）丁酉乃一六五七年，許友曾游南京，然是年秋即返家，其時尚未入獄，顧景星所記之時間當有誤，暫繫于是年。

冬，還家，家中蕭條困窘，親友絶交，宅屋大部分爲數家外人所占。惟與高兆尚有往來，而高兆亦窮困潦倒。許友寄信予周亮工，盡敘慘況。

許友《與周減齋先生書》十一：『抵家但餘滿面風塵。故鄉城郭，已非向之翼然縋組者。今則疊疊凌齒，兼以颶風之後，坊觀廬舍，頹委殆盡。家人面如塵土，慟哭傷心，告訴債主凌辱、伍伯索餉，真如刀鋸刻刻受也。近來朋友親戚已絶往來，酒茗聚談，竟若瑶池王母之宴，安可得耶？寒家之屋，前後左右已分數姓。友所自居者，僅此屋十之一，主人反爲客矣。每常見炊烟相亂，雞犬聲聞，一屋竟成一村，嗟乎亦異哉！』（周亮工《尺牘新鈔》卷一一）

出獄後對清廷益發不滿，不再畫竹，改畫枯木寒鴉，意态蒼凉。

周亮工《讀畫録》：『因予累至京師，渡河而北，不復畫竹，忽放筆爲枯木寒鴉，蒼凉之態，不可把視，蓋無聊之氣，一寄于此耳。』[二]

顧景星作《哭許友有序》二首。

詩見《白茅堂集》卷一〇『己亥』。

[一] 〔清〕周亮工：《讀畫録》卷三，《清代傳記叢刊·藝林類》，臺北明文書局，一九八六年，第三三一頁。

清順治十八年辛丑(一六六一)

收集作品寄顧景星乞敍,顧未及爲敍,書信慰之。

顧景星《許有介詩集序》:『丁酉冬,有介既出獄……明年,裒所作緘寄乞敍,予未及爲,先以書勗毋自苦。有介善之而未能也,而卒鬱鬱以夭。』

按:丁酉爲顧景星誤記,但乞敍確有其事。

弟賓任山東肥城知縣。

清康熙元年壬寅(一六六二)

孟春,作《枯木竹石圖》。

該畫題字:『壬寅孟春爲翁老先生畫並題。』現藏日本泉屋博古館。

清康熙二年癸卯(一六六三)

病逝。

陳夢雷《許母黄孺人傳》:『癸卯夏,有介先生寢疾,孺人躬侍湯藥者累月,百計問醫呼籲,竟不起。』顧景星《許有介詩集序》:『又三載,以病遽卒。』可證。又據前文考證,許友卒于一六六三年。

譜後

清康熙十一年壬子（一六七二）

孫學稼作詩悼念許友。

孫學稼《與林君震夜坐因感悼亡友許有介陳昌範昌奮兄弟》。

清康熙十九年庚申（一六八〇）

冬，子遇、邁爲友構墓于岊江之北文振山。

高兆《許不入挽詩序　辛酉春》：『去冬，構其府君塚于岊江之北山，山去城三十里。』《福州府志·塚墓》卷二三：『許處士友墓，在文振山。』

按：岊江，乃閩江分流烏龍江的第一個河段，在今福州市倉山區淮安村南面。《八閩通志·山川》卷四『山川』：『石岊江在府城南北十三都。上接水口江，下接洪塘江，即今芋原驛前大江也。……黄石溪舊名岊江，疑即石岊江之上流也。發源自分關，至白沙合流七十里入西峽江。（上七溪俱府城西。）』文振山，不詳。

清康熙二十三年甲子（一六八四）

正月五日，子遇與衆親友雅集並拜許友遺像。

黄晉良《和敬堂全集·正月五日許不棄招集雞黍園看辛荑同山陰姜綺季新安程兼山武夷李磊英荔水林同人林吉人興酣各作書畫勝賞彌日》自注：『是日拜甌香先生遺像。』[一]

清康熙四十三年甲申（一七〇四）

五月，子遇將往陳留，王士禛爲其送行，並作《題許不棄畫竹之陳留》與《題許友介雜畫册五首》二詩以贈。

詩見王士禛《蠶尾續集》卷二。

清光緒二十一年乙未（一八九五）

二月，黄翼雲抄《米友堂詩集》。該本現藏福建省圖書館。

民國二十五年丙子（一九三六）

仲春，石榮暲將所藏署名許友的《箬繭室詩集》抄本付梓，輯入《蓉城仙館叢書》之《明代秘笈三

[一]〔清〕黄晉良：《和敬堂全集》卷一五，《清代詩文集彙編》第五十四册，第三三八頁。

種》。然《箬蘜室詩集》並非許友作品。

按：石榮暲（一八八〇——一九六二），原名修忠，字蓋年，號靖弁，湖北陽新人。精通方輿學，藏書頗富。早年從政，曾任山西高等審判廳民庭庭長、山西中路代理觀察使、山西省興縣知事、財政部參事、吉（林）敦（化）鐵路工程局總務科長等職。東北淪陷後辭職定居北平，潛心研究地方史志。新中國成立後任中央文史研究館館員。著述甚豐，主要著作均輯入《蓉城仙館叢書》。《箬蘜室詩集》中之詩均爲元明之際詩人所作，非許友作品。石榮暲所稱之詩集來歷殊爲可疑。

民國三十年辛巳（一九四一）

鄭麗生收藏並修補《米友堂集》稿本。

鄭麗生于卷首朱筆題跋，鈐有朱印『鄭麗生』『東廊居士』和『麗生題跋』。該本現藏福建師範大學圖書館。

按：鄭麗生（一九一二——一九九八），字一序，號東廊居士、春蘗齋、恬齋。福州人。民國時期，歷任《中央日報》（福建版）、《南方日報》《福建時報》《粹報》編輯、總編輯等職務。新中國成立後，曾爲福建省圖書館、福建師範學院圖書館膳抄古籍。一九八〇年，參加《漢語大詞典》的編纂與審稿工作。一九八三年，任福州市地方志編纂委員會編審、福建地方志協會顧問。一九八四年，任福建省文史館館員。熟悉地方掌故，精于考據，著述宏富，有《小説舊聞鈔補》《林則徐詩集筆記》《閩中文物題詠》《閩人自號録》《福州風土詩》《春蘗齋文史叢稿》《林洋備乘》等。工詩，曾任福建詩詞學會理事、福州三山詩社副理事長、中山詩社社長。藏書頗富，不少福建古籍都有其鈐印和序跋（《福建省文史館志》第一〇六頁）。

許珌詩文集

整理凡例

一、本編旨在校録整理許珌傳世詩文作品，爲研究者提供完整可信的整理本。

二、許珌存世詩集有《鐵堂詩草》二卷（乾隆五十五年蘭山書院刻本，後文簡稱『蘭山刻本』）、《鐵堂詩鈔》（道光十四年刻本，後文簡稱『道光刻本』）、《許鐵堂詩稿》（道光十六年鈔本，後文簡稱『道光鈔本』）、《天海山人詩鈔》（乾隆十九年鈔本，後文簡稱『乾隆鈔本』）、《鐵堂詩草》（晚清楊氏海源閣精抄本，後文稱『海源抄本』）等版本。前三版收録詩歌及其體例、分類、排序大致類似；而『乾隆鈔本』收録的詩歌排序不同，且有若干首爲他本所無，有的詩與他本字句有明顯出入。这些版本中以『蘭山刻本』流傳最廣，故本次整理以『蘭山刻本』爲底本，加以標點，並與其他版本逐字對校，最後『輯佚』部分增補『乾隆鈔本』、《全閩明詩傳》《烏石山志》和其他詩集中各許珌詩集失收的詩作。

三、底本文字一般不做改動。凡底本有誤、據他本改正者，或他本有異文、文義可兩通且有參考價值者，均在文後加校註。底本中明顯的錯訛字、俗體字、不常見的異體字等，則徑改不出校。

清初明末詩人許珌

許珌（一六一四—一六七一），字天玉，號鐵堂，又號星亭，自署天海山人、清初明末詩人。福建侯官（今福州）人。詩風沉雄渾厚，才調激越，生前詩名頗著，爲王士禛、施閏章、周亮工等名士所推崇。著有《鐵堂集》《品月堂集》《梁園集》等。又工書法，以小楷、行草見長。明崇禎間中舉，清康熙間任安定（今甘肅省定西市）知縣，勤政愛民，官聲極佳，却因爲民請命而遭罷官，後流寓隴中，貧病潦倒，客死安定，受當地百姓建祠供奉至今。

許珌生逢明清鼎革，歷經變故，雖有才華與雄心，却始終無法掌控自己的命運，在大時代的左右下漂泊沉浮。他的人生是明清之際許多士人的縮影，其豐富而曲折的生平經歷與風格鮮明、内容豐富的詩歌，在一定程度上反映了當時士人矛盾複雜的思想與心態。

一、許珌生前身後事

甲申之變時，許珌已過而立之年。但關于他在明朝時的生平，現存材料不多，僅知其在明崇禎十二年（一六三九）中舉，[一]中舉時的門師爲夏允彝。[二]民國《福建通志·文苑》稱：『珌，明季提學豸猶子。世居會城烏石山麓光禄坊。』許豸爲崇禎辛未（一六三一）進士，官至浙江承宣布政使司左參政督浙江學政，政績頗豐，爲晚明名宦。雖不知許珌生父，但明清時期的光禄坊乃福州權貴世家聚居之地，許珌爲許豸侄子，居于此地，亦可算官宦子弟。

許珌在《鐵塔寺作七歌》[三]中曾自述：『慈父見背歲改元……此時海氛家難作……』推知其父在明清鼎革的戰亂中逝世，而家境亦隨着世變而衰落，以至于『咄咄天壤饑乞食』。妹夫又遭牢獄之災，『每欲救之囊無錢』。或許正是爲生活所迫，又出于『丈夫意氣空崚嶒』的不甘，許珌在母親『昨日書來教勿仕』的情况下，仍屢屢進京應試，祇是從未中榜。

許珌在入清後的這種强烈的入世之心，無疑與傳統主流的儒家道德觀念有所背離。中國古代

[一]（清）陳壽祺：《福建通志》卷二三九，《中國省志匯編》之九，臺北華文書局股份有限公司，一九六八年，第四三一二頁。

[二]（清）葉矯然《客吴門送許同玉姻丈赴秦州扶兄天玉令君櫬之作》其二自注：『天玉己卯爲夏緩公首拔。』（葉矯然《龍性堂詩集》，《清代詩文集彙編》第五十册，上海古籍出版社，二〇一〇年，第三六頁）黎士弘《仁恕堂筆記》：『侯官許珌字天玉，更號鐵堂，春秋魁己卯鄉書，出夏瑗公門。』（黎士弘：《仁恕堂筆記》，《昭代叢書》己集，清光緒二年（一八七六）刻本，第七一頁）

[三]（明）許珌：《鐵堂詩草》，《四庫未收書輯刊》五輯三十册，北京出版社，一九九七年，第六五三頁。以下僅列頁碼。

士人極重氣節，講究忠君報國，不仕二朝。許珌雖未在明朝出仕，但考取舉人即已食明朝之禄，嚴格來説，也算明朝的臣民。因此，他對清朝功名的接受，不免受到一些明遺民的非議。清順治十五年（一六五八），許珌在北京待選知縣時，結交了不少名士，經常與待選諸友陸卿[一]等交遊，又與來京參加殿試的王士禛訂交。遺民方文曾作《東章翌兹、許天玉、姚瞻子、陸漢東四孝廉》曰：『之子登科日，先皇全盛年。高文傳海内，晚節老江邊。有逼重來此，雖官亦可憐。不如鷓鴣鳥，奮翅向南天。』[二]詩中的『逼』字或表明了許珌等人乃是受清廷的威逼或生活所迫而應試，但方文仍規勸許珌諸人莫忘明朝『先皇』，不要仕清，以保晚節。可是此時清朝統治已漸趨鞏固，士人們大都無奈地屈從于歷史洪流而選擇了在政治上認可清朝。對于許珌而言，他也的確一心入仕。他在詩中表示：『小人之役爲有母，肝膽持贈赤虹吐。生不將相與神仙，安能於悒守鄉土。』（《金陵放歌留别倪闇公馮訥生范正老》）因此他幾番進京求取功名，并漫遊四海，廣交詩友。在諸多名士詩友的推崇下，許珌詩名大震，尤其是王士禛盛贊道：『千秋萬歲知者誰，閩海奇人許天玉。』[三]順治十五

[一]〔清〕陸卿，字漢東，饒平人，清初潮州著名詩人。

[二]〔清〕方文：《嵞山續集前編·北遊草》，《方嵞山詩集》下，黄山書社，二〇一〇年，第四五一頁。方文（一六一二—一六六九），字爾止，號明農，一號嵞山，别號淮西，安徽桐城人。明朝天啓末年諸生。明亡不仕，隱居金陵。有《嵞山集》。

[三]〔清〕王士禛：《慈仁寺雙松歌許天玉》，《漁洋詩集》卷一，清康熙三十八年（一六九九）刊本，第一一頁。

年八月，王士禛返山東，許珌隨之浪遊齊魯。是年冬，許珌結識了時任山東提學道的施閏章，又發生了令其感慨萬分的一件事。『少陵臺畔與愚山相遇。愚山曰：「爾有母，曷歸乎？」因數言別去。忽于臘月大雪中，一騎從千里至，乃愚山使者，遺美金華繭而去。嗟乎！愚山念朋友之寒而及其母，其天性已可見矣。余拜其高義，達旦即行，逾春渡江，始聞再試之信。嗟乎！假使余山東不歸，或得便道入京師，遇不遇未可知也。亡何，吾閩再上公車者，多爲江警散去，豈非天哉！』[一]『遇不遇未可知也』的感嘆顯示出許珌對功名的渴望，他回顧此事的語氣不免遺憾，一方面感嘆施閏章的仗義襄助，另一方面又感嘆造化弄人、時運不濟。許珌返鄉後次年二月，雲貴蕩平，順治帝特開恩科，于是年秋再舉會試。若非施閏章的勸説，許珌將在山東逗留數月，知悉恩科事宜後即可于隔年秋再度入京趕考，或能考取功名。可惜他已聽從施閏章的勸説而南還，直至次年春渡江後方知恩科之事，想再北上又遇到鄭成功北伐，長江一帶陷入戰火，交通斷絶，由是失去一次博取功名的機會。

直到康熙四年（一六六五），許珌以前明舉人的身份獲授鞏昌府安定知縣，才終于正式踏入仕途，此時他已過知天命之年。許珌到任後，重教興學，清廉愛民，公俸所得大都用于濟民助學，又不畏權勢，斷案公正，被當地百姓目爲『許青天』。『余甫至安定，與諸士相見畢，便督課文字。』[二]作爲一名富有才華的詩人，許珌對安定的文教事業非常重視，創辦學坊，獎掖士子。據孫學稼詩集《鷗

[一]〔明〕許珌：《鐵堂詩草》，第六一六—六一七頁。
[二]〔明〕許珌：《鐵堂詩草》，第六一四頁。

波雜草》中《同姚培公集許天玉署中看晚菊》《與杜正言孫伯麐皆安定人夜集許天玉署中》《與許天玉對雪有懷許漱石》《與吴岱觀集飲許天玉署中因送岱觀之西凉幕府》《許天玉招同林宗一王叔緒王平甫劉大生孫伯麐夜飲眷西樓》等詩，可知許珌在安定任内，常常召集當地詩友社集，一定程度上帶動了當地的文化發展，促進了文化交流。許珌關注民生，架橋修路，提倡衛生，備受百姓愛戴。但是，安定地處西北，清初的反清勢力在這一帶也連年起兵抗争，直至順治十年（一六五三），清軍才完全控制這一地區，連年的征戰使得民生凋敝。并且，此地自然灾害較多，地震、洪澇、大旱等屢屢見諸史志。在許珌任内，正逢連年大旱，民不聊生。康熙六年（一六六七），他爲民請命，上疏請求賑灾，乞免歲賦，却得罪了上司，反遭革職。許珌的官場生涯不過三年即告終止，可謂仕途不暢。

罷官後，許珌一度客居甘肅提督張勇府上，并作《河西鐃歌十二曲》獻之，備受張勇稱賞，『金錢裘馬之贈，輝奕道路。鐵堂固亢爽，緣手立盡，無所吝惜』。[一]值得注意的是，《鐵堂詩草》所附《軼事及題贈附》稱：『張靖逆侯飛熊克服臨洮日（時爲滇逆所據），鐵堂作詩謁之。張大悦，曰：「君名士，乃肯顧予武夫。」因贈四百金爲潤筆。今其詩逸矣。』[二]其中的『滇逆』應指吴三桂在雲南舉兵反清一事，當時張勇平叛有功，被稱爲『河西四將』之一，備受康熙皇帝的賞識，于康熙十四

[一]〔清〕黎士弘：《許鐵堂先生鐃歌書後》，《託素齋文集》卷三，《清代詩文集彙編》第六八册，上海古籍出版社，二〇一〇，第六五頁。

[二]〔明〕許珌：《鐵堂詩草》，第六六四頁。

年（一六七五）獲授靖逆將軍，封靖逆侯。但是，吴三桂起兵于康熙十二年（一六七三），此時許珌已去世兩年，不可能『作詩謁』張勇。不過張勇自康熙二年（一六六三）任甘肅提督後，鎮守甘肅十餘年，期間很有可能與許珌有所交往。《鐵堂詩草》所收軼事爲編輯者吴鎮所記録，細節應有失誤。但許珌確實生性慷慨大方，這一性格使得他身無餘蓄，最終貧病不能返鄉，客死安定。當地老百姓將其安葬在安定縣東山之麓，名爲『許公墓』，歲時祭祀。

許珌逝世後，他的惠政和高潔品質始終爲安定人民所牢記。雍正七年（一七二九）至乾隆六年（一七四一）間，安定知縣應際咸、許宗崍和進士孫昭等感念許珌居官清廉、勤政愛民，先後爲他重修墓園，撰文立碑，予以褒揚。道光二十七年（一八四七），陝甘巡撫張祥河捐資，命時任安定知縣胡薦夔在修葺城垣時爲許公建祠，供人們悼念和緬懷。祠廟建成後，臨祠街、巷被命名爲『許公街』和『許公巷』。民國《定西縣志》載李谷人吊許鐵堂墓古風稱：『定西自昔多循良，致祭惟慕許鐵堂……小邑連年苦旱暵，徒跣祈禱東山旁……詎知堅白反見誣，直道遭黜徒悲凉……東郭有幸埋忠骨，子孫乏絶民蒸嘗……』每年清明節，歷任縣官率士民百姓，簇擁定西城隍轎仗，備抬酒肴，撰寫祭文，前往許公墓祭祀，此風一直延續至一九四六年。作爲一名任職僅兩年多的『七品官』，能享受如此冥福殊榮，在歷史上也屬罕見。

一九九八年八月，因天巉公路國道三一〇綫穿越定西，經過原許公墓，定西地方政府在城東劃出數畝地以移葬許珌、修建陵園，并籌建『許公紀念館』，當地群衆近千人自願參與遷葬儀式。筆者于二〇一四年十一月初到定西調研考察，得知許珌墓原在城東鳳凰山脚下，原墓碑早已佚失，但定西人都知道山下的大土包是許公墓。定西文史專家、多部志書撰寫者、原《定西電業報》總編馬寶珊講述，一九九八年八月十六日上午，許公墓搬遷時他在現場觀看。當天大雨，但仍有各行各業的近千名群衆自發前來。遷墓工作由墓地所在鄉的大隊組織，挖掘機從地面下挖五米仍未見棺柩，于是派人去城隍廟向當地城隍文天祥問卦占卜，占卜結果是繼續挖，遂再挖一米左右，見到遺骸。棺木與服飾均已朽，惟見遺骸前胸有兩枚萬曆通寶，雙手雙脚和後背處各有一枚萬曆通寶。然《甘肅日報》一九九八年九月二日第八版文章《詩人許鐵堂墓遷新塋》稱：『原深五點二米的土穴中，一具薄棺内僅有清順治、康熙銅錢各一枚，别無他物，清貧如此。』馬老堅稱《甘肅日報》報道有誤。馬老還稱，定西共有三座祀奉許公的祠堂，一爲許公祠，已遷到山上改建爲許公紀念館；一在新集鄉仁義村；一在通安驛鎮馮河村。後二祠還有供奉其他人神。筆者在二〇一四年十一月三日拜謁許公紀念館，雖然該館尚未全面竣工，但初步的規制已頗爲可觀。許珌墓重修一新，墓頭草青青，墓碑前有點燃的香和一個新鮮的蘋果。據當地人説，時至今日，仍經常有人來拜謁許公。曾有來拜謁的老人稱，許公已成爲他們所在鄉的城隍。許珌在當地還留下了不少民間傳説，當地戲劇隴曲也有《許鐵堂》，結合歷史故事和民間傳説，共分《上任》《平冤》《整飭安定》《減負》《罷官》和《送别》六場，歌頌許珌爲官清廉、關愛百姓。

許珌書法亦工，以小楷、行草見長。《鐵堂詩草》（乾隆五十五年蘭山書院刻本）中吴鎮撰寫的

《軼事及題贈附》道：『鐵堂書法奇古，狄道舊家多有存者。觀其《顔平原厭次碑揭歌》云：「余年十五學公書，中道弃去徒欷歔。猶知酷愛《争坐位》，行橐維揚嘆子虚。」則知始學魯公，後乃隨意，自成一家耳。然鐵堂專門詩學，書蓋以餘力爲之。』[一]可知許珌書法早年學顔真卿，後自創一格。狄道即臨洮，由于許珌晚年流寓臨洮，以賣字、教書爲生，所以當地人家藏有一些許珌手迹。筆者見過民間藏家發來的《許鐵堂真迹》照片，封面題寫着『道光戊申中秋，杜文鳳題』。道光戊申爲一八四八年，杜文鳳不知何許人也，或爲許珌在安定的學生杜證言的後裔。該真迹内有十一頁許珌手書詩若干首，鈐印有『鐵堂』『鐵堂書畫』『鐵堂許珌書畫』及若干收藏章，卷末自署『天海山人』。根據詩文内容，可以判定這就是吴鎮所見之書法，并將其收入《鐵堂詩草》。安維岱言：『右皆先生親筆墨迹以贈杜正言者，杜氏裝裱成册，什襲五世矣。兹從正言元孫茂文借鈔。内如《黄河龍衣舟看月》《繼江看花曲》俱已付梓，不及備録外，得未刻詩若干首，唯《送弟南歸》五首，乃罷官後寄寓孫氏時所作耳。茂文名蔚林，安定廪生。』[二]這裏説的，應該也是這份真迹。

歷時三百多年，許珌在定西仍聲名赫赫，清譽不衰。近年來，福州和定西的學界政界都因許珌而展開了一些交流和宣傳。二〇一四年九月十八日開館的福州三坊七巷歷史人物勤廉館展出了許珌的生平事迹和一些研究成果；近年新創作的閩劇《鐵堂記》也取材于許珌的故事，隨着『送戲

[一]〔明〕許珌：《鐵堂詩草》，第六六四—六六五頁。

[二]〔明〕許珌：《鐵堂詩草》，第六六三頁。

下鄉』向福建全省傳播許珌清正廉潔的光輝形象；二〇一八年，定西市安定區人大常委會辦公室編《〈鐵堂詩草〉校箋》并正式出版。儘管時代不斷變遷，但許珌的偉大人格從未隨着歷史消逝，反而日益生輝，被賦予了新的時代品格。

二、許珌著作版本

許珌現存作品均爲詩集，主要有以下幾種版本：

《鐵堂詩草》二卷，清乾隆五十五年（一七九〇）蘭山書院刻本，現藏陝西省圖書館、福建省圖書館，該版本由吴鎮編訂出版，是刊刻最早、流傳最廣的許珌詩集，《四庫未收書輯刊》（北京出版社二〇〇〇年出版）和《清代詩文集彙編》（上海古籍出版社二〇一〇年出版）等大型叢書均收録了這一版本；

《許鐵堂詩稿》二卷，清乾隆胡紀謨鈔跋鈔本，現藏定西市安定區圖書館，筆者于定西調研時曾寓目，蘭山刻本應是在此版本基礎上增補而成的；

《鐵堂詩鈔》二卷，清道光十四年（一八三四）刻本，現藏上海圖書館，該版本爲鄭開禧在蘭山書院刻本基礎上重編增補而成；

《天海山人詩鈔》一卷，綫裝抄本，現藏北京大學圖書館，據書前序與書後跋，此本爲吴鎮于乾隆十九年（一七五四）手抄；

《鐵堂詩草》二卷《補逸》二卷，清楊氏海源閣抄本，是以蘭山刻本爲底本的精抄本，現藏國家圖書館、山東省圖書館；

《鐵堂詩鈔》二卷，清粤東芸香堂刻本，現藏山東省圖書館。

《鐵堂詩草釋注》，當代學者李成業編輯釋注，敦煌文藝出版社二〇〇三年版；

《〈鐵堂詩草〉校箋》，定西市安定區人大常委會辦公室編，甘肅文化出版社二〇一八年版。

此外，施閏章《學餘堂文集》卷五有爲許珌作的《梁園詩集序》一篇，可知早年許珌有《梁園詩集》；《烏石山志》卷五載許珌著有《品月堂詩》，但這兩部詩集均已佚。《全閩明詩傳》收録了許珌四十二組詩共四十八首，其中不少詩未見于其他版本。

現存各版本所收録的許珌詩作差别不大，數量共二百餘首。其中《天海山人詩鈔》是吴鎮爲整理刊刻《鐵堂詩草》而做前期工作時抄的，編排與刻本有較大不同，一些詩句也有字句出入，呈現了許珌詩作較爲原始的面貌。將其與刻本對比，可發現吴鎮爲刊刻許珌詩集付出的巨大心力。此外，《全閩明詩傳》、《烏石山志》、王士禛《漁洋山人感舊集》等也收録了一些許珌詩作。

三、許珌詩風

許珌詩有着鮮明的個人風格，生前身後都受到不少名家稱道。總體而言，其詩風沉雄孤峭，與其爲人慷慨大方相符合；但其詩雖雄放，却不失含蓄藴藉的神韵，顯示出較高的文學水平；晚年坎壈，詩風也更加深沉。

（一）沉雄孤峭的詩風特點

許多名士都曾總結過許珌的詩風，如王士禛贊道：『讀鐵堂詩，沉雄孤峭，愚兄弟私嘆百餘年來未見此手。』[一]施閏章《梁園詩集序》稱：『許子之詩，氣雄力厚，如巉岩猛虎，凛乎其不可攀，森然其不可犯。』[二]周亮工《鐵堂詩草序》稱：『侯官許子天玉，天下士也。其奇藻天發，鵬遷海怒，神標挺持，波瀾灝漾，叉手擊鉢，千人自廢。……升沉感憤，可涕可歌，變而不窮，放而愈細。至于侘傺雍土、馳驅邊塞之作，莫不窮覽山川，熟視形勝，指兩河于掌上，收六郡于目中。皋蘭高闕，想衛霍之遺勛；同谷原亭，繼杜陵之遺響。』[三]可見，許珌詩風豪邁、格調昂揚爲文壇所公認。詩如其人，許珌本就性情豪爽，廣交遊，在家鄉時，常與兄弟、友人社集，結社平遠臺，詩酒酬唱，吟咏不輟。青壯年時，曾『負一布囊，歷遊吴越、齊魯、燕趙之鄉』[四]，與王士禛、陳維崧、汪琬、施閏章、周亮工、吴綺諸名士遊，詩歌酬答不斷。許珌文學活動的廣度和性情懷抱的深度影響了他的詩歌創

[一]（明）許珌：《鐵堂詩草·自序》，第六一五頁。
[二]（清）施閏章：《梁園詩集序》，《愚山先生文集》卷五，《清代詩文集彙編》第六七册，上海古籍出版社，二〇一〇年，第四二頁。
[三]（明）許珌：《鐵堂詩草·周序》，第六一二—六一三頁。
[四]（明）許珌：《鐵堂詩草·自序》，第六一四頁。

作，形成了沉雄孤峭的個人風格。

施閏章《梁園詩集序》中還引許珌論詩道：『今天下某某學唐而似焉者也，規規焉尋聲肖影，側足學步，非前人所嘗道過，則逡巡不敢吐一字，故出其所作若古人所已作焉，讀其作未竟若我所已讀竟焉，以是爲學古，又奚以爲？夫善學古者，在得古人之法，神而明之，出以己意，不在乎膚立而毛附。故寧抉奇造險，毋蹈常襲故。及其遲之又久，以絢爛爲平淡，可安步而至也。』這表明許珌的創作態度是，學古并非單純的復古，學的是古風古意，而非蹈襲古人語句，學古要能變古，貴在創新，才是學古之法。他强調『出以己意』『毋蹈常襲故』，而他的詩歌確實體現了這樣的特點，常有『抉奇造險』之語，個人特色鮮明。這與韓愈所主張的『陳言務去』『師其意不師其辭』是一致的。明清之際復古之風盛行，顯然，許珌以韓愈爲師法對象，從其詩作來看，確有雄奇的風格特點。如《河上寄施愚山》：

仙郎大雅振鳴珂，此日相思下濁河。乘傳才名天下少，驚人詩賦粵中多（原注：愚山有《使粵紀遊集》）。孤舟野火吟鸜鵒，古戍寒刁散駱駝。不盡蕭騷蘆荻月，欲乘秋色敬亭過。[一]

此詩寄贈施閏章，頗富抑塞磊落之氣。一開頭即贊揚施的才華，抒發對他的思念。接着借用施的

[一]〔明〕許珌：《鐵堂詩草》，第六二七頁。

詩歌來表達自己對其才情的贊賞，最後一句中的敬亭又暗合施的故鄉宣城。此詩格調恢雄，全是稱賞之語却無諂無驕，正是氣盛言宜，反映了許珌的文學創作觀念。

再看許珌最早成名的詩，即與王士禛結交時所寫的《訪王貽上于慈仁寺雙松下仝作歌》：

騎馬横過五都市，獨數中原問王子。才聞近自泰山來，置身却在雙松裏。入門拔地摇穹蒼，老樹盤根渾四旁。白日蔽虧鬱蕭莽，樛枝拂拂栖鳳凰。世間靈物忌孤美，此松殊有相連理。青銅降粒神仙家，黑鐵修鱗帝王里。銀欄綉砌徒峀嶢，六月高寒氣弗驕。科頭其下吾與爾，摩崖索碣尋前朝。長嘯悠悠自千古，虚壇忽聽生雷雨。月石風泉迥絶塵，如入靈源不知處。因之雅欲遊山東，齊州九點摩秦封。爾歸岱側吾閩海，明年野夫來看松。

楊芳燦于詩後點評曰：『此先生得名之作，格高氣老，模紙起稜，宜爲阮亭推服。』[一]全詩首先稱贊王士禛的才華與名氣，而後論及其住處的雙松，極力描寫雙松的雄奇高大，以突出王士禛的形象。最後談到自己因仰慕王士禛而想遊山東的願望。全詩一氣貫注，用筆雄健，不事雕琢，風格蒼勁雄放。尤其中間描寫雙松的那幾聯，『青銅降粒』『黑鐵修鱗』，全然一派天馬行空、超凡脱俗的奇特氣象。最能體現許珌詩『沉雄孤峭』的就是這些以雄闊氣勢見長和怪奇意象著稱的長篇古詩。再

[一]〔明〕許珌：《鐵堂詩草》，第六四三頁。

看《金陵放歌留别倪闇公馮訥生范正老》：

君不見，江南庾信望鄉哀，我今登高縱酒憑吊不可一世之奇才。城頭鐵笛秋聲起，鍾山鬱鬱黄雲開。名士徜徉鸚鵡賦，美人縹緲鳳凰臺。中原亂離走杜甫，側身天地多懷古。老大不作請謁詩，嚴韋諸公亦有數。長干寂寞舊六朝，雨花繽紛問佛祖。丈夫但生高光時，絳灌平平羞與伍。君不見，十廟之旁功臣甲第連如雲，英雄氣盡半醢菹。我今青衫白袷歸閩中，勞勞亭畔多悲風。同時握手有三子，詩聲金石凌崆峒。揚子江頭與君揖，雍門豈是尋常泣。玉塞寒霜鴻雁稀，金陵野草牛羊濕。吁嗟乎，小人之役爲有母，肝膽持贈赤虹吐。生不將相與神仙，安能於悒守鄉土。此去滄溟萬里間，鯨鯢縱横天狼烟。七尺東還寸心在，世人欲殺君獨憐。思君日上武彝巔，猖狂散髮臨高天。男兒富貴貧賤各有適，何時與君重話鷄壇年。[一]

這是一首餞别詩。倪闇公即倪燦（一六二七—一六八八），號雁圖，江蘇上元（今南京）人，康熙十六年（一六七七）舉人，官檢討，詩書皆妙絶一時。馮訥生乃馮雲驤，山西代州人。順治十二年（一六五五）進士。詩書畫皆擅。官至四川提學僉事、福建布政使。有《訥生詩集》等。范正老即范印心，河南温縣人，順治四年（一六四七）進士。[二]時任浙江杭嚴道僉事。詩人即將離開南京回鄉，

[一]〔明〕許珌：《鐵堂詩草》，第六三一—六三二頁。

[二]《懷慶府志》載：范印心字正安。《懷慶府志》卷二一，清乾隆五十四年刻本，第十七頁。

與三位詩友餞别，登高縱酒，豪情勃發，開篇即直追庾信，撫今追昔的逸興噴薄而出。接着連續用典：禰衡的《鸚鵡賦》、南朝宋的鳳凰臺、杜甫的《送許八拾遺歸江寧覲省甫昔時嘗客遊此縣于許生處乞瓦官寺維摩圖樣》、崔顥的《長干里》、南朝梁雲光法師講經天花亂墜、漢代絳侯周勃與灌嬰能武不能文，等等，大都是與南京有關的典故。在這片古老的土地上，曾有那麼多的名人留下了他們的痕迹，但是，俱往矣！像朱元璋在南京鷄鳴山一帶建造的十廟，供奉了那麼多的英雄人物，也都風流雲散了。在酣暢淋漓地叙述完古人的事迹後，詩人筆鋒一轉，回到餞别的場景，詩人與三位好友依依話别，感慨知己相逢的難能可貴與珍重之情，感嘆爲家計而奔波的辛苦與無奈。然而詩人并未就此沉淪，仍然以豪邁的姿態發出『男兒富貴貧賤各有適』的壯聲。最後一句放眼將來必能重逢，重話今日交友拜盟的鷄壇情景。全詩氣酣力雄，俊逸豪放，慷慨激越，有不可一世之概。

當然，許珌的詩并非一味的豪邁慷慨，但即使是寫景抒情，景象也是比較闊大的，如《鑾江看花曲十首》之四：

丞相祠堂水接天，桃花百里有人烟。此來正值江潮大，簫鼓聲中好放船。〔一〕

這首清麗小詩描寫了明媚的江南春光，但『桃花百里』『江潮大』等仍不失許珌一貫的壯闊氣勢。

〔一〕〔明〕許珌：《鐵堂詩草》，第六五六—六五七頁。

（二）含蓄藴藉的神韵

或許受到王士禛的影響，許珌有些詩寫得富于神韵，如《秋柳和貽上四首》之一：

秋色行人易愴魂，垂楊垂柳黯江門。烟含駘蕩宫中影，風弄靈和殿上痕。曉笛暮帘還出郭，青楓黄菊自成村。關情最是長干路，攀折殘條那可論。〔一〕

這首詩與王士禛《秋柳》四首唱和，寫法與風格相似。詩人博取秋柳凋傷摇落的自然意象和歷史盛衰興廢的人事意象，如頷聯，駘蕩宫乃漢朝建章宫中一宫殿，《三輔黄圖·建章宫》：『駘蕩宫，春時景物駘蕩滿宫中也。』〔二〕靈和殿，南朝齊武帝時所建，古人多有詩吟咏其間春光。如五代李存勗《歌頭》詞：『靈和殿，禁柳千行，斜金絲絡。』明代夏完淳《插柳》詩：『却憶靈和殿，楊花滿地飛。』可是，春光已逝，秋柳傷情。而長干路旁，離人攀折殘條之處，最爲銷魂。詩人塑造了抽象朦朧的境界，通過秋柳憔悴蕭條的悲凉，抒發物是人非、盛景難駐的哀怨，委婉地表現了易代之後士人普遍的感傷情懷。

再如《仁皇寺》：

〔一〕〔明〕許珌：《鐵堂詩草》，第六四七頁。
〔二〕何清谷：《三輔黄圖校釋》，中華書局，二〇〇五年，第一七七頁。

夕陽城郭静，人語落空苔。烏石尋秋去，黄冠訊菊來。山泉吹杖笠，佛火出樓臺。暝色虚無外，天高念酒杯。

仁皇寺又名仁王寺，在福州烏山南麓，離許家别墅石林不遠。詩中描寫了秋日黄昏時寂静的山中，詩人賞菊、聽泉、遠眺，思緒飄渺，詩境冲淡，頗有瀟灑出塵之致。

許珌還有些婉約纏綿的詩，如《武城七夕寄内》：

瑟風吹碧練，瑶露團朱林。采采武城下，門巷聞鳴琴。征夫葛衣薄，江漢芳夕臨。流光胡飈忽，天街翔衆禽。仙彩亦既駕，何必悲辰參。銀查度杳杳，翠旗垂沉沉。星期動閨闥，脉脉陳華鍼。神靈毖瓜果，監兹良夜忱。佳人閉綉户，纏綿萬里心。金刀裁霜素，玉腕停秋碪。無衣怯行旅，言念關塞深。明河遥相望，契闊泪横襟。〔一〕

許珌長年在外奔波，常懷鄉思鄉情。這首詩是他在山東武城時所寫，時逢七夕，良辰美景，是傳説中的牛郎織女相會的日子，詩人不禁想起自己和妻子還像心宿和參宿一樣天各一方。他想象着妻子在七夕之夜向神靈乞巧，爲自己擣衣裁衣。最後兩句，寫自己與妻子一般遥望着耿耿星河，流下思念的泪水。詩中既有『何必悲辰參』的自我寬慰，也有『纏綿萬里心』的牽念，後半部分對妻子的

〔一〕〔明〕許珌：《鐵堂詩草》，第六二八頁。

想象，又帶有相濡以沫的深情，感情真摯，含思幽婉。

還有一些詩則頗爲輕鬆風趣，如《嘲君寔寄家書》：

秋風秋雨滯相如，萬里江天望鯉魚。玉尺山前閨閣静，讀君二十九封書。[一]

君寔即孫學稼，侯官人，爲許珌鄰居兼好友，自署聖湖漁者，有《蘭雪軒集》。玉尺山乃許珌與孫學稼福州家宅附近的小山。孫學稼連寄二十九封家書，作者把他比作善作賦的司馬相如，既是對友人的誇贊，也帶了一絲戲謔，令人讀來不禁會心一笑。

（三）晚年詩風更加深沉

許珌晚年失意官場，生活貧困，詩風更爲深沉。自安定知縣罷職時，許珌作《解組後别安定父老四首》，抒發自己的百感交集。試看其一：

作吏愛令名，賦畀毋乃迂。金錢若夜來，奚由逭殛誅。三載食膏脂，相報惟區區。浩然拂衣去，欲去還踟躕。反顧鳩鵲殘，羊皮不蔽膚。求索多意外，能無寬征輸。得罪誠所甘，但願汝歡愉。悲風吹出關，猶自立須臾。[二]

[一]〔明〕許珌：《鐵堂詩草》，第六五五頁。

[二]〔明〕許珌：《鐵堂詩草》，第六五八頁。

詩中闡明了自己廉潔爲民的行政作風，對自己反遭革職深感不平。其四也寫道：『堅白反見誣，廉吏不可爲。』然而這衹是牢騷，對于安定百姓，詩人還是傾心眷顧的，所以『欲去還踟蹰』。平日裏許珌盡心濟民，正如其二所寫『憶昔在署時，蟋蟀鳴我床。憂來覽衣起，明星何煌煌』。眼看着安定百姓受苦受難，詩人寧願遭罷職，也要減輕百姓的賦税，以保障他們生活的安樂。最後，詩人在離去之前，還戀戀不捨地回首，站立須臾。其四的尾句也同樣表明了詩人的道别：『愧無赫赫名，去後休見思。』這組詩飽含詩人對安定人民的同情眷念和痛楚憂傷之情，言辭懇切，展現出一個一心爲民的廉潔父母官的形象，無怪乎安定百姓們三百餘年來從未忘記許珌，讓他的『赫赫名』永留青史。

罷職後，許珌一時無法回鄉，流寓隴中。安定的一些士人和官員仍和許珌往來。繼任的安定知縣王負扆就對許珌頗爲友善，許珌《王負扆招飲西巖寺看花》詩可爲一佐證：

新官酒命舊官飲，昨日花留今日開。酒債不隨流水去，花枝偏喜故人來。芳菲桃李三年績，爛熳金銀萬里臺。須與令公共流賞，無情風雨莫相催。[一]

王明旦，字負扆，北京房山縣人，在許珌革職後接任安定縣令。西巖寺，位于今定西市安定區

[一]〔明〕許珌：《鐵堂詩草》，第六六一頁。

西巖山，始建于明代。這首詩帶有自嘲意味，也對官場作風有所諷刺，還對賞花飲酒的宴集感到歡愉，糅合了作者複雜的情感。

仕途的失意，生活的貧困，構成許珌晚年生活的主要内容，然而他寬闊的胸襟使得他能够坦然面對一切坎坷，并開解自己。如《臨洮寒食》：

六時減飯護巢鴉，板屋安閒即是家。今日他鄉寒食好，幸無風雨送梨花。[一]

詩中充滿樂觀精神，在窮困中仍減飯來照顧巢鴉，衹要『板屋安閑』『無風雨送梨花』，詩人就能樂在其中，享受寒食好時節。

一六七〇年冬，許珌作《庚戌長至後西鞏驛寓對雪書懷賦得十截句》[二]，這是他現存最後的作品，或是其絶筆詩。西鞏驛爲清安定四驛之一，是隴上繁華而著名的驛站，許珌可能一度寓居于此并寫下這一組詩。詩中主要抒發了自己的思鄉之情，如其中兩首：『一片長城萬里沙，可憐辛苦未還家。蓬婆此日無情處，飛上征人兩鬢花。』『菁葱玉樹映平沙，對雪思梅不見家。我正苦寒歸未得，江南誰寄隴頭花。』也有抒發作者對雪景的賞愛：『中庭歷落砌堆沙，風絮空鹽擬謝家。笑我白頭渾似雪，那能不愛萬年花。』還有對自己身世飄零的感嘆：『賈生才子亦長沙，不謂飄零出漢

[一]〔明〕許珌：《鐵堂詩草》，第六五八頁。
[二]〔明〕許珌：《鐵堂詩草》，第六六二頁。

家。歌得陽春將一闋，隨風都作郢中花。』引用賈誼被貶長沙的典故，聊以自慰。詩中雖無淒苦之語，却令人讀之悱惻，心酸不已。

四、許珌的歷史影響

依筆者之見，許珌之所以留名于青史，主要有兩個原因：一是由于其文學才華出衆，二是由于其官風清正。在許珌生前，前者是主要原因。許珌詩風獨特，詩才高蹈，又交遊廣闊，在王士禛、施閏章、陳維崧、周亮工、鄧漢儀等名士的推崇下，許珌生前即詩名傳播甚廣。張際亮曾提到：『余童子時，見王貽上、陳其年、鄧孝威諸先生所集録其交遊之詩，因知吾鄉許先生天玉者。』[一]但在許珌去世後，其在安定任内施行的惠政爲其聲名更添助益。祠堂的幾番修建，詩集的幾番刊印，足以反映許珌對後人的影響力。

總體而言，許珌詩諸體皆善，歌行體偏向奔放恣肆，格律詩剛正典雅，頗具個人風格，在清詩史上，應有一席之地。又由于其官聲極佳，造福安定人民，因此數百年來，甘肅和福建文人都甚爲推崇許珌其人其詩。筆者在甘肅定西調研時，親見當地許多學者對許珌的敬仰與重視。可以説，許珌的人格魅力與文學才華相互輝映，足以使其不朽于歷史。

[一]〔清〕張際亮：《鐵堂詩鈔序》，清道光十四年（一八三四）刻本，第一頁。

鐵堂詩草

周序

往予遊雲間，獲交夏瑗公先生，歡相得也。先生負濟世重望，忠誠孝友，肺腑洞達，文章名節，炳耀丹青。迄今劫火灰沉，萇弘[一]碧泠。酒闌夢覺，追憶緒言，不禁泪下。嗣是燕山邸居，見先生作令閩時所首拔侯官許子天玉，天下士也！其奇藻天發，鵬遷海怒，神標挺持[二]，波瀾灝漾[三]，叉手擊鉢，千人自廢，因歎先生知人能得士又如此乎！門墻風儀，儼有存者，思先生而不見，見天玉如見先生焉。迨後備儲三山，余與天玉尤歡，相得無間。天玉每怱怱别去，余未嘗不以思先生者思天玉。邇者天玉車轔馬騁，復遇于關山隴水之間，潦倒宦途，欲歸無計。出其《鐵堂詩》若干卷見示，取而讀之，判年爲集，無體不備，升沉感憤，可涕可歌，變而不窮，放而愈細。至于侘傺雍土、馳驅邊

[一] 弘，『道光鈔本』作『宏』。
[二] 持，『海源抄本』作『特』。
[三] 漾，『道光鈔本』作『瀚』。

塞之作，莫不窮覽山川，熟視形勝，指兩河于掌上，收六郡于目中。皋蘭高闕，想衛霍之遺勳；同谷原亭，繼杜陵之遺響。閲歷之奇[一]境盡，而詞章之能事亦盡[二]矣。余每見世之貴遊膴仕，其烜赫不可嚮邇，轉瞬[三]之間聲隨影歇，而憔悴苦吟，出風入雅者，偏卓然[四]自命于數十百年之後。嗟乎！以天玉之才之奇而宦不達，不誠可慨耶？然數百年之後之人必曰天玉之才之奇如此，又必曰天玉之才之奇而不遇如此，不無徬徨感歎，倍致愛慕。而鐵堂之詩將與瑗公先生文章名節并垂[五]天壤。今日者即名卿虚左，一歲九遷，以予觀之，揆其得失，斷不以此而易彼也。矧自今以往，天玉歸老于九曲三山之巔，劈荔支，拈春酒，引年服食，學道采真。夫且才華摧盡，而與至人仙客共吐納于清虚縹緲之境，又何升沉感慨之足縈其念慮乎？予將相從而賦遊仙之什矣。[六]

櫟園周亮工序[七]。

[一] 奇，『道光鈔本』無。
[二] 盡，『道光鈔本』作『見』。
[三] 瞬，『道光鈔本』『道光刻本』作『盼』。
[四] 然，『道光鈔本』無。
[五] 垂，『海源抄本』作『重』。
[六] 『乾隆鈔本』序末附鈔者記：『此序失遺姓名，且多錯誤字句，姑存之，以俟識者。洮水後學吴鎮録于松花菴中，時乾隆甲戌五月廿七日也。』
[七] 序，『道光刻本』無。

閻序

予友洮陽吴信辰能詩好古，手一編示予[一]。紙腐敗不可申展，行間點竄[二]乙多不可辨。曰：「此鐵堂老人詩草之半也」。予受而讀之，參補其缺剥者，正其僞訛者，得詩自八卷至二[三]十卷，又爲後集一卷，録而序藏之。曰：少讀漁洋山人雙松詩，即知閩中有詩人許鐵堂者。比[四]官南安，見其述憤之作，悲其遇。聞其客死隴右，有遺子系在禮縣，往求之不可得。問諸故老，則無有能道其丘壠所在者。悲夫！鐵堂以海南貢士論交四海，與一時黎獻耆英倡酬風雅，争日下名。當時如新城，伯仲之間耳。乃新城聲華滿天下數十年，後學者奉爲宗匠，其詩幾于家絃户誦。而鐵堂獨廢死于窮邊山縣之中，竭生平心與力之勤所爲文章亦與身名俱滅，至于埋没糞土覆瓿[五]，糊壁于村夫嫠婦之家，無有人過而問者，豈不悲哉？鐵堂之詩沉雄富厚，組練雕飾，一歸于老成。于閩中詩派稍爲變化，不甚規橅唐人，而骨格堅凝，精光迸露，要足以流傳不朽。惜其獨廢死于此地也。竊

[一] 予，『蘭山刻本』作『子』，據『道光鈔本』改。
[二] 竄，『道光刻本』無。
[三] 二，『海源抄本』作『三』。
[四] 比，『海源抄本』作『現』。
[五] 瓿，『道光鈔本』作『瓶』。

觀古來詩人所在多窮困，往往自附青雲之士，其人文亦遂聲施後世，如有明前後七子徐昌穀、謝茂秦諸人是矣。鐵堂與漁洋往來最久，而同時詩人如鐵堂者猶多。若有人焉收拾其散遺，以新城爲崆峒滄溟，牽連諸公以俱傳，亦一時文獻之光也。予老矣，還以問之信辰。

乾隆癸酉十月，蔚州後學閻介年[一]書于酒泉之澄鏡山房。

[一]『道光刻本』署名僅到此。

鄭序[一]

同年友武威潘石生考功惠余許鐵堂先生詩一册，蓋其鄉吴松崖所輯者。時天寒雨雪，急挑燈命酒，與石生縱讀至三鼓乃罷。曩讀王文簡公《雙松歌》及周櫟園、施愚山兩先生所爲鐵堂詩序，每以不得見鐵堂全集爲憾。一旦得之，喜可知也。鐵堂詩才不可一世，身殁之後，幾就泯滅。迺關隴之間，猶有人焉爲之掇拾其遺稿，而使之有傳于世，不可謂非幸也。櫟園序言其判年爲集，且盛稱其邊塞之作。今集中載宦秦以後詩寥寥數首，而松崖跋謂有二十卷，乃所刻僅上下二卷，則鐵堂詩就逸者蓋多也，又可惜也。松崖是集，體例多未協，《感舊集》中所載諸篇亦未編入，鋟刻殊草草。因與石生約，共爲訂正。會石生歸道山，余亦因循未果。今春稍暇，亟爲編輯以付梓人，庶幾鐵堂之詩常存天地間，而松崖表章前哲之功，亦因以俱傳，顧特傷吾石生之不及見耳。

道光十四年三月，龍溪後學鄭開禧。

[一] 此序爲『道光刻本』第一篇。

張序[一]

余童子時見王貽上、陳其年、鄧孝威諸先生所集録其交遊之詩，因知吾鄉許先生天玉者故雅遊，其所爲詩甚工也。許氏爲福州望族，自明季提學豸，後世居城中烏石山麓光禄坊。豸群子弟曰遇，曰友，曰珌，珌即天玉也。國初皆以才名一時，至其家女子亦多能詩及書畫。乾隆初，黄莘田嘗言，少時見城中諸巨家女子以詩往還，僮僕日在道，父老謂之光禄派。其時去國初百年矣。又及百年而爲嘉慶、道光間，余屢客福州，求諸許遺書不可得，問，其家科第不衰而風雅稍替矣。友人何乾生有別業在烏石山中，屢觴余，與論詩，因及諸許。乾生言：此右爲神光寺，寺右爲石林，故許氏別業也。登臺而望之，無所見。訪之，則頹垣僅有存者。國家治平久矣，吾鄉無兵火之患，許氏舊家，其先人遺書乃多散佚，即其生平遊處之地亦廢圮荒忽，非好古之士，殆不知抑獨何與？然天玉他著述無聞，惟其詩。既由鄉貢令安定，流寓臨洮，卒葬安定東門外。其遺詩宜多在安定、臨洮間。有張昞者宦兹土，嘗刻之而未備。往歲丙戌遊京師，時龍溪鄭迪卿觀察方爲考功郎，出示臨洮吴鎮選刻本，稍備矣，而編校錯陋，欲審定重刻之，屬爲序。余南北奔走未及爲，而觀察遂于今辛卯冬將莅粤東，余適在京師，乃索天玉詩覆視，手録其尤工者一百五十餘首。天玉詩當時盛爲交遊推服，觀

[一] 此序爲『道光刻本』第二篇。

其氣骨沈警，聲采壯麗，蓋矯然能一空依傍、摹擬、率易、幽怪諸習，特未神妙自得耳。然猶在貽上、其年之次，孝威有不逮焉。周元亮先生序天玉詩，謂其雍土邊塞之作尤工，今所見僅數首耳，則其詩在安定、臨洮間亦多不傳，可惜也。觀察固工詩者，常勤勤于同鄉文獻。因並述諸許遺聞，序以歸之，亦冀許氏子孫將能盡表章其先人焉。

道光十一年冬十一月至日，建寧後學張際亮謹書。

自序

余甫至安定，與諸士相見畢，便督課文字。諸士魚魚雅雅，中有昂然而前者進曰：夫子案上詩稿乞一覽。余亦不問其姓名，遂與之。既而論定文字，拆卷第一即屬前日索詩者，迺知爲正言杜生，關隴名士也。嗟乎！文章有神交有道如此乎？自兹過從無虚日，商訂古今，辯論風雅。余每手一詩，便呼杜生來。杜生曰：此爲騷，此爲蘇李，此爲曹劉，此爲鮑謝，此爲初唐，此爲盛爲中爲晚，此爲弘正七子，此爲嘉隆七子。覺杜生有全詩在其胸中，而余一行作吏，詩日益退，慮無以當杜生者，而杜生不厭也。嗟乎！余向者負一布囊，歷遊吴越、齊魯、燕趙之鄉，與鉅卿雅士擊鉢刻燭，旗鼓角壘，争相雄長。每一篇出，輒傳布海内，而余頗磊落自喜，不肯一語寄人籬下，不肯一字拾人唾餘。今其詩具在，固天下所共見也。天下詩人孰有過三原韓固菴、宣城施愚山、濟南王阮亭者乎？二三子皆吾友也。阮亭書云：讀鐵堂詩，沉雄孤峭，愚兄弟私歎百餘年來未見此手。固菴[一]序云：許子之詩，絶不屑爲靡郁之言，堅骨强氣，怵肝裂腸，驚倒五嶽，排蕩八極，才調激越，風骨遒上，又豈從人間來乎？愚山[二]序云：天玉詩氣雄力厚，如崩巖猛獸，森乎其不可攀，凛乎其不可犯，君子觀

[一] 固菴，『蘭山刻本』『海源抄本』作『愚山』，據『道光刻本』改。
[二] 愚山，『蘭山刻本』『海源抄本』作『固菴』，據『道光刻本』改。

其言，即其生平之魁壘博肆亦可見矣！合二三子之言而觀之余詩，而不得[一]杜生，二三子已許我矣。今晚而得杜生，杜生曰：吾師全詩氣格力追盛唐，而竪[二]言命意亦宗騷選，鑑[三]乎宮商之間，後世其必傳也夫。嗟乎！余抱檄入秦，本非其志。秦中近代詩人如空同、可泉不得復見矣，邇皆推固菴。固菴作古人將十年，余風雨晨夕，覺向者與固菴二三十年兄事弟畜，湖上促膝，都下譚心，髣髴髣髴，有如隔世。余數年垂頭喪氣，銜枉被讒，風雅之事盡矣。今晚而得杜生，向理余于訟，近襄余于難，將余二三十年所爲詩，坦險異情，悲愉殊托，遴[四]若干首而録之，曰：夫子旦暮當離此，詩才不得長侍左右，見夫子之詩如見夫子云。嗟乎！杜生之意厚矣。但吾友固菴、愚山、阮亭二三子[五]皆今之能詩者，以能詩而知詩。杜生知詩自[六]不讓二三子，余願杜生之詩將來當與二三子同[七]垂天壤也，杜生勉乎哉！

康熙庚戌立秋日，閩中天海山人許珌撰併書。

［一］得，『道光鈔本』作『遇』。
［二］竪，『道光刻本』作『樹』。
［三］鑑，『道光鈔本』作『鏗』。
［四］『道光鈔本』下有『選』字。
［五］『道光鈔本』無『二三子』三字。
［六］自，『道光刻本』作『當』。
［七］同，『道光鈔本』作『並』。

《黄河龍衣舟上看月詩》[一]自序曰：余乙未下第出都，夏六月十三日附某新貴賃龍衣舟南還。抵臨關，貴人告余先行。時困頓委瑣，不得捨舟他適。日對黄頭諸郎，自覺面孔無賴，啞然一笑。及出黄河，則秋八月初九日也。由董家口入通濟閘，僅一百八十里，無風一日可達。舟移風作，汩汩相遭，石尤震天，排蕩山嶽，辰興申息，似有鬼神制其柁牙者。迨夜則水月瑩晶，金碧一色，陸離萬象，淼淼乎河漢之無極。雖起元虚景純[二]，莫能寄其詭奇，窮其形類。何况昔人登樓舒嘯，余視之不過頹唐老態耳。自初夜至十八夜，月事將畢，迺始檥榜。予南方之鄙人也，何以得此，賦詩十章，厥遊侈哉。

《豫章詩》自序曰：庚信江南之賦，蘇軾嶺外之書，君子去國懷鄉，撫物興慨矣。余寓姑胥，逾年不得歸。春仲[三]買櫂入鄧尉看梅，一路寒香疏影，應接不暇，玉圖金刹交映于環螺烟樹之中。余悽然曰：何其似吾閩風景也。于是從盤螭故道出京口。抵豫章時，春江如練，一葦萬里，吴陵楚岸，戀我歸船。既而湖水初平，廬山真面目浮浮其上。余二十年所夢見者，今日奚能放過？至于落

[一] 内文及『道光刻本』題作《黄河中秋龍衣舟上看月》。
[二] 元虚景純，『道光鈔本』作『元景虚純』。
[三] 春仲，『道光鈔本』作『仲春』。

霞秋水，未免王子[一]安獨有千古，神風直送，夫豈偶然？余于畫棟朝雲、珠簾暮雨之句三致意焉，使酒猖狂，惟恨都督閻公之盛筵今不再耳。計詩若干首。

《丁酉錢唐[二]詩》自序曰：余先後齎油素經西湖皆草草而過者，以未有主人爲之東道也。是歲，河南范正老建節兹土[三]，聖秋、修遠亦接踵至焉。二十年同譜兄弟停鑣維轄，左右牽挽。又有仲木、孑問、劬菴、吾墐[四]、六鈐、真源、文位、與可共[五]修會盟之好。余同韓、顧二子寒暄蕭寺，併食易衣。日必出，出必舫，舫必詠，詠必醉。其得與諸名士酒旗歌扇，劇泛豪攄，深月積雪，移丙達午，忘其身之在萬斛琉璃瓶中者，范使君之力也。昔歐陽公修、謝公絳輩仝遊嵩山，抵龍門，大雪。忽有官騎渡[六]伊水送歌妓至者，奉太守錢公惟演傳云：山行良佳，諸公幸留龍門賞雪，勿遽歸也。使君得毋類是。計詩若干首。

[一] 子，『海源抄本』作『平』，應誤。王子安即王勃。
[二] 唐，『海源抄本』作『塘』。
[三] 土，『海源抄本』作『上』，應誤。
[四] 墐，『道光刻本』作『瑾』。
[五] 共，『海源抄本』作『其』。
[六] 渡，『海源抄本』作『波』。

《旋閭詩》自序曰：余前歲下第後，浪遊齊魯。少陵臺畔與愚山相遇。愚山曰：『爾有母，曷歸乎？』因數言別去。忽于臘月大雪中，一騎從千里至，乃愚山使者，遺美金華繭而去。嗟乎！愚山念朋友之寒而及其母，其天性已可見矣！余拜其高義，達旦即行，逾春渡江，始聞再試之信。嗟乎！[一]假使余山東不歸，或得便道入京師，遇不遇未可知也。亡何，吾閩再上公車者，多爲江警散去，豈非天哉！余是歲以不作落魄遠遊詩爲喜，雖然，亦豈敢忘愚山言耶[二]？計詩若干首。

《里遊詩》自序曰：古者燕會之詩，柏梁君臣迭奏藁臺，賓客互賡，邈歟盛矣！至于建安崛興，娛情公讌，是時二曹龍攄，群子虎峙，荆隋照耀，羅蒐青壤。今讀芙蓉諸什，誠倡和之芳規，而鼓吹之麗則也。厥後蘭亭紀序，王謝風流，生多同地，後世罕及焉。予三月三日與同里諸子先後爲西郭之遊，曳裙拖屩，分棚據席，花坪竹塢之間，詩劇酒嚴，聲琅琅滿天地，知者以爲懷古遥集，不知者以爲蕩然耳。嗟乎！人生行樂耳，冶春風日，布衣故無聊欠，亦何必華爵貴胄，玉園金谷，乃謂作達哉？余詩曰：『笑我年年逢上巳，科頭無藉百花中。』以視永和修禊，似恨古人不見余狂耳。計詩若干首。

［一］嗟乎，『道光鈔本』無。
［二］耶，『道光刻本』作『哉』。

《金臺詩》自序曰：數日不見，思子爲勞，况三載而一覯耶？余同年如聖秋、子餐、端士、幼輿、伯咨、無損、亦世、季凝，咸先後奮跡，高視上京矣。若僕僕三載必一至長安，則有小范懷人、穀子修遠、岱觀漢東、山長君亮，何異五父之人，抱壽夢之鼎于市，有不更鑄而售者乎？是歲，至者祗小范、山長仝託跡齋壇，相對三四古松而譚，灌邨太史又屬其門人申子叔旆、張子南溟，日與老生遊矣[二]。時余思學古人捧檄而喜，忽大風雨中，叔旆過余曰：『以君之才不得取一高第，固是咄咄怪事，但此時百里，安可爲耶？』噫！叔旆之愛我如此，以此知灌邨庚子江南所得多君子也。計詩若干首。

按：鐵堂詩判年爲集，各有小序。今始順治乙未，迄康熙庚戌，僅得六序，餘俱遺失矣。其《山東詩》一序則已載《雙松歌》之末云。後學吴鎮謹識。

[二] 矣，『道光刻本』無。

鐵堂詩草卷上

天海山人閩中許珌天玉著
狄道吴鎮信辰　録
後學　金匱楊芳燦蓉裳選

關山月

皋蘭一片月，皎皎夜如霜。聞笛聲逾苦，當窗色倍黄。秋風吹隴水，閨夢傍沙場。愁絶從軍者，何年罷望鄉。

江南曲

江皋連畫舸，撥刺弄烟波。隱隱隔花語，微微鳴珮過。香風吹暗麝，明月唱來羅。水上莫愁宅，含情子夜多。

二首風格在景龍之間。楊蓉裳。

懷人

珠箔銀箏度歲華，新粧綰縵五侯家。夢魂古苑方鬮草，時節春城正賣花。玳瑁堂中栖白燕，胭脂山下落紅霞。相憐記在寒塘月，一水深深近若邪。

秀逸不減高青丘。蓉裳。

寄陳蓼巖給諫二首

虎門雲物鬱巑岏，碩果孤臣海外天。古岸青霜生氣魄，早朝紅日奉心肝。天高萬里尋詩路，衣薄三春驗酒瘢。聞爾近鄉多勝畫，何時共擘赤螭盤。勝畫，荔支名。

攜家東去路漫漫，何處高鴻托羽翰。隻影大荒觀白水，寸心遥夜問[一]黄冠。管寧木榻真名士，杜甫麻鞋舊諫官。爲語同時隱君子，于今熱血向人難。

[一] 問，『道光鈔本』作『聞』。

芝山寺故址

却怪祇林逢壞劫，遂驚朱火失靈源。石壇鳥下尋金鉢，寶塔人來挂玉旛。竹爛已空三諍地，蓮枯難挽五宗魂。阿奴枉起昆明社，颯颯行吟白日昏。

公車出西洪二首

一日棄漁釣，馳驅違故鄉。居親陳祖醴，遊子裹行糧。水碓厖眠月，山槽馬嚙霜。駕言將萬里，吾夢止滄浪。

豈不戀閭徼，會須沾洛塵。白雲輕去國，紅豆暗傷春。徒旅隨行少，山河入望新。何當謝郡邑，一問武陵津。

哀建溪四首

建安雄上郡，邊騎且南征。不信黄龍誓，空行白馬盟。猶存練母廟，莫救越王城。過此真留恨，飛鳶夜月横。

旅軍當四塞，戰鼓震龍蛇。烏喙三千士，黄頭十萬家。傜丁驚勑勒，漢女怨琵琶。割據終抔土，空遲蹈海槎。

急浪投鞭處，通都萬里橋。溪丁無戰鬬，蠻府自雲霄。祇爲神僧悞，翻成大將驕。可憐楊伯起，虛插侍中貂。

南陽佳氣盡，島帥[一]出降旛。豈有營三窟，猶思出五原。赤龍迴帝子，白馬没王孫。孝穆諸兄弟，焚家通濟門。

水吉舟中仝竹西[二]彭陶暇守歲

中原猶未達，一月在風波。晚泊人烟少，殘年賊騎多。客心依古堠，春色到寒蓑。蠻地填兵甲，何时縛尉佗。

謁西山真公祠[三]

丞相祠堂俎豆新，森森松柏不勝春。南朝議論多韓賈，猶幸先生是小人。

[一] 帥，『道光鈔本』作『瑞』。
[二] 竹西，『道光刻本』作『李竹西長芭』。
[三] 『道光刻本』題作『謁真西山先生祠』。

元夕緑波樓[一]對雪

侵簷撲瓦融融濕，打柳沾花滚滚新。山雪高樓初作客，酒杯令節暗悲春。此間夜色寒如水，何處歌聲細若塵。蝟縮袁安難穩卧，夢魂懸[二]遶白頭親。

梨關晚行

雪净花明馬上看，春風吹客去桑乾。鼉梁天削雌雄石，鳳嶺雲開大小竿。尚有萑[三]苻成大澤，謾[四]言鎖鑰寄層巒。蕭條何處聞羌笛，新鬼斜陽哭戰壇。

三衢道中

雙橈孤繫狎鷺鷗，二月舟行却似秋。野竹青圍臨水寺，園花紅映讀書樓。鷄鳴仙嶂微微見，虎渡官河細細流。姑蔑神靈何處望，夕陽荒碣戰功留。

[一] 樓，《全閩明詩傳》作『亭』。
[二] 懸，《全閩明詩傳》作『遠』。
[三] 萑，『海源抄本』作『花』。
[四] 謾，『海源抄本』『道光刻本』作『漫』。

浙江

浮生尚飄泊，又作渡江人。戰守留殘壘，經過屬暮春。湖聲猶向越，海色更通閩。不見[一]任公子，蒼茫望古津。

西湖

天險錢王府，春深西子湖。空濛成大澤，佳麗領名都。銀鞍來調馬，珠弦去射烏。此時歌舞歇，愁絶酒家胡。

畫出南屏好，風流濬鑿功。水心今古媚，天目帝王雄。皎日開飛鏡，長天挂落虹。平生遊覽意，于此正無窮。

贈吴中二較書 一爲嶺南李蘇，一爲太原劉管，皆名族也，遭亂至此。

去國各含顰，紅鹽調絶倫。真珠原産粤，美璧總歸秦。夕舫秋如水，寒燈菊似人。曲終敘家世，流落倍傷神。

[一] 見，『海源抄本』作『是』。

高雅，屏去浮艷。蓉裳。

峽江秋夜同陳開仲濬徐存永延奉[一]

放艇菰蘆外，爲君理素琴。酒痕沾[二]袂重，帆勢變秋深。野菊牛羊淚，寒潮天地音。書生舟楫短，無復渡江心。

吴門送陳開仲徐存永之白下[三]

信美非吾土，如何輕去鄉。故知無盜賊，大半在風霜。歌入吴關壯，思同楚水長。秣陵才子地，到日有文章。

鶴占署中看牡丹

花事清平好，衙齋荀令聞。綺霞明薛水，丹日畫包山。定是分三晉，還應到百蠻。牡丹初產汾州，

[一]『蘭山刻本』無此詩，據『道光刻本』補。王士禛《感舊集》卷一一題爲『峽江秋泛同陳開仲徐存永』。《全閩明詩傳》題爲『同陳開仲徐存永峽江泛舟』。

[二] 沾，王士禛《感舊集》卷一一作『霑』。

[三]『道光刻本』題中無『陳』『徐』二字。

吴越以南皆罕種。春風漫吹落，海[一]客正開顔。

端陽日集龔扶揺抱江樓觀競渡仝扈芷上人限韻五首之四

江嶂列丹樓，雄風雜楚謳。乾坤懷采苣，節序值垂榴。紅鯉鑾姑送，黄龍鄂帝愁。讙闐沙柵上，何必古揚州。

鼓櫂下江波，香蘭紉若何。湖腥龍乍鬭，日暖鳥常歌。野廟沉碑出，山園晒藥多。中流聊感舊，不忍聽來羅。

兵火阻歸閩，偏驚時物新。江鳶防玉彈，塞馬蹂花茵。飛渡還纏綵，行吟獨岸巾。王風餘越國，君子六千人。

佳人若綺霞，行舸罥銀沙。過鳥白銜竹，鳴蜂黄上花。蜍書聊自佩，鼉鼓莫頻撾。横海蛟[二]師近，何心油壁車。

[一] 海，『海源抄本』作『梅』。
[二] 蛟，『道光鈔本』作『鮫』。

送王虚白歸德平

江上送君日，夕陽秋一亭。遊乘招鶴舫，歸帶種魚經。山水行人福，關梁隱士星[一]。還家從歷下，爲我弔滄溟。

雋氣可挹。蓉裳。

江舟雨中懷孔二較書

軋軋江南渡，懷人蘆雨中。夢尋如在水，吹到不禁風。細路潮初落，虚村火獨紅。那堪狂杜二，愁絶樂遊東。

吴門聽麗人行歌[二]

如憐行路客，莫唱竹枝詞。柳暗梁生塚，花深伍相祠。迎春歌扇急，落月舞衣[三]遲。無那彈天寶，臨風起暮思。

[一] 星，『海源抄本』作『屋』，不押韻。
[二] 『道光刻本』題作『吴門聽歌』。
[三] 衣，『道光刻本』作『花』。

湖上坐月有懷鶴占憶別時屬余尋蘇小葬處

獨坐孤山月，清光總似君。天連一片水，人隔幾重雲。泉細空中落，梅寒靜裏聞。澄波[一]凝夜色，何處認蘇墳。

高絶，非孟襄陽不辨此也。蓉裳。

過釣臺作

乞食自吴楚，先生相念無。抱衾春水止，洗劍夜星孤。祠廟臨荒甸，山河憶壯圖。行藏殊未卜，隕涕出菰蘆。

答同年黄石菴侍御

千山烽火獨愁予，此日荒閭[二]有致書。亂久天心方見雁，哀[三]深民命盡爲魚。張華易老三

[一] 波，『海源抄本』作『渡』。
[二] 閭，《全閩明詩傳》作『廬』。
[三] 哀，《全閩明詩傳》作『愁』。

年劍，趙壹難登萬里車。戰地尚留朋友在，春風加飯海西廬[一]。

西湖訪王竹子[二]

散髮枯笻問酒徒，老漁指點出菰蘆。山雲漠漠惟依寺，野日荒荒祇抱湖。板屋琴聲人獨坐，柴門花影鶴相呼。案頭寂寞悲秋士，不信功名是棄繻。

大梁

春風吹曉夢，鞍馬向夷門。白草霜初落，黄河日易昏。丈夫身到此，便欲報人恩。不見魏公子，悠悠登古原。

宿雙溪蘭若兼示持公

白雨三溪夜，黄冠一社人。聞鐘依水刹，乞火至山鄰。花落驚虚夢，城荒憶故春。十年戎馬地，

[一]《全閩明詩傳》尾聯作：『海水紛飛南國黯，故人相念喜如初。』

[二]《全閩明詩傳》録此詩題作『西湖訪黄竹子不遇』，字句略有出入：『短髮孤笻問酒徒，霜漁指點出菰蘆。荒山有主惟歸寺，野日無鄰祇抱湖。水屋書聲人獨閉，柴門花影鶴相呼。案頭寂寞悲秋士，不信功名是棄繻』。

常與遠公親。

『花落』二句，亦可稱『十字千古』。蓉裳。

開化早起［一］

岸幘霜巔僧外僧，寒湖團日日團燈。殿鼯拾菓晨鐘了，石蚌眠花晚稻增。一鷺白通高士舫，萬楓紅夾古王陵。居人曉起無生計，曝背沙磯補破罾。

花朝過幻公湖心蘭若兼訪［二］用始

西爽連初地，林居草木清。竹陂春繫馬，花嶼午啼鶯。水澹天形影，山閒佛性情。還期促歸旆，恐一犯嚴程。

房櫳帶林薄，絲管出遥空。魚網暮烟碧，酒旗春水紅。人行千嶂外，僧住百花中。歌舞餘銅狄，悲風泣故宫。

［一］『蘭山刻本』無此詩，據『道光刻本』、《漁洋山人感舊集》補。
［二］『道光刻本』此處多一『林』字。

送楊[一]光美明府二首

解官初去越，萬里遠歸秦。蜃氣海城夕，猿聲山驛春。停旌辭里老，拭淚慰家人。却愛萊蕪令，風流在食貧。

咸陽芳草春，西望一沾巾。白水知楊震，青山送許詢。莫言薄宦日，且作遠遊人。壓石歸航穩，行行出劍津。[二]

送用始再遊廣州[三]

烟火望漫漫，殘春上劍灘。食魚爲客好，賣犬出門難。瘴癘仙城闊，烽烟霸國寒。山川推百粤，不似昔年看。

[一] 楊，『道光鈔本』作『陽』。

[二] 《全閩明詩傳》中一首頷聯、頸聯與該首相同，題作『奉别楊光美明府』，首聯爲『得歸萬里外，烽火滿全閩』，尾聯爲『預信前途坦，天涯一吏貧』。

[三] 『道光刻本』詩後附注：『按王文簡公《感舊集》又載此題一首云：「老大辭鄉國，殘春祖野皐。五羊江路近，四月客星高。出境惟羸馬，隨身有寶刀。英雄萬事左，旅夢到臨兆。」不知是一時之作否。並附録之。』附録詩見王士禎（禛）《漁洋山人感舊集》卷一一『許珌』條。

漳州圍甫[一]解櫟園方伯有城上感懷詩見示敬和四首

大風吹入海西笳，積水鴻濛曉祭牙。百室民依新赤舃，三春公在舊丹霞。日中虎旅方乘障，天外鮫軍已渡槎。倒景城樓諸將醉，雙亭官燭誦南華。

建德[二]城頭鉦鼓遥，東臨虎渡赤虹橋。大江春老人横槊，故國天高鬼射潮。鶴磧柝聲迷日月，龍溪烽火徹雲霄。幾時遠徼安耕鑿，兵氣冥冥太白銷。[三]

春水蘼蕪冷戰場，飢魂白日海城荒。燕栖高壘三年火，馬踐平原六月霜。道左人迎賢僕射，軍中樂唱古臨漳。天狼此夜光芒静，銅柱遥連征路長。[四]

[一] 甫，『道光刻本』無。

[二] 德，『道光鈔本』作『章』。

[三] 『道光刻本』該首作：『落日城頭戰鼓遥，萬山瘴癘一荒橋。大江春老人横槊，故國天高鬼射潮。戰馬沙場驕苜蓿，卧龍指掌近雲霄。伏波下瀨渾閒事，要使千群浴鐵銷。』《漁洋山人感舊集》所收該詩題爲『和周櫟園先生清漳城上感懷』，詩句與『道光刻本』所録僅一字之差，即頷聯末三字『鬼謝潮』之『鬼』爲『弩』字。

[四] 『道光刻本』該首作：『春草蘼蕪化戰場，群飛海水動南荒。燕歸故壘三年火，馬踐平原六月霜。道左人迎新節度，軍中樂唱古臨漳。東南瘴地元戎在，夜色天狼不敢長。』《全閩明詩傳》録該首題爲『和周櫟園《清漳城上感懷》』，與『道光刻本』僅有首聯不同：『春草寒蕪化戰場，群飛海上動南荒。』王士禛《感舊集》録該詩題與《全閩明詩傳》同，首聯第二句與《全閩明詩傳》僅一字之差，即『上』爲『水』字。

瓦屋濛濛不集烏，旌旗迢遰島山孤。飢驢破驛爲王事，細草新花作戰圖。千里蒭茭親日午，一時賓客坐城隅。從軍自古推名士，可有袁宏露布無。

萬壽橋

北風吹滿大江寒，立馬蒼茫淚未乾。去國三年歌白紵，還家九日戴黄冠。輕舟楚岸乘潮急，茂草周原行路難。卜宅滄溟何處是，秋心歷歷傍魚竿。

萬壽橋即事同張子㢤謝爾玄[一]

蒼然一片水，行路競杭之。佛日收漁網，江秋老稅旗。寒潮連葯蘼，小雨立鸕鷀。有客廛中去，吹簫乞食遲。

北山看楓葉兼贈心公

思秋秋思苦縱横，薜荔門深愛晚晴。古屋青燈千佛坐，亂山紅葉一人行。壯遊久抱盧敖志，薄殖終成許汜名。此日欲騎蝴蝶下，同參身世悟無生。

[一]　此詩『蘭山刻本』無，據『道光刻本』與《漁洋山人感舊集》補。玄，原作『元』，諸本爲避康熙皇帝名諱而改。

好句似仙堪作骨。蓉裳。

竹醉日東寺漫述

結夏萬山前，鳴蜩別樹邊。林紓青雨斷，谿複白雲連。選竹頻移榼，尋花屢就船。閒情比鷗鳥，身世已悠然。

答程周量會元[一]

玉勒頻過荒寺鄰，論交燕趙獨予親。清時自失彈蛟客，薄命誰憐射虎人。獻策已懸雙闕麗，投詩更擅六朝新。琅玕每到吟君夜，舊雨空堦點數巡。

秋舫曲十首之四

一曲歌横易水東，老楓覆岸夕陽紅，西風吹動寶琱弓。
日暮扁舟[二]楚火流，何人寒笛岳陽樓，聲聲吹雁上衡州。

[一]『道光刻本』題爲『答程周量可則職方』。
[二] 舟，『道光鈔本』作『州』，有誤。

銀舠[一]赤鯉光盈盈，枯蘆煮酒江漢清，老漁夜坐北斗明。鴛鴦繡水合歡花，吴姬十五來浣沙，玉顔冉冉如朝霞。

四首極古艷。蓉裳。

寄林新樂彭叟

行將畚鍤殖東菑，矯首乾坤欲問誰。仙子幾[二]南飛舄地，美人嶽北種花時。官清秋水迎鱎少，客倦燕山去馬遲。幾得同君河朔飲，先天陵下讀殘碑。

秀句如李東川。蓉裳。

寄邱香河小魯

日暮高臺散馬群，横門誰市長卿文。落花小苑難留客，行李中原欲累君。十四燕陵沉夜雨，八千閩海斷春雲。時久絶閩信。敝衣縫盡過寒食，易水行吟筑裏聞。

沉鬱頓挫，令人不厭百回吟也。蓉裳。

[一] 舠，『海源抄本』作『舫』。

[二] 幾，『道光刻本』作『畿』。

礪松詩 有序

慈仁寺古松十二，非人間物。予遊燕，則嘯詠于斯，輒未能成詩。昔人有云：作名山水詩，要配其山水之神奇高妙，所以爲難。松不當如是耶？乙未春，復至燕，而王子雨若、方子玉如已有《弔松詩》，謂夫不生清泉白石間，而溲涬雜聞，傭傖傴處，殊溷出塵面目也。鄧子孝威已有《賀松詩》，謂夫尖霜黑月，驚沙繁火之餘，巋[一]然獨存，不與夏社同墟也。吴子玉隨已有《慰松詩》，謂夫高風諤諤，大都通里之側，猶爲佛仙之所棲息，帝王之所拱護，名卿雅士之所瞻詠也。韓子聖秋、吴子岱觀、丁子野鶴已有《對松詩》，謂夫亭亭不爲傴[二]折，粼粼不爲傀垂，冥冥不爲侏腐，真韓陵一片石，難與俗人言也。嗟乎！諸子各出其性情以與松遇，蓋亦盛矣。三月之望，與陳子元公義扶、黄子嚮先映紫、彭子旦兮、張子雪[三]菿旭源、王子穀子懷人、亦世山長白虹、朱子周望、嵇子淑子、吴子錦雯、施子愚山、劉子小石，社集其下，倚松而哦。許子曰：是青青者，保爾貞姿，與爾嚴性，亦可以無媿于時矣。于是乎賦《礪松》十章。

不知何代植，高倚接穹窿。老節擎明月，寒心立大風。榮枯依絳闕，興廢閱丹宮。萬古幽州地，

[一] 巋，『道光鈔本』作『巍』。
[二] 傴，『蘭山刻本』此字污損難辨，『海源抄本』作『偃』，『道光刻本』作『傴』。
[三] 雪，『道光鈔本』作『雲』。

山陵霜露中。

深院松花起，無人觸寶幢。神龍天上六，化鶴日中雙。山意青歸寺[一]，濤聲緑過江。殷勤謝封秩，不爲帝秦降[二]。

豈不凌霄漢，鶯花春自知。人情空薄弱，天步轉高危。吹物無涼燠，居山有歲時。何年餐玉茯，乘蓋上峨嵋。

英特群情伏，高清衆慮無。未遑徇玉隊，還許障金鋪。深院眠黄犢，頽宫起白烏。毘盧千里目[三]，縹緲嶽形孤。

蛟龍吟絶磵，花雨下虚壇。夭矯朝天近，迴旋拔地寬。野夫來坐卧，衆美逼高寒。神武門前物，今看亦已殘。

乾清銅馬禍，翦伐護仙根。雉尾黄雲亂，蠅頭白日昏。近開市其下。入門如好友，流水即空村。凋歇秋槐落，難招智井魂。

元氣收恒嶠，清虚鎮大千。齋居宜繡佛，修影故横天。寒動湘江竹，晴摇華岳蓮。石壇明月在，曾照烈皇年。

[一] 寺，『道光鈔本』作『市』。
[二] 秦降，『道光鈔本』作『降秦』，有誤。
[三] 目，『海源抄本』作『日』。

平臨珠綱出，傳説自金遼。萬歲花争媚，三春柳暗凋。天風時入梵，山月夜聞樵。過此逢宫監，含悽話聖[一]朝。

徙倚參寥夕，鐘聲出上陽。承盤圓曙露，拂塵肅秋霜。鳳粒餐金母，龍鱗捧玉皇。不知元氣薄，臣老在遐荒。

菁[二]葱如羽葆，老氣鬱金藍。四角深埋[三]照，千章静化嵐。飛香迎石鼓，結子落金函。不作冬青樹，枝枝盡向南。

太司成王公敬哉招宴園林

鼓吹五雲西，通莊玉[四]騎嘶。飛花銜白鶴，垂柳坐黄鸝。酥酪擎春饌，櫻桃出御題。琅玡老賓客，待賦月如珪。

[一] 聖，『道光刻本』作『舊』。
[二] 菁，『道光刻本』作『青』。
[三] 埋，『道光刻本』作『理』。
[四] 玉，『海源抄本』作『王』。

讀過石公尊堂節孝傳賦得惠水清[一]

春風吹動蛟龍蟄，過君成名年五十。黑頭留滯承明廬，背人淚滴宫袍濕。紅綾賜餅多屺思，鞠字艱難冰蘗姿。映月好成賢媛傳，張燈高讀孝娥碑。昔母手持緑玉斧，搗藥和熊織暮雨。劬勞爲父兼爲師，白水應知母心苦。九龍之鄉錫山泉，金鰲背冷浪花穿。挈瓶拂鐴[二]取寒冽，素質豈作波濤遷。棲神停影貯霜雪，不供鹵飲貞以潔。娟娟行地無濁聲，一洗天海長暍熱。此泉何其清且仁，吹潤萬物多酸辛。既感彭修之令子，復鑒陸羽之逋臣。嗚呼！[三]君不見，菩薩泉，臙脂井，香乳不來哀斷綆。六代鉛華烟草冷，止水泠泠發深省。

河干晚眺同周鷹垂[四]

吴下周郎在帝鄉，少年詩賦掩長楊。才人彩服秋曹冷，公子瑶華水國香。時侍尊人比部在京，爲予作詩序。石棧短歌行葯蘼，玉河新雨戲鴛鴦。貫雕射虎同朝暮，應笑侯生老更狂。

[一]『道光刻本』題爲『讀過石公母節孝傳爲賦惠水清一首』。
[二] 鐴，『乾隆鈔本』作『磴』。
[三] 嗚呼，『道光刻本』無。
[四]『道光刻本』題末多一小字『綸』。

送王印周[一]還雲間

策馬出金閨，才名顧陸齊。秋隨江左燕，夜憶汝南雞。青翰高沙磧，紅綾敞玉題。刁鐶鄉思切，祇隔泖峰西。

將之盧龍賦别劉覺岸比部

上書不得意，此日雅依劉。余卷爲比部屢呈。射虎行邊[二]域，呼鷹出塞樓。春風踈越箭，秋水老吴鈎。莫謂楊雄薦，强過得益州。

送同年李中悦歸富平

執手爲君[三]唱渭城，玉河春柳禁門鶯。雨沉石馬三山杳，天遶金蛇八水明。白璧獨遺聊捧腹，黑裘同敝總關情。茂陵帝子風流在，肯使遊粱賤長卿。

[一]『道光刻本』此處多二小字『日藻』。

[二]邊，『海源抄本』作『遊』。

[三]爲君，『乾隆鈔本』塗改作『匆匆』。

留別張雪崶侍御[一]

襆被河關夜黯然，故人尊酒上戈船。張綱漢法埋輪日，許武周原荷鍤年。楓路霜紅寒雁唳，蘆溝月黑老龍眠。知君十載居官冷，猶爲長途減俸錢。

留別鷹垂次來韻

朝來放棄罷高吟，老大徒羞華髮侵。狗監已多妨薦語，龍門真有倦遊心。秋風玉筯空關塞，落日金臺自古今。明發別君轉惆悵，不知何處更招尋。

滄州道上喜舟人摘荷花歸供之瓶中

攬涕出京國，微名恥高戈。行軫當南馳，日下盧龍仄。停橈在水坻，觀物鄙孤特。大化颸暉滋，群昌競苞植。灼灼金莖姿，涓涓玉華力。草木有嘉名，池塘照顔色。采采野人情，豈不悦令德。瓷罌多翛蘺，所思在芳域。

[一]『道光刻本』題末多一小字『嘉』。

河上秋興二首

大漠蒼烟九點多，橫流天塹賦詩過。三年作客皆經嶽，萬里依人亦渡河。上代陵園蹲石鼓，中原豺虎動琱戈。扁舟一帶惟秋色，欲贈瓊瑶奈晚何。

瓠子中流白浪多，蘆花飛槳老漁過。玉鯨曉霧吹高壘，鐵騎秋風下大河。温室群公還賜席，牙門諸將漫投戈。行吟我自悲摇落，少壯悠悠能幾何。

馮訥生[一]屬序新藁

行吟盧水上，蔓草哭王風。大雅知何日，中原有此公。彈蛟秦望石，射雁晉陽宫。到處驚詩賦，疇堪序左冲。

河上寄韓固菴[二]

十年復向帝京遊，寥落金門索米秋。西掖名花供判事，北陵荒草對含愁。客心遠泊烏龍水，前

[一]『道光刻本』此處多二小字『雲驤』。
[二]『道光刻本』此處多一小字『詩』。

寓金陵烏龍潭上，有《潭居詩[一]草》。官火閒吟丹鳳樓。詩賦似君真絶少，才人自古重秦州。

河上寄施愚山

傴郎大雅振鳴珂，此日相思下濁河。乘傳才名天下少，驚人詩賦粵中多。愚山有《使粵紀遊集》。孤舟野火吟鸜鵒，古戍寒刁散駱駝。不盡蕭騷蘆荻月，欲乘秋色敬亭過。

逸氣横秋。蓉裳。

河舟有阻喜值嚴覽民計甫草蔣廷彦家祈年[二]

齊東才放艓，趙北遂揚舲。海白秋飛雨，河黄夜度星。水心潛魍魎，士氣賤俳伶。辛苦南征客，垂頭讀劍經。

武城七夕寄内

瑟風吹碧練，瑶露團朱林。采采武城下，門巷聞鳴琴。征夫葛衣薄，江漢芳夕臨。流光胡颷忽，天街翔衆禽。仙彩亦既駕，何必悲辰參。銀查度杳杳，翠旗垂沉沉。星期動闈闥，脈脈陳華鍼。神

[一]『道光刻本』無『詩』字。
[二]『道光刻本』題爲『河舟有阻喜值嚴覽民臨計甫草東蔣廷彦玉立家祈年』。

靈皀瓜果，監兹良夜忱。佳人閉繡户，纏綿萬里心。金刀裁霜素，玉腕停秋碪。無衣怯行旅，言念關塞深。明河遥相望，契闊淚横襟。

可追謝法曹、何大復矣。吴松厓。

挂劍臺

乘軺税修坂，驅馬登高臺。員曦當西陸，徐公安在哉？延陵遜國彦，忼[一]慨事八垓。肝膽照古鐵，片言貴匪回。秋墳佇霜素，行子多悲哀。我有昆吾産，十年委塵埃。中原無壯士，神彩鬱不開。藤花曳荒麓，風義空徘徊。

登岱四首

天門丹碧插巑岏，翠色東來彩筆干。高蓋流雲圍古畤[二]，大羅飛雨濺秋盤。珠泉組練中峰燦，瓊島襟裾上闕寒。起視賢君七十二，清虚何處更乘鸞。

震旦光華野日紅，含靈群有罥浮空。聖人屹屹崇明德，大國泱泱表古風。青海玉圭誰狎霸，黄陵金簡獨標雄。到來萬里滄溟客，回首吴閶疋練中。

[一] 忼，『海源抄本』作『慷』。
[二] 畤，『道光刻本』作『峙』。

黄帝經遊亘大荒，齊州點點入秋蒼。雲霞壯出峰蓮小，日月精垂鄗黍香。望遠靡蕪占白馬，昇高迢遞跨青羊。上書慎勿言封禪，元鼎君臣祇小康。

芙蓉員頂鬱紆盤，幾得凌虚刷羽翰。種藥雲中金掌秀，賜書天上玉毫團。旌旗海蜃迷秦輦，篁篡山鼯竄漢壇。縹緲六飛今不見，蒼梧黄竹未回鑾。

過于鱗李公墓下作[一]

中原莽蕩氣雄哉，大雅淪亡蔓草哀。寒棗霜紅譚子苑，秋瓜月白伏生臺。前靈自蟄麒麟塚，後哲誰題鸚鵡才。手討荆榛無片石，諸陵風雨忽西來。

白雪樓尚有遺響，滄溟爲不亡矣。蓉裳。

濟上得杜湄村給諫[二]書草

持來雙鯉剖輕舠，永夜孤吟沛水高。北地漫愁知己少，中原獨數杜陵豪。若將寄我玉華管，何以投君金錯刀。夕省鶯花留諫草，尚能重問舊同袍。

[一]『道光刻本』題爲『過李于鱗先生墓下作』。
[二]『道光刻本』此處多一小字『淶』。

東兖道中欲訪郭星鶚不果寄之

郭君冥鴻姿，嘉遯振豐羽。種花薄薊雲，揮絃冷湘雨。郭初令遵化，再令安化。下里賢人歸，荒城擁貙虎。好道無攖心，東山采芳杜。我生亦不辰，裋褐走中土。致身乏粢粱，諧俗恥傴僂。税鞅下洪溝，蛟龍或侵侮。忠信照洪濤，君子在河滸。欲涉舟無梁，欲脂車無輔。奚以慰渴饑，秋風吹襟褸。綢繆金石交，大雅疇能伍。濟水何湯湯，漁燈覆高樹。

魚臺舟次看湖内亀㠀諸山

涉塞傷願違，踰河怍形鞅。偃息滄浪潯，迺見魯山敞。征人曳葛屩，逍遥薄蕭莽。行當東湖秋，員景互深廣。翠巘浮銀濤，丹崖動蘭幌。遠眺若有思，精靈結虛朗。凉飈媚芳洲，野胸盪群象。蒲芰無歲時，北風吹魚網。視彼臨淵情，高抗羲皇上。側身達嘉吟，中原空慨慷。

黄河中秋龍衣舟上看月

河水鬱岧嶤[一]，神鐙照寂寥。櫂郎寒擁盾，舾女夜吹簫。珠樹黄龍障，銀繅白馬潮。回看沈

[一] 岧嶤，『乾隆鈔本』作『嶤岧』。

壁處，流影罥秋杓。

脉脉坐星查，泠泠采石華。饑蛟崩積霧，浴鷺點團沙。白廟金燈杳，黄陵玉盌斜。獨憐垂釣者，縹緲在蘆花。

林魄望將盈，清光爲獨行。鶺鴒流夕景，蟋蟀變秋聲。漁網甘羅廟，津旗項羽城。中原餘吊古，慷慨足平生。

蟾影[一]夾支機，中天度六飛。玉溝疏貢筏，石闕晃垂衣。皋鶴乘秋唳，潭龍带雨歸。持竿得雙鯉，不羨武昌肥。

柁室一憑陵，千年感廢興。闗梁迴獵騎，驛樹覆漁燈。玉燕秋同度，金鯨夜獨乘。桃花静如練，欸乃下淄澠。

有客倚雕戈，清秋瓠子歌。銅池飛鏡小，瑶海弄珠多。星佩凌朱鳳，雲槎攬巨鼉。百年幾良夜，明月渡黄河。

海嶠黑烟開，樓船下瀨才。金鈿歸燕戀，玉珥伏龍猜。弓影連星軆，刀光拂露桅。平蕪鄉思起，莫照楚王臺。

曼衍火珠熒，光芒切太青。回飄疑曙日，進榜换秋星。馬躍衝沙暝，龍遊狎浪腥。馮彝何處吊，

[一] 影，『乾隆鈔本』作『彩』。

虛晃赤圖經。

寒笛對桃源，長空赤電奔。江華明鷺渚，秋色老龍門。草没石人塚，天開玉女盆。危途多興會，杯酒與誰論。

落日水逾黄，牙檣秋勢漲。霜戈陳海表，露冕接天閶。岸闊魚深穩，沙明雁字長。芙蓉時未老，彼美在何鄉。[一]

贈嵇叔子[二]

淮南有奇人，鬚髯竪如鐵。結交满四方，古劍鑄秋雪。貽我九種書，背讀長吐舌。腐遷與饑朔，議論反得劣。英雄無文字，文字在熱血。

人奇詩奇。蓉裳。

淮上值姚仙期[三]

韓信臺前罷戰雲，蘆花深處忽逢君。着來東郭雙綦履，拖出南朝六幅裙。氣骨岸如寧索隐，鬚

[一] 末四首爲底本未收詩，據『乾隆鈔本』補。

[二] 『道光刻本』此處多二小字『孟淮』。

[三] 『道光刻本』此處多一小字『佺』。

眉迴[一]若轉超群。青城自有先人宅，鼙鼓江頭想厭聞。

想見兩晉風流。蓉裳。

雨花臺下讀銅山夫子詩[二]

輝輝赤城霞，磷磷青礀石。峨峨楚客冠，皎皎趙臣璧[三]。七尺方枯楊，洒在鍾陵側。魂魄化爲水，滔滔流不息。新人易歡娛，舊人難棄擲。紫氣散秦淮，重陰變烈日。片碣留長干，行路爲悽惻。寧同夷齊饑，空山采薇食。上有萬古墳，悲風吹松柏。

操調險急，發唱驚挺，鮑明遠之變體也。蓉裳。

顧與治[四]枉過云有湖田之累即欲别去

鍾山野老石頭漁，行灌湖田手自鋤。亂後携家辭十廟，醉前行國拜三閭。獨憐破業隨流水，尤悔虛名好買書。官税逋亡憂不細，伯與聞汝奈何如。

[一] 迴，『道光刻本』作『迴』。
[二] 『道光刻本』題後有小字注云：『銅山，石齋先生所居也。』
[三] 璧，『蘭山刻本』爲『壁』，據『道光刻本』改。
[四] 『道光刻本』此處有小字『孟遊』。

鍾山詩次杜濬四首[一]

孝陵陵上草凄凄[二]，日落江南杜宇啼。金瓦久經麋鹿竄，玉環空鎖鳳凰栖。青氛大地歸科斗，紫氣中天散鼓鼙。一自尊靈兹永蟄，才非曹植敢重題。

石人十二舊戎裝，繡柱參差咽夕陽。朱雀埠前無木桁，烏龍洲上有沙埸。暮烽偵海邊笳急，秋燒彌山寶物荒。玉隊依然松柏老，銅駝零落淚雙行。

御宿逶迤霜露寒，人間玉盌惜凋殘。新朝常護龍虎騎，高廟空勞獬豸冠。過闕謝翱揮涕淚，吟詩杜甫奉心肝。堆名金粟仍無恙，漫説當年勢翥盤。

崩湍壞道鬱清秋，七孔橋前水不流。剩有黄花圍石椁，絶無青鳥戀珠丘。經年置户園丁散，垂老司香宮監愁。衹見長生荒苑鹿，月明猶自带牌遊。一作『猶带舊牌遊』。

芙蓉紫邏壓盤螺，九月埸原薤露歌。聖祖寶衣今已化，文孫翠輦昔曾過。蝦鬚晝閉寒罘罳，龍爪秋來畏斧柯。龍爪，松名。惟有羨門猶不改，分行老蟻上藤蘿。[三]

[一]『道光刻本』題爲『鍾山詩次杜于皇濬韻』。
[二] 凄凄，『道光刻本』作『萋萋』。
[三]『蘭山刻本』無此首，據『乾隆鈔本』補。

金陵放歌留别倪闇公馮訥生范正老[一]

君不見，江南庾信望鄉哀，我今登高縱酒憑弔不可一世之奇才。城頭鐵笛秋聲起，鍾山鬱鬱黄雲開。名士徜徉鸚鵡賦，美人縹緲鳳凰臺。中原亂離走杜甫，側身天地多懷古。老大不作請謁詩，嚴韋諸公亦有數。長干寂寞舊六朝，雨花繽紛問佛祖。丈夫但生高光時，絳灌平平羞與伍。君不見，十廟之旁功臣甲第連如雲，英雄氣盡半醢葅。我今青衫白袷歸閩中，勞勞亭畔多悲風。同時握手有三子，詩聲金石凌崆峒。揚子江頭與君揖，雍門豈是尋常泣。玉塞寒霜鴻雁稀，金陵野草牛羊濕。吁嗟乎！小人之役爲有母，肝膽持贈赤虹吐。生不將相與神仙，安能於悒守鄉土。此去滄溟萬里間，鯨鯢縱横天狼烟。七尺東還寸心在，世人欲殺君獨憐。思君日上武彝巔，猖狂散髮臨高天。男兒富貴貧賤各有適，何时與君重話鷄壇年。

王阮亭云，『揚子江頭』以下無限感慨。

長至大雪同年吴兹受中丞[二]招飲園林觀劇

高齋梧竹盡修名，静几罇罍見古情。白紵忽增吴下色，紅鹽都變楚中聲。歌成鸚鵡春喉細，舞

[一]『道光刻本』『倪闇公』後小字注『燦』字，『范正老』後小字注『心印』二字（按，應爲『印心』）。
[二]『道光刻本』此處有小字『晉錫』。

入蛟螭夜角清。一自五湖身退後，隐囊紗帽足生平。

吴門陸同節扶令兄櫬歸里

殊方寒食暝朝烟，柳暗江城送楮錢。白帽牛車家萬里，青袍鶴市客三年。干戈阻絶行多難，骨肉分攜夢易圓。一望鄉關腸欲斷，脊令原上倍潸然。

贈石生七叔

八口吴門歎旅羇，伍簫梁廡事多奇。看花水社身猶健，騎馬山塘興不衰。春雪自成高士賦，江楓常助老人詩。向平婚嫁何時畢，玉斧行攜五嶽隨。玉斧者，許玉斧也。

滕王閣

賢王高閣倚崔嵬，吐納江湖亦壯哉。萬井朝霞連日出，八窗春水接天開。仙人斾[一]向西山見，賈客帆從南浦來。一自風流歌舞歇，千秋獨有子安才。

[一] 斾，『海源抄本』作『旗』。

西江新月懷熊二子布

鄱陽夜色動行舲，蒼戍逶迤客自醒。傷寂微茫留獨玦，破寒蕭索念空瓶。沙銜梟雁流痕没，浪狎魚龍戰氣腥。一带湖田桑苧熟，美人祇是隔秋屏。

放歌行寄宋魯分[一]

吁嗟乎！宋子迺在徂徠之南、琅玡之北，吾閩相去七千里，有如蘇李各異國。河梁一别幾寒暄，共負布囊爲衣食。闢徼修阻不停跡，忽于盧龍之塞、桑乾之河，敝裘會合無顏色。吁嗟乎！英雄鬱鬱志未得，窮愁萬事填胸臆。既不能青蚨白鏹致身乘風雲，又不能長鎗大箭負氣行邊域。既不能屠狗鬪鷄，荆高任俠追賢豪，又不能攻鉛執戟，揚馬文章頌功德。連牀痛哭大雪時，東去姑尤杳消息。憶昔與君同爲鶴占客，水鏡山房播翰墨。由拳唱和有餘子，未幾承明盡通籍。獨不見，沈君韶令美光彩，休文進講殿中直。謂繹堂。李君豪華峻門宇，元禮南交行整飭。謂素心。又不見，顧君心胸崄崎而磊落，司空治水桃花職。謂見山。施君意氣忼慨而卓越，八使澄清豺虎匿。謂硯山。更兼王君與賀君，繡錯神州奏茂績。謂丕佑、紫翔。俛仰尚有田鬃渊，與余上林更彈弋。升沉雲泥烏足論，思

[一]『乾隆鈔本』有注：『此人疑宋荔裳，然荔裳早宦，此則潦倒之士。』

君之甚，恨不此時生羽翼。今君科頭五松下，不日不月泰山側。上窮蒼天之咫尺，下瞰黄河之無極。吁嗟乎！宋子老者不可測，丈夫那得遇高光，鬚眉早使蛟龍識。

送吴見末恤部二首[一]

萬里星槎入，閩風得上聞。山都啼嶺日，水怪匿溪雲。負弩雄南部，揚帆壯北軍。好生還更切，圖畫報吾君。

三、四生新。蓉裳。

旌棨臨蓬蓽，光輝破寂寥。故人攀去轄，春水照行鑣。赦宥多秦獄，平反有漢條。風流美車騎，歸日憶題橋。

秋警二首

重圍日紫大徵兵，椆鼓聲中白髮生。揚舶驚馳君子壁，登陴喜接丈人營。時櫟翁守射烏樓。千鴻遠嶂三秋戍，萬馬寒潮八月城。何事纓冠思巷戰，鐵花空拭夜虛明。

海門諸將近如何，四面横吹都護歌。赤豹帳前征月度，烏龍槎上戰雲過。千屯火照中郎盾，萬

[一]『道光刻本』題爲『送吴見末比部顯恤刑入閩』。

鋻秋懸太尉戈。蒲葦水深寒露近，招魂人遶釣臺多。

射烏樓記事

丙申七月十七日，海寇突逼城下，城幾潰。諸大吏分派紳士守禦，時櫟園司農對讞至三山，紳士以公久諳閩事，僉請協守城堵。惟西南射烏樓最爲险要，即藉公彈壓其地。公甫登陴，以二炮殲二渠魁，遂多捍格功。因賦詩記四首[一]。

鼙鼓江頭欲愴魂，烏鳶梁肉啄郊原。大臣行幰黄龍戍，上將登塲白馬屯。遠渚金戈凌謝尚，高樓玉篴度劉琨。捷書何日平滄海，鑾部春風欵灌門。

才子風流策治安，情形滄海望中寬。銅標曉電摇征旆，鉄騎秋星遶戰壇。赤豹寨前飛羽急，白龍臺上射書難。明河晴色澄如練，夜夜天狼倚盾看。

幕府雄開領蹶張，邊聲日夜斷人腸。蛟宫自失蒙衝利，虎寨翻成蒲類荒。岸幘火中傳破賊，銜杯馬上擬擒王。可憐清夜裁朱鷺，一曲漫漫海月蒼。

洗兵銀海願還違，猶自居東賦衮衣。祇是陰符黄石會，還從秋夢黑山歸。烽烟故國猶征戰，瘴癘孤臣有是非。底事朝廷遺魏尚，朝來復此駐旌旂[二]。

[一] 四首，『道光刻本』作『之』。
[二] 旂，『海源抄本』作『旗』。

偉麗絶人。蓉裳。

高雲客索題小姬影影傳後五首 名兆，號固齋，侯官人。[一]

字格金絲寫剪刀，十年文吏伴吟騷。花鈿不是無情物，再訂他生繫赤繅。

東阿詞賦本風流，玳瑁空梁落月愁。夜半洛神方入夢，鏡臺虚動玉搔頭。

姊妹天人艶令嫺，蝦鬚長日掩闌干。春來自製哀蟬曲，未有新詩贈牡丹。

鴛鴦機罷辟邪塵，得住鶯閨叫暮春。不見茂陵風雨裏，土花空蝕[二]李夫人。

沙棠雙檝[三]莫愁家，金粉啼痕褪木瓜。陪侍雲翘春不管，閉門寒食祭梨花。

風流騷怨，似梅村題董小宛傳後諸什。蓉裳。

送陳[四]龍季北上

丹鳳九苞質，晨飈駕北林。春風吹驛樹，噰喈多繁音。美人甫脂秣，寧傷遲暮心。出門日以遠，

[一] 『道光刻本』無題注，題爲『高雲客兆索題小姬影影傳後』。
[二] 蝕，『海源抄本』作『食』。
[三] 檝，『海源抄本』作『棫』。
[四] 陳，『道光刻本』作『李』。

餞之芋江潯。折柳搴寒袂，擎漿沾薄襟。且從蒿里別，莫作雍門吟。天路有鶚起，人海無鯤沉。明珠掌中握，况復擅南金。去鄉雲物殊，行將關塞深。載言寶良軀，艱難道所任。

贈張浦城象山

綠波空翠滴珠簾，十畝琅玕吏隱兼。異政尚能傾許邵，清言真足動劉惔。北塘折[一]柳褰軒幔，南浦觀[二]梅壓帽簷。城堞九彝屏際見，愁生丙夜讀兵鈐。

舟行看浙江諸峰

西風渡峽水，濤色畫如銀。黄葉寒[三]吹岸，青峰老送人。天低垂鷁[四]首，日近射鰲身。縹緲揚舲去，蘆花失釣緡。

[一] 折，《全閩明詩傳》作『新』。
[二] 觀，《全閩明詩傳》作『官』。
[三] 寒，『蘭山刻本』作『搴』，據『道光刻本』改。
[四] 鷁，『海源抄本』作『顯』。

讀前大史馬河朔别傳兼呈張坦公方伯之四[一]

奉母馳驅事可哀，知幾不作過江才。程嬰猶自逾時死，杜甫翻從間[二]道來。何處離騷尋野卜，每思慟哭上荒臺。老臣祇有桑榆恨，未負銀泉土一堆。

張坦公，河朔英靈，此詩足傳其概。蓉裳。

湖上次同年闕六鈐韻

湖光如畫静無波，尺素飛投起嘯歌。君子國中秋氣早，大王峰下角聲多。刺船政[三]擬移情去，挾瑟還從破夢過。花港柳堤思共汝，酒鱗風動漾紅螺。

送文位還清漳守制[四]

錢塘八月海潮寒，楊柳垂黄送素冠。獨惜三年人别久，莫愁萬里路行難。圖書薄壓春官舫，舟

[一]『道光刻本』題爲『讀前太史馬河朔别傳兼呈張坦公方伯』。
[二]間，『道光刻本』作『閒』。
[三]政，『道光刻本』作『正』。
[四]『道光刻本』題爲『送張文位吏部居昌奉諱歸漳州』。

楫高撑孝女灘。歸去正當橙橘熟，未遑將母淚闌干。

胥浦懷古

當年揚子水，未必達吴門。一刻蘆碕食，千愁漁父恩。納肝風久絶，懸眼事難言。無限滔滔去，還招何代魂。

朱鳥篇寄同年凃季凝[一]

金陵有芳樹，忽栖三朱鳥。毛羽本共生，文彩相照耀。一鳥謀粢糧，鷹鷙爲叫嘯。性悍音亦乖，彈弋非所料。一鳥丹穴姿，五德登天廟。修翰將遠歸，和鳴多古調。更有一鳥哀，悲風凌高臺。耻與鶬鶊伍，倦飛奚難哉？嚶嚶求儔匹，族類反見猜。飲啄不相顧，闐遭樊籠摧。一受虞人縛，何時翔九垓？哀者忽分飛，玉粒驚禍胎。分飛何嘈嘈，歸鳥翔南皋。願君爲鳳凰，不願爲博勞。鳳凰舉霄漢，博勞徒餐饕。矰繳一以密，巢居安得高。鯤鵬九萬里，飄飖憐其曹。獨怪賦畀人，反不念同胞。

凃蓋遭人紀之艱者，故辭多隱約，兼用比體。松厓。

[一]『道光刻本』題爲『朱鳥篇寄涂季凝進士夢花』。

揚子江寄王十一用劉昚虚寄孟浩然韻[一]

揚子乘流下，銀濤白勝霜。東南去不歇，沙水天同蒼。曉氣分吴楚，岷峨來何長。烟消見海日，登覽如故鄉。慨然[二]懷故人，拄頰卧淮陽。采采將離贈，欲寄聊相望。

元夕江行仝董四耕伯限韻六首

小海寶珠升，扁舟與李膺。龍關停戰鼓，蛟廟賽春燈。翠嶂當空落，銀濤挾月騰。滔滔江漢水，萬古此憑陵。

朱纜榜人挐，清光待水涯。鳴舷廻怪鱷，施飯與神鴉。百道咸趨峽，三江亦似巴。春來潮不落，萬里有浮槎。

迎神静羽旂，火樹望中飛。依磧篙帆動，隔江蓮漏稀。竹深揚子宅，花暗越王磯。一覽滄洲暮，吾生甘息機。

焚香對望舒，舟楫竟何如？欲結三元佩，還陳五夜書。水靈趨要眇，天樂動空虚。絳節蓬萊近，揚舲溯閶闔。

[一] 此首惟『道光刻本』與《漁洋山人感舊集》收録，據補。
[二] 慨然，《漁洋山人感舊集》作『慷慨』。

不是夜珠還，冥冥海上山。水心明斗極，月色冷刀環。檣暗一烏繞，波平萬象閑。分明銀竹裏，幾點逗烟鬟。

浮生毋乃勞，元夜在江皋。喜值蛟冰泮，愁看虎落高。鄉心依野戍，春夢越虛艘。豈不憐芳歲，臨風擬屈騷。

補逸

飲周櫟園方伯種蕉堂作歌

江城留春雲物新，笙竽夾路揚香塵。僕射風流行朱輪，鍾星降嶽歌甫申。八載斧斨治吾閩，弗貪夜氣來金銀。豪强回遹生逡巡，慎勿遇逢僕射嗔。鄉里猛虎常食人，居高震叠攫其真。疑誤。縛之殺之不逾旬，宦理汩汩稱入神。安得九罭歌魴鱒，久視方州盜賊馴。金刀切湊絕紛綸，海隅日出歡無垠。種蕉堂上列錦茵，貢獻登美羅百珍。華簪繡裳集衆賓，少年行樂撰[一]良辰。君不見，漢家天子厭平津，大臣得罪遭沉淪。又不見，陰山獨石多流民，日日横門送所親。我曹有酒且沾脣，丈夫何必畫麒麟。嗚呼！丈夫何必畫麒麟。

[一] 撰，『道光刻本』作『娱』。

送同年[一]唐次仲歸上海歌

君不見，秦時傳有王次仲，手畫偃波神鬼恫。掉頭不肯事祖龍，毛羽上天白日動。爾以字行慕其人，長卿學藺無乃真。形軀八尺丹脣美，欬唾珠玉疑有神。憶昔對策金華殿，驊騮仰鳴同被薦。危時未得誇身榮，延秋烽火眼中見。二十年來萬事非，野褐相逢陟翠微。黃龍浦口尋張翰，白馬峰頭弔陸機。君不見，昔年揚舲泖西渡，老蛟盤旋嘯風雨。與君賦詩排狂濤，酒杯蟹螯不知数。霽來浮屠卓[二]秋空，層雲夾脇凌高穹。慈恩瓦棺烏足擬，謝朓驚人帝座通。彼時脊背竪如鐵，少婦含情待明月。曾期避亂居墙東，何必抱璞遭人刖。鳳凰欲止無深林，長安市上誰知音。時同酒罏聊一醉，萬古荆高何處尋。

[一] 同年，『道光刻本』無。
[二] 卓，『海源抄本』作『車』。

秋日客㳆南遊華不注諸名勝仝貽上王十一限用清波收潦日華林鳴籟初韻以誌采覽[一]

東宗飛遠色，華柎彌孤清。亭亭斜照水，䨴䨴細通城。齊州烟九點，[二]花萼眼中明。緬惟古仙人，曾騎青龍行。

招招小鹿子，撥刺[三]弄迴波。銀塘采嘉藕[四]，素鮪穿殘荷。逍遥白氎巾，閒吟三緯歌。此時紅杜若[五]，映我微醺酡。

王屋娟娟細，鳴[六]泉落晚秋。染藍倬如練，大小真珠流。錦鱗間文鶂，唼啄浮黛收。仲宣吾素侶，憶上會波樓。

[一]『道光刻本』題爲『秋日客㳆南同王貽上遊華不注諸名勝限用清波收潦日華林鳴籟初韻』，『乾隆鈔本』題爲『秋日客㳆南遍遊華不注諸名勝仝貽上限用清波收潦日華林鳴籟初韻十首』。

[二]『乾隆鈔本』此首前五句較多不同，作『東宗生馬色，華不彌孤清。岏岏斜照水，碌碌細通營。蒼烟平九點』。

[三]撥刺，『乾隆鈔本』作『剌撥』。

[四]嘉藕，『乾隆鈔本』作『藕枝』。

[五]若，『乾隆鈔本』作『華』。

[六]鳴，『乾隆鈔本』作『名』。

層林蘸曲池，筭屐試臨眺。琅玕生積玉，坦迤凝四照。洄沿探濼奇，蕭莽見岱峭。何當水田衣，聊學南皮釣。

珠塘縠微波，錦鳥浴寒日。中流有佳人，端坐理瑶瑟。北渚清且漣，題名空綵筆。即此倚青藤，汗漫五嶽畢。

鳳翼亦有嶠[一]，虎牙亦有華。峨嵋夾明水，羃䍥成綺紗。若不載酒遊，孤[二]負東園花。邊李餘[三]黄土，行吟徒咄嗟。邊華泉、李滄溟皆濟南人。

七橋如畫裏，澄鏡入丹林。繒網無所施，花時應鳴禽。據圖思往哲，把酒諧宿心。蕭晨來東遊，[四]遂忘久滯淫。

金溝嗚咽水，秋禊佩[五]香蘅。不識天孫杼，誰調帝女笙。小院星[六]河寂，時聞孔翠鳴。當年承輦處，細草却愁生。

[一]　嶠，『乾隆鈔本』作『嶠』。
[二]　孤，『乾隆鈔本』作『辜』。
[三]　餘，『乾隆鈔本』作『已』。
[四]　『繒網無所施，花時應鳴禽。據圖思往哲，把酒諧宿心。蕭晨來東遊』五句，『乾隆鈔本』作『繒網無巧施，花時印魚禽。據圖思往喆，欷案多所欽。蕭晨來東海』。
[五]　佩，『乾隆鈔本』作『紉』。
[六]　星，『乾隆鈔本』作『銀』。

嶙峋三周[一]壘，雲日半含黛。企彼升天詩，清音激林籟。千佛吐芙蓉，河山繡圖繪。抵掌誇雄風，齊魯青猶在。

晴川若丙穴，吾羨水西漁。文榥臨秋圃，丹[二]椒點素書。日日不梳沐，三至名士居。湘藤聊自適，生臥看金魚[三]。

杜生正言每詢名山水，余答之曰：『五嶽尚矣，然沛南有華不注，迺五嶽之具體。芳湖奇嶼，映带若棋星，昔蘇、黄諸先生多有題詠。余夢魂恒戀此詩，特其形似也。書之爲正言作卧遊可耳。鐵堂老人珌。

按：自跋在鐵堂罷官以後，而詩則舊作，故附于上卷之終。下三首同。松厓。

中秋十三夜郎菴看月[四]

入秋病肺偏多喘，見月登樓忽漸寬。細雨昨從愁裏過，清光今在望前看。銜杯難得逢良夜，破暝能來似舊歡。但使銀蟾遲不落，何妨玉露濕將殘。

[一] 三周，『乾隆鈔本』作『行父』。

[二] 丹，『乾隆鈔本』作『單』。

[三] 魚，『乾隆鈔本』作『輿』。

[四] 『道光刻本』題爲『八月十三夜郎菴看月』。

中秋[一]十六夜西園看月

昔年就汝松間席，今夕邀余月下杯。詩興已爲何遜減，秋光空剩謝莊哀。猶憐露魄前宵似，祇恐霜毛後輩催。憶自西園盛賓客，誰人慷慨獨登臺。

中秋席上戲題金友便面春原雙騎圖

將軍之山何突兀，主人招我翫明月。座間有客秾佚姿，紫罽爲衣倚瑶闕。風光今夕倍儂[二]歡，辟塵揮汗白玉盤。杯深忽苦櫻桃熱，楚竹齊紈掌上看。鎖骨乍開晃秋雪，仰見中天照顔色。雙飛並挈妬[三]嬋娟，蘭葉宛載秦淮妾。云是王生爲此圖，少年袴褶銀刀都。人物最有周文矩，二妙丹青絶代無。一騎裲襠紅叱撥，黑貂纏頭肆馳突。側視斜依角觝嬉，小宋風流傳靺鞈。一騎權奇似遊龍，追風掣電桃花紅。銀泥裙子鳳凰襖，李波幼妹會關弓。北里東阿春草緑，香雲香雨連阡術[四]。目挑眉語顧盼生，那管世間懊惱曲。殘粧蹀躞墮鴉黄，亞字闌干日正長。吟來公子遊龍賦，

[一] 中秋，『道光刻本』無。
[二] 儂，『海源抄本』作『儼』。
[三] 妬，『海源抄本』作『姑』。
[四] 術，『道光刻本』作『陸』。

笑入佳人射雉塲。此畫工似且工意，銜羽交脰空旖旎。白籐更作十眉圖，黄絲還繡合歡被。老奴坐對燕支山，醉眼糢糊碧落間。當心呼出衛叔寶，卻[一]影生猜謝阿蠻。

以上数詩從鐵堂手書鈔，乃康熙甲辰中秋賞月之作也。其自跋云：『予被議後，羇棲蓬户，咄咄歎嗟。每承杜子正言頻相過從，方欲作馬鹿山中秋之遊，而陰雨連旬，頓增蹇悒。忽一日，紅輪湧起，正言告予曰：「遊事濟矣。此行得佳詩数十首，才可無負山靈，惟恐天公妬我耳。」予笑答曰：「明月固足快遊，儻秋霖夕潦，濕樹鳴泉，亦自不惡。豈目前屩屐不似曩昔壺斝乎？」因書舊作示之，呵呵。戊申八月初六日，鐵堂珌漫述。』

[一] 卻，『道光刻本』作『卲』。

鐵堂詩草卷下

天海山人閩中許珌天玉著
狄道吴鎮信辰録
後學金匱楊芳燦蓉裳選

岳墳

鄂王陵墓對湖陂，松柏蕭森夕照悲。野上緑烟神篁篕，山中紅葉鬼旌旗。銅人枉鑄奸臣像，鐵馬驕嘶大將碑。一子渡江天意定，靖康遺恨豈班師。

三四奇麗。蓉裳。

于墳

女蘿猶自護松衣，疑有精靈嘆落暉[一]。主戰山河臣骨在，排遷天地客魂歸。荒塋秋草牛羊踐，破廡寒烟鳥雀飛。五國翠華原不返，當年廟議是耶非。

慰友罷官

故人萬里忽相見，頓覺馳驅行路長。一命那堪羈[二]蔣琬，二天何至謟[三]蘇章。栽花種柳終卑吏，涉塞臨關總異鄉。我甫折腰君解組，幾時林下話河陽。

用蘇章意妙。蓉裳。

吴門哭申惟九

早達無矜氣，君家文定風。匣龍翔漢失，梁燕落泥空。行路來孫楚，登堂哭孔融。此時修短理，未敢信高穹。

[一]『乾隆鈔本』此句作『日月精靈哭落暉』。
[二] 羈，『道光鈔本』作『棲』。
[三] 謟，『海源抄本』作『諂』。

詠春西堂寄閻大修齡二首[一]

見説兹堂好，題詩倡牧翁。山河餘舊業，天地有諸公。五世衣冠外，二陵風雨中。昔年遇孫默，云汝最英雄。

草堂面淮水，名與宴花齊。客至拖裙屐，人留盡阮嵇[二]。墓田三晋内，風月五湖西。油素曾經過，倥傯惜解攜。

湖上送同年羅煌菴宫詹歸豫章

江舟遥指鳳凰城，斑[三]管題詩送遠行。梅福衣冠臨左蠡，桓榮經術壓東京。山中叢樹還初服，水上文昌感至精。朱版攜來元造次，六橋楊柳不勝情。

[一]『道光刻本』題爲『詠春西堂寄閻修齡』。
[二] 嵇，『海源抄本』作『籍』。
[三] 斑，『海源抄本』作『班』。

正老招仝顧修遠[一]韓固菴周茂山范文白[二]湘舫觀劇得烟字

絪緼華燭水如烟，名士高談動四筵。花乳半飄歌扇跳，柳絲全挂舞衣妍[三]。湖山署静添詩目[四]，親串途窮散俸錢。猶憶長干曾失路，綈袍轉爲故人憐。

親串語真摯。蓉裳。

高漸離故居

野雀啄黍稷，山鹿竄阡衢。客行無近遠，榛莽嗟廢墟。此地多俠士，相傳屠狗居。變徵聲已哀，督亢圖無餘。丈人堂上筑，彼傭乃欷歔。豁[五]目良亦苦，懷鉛將焉如？燕趙聞悲歌，日暮巾柴車。欲沽市上酒，爲汝立踟蹰。

[一] 『道光刻本』此處多一小字『宸』。
[二] 『道光刻本』此處多一小字『驤』。
[三] 『道光刻本』該聯爲『花露半零歌扇濕，柳絲斜拂舞衣偏』。
[四] 目，『道光鈔本』作『日』。
[五] 豁，『海源抄本』作『矐』。

黄金臺

昭王能下士，慷慨復齊仇。築臺易水上，郭隗爲之謀。駿骨已堪買，龍媒遂見收。長驅出薊北，甲盾臨營丘。爰下七十城，一洗萬乘羞。惜哉斯人往，高址空千秋。春草平原緑，蹀躞思驊騮。三載每相過，憑弔淩滄洲。

二章渾雄古健，似太白懷古之作。蓉裳。

北平懷古

古塞壓平蕪，落日大旗紫。憶昔北平守，先世起成紀。六郡選良家，結髮事邊鄙。從獵格猛獸，天顔亦頓喜。萬户何足道，惜哉時所使。屏居藍田山，醉尉呵故李。願一當絶域，庶幾報天子。大小七十戰，功成若逝水。諸將均胙茅，苟得安足齒。封侯非骨相，數奇類如此。一死謝長平，哀聲徹營壘。寂寞桃李蹊，何處哀國士。當年飲羽石，迄今蹲虎兕。不見猿臂人，行歌入燕市。

夭矯離奇，不可方物。蓉裳。

劉諫議祠

司户故不群，伉俠負奇氣。對策繼天人，痛哭陳至計。宫中多指鹿，閹勢方鼎沸。風漢乃見訶，蛾眉生妬忌。睍柱碎玉虹，血漉陵陽淚。散地置荒州，高材沉下吏。童子覓封侯，斯人禦魑魅。謁者多群兒，北衙盡掌制。科第亦具文，公卿取充位。俄頃國是非，至尊日顑頷。凍雀遶紈干，銅駝蒙薈蔚。甘露事多違，濁流亦崩墜。祠廟留千秋，豐碑遺贔屭。雖作窮達觀，遂使興亡繫。行道多心傷，憑軒皆揮[一]涕。

絶有關繫之作，不在杜八哀下。松厓。

恨不令李玉溪見之。蓉裳。

上巳日吴薗次舍人[二]招飲玉琴堂時予有病未赴奉次芝麓總憲即席韵酬之二首

季重吴舡樂事多，棲遲海客莫同過。林中花落驚寒食，枕上詩成續永和。魏闕薄遊澆故劍，燕臺殘夢壓春羅。杜陵不盡江頭淚，曲水無風亦自波。

節序關情本不殊，屋梁仰歎酒徒孤。春光聊欠維摩寺，日色依稀甓舍湖。薗次，廣陵人。金勒淺苔調埒馬，玉疆高樹護巢烏。傳來漏箭沉沉夜，角壘分題到我無。

[一] 揮，『道光刻本』作『渾』。
[二] 『道光刻本』此處多一小字『綺』。

訪王貽上于慈仁寺雙松下仝作歌

騎馬橫過五都市，獨數中原問王子。才聞近自泰山來，置身却在雙松裏。入門拔地摇穹蒼，老樹盤根渾四旁。白日蔽虧鬱蕭莽，樛枝拂拂棲鳳凰。世間靈物忌孤美，此松殊有相連理。青銅降粒神仙家，黑鐵修鱗帝王里。銀欄繡砌徒岧嶢，六月高寒氣弗驕。科頭其下吾與爾，摩[一]崖索碣尋前朝。長嘯悠悠自千古，虚壇忽聽生雷雨。月石風泉迴絶塵，如入靈源不知處。因之雅欲遊山東，齊州九點摩秦封。爾歸岱側吾閩海，明年野夫來看松。

天玉自序曰：『山谷云，情真則千里覿面。僕三上書不得一遇，自謂抱蜀以老，浮沉于世矣。山東王十一貽上弱冠來對策殿廷，一時都人士咸如[二]邯鄲之見子建，退而作天人之嘆。乃貽上欿然善下，馳尺一書索僕于葱市人海之中。嗟乎！貽上尚知今日天壤有僕哉？于是晨夕過從，摩掌掀眉，與茗文、曰緝、周量、訏士、屺瞻相切劘，爲古文辭。諸子皆聲華藉甚，余其爲邊司徒乎！慈仁雙松一歌，王子謩僕過矣。亡何，僕有沛南之遊，貽上亦請假歸里門，鮑山嵣水之間，二人相視而笑，因登白雪樓，倡予和汝，真有撾鼓橫槊之風。斯時也，敢謂兩雄並遇中原哉！』

[一] 摩，『海源抄本』作『墜』。
[二] 如，『道光刻本』『海源抄本』作『知』。

附王貽上《慈仁寺雙松歌贈許天玉》

我昔登泰山，舉手攀秦松。東南雲海幾千里，夜懸日氣開鴻濛。山人出山已三載，復見金元雙樹在。玃髯石骨青銅姿，古貌荒唐閱人代。長夏蒼蒼秋氣深，風來絶磵蛟龍吟。仙人五粒不可見，但有元鶴來往飛陰森。蚴蟉詰屈宛相向，千曲盤拏氣初放。一任支離拔地生，那須夭矯排雲上。我來高枕石壇邊，耳畔往往聞驚泉。白日沈沈不到地，颯然雷雨生空天。烟色欲暝鐘復起，雄談岸幘波濤駛。千秋萬歲知者誰，閩海奇人許夫子。

此先生得名之作，格高氣老，模紙起稜，宜爲阮亭推服。蓉裳。

題方爾止[二]姬人抱鴛圖二首

傾城遭妬事多同，縱殺紅顔策未工。留得抱鴛人不死，風流争似畫圖中。

香雲一片踏西陵，才子哀蟬淚莫勝。吟到梅花墳上黑，金剛諸咒石樓燈。

可以怨。蓉裳。

[一]『道光刻本』此處多一小字『文』。

汪若文鄒訏士李屺瞻王貽上枉過寺寓論詩[一]

匿影香林間，松槐樹交密。閉門忘坎坷，書卷起沈疾。好鳥送清音，微風響亂帙。何來金閨彦，駕言問圭篳。固陋失篲帚，簡畧忘沐櫛。四君天廟材，斌雅儷文質。譚詩追正始，宫商協笙瑟。今時推總持，靡曼那足述。綺語删紅鹽，雄辯移白日。齊秦大國聲，吴下機雲匹。僕本蓬蒿人，京華幸促膝。媿無鳳麟辭，明將返衡泌。誦讀泥章句，詎敢閡經術。羡爾江海藻，扈從珥温室。應念濩落生，空山拾橡栗。

洗象行

番官罽衣朝打鼓，彍騎油車塞城路。二十四象行天街，蠻奴作勢善射舞。張鋋交逵掣錦麾，響水關前習水嬉。鋼蹄鋸齒猙獰惡，此獸却有滌濯期。憶昔馳道七輪扇，翠華龍馬珊瑚茜。火浣繡襹徑寸珠，七寶莊嚴上皇殿。來賓毛羽何離離，此日長安復見之。方貢詎無新與故，産出夜郎或羅施。斯物要非窮大比，左右鞭鈎若拊字。搏力豈屑虎豹雄，調性寧甘狗兔媚。須臾側身射洪波，河潰白浪山嵯峨。迴旋盤薄老蛟恐，水犀晝戰浮鼋鼉。昆明旌旗花門變，天吴午鳴團組練。盤金障

[一]『道光刻本』于『汪若文』後多一小字『琬』，『李屺瞻』後多二小字『念慈』。

泥銀麒麟，銜尾騰哮捲秋雹。只今堯舜日當陽，不貴猛獸窮淫荒。官家隊伏聊復爾，御綃紅票扃苑墻。南海老生真好事，壁上之觀側肩臂。平頭奴子叱道來，人獸撐擠何處避。

附王貽上《洗象行》

水關蒼蒼柳陰碧，寶馬流蘇紛絡繹。日中傳呼洗象來，玉河波射珊瑚赤。須臾鉦鼓干雲霄，萬夫聲寂如秋宵。虎毛蠻奴踞象頂，丘山不動何岧嶢。岸邊突兀二十四，直下波濤若崩墜。縱横欲蹴黿鼉宅，騰踏還成鵝鸛隊。乍如昆明習鬥戰，萬乘旌旗眼中見。又如列陣昆陽城，雷雨行天神鬼驚。奴子胡旋氣遒壯，忽没中流狎巨浪。撇波一躍萬人呼，幡然却出層霄上。今年丞相收夜郎，扶南盤況求王章。遠隨方物貢天闕，屹然立仗金階旁。聖朝自不貴異物，致此亦足威遐荒。黄門鼓吹暮復動，海立山移浩呼洶。大秦師子多威神，山林豈是天家珍。

武部[一]謁楊公椒山祠三首[二]

哲后垂衣日，孤臣飲劍年。當時真激烈，隔代更流傳。祠廟三臺裏，衣冠雙闕邊。老生京雒暇，下馬謁前賢。

[一] 部，『海源抄本』作『郎』。
[二] 『道光刻本』題爲『武部謁楊椒山先生祠』。

讀書千古事，祀典九重心。遺像兵戎肅，荒陵風雨深。死生關將相，籩豆配鄒林。不謂朝廷改，瞻依猶在今。

夫子非沽直，君王爲表忠。局成開黨禍，釁起論邊功。憑弔乾坤外，鬚眉松柏中。巖巖有生氣，薄暮響悲風。

燕集宋友鴻寓齋即席和貽上四首

人美南皮會，杯深北海傾。玉罳雲吹入，金埒露騎鳴。詞賦徵紈扇，鶯花似洛城。不知五陵地，尚有舊劉生。

絶代承明客，譚詩春樹林。珠鑣連野步，椈鼓動邊音。四座徵蘭色，三年抱玉心。長安有知己，應碎子昂琴。

僑肸思公子，行旌渺未還。不期羇鹿塞，猶似夢龍關。暮角催征鬢，春花破旅顔。朱簾且高卷，歷歷見天山。

才子西京地，金羈對晚曛。兕觥三輔酒，魚箄五蠻文。結駟驚春盡，看花坐夜分。青衣能解詠，席罷尚殷勤。侍者春生善詩。

四詩清麗足嗣丁卯。松厓。

九日獻吉豆園坐雨

昏黑徒虛蠟屐期，陶然徒倚止東籬。何須破帽還相詎，但有醇醪且獨持。陶九日序：持醪靡由。白雁高涼名士傳，黃花辛苦道人詩。滿城風雨重陽好，無那秋光點鬢絲。

白雁黃花，天然佳句。松厓。

庸峭之句，不可多得。蓉裳。

沈雨公贈畫山水歌

春衣縫結維摩室，時節多霾白日匿。門坳幽黑謝貴人，欲擬三都笑禿筆。抱被雲物壁上觀，夢尋嶽瀆生羽翰。忽爾剥啄聲向我，楮稜[一]拂拂真琅玕。先時弘正重畫理，君家故有石田子。渴硯倒呵風雨飛，天下豈有奇山水。雨公蕭騷能繼之，縱横揮霍如更奇。眼光揞撑尋墨妙，嶙峋浩渺無盡姿。簡點輕囊出雙幅，吴機蜀錦粉花瀶。南宫復生趙雪江，北苑再來葉榮木。余曾單袷過孝陵，長十握手欣與澄。葉君時擎千金盞，趙君時對萬年燈。秋風催散白門隊，貼身什襲以爲佩。開函四壁生烟雲，濃射參此合三昧。雨公善畫尤善詩，含毫新體稱雅師。荆關倪王何須數，虎頭當年亦

[一] 稜，『道光刻本』作『棱』。

老痴[一]。

詩亦縱横揮霍，浩渺而無盡姿。 松厓。

濟南李氏家藏十二古琴歌

中丞李公愛琴理，繐帷留挂多緑綺。嘉樹之堂好收藏，我來請自探正始。入門砉然風雨鳴，黑質黔黝眼光駛。其氣無乃如鐵兵，開囊不數元元李。最先元時三世雷琴名，鴻音背上隆文苔。蟲渦嵌空篆雲珤，削就籧鐘丹矱材。蚴蟉烏龍吐黑霧，漆花晃日雹母猜。雲霄物在失威耳琴名，不亞大小青龍胎。吾聞雙龍魯藩[二]畜，尉氏家琴稱鼎足。樂散音乖龍已飛，尉也猶堪響空谷。蚌珠十三雜闇黄，欵識剥落繡蛇腹。斯語傳之周雲窩，那得凄清和石竹。繼而再見斵梅花琴名，欲斵弗斵年代遐。萬點輕痕貼黄玉，反令斷木生枯華。此琴明皇改元作，不是平盧野琵琶。座右蕉葉琴名亦天寶，古色玲瓏通絳紗。倏爾虚窗聆虎嘯琴名，淳熙草隸官局料。御氣拂拂太清樓，繭絲牛毛宛相肖。鐫然併入木雷琴名聲，手敏心閑必高妙。天水故印歷雅師，梅瘦嚴翁總謝調。主人復洗秋澗泉琴名，截肪白璧形蜿蜒。或謂嶧陽孤桐質，寡鵠離鸞慘不宣。蛟龍夜吼海波立，豈有聽者非成連。摸索莫定何代物，幾欲深更抱汝眠。丁字簾前罥紅雪琴名，厥狀珊瑚故殊别。施朱細膩膚理匀，戧銀結

[一] 痴，『海源抄本』作『疵』。

[二] 藩，『道光刻本』作『蕃』。

曲光芒綴。小雅琴名嘉名協笙簧，螺鈿霏微着騷屑。薰風甘露明堂姿，從旁起粟轉寒冽。季札洋洋應止觀，皴紋圻軫圍螭鸞。盦罍几席失顔色，頓使行人涕淚看。白頭老璫鬻都市，官家内物江山殘。盡飭于闐雙緑玉，氈裹琳瑯不忍彈。天上一器名翔鳳琴名，紫霞絳綃毛羽動。廻旋盤舞悦至尊，廣運璽光交蝃蝀。憲宗宸翰操南薰，思陵應覽時供奉。揚靈直擬翠華遊，拭涕還分黄竹痛。况兼媲美有蒼龍琴名，蝸粉蝕字餘天風。田家妃子貴難得，弄簫聲徹永和宫。彈碁點素更第一，金床玉几蛾眉工。特進昭儀早捐棄，不與馬嵬遺襪同。殿後含情見秋月琴名，形彷師曠桐作骨。徽邸好古龍帑珍，罪廢忽入中山閥。定國功高冠列侯，六代鉛華歌舞歇。鄂公羽箭衛公刀，流落民間歎殘笏。此時戛戛遶畫梁，不數錢衡與惠祥。無絃嗜好那可學，一琴一音成宫商。屹如巖崖之巀嶪，瀏如河漢之汪洋。肅如林木之震盪，堅如刀劍之奮揚。憶昔長安有坐客，隼額虬鬚云姓易。淚落檀槽口自言，曾侍前皇理絃索。玉熙清讌召龜年，誰道君王寵秦虢。萬歲山前賊騎稠，鐵鳳銅龍灰霹靂。可憐天子霓裳愁，樂伶無復拜長秋。雲門失職湘靈没，段師淪落賣箜篌。斯人知音那易遇，岐王席上空悠悠。開元遺談多入曲，今夜月明何處搊。鴻音，琴名，未注。

自杜飲中八仙及蘇韓幹十四馬後，可以接武者，僅見吴梅村畫中九友歌耳。兹則轉韻分段，衍爲大篇。雖參差斷續，其剪裁或異前人，而筆力排山倒海，固已極騷壇之樂事矣。松厓。

登華不注

表餘將凜冬，行鑣夾城暖。晨暾浮珠湖，放覽衆靈展。遥峰撑我前，盤拏带平衍。劃天神斧遺，拔地仙經撰。四寓無回遷，寥廓得所遣。飛嵐若軍兜，丑父事亦典。峭水带其旁，益致烟雲闡。翠栝翳笈械，璚梁敞旒冕。黑質五圖陰，雷文雜洞蘚。巖脊蟠金鰲，磴道暢叢蘚。道宇隔數弓，重門弱蘿鍵。葺衣上高臺，環青屹然辨。兟此區中奇，全嶽具一巒。抱影淩蒼冥，娱心對芳睍[一]。

貽上招遊趵突泉三首[二]

王謝風流接錦韉，同時珥筆頌甘泉。三秋冷吐金粱桂，萬歲新開玉井蓮。魚眼射波浮曉日，龍牙吹島散晴烟。高樓目斷雲中雁，盡挂齊州九點邊。時訪愚山、石齋，俱出巡外郡[三]。

仙人橋上鶴來無，行挈[四]方平白玉壺。王方平有十[五]二白玉壺。身落星濤浮筏壯，手捫雲壁嚼

[一] 睍，『海源抄本』作『晥』。
[二] 《全閩明詩傳》題爲『王貽上招同來鶴樓觀趵突泉』。
[三] 郡，『海源抄本』作『部』。
[四] 行挈，《全閩明詩傳》作『閒對』。
[五] 『海源抄本』無『十』字。

藤枯。霸陵石馬依荒戍，王屋金鴉[一]起凍湖。我欲騎鯨問明月，碧簫吹徹嶽形孤。次趙公松雪韻。

霹水琅玕飲竹光，會波樓上看鴛鴦[二]。不知漢璧朝河伯，浪説[三]秦珠貢海王。鰲背三天[四]星樹暖，牛頭千佛雨花凉。檐端霽璽澄如練，衆岫亭亭畫夕陽。

秋柳和貽上四首

秋色行人易愴魂，垂楊垂柳黯江門。烟含駘蕩宫中影，風弄靈和殿上痕。曉笛暮帘還出郭，青楓黄菊自成村。關情最是長干路，攀折殘條那可論。

駘蕩宫，見《三輔黄圖》，以對靈和，遠勝漁洋扶荔宫矣。松厓。

竹西橋畔月如霜，顧影依稀覆畫塘。帝渚[五]久無扳錦纜，娼樓空自問金箱。傷心揺落南陵庾，行部風流東郡王。却憶烏絲催小玉，凋零勝業舊時坊。

曲江花片點春衣，三月恩波事已非。金苑女砧承露曙，玉河官騎戴星稀。書沉京闕枝俱折，烽

[一] 鴉，《全閩明詩傳》作『烏』。
[二] 《全閩明詩傳》此句作『銀濤七十二鴛鴦』。
[三] 浪説，《全閩明詩傳》作『何處』。
[四] 天，《全閩明詩傳》作『山』。
[五] 渚，『乾隆鈔本』作『舸』。

起邊庭絮更飛。樹色高樓聊騁望，十年夫婿[一]亦多違。

琅琊[二]戰伐見還憐，大道斜陽欲作烟。一自青郊摇雒珮，遂令紅淚濕吴綿。柴門竹里尋高士，池草園花憶盛年。愛爾數株籬落静，西風魚稻老江邊。

風韵蕭踈，不減原倡。蓉裳。

七夕前一日集蘭江趙氏樓

數峰江上送歸舟，仰見銀河待女牛。此地行人同阮哭，幾時天子問梁遊。鄉心水驛逢雙宿，秋槖沙原晒一裘。客裏又將良夕過，愁聞刀尺出高樓。

晚出湖上宿嵩上人蘭若

水晶宫殿夕陽低，烟柳參差望欲迷。野艇拍天孤鶴迴，晴牕臨鏡數峰齊。行看銅狄勾闌外，坐對銀蟾象緯西。夜色沉沉仙梵静，不知身在石堂棲。

[一] 婿，『海源抄本』作『壻』。

[二] 琊，『海源抄本』作『玕』。

秋夜集湖寺待月二首

香臺下閉夜烏號，山月初來湖水高。黄菊沙原歸獵騎，青榕石岸繫漁舠。數聲雁度村舂急，何處虫鳴閨杼勞。信宿鳧鷗情不極，枯蘆吹火剥秋螯。

漢寢唐陵感慨中，斷碑殘碣覆丹楓。珠幢古殿千林合，銀箭高樓萬井通。星[一]下打魚秋網白，霜前破柿佛燈紅。琉璃照徹諸天曉，猶自蒼茫想桂宫。時海警未平。

西郊晚歸宿雲門蘭若 得溪字。

園林藉草醉如泥，向夕還過祇樹西。入寺數聲歸鳥亂，尋僧一逕落花低。猶憐春色皈龍藏，更喜禪心傍虎溪。並坐燈幢方丙夜，静聞法雨下招提。

三月四日仝諸子再出西郊賦詩分韵

千頃琉璃進畫船，酒旗歌板未蕭條。湖光曉嶼浮青鷁，日色春堤下白鷳。遊子尋芳行菂蘼，美人臨水賦瓊瑶。情深一往無聊欠，乘醉還來坐野橋。

[一] 星，『海源抄本』作『屋』。

送陳蔚生歸山

饒有滄洲意，扁舟書畫多。自堪淩顧虎，端不讓王鵞。溪女出紅鯉，巖僧捫緑蘿。行橈一吟嘯，山雨忽虚過。

集黄明西山人野鶴堂

長日園林好，主人花木清。點經紅藥發，洗劍緑苔生。魚鳥平居意，衣冠故國情。近來桑苧熟，鴻漸已成名。

丁酉五月客劍津寓林蕡子之語峰樓及庚子五月再至蕡子已作故[一]人逾年矣愴然賦此兼柬令弟延年

烟波縹緲古鐔州，萬里經行賦壯遊。别去莫開徐穉榻，到來空繫李膺舟。寒津作客三年慣，細草懷人五月愁。縞帶不殊今昔好，君家兄弟總風流。

[一] 故，『道光刻本』作『古』。

五月登鐔州城上樓 選二

岧嶤天際插芙蓉，玉檻青疏十二重。直接星辰追八駿，多從雷雨見雙龍。弄珠神女峰前落，解佩詞人闕下逢。睥睨中流看不極，幾時江漢盡朝宗。

溪光衣带鑿疏分，縹緲高樓敞夕曛。水國魚龍摇白雨，山家雞犬住黄雲。津梁作客依堯徼，天地安流想禹勳。此際由來可乘覽，幾人憑吊李將军。

贈去聲上人

楊終孫子事相違，漢臘更新賦式微。聞道早栖調象嶺，尋春多哭釣魚磯。空中白業看花落，劍上青峰任錫飛。行脚還須尋大乘，風塵回首自知幾。

再别聖夫

溪雲關樹總漫漫，此日秋風刷羽翰。作客共依雙劍閣，懷人獨上大羅灘。那堪兵甲離鄉早，豈有文章應世難。明歲新鴻報消息，知君相慰一彈冠。

五日鐔州城樓喜陳孝廉至自幔亭

縹緲飛樓喜遇君，輕裝猶帯幔亭雲。歸來上闕簪還合，別去中原劍欲分。萬里山河誰攬轡，百年天地此論文。銜杯一望滄江暮，故國菱歌那可聞。

留别汪而飛

潭水桃花映客裾，汪倫送我意何如？三秋遠塞迎鴻鴈，二月清溪待鯉鱼。已有袁絲能急義，不妨趙壹欲登車。比來交道多翻覆，安得還同井臼初。

三四自然入妙。蓉裳。

卞墳高 有序

卞墳高，爲烈女錢淑賢作也。乙酉四月，揚州城破，烈女七死而後絶命。父母從其志，葬于卞忠貞之祠南。許子過而哀之，作《卞墳高》。

卞墳高，日慘風颾颾，祠前江水流腥臊，枯楊人頭老烏號。老烏號，卞墳高，中有烈娥。一解。

烈娥錢氏子，兵至各披靡。不料丞相生，誰料丞相死。二解。丞相死，揚城閉[一]，黑風吹人四月熱。東鄰飛人肉，西鄰濺人血。三解。維血與肉，誰强誰弱？我不敢殺汝，反恐汝殺我。父耶母耶，胡生女耶？四解。父耶母耶，迺生我耶。女生不得力，女死不得老。父兮母兮，生我死我，死我生我。五解。吁嗟！父母不肯殺我，兵亦不殺我，我將安逃？引刀刀缺，引繯繯裂，刀繯不引決，我命安得絶？六解。嗚呼！蹈水耶，水不喪元。蹈火耶，火不燎原。不得與父母永訣，亦水火之恩。七解。已焉哉！水火弗烈。不如慈父手中藥，飲藥擊牀聲閣閣。黄榜招民空城雀，忠貞祠堂野草著。八解。野草著，野烟吐，何不揚其塵吹其骨？升之于天帝之衢，迺葬此廣陵一坏土。卞墳高，高千古。九解。

結響古勁，落墨崛奇，此真漢魏也，可以傳其人矣。蓉裳。

閉，叶音鱉。我，古韵叶烏古反。

廣陵劉生行贈峻度

吾聞西京劉生慷慨天下無，虬髯虎氣礧礧落落真丈夫。三十專征掌節符，結交遨遊咸陽都。五陵七貴時囁嚅，平頭大賈真庸奴。然諾不苟心膽麤，腰間繡血光糢[二]糊。手啖齷齪生頭顱，長安市上酒家罏。有時醉後攘臂執金吾，何止布帽六博工梟盧。如此高風千載難盡摹，征人馬上鼓

[一]『道光刻本』此處有一小字『叶』。
[二] 糢，『道光刻本』作『模』。

角雜笙竽，劉生一曲吹之邊月孤。乃今相逢廣陵城南隅，自言家世本是關中儒。少年顔色雪照膚，黑貂纏頭大秦珠，鼦裘窄袖紅氍毹。立談懸河顧盼殊，風流文采樂只且。我行將上書，握手交路衢。控我紫騮駒，挽我白貉襦。黄河冰合雪載塗，風摇縞带日西徂，何不停軌税駕緩斯須？門前枯楊棲老烏，阿房重階石爲樞。飛崗曲池穿轆轤，到來稚子皆歡呼。坐君鴛鴦之綺疏，酌君沆瀣[一]之華醹。憑君琅玕射日之珊瑚，拂君芙蓉出水之錕鋙。座間十五青童姝，螺絲[二]鬱金带流蘇。學爲楚舞歌吴歈，光彩四射金僕姑。上堂行酒炙鶻鵃，丁丁漏水注玉壺。爲君中夜起長吁，人生及時當自娱。咄咄許子生平輿，越國過都胡爲而來乎？萬里坎壈悲窮途，日暮何處巾柴車。吾將寄夫仙人之所居，高樓四顧空踟躕。感君欲繡平原圖，寧獨報之以賤軀。劉生劉生真我徒。

此古樂府變調，真可謂合江、鮑爲一手。蓉裳。

廣陵喜值愚山

尋君曾上少陵臺，魯國荒凉罷酒杯。正憶美人巡嶽去，近傳名士過江來。風塵舊劍還終合，烽火殘年莫亂催。留滯揚州動詩興，閣梅先臘一花開。

[一] 沆瀣，『乾隆鈔本』作『騄駬』。又，頁眉朱批曰『「騄駬」應是「醹醁」』。

[二] 絲，『乾隆鈔本』作『鈿』。

廣陵歲寒行酬貽上

南方有客疲車騎，雅好揚州古歌吹。天寒風急大江來，手脚凍僵擎[一]襆被。難將花柳起隋煬，忽[二]使江山恨吴濞。子雲已老猶上書，萬里修塗闕餱糒。霜雪满眼關塞長，行道遲遲心内傷。憑軾已接南陵杜[三]，倒履猶趨東郡王。王子球琳[四]天廟器，十年詞賦籍長楊。射波[五]湖上仙人治，文選樓前驄馬昂。建禮承華且虚左，呇謡平反無不可。蒙衝去歲犯金陵，江南江北闃[六]秋垛。聞風將吏多囁嚅，平頭大賈間同坐。讞牘纍纍若丘山，佛子心腸對枷鎖。使君文彩絶代殊，飲水賦詩滿吴都。一時賓客盡厨顧，鄙人亦自當座隅。高槐蓺我紫騮鞚，明燭照我青鬑穤。酒才一[七]斗詩狂發，句贈歌兒李夢珠。凌晨公車將北指，出門茫茫向誰是。使君清名世所無，條脱雙遺寶光紫。蟲鬟鳥翼嵌烏絲，戧漆施鉛圖百子。此物自是内閨珍，廉吏傾囊至釵珥。夫人中丞之女孫，名閥詠

[一] 擎，『乾隆鈔本』作『矜』。
[二] 忽，『乾隆鈔本』作『忍』。
[三] 『乾隆鈔本』于此句後小字補注『謂湄邨』。
[四] 琳，『乾隆鈔本』作『琅』。
[五] 波，『乾隆鈔本』作『陂』。
[六] 闃，『海源抄本』作『開』。
[七] 一，『乾隆鈔本』作『八』。

雪稱賢媛。視墉發笥佐君子，使君乃得追平原。憶昔鄒平憲百度，雲間考功在及門。當年絳帳分燈火，尚書太學如弟昆。考功居常述世系，華東老人重高第。鏡具難酬太尉知，此後淵源慎勿替。何期闤閣有祖風，肯散香奩助交際。感激悠悠歧路人，祓佩[一]豈是尋常惠。歲晏聊爲側偪[二]吟，衔恩自欲依楊寶，急義還看壓華歆。淮水瀰瀰北風發，使君與之同淺深。要知划子揚帆處，須識王孫一飯心。

想見二公古道交情，詩亦卓乎可傳。蓉裳。

送譚灌村編脩[三]旋里終養

斑衣奉引木蘭舟，鸞旆魚軒出石頭。八月正當吴橘熟，一帆遥指楚楓秋。塞前塞後金門迥，江北江南玉樹稠。太史浮湘愛澄覽，多從烟雨望皇州。

戚家屯

少保老孫子，開屯此地分。遺弓低隴月，殘吹雜邊雲。竹帛嘉隆寵，河山衛霍勳。祇今餘父老，

[一] 佩，『道光刻本』作『劍』。
[二] 側偪，『乾隆鈔本』作『偪側』。
[三] 『道光刻本』此處多一小字『篆』。

還説義烏軍。

桑園

山左無戎馬，田廬桑苧肥。平皋秋日下，嶽色帶帆飛。錏鏄牛羊雜，流亡青究稀。名泉七十二，處處望中微。

鐵塔寺作七歌 有序

骨肉睽違，道途委頓，感事述懷，聊抒憤悒云爾。子美獻吉，則予[一]豈敢？

我今行年過四十，咄咄天壤饑乞食。衣裾傴仄曳何門，金錢結交仗誰力。憶昔生年在顯皇，恨弗早死遭兵革。往來上書關塞杳，前有猛獸後毒蜮。行道遲遲心莫違，中原欲歸歸不得。[二]嗚呼一歌兮歌始升，丈夫意氣空崚嶒。

慈父見背歲改元，滄桑變易魚龍奔。此時海氛家難作，真龍上天群龍奔。弘隆之間家難作，[三]手營淺土號攀援。負沙抱石亦人子，何至狐兔竄枯原。刑方休咎理或有，報親安得泥斯言。日月

[一] 予，『乾隆鈔本』作『余』。
[二] 此兩句『蘭山刻本』無，據『乾隆鈔本』補。
[三] 此兩句『蘭山刻本』無，據『乾隆鈔本』補。

交黑雷間出，遶床狂走催心魂。[一]嗚呼二歌兮歌莫懟，歷歷南山色蒼翠。

小人有母在南紀，昨日書來教勿仕。減食莫止諸孫啼，垂老如何闕嘉旨。男兒卿相亦奚時，出門牽犬入牧豕。微軀未敢以許人，歸去親前學色喜。嗚呼三歌兮歌欲哀，秋風吹客上高臺。

有弟有弟承明姿，大弟清穎小弟奇。弱冠龍鳳謬相許，致身青雲愁無資。同學少年俱通籍，安能長日美刀錐。[二]士不成名隐亦得，世路風波君豈知。負米到家六親散，救之毋[三]使母心悲。嗚呼四歌兮歌以泣，鶺鴒寒原征衫濕。

有妹有妹慧讀雪，母愛獨女逾美玦。良人縣正未殺人，貪吏横嗔坐縲絏。黄狼晝瞠烏夜號，蓬首闔扉理枷鐵。每欲救之囊無錢，安得天海洗暍熱？門户伶仃藐孤孱，我空與爾同肉血。[四]嗚呼五歌兮歌弗堪，急宜稽首皈瞿曇。

憶昔有嬸稱賢媛，十五箕帚持家門。惟時祖母病不測，進食割肝爲糜饘。姑嫜以之延壽紀，膚體嗣是多封燔。[五]行孝既[六]畢上天去，表閭不得報母恩。媵侍連歲聞生女，何獨使母無子孫。

[一]　此兩句『蘭山刻本』無，據『乾隆鈔本』補。
[二]　此兩句『蘭山刻本』無，據『乾隆鈔本』補。
[三]　毋，『道光刻本』作『無』。
[四]　此兩句『蘭山刻本』無，據『乾隆鈔本』補。
[五]　此兩句『蘭山刻本』無，據『乾隆鈔本』補。
[六]　既，『道光刻本』作『且』。

嗚呼六歌兮歌最烈，叔父抱子[一]豈終缺。

射書城頭古鐵塔，瓠子東流河水納。金龍玉鳳一齊飛，四壁網蟲垂破衲。鐵堂老人居其中，鬪雞角鷹五都雜。失路悲風萬里來，夜起開門叫閶闔。[二]眼穿不見魯先生，英雄到此氣空咆。嗚呼七歌兮歌思長，光嶽樓前非故鄉。

沉摯語不必字字規橅少陵，而神理自合。蓉裳。

七夕次日東郡張太守招南海程舍人[三]讌集光嶽樓

綺節他鄉始欲愁，使君置酒最高樓。窗前劍舄凌名嶽，檻外風烟繡古州。四塞黄圖雄趙魏，三臺青管豔徐劉。茂陵有客還羈泊，惟見明[四]河不斷流。

七月初九日登光嶽樓四首

淡雲踈雨思悠悠，閩客飄然獨上樓。高倚八荒迎魏闕，閒從九點辨齊州。廻旋玉鵠當空落，彈

[一] 子，『乾隆鈔本』作『九』。
[二] 此兩句『蘭山刻本』無，據『乾隆鈔本』補。
[三] 南海程舍人，『道光刻本』作『同程周量』。
[四] 明，『道光刻本』作『山』。

壓金蛇入海流。勿謂東行愛棲息，憑欄天上瞰清秋。

樓光萬里接滄溟，郭外諸峰若几屏。危室星文開大國，濮曹風色似西泠。夕陽鴻雁九河白，秋草牛羊六郡青。元氣蒼茫連鉅鹿，莫愁宮闕隔元[一]冥。次愚山韻。

聊攝金風動逝波，樓頭秋色一人多。驚心上界還留轄，矯首中原欲放歌。流覽乍逢新斗宿，戰争空憶舊山河。白雲不盡慈親望，猶向清虚禮大羅。

丹霞如畫亘天横，縹緲仙人十二城。軋軋銀槎雲際淺，輝輝珠網日旁[二]明。客心南去臨窗迥，嶽色東來拂檻清。六國憑陵秦自帝，高風還仰魯先生。

側身天地，慷慨悲歌，每讀一過，令人氣壯。蓉裳。

鐵塔寺送殿生南歸[三]

昔年與君坐鐵堂，君歌慷慨斷人腸。今歲與君登鐵塔，君醉穹窿吐秋月。月明歌發古聊城，魯連先生空復情。嗚犢河邊多飲馬，何須更戍陰山下。射書樓臺夜色生，此地曾鏖六國兵。蘼蕪一片關塞白，細葛悲風滄海客。幸隨高鳥傍君飛，便攜明月送君歸。眼觀瓠子分流處，故人雙橈此中

[一] 元，『乾隆鈔本』作『玄』。
[二] 旁，『乾隆鈔本』作『傍』。
[三] 『道光刻本』題爲『鐵塔寺送崔殿生從南歸』。

去。要知他鄉東武吟，不是悠悠行路心。

音節極古健。蓉裳。

烏龍潭

蘆荻蕭蕭六代秋，烏龍潭接鳳凰樓。停杯坐對鍾陵晚，白水無情漢月留。

嘲君寔[一]寄家書

秋風秋雨滯相如，萬里江天望鯉魚。玉尺山前閨閣静，讀君二十九封書。

饒有風趣，可云善謔。蓉裳。

再送孫無言[二]歸黄山歌

朝馳青絲韁，暮操白棠桨。故人在燕城，明月破蕭莽。訪君登君堂，飲君坐君榥[三]。南酒方數行，中夜發深愴。自言家在黄山陽，欲歸未歸竟塵鞅。向平婚嫁無時無，掉頭那得超世網。逡巡

[一] 君寔，『道光刻本』作『孫君實學稼』。
[二] 『道光刻本』此處多一小字『默』。
[三] 榥，『道光刻本』作『幌』。

再拜如有求，愛我詩聲多慨慷。停杯離席爲爾歌，久已卧遊意欣往。吾聞軒轅之山何其高且雄，去天拔地八千丈。崔嵬彈壓勢莫當，峰峰六六宛相向。楚頭吴腹如鉤連，突兀離奇信殊狀。上蟠虎豹跛扈之藪宅，下瞰蛟龍迴旋之奥藏。吐納元氣包鴻濛，南紀星躔〔一〕百神仰。傳云三天子之故都〔二〕在焉？没汩嵐光失回響。黄帝六飛何處尋？容成〔三〕浮丘夾行仗。衣冠雖自葬橋〔四〕陵，萬古烏號動靈爽。兼傳煉藥此山中，豈有雲螭寄虚晃。丹沙爲泉金銀臺，美箙良蓍垂露掌。日輪月轡摇精魂，天海延袤色同蒼。鼎湖已涸爰居哀，林谷風淒嘯山魈。黄熊青兕白晝啼向人，玉弝珠壇驚板蕩。自是君身具烟霞，攀藤躡葛或存想。孫子稽手曰否否，出黄入黄固非强。行將視息學巢居，不用齎粮宿旌旐。問黄何所衣？黄亦無所衣，箬幹蓬皮鳥子氅。問黄何所食？黄亦無所食，石芝金杞狙公橡。問黄何所處？黄亦無所處，丹谿翠巖巨靈障。問黄何所遊？黄亦無所遊，陵陽洪崖與夫逍遥之虚上。嗚呼！此山何獨超忽而多材？宣氣生物理豈妄。學仙安得爲荒唐？且與九垓同震盪。我今送君歸去兮，他年五嶽遥相望。騎鶴來看道人詩，矯首滄桑共惆悵。

筆力陡健，猶復能軍。松厓。

〔一〕躔，『乾隆鈔本』作『纏』。
〔二〕都，『乾隆鈔本』作『鄗』。
〔三〕成，原作『我』，據『乾隆鈔本』改。
〔四〕橋，『道光刻本』作『矯』。

張桐臣移居[一]

芒屩縱横五嶽畢，掉頭還山賦來日。柴荆剥啄逸雞豚，環堵西風吹散帙。一畝荒蕪亦借人，主者偪側難具述。鳳凰欲止無良枝，廣廈雲連處蟣蝨。念汝[二]艱難道里中，跼蹐新歸反須出。座中名士老侯嬴，江上小兒驚步隲。指掌功收丞相何，磨盾書與將軍弼。妻孥千[三]載消息真，以此埋頭晦[四]經術。[五]入門轉覺貧如客，破硯殘書色颼疾。負戴瓶罍刺促行，寂寞窮鄉寡車軼[六]。明月當歌烏夜棲，丈夫安能守蓬蓽？

仝櫟園侍郎穆倩山人曉蘗女史夜集族弟力臣師六宿影亭得尋字[七]

銀燭更殘霜欲侵，閣梅銜臘點疎林。已聞傳箭收張角，山左寇平。却遇當筵拜季心。花裏粧成

[一] 此首『蘭山刻本』無，據『道光刻本』、《感舊集》和《全閩明詩傳》補。桐，《全閩明詩傳》作『桐』，疑誤。
[二] 汝，《感舊集》《全閩明詩傳》《全閩詩俊》均作『爾』。
[三] 千，《感舊集》作『十』。
[四] 埋頭晦，《感舊集》作『益悔其』。
[五] 《全閩明詩傳》《全閩詩俊》此兩句均爲『妻孥十載消息真，以此益悔其經術』。
[六] 軼，《全閩明詩傳》作『轍』。
[七] 族弟力臣師六，『道光刻本』作『家力臣承宣師六承家』。

看墮馬，月中歌起動棲禽。竹西夜色沉沉静，隋苑簫聲何處尋。

集小范寓閣送景吕歸南昌[一]

席帆西指過勞勞，水落沙明吴楚高。白雁戴霜隨去槳，青峰銜日動飛毫。人從隋帝樓前別，客到滕王閣上豪。同在江淮獨留滯，幾時得度廣陵濤。

維揚觀迎春有歌兒李夢珠者君寔將遊浙茗念之不置

春風依舊緑平蕪，千騎東方入畫圖。覽物却逢瓊樹晚，送君偏值月明孤。才從白紵逢歌者，便過烏程問酒徒。剪燭西牕茗雪静，定應回憶舊名珠。

十五日立春集高寄閣仝餞君寔[二]

維摩樓閣鎮相鄰，登覽江淮無限新。萬象乍回瓊樹觀，百年粗見廣陵春。望中白浪生明月，座上青峰戀故人。劇興且須沽美酒，流光好似轉車輪。

[一]『道光刻本』題爲『集康小范范生寓閣送丁景吕宏海歸南昌』。

[二]寔，『道光刻本』作『實』。

夜集櫟園侍郎寓分十一真

行厨文選側，明月夜親人。急鼓方摇魄，高歌已入神。客多愁北阮，中有序西秦。此夕誠良覿，無勞賦感甄。

鑾江看花曲十首

春流淼淼赴江門，曲岸繁花别有村。日下扁舟漁子笛，不知何處是桃源。

楊柳高樓刺繡間[一]，玉塘如黛緑烟鬟。分明萬樹桃花裏，逗出江南數點山。

帝子溝流西更東，隋家玉樹本青[二]葱。鑾江一夜花含笑，無復君王問守宫。

丞相祠堂水接天，桃花百里有人烟。此來正值江潮大，簫鼓聲中好放船。

門前流水自成蹊，二月花開古縣迷。却羡風流陽翟賈，近來學唱蹋銅鞮。

新鶯啼過萬花塲，艷絶誰家白面郎。自往自來春水曲，金丸爲弹打鴛鴦。

艷陽盡是惜花才，日落江城畫角催。芳樹無人春寂寂，忽聞紅裡踏歌來。

木蘭輕槳唱來羅，燕子雙雙戲錦波。無數紅粧天上落，廣陵一带夕陽多。

[一] 間，『乾隆鈔本』作『閒』。
[二] 青，『乾隆鈔本』作『菁』，『海源抄本』作『奇』。

何來女隊燦紅霞，窄袖宮[一]鞋學内家。盡日含愁情脉脉，一齊上馬别桃花。
江頭日日欵雙扉，野老銜杯望翠微。醉後不知巾角墊，月明一路看花歸。
先生與阮亭交最篤，此詩想在紅橋脩禊時所作，風韵格調遂爾宛肖。蓉裳。

奉答白門王甌卜春雨見懷之作

紅花迷縣郭，白鳥破江烟。春雨此時至，愁心何處傳。縱居臨水地，莫賦定情篇。潘衛方年少，車裀忝接聯。

揚子江樓曉望

高樓吴楚見，江介接雄關。晴逼諸天色，春濃六代山。潮來烟樹裡，人在彩雲間。滄海昇平日，乘槎便擬還。

江上觀兵處弔曹子桓

曹氏事割據，睥睨臨金湯。大兒龍蛇姿，忝竊侔高光。觀兵望四海，其氣亦飛揚。戈矛浹林囿，

[一] 宫，『乾隆鈔本』作『弓』。

壁壘連梯航。[二]夌臺跨江東，誅討非周商。遂令文髮氓，不得效壺漿。天心在典午，鄴京亦旋亡。故丘何崒嵂，波濤隔朱方。當年恣憑眺，罔敢躭懌康。英雄空復盡，徘徊行路傷。

贈蔣漢修參戎

城子山前暗水犀，觀兵臺上草萋萋。中權自識王寧朔，大道還推謝鎮西。沙磧日黄閒射虎，江潮霜白静聞雞。甘泉諸將惟公在，行見東南罷鼓鼙。

譚家川

萬里岷峨接素秋，烟波無限使人愁。沙連白鳥蟠三島，磧轉黄牛繡一洲。民業已成芳草地，寺門空對夕陽流。揚播置礮何時罷，明月清江得放舟。

烏島、牛洲各還八病。松厓。

[二]『乾隆鈔本』此處多兩句『秋風慘莫驕，戰士精且良』。

解組後别安定父老四首 從《安定志》鈔入。[一]

作吏愛令名，賦畀毋乃迂。金錢若夜來，奚由逭殛誅[二]。三載食膏脂，相報惟區區。浩然拂衣去，欲去還踟躕。反顧鳩鵠殘，羊皮不蔽膚。求索多意外，能無寬征輸。得罪誠所甘，但願汝懽[三]愉。悲風吹出關，猶自立須臾[四]。

出門見駕鵞，呼我東南翔。蕭然一行李，敝裘仍裹將。憶昔在署時，蟋蟀鳴我牀。憂來覽[五]衣起，明星何煌煌。仰見喉舌箕，中夜忽開張[六]。心知難久留，此方非無良。我僕亦已疸，我馬亦已瘏。飄然一葉輕，勿爲祖道旁。

連歲遭旱暵，退公常蒿目。徒跣禱東山，齋戒及僮僕。懸瓶汲神泉，計量占秋熟。自春而徂夏，引咎惟素服。莫爲豐年玉，但爲荒年穀。維時稍休豫，庶無忝食禄。行矣勿興戎，鼠雀非汝福。六則炳王言，蚤晚須當讀。

[一] 康熙《安定縣志》題爲『别安定父老詩四首』。
[二] 誅，康熙《安定縣志》作『詠』。
[三] 懽，康熙《安定縣志》作『惟』。
[四] 臾，康熙《安定縣志》作『署』。
[五] 覽，康熙《安定縣志》作『攬』。
[六] 此句康熙《安定縣志》作『張開夜未央』。

一命甫下車，遠與卓魯期。堅白反見誣，廉吏不可爲。三五銀蟾蜍，皎潔常缺虧。來日當別離，爾輩安得私？直道故難容，三黜[一]亦士師。此邦非我邦，奚能緩轅綏？家在滄海東，山川迺間之。愧無赫赫名，去後休見思。

反《何武傳》，妙。松厓。

四章詞旨悱惻，絶似元次山。仁人肺腑，自爾同符，非關摹仿也。蓉裳識。

竹 從狄道人家畫卷鈔入。

琅玕新綠笋初長，界柳分花已過墻。別院無人春寂寂，滿庭踈影學瀟湘。

臨洮寒食

六時減飯護巢鴉，板屋安閒即是家。今日他鄉寒食好，幸無風雨送梨花。

含悽無限。

按，鐵堂流寓秦隴，不應捧檄以前、罷官而後俱皆無詩。想身後篋笥舉散失矣！然神物自在世間，姑先刊現存之作，以待續至而還珠者。松厓識。

[一] 黜，康熙《安定縣志》作『踧』。

摘句

華嚴寺看梅

客袍行雪濕，僧飯切芹香。

守歲

識時翻竹歷，祈命註花經。

答人

饑寒償筆墨，老大負乾坤。

王逸菴索祝言

小隐湖上鷗，大年山中苓。

送半山上人

哺烏行秀麥，縛虎囓枯藤。

次坤五貽華箑

鵲扇揚安石，蠅書倣率更。

丁字沽

柳陂三士塚，花港十郎城。

七日寄内

寧邀青母駕，莫賽紫姑祠。

答劬菴

舊事苦匏散，清流酸棗寒。

贈同年王亦世[一]

心知寒范叔，膽許老荆卿。

留春日示舍弟文玉同玉[二]

破篚君恩厚，寒機母意真。

嘲諸子過安蔬園不見留之作

五字留春易，千金置酒難。

[一]《全閩明詩傳》題爲『同年王亦世登第屢過寺寓惠問』，全詩爲：『京洛諸兄弟，凌雲爾賦成。心知寒范叔，膽許老荆卿。小几巡蟲迹，閒廊受馬聲。荒荒塵海裏，尚見貴人情。』

[二]『乾隆鈔本』録全詩爲：『鶯花猶未歇，辛苦爲三春。破篚君恩厚，寒機母意真。才名羞入洛，田舍薄君閩。負米歲荒儉，何由救六親？』《全閩明詩傳》題作『留春日同文玉同玉弟小飲』，録全詩爲：『地偏忘歷日，何獨戀青春。破屋天痕古，寒機母意真。山川悲往事，花鳥感時人。十載常棲外，今朝閉户新。』

鱔溪懷古[一]

斷碑文字懷提劍，破屋衣冠隐賣漿。

尋謝茂秦故址

岱下妻孥黄犢隐，淮南賓客黑貂尊。

又别元亮侍郎

枇杷落處多離曲，芍藥開時是别筵。

[一]《全閩明詩傳》題爲『再遊鱔溪同孫憲吉王芷生薛子燮家有介』，全詩爲：『賸得秋心與野塘，水禽飛觸木犀香。斷巖文字留提劍，破屋衣冠隐賣漿。銅瓦魂歸神仗緑，霜花影傍戰場黄。夾溪肅肅西風惡，日暮荒原看虎倀。』

送林元之遊粵[一]

珠崖日近黎王穴，銅柱天高揭帝樓。

建州通都橋成

水落彩虹疑飲馬，人行明鏡好觀魚。

同上

金堤掣電回征騎，玉棧迎風咽戰潮。

褉飲西園

白魚唼水櫻桃落，黄鳥啼山芍藥開。

[一]『乾隆鈔本』題爲『送林元之遊粵西兼柬魏啟寰薛文最二大令』，全詩爲：『龍泉烽火徹鐔州，有客翩翩泝上流。逾嶺遥看一馬往，采真多過五羊遊。珠崖日近黎王穴，銅柱天高揭帝樓。總是饑驅輕道里，風波灝溔且孤舟。』

送昌屏南歸

春歸柳上林鶯散，人别花前海鶴猜。

答劉旅皇

時節荷風中婦鏡，關梁梅雨左王城。

春遊

芳草仍堪三日藉，名花幾得百年看。

送汪丈返白門

邗水帆飛過石燕，鍾山花發對銅螭。

瓜洲道上晚眺

峰堠水心連郭出，金銀山色入秋多。

補逸

陪姜司李遊興雲寺仝和劉黄門壁間韻四首

給事昔年閒獨咏，法曹今日愜同遊。亭前苔静一花落，門外沙明二水流。且喜寺僧迎白馬，漫勞關吏報青牛。到來金粟三生話，忘却風塵萬斛愁。

西傾北亂山名此[一]登臨，禮佛常存不染心。出世自無衰鳳歎，住山還有老龍吟。禪和蘇晉真堪悦，遊興盧敖故莫禁。却被微官苦拘束，追陪敢比二南金。

芙蓉拔地望中開，山色青從二華來。佛地星精傳並耀，仙曹雲錦睹新裁。五燈空證千人座，一偈孤懸萬里臺。頓覺諸天風日好，銜觴停勒更徘徊。

傳聞龍象開山處，西市平迤貿馬城。落日自行關塞曲，浮雲不盡古今情。羌童氏叟攀争識，澗草巖花笑共迎。塵鞅那能停手版，從遊藉以免官評。

[一] 北亂此，『道光刻本』作『此處共』。

鐵堂先生天才不羈，雖值簿書填委、羽檄旁午之際，題詠劇多。如《興雲寺和劉黃門》四詩亦吉光片羽也。但前人鋟之木版，余恐久而漫滅，不可復識，因與同志摹刻諸石，用垂不朽云。

乾隆壬戌午日，定山後學孫昭謹識。

天中日西巖寺禮佛時牡丹尚未落

朱炎節序大河蒸，兵氣潛消五色繒。一自西行心黯澹，每逢南望淚潺陵。愁無岐麥歌凡吏，喜有名花供聖僧。登覽匆匆關塞遠，家山何處倚枯籐。

西巖寺賞牡丹仝平甫大生伯鱗正言諸子

客心苦憶東西寺，佛地驚開優鉢羅。亭際日來花自發，山間春去鳥猶歌。爐烟不散經聲細，巖水還飛梵力多。執手醉歸河路滑，一枝分得供維摩。

王負宸招飲西巖寺看花

新官酒命舊官飲，昨日花留今日開。酒債不隨流水去，花枝偏喜故人來。芳菲桃李三年績，爛熳金銀萬里臺。須與令公共流賞，無情風雨莫相催。

鐵堂先生以燕許手筆，擅風雅之席者四十餘年，手蹟幾徧天下，而安邑廑有存者，唯東山之《和劉黄門韵》與西山之《清明眺望》数詩而已。顧前人俱鋟其詩字于版，乾隆壬戌，東山四詩業已摩崖鐫矣，乙丑，同志諸君子又恐西山版字久而漫滅，相與醵金摹勒諸石，垂之奕祀。知必有暗中摸索，且坐卧其下，浹日而後去者。定山後學孫昭謹識。

武都望江南寺作

昨從隴西來，今作江南寓。人沐白龍波，馬歇紅螺樹。入門禮空王，頗得毘曇趣。靈花開垂崖，忍草被夾路。上有林公樓，瓢笠偶然赴。城頭大旗黄，縹緲落日暮。漁憩上板橋，樵歸下洋渡。鐵堂居其中，信宿愜寐寤[一]。明朝欲窮源，更問葭蘆戍。

庚戌長至後西鞏驛寓對雪書懷賦得十截句　選六[二]

一片長城萬里沙，可憐辛苦未還家。蓬婆此日無情處，飛上征人兩鬢花。

菁[三]葱玉樹映平沙，對雪思梅不見家。我正苦寒歸未得，江南誰寄隴頭花。

居延西去是流沙，蘇武當年此憶家。若不冰霜俱歷盡，幾時重見上林花。

[一]　寐寤，『道光鈔本』作『寤寐』，韻腳不對。
[二]　『道光刻本』題爲『庚戌長至後西鞏驛寓對雪書懷』。
[三]　菁，『道光刻本』作『青』。

山含銀樹水含沙，何處飛帘是酒家。此地少陵猶濩落，傷心莫問曲江花。

中庭歷落砌堆沙，風絮空鹽擬謝家。笑我白頭渾似雪，那能不愛萬年花。

賈生才子亦長沙，不謂飄零出漢家。歌得陽春將一闋，随風都作郢中花。

送舍弟翊南歸五首 選三

風霜真未慣，努力且[一]加餐。笑我爲官悮，憐君行路難。不才遭白簡，無累羨黄冠。他日歸歟得，相依憶六盤。

河干楊柳色，青上遠人衣。淚逐行雲濕，心隨落日飛。須憐諸娣寡，莫念拙兄饑。此地首陽近，餘生甘采薇。

正得對牀熱，奚堪牽袂悲。長途麒驥[二]坂，高義鶺鴒詩。傾覆豈無故，風雷應[三]有時。好爲長鍤計，莫定大刀期。

翊弟行將閱月，兹詩不得脱稿。所云秋冬之際難爲情也，搦筆蹙額，觸緒紛來。忽正言過我，爰竣五章，亟以正之。陸機、蘇軾其許我乎？呵呵。鐵堂老人珌識。

[一] 且，『海源抄本』作『日』。
[二] 驥，『道光刻本』作『麟』。
[三] 應，『道光鈔本』作『信』。

贈杜正言

杜喬天下士，上叶是何星？侃侃如河瀉，昂昂似嶽停。初過驚異度，久坐愧芳型。不識蒲稍種，空儲相馬經。

此余初至安定贈杜生詩也。以綴篇末，始見吾輩非草草相與云爾。天海山人珌。

右皆先生親筆墨蹟以贈杜正言者，杜氏裝裱成册，什襲五世矣。兹從正言元孫茂文借鈔。内如《黄河龍衣舟看月》《鑾江看花曲》俱已付梓，不及備録外，得未刻詩若干首，唯《送弟南歸》五首，乃罷官後寄寓孫氏時所作耳。茂文名蔚林，安定廩生。後學安維岱。

按，詩起手似借用伍喬星意。松厓。

跋

詩尚氣格，匪辭也，匪意也。芣苢之辭淡，狡童之意近，而文王之化彰，鄭國之淫見矣。草蛇灰線，聞其聲而難見其形，覩其迹而難求其實[一]。其在于言意之表者乎？是故得意者忘言，得調者忘意，其次尚意，其下焉者尚辭，尚辭而詩亡矣。由漢魏而下，是可徵焉。吾師全詩氣格力追盛唐，而樹[二]言命意，亦宗騷選。是不以意言而掩氣格者也，鑑[三]乎宫商之間，後世其必傳也夫！

康熙庚戌冬月，定西門人杜詩才謹識。

鐵堂許天玉先生以閩海賢書，牽絲安定。罷官後僑寓臨洮，故其遺詩頗多。乾隆甲戌歲，予從一老宿家借鈔，得後集八卷至二十卷。丙午春，又于定西安孝廉維岱處借鈔，得一卷至七卷後，集

[一] 其實，『海源抄本』無。
[二] 樹，『海源抄本』作『豎』。
[三] 鑑，『道光鈔本』作『鏗』。

全矣。要皆王漁洋《感舊集》中所未載者，顧字畫錯訛，多不可辨，以意逆志，僅得十之七八。雖此外不無遺珠，然已足以見鐵堂矣。嗟乎！予生後鐵堂約百餘年，使並時相見，而親爲之結襪撰杖，詎不快哉？鈔是詩竟，復歎鐵堂老人之不及見我也。

乾隆丙午春日，洮水後學吴鎮謹識。[一]

鐵堂名重當時，而其遺集乃藉吾松厓以傳。此舉此文，匪徒增地下知己之感也。

雪門姚頤跋。

閩中許鐵堂先生少負盛名，著述極富，一時鉅公皆推重之。芳燦少時，間于選本見其詩數章，窺豹一斑，每以未得其全爲憾。丙午秋，洮陽吴松厓先生挾一巨編示余，則鐵堂之全詩在焉。蓋鐵堂作令定西，罷官後流寓以殁，故其詩傳于臨洮者爲獨多也。挑燈急讀，至漏下三十刻不止。至其

[一]『乾隆鈔本』此跋較爲簡略，末署『乾隆甲戌六月廿八日洮水後學吴鎮書于松花菴中』，可知爲『蘭山刻本』跋之初稿，兹録之以對照：『鐵堂許天玉先生以閩海貢士，牽絲天水。罷官後僑寓臨洮，故其遺詩頗多。予從一老宿家借鈔，得後集十二卷，皆王漁洋《感舊集》中所未載者。此外不無遺珠，然已足以見鐵堂矣。嗟乎！予生後鐵堂約百餘年，使並時相見，而親爲之結襪撰杖，詎不快哉？鈔是詩竟，復歎鐵堂老人之不及見我也。』

格律之蒼渾、才力之雄厚，前人論之已詳，末學何贅焉？惟是松厓先生表章前哲之苦心，空井寒灰，搜羅補綴，俾蒙數年想慕而未見者，一旦受而卒業，誠爲一生之快事也。

乾隆丁未重陽日，梁溪後學楊芳燦跋。

按，鐵堂詩自序作于康熙庚戌，迄乾隆庚戌，適满一百二十年矣。鈔本相傳，幸未湮没。今松厓先生與諸君精選而壽之梓，固屬同人雅意，亦由文章有神，而鐵堂之心血其精光自不可掩也。

乾隆庚戌桐月，武威後學張翽謹識。

軼事及題贈附

鐵堂流寓臨洮，嘗娶一老嫗以備晨炊。王漁洋詩所謂『許生垂老作秦贅』也。

張靖逆侯飛熊克復臨洮日，時爲滇逆所據。鐵堂作詩謁之。張大悦，曰：『君名士，乃肯顧予武夫。』因贈四百金爲潤筆。今其詩逸矣。

鐵堂書法奇古，狄道舊家多有存者。觀其《顔平原厭次碑揭歌》云：『余年十五學公書，中道棄去徒欷歔。猶知酷愛《争坐位》，行橐維揚歎子虚。』則知始學魯公，後乃隨意，自成一家耳。然鐵堂專門詩學，書蓋以餘力爲之。

安定孫進士昭康熙甲午解元。家有《鐵堂詩鈔》，頗稱完善。後爲張觀察廷枚攜去，云將付梓，然特空言耳。今其本不知所之矣。

狄道一老宿家亦有鐵堂鈔本，字小如蠶頭，乃鐵堂自以藍筆點定者。後其家過于秘惜，幾同禁錮。予宛轉而借鈔之，即今刻之稿本也。

巡茶御史許公之漸《送天玉大弟之安定》四首之一云：『爾才真繡虎，此日學驅雞。（荀悦《申鑒》：睹孺子之驅雞也而見御民之方。）列戍皋蘭北，尋源大夏西。勳名秋草徧，詩思隴雲迷。極塞聞新政，東柯索舊題。』

狄道張牧公謙寄鐵堂先生詩云：『辭官猶自在邊州，誰識東陵是故侯。旅思幾年成白髮，閒身何日到滄洲。檠間越燕雙雙語，塞上秦山一一遊。但使高懷隨處遣，天涯淪落亦風流。』

予嘗題先生詩後云：『閩海詩人許鐵堂，雙松一曲妙漁洋。却憐白首關山月，桃塢梅溪入夢長。』『蠶頭小楷擬瓊瑶，破楮烟侵已半消。讀罷臨風三嘆息，如君猶自老漁樵。』『丁卯風流化冷烟，老爲秦贅亦堪憐。當時誰作鶯花主，不與東山買墓田。』近聞墓在安定東門外，惜無人以片石表之[一]。

吴鎮再識。

鐵堂先生詩名、政績卓越。國初[二]讀漁洋《感舊集》，每想見其爲人。乾隆甲辰，謨承乏定西，

[一] 之，『海源抄本』無。

[二] 國初，『道光刻本』作『時皋』。

雖繼後塵，瓣香云邈。門下士秦君維嶽同安孝廉維岱手携一編曰：『此鐵堂遺稿也。』亟爲披讀，渾雄奇倔，語輒驚人。惜卷帙未全，塗竄過甚。時方以身泏衝劇，候迎旁午，耳目塵封，不暇稍爲蒐訂，仍歸之秦、安二君。因慨鐵堂生而宦不達以死，死而精力所留，復若滅若没，豐獄沉埋，意斗間紫氣，世必有能識者。洮陽吴松厓先生先得我心，勤求抄掇，後集獲全，登諸梓氏，是拭以華陰赤土，而寶鍔增芒，遂長存宇宙矣。昌黎有言：『莫爲之前，雖美弗章；莫爲之後，雖盛弗傳。』鐵堂之詩，前有漁洋諸名宿而章，後復得松厓先生而傳，不特九原引爲知己，而謨景慕曩徽表章未逮之志，亦藉是大慰云。爰題數語，並繫以詩：

口碑心版寄清謳，丁卯橋荒土一抔。此是山人身後血，寒于霜月碧于秋。

競説才人盡愛才，居然物色到塵埃。延陵廿載搜羅苦，今喜高名媲劍臺。松厓常有『鐵堂詩刻成，即了一生心願』之語。

潞陽後學胡紀謨謹跋。

纂修姓氏

原稿校訂諸公[一]

施閏章尚白，宣城。　韓　詩聖秋，三原。

王士禄子底，新城。　王士貞[二]貽上，新城。

杜　濬于皇，黄岡。　申涵光凫盟，永平。

李念慈屺瞻，涇陽。　吴　綺薗次，江都。

顧夢遊與治，江寧。　梅　磊杓司，宣城。

吴國對玉隨，南譙。　陳允衡伯璣，建昌[三]。

王　岱山長，衡山。　鄒祗謨訏士，武進。

[一]『道光刻本』題爲『評閲姓氏』。

[二] 貞，『道光刻本』作『正』。

[三] 底本無籍貫，據『道光刻本』補。

周茂源宿來，華亭。

李昌祚文孫，漢陽。

姜圖南匯思，山陰。

宗　觀鶴問，蕪城。

紀應鍾伯紫，白門。

李長苞竹西，華亭。

許　友有介，侯官[一]。

孫　默無言，休寧[二]。

張　謙牧公，狄道。

孫宜纘述之，狄道。

王維新素菴，狄道。

亢英才鴻儒，狄道。

盛元珍仲圭，常熟。

牟繼祖繩武，狄道。

牛運震真谷，滋陽。

劉紹攽九畹，三原。

梁　彬野石，正定。

楊維棟山夫，襄陵[三]。

宋　弼蒙泉，德州。

魏斗煥□□，金城。

刻本采訪後學[四]

胡　釴静菴，秦安。

王欽祖敬遠，狄道。

[一] 底本無籍貫，據『道光刻本』補。

[二] 底本無籍貫，據『道光刻本』補。

[三] 陵，『道光刻本』作『陽』。

[四] 『道光刻本』中，該部分與之後的『參閲及鋟梓後學』合併，題爲『采輯姓氏』。

江爲式幼則，皋蘭。

參閲及鋟梓後學

李登瀛仙洲，蒲城。
王賜均壹齋，神木。
鄭五典慎徽，耀州。
李尚德南若，狄道。
李華春實之，狄道。
徐萬鵬将南，皋蘭。
孫映蘭仲芳，皋蘭。
陳元善東村，皋蘭。
李延齡維祺，皋蘭。
劉迺皋立菴，皋蘭。
李　溥匯川，皋蘭。
張志遠通侯，西寧。
趙爾聰達夫，皋蘭。

安維岱魯瞻，安定。

胡紀謨息齋，通州。
龔景瀚海峰，閩縣。
陳荄英少山，安定。
李　苞元方，狄道。
潘性敏清溪，狄道。
范進桂雲丹，皋蘭。
楊春和復菴，皋蘭。
石　鈞力堂，皋蘭。
李毓采素存，皋蘭。
顔秉元伯善，皋蘭。
司廷伯元長，狄道。
李存中允之，皋蘭。
徐　斑静山，皋蘭。

王　蕙滋蘭，皋蘭。
胡朝瑞輯五，皋蘭。
俞衡文平臺，皋蘭。
彭愈萬青一，皋蘭。
劉士俊伯籲，皋蘭。
張應斗北有，皋蘭。
田維栗蔭周，皋蘭。
武安邦磐若，狄道。
朱德洋季涵，渭源。
牟世相肖野，狄道。
王肇衍慶初，平涼。
劉士元仲愷，狄道。

仲　侗西軒，皋蘭。
王　驥錦如，皋蘭。
李長發仲祥，皋蘭。
徐貞元復一，皋蘭。
李生湘介三，皋蘭。
段榮先孝升，皋蘭。
吴承福檜亭，狄道。
許奮翰林五，狄道。
朱福綿存若，渭源。
吴與謙六吉，會寧。
陸維海少洋，金縣。

附録一：輯佚

天海山人詩鈔

臨清尋謝茂秦故址[一]

不是布衣稱作者，安能風雅滿中原。六朝春草才人淚，七子寒碑處士魂。岱下妻孥黄犢穩，淮南賓客黑貂尊。四溟自有滄洲宅，野日殘烟何處村。

都門竹枝詞

破寺頹廊坐古碑，光頭宮監將微髭。無人流涕松陰下，賣去先皇白石龜。

闤賓西象出銀牌，教浴河邊曼衍嬉。寶馬香車紛絡繹，阮亭名士倡題詩。

[一]『道光刻本』題爲『尋謝茂秦故址』，詩不全，收于『逸句』中，僅存兩句：『岱下妻孥黄犢隐，淮南賓客黑貂尊。』

吴錦雯赴蘇州郡李二首

行軫曙將駕，戒言勑中廚。攬涕陳肴漿，各當天一隅。芳時發皇邑，高驄循具區。河梁弗停囑，平天懊寒餘。二三京社子，恩愛與我俱。璠璵難改結，贈君明月珠。春風澤南國，毖劼示扃儲。夕颸吹別袂，幸爲立斯須。讞論懷古人，毋迺時網拘。膏沃非所貴，矜哀伸吾儒。

光輝渺天末，盼睞良在兹。滯淫同袍子，結連亦何時。淄塵謝銅馬，行將歸東菑。辛苦各殊分，相勗無媿辭。瓜蔓交道周，川原起凉颸。雅步已僉顧，頽波方互持。旦誓一以乖，佩瓛安可期？此意寧復忘，爲君鳴朱絲。自兹清慎名，上達非淹遲。令我雍門儔，反側聊咄嗤。

厭次王壺公大令署中見唐顏太師真卿手勒碑上書晉夏侯敬騎諶所譔漢東方常侍朔墓表賦呈壺公

南征倦客白貂裘，督速來訪平原侯。訟庭古槐木葉下，擁被揮絃坐上頭。入門琴聲猶未息，老壁精靈雷雨黑。朱螭寶蠹大唐鈎，地割天穿神鬼匿。是鄉萬古鐘星元，灝氣盤空金馬門。不信仙□葬黄土，廢塚纍纍露花屯。西京才子走譙國，接茵連駟埒潘岳。知人豈亞大伍高，表墓寧失中郎確。待認音徽今尚存，妙蹟流傳顏平原。玉劃金勾印沙屑，神鬼走藏龍蛇奔。惟時羯鼓震北河，二十四郡同陷賊。我公單臂枕京師，猶自風流攜翰墨。腕鋒奇正如鐵兵，六軍揮掃花門成。自言不復計工拙，霜摧露剥苔文清。褚麻臨搨鋼鋩失，萬歲千秋銀不律。山東戎馬魯靈灰，黑質彊弓覆寒日。余年十五學公書，中道棄去徒欷歔。猶知酷愛《争坐位》，行橐維楊歎子虚。大令先人雅州守，奉公兹刻珍希有。黄綃宣紙好收藏，賢子神明繼公後。貼身摹索事亦奇，搜括寧惜千金資。城南靈風閃靈纛，松柏蕭森丞相祠。我來拜謁感幽閟，上馬高吟出□次。弔右悲登孫臏臺，傷時畏挾禰衡刺。此中名勝更盤桓，竹香藤粉玉琅玕。裝成片碣且歸去，文采輕塵壓繡鞍。

白雪樓仝貽上

齊名嘉萬當年事，白雪尊前我兩人。巾舄忽來凌嶽瀆，樓臺便欲接星辰。泱泱大國看無際，漠漠中原會有神。秋色平分華不注，天涯知己若爲鄰。

萬歲山

後宰須彌霄漢間，白雲黄霧散燕關。三峰隕石龍方逝，萬樹啼花鶴未還。每到春深凝碧血，常從昏黑現愁顔。翠華已向人間寂，魂魄多應戀此山。

己亥歲除日述事作歌

蛟宫倒翻逸鰉鮪，擊浪衝腥冒龍子。黑風吹入玄武湖，截流掣鎖瓜洲始。江南江北鐵兵鳴，將見魚蝦涸津市。烟波杳冥憂至尊，十萬樓船從此起。黄頭龍舸舟師成，蠟羽夾飛大請兵。天子明堂落空紙，禁林銀礦盡戎行。特簡親臣凶門出，好似穆王八駿輕。宿衛齊驅豈常役，供給惟聞宮府驚。閩地風物瘠吴浙，况以孫盧長窟穴。出没多因特水柔，征討奚庸滋火烈。度支先期而旁皇，府帖四出如滚雪。此時民力已弗堪，斬新奉行免嗚咽。土田湫隘費誅求，夜騎雷馳大户愁。秋糧徵那追呼急，米豆充入侔山丘。剜肉剔骨無時息，胥卒乾没官除頭。倉鼠廪雀耗揚簸，香蒭不用飽驊騮。丁男遁逃苦刑梏，閭閻撑持馬料粟。可憐賣髮等賣珠，侍兒不回何處贖。兼之親串多流亡，攬户包荒横錢毒。恨生弗早填沙泥，直待此身類鳩鵠。昨夜軍書江上來，四郊吹角營雲開。盤空殺氣到雞狗，黎元差使營行臺。大將金蟒轆轤玉，貢獻方物鋪莓苔。城内符牒下鄉里，點火撥夫哄殷雷。寡婦垂頭巷門哭，有子負擔遭鞭朴。家貧莫辨倩身錢，日日官差難果腹。黄楮小旗書上供，得此才可全皮肉。有時多派拘禁之，無衣無食露中宿。南人好事重歲前，夾城金鼓喧震天。誰知不見庭邊苦，卻因此際望無年。兒女走藏爆聲死，百貸攙奪空流泉。道上纍纍被驅遣，無罪木鐵牽相連。咄咄今兹孰最樂，新安健卒屠門嚼。腰間大笥衣裘鮮，馬上得意長伸脚。更有常平斗級家，恣睢宮粒巧造作。粲粲西人信有時，饕餮光彩形態惡。公門胥隸競奢豪，瑣袱短甲紅罽袍。梨園傳頭十番鼓，鶤雞學調吴儂騷。醉後胡盧結隊出，善財戲舞獅子毛。摩肩奴輩盡若此，閲閥大家門如水。街坊巨儈善烹割，金錢喝采椒盤高。東均望春土偶寒，曩昔繁華無復爾。花棚空待俳優娼，柳陌畏遭徭役吏。祇緣嫚駡輕詩書，何心禮數混鹿豕。古人逢年勝力田，即今身世兩茫然。行向虞羅哀雊雉，又從戰壘瞻烏鳶。感時涕泣掩蓬蓽，來日饑凍且竟眠。但願昇平長無事，將家魚麥老江邊。

落第假寓天壇寧德崔四狴以貢士來京師仝住南廊獲謁神樂觀太和殿爲今皇帝郊祀奉常演樂處有六古松二白色夭矯離奇三百年異物也中有一松最奇詢之道士云爲明成廟手植摩挲瞻仰之際狴作歌以紀之余亦敬和焉

北極真人龍鸞姿，手定乾坤纘丕基。圜丘方澤隆郊禘，玉蓋金莖森翠墀。桂觀菌房勝神樂，道宇沉沉肅百司。勾闌老松並屈曲，青銅異質垂芬蕤。氣若兩嶽吐蓮芍，光如東序呈球彝。含桃秬黍失昧爽，上清修樹何高危。盌犖豈爲塵間物，中有一株稱絕奇。傳云文祖登時植，帝壺神犧鸞追蠡。靈根燁燁映園牒，甘露泠泠凝髓脂。彤堦率舞精氣達，蚴蟉無迺成蛟螭。外此亭亭雙白玉，于闐琢就紉遠離。或是仙家五葦草，肌理晶瑩水靈皮。夭矯非同温室樹，菁葱不數甘泉芝。昔年成廟崇大饗，白雲汾水神人綏。作宅金元安寶鼎，妖魅不詳罔敢窺。齋沐曉開龍德殿，宴遊夕罷昆明池。屏翳六飛臨宿衛，帝子天人現赤髭。堯柳舜梧榮勿謝，萬歲千秋以爲期。亡何屬玉宮中火，風條雨葉夏社移。灌木陰陰尚如故，見之禾黍心内悲。蘭旌桂舟去莫返，裴徊容與而嘆噫。天子扶桑日初出，期門長護萬年枝。報祀維新清警蹕，焫燎先自集熊羆。獸圈禽館不復駕，齋房九莖靈所依。今歲上書仍濩落，開牕徙倚覩條支。自分踈狂三禮賦，那堪陪扈七言詩。平明避暑行殿角，薰風微微來罘罳。古貌清鬚閱人代，相對寧無兩涕洏。太和伶工樂間作，簫笴髣髴鳳凰儀。鈞天切奏神魚下，至哉觀止繼者誰。日馭上賓愁再覩，龍軍虎士空追隨。物口歲寒臣已老，紅蘭皂莢還蘺蓰。虚壇有時生雷雨，揚靈要耿迴雲旗。諸陵豐尋頓焉盡，得此差可歷盛衰。坎壈風霜鬼神力，上帝謂汝欽護持。

送陳靖之任清遠暫旋三山

四月櫻桃紅復殷，仙郎馬首出燕關。橋梁折柳行三輔，驛路看花到百蠻。逾嶺尚遲鳧舄下，迎親且修鹿車還。他年朋輩來京洛，待爾龍頭清瑙班。

朱僊鎮廟

河流滉瀁逼靈宫，遺像盤龍錦戰輪。十道金牌啼暮雨，四時玉碣撼秋風。漢亡不得留關羽，晉削何須怨賈充。每到松杉好月色，虚聞神下教猿公。

王望如司李白雲屋圖歌

君不見，漢時諸儒重氣節，遇事敢言遭縲紲。尚書講論歷更冬，枯楊吹火照枷鐵。那知天意自生還，寧使經術歎殘缺。王君底事相鈎連，夏黄得罪均一轍。憶公驄馬來吾閩，刺桐花下不勝春。

讞條豈盡同文獄，直道何魯恕黨人。出入鉗網者誰子，恥爲毒蜮爲祥麟。緹騎累累宵向爾，慷慨就逮難及晨。天王聖明怒不測，上意要非臣下識。銀鐺木桁一齊加，聲聞至尊愈疑惑。抵死猶稱前案冤，羈縻俱是田橫客。中有平反佛子心，破壁垂頭注周易。先是鍛煉並見收，釜沸波翻無時休。塵沙提挈七千里，珌也奉訊新滄州。被刖南行君此去，班荆嗚咽淚交流。證局不須愁郭亮，危途猶自愧王修。善爲禍機福亦伏，皇帝大漸好生録。飛黄片紙落九重，請室空虛罷三木。歸來每飯憶君恩，圖畫白雲讀書屋。行將再出爲刑官，請勿讀書且讀律。

揚子江曉望寄王十一貽上

揚子春流下，銀濤白勝霜。東南去不歇，沙水天同蒼。曉氣分吴楚，岷峨來何長。烟消見海日，登覽如我鄉。慷慨懷故人，拄頰卧淮陽。采采將離發，欲寄聊相望。

銅山掘黄精次鮑照韻

土脂閟元經，玉實森靈策。丹餌褫修齡，寶生衛綿曆。矧抱上清材，復履中黄迹。行囊三彭身，往佩五華石。鞲廟霜傑垂，銅池露肪滴。燁燁帝壺金，澄澄神鼎璧。乳竇春泉鳴，晶盤秋蘗積。風磴連野青，星幘出林白。勿蹈蹭蹬悲，豈慕軒冕客。高誓與天遊，物酉則何慴。

當暑篇 有引　用古韻。

當暑者，余罪當死也。先母李太孺人于四月六日棄余不孝兄弟等。六月九日，余自北歸，至吴門接家人鄭七賚來之訃，始蹌踉奔喪。嗚呼，不孝之罪，尚可言哉！作《當暑篇》十九首。

人生常遠行，不如長別離。堂有白頭親，胡乃在天涯。相隔一萬里，旦暮呼莫知。游魚迴深波，飛鳥旋高枝。兒去日以遠，親思日以緩。落日倚柴荆，河梁幾時返。寧愁道路長，祇恐歲月晚。願言告遊子，近喜加餐飯。

萋萋螺谿草，瑟瑟龍臺柳。高樓傍釣磯，織杼鳴牕牖。行者寒時衣，絲絲出母手。既拊機下孫，兼慰機中婦。蕩子恒出門，貧賤聊自守。

矯矯山中柏，磷磷江上石。人生貴高隱，豈必軒冕客。三復吾母言，力田良不薄。如何慕禄榮，行行入京洛？猶憶十五時，披星還帶索。少升聖賢堂，壯遊帝王宅。親在而無成，讀書愧盈尺。寸草三春暉，勿使桑榆迫。

締交慕王貢，式好思雷陳。辭母學出遊，忠信要鬼神。世路多險巇，數數嫌吾真。徐庶復歸曹，方寸竟莫申。士有不得志，四十老風塵。衣馬同袍子，往往據要津。願爲藜藿仲，負米忘苦辛。

去歲遊聊攝，光嶽浮雲齊。傍有古鐵塔，珠網金銀階。登高賦七歌，賦畢心益悲。附寄閨中人，莫作蒸梨妻。音書以當歸，清夜行徘徊。誰知萬里身，竟抱皋魚哀。哀哉吾母年，恰恰躋古稀。聞之欲相從，奮翅胡能飛？

悠悠行路人，感恩尚結草。奈何罔極親，棄我在中道。啼上姑蘇臺，江水白浩浩。切勿生大兒，大兒莫送老。

衡門不蔽席，哀蛩吟破壁。縫衣寄遠人，關山何歷歷。上書庚子春，寒暑已再易。諸孫遶膝歡，幾得均甘適。三男持門鍵，竟莫豐毛翮。徒傷泣下心，屢寒遊秦迹。涉虛舟無柁，服遠車無軏。棄擲勿復道，思之亦何益。

慈父久見背，藁葬山之阿。生者無完棲，茅堂補牽蘿。母性愛高潔，澹泊頗相宜。瞻望在何許，參差隔砦陂。不願白髮衰，但覺紅日遲。傷哉北堂萱，倏忽况光輝。昨供瓶中花，勿怪成黄萎。少弟幸在旁，丹青想能爲。灼灼瓊樹枝，垂庭露華滋。芬芳不改柯，令子生景思。我來關塞春，路遠少見之。嘆息莫出門，出門動經時。

縲絏枉良人，長羈惜嬌女。五載不得出，軋軋停機杼。呼兒請救章，緘封淚如雨。官府清且仁，赦宥頗見許。荏苒待莫歸，咄唶誰共語。

瀚海尚征戰，兵馬紛夾道。比户馱官糧，性命若菅草。六親多逋亡，憂能催人老。四月薦櫻桃，歸來何不早。昇平雖有期，焉得獨壽考？斂衽囑後人，令名庶爲寶。

關塞高且長，吴楚毗相屬。行子出門去，三見春草緑。會聚一何遲，光陰一何速！蟪蟈鳴嘈嘈，絡緯聲促促。有子懶折腰，此事真拘束。膝下男女孫，白皙美如玉。殷勤前致辭，頗中母款曲。冀得母歡笑，乃爲二豎促。疾加緣小愈，聞之心躑躅。上天胡不造，風雨拔我屋。

艤舟破楚門，望見前王墓。青槐夾白楊，石獸列廣路。歌舞已成塵，百年即長暮。人生天地間，蜉蝣今始寤。高親七十强，忽忽成薤露。神仙雖久長，身無金石固。龍鍾而惜逝，何忍改此度。賢者達服食，豈爲藥所悮。反覆寄來書，漣洏滴瑶素。生者將日踈，死者將日親。先穸何纍纍，誰爲萬古墳？有子弗營葬，負荷艱析薪。三月楊花飛，飄零感陳人。逝者不及追，欲訴而無因。

我生何坎壈，展轉多煩憂。消息自南來，賤子正倦遊。七尺先人軀，隕墜良在兹。丈夫事浮名，祇爲智者嗤。朝秦與暮楚，富貴安可期。

群鳥翔我前，啞啞鳴最悲。武丘六月寒，北風吹蔴衣。報恩未分明，慈母復見違。江上數青峰，一一慘容輝。躑躅水草間，急遽忘中綏。願得緩斯須，生死可同歸。仰觀惟白雲，何處是親闈？亮無千里翼，目送駕鵝飛。天涯恨獨行，四顧多眄睎。朱方日入遲，蒼茫戀荆扉。

朱明炎氣候，肌髮忽慘慄。星辰會水際，參婺黯不列。昨夜渡江來，正擬有虧缺。家人衣縞素，含啼出短札。驚愕未開函，心知是長別。余罪誠當誅，曷不自隕滅。可憐行路情，皇天肯識察。

慈儉母之訓，豈慕紈與綺。恭承内則篇，至老心尚爾。憶昨色笑前，兄弟合歡被。塤篪高自吹，天性良不解。千秋萬歲期，荼毒哪堪此。

江月出半規，照我奮羅幃。悲來真萬端，攬涕起徘徊。屈指牛女時，薄言余旋歸。閶闔叫無門，煢煢當告誰？如何未及秋，白露沾裳衣。

題朱竹

紺條絳葉舞江皋，卉日迎霞映赭袍。但得千竿隔塵俗，不須更問武陵桃。

將還皋橋舍姪寓次賦别吴賓門

楓落吴天雪欲殘，洞庭暫别罷情歡。祇爲守歲思南阮，豈敢傷時吊伯鸞。作客再逢江橘熟，懷人不見隴梅寒。將來剪燭金昌下，竹木蕭蕭憶夜闌。

金山

珠宫銀闕壓黿鼉，直下龍門渺逝波。秀削芙蓉孤掌露，盤旋蘿薜衆靈呵。吴頭楚尾江流合，水磬山鐘佛梵和。我亦南來滄海客，當年玉帶鎮如何。

游端甫述其新喪内人綽有婦德

閨中女師逝，遺挂有珈褕。古井汲修綆，春廚待賣珠。莊周毋迺謔，荀粲未爲迂。他日鹿門會，何人治酒餔。

賫莊

一行作令來關隴，及過當亭便黯然。到日神仙王氏舄，歸時書畫米家船。政成公論文方定，官罷新詩近更傳。薄謫遠歸應自遣，艱難哀謝總相憐。

全閩明詩傳

送董耕伯之燕 按：耕伯，養河子。

一馬溪行青草知，勞勞亭下送君時。故鄉以内無非亂，廉吏于今不可爲。出境易成遊子賦，入門先問黨人碑。長安楊柳垂垂地，猶有西曹舊日詩。西曹詩，三十八卷董養河詩中。

聽毛飛伯鼓琴

荒荒一草堂，虚牖山光葺。北面如有人，十指理出入。入琴日月安，出琴風雨急。我心相高深，骨肉元首戢。因之善感生，孤鶴户庭立。萬物歸和平，蘚苔斂寒蟄。

和杜少陵秦州雜詩

隗氏昔專制，萋萋没故宫。山河思禹力，雞犬識秦風。衰謝征途怯，蕭條霸業空。自傷滄海客，來往貳師東。

壘仍諸葛舊，落日戰場低。殘磧鳴龍峽，荒梁墜燕泥。不知巴子北，即在贊公西。弔古一流涕，吾衰畏鼓鼙。

巖谷推雄武，東柯秀不群。獨尊獨積雪，四塞竟同雲。拔地雍梁接，登天關隴分。哀猿當晝哭，淒絶那堪聞。

莫道羌戎僻，春歸早自知。黄圖通白帝，青曲度紅兒。家奏羯奴鼓，人嬉鴨子池。客心正斷絶，但望嶺南枝。

送林用始再遊粤中

老大辭鄉國，殘春祖野臯。一作『老大空相倚，何如上小舠』。五羊江路近，四月客星高。出境惟贏馬，隨身有寶刀。英雄萬事左，旅夢到臨洮。

送陳昌基社長之任漳平 按：陳肇曾字昌基。

十年守茅茨，失計成永歎。同爲天寶人，賊騎陷長安。萬事如夢裏，涕泗摧心肝。高堂有老親，各幸頂踵完。碌碌復風塵，馬首走邯鄲。春明舊酒罏，起歌行路難。君懷獨倜儻，京國結交讙。文字日縱横，老成生波瀾。中原五千士，揮斥驚琅玕。大才誤副車，按：肇曾登進士副榜。胡琴碎勿彈。吾道貴遲暮，鬱鬱就前官。豈不恥食禄，驅之爲饑寒。説經重戴楊，最尊苜蓿盤。古賢喜片檄，遠行宜跚跚。烽火滿鄉里，北堂多悲酸。嗟予薄升斗，壯歲尚泥蟠。芋江一相送，還山自采蘭。

贈段景星琴師

同里有秋士，鬚眉紅葉裏。方寸起嶽瀆，高深歸一指。聲發滿菰蘆，出入成連子。生氣日清虚，天地之琴史。

清明日同孫憲吉薛子燮登金粟臺 按：在福州郡治九仙山。

荒臺臨百雉，寒食滿江天。古巷門垂柳，春村人種田。饑鼯銜刹日，歸馬動墟烟。遥望北陵上，空山惟杜鵑。

是日同張桐臣宿開化寺賦呈幻因秋庵二開士

日落投荒寺，人間讀楚辭。深燈明葯蘼，孤枕近鷓鴣。夢破漁星語，憂生戍露吹。老僧真古道，怪入廬山遲。

竹醉日華嚴寺同吴子近陳龍季 按：在福州郡治烏石山。

耳目非人境，兹堂亦近焉。林青深見佛，泉白静聞天。選竹頻移榻，尋花屢就船。明朝如結夏，又是萬山前。

長慶夜集同吴子紱曾惟佐 按：長慶寺在福州西郊。

入門揖諸佛，但覺此中寬。落日草木静，空山鐘鼓寒。火明茶夢穩，秋近月行酸。小坐不常有，方知聞道難。

猶餘此片地，朋友一燈全。佛大鐘聲裏，天空鶴步邊。幢旛風雨色，碑碣漢唐年。丹荔正當熟，同時耳目鮮。

寄李文孫太史 余與文孫旅次定交。其大父，愚公先生也。

衡嶽時時對小庵，銀魚初佩筆光酣。龍門朋友皆師淑，虎觀文章自祖聃。七子坫壇推席左，百年肝膽話河南。空山負戴逢多亂，惟有閒身讀鐵函。

江干與同年張賡陽侍御夜話

潮聲初自海門飛，十載相逢舊釣磯。天上細痕寒月路，闕前殘色黯江衣。歸繻萬里丹霞杳，諫草千秋白髮違。盲婦鄰舟歌永夜，可無雜夢到山薇。

同門陳衛公偶客湖上却寄 按：陳兆藩字衛公。

傳來登覽在深蒼，鱸鱠初肥石蟹黄。二水衣襟懷主闕，七松燈火讀書堂。可憐龍帳惟秋草，不見燕陵有夜霜。負米東歸人未老，時時相望上河梁。

寺樓坐雨同劍南楊硯漣大參錢塘鄭夢絲文學

信宿天何故，霏霏難及晴。竹深團緑粉，花重落紅聲。月去鐘方失，烟開塔漸生。恐招風雨妬，不敢告詩成。

擬登太姥歌

閩嶽摇摇秀太姥，三十六峰點秋雨。蓊葱其中真氣生，即焉見聞皆上古。太清初景空帡幪，白虹赤龍落神嫗。玄風剽疾林谷寒，萬象娟娟胎靈溥。峭壁直與蒼穹衡，人間歷歷秦時樹。鳳凰高枝飲啄馴，下産光怪五尺琥。丹文蜿蜒意匪夷，踣躧泰華何須數。南溟道理海水深，我欲乘之采香杜。

初秋集湖上同邵是龍陳佩芳 按：小西湖在福州西北。

萬木颼颼湖風發，長隄行人湖鳥汩。黄雲浸天壓城頭，白日摩空露山骨。清秋乃在八九峰，思騎赤龍時相從。矯首蒼茫望閩越，青青一帶下芙蓉。菰菱繞繚蘆花亂，何處方舟出深岸。籬門片影禿釣翁，古靄寒烟聚復散。水晶宫殿金鳳飛，廢塚頽碑紅棗肥。石苔細逕牛羊絶，惟有老僧居翠微。弱藤垂鐘楮燈黑，常入西門爲乞食。我來遊絲裊虚堂，鬱鬱因就七松息。晞髮滄浪新水高，湖魚尺長躍銀刀。松下擊鮮枯葉動，相顧叫嘯盡濁醪。喁喁四野候蟲寤，横眼觀秋秋已遇。猶自蘼蕪立晚晴，微月娟娟指歸路。

郊行同王蘭先陳則見

雙眼寬于野，行吟半大東。青天慚有影，白地苦無功。水鳥叫秋闊，山花媚鬼工。夕陽何處笛，吹散步兵窮。

過芝山寺焚址同陳伯言何晉卿

火禍何爲佛不言，長安茂草又開元。城荒白日螢行寺，鐘死黄昏鬼拜旛。幽井花盤狐兔跡，瑰梁鐵爛漢唐痕。阿奴枉起昆明劫，猶有深深弔古原。

林伯奮新歸郊居

奉母馳驅入故鄉，鄰人驚喜滿東牆。荒涼瓦釜六親火，辛苦蔴鞋五嶽霜。廢壁書光收脈望，頹園秋影學潯陽。亂離莫作無家歎，明月猶來舊草堂。

雨夜集岸船同涂子是黄朗伯 按：即岸舫，詳《烏石山志》。

今夜寒家月，娟娟風雨爲。天深黄雀止，秋苦緑蕉知。水國闉碪暗，山城堠火馳。同君不得意，喜有閉門時。

集葉子聲池亭同陳瓊上游咨臣君家子肅

猶餘九日雨，故作一園秋。避地惟黄菊，憂天已白頭。謗言常乞酒，烽火獨登樓。晚翠群峰動，如期汗漫遊。

東郊早行同王汝言林莊士

山曙如初沐，行人落鏡中。沙塘鳧影白，楓路馬聲紅。茶瓦繡晴露，酒旗揚朔風。一肩隄上滿，香草附詩筒。

看菊宿雙溪庵同葉良燦吴子方謝利修林伯奮釋心持

按：在閩縣東門外，俗稱雙龍庵。

小坐荒亭下，黄花一社人。村碪吹雨黑，夜火入山真。木落秋無業，溪流寺有鄰。天寒酒店薄，應笑陶潛貧。

東寺訪海寧姚黄客不遇

西風蘿薜動僧衣，不識何山采古薇。黄竹水深乘鶴坂，白沙人静釣魚磯。昏瓷土屋村舂急，晚騎霜原獵火微。尚有行吟門外者，尋秋一路月同歸。

社集荷亭餞秋

天地垂成橘柚功，江城如黛急殘虹。嗚鞭柳驛寒碑外，沽酒楓林古店中。南艘旌旗封蠟黑，西陲烽燧戰書紅。河梁别後無知己，落日蕭蕭阮籍窮。

遼海佟觀瀾先生崇祀名宦

天禍清流局亦奇，纍臣遺像對南箕。君王門户言三至，父老祠堂官四知。古圄忠魂啼蟋蟀，空廊正氣走狐狸。兩朝公論于今定，水國蘼蕪起暮思。

底事波瀾竟失真，寸心永夜徹秋旻。艱難天步留孤子，萋菲人言動大臣。遠塞黄塵吹薏苡，荒墳紅棗覆麒麟。遥知開府南方日，山荔江瑶薦物新。

江園看橘同陳中一游端甫劉得水家子遊

行人喧渡溪，野日上舟低。天意一黄足，水聲萬緑齊。桑麻新塞北，詩酒老巴西。拱手話難得，中原尚鼓鼙。

送崔五竺歸霍童

甘泉東望草淒淒，十束江毫壓小奚。危棧囓霜村角馬，荒關銜月嶺頭雞。膺滂以外無朋友，桑梓之中多鼓鼙。待爾有書秋谷發，明年端的上支提。

烏石山志

仁皇寺[一]

夕陽城郭静，人語落空苔。烏石尋秋去，黄冠訊菊來。山泉吹杖笠，佛火出樓臺。暝色虚無外，天高念酒杯。

孫既受留飲西園[二]

君適抱花瓮，我來坐豆棚。石停山耦翠，燈亂水層明。老鸛防人迹，長松學雨聲。城頭刁斗急，太白夜深横。

[一]　該詩見于《烏石山志》卷之三『寺觀』之『仁王寺』條。

[二]　該詩與後二首見于《烏石山志》卷之五『第宅園亭』之『西園』條。

過孫既受園居

交道難如此，似君今亦稀。西園佳風日，多送醉人歸。停燭星移牖，烹魚鶴款扉。小池二月好，春水杏花肥。

中秋喜晴過孫既受園居祝其尊人德園先生壽

新晴應有以，天意亦西園。酒肅秋爲主，花高月在門。多書知眼健，小隐見腰尊。獨爱長松下，歲寒常負暄。

鄭善夫《少谷集·附録》

過少谷先生故址

吏部風流昔莫當，歸來三十厭爲郎。曾傳諫草廻龍狩，尤羡詩名絶雁行。廢埒土花團曙露，荒林石鼓咽春陽。聖朝耆德悲湮没，無復南湖舊艸堂。

附録二：諸家小傳

施閏章：梁園詩集序

予往序人詩，大抵能近乎古人者，輒亟稱之。讀許子天玉詩，則大異。許子曰：『今天下某某學唐而似焉者也，規規焉尋聲肖影，側足學步，非前人所嘗道過，則逡巡不敢吐一字，故出其所作若古人所已作焉，讀其作未竟若我所已讀竟焉，以是爲學古，又奚以爲？夫善學古者，在得古人之法，神而明之，出以己意，不在乎膚立而毛附。故寧抉奇造險，毋蹈常襲故。及其遲之又久，以絢爛爲平淡，可安步而至也。』坐客駭其言，不敢應。予曰：『許子言是也。陸機不云乎，「雖杼柚乎予懷，怵他人之我先。」韓昌黎「惟陳言之務去，戛戛其難之」。古之能言者，皆滌腸抉髓而出，故其言能發光怪，但不可爲堅僻者藉口。許子之詩，氣雄力厚，如巉巖猛虎，凜乎其不可攀，森然其不可犯。君子觀其言，即其平生之魁壘博肆亦可概見矣。』客皆唯唯，以予爲知言，遂與之酌酒進觥，大醉別去。

《愚山先生文集》卷五

黎士弘：許鐵堂先生鐃歌書後

鐵堂先生曠代軼才，久困公車，詣選人，得鞏昌之安定，不一年輒報罷去，客飛熊張大將軍所。將軍解文愛士，鐵堂擬古作《河西鐃歌》十二曲，每上一章，擊節稱善，金錢裘馬之贈，輝奕道路。鐵堂固亢爽，緣手立盡，無所吝惜。繼河西多事，鐵堂竟病廢死。時故人黄憶溪官涼州，經紀其喪，爲之淺葬郭外。鐵堂有弟同玉，悲深原隰，擬步走關西七千里，負其兄骨以歸。促促依人，因緣不果。讀同玉定西篇什，不知其淚之無從也。余近來三山，同玉持鐵堂遺文見我。鐵堂茂陵荒井，誰索封禪之書？大將軍亦久歸道山，草宿祁連之塚。即扶義倜儻如黄君憶溪，又已一官殂謝，策指西州。余白首老生，忝三公宿昔文章之好，客堂寒雨，重話前遊，不勝黄壚之感，况同玉共命同懷，人琴頓盡，其何能解無已之悲哉！

——《託素齋文集》卷三

輓許鐵堂大尹 代

七千里路委風塵，一令曾能解窶貧。日暮烏啼涼月苦，碑前繫馬定何人。

雲間遺想繼東吴，鐵堂登己卯，爲雲間夏緩公先生首拔士。名字當年重及廚。地下倘逢師友在，好尋皇甫序三都。

何曾闕下漾雙鳧，止博新魂寄路隅。安定莫嫌官號薄，人間嘗説范萊蕪。
雅擅相如賦筆工，茂陵秋草又西風。可憐虚擲凌雲稿，誰問遺文付所思。
當年誰不謂臣狂，零落寒鴉過鐵堂。終是錚錚難獨立，可知易缺是干將。
爲記長吟改罷時，墨痕猶濕鎖空帷。草荒丁卯橋邊路，懷古還傳仲晦詩。
□年風雨托深交，今日真成哭孟郊。讀罷招魂燈焰短，一天涼露滴花梢。
里巷相隨憶舊盟，敢將生死負交情。素車白馬還他日，終媿山陽范巨卿。
墓田宿草又經春，馬鬣長封絶四鄰。古道夕陽知問姓，清初明末許詩人。鐵堂有小篆自署『清初明末詩人』。
靈氣從教無不之，六陵芳樹秖如斯。伯鸞原是淒涼骨，葬地應須近要離。

——黎士弘《託素齋詩集》卷四『七言截句』

許珌

許珌，居官愛士，倜儻樂施。生平知名海内，流落英（難）歸，客死定西，士民傷之。（『名官』）

許珌，福建侯官舉人。（『官師・清知縣』）

——康熙《安定縣志》卷六『人物』

許珌

許珌，字天玉。侯官人。明崇禎己卯舉于鄉。與新城王尚書士正善。士正作《慈仁寺雙松歌》贈之，稱爲『閩海奇人』。田鬚淵曰：『天玉詩才敏贍，廿年來屢與唱和，每拈一韻，嘆其絶神。』其爲名流推挹如此。珌嘗與計偕過揚州，士禛時爲郡司李，解内人金條脱資其旅橐。故其《悼亡》詩有云：『千里窮交脱贈心，蕪城春雨夜沉沉。一官長物吾何有，卻損閨中纏臂金。』[一]紀斯事也。後官安定知縣。著有《鐵堂集》。

——乾隆《福州府志》卷六〇『人物・文苑』

許珌

許珌，字天玉，一字鐵堂，又字星庭，侯官人。崇禎十二年舉人，官安定知縣。有《品月堂集》《梁園集》。

《郡志・文苑傳》：許珌與新城王士正善。正作《慈仁寺雙松歌》贈之，稱爲『閩海奇人』。王士正《慈仁寺雙松歌贈許天玉》：『千秋萬歲知者誰，閩海奇人許夫子。』又漁洋《懷人》句：『許

[一] 詩見王士禛《漁洋山人精華録》卷八《悼亡詩二十六首哭張宜人作》其五，詩末有王士禛自注：『辛丑春，閩中友人許天玉公車過廣陵，以匱乏告予，適無一錢，宜人解腕上條脱，付予贈之。』

珌送窮邗水上，方文抱瓮治城西。』珌偕計過揚州，士正時爲郡司李，解内人金條脱資其旅橐。故其《悼亡》詩有云：『千里窮交脱贈心，蕪城春雨夜沉沉。一官長物吾何有，卻損閨中纏臂金。』紀斯事也。

施閏章《梁園集序》云：『許子之詩氣雄力厚。』

田鬍淵曰：『天玉詩才敏贍，二十年來屢與唱和，每拈一韻，嘆其絶神。』

《柳湄詩傳》：洮陽吴松崖、金匱楊蓉裳曾選刻《鐵堂遺草》，較原本僅十之三。

——郭柏蒼《全閩明詩傳》卷四七『崇禎朝二』

許珌

許珌，字天玉，號鐵堂，又號墨（星）亭，自稱閩海山人。侯官人。前明舉人，官安定知縣。書法奇古，狄道舊家多有藏其遺墨者。觀其《顔平原厭次碑搨本歌》云：『余年十五學公書，中道棄去徒欷歔。尤知酷愛爭坐位，行橐維揚歎子虚。』則知始學魯公，後乃隨意自成一家耳。然鐵堂生平專門爲詩，學書蓋以餘力爲之。《鐵堂詩草》題辭。

按：天玉爲甌香先生一家群從行，亦以翰墨雄於時。王漁洋詩所謂『閩海奇人許天玉』者是也。有《梁園集》四本。趙文叔孝廉曾欲校刊而不果，今不知所在矣。

——梁章鉅《吉安室書録》

許珌

許珌，字天玉，號鐵堂，自稱天海山人，福建舉人。康熙四年，任安定縣。清慎廉明，興學愛士。著有《鐵堂詩草》行世，時稱閩海詩人。解組後，卒于安定。士民感傷，葬東川，一時負土成丘。道光二十八年，知縣胡薦夔建祠東郊，並募資置祭田四十四畝。陝西巡撫張祥河題祠聯云：『老鐵官聲高隴坂，雙松詩格並漁洋。』誠篤論也。張志兼采訪。

——《重修定西縣志校註（民國稿本）》卷二五『職官二・宦績』

許珌

許珌，字天玉，一字星庭，又號鐵堂。崇禎己卯舉人。明季提學豸猶子。世居會城烏石山麓光禄坊。豸群子弟以才名一時，曰友，曰珌，其最著也。珌性豪侈，金錢緣手立盡，與王士禛、陳維崧、鄧漢儀諸公游。令鞏昌安定，掛吏議，流寓臨洮，卒葬安定東門外。珌嘗赴試北上，缺貲斧，士禛爲揚州司理，妻張氏脱金約腕付士禛，使爲珌費。珌作長歌紀其事。士禛嘗作《慈仁寺雙松歌》贈之，稱爲『閩海奇人』。

——民國《閩侯縣志》卷七二『文苑』下

許珌

許珌，字天玉，號星亭。侯官舉人。有《梁園集》。其《和周櫟園清漳城上感懷》云：『春草寒蕪化戰場，群飛海水動南荒。燕歸故壘三年火，馬踐平原六月霜。道左人迎新節度，軍中樂唱古臨漳。東南瘴地元戎在，夜色天狼不敢長。』又《送林用始再遊粵中》云：『老大辭鄉國，殘春祖野臯。五羊江路近，四月客星高。出境惟羸馬，隨身有寶刀。英雄萬事左，旅夢到臨洮。』又《張桐臣移居》云：『芒屩縱横五嶽畢，掉頭還山賦來日。柴荆剥啄逸雞豚，環堵西風吹散帙。一畝荒蕪亦借人，主者偪側難具述。鳳凰欲止無良枝，廣廈雲連處蟣蝨。念爾艱難道里中，蹋踏新歸反須出。座中名士老侯嬴，江上小兒驚步陟。指掌功收丞相何，磨楯書與將軍弼。妻孥十載消息真，以此益悔其經術。入門轉覺貧如客，破硯殘書色颼疾。負載瓶罍刺促行，寂寞窮鄉寡車軼。明月當歌烏夜棲，丈夫安能守蓬蓽？』又《同陳開仲徐存永峽江泛舟》云：『放艇菰蘆外，爲君理素琴。酒痕霑袂重，帆勢變秋深。野菊牛羊淚，寒潮天地音。書生舟楫短，無復渡江心。』施愚山云：『許子之詩，氣雄力厚，如巉巖，如猛虎，凜乎其不可扳，森然其不可犯。君子觀其言，即其平生之魁壘博肆亦可概見矣。』

——黄日紀《全閩詩俊》卷六

許鐵堂先生祠碑記（碑廢文存）

胡薦夔

披邑志，見先生《别安定父老詩》，异之。洎游西岩寺，壁刻題咏滋多。因訪全集，得吴松崖録上下卷。知先生同王漁洋同時唱和，名相頡頏。惜宰兹土不數載，罷官流寓不克歸，卒葬東山之麓。蔓草夕陽，幽魂奚安？既慕其才，兼悲其遇，思建祠堂，用表睎仰。適林節使少穆過境，以同里故詢及墓所，余對以意，甚喜，且趣鳩工。爰延孝廉陳星圃、安允升，明經李竹塢集議，度地于先農壇右，距墓西數百步。買田十畝許，築周墻五十六丈，正殿三楹，陪以左右廊二，門外客齋二，别院安竈碓。前門俯臨官道，蓋瓦階磚，黝堊齋新。于道光二十七年春仲興功，夏竣，中秋迎神祠之。是歲年穀順成，禮闈舉進士二，民人胥慶。

先生卒于康熙十年，歲清明邑人祭墓，迄今不替。通安驛佛寺中塑像供香火，其有德于民甚厚。殁後越七十年，前令許公宗崍樹碑表墓。又越六十餘年，前令陳公觀禮，立神道碑，置祠田。及今又四十年，而祠堂特建，其有不没于人者耶？城隍廟有先生題聯云：『自信飄零如武部，不知昭假有文山。』相傳夢晤神，識姓字，其諸城隍化身歟？語涉怪誕。然昌黎作《柳州羅池廟碑》，謂『生能澤其民，死能福之，以食其土』。此亦理之所有者。吾蜀眉山民事守令，既去，畫像以祀，見于東坡《遠景樓記》。立祠以頌遺愛，亦所以培民風也。城鄉捐錢，估祠費三百二十餘千，以一百六十千入畫院賓興款生息。既出示遍諭，陳孝廉等請書其事于石，余謂多置祠地，俾守者歲取其入，踵事潤色，是吾志也，以俟來兹。兹據規模已觀成者，記其始末云。

按：此碑道光二十七年立，安定縣知縣胡薦夔撰文，見《日損益齋文集》。

——民國三十八年重修《定西縣志》

許珌年譜

一、本年譜記述許珌及其關係密切之親友的主要行實。

二、本年譜中年份均采用公元、年號、干支紀年，日月皆爲農曆，年齡爲虛齡。

三、本年譜所引許珌詩皆出自《鐵堂詩鈔》（《四庫未收書輯刊》第五輯第三十册）。

許珌（一六一四—一六七一），字天玉，號鐵堂，又號星亭、天海山人，自署清初明末詩人。福建侯官人。

《重修定西市志校注》：『先生姓許，諱珌，字天玉，號鐵堂，福建福州府侯官縣人。生于明萬曆四十二年癸丑歲十一月十七日戊時。』[一]乾隆《福州府志·文苑》：『許珌，字天玉，侯官人。』[二]

[一] 郭漢儒：《重修定西市志校注》卷三三，甘肅文化出版社，二〇一一年，第四二三頁。

[二] 〔清〕徐景熹：《福州府志》卷六〇，海風出版社，二〇〇一年，第三五一頁。

王士禛《漁洋山人感舊集》：『珌字天玉，號星亭，福建侯官舉人。』[一]黄日紀《全閩詩俊》卷六：『許珌字天玉，號星亭。侯官舉人。』[二]許珌《鐵堂詩草自序》：『閩中天海山人許珌撰并書。』[三]黎士弘《挽許鐵堂大尹·代》：『鐵堂有小篆，自署清初明末詩人。』[四]

明崇禎十二年（一六三九）中舉。

乾隆《福州府志·文苑》：『許珌，……明崇禎己卯舉于鄉。』

家侯官光禄坊。

民國《福建通志·文苑》：『珌，明季提學豸猶子。世居會城烏石山麓光禄坊。』

按：許豸（？—一六四〇），字玉史、玉斧、獬若，侯官人。崇禎辛未（一六三一）進士。官至浙江學政。著有《倉儲》《彙核》《膚籌》《春及堂詩》等。

[一]〔清〕王士禛：《漁洋山人感舊集》卷一一，《清代傳記叢刊·學林類》三八，臺北明文書局，一九八五年，第五〇四頁。

[二]〔清〕黄日紀：《全閩詩俊》卷六，清鈔本，第六頁。

[三]〔明〕許珌：《鐵堂詩鈔》，《四庫未收書輯刊》五輯第三十册，北京出版社，二〇〇〇年，第六一五頁。

[四]〔清〕黎士弘：《託素齋詩集》卷四，《清代詩文集彙編》第六八册，上海古籍出版社，二〇一〇年，第五五一頁。

光禄坊，在今福建省福州市鼓樓區，爲歷史文化名街『三坊七巷』之一。明清時期乃官宦、文化名家聚居區。

出身福建著名文學世家。

梁章鉅《退庵所藏金石書畫跋尾·許玉斧草書軸　絹本》：『福州以許姓爲文獻世家，本朝甌香、月溪、鐵堂、雪村諸詩人皆衍其門風，累世善三絶之譽，閨房亦工詩畫，至于今未艾，風流文采，蔚于海濱。』[一]《清史列傳·文苑傳》：『閩中以詩世家者，皆稱「許氏」。』[二]

母李氏。

《天海山人詩鈔》：『先母李太孺人……』

弟珝、瑨。

許珌有《留春日同文玉同玉弟小飲》《送舍弟珝南歸》詩。珝字文玉。瑨字同玉，明崇禎中諸

[一]　〔清〕梁章鉅：《退庵所藏金石書畫跋尾》卷九，《中國書畫全書》第九册，上海書畫出版社，一九九三年，第一〇四九頁。

[二]　王鍾翰點校：《清史列傳》第九册，卷七〇，中華書局，一九八七年，第三六頁。

生。

郭柏蒼《全閩明詩傳》：『許瑨，字同玉，珌弟見上，閩縣人，崇禎中諸生。』[一]郭柏蒼《竹間十日話》卷一：『高兆……與彭善長、陳日洛、許瑨、卞鰲、曾燦垣、林偉俱有詩名，稱國初七子。……許瑨，字同玉，閩縣庠生。性率真，耽山水，學貫經史，詩工典麗，殊有風人之致。……七子詩以曾即庵爲最，許同玉次之。』

性情豪爽不羈，金錢緣手立盡。

民國《福建通志·文苑》：『珌性豪侈，裘馬金錢，緣手立盡。』黎士弘《仁恕堂筆記》：『天玉雖起孤生，性豪侈，裘馬金錢，緣手立盡，亦不羈之士也。』

師從夏允彝。

周亮工《鐵堂詩草序》：『往予雲遊間，獲交夏瑗公先生，歡相得也。……嗣是燕山邸居，見先生作令閩時所首拔侯官許子天玉，天下士也。』葉矯然《客吴門送許同玉姻丈赴秦州扶兄天玉令君櫬之作》其二自注：『哭天玉也，天玉己卯爲夏綏公首拔。』[二]黎士弘《仁恕堂筆

[一]〔清〕郭柏蒼、楊浚：《全閩明詩傳》卷四七，福建人民出版社，二〇一一年，第一七一五頁。
[二]〔清〕葉矯然：《龍性堂詩集》，《清代詩文集彙編》第五十册，第三六頁。

記》：『侯官許珌字天玉，更號鐵堂，春秋魁己卯鄉書，出夏瑗公門。』[一]

按：夏允彝（一五九六—一六四五），字彝仲，號瑗公，松江（今屬上海市）人。明末政治人物，詩人，抗清不成而自殺。南明隆武帝贈太子左春坊左庶子，謚文忠。有《夏文忠公集》《私制策》《幸存録》等。

詩才出衆。曾在福州與親友結平遠社。

民國《福建通志·文苑》：『豸群子弟以才名一時，曰友、曰珌，其最著也。』《侯官縣鄉土志·耆舊録内編二·學業·張遠》：『世稱閩人詩，（張）遠第一，許珌字天玉，友從兄。《鐵堂集》次之。藍漣字公漪。《采飲集》又次之。』[二]《竹間十日話》卷一：『林偉，字草臣，康熙間侯官諸生，與孫學稼、許珌、許友、高兆等，稱平遠社七子。』

按：許友，許珌從弟，原名宷，曾名宰，後更名友，字有介，又更名眉，字介壽、介眉，號甌香，侯官人。崇禎諸生，入清不仕。才兼詩書畫三絶，有《米友堂集》。

張遠（一六四八—一七二二），字超然，自號無悶道人。康熙三十八年（一六九九）鄉試第一。晚年任雲南禄豐縣知縣，卒于官。兼善詩書畫，有《無悶堂集》《仙都紀遊集》等。

[一]（清）黎士弘：《仁恕堂筆記》，《昭代叢書》己集，清光緒二年（一八七六）刻本，第七一頁。

[二]（清）鄭祖庚：《侯官縣鄉土志》，卷三。

林偉字草臣，號陟廬，侯官人。康熙間諸生，有《湖上焚草》。

孫學稼字君實，自號聖湖漁者。福建侯官（今福州市區）人。以明代遺民自居。著有《鷗波雜草》《蘭雪軒集》等。居光禄坊玉尺山房，與許氏家宅比鄰，兩家爲通家之好。

高兆（一六二八—？），字雲客，號固齋，侯官人。崇禎末諸生。有《遺安草堂集》《觀石録》《續高士傳》《春靄亭雜録》等。

詩風沉雄渾厚，才調激越，爲王士禛、施閏章、周亮工等名士所推崇。

王士禛《帶經堂集·慈仁寺雙松歌贈許天玉》：『千秋萬歲知者誰，閩海奇人許夫子。』施閏章《梁園集序》稱：『許子之詩，氣雄力厚，如巉巖猛虎，凛乎其不可攀，森然其不可犯。』[一]周亮工《鐵堂詩草序》：『侯官許子天玉，天下士也。其奇藻天發，鵬遷海怒，神標挺持，波瀾灝漾，叉手擊鉢，千人自廢。……升沉感憤，可涕可歌，變而不窮，放而愈細，至于侘傺雍土、馳驅邊塞之作，莫不窮覽山川，熟視形勝，指兩河于掌上，收六郡于目中。皋蘭高闕，想衛霍之遺勛；同谷原亭，繼杜陵之遺響。』許珌《鐵堂詩草自序》：『阮亭書云：「讀鐵堂詩，沉雄孤峭，愚兄弟私嘆百餘年未見此手。」愚山序云：「許子之詩，絶不屑爲靡郁之言，堅骨

[一]〔清〕施閏章：《愚山先生文集》卷五，《清代詩文集彙編》第六七册，第四二頁。

强氣，怵肝裂腸，驚倒五岳，排蕩八極，才調激越，風骨遒上，又豈從人間來乎？」固庵序云：「天玉詩氣雄力厚，如崩巖猛獸，森乎其不可攀，凛乎其不可犯，君子觀其言，即其生平之魁壘博肆亦可見矣。」』

按：王士禛（一六三四—一七一一），字子真，一字貽上、豫孫，號阮亭，又號漁洋山人，新城（今屬山東淄博）人。官至刑部尚書。康熙四十三年（一七〇四）罷職，還鄉閑居，從事著述。自幼能詩，錢謙益逝後，成爲詩壇盟主，主張『神韵説』。與許友、許珌兄弟皆善。清雍正時爲避諱，改稱『士正』，乾隆時改稱『士禎』。

施閏章（一六一九—一六八三），字尚白，一字屺雲，號愚山，又號媲蘿居士、蠖齋，晚號矩齋。江南宣城（今屬安徽）人。順治六年（一六四九）進士，康熙十八年（一六七九）舉博學鴻儒。有《學餘堂文集》《試院冰淵》等。

周亮工（一六一二—一六七二），字符亮，號櫟園，又號減齋。明崇禎十三年（一六四〇）進士，授監察御史。入清後，順治四年（一六四七）任福建按察使，六年（一六四九）擢福建右布政，十年轉福建左布政使，後升都察院左副都御史、户部右侍郎、吏部左侍郎等職。兩度被劾，兩度起復。善古文，嗜書畫、篆刻，好士憐才。有《賴古堂全集》。與許豸、許珌皆交好，與許友尤篤。

固庵即韓詩（？—一六六二），字聖秋，號固庵，陝西三原縣人。明崇禎十二年（一六三九）

舉人，入清後官兵部侍郎。久居江南，廣交天下名士。有《學古堂集》。

工書法，以小楷、行草見長。

吳鎮《鐵堂詩草·軼事及題贈附》：『鐵堂書法奇古，狄道舊家多有存者。觀其《顏平原厭次碑搨歌》云：「余年十五學公書，中道棄去徒欷歔。猶知酷愛《争坐位》，行橐維揚嘆子虚。」則知始學魯公，後乃隨意，自成一家耳。然鐵堂專門詩學，書蓋以餘力爲之。』

按：狄道即臨洮。

著有《鐵堂集》《品月堂集》《梁園集》等。

柯愈春《清人詩文集總目提要》：『《鐵堂詩草》二卷。許珌撰。珌字天玉，又字星亭，號鐵堂，福建侯官人。順治間舉人，官安定知縣。所著《鐵堂詩草》二卷，吳鎮輯，楊芳燦選評，乾隆五十五年蘭山書院刻，中國國家圖書館藏。有閻介年、周亮工序，又有康熙九年天海山人許珌自序。詩起順治十二年，迄康熙九年。後又孫昭、杜詩才、吳鎮等跋語。閻介年謂此僅原詩之八卷至二十卷。首都圖書館藏道光十四年重刻本。中國國家圖書館藏《鐵堂詩草》二卷、《補逸》二卷，楊芳燦輯，清楊氏海源閣鈔本。山東省圖書館藏海源閣書《鐵堂詩存》二卷，道光咸豐間吳壽民鈔本，高均儒跋，有「閩縣高均儒伯平印信」。又有《天海山人詩鈔》

一卷，北京大學圖書館藏稿本。《漁洋感舊集》卷一一載其有《梁園集》，今未見傳本。』[一]《清人別集總目》：『《天海山人詩鈔》，稿本（北大）；《鐵堂詩草》二卷，吴鎮、楊芳燦評選，乾隆十八年蘭山書院刻本（川圖），乾隆五十五年蘭山書院刻本（北圖、陝圖、閩圖、中科院、人大），抄本（甘圖）；《鐵堂詩抄》二卷，道光十一年刻本（中科院、湖南師大、海口），道光十四年序刻本（上圖），清粤東芝香堂刻本（魯圖、厦門）；《鐵堂詩草》二卷《補逸》二卷，吴鎮、楊芳燦評選，清楊氏海源閣抄本（北圖），清抄本（魯圖）。』[二]乾隆《福州府志·藝文》：『許珌：《鐵堂集》《品月堂集》。』《烏石山志》卷五：『許珌，著有《品月堂詩》。』《全閩詩俊》卷六：『許珌，……有《梁園集》。』

按：現存的許珌著作還有《許鐵堂詩稿》二卷，清乾隆胡紀謨跋鈔本，現藏甘肅省定西市安定區圖書館。當代出版的則有李成業校注《鐵堂詩草釋注》（敦煌文藝出版社二〇〇三年版），定西市安定區人大常委會辦公室編《〈鐵堂詩草〉校箋》（甘肅文化出版社二〇一八年版），還有北京出版社二〇〇〇年出版的《四庫未收書輯刊》與中國人民大學和北京大學聯合主持編纂、上海古籍出版社二〇一〇年出版的《清代詩文集彙編》，均收録了《鐵堂詩草》乾隆五十五年（一七九〇）蘭山書院刻本。

[一] 柯愈春《清人詩文集總目提要》卷四，北京古籍出版社，二〇〇二年，第六八一—六九頁。
[二] 《清人別集總目》，安徽教育出版社，二〇〇〇年，第五九〇—五九一頁。

施閏章《愚山先生文集》卷五收有爲許珌作的《梁園詩集序》一篇，王士禛《漁洋山人感舊集》亦稱許珌有《梁園集》，可證許珌早年有《梁園集》或《梁園詩集》，然該集與《烏石山志》所載《品月堂詩》今均下落不明。

官安定知縣，重教興學，清廉愛民，因爲民乞免歲賦而被革職，後流寓臨洮，客死異鄉，葬于安定東山之麓。

乾隆《福州府志·文苑》：『後官安定知縣。』康熙《安定縣志》：『許珌，居官愛士，倜儻樂施，生平知名海内，流落莫歸，客死定西，士民傷之。』[一]許珌《鐵堂詩草自序》：『余甫至安定，與諸士相見畢，便督課文字。』民國《福建通志·文苑》：『令鞏昌安定，挂吏議，流寓臨洮，卒葬安定東門外。』《重修定西市志校注》：『于康熙四年乙巳二月選授安定縣知縣，六年丁未十二月解組。康熙十年卒，時貧不能歸櫬，葬于東山之麓。』

卒後，安定民衆爲其安葬，并建許公祠祭祀，附近街巷因之名爲『許公街』『許公巷』。今新建許鐵堂紀念館，二〇一一年入選甘肅省首批廉政教育基地。福建省廉政教育基地——福州三坊七巷歷

[一]〔清〕張爾介、曹晟：《安定縣志》卷六，臺北成文出版社，一九七〇年，第八〇—八一頁。

史人物勤廉館亦收録許珌事迹。

《重修定西市志校注》卷二五：『清慎廉明，興學愛士。……解組後，卒于安定。士民感傷，葬東川，一時負土成丘。道光二十八年，知縣胡薦夔建祠東郊，并募資置祭田四十四畝。陝西巡撫張祥河題祠聯云：「老鐵官聲高隴坂，雙松詩格并漁洋。」誠篤論也。』卷七：『許公祠，在東城門外東大路旁。道光二十八年，知縣胡薦夔建。同治毁于兵燹。光緒三十四年，知縣周鳳勛捐廉重修。民國十八年毁，祠址祭田，歸教育科管理。』

明萬曆四十二年甲寅（一六一四），一歲

十一月十七日，出生。

明崇禎十二年己卯（一六三九），二十六歲

中舉。

乾隆《福州府志》：『許珌，字天玉，侯官人。明崇禎己卯舉于鄉。』

明崇禎十七年/清順治元年甲申（一六四四），三十一歲

三月十九，李自成攻陷北京，崇禎帝于煤山自縊。

南明隆武二年/清順治三年丙戌(一六四六)三十三歲

九月十八，清兵占領福州。

父親亡故。

按：許珌《鐵塔寺作七歌有序》：『慈父見背歲改元，滄桑變易魚龍奔。』可知其父于明清鼎革之際去世，『改元』或爲崇禎帝自縊時，或爲清兵入閩時。聯繫後文『此時海氛家難作』，指清兵入閩之可能性較大，暫系于是年。

清順治六年己丑(一六四九)，三十六歲

游蘇州、無錫等地，作《吴門送陳開仲、徐存永之白下》。

徐延壽作《吴門逢許天玉》《無錫與許天玉開仲舟中小酌》。(尺木堂集·五言律詩》一)

清順治八年辛卯(一六五一)，三十八歲

秋冬之際，周亮工奉命代篆往延平勘吴賽娘之亂，抱病登舟前往。珌與陳肇曾、鄭宗圭等送于江上。

周亮工《賴古堂集》卷四《陳昌箕鄭圭甫許天玉諸君子至江上視予》。

按：鄭宗圭字圭甫，號瞻亭，閩縣人。明崇禎壬午(一六四二)舉人。入清任烏程令。好經史，有《山圍堂集》。

陳肇曾字昌箕，福建長樂人。明天啓元年（一六二一）舉人，歷任延平、建寧、漳平教諭，官至禮部司務。有《濯纓堂集》。

清順治九年壬辰（一六五二），三十九歲

鄭成功軍隊圍攻漳州，城内絶糧，周亮工臨危受命，代理漳巡道，破圍入漳，協助守城。後漳州解圍。珌作《彰州圍甫解櫟園方伯有城上感懷詩見示敬和四首》詩。

清順治十二年乙未（一六五五），四十二歲

六月十三日，科舉落第出京城，搭某新貴之龍衣舟南還。

許珌《黄河龍衣舟上看月自序》：『余乙未下第出都，夏六月十三日附某新貴賃龍衣舟南還。』龍衣舟，指每年經大運河給皇宫送龍衣鳳袍的織造解送船。

八月九日，出黄河，由董家口入通濟閘。

許珌《黄河龍衣舟上看月自序》：『抵臨關，貴人告余先行。時困頓委瑣，不得捨舟他適。日對黄頭諸郎，自覺面孔無賴，啞然一笑。及出黄河，則秋八月初九日也。由董家口入通濟閘，僅一百八十里，無風，一日可達。』

八月十八日，作《黄河龍衣舟上看月》詩十首。

許珌《黄河龍衣舟上看月自序》：『自初夜至十八夜，月事將畢，乃始檥榜。予南方之鄙人也，何以得此？賦詩十章，厥遊侈哉！』

順治十三年丙申（一六五六），四十三歲

七月十七日，鄭成功軍隊奇襲圍攻福州，兵臨城下，軍情告急。時周亮工因被劾押在福州獄中。巡撫宜永貴急從獄中請出周亮工，命防守城防要衝射烏樓。周亮工親發巨炮，抵擋敵軍進攻；又向宜永貴獻計，抄後路夜襲敵軍。敵軍退屯閩安，福州之圍遂解。許珌作《射烏樓記事》、許友作《射烏樓紀事爲元亮先生》詩咏此事。

許珌《射烏樓記事自序》：『丙申七月十七日，海寇突逼城下，城幾潰。諸大吏分派紳士守禦。時櫟園司農對讞至三山，紳士以公久諳閩事，僉請協守城堵。惟西南射烏樓最爲險要，即藉公彈壓其地。公甫登陴，以二炮殲二渠魁，遂多捍格功，因賦詩記四首。』

按：此次海盜攻榕乃鄭成功之計。是年六月，鄭成功部下黄梧、蘇明帶領部下官八十餘員，兵丁一千七百餘名叛變，把海澄縣（屬漳州府）獻給清廷，鄭損失重大，原有北上吴越的軍事計劃被迫中止。但此時清兵大部均被派駐漳州，鄭成功决定趁福州空虛，乘南風直抵閩安，入取福州，遂命甘輝爲元帥，萬禮副之，配大熕船四十隻、快哨二十隻北上進攻

福州。詳見江日升《臺灣外紀》卷九。《福州府志·名宦》卷四六:『(順治)十三年,以罣誤赴閩省聽質。海賊甘、藍、郝三姓,率千艘從閩安鎮入内地,焚掠南臺,圍會城。巡撫宜永貴從士民之請,以亮工守西南門,賊乘大雨薄城,勢張甚。亮工手放大炮,擊殺渠帥三人,賊怖,解圍去。閩人爲建報恩祠,刻石射烏樓紀其事。』《閩縣鄉土志·兵事録一·本境兵事》:『鄭成功,芝龍子也。大兵下福州,芝龍將降,成功諫不聽,乃獨與其叔鴻逵等收散卒,出屯南澳,頻窺福州,已又據厦門而有之。順治十一年,芝龍以書諭令歸降,不從。十三年六月,遂圍福州。時大軍悉赴漳州,省城空虛,閩撫宜永貴方病瘻,力疾登陴,出原任布政周亮工于獄。亮工審察形勢,謂南角一面賊防稍疏,可以伏兵破之。永貴然其策,開水部門出擊之,成功退保閩安鎮羅星塔。』

甘輝(?—一六五九),福建海澄人。萬禮(一六一二—一六五九),福建平和人。二人均爲鄭軍的『五虎將』之一。明朝滅亡後,甘輝投身鄭成功部隊,隨鄭軍轉戰東南沿海,戰功彪炳,被鄭成功任命爲中提督,永曆帝敕封其爲崇明伯。甘輝作戰勇猛果敢,亦多謀略,爲鄭成功軍中頗爲重要的大將,幾乎參與了鄭軍所有戰役,立下無數戰功。一六五九年,鄭成功第三次北伐南京失利,甘輝和萬禮均被俘,因不願投降清廷而遭處決。《福州府志》所説『甘、藍、郝三姓』,甘即甘輝;藍即藍衍,亦爲鄭軍重要將領,與甘、萬一同死于第三次北伐南京;郝不詳。

歲暮，月夜，同周亮工、陸違之、陳肇曾、徐延壽、陳濬、涂子是、謝爾玄等友人過許友陶瓶看梅賦詩。

周亮工《月夜同陸違之、陳昌箕、徐存永、陳開仲、涂子是、謝爾玄、許天玉過有介陶瓶看梅》（《賴古堂集》）。許友《招陸違之陳昌箕陳開仲徐存永涂子視謝爾玄家天玉小齋看梅適櫟公至》（《米友堂詩集》稿本）。

按：徐延壽（一六一四—一六六二），原名陵，字存永，一字無量，徐㭿子，福建閩縣人。天啓末庠生，入清不仕。與許友、陳濬并稱『閩中三才子』。有《尺木集》。

陳濬字開仲，福建閩縣人。出身書香世家，自其父衎以上六世皆有集。

清順治十四年丁酉（一六五七），四十四歲

五月，客南平，寓林蕡子之語峰樓。

許珌《丁酉五月客劍津寓林蕡子之語峰樓及庚子五月再至蕡子已作故人逾年矣愴然賦此兼柬令弟延年》。

秋，與韓詩、張晃、孫學稼、曾大升諸人于杭州遊西湖。

許珌《丁酉錢唐詩自序》：『余先後齎油素經西湖皆草草而過者，以未有主人爲之東道也。是歲，河南范正老建節兹土，聖秋、修遠亦接踵至焉。』孫學稼《雨中偕張子弢許天玉倪西來

曾維佐陳天聞甥遊西湖》中有『墜入秋雲裏』句。[一]

按：張晃字子弢，閩縣人。崇禎十二年（一六三九）己卯科中舉，順治十二年（一六五五）任安溪教諭，後升鎮海衛教授。

曾大升字維佐，號二改，福建侯官人。順治十一年（一六五四）舉人，官至寧夏副使，以勞卒于官。有《四書集解》《大易啓蒙》《依隱堂詩文集》等（《福建通志》卷四三，《侯官縣鄉土志·耆舊録外編·事功》）。

清順治十五年戊戌（一六五八），四十五歲

在北京謁選，與韓詩、方文及待選諸友陸卿等交遊。

方文五律《柬章翌兹、許天玉、姚瞻子、陸漢東四孝廉》，詩題注：『四子前次俱未會試，今始至京謁選。』[二]方文又有《韓聖秋中秘招同許天玉白仲調諸子小集》。[三]

按：方文（一六一二——一六六九），字爾止，號嵞山，安徽桐城人。少孤，與從子方以智同學十餘年。明諸生，入清以遺民自居，更名一耒，字名農，遊食、醫卜爲生，而名滿天下，一

[一]（清）孫學稼：《鷗波雜草》第一册，稿本，福建省圖書館藏。

[二]（清）方文：《嵞山續集前編·北遊草》，《方嵞山詩集》下，黄山書社，二〇一〇年，第四五一頁。

[三] 同上，第四六七頁。

時名士皆與之遊。有《盋山集》。

陆卿，字汉东，广东饶平人。清初诗人，明崇祯十二年（一六三九）中举。五月，與王士禛于北京訂交，時常唱和，同謁明代楊繼盛祠，作《武部謁楊椒山先生祠》《洗象行》詩。并與汪琬、梁熙、程可則、李念慈等交好，互相切磋古文辭。

許珌《訪王貽上于慈仁寺雙松下同作歌》詩自序：『山東王十一貽上弱冠來對策殿廷，一時都人士咸如邯鄲之見子建，退而作天人之嘆。乃貽上欿然善下，馳尺一書索僕于葱市人海之中。嗟乎，貽上尚知今日天壤有僕哉！于是晨夕過從，摩掌掀眉，與苕文、曰緝、周量、訏士、屺瞻相切劘爲古文辭。』

按：汪琬字苕文，號堯峰，又號鈍翁，江蘇長洲（今蘇州）人。順治乙未（一六五五）進士，康熙十八年（一六七九）舉博學鴻詞，授翰林編修。官至户部主事。以古文名，詩學宋調。有《鈍翁類稿》《堯峰文鈔》。

梁熙（一六二二—一六九二），字曰緝，號晰次，鄢陵人。順治乙未（一六五五）進士，由知縣歷官御史。有《晰次齋稿》。

程可則（？—約一六七三），字周量，一字彦揆，號湟溱，又號石臞，廣東南海人。順治九年（一六五二）進士，官至桂林知府。有《海日樓詩文集》《遥集樓詩草》《萍花草》等。

鄒祇謨字訏士，又字聖培，號程村、麗農山人，江蘇武進人。順治戊戌（一六五八）進士。

未出仕。善古文，工填詞。有《遠志齋集》《麗農詞》。

李念慈，字屺瞻，號劬庵，陝西涇陽人。順治十五年（一六五八）進士，官景陵（今湖北天門）知縣。詩畫皆善。有《過嶺吟》《谷口山房集》。

五月五日，張一鵠招同王士禛、汪琬、許珌、王翰臣、朱天襄、沈雨公等宴集，諸人即席賦詩。

王士禛《阮亭詩選》卷五《張友鴻招同汪苕文許天玉王翰臣朱天襄沈雨公諸子讌集即席賦贈友鴻并懷吴子六益》。

按：張一鵠字友鴻，一字忍齋。江蘇華亭人。順治十五年（一六五八）進士，授雲南推官。工詩，善畫山水。有《野廬三集》《河存草》。

五月，王士禛移居慈仁寺。六月，珌往訪之，作《訪王貽上于慈仁寺雙松下仝作歌》。王士禛以《慈仁寺雙松歌贈許天玉》詩答之。

許珌《訪王貽上于慈仁寺雙松下仝作歌》：『騎馬横過五都市，獨數中原問王子。才聞近自泰山來，置身却在雙松裏。……銀欄綉砌徒岧嶢，六月高寒氣弗驕。』王士禛《慈仁寺雙松歌贈許天玉》：『千秋萬歲知者誰？閩海奇人許夫子。』[一]

六月十五日夜，與王士禛、汪琬、程可則、李念慈等坐雙松下賞月賦詩。

[一]〔清〕王士禛：《漁洋詩集》卷一，清康熙三十八年（一六九九）刻本，第一一頁。

王士禛《漁洋詩集》卷四《十五夜與苕文周量天玉屺瞻遠侯家兄北山坐雙松下待月作》：『自遊京洛忽徂夏，山中舊侶來何遲。』程可則《海日堂集》卷二《慈仁寺古松歌同汪苕文許天玉王北山李屺瞻王阮亭陳路若作》。

七月初，方文將南歸，珌與王士禛同爲之題《姬人抱鴛圖》。

許珌《題方爾止姬人抱鴛圖》。王士禛《阮亭詩選》卷六《爲方爾止題姬人抱鴛圖》。

七月初，王士禛、汪琬、鄒祗謨與李念慈同過許珌寓論詩。

許珌《汪苕文鄒訏士李屺瞻王貽上枉過寺寓論詩》：『四君天廟材，斌雅儷文質。譚詩追正始，宫商協笙瑟。今時推總持，靡曼那足述。綺語删紅鹽，雄辯移白日。齊秦大國聲，吴下機雲匹。僕本蓬蒿人，京華幸促膝。愧無鳳麟辭，明將返衡泌。』

七月七日，與王士禛、吴綺、張一鵠、吴懋謙、鄒祗謨、程可則、李念慈、許虬同賦七夕詩。

王士禛《阮亭詩選》卷六《七夕同薗次友鴻六益訏士天玉竹西周量屺瞻竹隱諸子賦》，《漁洋詩集》卷四題作『七夕三首』。

按：吴綺（一六一九—一六九四），字薗次，號聽翁，又稱紅豆詞人。江蘇揚州人。順治十一年（一六五四）拔貢，以薦授中書舍人，官至湖州知府。工詩駢文，善詞曲。

吴懋謙字六益，别號華蘋山人，晚號獨樹老夫。江蘇華亭人。喜吟咏，早從陳子龍諸人遊，論詩以漢魏、盛唐爲宗。有《華蘋初集》《苧庵二集》。

許虬字竹隱，江蘇長洲人。順治十五年（一六五八）進士。官至永州知府。工詩，多擬古之作。有《萬山樓詩集》。

七月十五日，同王士禛、汪琬、李念慈、程可則及吴懋謙集報國寺松下賦詩。

吴懋謙《苧庵二集》卷八《秋後二日同許天玉汪苕文王貽上李屺瞻程周量集報國寺松下》詩。是年七月十三日立秋，據此推知該詩創作日期。

八月，王士禛將歸里，珌隨之遊濟南。許虬以詩贈行并寄王士禛。

許珌《訪王貽上于慈仁寺雙松下仝作歌》自序：『亡何，僕有泲南之遊，貽上亦請假歸里門。鮑山嶕水之間，二人相視而笑，因登白雪樓，唱予和汝，真有撾鼓橫槊之風。斯時也，敢謂兩雄并遇中原哉！』許虬《萬山樓詩集》卷八《贈閩兄天玉并寄王貽上二十韵》：『今年結轡長安春，鬥酒逢迎相顧喜。……座中誰更許知音，泰岱峰頭訪王子。』

九月初，遊濟南，與王士禛同遊諸名勝，作紀遊詩若干。

許珌《秋日客泲南遊華不注諸名勝仝貽上王十一限用清波收潦日華林鳴籟初韵以志采覽》《登華不注》《貽上招遊趵突泉三首》《秋柳和貽上四首》等皆作于此時。王士禛《漁洋詩集》卷四《華不注》：『登臨近重九，風日接滄溟。』許珌《登華不注》：『表餘將凜冬，行鑣夾城暖。』可知許珌于重九前到山東，二人同遊華不注。又，許珌《貽上招遊趵突泉三首》：『三秋冷吐金梁桂，萬歲新開玉井蓮。』

冬，與施閏章同飲兗州少陵臺。

施閏章《邗關值許天玉至自閩》：『木落蕪城畫角哀，閩南遊子片帆來。抽琴倦擬參軍賦，對酒長懷杜甫臺。（自注：先一歲同飲兗州杜甫臺）冬暖黃河冰已合，歲殘孤館鬢先催。敝裘短劍看君去，客路何人解惜才。』據一六六一年許珌過揚州作《廣陵喜值施愚山》，施詩應作于一六六一年。從『冬暖黄河冰已合』推知二人同飲兗州在冬季。據《施侍讀年譜》和《施愚山先生年譜》，施閏章于一六五七年十月至一六六〇年秋于濟南任山東提學道按察使僉事。然一六六〇年施作《程穆倩印藪歌》中有『九月邗關木葉下，山人邂逅同僧舍』句，則一六六〇年秋，施已到揚州，是年冬，珌應與友人浪遊江浙，施所謂『先一歲』應有誤。據許珌《旋閩詩自序》：『余前歲下第後，浪遊齊魯。少陵臺畔與愚山相遇。』則二人同飲兗州少陵臺應爲順治十五年（一六五八）許珌浪遊齊魯之時，施閏章時于山東仕宦。

臘月，自山東返鄉，獲施閏章饋贈金錢布帛。

許珌《旋閩詩自序》：『余前歲下第後，浪遊齊魯。少陵臺畔與愚山相遇，愚山曰：「爾有母，曷歸乎？」因數言别去。忽于臘月大雪中，一騎從千里至，乃愚山使者，遺美金華繭而去。嗟乎！愚山念朋友之寒而及其母，其天性已可見矣。余拜其高義，達旦即行，逾春渡江，始聞再試之信。嗟乎！假使余山東不歸，或得便道入京師，遇不遇未可知也。亡何，吾閩再上公車者，多爲江警散去，豈非天哉！』

按：順治十五年（一六五八）爲科舉正科，次年二月以雲貴蕩平，順治帝特開恩科，于秋季再舉會試。許珌云『逾春渡江，始聞再試之信』即指此事。

順治十六年（一六五九）六月，鄭成功親率大軍攻克瓜州、鎮江，進犯南京，周邊句容、儀真、滁州、六合等城望風來附。但鄭軍在軍事行動中，對長江一帶各州府百姓有任意殺掠的行動。戰事僵持至八月初，以鄭軍敗退結束。[一]許珌云『江警』即指此事。

清順治十六年己亥（一六五九），四十六歲

除夕，作《己亥歲除日述事作歌》。

清順治十七年庚子（一六六〇），四十七歲

五月，過南平，作《丁酉五月客劍津寓林蕡子之語峰樓及庚子五月再至蕡子已作故人逾年矣愴然賦此兼柬令弟延年》。

九月末，與孫學稼等泛舟西湖。

孫學稼《同許天玉更人黄象侯泛舟過南屏》『秋盡霜楓總欲丹』。

[一] 參見顧誠《南明史》第二十九章《鄭成功、張煌言長江之役》，中國青年出版社，二〇〇三年。

按：黄升字象侯，福建莆田人。餘不詳。

清順治十八年辛丑（一六六一），四十八歲

三月，游南京，與徐延壽、宗元鼎等夜集周亮工寓園。

周亮工《閩中許天玉徐存永廣陵宗定九黄濟叔吴賓賢汪舟次夜集寓園即席分得看字》。

春，公車北上經過揚州訪王士禛，告之旅資匱乏。王時爲揚州推官，亦囊中羞澀，其妻張宜人除腕上金鐲以贈，珌作長歌《廣陵歲寒行酬貽上》記此事。後王士禛于張宜人逝世後作《悼亡·哭張宜人作》及《誥封宜人先室張氏行述》中皆提及此事。

（《賴古堂集》卷六）

王士禛《漁洋山人文略·誥封宜人先室張氏行述》：『憶辛丑在廣陵，閩中友人許天玉公車北上，以缺資斧來告。會囊無一錢，宜人笑曰：「君勿憂，我爲君籌之。」除腕上跳脱付予曰：「此不足爲許子行李費耶？」予亦一笑，持遺天玉。天玉作長歌紀其事，頗援古賢媛爲比。』王士禛《悼亡三十五首》其七：『千里窮交脱贈心，蕪城春雨夜沉沉。一官長物吾何有？却損閨中纏臂金。注：辛丑春，閩中友人許天玉公車過廣陵，以資斧匱乏告予，適無一

錢，宜人解腕上條脱付予贈之。』[一]許珌《鐵堂詩草》卷下《廣陵歲寒行酬貽上》：『南方有客疲車騎，雅好揚州古歌吹。……凌晨公車將北指，出門茫茫向誰是？使君清名世所無，條脱雙遺寶光紫。蟲鬚鳥翼嵌烏絲，戧漆施鉛圖百子。此物自是内闈珍，廉吏傾囊至釵珥。夫人中丞之女孫，名閥詠雪稱賢媛。視墉發笥佐君子，使君乃得追平原。……何期闉闍有祖風，肯散香奩助交際。感激悠悠岐路人，袚佩豈是尋常惠。』汪琬《誥封王母張宜人墓志銘》：『吾友許天玉北上，以匱絶告。是時橐中蕭然，愧無以應也。宜人笑曰：「勿慮。」因指跳脱示某曰：「此不足許君行李費邪？」舉以相授，無吝色。』

秋，與孫學稼居南京大功坊，同遊秦淮，夜坐讀詩，飲酒社集等。

孫學稼《至金陵遇許天玉》《與許天玉晚步秦淮堤上》《與許天玉夜坐因出近詩示之爲予評騭》《九日同許天玉寓樓雨坐》《康小范招集許大玉集至喜亭》《同許天玉飲王山子草堂遂留宿》《同許天玉飲徐贊伯秦淮酒樓聞景陽鐘》《同鄧孝威許天玉集許力臣詩六齋頭》。從《至金陵遇許天玉》自注『多君黑貂爲吾解』來看，孫學稼應曾受到許珌的資助。《與許天玉晚步秦淮堤上》自注『時與天玉同寓大功坊』。

按：康范生字小范，江西安福人。崇禎十二年（一六三九）舉人。官中書舍人，有《仿指南

[一]〔清〕王士禛：《漁洋詩集》卷四，清康熙三十八年（一六九九）刻本，第一五頁。

録》。（《明代千遺民詩咏三編》卷六，見《清代傳記資料叢刊》六七册，第二六一頁）

鄧漢儀（一六一七—一六八九），字孝威，江南泰州人。康熙十八年（一六七九）舉博學宏詞科，授内閣中書。有《慎墨堂全集》《詩觀全集》。（《清人别集總目》第二五三頁）

許承宣（？—一六八五），字力臣，江南江都人。康熙十五年（一六七六）進士，授工科給事中，典辛酉陝西鄉試。（《江南通志》卷一四四，文淵閣四庫全書本）

九月，與孫學稼同至揚州。與徐存永、楊樹聲等交遊。

孫學稼《楊無聲招同徐無量許天玉集飲》。

按：楊樹聲字無聲，順治間漳州人。（《全閩詩録》第五册，第五二六頁）

冬，與孫學稼同在揚州，與丁宏誨、黄文焕、程邃、康範生等交遊。

許珌有《集小范寓閣送景吕歸南昌》。孫學稼有《與許天玉集黄坤五先生寓樓》《廣陵西方寺康小范席上同程穆倩許天玉董欲仙送丁景吕還豫章分得君字》等。

按：丁宏誨字景吕，江西南昌人。官獲鹿知縣。

黄文焕（一五九八—一六六七），字維章，號坤五，又號觚庵，晚號恕齋。天啓四年（一六二四）舉人，天啓五年（一六二五）進士。崇禎間，官至左春坊左中允。崇禎末年，黄道周因論楊嗣昌、陳新甲獲罪。文焕遭株連，年餘獲釋，遂無意仕途，乞身歸里。卜居于南京鍾山。工詩文，學問淵博，著作甚多。有《楚辭聽直》《詩經考》《四書娜嬛》《毛詩箋》《蜂史》

《曰及堂文集》《曰及堂尺牘》《解庵草》《老子知常》《莊子句解》《秦漢文評》《陶詩析義》《頳留集》《南華經注》等。

程邃（一六〇五—一六九一），字穆倩，一字朽民，號垢區，安徽歙縣人。明末諸生。詩文書畫皆工，篆刻尤稱絶藝。有《蕭然吟》。

冬，公車北上，舟行揚子江，有詩《揚子江寄王十一用劉昚虚寄孟浩然韵》寄王士禛。

冬，與施閏章相會于揚州邗關，施作《邗關值許天玉至自閩》，珌作《廣陵喜值愚山》。

許珌《廣陵喜值愚山》：『尋君曾上少陵臺，魯國荒涼罷酒杯。正憶美人巡嶽去，近傳名士過江來。風塵舊劍還終合，烽火殘年莫亂催。留滯揚州動詩興，閣梅先臘一花開。』

冬，過揚州，與宗元鼎、徐延壽、汪楫等夜集周亮工寓所，分韵賦詩。

周亮工《閩中許天玉徐存永廣陵宗定九黄濟叔吴賓賢汪舟次夜集寓園即席分得看字》。宗元鼎《芙蓉集》卷六《冬夜同許天玉徐存永陳賓賢汪舟次集周櫟園先生寓中分韵得餘字》。

十二月十五日，與衆人送别孫學稼，後者將往蘇州。

許珌有《維揚觀迎春有歌兒李夢珠者君寔將遊浙苕念之不置》《十五日立春集高寄閣同餞君寔》。孫學稼有《自維揚將適苕川飲高寄閣留别許漱石先生董欲仙許天玉家無言是日立春》等。

清康熙三年甲辰(一六六四),五十一歲

中秋,賞月,作《中秋十三夜郎庵看月》《中秋十六夜西園看月》和《中秋席上戲題金友便面〈春原雙騎圖〉》等詩。

按:詩末注云:『以上數詩從鐵堂手書鈔,乃康熙甲辰中秋賞月之作也。』西園疑爲中使園,在福州市烏山西南羅漢洋北,又名洋尾園。郭柏蒼《烏石山志》卷五:『後侯官諸生陳定國字昌乂,號紫岩。康熙中書生,能詩。居之,與郡人林蕙、著有《讓竹亭集》。許珌、著有《品月堂詩》。曾大升、著有《依隱堂詩集》。王子彪、著有《石湖集》。陳日浴侯官庠生,能詩。往來結社,仍呼爲西園。……國朝許珌《孫既受留飲西園》詩:「君適抱花瓮,我來坐豆棚。石停山耦翠,燈亂水層明。老鸛防人迹,長松學雨聲。城頭刁斗急,太白夜深橫。」又《過孫既受園居》詩:「交道難如此,似君今亦稀。西園佳風日,多送醉人歸。停燭星移牖,烹魚鶴款扉。小池二月好,春水杏花肥。」又《中秋喜晴過孫既受園居祝其尊人德園先生壽》詩:「新晴應有以,天意亦西園。酒肅秋爲主,花高月在門。多書知眼健,小隱見腰尊。獨愛長松下,歲寒常負暄。」』

十二月,在北京。與孫學稼、陳殿邦、曾大升等守歲。

孫學稼有《長安除夕許天玉以謁補至因共守歲于陳昌屏曾維佐寓中三君皆需次大令》。

按:陳昌屏疑即陳殿邦。陳殿邦字昌平,號三銘,福建長樂人。順治十一年(一六五四)

舉人，康熙十七年（一六七八）任江寧驛驛丞，官至延安同知。（《福建清代科舉人名録》第三六七頁）

清康熙四年乙巳（一六六五），五十二歲

正月，寓居北京青厂。與孫學稼等詩友唱酬。

孫學稼有《元夕與王汝言林興子陳帝文王子衡集許天玉青厂寓次分得才字》。

二月，授鞏昌府安定（今甘肅定西市）知縣。在安定任上，體恤民情，重視文教，卓有政聲，有『許青天』之謂。

《定西市志·人物》：『許珌，字天玉，號鐵堂，別號閩中天海山人，福建侯官（今福建福州市）人。生于明萬曆四十二年（一六一四）。崇禎十二年（一六三九）舉人。……在仕途上一直很不得志，清康熙四年（一六六五）始被録用，授鞏昌府安定縣知縣。在任期間，不畏權勢，兩袖清風，斷案如神，百姓稱爲「許青天」。他不時巡鄉訪貧，對廣大人民群衆懷有深厚感情。』許珌《鐵堂詩草自序》：『余甫至安定，與諸士相見畢，便督課文字。』

三月，在北京。與孫學稼、王穎如、陳藝蘅、曾大升、陳殿邦等交遊。

孫學稼有《何晋卿招同許天玉王哲開曹雪濤陳佩芳鄭正侯王爾玉董畊伯宣武門外得朝字》《上巳與何晋卿董耕伯曾維佐集許天玉寓》《同陳佩芳許天玉陳昌屏王子宏出右安門至葑臺

看芍藥》。

孫學稼《夕月壇》題下自注：『以下共三十首皆同天玉遊西山往還所作。』二人先後遊覽了夕月壇、萬歲莊、南海淀、慈恩寺、玉泉山、功德寺、壽安寺、退谷亭、皇教寺、碧雲寺、龍湫亭、瑠璸、香山永安寺、來青軒、九龍山、金章宗祭星壇、洪光寺、十八盤、盤山、龍爪槐、秘魔岩鎮海寺、善應寺、石經山净土寺、孝純皇后寢園、順天保明寺。

按：王穎如字哲開，福建閩縣人。崇禎中諸生，有《孝經頌贊》《三樓紀勝》諸篇。陳藝蘅字佩芳，福建福清人。順治十一年（一六五四）舉人，官雒川知縣。（《福建清代科舉人名録》第三九八頁）

九月，孫學稼到安定，與珌等社集賦詩，時珌任安定縣令。

孫學稼有《同姚培公集許天玉署中看晚菊》。

冬，與孫學稼、杜正言社集署中。

孫學稼有《與杜正言孫伯饗皆安定人夜集許天玉署中》。

按：杜詩才字正言，甘肅安定人。許珌門生。

清康熙五年丙午（一六六六），五十三歲。

春，與孫學稼在安定對雪。

孫學稼有《季春安定對雪》《與許天玉對雪有懷許漱石》等。

夏，在安定。與孫學稼、吴山濤等往還。

孫學稼有《與吴岱觀集飲許天玉署中因送岱觀之西凉幕府》《許天玉招同林宗一王叔緒王平甫劉大生孫伯廖夜飲眷西樓》等。

按：吴山濤（一六二四—一七一〇），字岱觀，晚號塞翁，浙江錢塘人。崇禎十二年（一六三九）鄉薦，授山西成縣令，有政聲。終老吴山，嘯歌自得。詩書畫兼善。（《浙江古今人物大辭典・上編》第一五九頁）

秋，珌將往西安，孫學稼離開安定。

孫學稼有《定西雜感》二十首，其十三：『客泪浮雲外，秋林染欲斑。』又有《病中送許天玉之長安分鬮因與之訂予歸期》。

清康熙六年丁未（一六六七），五十四歲

十二月，因安定連年大旱，民不聊生，珌上疏請求賑灾減賦，得罪上官，反遭革職。臨行作《解組後别安定父老四首》。

《定西市志・人物》：『爲減輕人民負擔，他多次奏諫，請上司寬免賦税，放賑救濟，因此得罪了三司大吏，于康熙六年（一六六七）十二月被革職。此時，他寫了一組《别安定父老》詩，反映了當時安定百姓的苦難，深切表達了自己對安定人民的同情眷念和痛楚憂傷之情，也表現出直言興利的精神。罷官後，貧病潦倒，無資歸里，一度流寓臨洮。』

清康熙七年戊申（一六六八），五十五歲

春，應繼任王負宸之邀，往西岩寺飲酒賞花，作《王負宸招飲西岩寺看花》。

許珌《王負宸招飲西岩寺看花》：『新官酒命舊官飲，昨日花留今日開。酒債不隨流水去，花枝偏喜故人來。芳菲桃李三年績，爛熳金銀萬里臺。須與令公共流賞，無情風雨莫相催。』

按：王明旦字負宸，北京房山人，貢生，許珌革職後，接任安定縣令。西岩寺，位于今定西市安定區西岩山，始建于明代。此詩作于許珌革職後，稱王負宸爲新官，則王當接任不久，暫繫于一六六八年。

八月初六，作《許鐵堂詩稿自跋》。

許珌《許鐵堂詩稿自跋》：『予被議後，羈栖蓬户，咄咄嘆嗟。每承杜子正言頻相過從，欲作馬鹿山中秋之遊。……戊申八月初六日，鐵堂珌漫述。』馬鹿山當指今隸屬于定西市的渭源縣蓮峰山，此山又名馬武山、馬鹿山、馬龍山。

珌客甘肅提督張勇府上，作《河西鐃歌十二曲》。

黎士弘《許鐵堂先生鐃歌書後》：『鐵堂先生曠代軼才，久困公車，詣選人，得鞏昌之安定。

不一年輒罷去，客飛熊張大將軍所。將軍解文愛士，鐵堂擬古作河西鐃歌十二曲，每上一章，擊節稱善，金錢裘馬之贈輝奕道路。鐵堂固亢爽，緣手立盡，無所吝惜。』[一]

按：張勇（一六一六—一六八四），字非熊，陝西咸寧人。一説字飛熊，陝西洋縣人。清初名將，卒謚襄壯。

珌罷官後一度流寓臨洮，娶一老嫗，相依爲命。

吴鎮《軼事及題贈附》：『鐵堂流寓臨洮，嘗娶一老嫗以備晨炊。王漁洋詩所謂「許生垂老作秦贅」也。』吴鎮《〈鐵堂詩草〉跋》：『鐵堂許天玉先生，以閩海賢書牽絲安定，罷官後僑寓臨洮，故其遺詩頗多。』王士禛《寄許天玉》：『許生潦倒作秦贅，岑牟單絞漁陽撾。』未知許珌何時流寓臨洮，暫繫于此。

清康熙九年庚戌（一六七〇），五十六歲

立秋，撰《鐵堂詩草自序》。

許珌《鐵堂詩草自序》：『康熙庚戌立秋日，閩中天海山人許珌撰并書。』

冬至後，作《庚戌長至後西鞏驛寓對雪書懷賦得十截句》。

[一]〔清〕黎士弘：《託素齋文集》卷三，《清代詩文集彙編》第六八册，上海古籍出版社，二〇一〇年，第六五一頁。

按：西鞏驛爲清安定四驛之一，是隴上繁華而著名的驛站。此組詩或爲許珌絶筆詩。

冬，杜詩才爲許珌《鐵堂詩草》作跋。

杜詩才《〈鐵堂詩草〉跋》：『康熙庚戌冬月，定西門人杜詩才謹識。』

按：《鐵堂詩草》卷末吴鎮載：『右皆先生親筆墨迹以贈杜正言者，杜氏裝褫成册，什襲五世矣。兹從正言元孫茂文借鈔。』可知，許珌將詩集手稿授予學生杜詩才。

清康熙十年辛亥（一六七一），五十七歲

病逝于安定，葬于城郊東山之麓。

譜後

清康熙十八年己未（一六七九）

冬，孫學稼作《挽許天玉次黄績咸郵布韵》十首。

清雍正七年己酉（一七二九）

安定知縣應際咸感念許珌的德操及政績，爲其墓地篆書碑額。

清乾隆元年丙辰（一七三六）

安定知縣許宗崍撰寫碑文以紀念。

《重修定西市志校注》第三十三卷：『乾隆元年安定縣知縣許宗崍撰文，乾隆六年進士孫昭立碑。』

按：孫昭字紹衣，號古拙、木齋門人，甘肅安定（今定西市）人。康熙五十三年（一七一四）舉人，雍正元年（一七二三）進士，授廣西遷江（今來賓市）知縣。年餘歸里，受聘皋蘭書院。有《遂其堂詩草》。

清乾隆十八年癸酉（一七五三）

十月，閻介年于酒泉澄鏡山房爲《鐵堂詩草》作序。

《鐵堂詩草·閻序》：『予友洮陽吴信辰能詩好古，手一編示予，紙腐敗不可申展，行間點竄乙多不可辨。曰：「此鐵堂老人詩草之半也。」予受而讀之，參補其缺剥者，正其僞訛者，得詩自八卷至二十卷，又爲後集一卷，録而序藏之。』

按：閻介年字葆和，直隸蔚州人。雍正癸丑（一七三三）進士，有《九宫山人詩選》。吴鎮（一七二一—一七九七），字信辰，一字士安，號松厓，别號松花道人。甘肅臨洮人。乾隆三十四年（一七六九）中舉。官至湖南沅州知府，耿直敢言，違忤上司而被劾罷職。

乾隆五十年（一七八五）至五十八年（一七九三）任蘭山書院山長。有《松花庵全集》。

清乾隆十九年甲戌（一七五四）

吴鎮借鈔《鐵堂詩草》八卷至二十卷。

吴鎮《〈鐵堂詩草〉跋》：『予從一老宿家借鈔得後集八卷至二十卷。』

清乾隆五十一年丙午（一七八六）

春，吴鎮借鈔《鐵堂詩草》一卷至七卷，并爲《鐵堂詩草》作跋。

吴鎮《〈鐵堂詩草〉跋》：『丙午春，又于定西安孝廉維岱處借鈔得一卷至七卷，後集全矣。』

清乾隆五十二年丁未（一七八七）

重陽，楊芳燦爲《鐵堂詩草》作跋。

楊芳燦《〈鐵堂詩草〉跋》：『乾隆丁未重陽日，梁溪後學楊芳燦跋。』

按：楊芳燦（一七五三—一八一五），字蓉裳，一字才叔，江蘇金匱（今無錫）人。乾隆四十二年（一七七七）拔貢生。官至户部廣東司員外郎。詩詞兼工，著有《芙蓉山館詩文鈔》。一七七九—一七九九年，楊芳燦歷任甘肅伏羌縣令、靈州州牧，于這一期間與甘肅文人往來，得以見吴鎮編輯《鐵堂詩草》并作跋。

清乾隆五十五年庚戌（一七九〇）

三月，張翽爲《鐵堂詩草》作跋。

張翽《〈鐵堂詩草〉跋》：『乾隆庚戌桐月，武威後學張翽謹識。』

按：張翽字鳳颺，號桐圃，甘肅武威人。乾隆己丑（一七六九）進士，官至湖南長沙府知府。有《念初堂詩集》。

夏，《鐵堂詩草》由蘭山書院梓行。

按：是年，吴鎮任蘭山書院山長。蘭山書院乃甘肅規模最大的省立書院。清雍正二年（一七二四），甘肅巡撫盧詢在蘭州捐資修建正業書院，後廢。雍正十三年（一七三五），巡撫許容奉旨修建蘭山書院，選址于正業書院舊址。後經多次修葺擴建，規模日臻完善，直至光緒三十一年（一九〇五）停科舉，廢書院，次年春，陝甘總督崧蕃改書院爲甘肅省立優級師範學堂。

清道光十一年辛卯（一八三一）

十一月十九，冬至，張際亮爲《鐵堂詩鈔》作序。

按：張際亮（一七九九—一八四三），字亨甫，號華胥大夫、松寥山人，福建建寧人。道光十五年（一八三五）中舉。鴉片戰争時期著名愛國詩人，與魏源、龔自珍、湯鵬并稱爲『道光四子』。有《松寥山人集》《婁光堂稿》等。

清道光十四年甲午（一八三四）

三月，鄭開禧新刻《鐵堂詩鈔》并爲之作序。

按：鄭開禧字迪卿，號雲麓，福建龍溪（今龍海縣）人。嘉慶十九年（一八一四）進士，官至山東都轉鹽運使。喜藏書。有《知守齋詩文集》。

後記

付梓回首，真讓我嚇了一跳。這部書稿從頭算起，居然斷斷續續做了十五年。

二〇〇七年秋，我開始讀福建師範大學陳慶元教授的博士。這之前，我已在他門下攻讀了碩士，研究魏晋南北朝的擬古詩。當時感到中古時期文獻的查找、搜集、整理和研讀都太費工夫，于是讀博時主動提出轉向陳慶元老師深耕的另一個領域——福建明清地域文學研究。原以爲這些地方文獻應該都在當地，查找容易，我可以稍微偷點懶。可我萬萬没想到，確定研究以許友爲中心的許氏家族後開始全面搜集資料時才發現，許友和他的親友們都非常活躍，行迹遍布全國，而他們的著作也散存于海内外。爲了研究的全面和完整，我也幾乎走遍他們走過的地方，盡力找到我能找到的所有文獻。

剛剛師從陳慶元老師時，他就教導我：做人物研究要從研究對象的作品集點校開始，寫論文的同時要注意做年譜。因此，從開始讀博時，我就録入了部分許友、許珌的詩文作品，初步編了他們的年譜，這些都成爲這部書稿的基礎，雖然當時做得很粗糙。二〇一〇年博士畢業後，我先後申請了兩個福建省社科規劃項目，繼續搜集整理資料和調研考察，以進一步完善有關研究，二〇一六年出版了《明清福建家族文學研究——以侯官許氏爲中心》專著。原以爲我對許氏一族的研究基本完成，但真正投入這部《許友許珌詩文集》的編校工作後，我才發現我之前對文獻的解讀不够全面，還存在不少問題。在重新編校許友、許珌作品時再度研讀，加上這些年新獲得的有關知識，讓我推翻了之前的一些認識，也改變了一些觀點。到了這時，我回想起陳慶元老師當年對作品集點校工作的强調，才深知其重要性。

參加工作以後，我一度對地域文學研究的意義産生困惑。近些年古代文學本就有所遇冷，地域文學研究在争取項目和發表論文方面，更是困難。再加上我從事的工作與地域文學研究没有關係，于是我幾度試圖放下許友、許珌的研究。幸好陳慶元老師一直督促，我才堅持着繼續研究。在與許友、許珌『糾纏』的這麽多年裏，我對人生的認識也有所豐富。他們并非歷史上的第一流人物，也正因此，我們不必『仰視』和『神化』他們，他們的經歷、感受與思想更接近普通人，對我們更有啓發意義。他們身經亂世，出身同一家族，同樣富有才華，却有着不同的人生選擇。過去的人傾向于用傳統的忠君道德觀念去評價他們，而深入瞭解時代背景和他們的遭遇後，我更喜歡不問是非。歷史的洪流滚滚向前，個人其實很渺小，能做的選擇很有限。生活，才是高于一切的。從私人的視角來看，他們努力生活的樣子，也給了我很多正能量。

近兩年，我還有一個比較深的感受是古籍數字化工作的快速發展。讀博期間，大多數古籍衹能去圖書館查閲，不少圖書館不提供古籍的複印服務，衹能手抄。特别是許友的《米友堂集》清初刊本，衹有日本公文書館有藏。而當時的我因種種原因無法前往日本，最終的博士學位論文中，衹能遺憾地缺少這部重要參考文獻。直到二〇一三年底，有位同事的女兒到日本訪學，才幫我購買到《米友堂集》電子照片的光盤，當時花了差不多兩千元人民幣。而現在，日本公文書館在網上公開了《米友堂集》的照片，世界各地的人都可查看。還有中國國家圖書館的中華古籍資源庫，許多古籍都可在綫閲讀。不少原來我必須跑圖書館查閲的資料，如今在家上網就能看到。尤其是新冠肺炎疫情以來，許多圖書館不對外開放，這種情况下，古籍數字化可以説大大地幫助了我。

在這十五年的研究歲月中，太多人給予我無私的幫助和支持，讓我備感温暖。感謝陳慶元老師這麽多年來的指導和鼓勵，感謝陳門諸多兄弟姐妹的幫助，特别是張寧寧和林曉玲幫我録入了一部分《鐵堂詩草》和《米友堂集》，分擔了我不少工作量。感謝廣陵書社的劉楝、方慧君老師，他們爲本書的出版付出了很多精力和時間，在我一度因困難要放弃編校工作時，鼓勵我繼續堅持，特别是他們還指正了書稿中原有的一些謬誤，讓我由衷感佩他們的專業水平和敬業精神。還有很多人，難以一一道謝，有的是專業領域的老師，給我提了很多寶貴的意見和建議；有的是書法家，在我辨認古籍鈔本時，提供了很多指導；有的人素不相識，不過是生命中的過客，却在我調研過程中爲我提供方便，給予我幫助。

這部書稿算是歲月給我的禮物。從當年的青年女博士，到如今接近不惑之年，我的人生觀念和性格都有了一些變化。編校過程中，我也在不斷審視過去的自己，慢慢包容和接受不完美的自己，對待工作和生活也更加寬和。我心知，哪怕已經做了十五年，這部書稿一定還存在一些問題和錯誤，但個人水平有限，目前衹能做到這樣的程度，希望方家多多批評指正。

二〇二三年十一月于福州